在漫长的相处中，
他始终尊重她，关心她，
一点点消除她的戒备，
给她充足的安全感，
悄无声息地和她的血肉
长在一起。
再也不会有人对她这么好。
再也不会有这种机缘，
让她们产生这么深的羁绊。

有爱的青春陪伴者

图书在版编目（CIP）数据

什锦糖 / 鸣銮著. -- 成都：四川文艺出版社，2025.3. -- ISBN 978-7-5411-7183-3

Ⅰ.Ⅰ247.5

中国国家版本馆 CIP 数据核字第 20257U4D67 号

SHI JIN TANG
什锦糖
鸣銮 著

出 品 人	冯 静
责任编辑	姚晓华
特约编辑	雪 人
装帧设计	Insect 唐卉婷
封面绘制	遐屿璐

出版发行	四川文艺出版社（成都市锦江区三色路 238 号）
网　　址	www.scwys.com
电　　话	0731-89743446（发行部） 028-86361781（编辑部）
排　　版	长沙大鱼文化传媒有限公司
印　　刷	天津睿和印艺科技有限公司
成品尺寸	145mm×210mm　　开 本　32 开
印　　张	11　　　　　　　　 字 数　394 千字
版　　次	2025 年 3 月第一版　印 次　2025 年 3 月第一次印刷
书　　号	ISBN 978-7-5411-7183-3
定　　价	45.80 元

版权所有·侵权必究。如有质量问题，请与大鱼文化联系更换。0731-89743446

目录

CONTENTS

第一章 · 卷起的旧草帽　　001

第二章 · 糖做的花　　021

第三章 · 想要保护一个人　　044

第四章 · 人间五味　　066

第五章 · 彩虹的颜色　　091

第六章 · 同一屋檐下　　114

第七章 · 幸福是沉重的　　140

第八章 · 他们之间的距离　　168

第九章 · 我不想只做朋友　　204

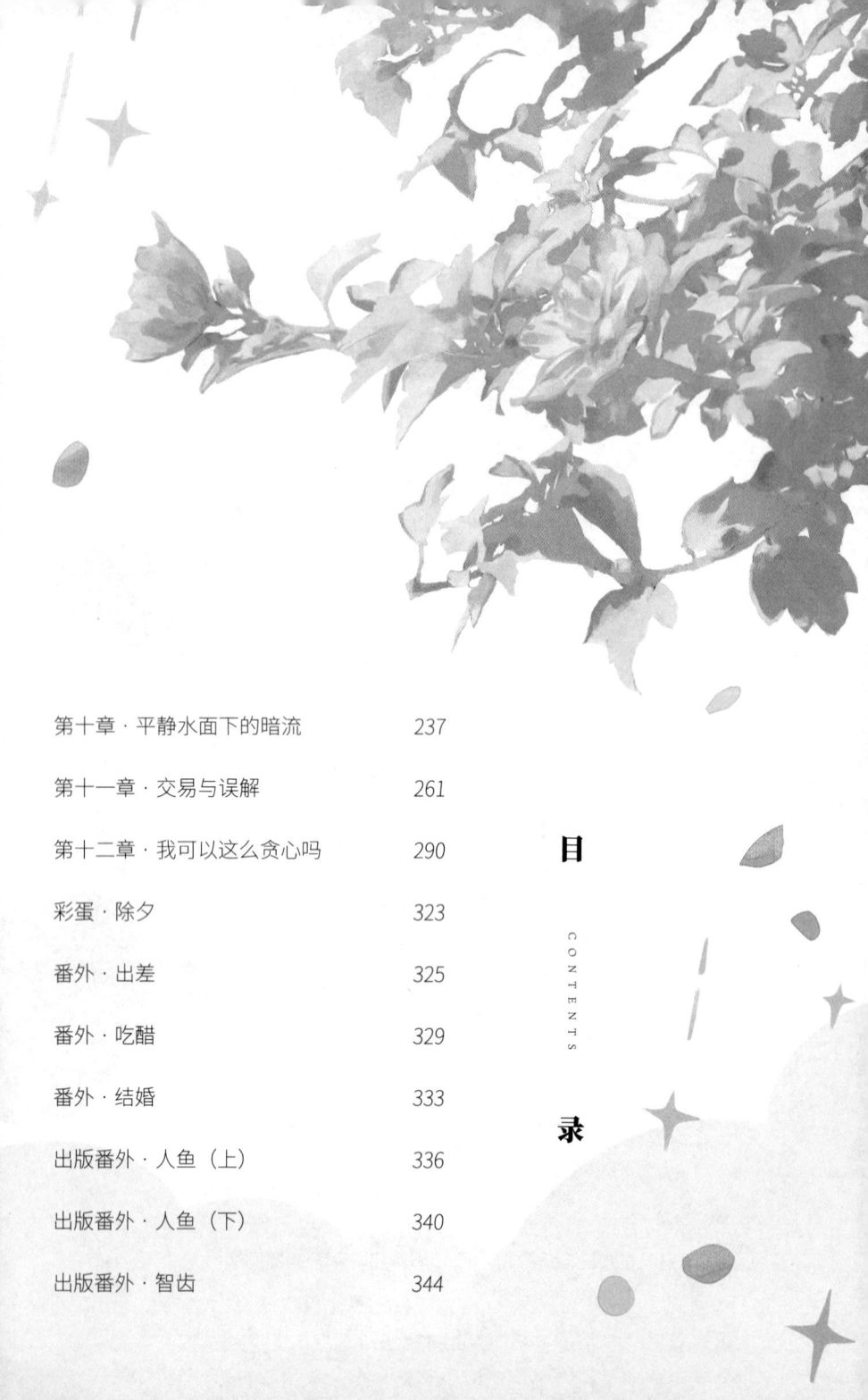

第十章·平静水面下的暗流	237
第十一章·交易与误解	261
第十二章·我可以这么贪心吗	290
彩蛋·除夕	323
番外·出差	325
番外·吃醋	329
番外·结婚	333
出版番外·人鱼（上）	336
出版番外·人鱼（下）	340
出版番外·智齿	344

第一章 卷起的旧草帽

1. 大白兔奶糖

昨夜刚下过一场暴雨，今天又是个大晴天。

绿油油的葡萄叶被雨水洗得干干净净，卷须拧麻花似的盘旋着往上攀，举目所及一片绿海，压根儿望不到边，衬得横穿其间的柏油马路像一条不起眼的灰蛇。

即将成熟的葡萄套着纸袋，从架子的空隙中沉甸甸地垂下来，粗略一数，总有上万串。

丰收的喜悦融入空气中，轻轻呼吸，口鼻中全是甜蜜的气息。

快到中午的时候，临路的葡萄架下，晃出一个十四五岁的少年。

他顶着一脑袋炸毛，上身穿一件宽松的白色 T 恤，下身配破洞牛仔裤，嘴里嚼着甜丝丝的大白兔奶糖，舌头将糖块挤到左边的腮帮子上，顶出一个凸起，人为减慢融化速度，等口腔中的甜味散得差不多，又把糖块吸回来。

仔细看的话，会发现他的眉眼生得不错，既有英气，又不失俊俏，个头比同龄人高个几厘米，一咧嘴露出两颗小虎牙，看起来挺讨喜。

不过，他爹大概并不这么认为。

"林昭，你给我过来！"身后的简易板房里钻出一个文质彬彬的中年男人，手里挥舞着打满叉号的数学卷子，"十七分？这么简单的卷子，你给我考十七分？闭着眼睛瞎蒙，都不至于考得这么差！你的书念到狗肚子里去了吗？"

负责守卫工作的大狼狗应景地从地上站起来，冲小主人汪汪叫。

叫林昭的少年走到防护网前，伸手像拨琴弦一样划拉两下规规整整的菱形格，被晒热的金属烫得一哆嗦。

他回过头敷衍地道："知道了，知道了，下次闭着眼睛蒙。不过，爸，您还真厉害，我把卷子藏到床底下，您都能找着？这智商、这侦查能力，

/ 001 /

应该去当侦探,在咱们家种葡萄也太屈了……"

"唰"的一声,一只红色拖鞋朝他面门袭来,被他灵活闪过。

"阿昭,你少说几句,别气着你爸!"打扮干净利落的中年女人烫着时髦的鬈发,单脚蹦着挡在父子中间和稀泥,表面骂的是林昭,实际却已经接受了儿子不成器的事实,心里坦然得很,"老林,你也消消气,速效救心丸上回吃完了,我还没来得及买呢,气出病还得上医院,为这么个臭小子没必要!"

林鸿文气得坐在藤椅上直摇头:"都怪我只顾着在外面赚钱,忽略了对他的教育……我当年在学校的时候还是数学老师呢,儿子现在只考十七分,说出去都丢人……"

"你不说我不说,谁会知道?再说,他又不是只有数学考得差,语文也没及格,英语才九分。"郑佩英快语如珠,劝男人接受现实,"你想开点儿,你在学校当老师,一个月才赚几个钱?市里还经常拖欠工资,家里总是揭不开锅。要不是后来听我的,辞职种了这一大片葡萄林,咱们家能过上现在的好日子吗?"

"那……那也不能连个高中都考不上吧?"林鸿文被郑佩英说得哑口无言,沉默片刻,不甘心地瞪了林昭一眼。

"考不上就考不上呗,学门手艺不也能养活自己吗?他二表哥在工地开挖掘机,他三表姐在理发店给人做造型,不都干得挺好的吗?"郑佩英接过狗腿儿子递上来的拖鞋,往桌腿上拍了两下土,穿在脚上,"要是吃不了那个苦,回来养猪也行。到时候娶个能当家的媳妇儿,生一两个小的,你也该退休了,正好手把手教孩子,给咱们家供出个大学生,一样光宗耀祖。"

听到这话,林昭不高兴了:"我才不娶媳妇儿呢!有您二位管着我还不够?干吗再找个人给自己添麻烦?"

他躲过郑佩英的巴掌,像只猴子一样蹿到自己搭的简易健身器材上,两腿勾住单杠,上半身后仰,抓起T恤下摆在腰间打了个结,露出晒得均匀、色泽油润的蜜色小腹,双手抱住后脑勺,在空中连做好几个卷腹动作。

"您二位也别烦心,等我拿到初中毕业证,就去大城市闯闯,见见世面。"

他最近迷上健身,天天刷视频,跟着那些浑身腱子肉的教练学习动作要领,练得有模有样。

郑佩英笑骂:"那是你还不知道娶媳妇的好!"

葡萄园即将丰收,他们一家三口在这边忙活了好几天,眼看收拾得差不多,准备回去看看。

她把板房的门锁好，见儿子还晒在太阳底下，替他觉得热，叫道："阿昭，还在那儿待着干什么？走，回家吃西瓜！"

林昭倒吊在单杠上，发根蓄了一层亮晶晶的汗珠，被重力拉扯着坠下去，露出光洁的额头。

他咂了咂嘴里残存的奶香味，应道："马上，马上。您先走，我再做两组练习！"

等到葡萄园重归安静，林昭立刻跳到地上，扒拉着防护网翘首以盼。

他所在的铜山镇四面环山，进城一次，得走几十里山路，又没通公交车，交通十分不方便。

今天，他和出去进货的小卖部老板说好，让对方捎带肯德基的套餐回来，从早上等到现在都没见人影，急得百爪挠心。

正等着，"突突突"的声音传来，林昭精神一振。

他定睛看去，发现远处驶来的是一辆深绿色的拖拉机，车斗装满家具，像是在帮人搬家，不由得一阵气馁。

拖拉机拖着黑烟开到眼前，司机顶着张麻木的脸，三十多岁的女人抱着个一两岁的孩子坐在副驾驶位置，时不时低头亲吻孩子。

再往后是装得满满当当的车斗，一个男人坐在斗里的小凳子上，正在皱着眉抽烟，右边的眉毛从中间截成两段，面相有些凶悍。

林昭最后看到的，是一个女孩儿。

她背对着他，站在靠近车尾的位置，吃力地扶着刷了层红漆的衣柜，消瘦的身板和沉重的衣柜形成鲜明对比，令人不自觉地揪心起来，生怕她被衣柜拍在底下。

她穿得很土——比铜山镇的同龄女孩子还要土，偏大的西瓜红衬衫，又长又肥的黑色运动裤，头上戴着顶掉色发白的旧草帽。

林昭好奇地看了几眼，打算移开目光。

这时，一阵凉风吹过，短暂地驱散夏日的酷热。

他惬意地眯起眼睛，看见这阵风淘气地把女孩子的草帽卷走，险些叫出声。

女孩子反应很快地伸手去抓，纤细得看得清血管的手腕从宽松的袖子里探出，上半身侧转，露出半张清清冷冷的脸。

她长得算不上多么惊艳，皮肤白白的，眉毛细细的，眼睛圆圆的，鼻尖翘挺，嘴唇没什么血色，却有一种特别的韵味，衬得土到掉渣的衣服都高级起来。

林昭睁大眼睛。

他看着她救起草帽，那只细瘦的小手捏紧宽大的帽檐，往回卷出两个

/ 003 /

褶皱，心脏也像被什么又凉又软的东西握住，轻轻揉了一下。

2. 跳跳糖

林昭被这惊鸿一瞥勾走心魂。

半个小时后，他从小卖部老板手里接过软塌的汉堡和不再冒凉气的可乐，顾不上享用，火急火燎地打听起来："叔，咱们镇子上最近发生过什么有意思的新闻吗？我刚才好像看到有人搬家。"

铜山镇原来叫林家庄，镇子上拢共就五百多户，大多数人都姓"林"，互相沾亲带故，往上数三代是本家，因此张口闭口"叔婶""兄弟"，叫得很亲热。

老板从傻侄子手里净赚五十块钱，黑黑胖胖的脸显得格外和气："噢，你说的是林广泉家吧？他妹夫住在泄洪区，今年发大水，政府通知紧急撤离，一家四口过来投奔老林，他昨天去我那儿买烟的时候，一个劲儿地抱怨嘞！"

林昭在心里想：一家四口，对上了。

"抱怨什么？"他指了指老板的小面包车，要了十几袋跳跳糖、一大罐棒棒糖、七八包各种口味的水果糖，花花绿绿地抱了一怀，跟进货似的，"天灾人祸，不是没办法的事吗？"

"嗐，谁家喜欢穷亲戚？"老板收了一张百元大钞，装模作样地要找零，见林昭不肯要，也没有再让，"再说，他妹夫是出了名的好吃懒做，妹妹要养娃娃，干不了什么活，大点儿的姑娘又正在读书，这不净添四张吃饭的嘴吗？搁谁都不觉得闹心？"

林昭恍然大悟，咧嘴一笑，小虎牙白得晃眼："我知道了，谢谢叔！下回还找您帮忙！"

大中午热得厉害，草叶全都打了蔫儿，树上的蝉撕心裂肺地叫唤着，林昭趿拉着拖鞋走在柏油马路上，觉得鞋底像要融化成液体似的，烫得人心慌意乱。

他们家住的是自盖的三层小别墅，离果园也就步行十分钟的距离，外立面贴着浅灰色和深红色的瓷砖，里面有院子有露台，窗明几净，家电齐全，在整个铜山镇是独一份儿，别提多气派。

林鸿文早些年也是镇上的风云人物，头一个考上大学，头一个端上教书的铁饭碗，后来在家里人的介绍下认识郑佩英，被这个没读过多少书却在为人处世上有大智慧的泼辣姑娘彻底征服，扛着压力辞职下海。

两口子赶上时代浪潮，在外头做生意赚到几桶金，回来拾掇了十几亩的葡萄园，又盖了个养猪场，把日子过得红红火火，成为铜山镇的首富。

林昭经过自家养猪场，被臭味熏得捂住鼻子，加快脚步。

他推开虚掩着的大门，走进宽敞的院子，低头冲进屋，把新买的糖一股脑儿装进自己的玻璃糖罐里，抓起运动鞋就要往外跑。

男孩子都喜欢运动鞋，由于活动量巨大，鞋底往往磨损得厉害。和同班同学不一样的是，林昭穿的全是价值不菲的正品鞋，旧了就买新的，从不将就。

"哎，快吃中午饭了，去哪儿啊？"郑佩英迎面走过来，一把拽住林昭，看清他手里的肯德基袋子，劈手抢过去，"又吃垃圾食品！再让我看见，我跟你没完！"

林昭的心思已经不在汉堡和可乐上，一边低头换鞋，一边嘴贫："我没吃！这是买来孝敬您的！我出去办点儿事，你们先吃饭，不用等我！"

运动鞋跟脚得多，他撒腿跑出去两步，又回来沿着锯齿边扯掉几袋跳跳糖，塞进裤兜里。

几个发小都住得很近，暑假在家正闲得慌，林昭在外面一吹口哨，就像闻到腥味的苍蝇一样，光速集合到一起。

"阿昭，干啥？打游戏吗？"左边耳朵缺了小半边的瘦高个儿叫林博远，还在襁褓中的时候被大耗子咬了一口，得了个外号"耗子"，嘴馋又爱打游戏。

"网吧那几台破机子动不动就死机，有什么好打的？"皮肤黑黝黝、块头最大的林海粗声粗气地开口，"要不咱们找辆车，去城里玩吧？"

长得白白净净、最受女孩子欢迎的林应一向没什么主意，说："阿昭想去哪儿？你要是没想好，我们就听大海哥的。"

"我……"林昭张开嘴，又不知道该怎么说。

他把跳跳糖分给狐朋狗友，自己也拆了一包，往嘴里一撒。

上百个细小的糖粒被口腔里的热气一激，迅速融化，二氧化碳变成气体，推着它们在舌尖上沿着不规则的轨迹蹦跳、撒欢，好玩得很。

林昭紧闭着嘴，等最刺激的那股劲儿过去，才神神秘秘地说："我带你们见个人。"

他带着他们来到林广泉家外头。

林广泉是干装修的，平时一年到头在外地打工，今年老母亲生了重病，得在床前伺候，这才没出门，在镇子上打打零工，勉强度日。

他家自然比不上林昭家，住的是灰扑扑的平房，院墙还挺高，里面隐约传来老人的咳嗽声和小孩子的哭声。

"阿昭，你让我们见谁啊？"耗子稀里糊涂地被林昭从后面抱起，两手扒住墙头，"我们跟林天虽然不熟，也算同班同学，直接敲门进去不就

/ 005 /

行了吗?"

林天是林广泉的儿子,按关系算,是那个女孩子的表弟。

"你上去看一眼就知道了!"林昭觉得心里像烧着一团火,却不明白是为了什么,只是一味地着急。

耗子趴在墙上看了半天,在林昭的催促下,挠头说:"没什么特别的啊,几个男的在堂屋喝酒,有个不认识的女的在哄小孩儿,还有个跟咱们差不多大的女的在院子里洗衣服……"

"对!对!就是她!"林昭的心提到嗓子眼,"你觉得她长得漂亮吗?"

他问完这句,又觉得叫他们过来是个馊主意。

他们都觉得漂亮,然后呢?会不会抢着跟她做朋友?

没想到,耗子干脆利落地摇摇头:"不漂亮,挺一般的啊。"

"……你懂个屁!"林昭立刻急了眼,拖着他的腿把他拽下来,"你脑子里全是游戏,知道什么好看不好看?阿应,你上去看!"

林应性格温吞,又会察言观色,看了半天,斟酌着措辞说:"又瘦又白,蛮、蛮清秀的……阿昭,你认识她吗?"

就连林海,也是差不多的反应:"没胸没屁股,不怎么样。"

林昭气急败坏地说:"俗气!没眼光!不懂审美!"

他让林海弯下腰,踩到对方后背上,挣着身子往里看。

女孩子正对着他,低着张白白净净的面孔,坐在小凳子上,手脚麻利地洗着衣服。

比锅还大的红色塑料盆里装满脏衣服和床单被罩,粗略一扫,不止有大人的,还有小孩的,工程量挺大。

那种被人揉抓心脏的感觉又来了。

林昭呆呆地望着她清丽的眉眼,见她吃力地端起塑料盆,往他的方向走过来,他惊得连忙往下缩,小声嚷:"快!快放我下去!"

说来不巧,就在这时,墙外有人经过,喝道:"你们几个,干什么的?"

林海毫无默契地站直身,把林昭顶成一座丢人现眼的"高塔"。

"哎哎!哎哎哎!"林昭惊慌失措地叫着,脚下失去平衡,在半空中扑腾两下,"咕咚"一声跌进墙内,四仰八叉地摔在女孩子面前。

3. 玉米糖

林昭躺在地上,眼睛直勾勾地看着蓝到半透明的天空,耳朵听见狐朋狗友们的动静——

"阿昭掉、掉进去了!"

"别管他!快跑!快跑!"

"哎，等等我啊！你们跑得也太快了吧？"

……

杂乱的脚步声渐渐远去，林昭眉毛一抽，硬着头皮看向陌生的女孩子，挤出个不自然的笑容，心里一个劲地哀号。

丢脸丢到姥姥家去了！

女孩子手里还抱着沉重的洗衣盆，被从天而降的少年吓得倒退半步，却没露出什么表情，看起来很镇定。

她扭头，对堂屋细声细气地叫道："舅舅，墙上掉下来一个人。"

林昭揉了揉后腰，龇牙咧嘴地从地上爬起来，对迎过来的叔伯长辈们干笑道："广泉叔，二伯，四叔，是我。我……我忘了老师布置的暑假作业是什么，想找林天问问，敲了半天门没人应，打算爬墙看看家里有没有人，手上没抓稳，竟然摔下来了，哈哈，哈哈哈……"

他一边说话，一边注意那个女孩子的反应，见她微微蹙眉，心里直发紧。她刚才就在院子里，根本没听到敲门声，肯定认为自己是个撒谎精！

"没事，应该是我们聊天的时候嗓门太大，都没听见。没摔疼你吧？"林广泉热情地拽住林昭，亲自帮他拍掉身上的土，"阿昭，吃中午饭了没？进屋一起吃两口吧！天天，快招呼好你同学，给他拿双筷子！"

"不用不用！"林昭看向林广泉身边的男人，做出副好奇的样子，"广泉叔，您家里有客啊？"

"哦，这是我妹夫庄保荣，大家都叫他庄老五，你叫'姑父'就行。"林广泉介绍道。

林昭很有礼貌地打招呼："姑父好，我是林昭。"

他又转向面生的女人，循序渐进道："这位就是素华姑吧？我年纪小，不认识您，您别见怪。怀里抱的是小弟弟吗？"

女人叫林素华，本来不大爱说话，却被林昭最后这句问话搔到痒处，脸上放出光彩，笑道："对，是小弟弟，我们家乐乐今年才一岁半，已经会说话会走路了，算命先生说他将来能考上名牌大学，给我们俩养老送终呢！"她低头在儿子脸上狠狠亲了几口，"是不是呀，乐乐？"

林昭心里直嘀咕：一岁半还不会说话，不成傻子了吗？

他屏息凝神，终于绕到正题上去，看着那个女孩子说："这位呢？是姐姐还是妹妹？"

"青楠，你还杵在这儿干什么？快点把衣服洗完，再帮你妈收拾收拾屋子！"一直沉默的庄老五忽然开口，断眉紧紧拧着，脸上写满不耐烦。

庄青楠没脾气地"嗯"了一声，抱着塑料盆往墙根的压水井走去。

林昭魂不守舍地被林广泉拉进堂屋，坐在酒桌上，脑子里不停猜测着

/ 007 /

庄青楠的名字怎么写。

是"青色"的"青",还是"轻松"的"轻"?

是"楠木"的"楠",还是"南方"的"南"?

管它怎么组合,这名字真特别,真好听。

林广泉有心巴结林昭家,又是给他拿饮料,又是给他夹菜:"阿昭,听说你爸要扩盖猪圈,你回去跟他说说,把这个活给你广泉叔成不成?叔一定给你们家修得结结实实、漂漂亮亮!"

庄老五看出林昭身份不一般,面部线条变得柔和,主动给桌上的主客和陪客倒酒,说:"哥,到时候你带上我呗!你也知道,不管砌墙,还是抹水泥,我都是行家!"

林昭正愁找不到机会跟庄青楠套近乎,闻言满口答应:"行啊,没问题,包在我身上!到时候广泉叔和姑父一起去我家里帮忙!"

他吃了几口菜,问:"姑姑吃过饭了吗?青楠……青楠姐姐呢?我看她好像一直在忙活,不吃点儿东西垫垫,能有力气吗?"

"女人上什么桌?"庄老五不以为然地撇撇嘴,"少吃一两顿饿不死。"

满桌的男人都一脸麻木,就连林广泉,也没为亲妹妹打抱不平。

林昭张了张嘴,又慢慢闭上,再也吃不出饭菜的滋味。

他找借口钻进林天的房间,旁敲侧击地打听庄青楠的情况。

林天在学校里少言寡语,看起来有些懦弱,提起庄青楠,话竟然多了起来:"我表姐学习可厉害了!在以前的学校每回都考年级第一,还拿过省级的奥数竞赛冠军,这次转学过来,铜高的老师能高兴死!"

"这么厉害?"林昭很给面子地露出目瞪口呆的表情,"你说她马上读高一,那她比咱们大一岁是吧?"

"大两岁。我姑父本来不打算让她上学,是村里的老师跑他们家好说歹说,再加上义务教育不收学费,这才同意的。你没看我姑父刚才不太高兴吗?就是因为上高中得交好多钱,他不想拿。"林天递给林昭两颗玉米糖,努嘴示意他吃。

林昭最讨厌玉米味的软糖,为了跟林天搞好关系,不得不撕开糖纸丢到嘴里,就着黏牙的口感和浓烈的香精味,坐在床上边晃腿边说:"你姑父怎么这么拎不清?要是她生在我家,我爸妈就算倾家荡产也得供她读大学。这么好的苗子,不上学干吗?留在家里洗衣服带弟弟吗?"

"还可以嫁人嘛。"林天撇撇嘴,不知道想到什么,凑近林昭的耳朵嘀咕,"你不觉得我表姐长得挺好看的吗?"

好不容易遇到和自己眼光一致的人,林昭连连点头。

他琢磨着"嫁人"的话,耳根不知道怎么红了一片。

"时候不早了,我先回去,改天再来找你玩。"林昭见外头几个男人喝得东倒西歪,林素华正抱着孩子吃剩菜,适时告辞,"太阳挺晒的,别送了。"

院子里的晾衣绳上已经晾满衣服和床单,庄青楠站在花花绿绿的布料中间,头发短得勉强能扎起来,发量很多,却没什么光泽,白皙的肌肤被太阳烤得发红,脸上布满亮晶晶的汗珠。

林昭一见她就挪不动道。

他傻呆呆地看了半天。等她察觉出异常,奇怪地看过来,他鼓起勇气走上前搭讪:"你好,我是林天的同班同学林昭,过完暑假升初三。听林天说,你学习很好,能把你的学习笔记借给我看看吗?"

庄青楠飞快地打量了林昭一眼,见他穿着名牌衣服,脚上踩一双阿迪达斯的运动鞋,个子比自己高出半个头,目光清亮、气色红润,对他的印象从"鬼鬼祟祟的怪人"刷新成"不识人间艰辛的小少爷"。

她心里明白,他和自己不是一个世界的人。

她不嫉妒他。

命运在逼着她往前跑,她根本没时间嫉妒别人。

她也不想和他拉近距离。

所有莫名其妙的示好,背后都藏着可怕的陷阱。

"可以。"庄青楠用手背擦了擦脸上的汗,带林昭走进厨房旁边的屋子。

这是林广泉给妹妹一家腾出来的住所,原来是放杂物的,残留着陈年的霉味。

屋子不大,也就十五六平方米,靠窗的位置放了一张双人床,旁边摆着衣柜,余下的空间就更显逼仄。

窄小的单人折叠床靠墙竖着,像是给庄青楠睡的,沉重的木箱堆在门口,还没来得及收拾。

庄青楠拒绝林昭的帮助,吃力地挪开上面的衣箱,打开第二个箱子,从里面找出好几本学习笔记。

"这些都是我初二时做的笔记,你先拿去看看,如果觉得太简单,再来找我拿初三的。"她双手捧着递给林昭。

林昭粗略一看,第一页数学笔记就如同天书,强撑着做出副从容模样,笑道:"好的、好的,谢谢。"

他伸手去接,没接过来。

被家务活磨出一层薄茧的手指紧握着笔记不放,庄青楠似是为他的不上道而苦恼,含蓄地提醒:"去图书馆借书还要押金,去音像店租碟也要费用,这些笔记都是我辛辛苦苦做的,外面的书店买不到。"

见林昭一脸困惑,庄青楠抿了抿唇,索性打开天窗说亮话:"既然你是林天的同学,稍微意思一下就可以了,不需要给太多。"

4. 花生酥

林昭愣了几秒,才听明白——她是在要钱。

乡里乡亲习惯以"人情"打交道,羞于将"金钱"放在明面上,偶尔遇到庄青楠这么直接的人,他不觉得被冒犯,反而觉得新鲜。

"啊,当然,当然!没问题!应该的!"林昭手忙脚乱地从裤兜里摸出一百块钱,"够不够?不够的话,我下次多带几百……"

庄青楠看着崭新挺括的百元大钞,眸色变得黯淡。

铜山高中一学期的学费是三百块钱,教材费等杂费加起来二百。

为了从庄保荣手里求到这五百块钱,她不知道挨了多少骂,干了多少活。直到现在,庄保荣也没松口,张嘴闭嘴说她是"赔钱货"。

可林昭拿钱的动作这么流畅、这么随意,可见——投胎是门技术活,同人不同命。

他大概从不需要为学费操心,更不知道没日没夜地干活、累得腰都快断掉是个什么滋味儿。

"够了。"看在钱的面子上,庄青楠艰难地勾了勾嘴角,扯出个僵硬的笑容,"我再给你一本我自己整理的单词册子,有哪里不懂,你直接找我。"

林昭心花怒放,点头如捣蒜。

他抱着厚厚一摞笔记从林广泉家一步三回头地出来,撞上蹲守在不远处的狐朋狗友,顾不上责怪他们,只是一个劲儿地傻笑。

这天晚上,林昭胡乱往嘴里扒拉半碗饭,连最喜欢的红烧猪蹄都没碰,一头扎进自己屋。

"这小子又抽什么风?平时吃完饭就往外面跑,今天怎么忽然转性了?"郑佩英察觉出儿子的异常,和林鸿文嘀咕,"我不是刚把他的游戏机没收过来吗?他不会又从哪儿弄来一部,在屋里偷偷打游戏吧?"

林鸿文给她夹了块肉,闻言也有些怀疑:"应该不会吧……不过也说不好,老爷子总背着我给他塞零花钱,你爸妈也没少给,他最近手里头挺松快的,糖都是成罐成罐地买……"

郑佩英雷厉风行:"不行!我得过去看看!"

"你看你,总是听风就是雨。阿昭也这么大了,你得给他留点儿隐私,要是把他逼得叛逆了,咱俩更头疼。"林鸿文轻声细语地劝着,被郑佩英瞪了一眼,语气不自觉地弱下去,"咱俩从窗户缝偷瞧一瞧,了解了解

/ 010 /

情况再说。"

林昭住在一楼西边的卧室,两口子做贼似的猫着腰从院子绕到他的房间后头,看见窗户大敞,窗帘也没拉,柔和的灯光从新换的纱窗透出来,几只飞蛾前赴后继地往上撞。

林昭背对着他们坐在书桌前,破天荒地抱着学习笔记,嘴里一边嚼香喷喷的花生酥,一边啃笔杆,双手在本子上摸来摸去,两条腿闲不住似的不停地抖动。

郑佩英不知道儿子是在琢磨庄青楠的名字,还以为祖坟冒青烟,大喜过望,差点儿叫出声。

林鸿文更是激动得眼含泪光,单手扶住窗户框,另一手紧紧捏住郑佩英的手腕,和她四目相对,满脸欣慰。

忽然,林昭哀号了一声,把俊脸砸进字迹娟秀的笔记里。

那股似有似无的清冷香味再独特,再迷人,也无法修复他此刻的心理创伤。

"阿昭?"

"你怎么了?"

在窗外偷看的两口子见状满腔疑问,不约而同地出声问道。

林昭从书桌上抬起头,诧异地看向爸妈,问:"爸,妈,你们怎么在这儿?"

不等郑佩英和林鸿文解释,他便抬手晃了晃庄青楠的笔记,诉苦道:"你们来得正好,我问问你们,为什么要把我生得这么笨?这真的是初二的数学题吗?我怎么连答案都看不懂?"

二人走进屋里,林鸿文拿起笔记翻看了几页,职业病发作,赞不绝口:"这是谁整理的?字写得真漂亮,解题思路也清晰,还有这个解法,我记得这是高中才讲的知识点吧……"

郑佩英更关心儿子的身体,说:"你知道上进是好事,但是哪有一口吃成个胖子的?不填饱肚子哪有力气学习?我去给你煮个银耳羹当夜宵。说你多少遍了,少吃点儿糖,牙再好也经不住这么折腾!"

林昭吐吐舌头,等郑佩英离开,谄笑着对林鸿文说:"爸,咱家猪圈是不是要扩建啊?您把活给广泉叔干,行不行?"

林鸿文皱了皱眉:"行是行,不过,广泉干活有点儿马虎……"

"您看着点儿不就行了吗?"林昭心里一向憋不住事,被全家上下惯得更是想要什么就一刻都不能等,"广泉叔的妹妹一家刚从泄洪区过来投奔他,我看姑姑、姑父都是老实人,日子过得怪不容易的,咱们能帮一把是一把呗。"

/ 011 /

这会儿，他还不知道，他给自己家揽了个多大的麻烦。

见林鸿文有些动容，他舔了舔嘴唇，终于说到庄青楠身上："而且，这笔记是我从他们女儿那里借来的，那个……那个姐姐马上升高一，学习特别厉害。爸，您能不能跟素华姑姑家商量商量，把她请过来给我补课？"

不知道为什么，他不太想叫庄青楠"姐姐"。

儿子知道用功，是求也求不来的事，林鸿文和郑佩英十分上心，通过亲戚打听庄老五一家的情况。

得知庄青楠在原来学校的成绩是一等一的好，中考卷子也答得接近满分，郑佩英自然高看她一眼，慎重地和林鸿文商量："补习费可不能亏了人家。依我看，就按市里大学生家教的价格来，额外管一顿午饭，暑假结束的时候，再送她一套像样的学习文具，老林，你觉得怎么样？"

"行啊，听你的。"林鸿文从客厅的柜子里拿出两瓶珍藏的陈酒，又翻出两条好烟，"我去广泉家商量商量。"

林昭在家里等消息的时候，真可谓"望眼欲穿"。

平时油瓶倒了都懒得扶的人，在屋里屋外跑了足有上百趟。

他又是扫地，又是擦玻璃，把茶几上堆的杂物一股脑儿扫进收纳箱，嫌弃窗帘不干净，跳到窗台上，伸长了胳膊拆顶上的吊环。

郑佩英惊异地说："阿昭，你又发什么疯？你们老师家访的时候，也没见你这么勤快。"

林昭嘿嘿傻乐，心道：庄青楠和学校里那些古板无趣的老师可不一样。

一直等到晚上，林鸿文终于穿过夜色走进家门。

林昭殷勤地递上拖鞋，眼巴巴地问："爸，庄姑父是怎么说的？答应了没？"

林鸿文故作严肃，保持沉默，直到儿子急得跟火烧尾股一样上蹿下跳，儒雅的脸上才露出笑意："答应了，庄家的姑娘明天一早就过来。"

林昭眼睛一亮，强忍着没有在父母面前失态。

他同手同脚地走进卧室，立刻蹦到床上，来了个漂亮利落的侧空翻。

5. 麦丽素

一大早，庄青楠蹑手蹑脚地从折叠床上爬起来。

他们一家过来投奔舅舅，舅舅虽然没说什么，舅妈却把不高兴挂在脸上，给外婆送饭的时候摔碗筷踢凳子，动不动指桑骂槐。

林素华只关心弟弟奶吃得多不多、觉睡得好不好，庄保荣则抹不开面子，扯高嗓门骂她没眼力见，使唤她给全家八口人洗衣服做饭、喂鸡放羊。

天气热得厉害，屋子里连个电扇都没有，唯一的凉席铺在父母和弟弟睡的大床上,庄青楠捂出一身痱子,自己都不知道有没有睡着。

她顶着眼下的青黑,从井里打了一盆凉水,就着洗了把脸,恢复几分清醒。

庄保荣趿拉着人字拖走进厨房的时候,正蹲在灶台前烧柴火的庄青楠条件反射地哆嗦了一下,扭头讨好地看了眼父亲,问:"爸,早上炒份土豆丝,就着玉米糁,吃馒头行吗?"

"土豆丝有什么可吃的?"庄保荣不满意地翻箱倒柜,见女主人颇有先见之明地在柜子上挂了把大锁,悻悻然地收回手,"我出去吃,你随便弄点儿,赶紧去阿昭家给他补课,那可是正经事。"

他隔着口袋摸了摸叠得整整齐齐的人民币,第一次觉得女儿读书有用,心情好了不少——一个月八百块钱家教费,比种地赚钱。

看来传言不假,林鸿文和林昭父子俩都是冤大头,耳根子软,手又松。

他得动动脑筋,让他们再吐出来点儿。

庄青楠目送父亲哼着小调出门,悄悄松了口气。

她手脚麻利地做好全家人的饭,随便吃了两口,把院子扫干净,换上唯一能见客的衣服——

那是堂姐淘汰下来的浅蓝色衬衣和黑色牛仔裤,衬衣洗得发白,手肘处打了两个补丁,裤子有些短,露出半截纤细的小腿,一点儿也不好看。

庄青楠对着镜子扎好头发,听见林素华搂着弟弟在床上咕哝了句:"你的头发长得还挺快的。"

这不是来自母亲的关心。

林素华只是在算计,什么时候能拿她的长发再换一回钱,给弟弟买两件新玩具、给庄保荣添几个下酒菜。

庄青楠低垂着白净的脸,忍住后背又痒又疼的不适感,拿起书包出了门。

林昭家应该很好找——舅舅说,镇子上最高最新的那栋楼就是。

庄青楠还没走到主路上,林昭就牵着大狼狗风风火火地跑过来,笑嘻嘻地说:"庄青楠,早啊!"

见庄青楠有点儿怕狗,他到跟前来了个急刹车,一收狗绳,把狗勒得直吐舌头。

"它叫旺财,不咬人的。"他拍拍狗头,示意它转圈、摇尾巴、递爪子,俊俏的眉眼弯成月牙儿,"你要不要摸摸看?"

庄青楠在原来的学校只顾着闷头学习,又没时间放松,根本没有朋友。

再说,她也是第一次碰见林昭这么自来熟的人。

她手足无措地看看林昭,又低头看看旺财,鼓起勇气摸了摸它的脑袋,

/ 013 /

见它嗅嗅自己的手心，热情地伸出舌头猛舔，痒得缩了缩手，唇角微微上翘。

林昭本来想让旺财多表现，这会儿又嫌弃它太主动，抬脚格开它壮硕的身躯，挤到它和庄青楠中间，伸手接过书包。

"我怕你找不到我们家，出来接接你。"他解释自己的来意，不等庄青楠回答，就抛出好几个问题，"你吃早饭了吗？平时喜欢睡懒觉吗？八点钟补课早不早？"

他厚着脸皮撒谎："我是没什么，我觉少，每天早上六点钟就起床，就是担心影响你的睡眠。"

旺财"嗷呜"了一声，像是嘲笑主人撒谎，很快被蝴蝶吸引了注意力，一头扎进路边的草丛里。

庄青楠这才找到机会说话。

她不想得罪雇主，态度比昨天更客气，也更疏离："吃过了，我也起得早，八点钟正好。"

两个人陪着旺财走走停停，来到林昭家门口，郑佩英迎了出来。

她昨晚听林鸿文夸了庄青楠半天，这会儿见对方收拾得干干净净，目光清澈，举止大方，心里更加喜欢，笑道："青楠是吧？快进来，你林叔叔出去办事，中午回来吃饭，我到时候给你们做好吃的。书房都收拾好了，我们家阿昭基础差又贪玩，考试门门不及格，以后还得你多费心。"

"阿姨太客气了，您给了那么多家教费，都是我应该做的。"庄青楠礼貌地对郑佩英笑了笑，跟着她走进院子，就算心里已经有了准备，还是被他们家的经济实力吓了一跳。

原来院子里的地不止可以用来种菜，还能种不实用的花。

月季在灰褐色的土壤里扎根抽枝，爆出红艳艳的重瓣花朵；向日葵神气地昂着脑袋，享受蜜蜂和蝴蝶的献媚；栀子花在绿叶的掩映下盛放，洁白无瑕，香气扑鼻……

原来家里可以有三十多平方米的宽敞客厅，可以有好几个厕所、好几间书房。

柜式空调、挂式空调、电冰箱、洗衣机……各种电器令人目不暇接，她走上二楼，踏入光线明亮的书房，看着只在电视上见过的升降椅，有些不敢坐。

"快坐！椅子高不高？扳底下这个把手就能调高度。"林昭热情地催庄青楠落座，捞过一个圆凳垫在屁股底下，拿出自己的初二教材和她的学习笔记，眼睛亮晶晶的，"我们今天先学什么？"

庄青楠竭力保持镇定，不熟练地把椅子调低，还没来得及说出学习安排，一大桶麦丽素就端到眼前。

林昭偷觑门口，确定郑佩英已经下楼，小声道："先吃糖吧？"

庄青楠也跟着回头看了眼，见房门半敞着，心下微松。

空调不停地运转，将温度保持在舒适的范围内，庄青楠觉得后背的痱子消停下来，接过一小包麦丽素，撕开包装，将圆滚滚的糖果含进嘴里。

她很喜欢吃糖，却没什么机会吃，珍惜地用唾液把外层的巧克力慢慢融化，等又甜又苦的味道完全消失，这才咬碎满是孔隙的脆芯，吞进肚子里。

为了保护脆弱的自尊心，她克制着自己，只吃了两颗，就违心地说："我不太喜欢吃糖，剩下的留给你。我们从数学开始吧？"

林昭没有多想，高高兴兴地把剩下的糖倒进嘴里，"嘎吱嘎吱"乱嚼一气，豪气干云："来！"

十分钟后，他被庄青楠的摸底提问打回原形，这也不会，那也不会，微黑的脸皮因羞愧而烧得通红。

6. 枇杷糖

庄青楠没想到林昭的底子这么差，掩住诧异，让他把初一的教材找了出来。

她从最简单的知识点讲起，拿起中性笔在草稿纸上写写画画，面无表情，声音清冷。

林昭大马金刀地坐在凳子上，左腿离庄青楠的腿只有两三厘米的距离，习惯性地抖了两下，没听几句就开始走神。

她的睫毛又密又长，微微上翘，像两把小扇子，圆圆的眼睛专注地盯着课本，缺少血色的唇瓣不停开合，身上散发着淡淡的甜香。

庄青楠停下来喝水的时候，既觉家教工作轻松，又不可避免地想起回去后的烦恼——

舅舅家的活是干不完的，也没人替她干，她下午回去不得不加班加点，把本该在一天内完成的家务压缩到半天以内。

这样想着，庄青楠皱了皱眉，流露出不高兴的神情。

林昭不知道庄青楠在想什么，还以为她嫌弃自己不够用心，连忙并拢双腿、挺直腰杆，态度变得认真起来。

人在集中注意力的时候，大脑飞速运转，消耗的热量也随之增加，没到十一点，林昭的肚子就开始"咕咕咕"乱叫。

"好饿啊！"他伸了个懒腰，看着草稿纸上紧挨在一起的两种字迹，一个像印刷体，一个像狗爬，莫名其妙地感到高兴，"庄青楠，我去上个厕所，再拿点儿零食过来，我们一起吃。"

庄青楠讲得口干舌燥，体力比林昭更早见底。

/ 015 /

她等他"噔噔噔"地跑下楼,这才允许自己放松,在低血糖的影响下,像快要强制关机的机器一样,迈着虚浮的脚步,走进二楼的厕所。

林昭家的厕所和开在院子里的旱厕不同,贴满漂亮的瓷砖,装着先进的抽水马桶和洁白的洗手台,没有异味,更没有蝇虫。

庄青楠望着镜子里瘦弱憔悴的女孩子出了会儿神,解决好生理问题,不太熟练地按下冲水键。

她回到书房,看到林昭推来一辆零食车。

林昭献宝似的把花花绿绿的零食铺了一桌子,被赶过来的郑佩英拎着耳朵骂了一顿。他缩缩肩膀,说:"我就吃两口垫垫,不耽误吃中午饭!妈,您做的红烧肘子和麻辣小龙虾都是一绝,我保证连口菜汤都不给你们剩下!"

郑佩英把庄青楠看成品学兼优的"别人家的孩子",瞪了林昭一眼:"就知道吃这些垃圾食品,你问问青楠平时在家里吃不吃,跟人家学学!"

庄青楠抿了抿唇,笑容变得有些苦涩。

她不是不想吃,是没机会吃。

庄保荣嗜酒如命,又喜欢赌钱,常常欠一屁股烂账,被凶神恶煞的债主找上门叫骂,家里穷得揭不开锅,哪有闲钱买零食?

再说,在父母眼里,她这个"赔钱货"压根儿不配多花钱。

中午十二点钟,林鸿文从外面回来,给林昭和庄青楠带了两套笔记本和两支钢笔,笑眯眯地询问上午补习的情况。

庄青楠礼貌地回答着他的问题,见林昭跑来跑去,又是端菜,又是开饮料,桌上摆了五六道菜,有肉有菜,有鱼有虾,变得不大自在:"叔叔阿姨太破费了,随便吃点儿就行,不用这么麻烦。"

"你别多想,我们家经常这么吃。"林昭给庄青楠倒了一杯果汁,开始发筷子,"我妈要是懒得做饭,就出去下馆子,平均下来一个人两道菜还叫多?"

郑佩英坐在庄青楠对面,给她夹的菜在碗里堆成一座小山,笑着说:"青楠多吃菜,你正在长身体,应该多补充点儿营养,可不能亏了自己。"

庄青楠看着碗里张牙舞爪的小龙虾,心里有些犯难。

她不知道这种稀罕东西该怎么吃。

要去头吗?还是先剥壳?虾钳能吃吗?

她在山里长大,见过的海鲜河鲜只有泡发的鱿鱼、腥臭的带鱼和指甲盖大小的螺蛳,生怕露怯,手脚都不知道该往哪里放。

林昭不懂女孩子敏感细腻的小心思,性急地把小龙虾的脑袋一掰,捏住虾尾,牙齿不知道怎么一叼一拽,就把雪白的虾肉卷进口中。

所以，他的剥虾方法压根儿不具备可参考性。

庄青楠低着头斯斯文文地吃着饭菜，等到碗里只剩三只小龙虾，听见林昭热情地让道："你怎么不吃虾呀？吃不惯吗？"

"……没有吃不惯。"她硬着头皮放下筷子，正准备伸手，郑佩英将饭碗端了过去。

"别扎着手，我给你剥。"郑佩英手脚麻利地把小龙虾大卸八块，动作行云流水，又像开了慢动作特效一样，让庄青楠看得清清楚楚，"阿昭，吃完了吗？吃完去喂狗。"

庄青楠悄悄松了一口气。

她还太小，不明白郑佩英已经看出她的窘迫，也不明白对方是如何小心又温柔地维护着她的自尊心。

这晚，郑佩英在床上翻来覆去，唉声叹气。

她睡不着，把林鸿文叫醒，小声说："青楠多好一个孩子，又聪明又懂礼貌，怎么长那么瘦、穿那么旧？她爸妈是怎么想的？管生不管养吗？"

林鸿文睡眼惺忪，好脾气地说："家家有本难念的经。我知道你刀子嘴豆腐心，你要是心疼她，就趁着暑假给她多补补身体，开学的时候买两套新衣服，再额外包个红包，偷偷塞给她。"

郑佩英深以为然："你说得对，到时候记得提醒我。"

庄青楠感念林昭父母的照顾，在补课的事上，表现出十二分的上心。

林昭运动神经发达，学习上的天赋却很有限，要不是喜欢和庄青楠待在一起，在这样高强度的训练下，早就坚持不下来。

一个星期后，他举着勉强达到及格线的数学试卷，站在阳台上，眺望猪圈那边人头攒动的盛况。

猪圈扩建的工程正式开工，近百头猪临时迁到葡萄园后面，林广泉、庄保荣和几个叔伯正在运水泥，还有很多孩子聚在一起看热闹。

林昭心痒难耐，回头道："庄青楠，咱们也下去看看吧？我……"

他的话音忽然顿住。

或许是被连日来的劳累耗尽体力，庄青楠趴在书桌上昏睡过去。

午后的阳光洒在她的发间，微乱的发丝呈现出一种毛茸茸的质感，白皙的脸颊沐浴在金光中，神情困倦又放松。

她的手边散落着几颗枇杷糖，虽然味道清苦，却能清热去火，有效缓解喉咙干哑的症状。

林昭屏住呼吸走过去，拈起一颗糖果。

他对自带苦味的糖有深仇大恨，平时碰都不碰，这会儿却鬼使神差地送进嘴里，抵在一边的腮帮子上。

/ 017 /

现在,他和她嘴里的味道是一样的了。

7.QQ 糖

在林家做家教的时间久了,庄青楠和林昭的几个发小也熟悉起来。

耗子总打着找林昭学习的旗号,坐在地毯上摆弄他的宝贝游戏机;林海块头虽大,脑容量却和林昭不相上下,吭吭哧哧地提出一起补课的请求,把爸妈准备的"心意费"塞给庄青楠,自己挪了张书桌,和林昭坐在一起。

林应是他们中成绩最好的一个,本来不需要开小灶,可能是觉得无聊,也跟着凑热闹。

于是,一对一的教学变成小型课堂。

林昭怎么看他们几个都觉得不顺眼,见庄青楠没有流露出不乐意的意思,也不好说什么,只能偷偷生闷气。

葡萄园终于到了丰收季,郑佩英剪下几串又大又水灵的葡萄,洗干净之后,给孩子们送进书房。

"谢谢阿姨!"耗子眼疾手快地把游戏机藏进书包,起身接过果盘,嘴巴比蜜还甜,"阿姨家的葡萄比外面买的都好吃,我早就盼着这一口了!"

林昭手里刚好拿着一袋葡萄味的 QQ 糖,一颗软糖一颗葡萄混着吃,嘴里时而软糯弹牙,时而汁水飞溅,享受着不一样的口感。

"待会儿都带几斤回去,给你们爸妈尝尝鲜!"郑佩英被耗子哄得眉开眼笑,特地招呼庄青楠,"青楠,你也快来吃!我再去摘点儿,给你爸和你舅舅那边送过去。"

庄青楠还没说出道谢的话,林昭先眼前一亮,放下嘴里叼着的笔,说:"妈,正好今天的课补得差不多了,我替您跑趟腿吧?顺便带庄青楠去咱们家葡萄园转转。"

他明白张口闭口叫庄青楠的大名显得生疏,明白像耗子他们几个一样喊"青楠"没半点儿问题,可不知道怎么回事,就是张不开这个口。

或许是还没到时候。

耗子没什么眼力见儿,起哄要跟着去,林海也有些心动。

林昭对他们又是龇牙又是瞪眼,就差把"不高兴"三个字写在脸上,林应终于看出点儿意思,找了个借口把二人拖住。

临近黄昏,太阳的余威仍在,庄青楠从空调房出来,由于温度相差太大,胳膊上起了一层鸡皮疙瘩。

她抬手搓搓手臂,经过养猪场的时候,看到庄保荣正蹲在路边抽烟,旁边聚了五六个光着膀子的男人,几个人聊得热火朝天,时不时爆发出一阵笑声。

庄青楠下意识地和林昭拉开距离。

下一刻，庄保荣抬起头，看见又傻又有钱的小少爷，笑着打招呼："阿昭，学完了吗？这是要带我们家青楠去哪儿啊？"

拿着刮板磨洋工的男人开着令人不适的玩笑："总不能是带着青楠钻小树林吧？阿昭，人家爹还在这儿看着呢，你可不能犯浑……"

庄保荣没有阻止这个玩笑，若有所思地打量着林昭，脸上的笑意越来越深。

庄青楠亮出手里握着的剪刀，板着面孔说："郑阿姨让我们摘葡萄回来，给叔叔伯伯们吃。"

林昭听得半懂不懂，脸上没来由臊得火辣辣的，附和说："对，对，我们去摘葡萄。"

他们走出去没多远，开玩笑那人小声嘀咕："没看出来，跟他爸一样，是个'妻管严'……"

庄青楠踏进葡萄园，立刻跌入清凉世界。

她惊讶于果园的规模，却不动声色，帮林昭扶着梯子，小心翼翼地把他剪下来的葡萄串放进篮子里，问："种这么多葡萄，卖得完吗？"

"我们家有固定的经销商，是我爸读书时候的同学，既讲诚信，要的货又多，每年都要收走一大半。"林昭伸长胳膊去剪远处的葡萄，T恤往上移，露出一截窄瘦的腰身，圆圆的肚脐嵌在正中，像一枚纽扣，"剩下的嘛，给亲戚朋友分一分，再做十几坛葡萄酒，就差不多，反正不会赔本。"

一根葡萄须从他又粗又硬的头发里钻出来，像是凭空长了根卷毛。

他忽然停住动作，奇怪地打量四周："怎么没听到旺财叫唤？这懒狗，又躲到哪里睡觉了吗？"

庄青楠也觉得不对劲，提醒林昭下梯子的时候小心点，把篮子放在一旁，和他分头寻找旺财。

她拨开遮挡视线的绿叶，边走边唤："旺财！旺财！"

不远处传来窸窸窣窣的动静，夹杂几声低低的狗叫。

"林昭，好像在这边。"庄青楠虽然喜欢旺财，心里还是有点儿怕狗，扭头叫住林昭，"你给它拴绳子了吗？是不是缠在哪儿了？"

林昭手里拿着旺财咬断的狗绳，甩了两下铃铛，说："应该是在闹脾气，之前只让它看院子，现在又给它加了活儿，让它看七八十头猪，换我我也不乐意。"

他走到庄青楠前头，翻过及腰高的篱笆，往地上一蹲，看清角落里的景象，震惊得说不出话来。

/ 019 /

"找到了吗？"庄青楠跟着弯下腰，表情僵了僵。

旺财骑在一只小白狗的身上，正在做不雅动作。

小白狗不大乐意，却也没太反对，喉咙里发出"呜呜呜"的叫声，两条后腿撑不住旺财的重量，不停地打哆嗦。

庄青楠迅速调整好情绪，转过身扯了扯头顶晒蔫的豆角："旺财没事就好，我们……我们走吧？"

林昭没她这么好的心理素质，问了个白痴问题："它们在干吗？"

他刚说完就想咬自己的舌头，不小心踩断地上的枯枝，发出"咔嚓"一声响。

小白狗受到惊吓，"汪汪"叫着挣扎起来。

林昭惊慌失措地问："怎么了？它叫什么？庄青楠，我们是不是应该帮帮它们？"

"……你不用管它们。"庄青楠白皙的脸皮上泛起一抹薄红，有些气急，"你走不走？不走我走了。"

林昭臊眉耷眼地跟上庄青楠。

他就像看到自家儿子拱白菜的老父亲一样，既欣慰，又带着说不清的嫌弃——

"那只小白狗还挺好看，旺财是怎么勾搭上的？

"也是小土狗吧？我没看错吧？旺财的血统就够杂的了，它俩以后会生出什么样的小狗？黑的还是白的？长腿还是短腿？跟奶牛似的我可不要，牵出去多丢人？

"庄青楠，你想不想养一只？到时候让你第一个挑，怎么样？"

庄青楠冷淡地拒绝："我不养狗。"

她连自己都养不活，拿什么养狗？

片刻之后，她看着正在偷奸耍滑的工人们，实在忍不住，低声提醒："你跟叔叔阿姨说，让他们盯紧工期，早点儿把猪圈盖完。一天好几百块钱的人工费，可不是闹着玩的。"

林昭也听郑佩英抱怨过工程进展缓慢的问题，却没当回事："哎呀，乡里乡亲的，谁多赚点儿，谁少赚点儿，不都一样嘛。"

庄青楠心里有种不祥的预感，总觉得一直拖下去，早晚出事。

可这种预感毫无根据，她也只能埋在心里。

第二章 糖做的花

1. 泡泡糖

卖完葡萄,林鸿文给林昭买了辆摩托车。

铜山镇的人日常出行基本靠两条腿和自行车,想去市里,就搭亲戚朋友的顺风车,买电动车的都不多,更别提摩托车。

因此,林昭骑着摩托车刚一亮相,就在镇子上引起了轰动。

"嫌他没出息的是你,惯着他的也是你。"郑佩英一边抱怨林鸿文对儿子过于溺爱,一边没好气地命令林昭戴好头盔,"阿昭,咱们约法三章啊,在山里转转就得了,不许带人,也不许往远的地方跑!"

林昭敲敲头盔,嬉皮笑脸地对郑佩英敬了个礼,在耗子等人的簇拥下,迫不及待地摸索起新车。

这天是休息日,庄青楠收完院子里的衣服,给弟弟喂饭的时候,被他恶作剧地吐了一身。

她皱了皱眉,正打算打水清理,迎面撞上从外面回来的庄保荣。

男人摸着下巴上青色的胡茬,脸上带笑:"青楠,阿昭家买了辆摩托车,听说还是名牌,你知道这事吗?"

庄青楠低着头小声回答:"不知道。"

"阿昭没跟你说?"庄保荣不大相信,"你俩关系不是挺好的吗?"

庄青楠心里"咯噔"一声,本能地否认:"除了补课,没怎么接触过,不熟。"

"是吗?"庄保荣笑了笑,破天荒地催她出去玩,"你别老闷在家里,没没去街坊邻居家串串门,让阿昭带你到处逛逛。"

他从上到下打量女儿,明明平时希望她温顺听话,这会儿又嫌弃她太规矩:"阿昭嘴巴多甜,多会来事儿,你跟他学着点儿。整天木呆呆的,三棍子打不出一个屁。"

庄青楠把嘴唇咬得青白，手指用力攥着衣角，婉转地拒绝父亲的要求："我知道了，舅妈让我多割点儿草回来喂羊，妈还让我趁天气好给乐乐洗个澡，等我忙完手里的事，有空就去。"

她拿着镰刀出门，远远看见林昭坐在摩托车上，伴随着"嗡嗡"的引擎轰鸣声和众人的笑语声，骑得越来越稳、越来越快，像在刻意回避似的，扭头往相反的方向走。

没多久，林昭追了上来，语气带着几分嗫嚅："庄青楠，你看我爸新给我买的摩托车，好看吗？"

庄青楠冷淡地回答："嗯。"

"你要不要坐上来感受感受？我带着你！"林昭一见到她，就把郑佩英的叮嘱当成耳旁风。

庄青楠转身往小路上走，任由青草淹没双腿："我去里面割草，路不好走，你回去吧。"

林昭碰了一鼻子灰，刹住摩托车，站起来喊道："今天晚上隔壁村唱戏，耗子、大海他们都去，你去不去啊？"

庄青楠连头都没有回："我没空。"

巧的是，她背着满满一篓青草回去，听到林素华跟庄保荣聊着同一件事："晚上我想去听戏，让青楠在家带乐乐吧。"

"你们娘儿仨一起去呗。"庄保荣嗑了一地的瓜子皮，抬头看见女儿，"回来啦？快给乐乐洗个澡，换身干净衣服，跟你妈听戏去。"

庄保荣像是忽然发现了女儿的另一重价值，打算拉近父女关系，手伸到裤兜里掏了一会儿，没舍得给钱，抓出两块泡泡糖，隔空抛给她："喏，吃糖。"

小卖部懒得找零时，常拿来充数的糖果，味道算不上多好，胜在耐嚼，又有一定的趣味性。

庄青楠剥开糖纸，送进嘴里。

是草莓味。

她机械地重复着咀嚼动作，等开水烧好，刷干净木盆，把白白胖胖的弟弟放进盆里，在父母对弟弟的逗弄和夸赞中，轻轻地搓洗着婴儿娇嫩的皮肤。

做这项家务的时候，她的大脑处于放空状态，看着水面的泡沫一个个破裂，舌尖的草莓味也渐渐消散，泡泡糖变得淡而无味，像一团橡皮泥。而她甚至提不起力气，吹一个像样的泡泡。

去邻村听戏的人不少，大部分选择走路，四五里的距离说近不近，说远不远，在路上聊聊天，打打岔，时间过得也快。

林昭骑着新摩托车，后座上带着耗子，路过庄青楠的时候，和她打招呼："素华姑，庄青楠，你们也去听戏啊？散场的时候别急着走，我送你们回去。"

"哎哟，那可太好了。"林素华和庄保荣通过口风，越看林昭越喜欢，眉开眼笑地答应下来，"阿昭，姑姑正发愁怎么回去呢，就不跟你客气了。"

庄青楠动了动嘴唇，没有说话。

戏台设在村大队的院子里，底下摆满小板凳，乌泱泱的全是人。

穿着戏服的演员粉墨登场，吊高嗓子唱起咿咿呀呀的长调，男人们忙着吹牛，女人们交头接耳聊着桃色新闻，孩子们灵活地在座位与座位的缝隙里钻来钻去，追逐玩闹。

夜色越来越深，酷暑消散，微风轻拂，带来几分凉爽。

庄青楠看着弟弟吃完奶，眼皮直打架，说："妈，我困得不行了，能不能先回去睡觉？"

林素华正看得有滋有味，闻言不高兴地说："就你觉多，再等会儿，阿昭不是说好了送我们回家吗？"

她不提林昭还好，一提林昭，庄青楠的态度就变得固执起来："我真撑不住了，明天还得早起做饭呢。妈，这戏最少还得唱两三个小时，您留下来慢慢看，我先回去跟爸说一声。"

林素华撇撇嘴，把怀里的儿子塞给她："那你抱你弟弟回去，早点儿哄他睡觉。"

庄青楠抱着弟弟，悄无声息地离开院子，借着月牙儿散发的微光，走上蜿蜒的山路。

走了约有两里地，一辆黑色面包车悄无声息地停在旁边，面生的男人拉开后车门，说："小姑娘，去铜山镇吗？上车吧，我们捎你一段。"

庄青楠警惕地后退一步，说："不用了，谢谢。"

"没事儿，乡里乡亲的，客气什么？"男人说着，就下来拉她，见她怀里抱的是个男孩，表情肉眼可见地高兴起来，"这是你弟弟吗？长得真可爱……"

庄青楠想往后躲，却挣不过成年男人的力气，见黑咕隆咚的车后座又钻出一个男人，明白这是碰见了人贩子，害怕得大叫："救命！救命！快来人啊！"

两个男人骤然翻脸，一个将哇哇大哭的乐乐劈手夺过，弯腰钻进车里，另一个从后面架起庄青楠，把她硬往车里拖。

千钧一发之际，一个略显稚嫩的男声喝道："你们想干什么？放开她！"

/ 023 /

打算掳走庄青楠的男人心里一惊,眼睁睁看着到手的小姑娘像条滑溜溜的鱼一样脱离掌控,生怕把动静闹大,只能忍痛放弃这个猎物,跳到车上,溜之大吉。

林昭骑着车赶到跟前,连脚撑都来不及支,把车往路边一撂,弯腰来扶庄青楠:"庄青楠,你有没有事?我不是说让你别急着走吗?"

庄青楠仰起惨白的脸,一把攥住他的胳膊,眼睛里充斥着难以形容的恐惧:"林昭,我弟弟……我弟弟被他们抢走了!"

庄保荣会打死她的!

2. 姜糖

林昭跟着紧张起来,说:"你先别慌,咱们回去找大人帮忙!"

庄青楠的眼泪像断了线的珠子一样掉下来,摇头不肯:"来不及的,来回一耽搁,哪里还找得到他们?我妈……我妈一定会跟我拼命,我爸也会……"

她想到庄保荣那条又宽又韧的皮带,恢复几分清醒,抬手用力抹了把眼泪,借着林昭的力量站稳:"我去追他们,你回看戏的地方报信!"

"不行!你一个人太危险了!要追一起追!"林昭一想庄青楠的话也有道理,转身扶起摩托车,启动发动机,"上车!"

庄青楠咬咬牙,坐上车后座,两只纤瘦的手搂住林昭的腰。

林昭低头看了一眼,摸索着摘掉头盔递给她,踩下油门:"坐稳了!"

他们如离弦的箭一般飞奔出去,撕裂黑暗。

庄青楠被烈风吹得睁不开眼,长睫低低垂着,残泪在下眼睑附近晕了一片。

"林昭,车上除了那两个男人,至少还有一个司机,我们打不过他们。"她扶着对自己来说偏大的头盔,冷静地分析局势,提醒林昭不要冲动地跟对方硬碰硬,"你保持点儿距离,别跟太近,我们见机行事。"

她搬过来之前,听村子里的老人说,人贩子多数都是团伙作案,有完整的犯罪链条——先由附近熟悉地形的人踩点,拐到妇女或孩子之后,再经过几次转手,卖到偏远地区。

现在时间已经很晚,那些人十有八九要先找地方休息,等天亮再和同伙碰面,把弟弟交出去。

林昭对庄青楠言听计从:"好,听你的!"

他关掉车灯,一看到黑色面包车的影子,立刻降低车速,小心谨慎地缀在后面。

庄青楠的猜测没错,两个人有惊无险地追了几十公里,翻过几个山头,发现那辆面包车大摇大摆地开进一个村子。

"原来是东山村的人。"林昭脸上现出不齿的神色,"阿应的妈妈就是从这个村子嫁过去的,听他说,这边十个男人有九个没正经工作,不是混吃等死,就是坑蒙拐骗……不过,兔子还不吃窝边草呢,东山村跟铜山镇离这么近,他们也敢下手,真是太过分了……"

庄青楠说:"按你的说法,村子里的人肯定要包庇人贩子,绝对不会帮我们。林昭,你的摩托车太扎眼,不能再往里面开了,你回去叫人,我进去查清楚他们住哪一家……"

"庄青楠,你怎么总想着单独行动啊?"林昭一边急眼,一边照她说的把摩托车停在隐蔽的地方,"黑灯瞎火的,我不可能把你一个人撇在这里!"

庄青楠无可奈何,只能跟林昭一起走进村子。

她们找到面包车的踪迹,看见院子里面灯火通明,不敢轻举妄动,熟悉了一遍地形,绕到后门附近。

婴儿的啼哭声从屋子里隐隐约约地传了出来,庄青楠神情一紧,抬眼看向林昭。

林昭不了解庄青楠家里的情况,只当她在担心弟弟,小声安慰:"别着急,等他们睡着,我从院墙翻进去,把你弟弟偷出来。"

从人贩子手里偷孩子,想法实在很具有建设性。

庄青楠认真地思考片刻,从头上取下两枚一字夹递给林昭,说:"他们应该会从里面锁门,如果是门闩还好说,你用这个拨开,如果是锁,你就及时退回来,千万不要把自己搭进去。"

说句冷血的话,庄青楠对亲生弟弟根本没有什么感情,要不是羽翼未丰,惧怕父母的权威,压根儿不在意他的死活。

此时此刻,于她而言,林昭的安危比弟弟重要一些。

林昭佩服庄青楠心思缜密,用力点点头,表现出十二分的自信:"放心吧,包在我身上!我从小就经常爬……爬树,最擅长这个!"

他差点儿说漏嘴,把自己经常翻墙出去上网的事抖落给她。

庄青楠坐在台阶上,心神不宁地等了大半个小时,觉得浑身酸痛、疲惫不堪。

林昭蹲在她身边,习惯性地从裤子口袋里摸出一把糖,摊在手心给她挑:"饿不饿?吃颗糖垫垫吧。"

庄青楠既焦躁,又觉得有些好笑,看他一眼:"你怎么天天带这么多糖?不怕长蛀牙吗?"

林昭很喜欢跟她说话,好不容易逮到她有谈兴,把白天遭受的冷淡抛

/ 025 /

在脑后,咧嘴一笑,露出满口白牙:"不怕,我们家没有长蛀牙的基因。再说,我每天早晚按时刷牙,吃完糖还经常漱口呢!"

庄青楠盛情难却,从林昭手心拣了一颗姜糖,剥开糖纸含进嘴里,任由辛辣刺激的味道在口腔中肆意弥漫。

林昭小声嘀咕:"你这人真奇怪,不是吃苦的,就是吃辣的,多吃点儿甜的不好吗?"

庄青楠没说话。

苦和辣才能让她一直保持清醒。

甜食和漂亮衣服是不缺爱的孩子获得的附加品,一向与她无缘。

不过,总有一天,她要凭自己的努力赚到足够的钱,彻底摆脱悲惨的命运。

院子里的灯终于熄灭,月影凄迷,万籁俱寂,只有藏在草丛中的蛐蛐时不时叫两声。

林昭踩在七八块堆叠在一起的砖头上,提力往上一跃,两手攀住墙头,劲瘦颀长的身躯悬在半空中,游刃有余地左右晃动。

庄青楠紧张地站在身后护着他,抬头看见宽松的T恤里线条流畅的脊背,睫毛受惊地颤了颤,小声说:"林昭,你小心点儿,到那边先找东西垫好,一有不对劲就跑,记住了吗?"

林昭浑身都在使劲,没有立刻回答她,等到顺利翻过去,才从墙上探出脑袋,冲她眨了眨眼:"放心吧,你也一样,要是我没能跑出来,就先找地方躲躲。"

林昭悄无声息地跳进院子,照着庄青楠的交代,把一张旧藤椅搬到墙根,留作退路。

他蹑手蹑脚地走到门边,耳朵贴上去听了一会儿,确定里面没有人说话,捏着小小的夹子鼓捣了半天,好不容易撬开门闩,出了一身的汗。

进门处是这户人家的堂屋,林昭借着微弱的光线,看见小方桌上摆着几盘吃剩的炒菜和两个喝空的二锅头酒瓶,明白人贩子喝了不少酒,胆子变得更大。

左右各有一间卧室,他不确定庄青楠的弟弟在哪个方位,先往左边走去。

房间里的大床上,一个男人和一个女人赤身抱在一起,睡得正香。

林昭撇了撇嘴,没敢多看,急匆匆退出去。

右边的房间里,两个男人光着膀子睡在凉席上,呼噜声震天响。

角落摆着个简陋的婴儿床,男婴哭得累了,皱着脸睡过去,裤子早就尿得湿透,也没人管。

林昭心里一高兴,也不嫌尿骚味难闻,走到小床边,伸手把乐乐抱在怀里。

乐乐被他吵醒,扭了扭胖乎乎的身子,嘴巴一咧,撕心裂肺地大哭出声。

林昭浑身僵硬,脑子里像埋了颗炸弹一样,"轰"的一声炸开,连天灵盖都飞了起来。

3. 能量糖

靠近小床的男人最先惊醒,打开电灯,看见呆若木鸡的少年,厉喝一声:"你是谁?从哪里来的?"

另一个男人翻了个身,眼看也要清醒。

林昭回过神,知道自己已经没有隐藏行踪的必要,也不说话,抱着乐乐闷头往外走。

"站住!"男人叫醒同伴,穿上拖鞋,抄起墙边竖着的钢筋,狞笑着逼近他,"小兔崽子,敢从我们手里抢人,活得不耐烦了吧?"

他们和对面屋子里的男女不同,并非这里的村民,而是买卖人口的惯犯,打算明天一早上就带着孩子去外地找下家,因此看见林昭自己送上门,不觉得害怕,还打起他的主意。

虽然十几岁的男孩子卖不上什么价钱,送到黑煤矿,也是个不错的劳动力。

林昭一弯腰,灵活地躲过向他横扫的钢筋,却被从床这边抄过来的男人截住去路,脸上渗出冷汗。

双拳难敌四手,更不用说他手里还抱着乐乐,根本没办法还击。

理智告诉他应该放下孩子,找机会逃出去,可他不想让庄青楠失望,更不想再一次看见她的眼泪。

林昭咬咬牙,撒谎说:"这是我弟弟,我带我弟弟回家,怎么能叫'抢'呢?实话告诉你们,我过来的路上已经报警了,警察马上就到,你们要是不想进监狱,就赶快跑吧!"

两个男人半信半疑地对视了一眼。

堵在门边的男人哼笑一声,粗声粗气地说:"少跟这小子废话,把他捆起来,一起带走!"

林昭俊脸发白,在钢筋捣向自己腰际时,险而又险地跳到半空,趁对方来不及收力,误伤"友军",侧身从门缝挤出去,拔腿就跑。

可惜的是,那对抱在一起睡觉的男女也被惊动,脚步声迅速接近。

前有狼,后有虎,林昭被四人堵在堂屋正中间,心脏"扑通扑通"狂跳。

就在这时,前门传来刺鼻的烧焦气味,有个细细的女声大喊:"着火

/ 027 /

了！快救火啊！"

林昭心里一喜，在众人愣神的时候，冲向后门，踩着藤椅纵身一跃，单手牢牢抓住墙头。

他骑坐在墙上，见庄青楠从巷子里急急忙忙跑过来，把快要哭抽过去的孩子递给她，利索地爬下去，夸道："庄青楠，火是你放的吧？你可真聪明！"

庄青楠紧紧抱住乐乐，点了点头："别说话了，我们快跑！"

说时迟，那时快，那三个气急败坏的男人纠集村民追了过来，手里挥舞着棍棒，嘴里高声嚷着："别跑！把孩子放下！"

林昭打小就是铜山镇的飞毛腿，庄青楠常年干体力活，看着瘦弱，腿脚不比他差，他们跑到村外，启动摩托车，马不停蹄地往铜山镇的方向赶去。

林昭把挡位升到最大，两手紧握车把，短发被风吹得东倒西歪，从后视镜看到黑色面包车在后面紧追不放，诧异地说："他们疯了吗？抢孩子抢得这么嚣张？"

庄青楠一手扯着他的衣角，另一手护着弟弟，声音还算冷静："不是嚣张不嚣张的问题，他们怕咱们回去把事情闹大，又觉得咱们只是孩子，打算一不做二不休。"

林昭听明白这是打算灭口的意思，不由自主地打了个寒噤。

他在简单的环境里无忧无虑地长大，从未接触过人性的恶意，根本无法理解穷凶极恶的人是什么心态。

成功偷出乐乐的成就感散了个精光，他把手里的汗蹭到车把上，勉强挤出个笑脸："没事，他们应该追不上我们……"

话音未落，他看清仪表盘上的油量提醒，脸色一变："糟了！快没油了！"

庄青楠沉默片刻，说："林昭，放我下车，我拖住他们，你带着我弟弟，能走多远走多远。"

林昭不理解庄青楠怎么一点儿也不爱惜自己，恼道："再说这种话我就要生气了！你弟弟重要，你就不重要吗？别忘了他们最开始的目标也有你！你弟弟被拐走，无非是换个人家生活，照样有吃有喝，不会受多大委屈。你呢？你已经十六岁了，他们会把你卖给老光棍当媳妇儿，逼你生孩子！哪种情况更严重你分不清楚吗？"

庄青楠愣了愣，眼角变得有些酸涩。

她当然知道后果。

她只是习惯把自己的得失放在最后一位，习惯忍让和牺牲。

林昭把摩托车开到山坡的最高处，耗尽最后一滴汽油，忍痛撇下新车，拉住庄青楠的手腕往前飞奔。

他使出所有力气，跑得上气不接下气，双腿酸痛得几乎不听使唤，异想天开，涌出一个念头——

这会儿要是有颗能量糖就好了。

跟动画片里大力水手的菠菜一样，吃一颗就能变得力大无穷，拳打人贩子，脚踢面包车，单手扛起庄青楠和她弟弟，几步跑回家。

林昭的速度渐渐变慢。

他松开庄青楠，两手扶住膝盖，嗓子疼得说不出话，胸膛剧烈起伏，"呼哧呼哧"喘得像个破风箱，要不是在乎脸面，早就一屁股坐在地上。

他冲庄青楠摆摆手，示意她先跑。

忽然，前方射来几束亮光。

平心而论，这光线不算多么明亮，然而，他们一直在漆黑阴森的山路上逃亡，身后又有豺狼虎豹穷追不舍，好不容易看见希望的曙光，立刻激动得热泪盈眶。

"阿昭！阿昭！"

"乐乐！我的乐乐啊！妈没了你可怎么活啊！"

伴随着嘈杂的叫嚷声，十来个拿着手电筒的人越走越近。

快要追上他们的黑色面包车似乎有所忌惮，紧急调头，躲进夜色中。

庄青楠确定她和林昭已经回到安全范围，长长松了口气。

她见林昭体力透支，示意他缓一缓，抱着弟弟先行迎上去，叫道："爸、妈，我们在这儿！"

不多时，林素华慌慌张张地跑向庄青楠，本来梳得整整齐齐的头发披散在肩上，右腮高高肿起，脸上全是泪水。

她一点儿也不关心女儿，劈手把乐乐夺走，见宝贝儿子本来白里透红的小脸变得青白，裤子被尿浸透，手脚冰冰冷冷，心疼得放声大哭："我苦命的乐乐啊！你离开妈之后，遭了多大的罪啊？你姐这是要害死你啊！"

庄青楠嗫嚅两下，还没来得及解释，便看见一道高大的身影来到眼前。

庄保荣的断眉紧紧拧在一起，眼睛里闪烁着深切的厌恶，像老鹰抓小鸡似的揪住女儿细细的胳膊，扬起宽大的手掌，使出浑身力气，狠狠抽了她一耳光。

庄青楠听见"啪"的一声脆响，紧接着倒在地上，天旋地转，眼冒金星。

她是挨打挨惯了的，知道惩罚远远没有结束，下意识地蜷缩成一团，抬起胳膊护住脑袋，眼睛紧紧闭上。

可这一次和以往不同。

林昭像只还没完全长成的狼崽子一样，飞扑到她身上，用高瘦的身躯

挡住庄保荣的拳打脚踢，嘶哑着嗓子喊道："你打她干什么？你知道我们遇到了什么吗？知道我们为了把你的宝贝儿子救出来，花了多少心思吗？你连问都不问一句，就对她动手，有这么当爸的吗？"

庄青楠惊讶地睁大眼睛。

泪水不听使唤地从眼眶里涌了出来。

4. 奶片糖

林昭越嚷越生气，愤恨地瞪着庄保荣。

他真不理解，世界上怎么会有这样的父亲——儿女平安无事，他不觉得高兴，也不问青红皂白，伸手就打人！

"阿昭，你说清楚，到底是怎么回事？"郑佩英也觉得庄保荣下手太重，却不好说什么，走过来扶起林昭和庄青楠，低声打圆场，"这么多叔伯婶娘找了你们大半夜，你知不知道？你的摩托车呢？"

林昭把庄青楠护在身后，说话像放鞭炮似的，吐字清晰地把他们怎么遇到人贩子、怎么把乐乐从贼窝里偷出来、怎么逃回来的经历说了一遍，梗着脖子问："素华姑姑，你凭什么说庄青楠打算害死弟弟？庄姑父，你凭什么打她？你们跟她道歉！"

郑佩英急得拧了林昭一把，笑骂道："你们别理他，这孩子一犯轴就没大没小，胡说八道。青楠和乐乐没事就好，没事就好。等天亮我们去镇子上的派出所说说这事，让警察抓住那些丧尽天良的人贩子！"

林素华担惊受怕了一个晚上，又被庄保荣打了一顿，更加宝贝小儿子，神经质地抱紧乐乐轻轻摇晃，一会儿掉眼泪，一会儿微笑，对郑佩英说的话充耳不闻，也没有往庄青楠身上看一眼。

庄保荣望着林昭怒发冲冠的样子，眼珠子转了转，神色慢慢缓和下来："嫂子说得对，我刚才太着急了，下手重了点儿，让你们看笑话了。孩子既然都好好的，咱们赶紧回去吧！今天晚上辛苦大家了！"

回镇子的路上，庄保荣一个劲儿地夸林昭有勇有谋，其他男性长辈也连声附和，都说他打小就机灵。

林昭几次想打断他们，强调庄青楠才是这次营救行动的军师，却被他们不以为意地岔开话题。

庄青楠捂着高高肿起的脸颊，眼神变得黯淡。

郑佩英把她搂进怀里，富有肉感的柔软身躯传来源源不断的热意，比母亲更像母亲："青楠，你爸妈眼里只有乐乐，估计顾不上你，待会儿你去阿姨家休息吧？"

庄青楠本应该拒绝，由于全身的力气已经耗尽，竟然说不出个"不"字。

她轻轻点点头，眼泪顺着衣服的纹理慢慢渗进里面，烫得郑佩英心里头直发酸。

林鸿文带着亲戚朋友往另一个方向找林昭，还没回来，郑佩英把庄青楠拉进主卧，让她躺在床上休息。

庄青楠闭着眼睛，听到急促有力的脚步声来到门边，小声敲门。

不多时，郑佩英和对方的说话声低低响起——

"谁告诉你要热敷？拿冰块！冰块！"

"买什么炸鸡？她折腾了一晚上，睡醒肯定没胃口，你去你张叔那儿买几碗甜豆腐脑，再捎点儿包子油条！"

"等你爸回来，让他赶紧带着你去派出所报案。那辆摩托车才买半天，要是就这么丢了，我打断你的腿！"

……

没人知道，庄青楠有多羡慕林昭。

原来正常的家庭氛围是这样的，原来看似凶狠的呵斥里，能够蕴藏这么多的温情和疼爱。

她安静地躺了一会儿，感觉到郑佩英用纱布包着冰块，轻轻碰触她的脸颊，睫毛一颤，打算睁眼。

"你睡你的。"郑佩英慈爱地摸了摸她枯燥的头发，"就算睡不着，休息休息也好。"

郑佩英生完林昭，本来是打算再要个女儿的，无奈身体出了点儿毛病，怎么努力都怀不上，时间久了，只能死心。

她越看庄青楠越喜欢——还是闺女好，又漂亮，又懂事，又聪明，不像林昭，就知道气人。

庄青楠觉得脸上的疼痛渐渐离自己远去，吹着空调送来的凉风，陷在凉席和毯子围成的舒适港湾里，不知不觉进入梦乡。

她醒过来的时候，已经日上三竿。

庄青楠从没睡过懒觉，看到窗外明晃晃的太阳，心里吃了一惊。

她坐起身，看清房间里的陈设，想起自己住在林昭家，这才慢慢放松下来。

林昭隔着防盗窗探头探脑，见庄青楠已经睡醒，眼睛一亮，叫道："庄青楠，你睡好了吗？快出来吃饭！"

庄青楠点点头，把枕头摆正，毛毯叠得整整齐齐，洗干净脸，梳好头发，来到餐厅。

她见桌上摆满早点，对面却只坐着林昭，问："叔叔阿姨呢？"

"他们跟着警察去东山村抓人，让我在家里陪你。"林昭早就饿得前

胸贴后背,把筷子分给她,狼吞虎咽地吃了起来,"你的脸还疼吗?身上有没有哪里不舒服?"

庄青楠摸摸已经消肿许多的脸,摇摇头:"不疼了,我没事。"

她顿了顿,圆圆的眼睛看着林昭,郑重地说:"林昭,昨晚的事,谢谢你。"

"哎呀,举手之劳,不用这么客气。"林昭大大咧咧地挥挥手,掰开一板奶片糖,"你喜欢直接吃,还是放粥里?"

庄青楠伸手接过,不舍得咀嚼,垫在舌下一点一点地化开,感受着浓郁香甜的奶味。

林昭风卷残云一样吃了个十成饱,小心翼翼地问:"……庄青楠,你爸经常打你吗?"

庄青楠沉默片刻,不肯多说:"偶尔。"

林昭生怕惹她不高兴,换了个话题:"等摩托车找回来,我带你去城里玩一天吧?我妈说,让我陪你买双运动鞋,费用她报销。"

庄青楠低头看着快要开胶的塑胶凉鞋,窘迫地蜷紧脚趾。

这双鞋还是去年夏天的时候,表姐给她的,她个子长得快,脚也跟着长,脚指甲在里面顶得生疼。

"不用……我不需要……"庄青楠的语气变得有些迟疑。

"我妈夸你补习得好,这是给你的奖励,为什么不要?"林昭和她相处了一个多月,多多少少摸出点儿她的脾气,软硬兼施,还打起同情牌,"再说,你知道我已经多久没进城了吗?好不容易有这么一次公费旅游的机会,让我沾沾你的光,好好放松一天不行吗?"

他拍拍胸脯:"咱们俩昨天晚上同生死共患难,谁都没有撇下谁,也算建立起过命的交情了,你再客气,就是不认我这个战友!"

这话带着开玩笑的意思,然而,说出口之后,林昭莫名其妙脸红起来。战友什么的,总觉得有种非同寻常的亲密。

庄青楠犹豫很久,终于轻轻点了点头。

5. 棉花糖

参与拐卖乐乐的四个人里,两个三十多岁的男人是惯犯,当晚就嗅出不对,骑着林昭的摩托车前往外地"销赃",司机和他媳妇舍不得家里的值钱东西,又抱有侥幸心理,顺着原路返回,第二天早上被警察逮了个正着。

小地方的警察办事颇具弹性,林鸿文塞了几条好烟,他们的工作效率立刻提上来,没几天就找到摩托车的线索,顺藤摸瓜,把那两个人贩子抓捕归案。

郑佩英看着失而复得的摩托车，见车把是歪的，车轮是瘪的，车屁股还蹭掉几块漆，气不打一处来，眼神像刀子似的"嗖嗖"往林昭身上飞。

林昭吃准了他妈舍不得打他，嬉皮笑脸地说："妈，见义勇为总得付出点儿代价，您这么开明、这么大度，肯定能理解的，对吧？再说了，破财消灾嘛！"

"少给我戴高帽子！快让你爸修车去！"郑佩英戳了戳他的脑门，由于这场风波告一段落，心里也觉得轻快，转头看向庄青楠，"青楠，明天没什么事吧？让阿昭带你去城里逛逛，换换心情。我们这儿的城里什么都有，比镇子上好玩得多。"

这件事是一早就说好了的，庄青楠便不再扭捏，点头道："好的。阿姨有什么想要的吗？我们给您带回来。"

"我想想啊……给你林叔叔带个电动剃须刀吧，要好一点儿的，再给我带一条丝巾。"郑佩英暗叹女孩子贴心，并不跟她客气，爽快地提要求，"阿昭眼光不行，你帮我挑。还有，城里头人多，你看好他，别让他闯什么祸。"

庄青楠一一答应："没问题，阿姨您放心。"

翌日，天刚蒙蒙亮，林昭就关掉闹钟，睡眼惺忪地爬起来。

外头没什么人，安静得很，他骑着修好的摩托车晃到庄青楠家门口，哈欠连天："干吗出发这么早？我都要困死了……"

庄青楠不好说自己害怕被镇子上的人看见，把热好的野菜粉条包子递给他，小声说："别问了，快走吧。"

她没跟爸妈提他们要去城里的事，林昭心里讨厌庄保荣，也没细问，嘴里叼着一个大包子，胳膊底下夹着两个，含混不清地说："上车……"

这次的形势并不危急，庄青楠矜持起来，改跨坐为侧坐，一手扶着摩托车后面的挡板，另一手规规矩矩地搭在腿上，说："我坐好了。"

林昭脑海里浮现出那晚紧紧圈在腰间的手，困惑地甩了甩脑袋，思绪却越来越乱。

他慢吞吞地起步，离开镇子，走上山路的时候，猛然一个加速，感觉到庄青楠紧张地牵住他的T恤下摆，胸口那股气终于变得顺畅。

"这包子是你蒸的吗？真好吃。"林昭三两口吃完一个，又拿起第二个，整个人沐浴在晨光和凉风中，彻底精神起来，"我本来还打算带你去城里的肯德基吃早餐呢，等中午吧。"

"是我蒸的，没阿姨做的香，也就尝个新鲜。"庄青楠生怕林昭乱花钱，把话说在前头，"我们今天先办正事，中午随便吃点儿就回来，好不好？"

"平时都听你的,今天得听我的。"或许是经过乐乐被拐一事,两个人的距离拉近不少,林昭挑了挑眉,故作霸道,"你放心把时间交给我,听我安排。"

他们穿行在青山碧草间,头顶是蓝天白云,耳畔是鸟叫虫鸣,树影从脚下飞快掠过,空气中漂浮着淡淡的花香。

林昭快活地昂着头大叫了好几声,任由回声在山谷中飘荡,笑着说:"看来,早点出发也有早点出发的好处,路上没什么人,走着舒服。"

庄青楠没有接话,唇角却微微翘起。

这次的笑容,比以往任何一次都自然。

摩托车拐到通往城市的必经之路上,举目所见的风光渐渐变得不同。

路面越来越宽,汽车、公交车、面包车川流不息;田地消失不见,取而代之的是令人咋舌的高楼大厦;临街的商店尚未开门,透明的玻璃橱窗得意又大方地展示着精美的商品;商贩推着小吃车在路边叫卖,西瓜和菠萝切成小块,用长长的竹签穿着,看起来新鲜又水灵……

庄青楠看得目不暇接,林昭像是明白她心中所想,悄悄减慢车速,主动担当起此行的导游——

"看见那辆公交车了吗?现在市里流行自动售票机,不安排售票员,坐车的人提前准备好零钱,投到门边的机器里……"

"那边那家店就是肯德基,对,标着'KFC'的,中午给你买汉堡和可乐,我最喜欢吃汉堡!"

"庄青楠,我们买完东西,去新开的游乐园看看吧?我听说里面有过山车,还有海盗船!下午再去看场电影!你看过电影吗?里面的屏幕有这么——"他腾出双手,夸张地在空中比画着,"这么大!"

他说的这些,庄青楠全都不知道。

这是一个全然陌生,又带着巨大吸引力的新世界,她的性格再冷淡,再克制,也不由自主地被他诱惑。

"看电影很贵吧?去游乐园更贵。"庄青楠迟疑地说着,不忍心扫林昭的兴,想了个折中的办法,"要不你自己进去看,我在外面随便转转?"

"说什么呢?咱俩肯定一起行动啊。"林昭拍了拍鼓鼓囊囊的裤兜,"放心吧,我妈这次大方得很,经费管够。我们想吃什么,就吃什么,想玩什么,就玩什么,不把钱花完不回家!"

说完这句豪言壮语,林昭把车停在一个卖棉花糖的小贩前,说:"老板,来两个棉花糖!"

庄青楠连忙阻止:"这个很甜,一个就行,买两个吃不完。"

"我说两个就两个,吃不完我帮你吃。"林昭很坚持。

城里的商贩比镇子上走街串巷的老爷爷更有经商头脑,没两分钟就做出一个花朵形状的棉花糖,芯儿是黄的,花瓣是白的,外面还有一层粉边,拿在手里别提多好看。

林昭见庄青楠抓着舍不得吃,索性把自己那个也塞给她,说:"先帮我拿着,我进商场再吃。"

于是,庄青楠一下子拥有了两朵糖做的花。

6. 黄糖

挑电动剃须刀和丝巾,花了庄青楠不少时间。

她详细地比较了每款剃须刀的参数,兼顾功能与价格,好不容易选中一款,请店员帮自己包起来。

丝巾的审美则更为主观,她不确定地问林昭:"林昭,郑阿姨喜欢什么颜色,什么花样?"

林昭大大咧咧地回答:"我妈喜欢新的亮的,要不买大红的吧?黄色的也不错!哎呀,你随便选一条,我们去对面买鞋!"

庄青楠微微皱眉,最终买下最受欢迎的蓝色款,再三确定如果不满意可以调换,这才小心翼翼地把漂亮的包装盒放进袋子。

两个人并肩走进鞋店,庄青楠的第一反应并不是看款式,而是看价格标签。

意识到这里的运动鞋比赶集时在地摊上买的贵出十几倍,她吓了一跳,不肯再往前走:"林昭,我们换家店吧?"

"为什么要换?这家店的鞋穿着舒服。"林昭指指自己脚上同一品牌的运动鞋,见庄青楠的表情有些不自在,隐约明白了什么,露出两颗小虎牙,"鞋子和衣服不一样,便宜的和贵的区别很大,在这方面千万不能省钱,你试一下就知道了。"

庄青楠拘束地坐在包着层软垫的休息凳上,在林昭的安排下,试了双白色的运动鞋。

"我不太想要白色,白色不耐脏。"她小声说着,发现三十六码的鞋子穿着有点儿紧。

原来,她早就该换三十七码的鞋了。

不过,林昭说得没错,这双鞋看着和地摊货差不多,上脚却非常舒服,像是踩在云朵里。

"可白色好看呀,又好搭衣服。"林昭心血来潮,半蹲在她面前,"看着,我给你表演个一秒系鞋带。"

林昭介于男人和少年之间的手指又细又长,骨节疏朗,皮肤是健康的小麦色，指甲是淡淡的粉色，和庄保荣身边那些老烟枪的手一点儿也不一样。

庄青楠看得出了神，等林昭系出漂亮的蝴蝶结，捧场地笑着说："怎么系的？我都没看清。"

林昭得意地挑挑眉，神采飞扬地说："不告诉你，这可是我的拿手绝活。"

最终，在庄青楠的坚持下，他们还是买了一双黑色的运动鞋。

到了吃饭的时候，肯德基店里人很多，几乎找不到座位。

"庄青楠，你先看看想吃什么，然后去找位置，我在这边排队。"林昭把庄青楠拉到队伍后头，指着服务员头顶的菜单，如数家珍，"那个新品汉堡你想不想吃？或者来个劲脆鸡腿堡？我们再买两对鸡翅、四个蛋挞吧。饮料呢？喝可乐还是雪顶咖啡？吃不吃圣代？"

庄青楠没想到单汉堡就分这么多种，他说的饮料更是连听都没听过。她拙劣地掩饰着自己的慌张："都行，你看着买吧，我不挑食。咖啡就不要了，我不太喜欢。"

在她有限的认知里，咖啡的味道又苦又涩，只有外国人和坐在高档写字楼的白领精英才喝得惯。

直到她找到靠窗的座位，看见旁边一个中年男人打开杯盖，往热气腾腾的咖啡里加了两包红褐色的糖粉、两小罐牛奶一样的液体，这才明白——

原来咖啡是可以调味的。

还有个同龄的女孩子一边喝咖啡，一边用小勺子舀里面尚未融化的冰激凌吃，表情惬意，肢体放松，像是这里的常客。

"看什么呢？"林昭端着满满一盘子食物过来，几乎没有重样的，好像打算让庄青楠全试一遍，"今天时间有点儿紧张，要不我们先不去游乐园了，下次再去。等看完电影，要是还来得及，我带你打会儿游戏，给你抓几个娃娃。"

庄青楠习惯性地把责任揽在自己身上："对不起，是我买东西的动作太慢了……"

"说什么呢？计划赶不上变化，不是很正常的事吗？"林昭把自己觉得好吃的小吃全堆到庄青楠面前，拿起可乐"刺溜刺溜"喝得无比满足，"快吃，吃饱了我们去电影院。"

等待电影开播的间隙，庄青楠靠坐在舒适的座椅里，悄悄抬起眼睛，看向林昭。

她承认自己最开始对他有偏见。

学习成绩不该和人品挂钩，有钱人家养出来的也不全是纨绔子弟。

他和他父母一样，都是很好很好的人，正直，善良，待人亲切，出手大方。

可她觉得自卑。

她担心自己没资格成为他的朋友。

更何况，社交是需要物质基础的，她没有能力维护人际关系，也不愿意厚着脸皮装傻，一味地占他们便宜。

庄青楠有些踌躇。

林昭对女孩子敏感细腻的小心思一无所知，凑近她说："今天这个可是大场面的动作片，有好几个大明星出演，在电影院看肯定很爽。庄青楠，你喜不喜欢看打戏？害不害怕见血？"

他说的那几个明星，庄青楠也听同学提过，只是对不上他们的脸，闻言点点头，又摇摇头："喜欢，不害怕。"

很快，头顶的灯光熄灭，屏幕亮了起来。

这部电影的剧情并不出彩，胜在打斗的动作流畅，画面又精美，也算得上是一场视觉盛宴。

林昭看得激动，嘴里时不时叫好，扭头拿爆米花的时候，眼角余光掠过庄青楠纤细的手腕。

光线越暗，衬得她的肌肤越晃眼，青色的血管像饱经苦难却奔流不息的河流，从手背爬上小臂，经过肘部，消失在卷起的浅蓝色衣袖底下。

他忽然从男主角和恶人争斗的情节中抽离，暗暗后悔——怎么没有想起来，给她买身新衣服？

她这么漂亮，无论穿裙子还是裤子，肯定都很好看。

是她衬衣服，不是衣服衬她。

不过，以她的倔强，十有八九不肯要，如果说得多了，没准还要跟他翻脸。

林昭少年老成地叹了口气。

庄青楠诧异地望过来，以眼神询问他怎么了。

林昭不甘心地又看了一眼她的手腕，撸起短袖，戳戳自己并不明显的肌肉，做了个鬼脸："你说，我怎么没有他们那么好的身材？我怎么不能像他们一样以一当十，把坏人打得屁滚尿流？"

庄青楠被他逗笑，小声说："他们是专业演员，不一样的，你已经很厉害啦。"

看完电影，林昭带庄青楠拐进游戏厅，拿出看家本事，给她抓了五六个形象呆萌的毛绒玩偶，又教她玩当下流行的捕鱼游戏。

一直玩到天黑，庄青楠才意犹未尽地坐上摩托车后座。

她看着渐渐离自己远去的灯影霓虹，飞扬的心情变得低落。

"庄青楠，咱们下次还来。"粗线条的林昭在这一刻竟然猜到她心中所想，低声保证，"只要你喜欢，随时都能来。"

庄青楠没有回答。

她只是沉默地拥紧玩偶，把白净的脸颊贴在光滑的绒布上。

7. 水果糖

庄青楠抱着大大小小的玩偶，将装运动鞋的纸袋藏在身后，蹑手蹑脚地走进家门。

庄保荣正坐在院子里喝闷酒，面前摆着一盘卤牛肉、一盘炒花生，斜眼看见她，笑着说："青楠，今天跟阿昭出去玩，怎么没告诉爸？手里的东西，都是他买给你的？"

庄青楠难以克制对父亲的畏惧，低着头站在墙边，小声说："我跟林昭进城，帮林叔叔和郑阿姨买东西。娃娃是林昭玩游戏的时候随手抓的，运动鞋是郑阿姨送给我的。"

她有着小兽一样的警醒，巧妙地撇清和林昭的关系。

"你都多大了，还玩什么娃娃？"林素华抱着乐乐从屋里走出来，自顾自做好分配，"让天天挑两个，剩下的给你弟弟。做姐姐要有做姐姐的样子，这么简单的道理还用我教吗？"

庄青楠咬住嘴唇，没有说话，手指却深深陷进玩偶的身体里。

大人的话术总是在不断变化，她小的时候，他们不给她买娃娃，理由是"家里穷，买不起"，再大一点儿的时候，他们又指责她"虚荣，有攀比心"……

好像不懂事的，永远是她。

林素华又说："买的什么鞋子？拿过来我看看。女孩子穿那么好的鞋干什么？阿昭他爸妈真是不会过日子。"

庄保荣破天荒地维护起庄青楠："行了行了，就你话多，娃娃一个孩子分两个，至于鞋子，人家愿意给青楠买，就让她穿呗。"

他用一种令人毛骨悚然的眼神仔细打量女儿："一转眼青楠也十六岁了，是个大姑娘了，是该好好打扮打扮。"

庄青楠觉得天空在一瞬间压得很低，四周的院墙居心叵测地围拢过来，空气变得稀薄，几乎喘不过气。

她缩着胸脯，弓着脊背，悄无声息地躲进房间，等醉醺醺的庄保荣躺到床上，和林素华、乐乐一起睡熟，主屋也不再有动静，这才烧了一壶热水，钻进厕所洗漱。

少女的身体已经开始发育,带来许多无处倾诉的小烦恼。

庄青楠解开头发,兑好温水,用廉价的洗发水潦草洗了一回,包上毛巾,背对着门解开纽扣。

胸口鼓得越来越高,里面像塞着很多细小的石块,轻轻一碰就觉得生疼,剧烈活动时更是沉甸甸地往下坠,林素华施舍的严重变形的内衣已经无法满足正常需求。

她紧皱着眉,忍着疼痛伸手慢慢揉捏,时不时发出一声似哭泣似呻吟的动静,额角渗出细细密密的汗珠。

突然,她听见响亮的吞咽声。

那声音隔着薄薄一层门板传过来,简直像响在耳边。

"谁?"庄青楠寒毛直竖,反应极快地拢好衣服,推开门追出去。

院子里一个人都没有,堂屋的门帘在夜风中轻轻晃动,屋子里漆黑一片,杳无声息。

她不太确定刚才是不是自己的错觉,重新退回去,用最快的速度冲干净身体,心口"扑通扑通"跳得飞快。

再回屋睡觉的时候,乐乐无缘无故惊醒,在母亲的怀里哭了一会儿。

林素华抱怨说:"你下次不能早点儿洗澡吗?吵得你弟弟睡不好觉。"

庄保荣烦得踹了林素华一脚:"你喂他两口奶不就得了?天天吃我的喝我的,连个孩子都带不好!青楠,最近天热,你晚上搬院子里睡吧,院子里比屋里凉快。"

庄青楠背对着他们,忍受着胸口传来的疼痛,抱紧剩下的两个娃娃,把眼泪蹭在上面。

她越来越喜欢去林昭家补课。

那是一个帮助她短暂逃离现实的世外桃源,是避风港,是理想乡,郑佩英甚至允许她在林昭做卷子的时候温习功课,还帮她借来高一的学习教材。

庄青楠如饥似渴地吸收着知识,得知庄保荣等人终于在林鸿文的催促下加快工期,三五天内就能把猪圈盖好,悄悄松了口气。

现在,最令她期待的就是高一开学。

最令她烦恼的,则是直到现在还没着落的学费。

庄保荣一直牢牢拿捏着郑佩英给的补课费,在她面前装傻,她鼓起勇气提了两次,都被他岔过去。

庄青楠正在走神,林昭放大的俊脸出现在面前。

他摊开手,手心托着十几颗花花绿绿的水果糖,示意她先挑:"庄青楠,我妈说月底放两天假,等你开学,要是还有时间,每周末继续给我补

课，补课费另算，你觉得行不行？"

庄青楠心里自然乐意，却没把话说死："这个你们得跟我爸商量，我做不了主。"

林昭点点头，表示理解，见她选了颗橙子味的硬糖，自己也跟着拿了颗一模一样的："你们高中就在我们学校隔壁，到时候你如果有什么事，可以直接过去找我，我在三班，跟门卫一说，门卫就知道。"

庄青楠虽然不认为自己有向林昭求助的情况，还是礼貌地答应下来。

猪圈完工的前一天，郑佩英带着林鸿文回娘家走亲戚，把林昭留下来看家。

庄青楠给林昭补完课，回到舅舅家，迎面撞上几个向庄保荣逼债的债主。

原来，庄保荣到了铜山镇，非但不改好赌的本性，反而仗着手里有几个钱，越赌越大，又欠了一屁股烂账。

"吵什么吵？吵什么吵？你们出去打听打听，我庄老五是欠钱不还的人吗？"庄保荣见林广夫妻俩都有些不高兴，女儿又木呆呆地站在门口，脸上挂不住，拍着胸膛和债主们保证，"再给我两天时间，就两天，我一定连本带利把钱还上！"

他连哄带吓地把债主请出去，不知道往哪里晃了一圈，回来的时候，脸上带着莫名的亢奋，手里提着一篮子土鸡蛋。

"青楠，今天阿昭爸妈不在家是吧？他自己一个人害不害怕？要不你过去给他做个伴吧。"他拽起女儿，连换衣服的时间都不给，推她出门，"顺便把这篮鸡蛋捎给他，就说我和你妈感谢他把乐乐救出来，这是我们的一点儿心意。"

庄青楠觉得他说话十分不着调，铁公鸡拔毛的行为更透着十二分的蹊跷，皱眉说："不太合适吧？他都那么大了，应该不需要别人做伴，就算真的需要，也可以找林海他们几个，我去算怎么回事？"

庄保荣没多少耐心，粗声粗气地吼了一句："现在翅膀硬了，我说话不管用了是吧？"

他说完这句，见庄青楠脸色发白，肩膀却不配合地拧着，转了个念头，又说："那你把鸡蛋送过去，再陪他说说话，看会儿电视，十点左右回来，这样总行了吧？"

他从裤兜里掏出几张皱巴巴的百元大钞，在女儿面前晃了晃："你不是想上高中吗？只要你好好听爸的话，爸给你出学费和生活费，全力支持你上学！"

这两句话正中庄青楠的死穴。

她怔怔地看着庄保荣，细白的手指蜷紧又松开，反复数次，终于把篮子接了过来。

8. 剥皮软糖

庄青楠来到林昭家门口的时候，林昭拿着手电筒，正打算去葡萄园后面的临时猪圈巡视。

"庄青楠，你怎么过来了？"他一脸惊喜，主动迎上来，见她的脸色有些难看，歪了歪脑袋，"有什么事吗？"

"……没事。"庄青楠艰难地把庄保荣的感谢转达给他，举高篮子，"这些鸡蛋不值多少钱，你要是不嫌弃，就留着吃吧。"

林昭挠挠头，大大方方地把篮子接过去："你说什么呢，我最喜欢吃土鸡蛋了，一天最少吃两个！你要不要进来坐会儿？"

他再怎么粗枝大叶，也知道家里没人的时候，邀请一个女孩子进屋不合适，说这句话就是客气客气，没想过她会答应。

然而，庄青楠反常地点点头："我有点儿渴，能喝杯水吗？"

林昭愣了愣，肉眼可见地高兴起来："当然可以！快进屋，我给你拿果汁！"

林昭把巡视猪圈的事忘了个一干二净，抛下手电筒，让庄青楠坐到沙发上，给她打开电视，倒好饮料，又三步并作两步往厨房走。

篮子里的土鸡蛋足有四五十个，他把磕破的拣出来，放在案板旁边，余下的存进冰箱里，紧接着翻箱倒柜准备回礼——

奶奶给的干贝干虾、外婆腌的咸肉咸菜、林鸿文朋友送的广式腊肠，全都塞进篮子里，他还嫌不够，又找出两大块卤牛肉。

"林昭，你别忙了。"庄青楠在客厅坐不住，循着动静追进厨房，"我什么都不要。"

"你跟我客气什么？我家的肉太多了，根本吃不完，放久了又不新鲜，你就当帮帮忙，带回去让姑姑姑父一起消化消化。"林昭既实诚又懂说话的艺术，几句话说得分外妥帖，"你要是嫌重，我待会儿骑车给你送回去。"

他越这样，庄青楠良心上越是过意不去。

她能猜到庄保荣在打什么主意。

无非是被赌债逼急了眼，又赶上林鸿文和郑佩英不在家，打算让她拖住林昭，在他们家那几十头猪身上做手脚。

她觉得羞愧、害怕、痛苦、愤怒，与此同时，又无可奈何。

庄保荣非要拖她下水，又拿学费和生活费相要挟，她能怎么办？

如果顺利瞒过林昭，间接帮助庄保荣得手，接下来很长一段日子，她

都会过得很轻松——有学上，有饭吃，还能少挨很多顿打骂。

是，她肯定会背负嫌疑，可那又怎么样？林昭没有证据，林鸿文和郑佩英更不好为难她一个还没成年的孩子。

与此相反，如果她主动示警，向林昭坦白一切，后果将变得难以估量。

林昭通过这件事看清他们一家的卑鄙与贪婪，再也不会对她这样友好、这样客气。

更可怕的是，万一他没能拦住庄保荣，肯定会把真相一五一十地告诉父母，将庄保荣送进监狱。

作为盗窃犯的女儿，她再也不可能上学，甚至无法在铜山镇拥有立足之地。

庄青楠陷入前所未有的挣扎中，一遍遍用理智提醒自己——

应该自私一点。

她还太弱小、太微不足道，就像林昭常吃的剥皮软糖一样，剥开柔软的表皮，是更柔软的内里，稍一用力碾压，就会支离破碎。

她应该不惜一切代价，保护好自己。

"庄青楠，你在听我说话吗？"林昭察觉到庄青楠的走神，在她面前挥了挥手，"你今天怎么心不在焉的？你爸又为难你了吗？"

他说着，警惕地观察她裸露在外面的肌肤，检查有没有伤痕："我发现你的黑眼圈越来越严重，是不是每天都睡不好觉啊？你吃晚饭了吗？要不要来点儿夜宵？我给你煮泡面吧？"

庄青楠掩饰似的转过脸理了理头发，见墙上的时钟刚刚走过晚上九点，打起精神拖延时间："好啊，我来煮吧。"

林昭家用的是先进的煤气灶，庄青楠在他的帮助下打开火，往锅里舀了两瓢水，手脚麻利地择菜洗菜。

林昭很喜欢和她待在一起，咬开一根火腿肠，笨手笨脚地切成厚薄不一的圆片，丢进半开的热水里，踮起脚尖取下三包香辣牛肉面。

庄青楠拿起磕破皮的土鸡蛋，打进锅里，把火苗调小，等蛋白包裹住蛋黄，慢慢凝固，这才往里面下料包、泡面和青菜。

林昭认真地记下步骤，笑着说："原来鸡蛋要这么煮啊，难怪我每次煮出来的都是鸡蛋汤。"

他又说："等到过年，我们家的猪也养得差不多了，到时候你可以来我家看杀猪，我留几块最好的五花肉给你！"

听到这句话，庄青楠握着筷子的手顿了顿，良心像被一柄重锤反复击打，又像插上千万根针，血肉模糊，千疮百孔。

她动作迟缓地盛出两碗面，和林昭在厨房的小方桌前坐下，看着他挑起一大筷子泡面，边吹气边急切地往嘴里吞咽，忽然掉了眼泪。

"林昭……"她抬起清澈干净的眼睛，望着少年错愕的面孔，情感挣脱理智，低声示警，"别吃了，快去葡萄园看看。"

她说不出亲生父亲带人偷鸡摸狗的话，难堪得恨不得找块地缝钻进去，见林昭压根儿不明白事情的严重性，不得不摈弃杂念，站起身催促他："快去啊！"

做出这个并不聪明的决定之后，庄青楠万念俱灰。

与此同时，她又如释重负。

"哦……哦！"林昭糊里糊涂地照着庄青楠的指示往外跑，跑出几步又转过身，寻找被他随手乱丢的手电筒。

"在这里！"庄青楠抓起手电筒塞给他，"你一个人不行，多叫几个人过去！旺财呢？"

"旺财……旺财在葡萄园看猪……"

林昭说完这句话，两个人同时白了脸。

庄青楠再也顾不了那么多，和林昭一起往葡萄园的方向跑去。

他们钻进枝叶茂密的园子，绕过简易板房，看见一辆大卡车停在临时猪圈的门口，四五个男人把一头圆滚滚的猪捆到手臂粗细的长棍上，使劲往上抬。

车斗里挤挤挨挨地站着十几头猪，嘴里"哼唧哼唧"，惊慌地叫嚷着。

庄保荣坐在驾驶位，大开车窗，一边吞云吐雾，一边催同伙加快速度。

他拧着断眉，不耐烦地扭过头，在车灯和手电筒散发的微光下，和一脸震惊的林昭四目相对。

第三章 想要保护一个人

1. 葡萄糖

被主家抓了个现行,庄保荣并不如何惊慌,而是厚颜无耻地咧开嘴,露出发黄的牙齿,冲林昭笑了笑。

林昭看清那几个抬猪的全是白天在工地干活的叔伯长辈,明白了他们的阴谋,正准备张口喊人,听到身后传来庄青楠痛哭的声音。

他回过头,看见平日活蹦乱跳的旺财奄奄一息地躺在地上,紧闭着眼睛,一动不动。

旺财的毛皮是接近黑色的深棕,看不出伤到了哪里,可跪在地上抱着它的庄青楠手上全是血。

林昭觉得一股火气从胸口直接冲到天灵盖。

旺财是他从小养到大的狗,和家人没什么区别,却因为兢兢业业地看家护院,被这群歹人下了毒手。

他再度看向庄保荣,摸索着抓起一把锄头,手指关节发出"咔咔"的响声,打算冲上去跟他们拼命。

庄保荣捕捉到少年眼中的锐气,吹了声口哨,对同伴们说:"行了,就到这儿吧,兄弟们上车,我请大家喝酒!"

他肆无忌惮地当着林昭的面嚷出女儿的名字:"青楠,玩够了早点回家,跟你妈说,我有正事要忙,明天再回去。"

闻言,林昭体内快要沸腾的血液迅速冷却。

他不是傻子,已经明白前因后果。

难怪庄青楠主动过来找他,还罕见地给他煮面,原来是受到了亲生父亲的胁迫。

庄青楠紧紧搂着毫无生气的旺财,心里后悔到无以复加。

她听见卡车的启动声,含泪催促林昭:"林昭,你愣着干什么?快拦住他们啊！"

她以为他不敢和几个成年人硬碰硬，提醒道："你别害怕，他们只打算谋财，没胆子对你下手，你把车拦住，大声喊人过来，别让他们得逞！"

林昭轻声问："那你怎么办？"

庄青楠一愣："什么？"

"我说，你怎么办？"林昭抛下锄头，跪在她身边，见旺财的后背和腰腹间足有四五处刀伤，脱掉T恤把它紧紧包裹起来，声音一个劲地发抖，"你不听你爸的话，擅自给我通风报信，我要是就这么冲过去，跟他们撕破脸，他回去能放过你吗？"

此刻，林昭心里亮得跟明镜似的。

庄保荣最后那句话，根本不是对庄青楠说的。

是在变相地敲打他。

庄青楠是人质，他投鼠忌器，心里再生气，也不敢轻举妄动。

庄青楠抬手揉了揉眼睛，血渍在脸上擦出一道鲜红的痕迹。

她用冷淡的态度掩盖内心的不平静："你不用管我。他做了不对的事，就应该得到惩罚，我……我自愿成为他的帮凶，挨骂挨打，是我活该……"

"你才不是自愿。"林昭听到旺财发出一声痛苦的呜咽，心疼地摸了摸它的脑袋，像抱婴儿一样把它小心地抱起来，"走吧，我们先带旺财去看医生。"

庄青楠谨慎地关好猪圈的门，调整好情绪，一边陪着林昭急匆匆往外走，一边说："跑得了和尚跑不了庙。林昭，你刚才看清他们的脸了吧？等林叔叔和郑阿姨回家，你马上跟着他们去派出所报案，把丢的猪追回来……"

"庄青楠，我不会报警的。"林昭看了她一眼，见她哭得眼睛红红的，脸上又有泥又有血，恨不得多长一只手，帮她擦干净，"今天晚上，你给我送过鸡蛋就回去了，什么都没看见，什么都不知道，记住了吗？"

庄青楠急得直跺脚："林昭，你怎么这么固执呀？我不需要你维护我！再说，十几头猪少说也值好几万块钱，可不是小数目！你担得起这个责任吗？"

"我担得起。"林昭莫名生出一种豪情壮志，想在她面前逞逞英雄，挺了挺胸脯，眼神变得坚定，"庄青楠，这件事跟你没关系，猪是我弄丢的，旺财贪玩跑出去，找不着在哪儿，估计要过一段日子才能回来。你该吃饭吃饭，该休息休息，没必要为这些烂事烦心。"

他甚至改变主意，急着赶她走："我自己带旺财去看兽医，你先回家，剩下的事交给我处理。"

/ 045 /

庄青楠头一次被人这么维护，看着林昭骑上摩托车，牵肠挂肚地回到家里，躺在折叠床上辗转反侧，怎么都睡不着。

她一会儿担心旺财，一会儿担心林昭，一会儿又在脑海里回忆他说的那些话，蒙着脸哭了很久，方才迷迷糊糊地睡过去。

林昭把旺财送到邻村的兽医处，看着医生和护士止血、缝合，直到它脱离生命危险，一颗提到嗓子眼的心才慢慢放下。

他弯腰亲亲狗头，用注射器喂它喝了点儿葡萄糖，低声说："人家都说，大难不死，必有后福。旺财，等你好了，我天天给你加餐，给你买最贵的肉罐头。"

他精疲力竭地回到家，把庄青楠带过来的篮子藏好，看到桌上两碗已经冷掉的泡面，拿起筷子往嘴里扒拉。

辣油早就凝固，美妙的滋味还在，他想着庄青楠煮面的样子，"刺溜刺溜"连面带汤吃了个干净。

刚刷好碗，林鸿文和郑佩英就说说笑笑着走了进来。

林昭比谁都了解自己妈，知道如果丢猪一事定性为普通的盗窃案，她一定会寻根究底，把铜山镇翻个底朝天，揪出主犯和从犯。

他对庄保荣等人销赃的隐秘性没什么把握，为了尽快平息风波，保护庄青楠，决定自己背锅。

林昭定了定神，做出一副心神不宁的模样，把手里的碗跌了个粉碎，又冒冒失失地摔了一跤。

"阿昭，你怎么起这么早？"郑佩英狐疑地看着儿子，见他侧身挡着裤兜，上前一步，从兜里搜出一部游戏机，眉毛立刻竖起，"又玩游戏？我和你爸一晚上不在，你就要翻天吗？"

她想起什么，脸色变得凝重："你去检查猪圈了吗？"

林昭的表情更加慌乱，磕磕巴巴地道："去、去了……妈，我办事您还不放心吗？猪、猪都好好的呢，一头都没少……"

郑佩英不相信林昭，扯着父子俩往猪圈走，一看数量不对，立刻大发雷霆。

林昭"扛不住"她的审问，坦白从宽："我在网上联系了个外地的屠宰场，让他们过来拉猪，拿到的钱全充游戏里去了……妈，我知道错了，您原谅我一回吧，我再也不敢了……"

林昭到底年纪小，又被父母溺爱着长大，低估了郑佩英的厉害程度，更想不到"偷东西"的行为，触及了父母的底线。

郑佩英和林鸿文对视一眼，冷笑道："老林，你怎么说？"

林鸿文满脸失望，摇头叹气："这孩子我教不了了，再这样下去就要废了,阿英,你看着办吧。"

林昭被父母合力五花大绑,倒吊在自己常常用来健身的单杠上时,方才意识到不妙。

"爸,妈,你们……你们要干什么?"他像条鲤鱼一样在半空中打挺,小腹绷得死紧,"你们不会要打我吧?你们可是文明人,不能用这么野蛮的方式教育孩子!妈,咱们有话好好说,好好说……"

郑佩英抄起拇指粗细的竹鞭,狠了狠心,高高扬起手臂,光滑笔直的竹条割破空气,发出"唰唰"的轻响。

"啪"的一声,鞭子抽在林昭后背,留下鲜明的印记。

少年的惨叫声响彻整个葡萄园。

2. 薄荷糖

林昭刚开始还连声求饶,嗓门清亮,中气十足:"妈!妈!我真的知道错了!我以后戒游戏还不行吗?哎哟!疼!疼啊!我把我所有的零花钱上交给您,往后每年的压岁钱一分不要,争取早点把那十几头猪的钱还上,这样还不行吗?"

"你还想要零花钱?还想要压岁钱?"郑佩英硬下心肠,使出全身的力气,把他的后背抽得青青紫紫,又绕到前头,发狠往两条手臂上招呼,"我让你偷家里的猪!让你撒谎!让你不学好!早知道你是这么个东西,我当初就不应该把你生下来!"

林昭疼得受不了,捆成粽子的身躯在半空中扭来扭去,嘴里"嗷嗷"大叫:"爸,您帮我说句话啊!爸,再这样下去,我就要被打死了!您真的忍心吗?爸,您就算不心疼我,也得想想爷爷奶奶吧?爷爷有心脏病,奶奶有高血压,他们要是看到我被打成这个样子,身体能受得住吗?"

"还敢威胁你爸?我们真是把你惯得不知道天高地厚!"郑佩英打得手腕酸痛,把竹鞭递给林鸿文,"老林,你接着打!打残废了咱们养他一辈子!"

林昭这才意识到问题的严重性,扯着嗓子干号了一会儿,在林鸿文审问他有没有隐情的时候,咬紧牙关不再说话。

他的身体放弃挣扎,在空中半死不活地悬吊着,伤处的皮肤高高肿起,从绳子的缝隙中挤出来,像一只快要裂开的虫蛹。

林鸿文手上本就留着三分力,见儿子浑身都是冷汗,状态不大对劲,又收了两分力,迟疑地对郑佩英说:"阿英,差不多了吧?别真把阿昭给打坏了。"

郑佩英气得心口疼,坐在一边的小凳子上缓了好半天,瞪着林昭说:

"打坏就打坏,我宁愿把他的双腿打断,关在家里,也不想让他以后到社会上偷偷摸摸,祸害别人!"

她嘴硬心软,见林昭的头发被汗水浸得湿透,脸色惨白,脖颈上的青筋鼓得老高,沉默了一会儿,抹着眼泪往外走:"算了,我不想管他了,以后就当没这个儿子。"

林鸿文明白她已经有所松动,连忙停手,把林昭从单杠上放下来。

郑佩英消了消气,渐渐回过味,意识到儿子的话语漏洞百出,充满蹊跷。

林昭虽然经常玩游戏,却不像耗子和林海他们一样着迷,充钱也很克制,一个月最多花一两百。

什么游戏需要一次性充几万?

她折回葡萄园,见林昭可怜兮兮地趴在板房里的小床上,光着上半身,蜜色的后背上伤痕累累,正在"哎哟哎哟"小声叫唤,没好气地踹了他一脚,问:"你玩的哪个游戏?充值记录给我看看。"

林昭再次闭上嘴巴,变成锯嘴葫芦。

郑佩英问不出什么,把心疼儿子的林鸿文拉回家,和他分析了半天,逐渐锁定嫌疑目标。

"咱们镇子上的人,就算有这个心,也没这个胆,这件事十有八九是刚搬过来的人干的。"她就差把"庄保荣"的名字直接说出来,脸上流露出鄙夷。

"阿英,咱们没有证据,话不敢乱说。"林鸿文的性格比较谨慎,连忙对她摆了摆手,又有些奇怪,"如果真的是他,阿昭为什么不告诉咱们实话呢?"

"我自己的儿子,我自己知道,他再怎么不成器,也不至于当家贼。再说,以他的性格,真想往游戏里充钱,完全可以大大方方地跟我们要,跟两边的老人要,谁还会不给他吗?"郑佩英皱着眉思索片刻,猜出儿子的动机,"至于为什么胳膊肘往外拐,还这么硬气,估计是为了青楠。"

林鸿文怔了怔,匪夷所思道:"你……你的意思是……不可能吧?阿昭才多大?"

"过完年就十五岁了,也不小了。"郑佩英的表情变得凝重,"不过——庄家的姑娘不行,他们家大人太差劲了,咱们招惹不起。"

郑佩英:"老林,你说得对,我们没证据,不能拿他们怎么样,阿昭又铁了心挡在中间,只能吃下这个哑巴亏。"她一想起那些快要长成的猪,就觉得肉疼,站起身准备换鞋,"我去广泉家一趟,把庄老五的工钱和青楠的补课费全都结清楚,以后跟他们井水不犯河水,躲着他们走。"

吃了这么一个大亏,郑佩英打算跟庄家彻底划清界限。

林鸿文向来以她的意见为主，闻言也没有反对，只是感慨说："我就可怜青楠，孩子多无辜啊，生在那样的家庭，真是倒霉……还有阿昭，阿昭那边该怎么办？"

"我们就当什么都不知道，借这个机会磨磨他的性子。"郑佩英没想到儿子是个情种，恨铁不成钢，"让他在葡萄园那边多住几天，冷静冷静，以后一分零花钱都不给他。正好葡萄卖得差不多了，猪圈的事交给我，你亲自盯着他的学习。"

郑佩英敲响林广泉家门的时候，林昭派来给庄青楠送信的耗子刚走。

林昭的原话是：我没事，不用担心，记住，你什么都不知道。

"他为什么自己不来？"庄青楠叫住耗子，忍不住多思多想，"他在哪儿？"

"……在葡萄园呢。"耗子想起好友的惨状，下意识地打了个激灵，目光闪烁，"你别问了，别的事我也不清楚，我先走了。"

庄青楠勉强稳住阵脚，给郑佩英倒水洗水果，听到对方婉转地说出提前结束补课的话，一颗心直直往下坠。

她的心思比大多数人都要敏感，立刻知道真相已经暴露，只是郑佩英不愿意跟他们家一般见识，脸上就像挨了一巴掌似的，涨得通红，连一句话都不敢说。

她怕一张口，眼泪就会不争气地落下来。

她不想让郑佩英可怜她，也没脸博取别人的同情。

郑佩英过来的路上心里还有气，看到庄青楠无地自容的样子，又觉得不忍。

她还没来得及给这个孩子买新衣服，也没准备新文具、新书包。

她狠狠心，把两个红包放在桌上，一口水都没喝，站起身说："青楠，既然你爸不在，我就不多坐了。这个是他的工钱，你转交给他。这段时间辛苦你了，以后好好学习，争取考个好大学，到大城市去，可别留在咱们这儿，没前途。"

庄青楠的下巴几乎垂到胸口，带着哭腔"嗯"了一声，礼貌地把她送出门。

直到半夜，庄保荣才醉醺醺地回到家。

白天，他和同伙们分完赃款，狡猾地躲在镇外观望了半天，见林昭家没有任何动静，明白林昭果然瞒下了这件事，更加有恃无恐。

他猜得没错，林昭喜欢女儿。

只要把女儿牢牢捏在手心，就能指使傻小子为他做许多事。

因此，庄保荣没有追究庄青楠通风报信的事，反而兑现承诺，对坐在

院子里发呆的她说："青楠，爸明天就去给你交学费，这下该高兴了吧？以后好好听爸的话，爸亏待不了你！"

庄青楠嘴里含着一颗白色的薄荷糖，借冰凉的味道压制心里的焦灼和不安。

她看着庄保荣兴奋的脸，只觉得恶心。

她在这个家一刻也待不下去，低头冲出门。

庄青楠漫无目的地在镇子上走了很久，回过神时，发现自己竟然来到了林昭家的葡萄园。

她知道林昭这个时间应该不在这里，却没有地方可去，从林昭告诉她的秘密入口钻进去，恍恍惚惚地走向板房。

她藏着许多心事。

比如——林昭为什么不来找她？是不是已经回过味，觉得她和庄保荣一样可憎可恨，不值得浪费感情？

还有——旺财到底怎么样了？它伤得那么重，能不能救回来？会不会留下什么严重的后遗症？

她轻轻推开板房的门，就着昏暗的灯光，看到一方惨不忍睹的脊背。

3. 棒棒糖

"林昭？"庄青楠难以置信地睁大眼睛，"你怎么弄成这样了？谁打的你？"

林昭从小到大都没受过这么大的罪，后背又疼又胀，手臂抬不起来，整整一天水米未进，喉咙哑得厉害。

他打算给自己抹点儿活血化瘀的药油，好不容易挣扎着坐起身，被庄青楠撞了个正着，慌得缩到床边，用毯子挡住上半身，红着脸叫道："庄青楠，你、你怎么过来了？你没事吧？你爸为难你了吗？"

两个人一开口，说的全是关心对方的话。

庄青楠追到床边，看清林昭的伤，联系郑佩英的态度，把前因后果猜得七七八八，眼圈立刻变红。

原来，他不是不想找她，而是挨了一顿毒打，不方便行动。

出生在那种家庭，摊上一个那样的爸爸，她根本不该和林昭走得太近。

她只会给他带来厄运。

庄青楠低着头，努力收回眼泪，错过了林昭看向她的眼神。

他小心翼翼地、不好意思地仰视着她，脸上带着一点儿得意，一点儿用血肉之躯为她遮风挡雨的骄傲，隐秘地期待着她的夸奖。

庄青楠心灰意冷，打算顺着郑佩英的意思，和林昭划清界限。

她从口袋里摸出一张叠得四四方方的百元钞票，语气生硬地说："这次的事，是我们家对不起你们家，这是你借笔记的时候给的费用，我先还给你，其余的钱，我打个欠条，以后连本带息一起补上。"

她说这话的时候，难免心虚——她要先读完高中，考上大学，才有机会凭自己的本事赚钱，这是一条漫长又艰辛的路，她还不知道能不能走完。

林昭愣了愣，顾不上害臊，腾地站起身。

清晰的下颌线底下，是快速滚动的喉结、趋近成年男人的双肩和突出的锁骨。

他的胸膛剧烈起伏着，双手激动地往上挣，疼得不住抽气，却顾不上伤势，高声叫道："庄青楠，你这是什么意思？谁让你还钱？谁要你的欠条？我是那么小气的人吗？你看不起我？"

庄青楠没怎么跟人争辩过，见他急得眉毛紧紧皱着，上半身往自己的方向倾斜，手臂扑棱得像只斗鸡，不知所措地后退一步："我没有看不起你，可欠债还钱，不是天经地义的事吗？你为什么生气？"

"我……我跟你只是放债和借钱的关系吗？我们相处这么久，就没积累一点儿交情吗？"林昭刚才还为见到她高兴，这会儿又觉得她一开口真是气死人不偿命，"庄青楠，你到底……你到底有没有拿我当朋友？"

庄青楠的眼神变得更加迷茫。

"朋友？"她跟着皱起眉毛，下意识地摇头，"不，我不配有朋友，我总给你添麻烦，还害你被叔叔阿姨打成这样。再说，你有那么多朋友，也不差我一个。"

她生怕继续待下去，会被少年的单纯和热忱打动，像以前一样软弱又贪婪地从他身上汲取温暖，因此把钱放在床上，转身急匆匆往外跑。

"庄青楠！庄青楠！你给我回来！"林昭没想到庄青楠动作这么快，光着膀子追出去，跑动间牵扯伤口，"嗷嗷"痛叫两声，"庄青楠，你给我把话说清楚！什么叫不配？什么叫不差你一个？麻烦是你添的吗？猪是你偷的吗？你为什么总把责任揽在自己身上？"

庄青楠听出他的叫声充满痛楚，实在放心不下，停住脚步，回头看了一眼。

少年站在雾蒙蒙的天空底下，乌黑的头发乱七八糟地炸着，剑眉紧锁，眼睛里蓄满泪水。

平时总是露出来的小虎牙严严实实藏在嘴唇后面，牙关咬得死紧，带得面部肌肉一下一下抽动。

被父母打骂的委屈、独自在板房关禁闭的难熬、被她抛弃的焦急和无助……所有的情绪一股脑儿爆发，他不争气地带出哭腔："你……你要气死我吗？"

庄青楠几乎不敢相信自己的眼睛。

这当口，天边响起惊雷，厚重的云层劈出道道白光。

还不等他们两个反应过来，夏雨便倾盆而至。

林昭揉了揉眼睛，大步冲上前，死死抓住庄青楠的手腕，拖着她往回走，嘴里咬牙切齿："我看你往哪里跑？快跟我进屋避雨！"

庄青楠跟跟跄跄地跟着他躲进板房。

她站在门边，听见大雨迅猛地敲击房顶、葡萄叶和泥土，像无数铁豆子在天地间撒泼，看着地面的凹陷处迅速聚起水洼，一个个透明的水泡争着抢着往上跃，明白这场雨一时半刻不会停下。

她今天穿的还是那身唯一能见人的衣服，浅蓝色衬衣被雨水打得湿透，露出肌肤的颜色，牛仔裤紧紧地贴在腿上，无声地勾勒着修长笔直的腿部线条。

庄青楠警惕地悄悄观察林昭的动作，两手抱臂，护住胸口。

林昭对庄青楠的顾虑一无所知，在房间里找了一圈，扒拉出一条干净毛巾，连着自己脱下的T恤一起抛给她。

他整个人还在气头上，学着她的语气冷冰冰地说："赶紧换上，要是害你染上感冒，我就更不可能做你的朋友了。"

他忍不住阴阳怪气地刺了她一句："我看，不是你不配，是我不配吧？你学习那么好，早晚要变成金凤凰飞得远远的，哪里看得上我这样的小角色？"

庄青楠用毛巾擦干头发，犹犹豫豫地抖开T恤，见林昭主动背过身，连忙掩上门，用最快的速度脱掉衬衫和内衣，低头钻进领口。

林昭听着窸窸窣窣的声音，耳根红得厉害，从林鸿文提过来的零食袋里翻出一根棒棒糖，撕开包装纸，叼进嘴里，缓解尴尬。

林昭的衣服对庄青楠来说太过宽大，一直垂到大腿。

庄青楠用力绞出衬衫跟内衣的水分，晾在一旁的衣架上，虚虚坐在床边，沉默了好半天，才轻声说："林昭，你知道我不是这个意思……"

庄青楠："林昭，我真的觉得很对不起你，不想一而再、再而三地辜负你的好意。"她的心里装着无尽的苦涩，能倒出来的不到万分之一，"我从出生就不被期待，这十几年，从来没有遇到过一件好事，我妈生气的时候总骂我是'扫把星'，我有时候也会想，她说的是不是真的……"

"呸呸呸！什么扫把星，都是封建迷信！"林昭不敢看庄青楠，拿起她用过的毛巾，胡乱擦了擦前胸，往后背招呼的时候，疼得龇牙咧嘴，"我不信这种说法，你也不要相信！"

他见庄青楠向自己伸出手,把毛巾递给她,说:"不过,我真的很不理解,世界上怎么会有不爱孩子的爸妈呢?既然不爱你,不期待你的出现,为什么要生下你呢?"

庄青楠轻轻擦拭林昭后背上的雨水,他哆嗦的时候,她的手指也跟着哆嗦。

她想起许多不开心的往事,睫毛轻轻颤抖,苦笑道:"你知道我为什么叫'庄青楠'吗?"

林昭的情绪来得快,去得也快,轻而易举地被她的话语勾起好奇心,从嘴里拿出化了一半的棒棒糖,问:"为什么?"

庄青楠勾了勾唇角,眼底却只有悲哀和屈辱:"我妈怀我的时候,都以为我是个男孩,这才把我生下来。

"见我是个女孩,我爸扭头就走,我妈在医院哭了半天,在护士登记新生儿信息的时候,给我随口起了个名字,叫'请男'。"

她拿起药油,倒在手心,语气平静得像在说不相干的人和事:"'请男',和那些'招弟''盼弟'的名字没什么两样,他们做梦都盼着我能请来个弟弟,给庄家光宗耀祖。"

4.泡腾片

林昭瞠目结舌,说不出安慰的话。

语言在残酷的命运面前,变得贫瘠又苍白。

"护士没听清,给我登记成了'青楠',不过,在弟弟出生之前,我爸妈一直'请男''请男'地叫我,亲戚邻居也这么叫。"庄青楠趁林昭听得出神,把淡红色的药油均匀地抹在他肿胀的伤痕上,"直到成功请来弟弟,他们才在我的强烈要求下,不情不愿地改口。"

林昭觉得后背像被一根轻软的羽毛柔柔地搔着,痒得很想背过手抓挠,又怕打断这难得的亲近,只能咬牙强忍。

他的耳根烧得越来越红,连脖颈都变了颜色,问:"那么,你讨厌'青楠'这个名字吗?"

"不讨厌,我很感谢那位护士。"庄青楠摇摇头,"而且,楠木四季常青,能长三十多米高,木质坚硬,不怕虫蛀,是非常坚韧的乔木。"

"那……那我……"林昭痒得实在受不了,抬手抓抓胸口,寻求代偿性的抚慰,"我以后也跟他们一样,叫你'青楠'吧?"

也不知道怎么回事,从嘴里吐出这两个字的时候,他紧张得要命,心脏"扑通扑通"狂跳。

庄青楠"嗯"了一声。

林昭见她没有别的反应，抹了抹脖子上莫名其妙冒出来的汗水，说："你……你可以直接叫我'阿昭'。"

他想不通，为什么亲戚朋友叫过无数遍的小名，在这个场景下说出来，变得这么困难、这么奇怪。

或许是因为，从她嘴里吐出的字眼，带着奇异的魔力，即将加上注解、扎进血肉，烙在灵魂，把他从独立的个体变成某个人的所有物。

就像铜山镇的山峦，葡萄园的葡萄，家里的旺财、天上的雨一样……

他不再是无忧无虑、每天一睁眼就想着吃喝玩乐的林昭。

他将变成青楠的阿昭。

林昭被这个匪夷所思的联想吓住，连忙拼命甩头，打算把奇奇怪怪的念头甩出来。

庄青楠还以为自己弄疼了他，手往后缩了缩，问："林……阿昭，你还好吗？"

林昭的脑子"嗡"的一声炸成烟花。

他晕晕乎乎地扭过头，耳膜里不断盘旋着短促的噪音，嘴角几乎咧到耳后根，傻笑道："我没事，我很好。"

或许是药油真的管用，又或许是心理作用，林昭明显来了精神，把半湿的毛巾搭在肩上，翻箱倒柜找出一条自己的短裤，催促庄青楠换上。

他皮糙肉厚，还觉得裤子湿答答地黏在身上难受，庄青楠身体瘦弱，肯定更受不了。

"你先在这里休息一会儿，等雨停了再走吧。"林昭眼尖地看见柜子里躺着把雨伞，紧张地舔了舔嘴唇，趁着庄青楠换裤子的机会，悄悄把雨伞推到更深处，"你爸妈会不会找你？"

"我妈早就睡了，我爸喝多了酒，又高兴得厉害，没心思管我。"庄青楠紧了紧裤腰，旧事重提，"阿昭，你没见过我爸那么卑鄙无耻的人吧？你不觉得恶心吗？你就不怕'近朱者赤，近墨者黑'，我本质上也和他差不多，只是在别有用心地接近你吗？"

"我只知道'歹竹出好笋'，干净漂亮的荷花，都是从淤泥里长出来的。"

林昭笨拙又朴实地安慰着她，目光坚定，声音响亮："青楠，你是你，他是他，你们不一样，也永远不会一样。"

他顿了顿，轻轻扯了扯她的衣角："再说，是我主动贴着你，想跟你做朋友的，你不拒绝我，不说那些伤人的话，我就谢天谢地了。"

庄青楠从没听过这么动人的话语。

她的态度有所松动，和林昭并肩坐在床上，低着头说："可是……我爸已经盯上了你们家,我们继续来往的话,类似的事还会发生。"

"那我们就在外人面前装不熟,没人的时候偷偷来往呗。"林昭不在乎地挑挑眉,两只脚在地上高兴得乱晃,"我们约定个暗号,我会学布谷叫,一听到这个声音,你就出来见我……"

他说着,嘴唇嘬起来,学布谷叫了两声,听着活灵活现。

"至于你,你要是有事找我,就来葡萄园,在旺财的狗窝里面塞张字条,我天天过来检查,一见到字条就想办法联系你。"

林昭越说越兴奋,觉得他想的联络方式跟地下党接头似的,刺激又好玩。

庄青楠也被他带动得心情好了许多,抿嘴笑了笑,又有些不安:"朋友……是什么?我能为你做些什么?"

从未获得关注、从不被人偏爱的孩子就是这样,永远无法心安理得地接受别人的好意,刚得到一点儿温暖,就惦记着回报。

因为,她在潜意识里害怕,如果没有给予正确的、积极的反馈,这点儿慰藉会被对方毫不犹豫地收回。

"我想想啊……"林昭一本正经地思考了半天,眼睛亮晶晶地看向庄青楠,"我对朋友的要求很严格的——遇到困难必须第一时间找我;所有开心和不开心的事,都要和我分享;如果有什么误会,不能闷在心里,要跟我把话说开,给我解释的机会。"

林昭:"这么多要求,你能做到吗?"他冲她眨眨眼,伸出手指要跟她拉钩,"想清楚再回答。"

"我……我能。"庄青楠伸出小拇指,和他紧紧钩在一起,心口被陌生却激烈的情绪填满,又酸又热,以至于这具血肉之躯几乎承受不住。

林昭和庄青楠一边聊天一边吃薯片,吃得嘴巴发干,请她帮忙倒了杯温水,把橙子味的泡腾片丢进去。

泡腾片遇水迅速溶解,释放出二氧化碳,被无数细小的气泡拥着托着往上升,发出"刺刺啦啦"的响声,就像他们两个人此时激动的心情。

庄青楠新奇地看了很久,直到泡腾片完全溶解,透明的水变成橙色,这才小心翼翼地尝了一口。

很像橙子味的汽水,甜甜的,不难喝。

深夜,庄青楠侧躺在床上,林昭趴在长凳上,两个人静静地听着外面的雨声。

这场大雨好像永远也不会停,庄青楠的眼皮越来越重,打了个长长的哈欠。

林昭拿起苍蝇拍,戳向墙上的电灯开关,小声说:"青楠,晚安。"

就在他以为庄青楠已经睡着的时候，清冷的声音在黑暗中响起："阿昭，晚安。"

5. 牛轧糖

从这天起，庄青楠和林昭开始背着双方父母偷偷见面。

刚开始是庄青楠去葡萄园看望林昭，给他带自己蒸的包子、腌的咸菜，如果时间充裕，就义务补课，盯着他背单词。

林昭的身体底子好，没几天就活蹦乱跳，旺财恢复得也不错，已经能下地走动。

过了两天，林广泉家的院墙外面频频响起布谷的叫声，庄保荣觉得奇怪，问："哪儿来的鸟？"

庄青楠按捺着急切的心情，低着头在院子里扫地，轻描淡写地回答："不知道，可能是谁家养的吧。"

庄保荣一看到女儿就想起郑佩英的态度，脸色变得难看。

他以前只把注意力放在林鸿文和林昭父子俩身上，认为他们人傻钱多，好糊弄得很，却没想到郑佩英是个厉害角色——她快刀斩乱麻，既不让庄保荣给自家做工，也不许他的女儿继续给林昭补课，间接打了他的脸。

"最近阿昭没来找你？"庄保荣往刚刚扫干净的水泥地上吐了口浓痰，叼起一根烟，"他不找你，你不会主动去找他，给他送点儿吃的喝的，跟他爸妈说几句好听话？"

"我去过两次，叫了半天，也没人开门。"庄青楠不太熟练地撒谎，"可能时间不凑巧，他们都不在家……"

"放屁！肯定是那个臭娘们儿搞的鬼！"庄保荣眼看着煮熟的鸭子飞走，气不打一处来，也顾不上再遮掩自己的真实想法，"吃闲饭的赔钱货，养你有什么用？等着，老子亲自出马！"

庄保荣气冲冲地走到门外，迎面撞上林昭，狰狞的表情还没来得及收回，仓促地挤出个难看的笑脸："这不是阿昭吗？来找我们家青楠玩吗？快进来！快进来！"

林昭反应快，肩膀一缩，满脸畏惧："不不不，我可不敢再找庄青楠，我妈知道了要打死我的！我就是碰巧路过，路过！"

庄保荣干笑道："找青楠玩，又不是做什么坏事，你妈怎么会打你？阿昭，你在跟我开玩笑吗？"

林昭欲言又止，凑到跟前，压低声音："姑父，实话告诉您，那天的事我妈已经起了疑心，正在想办法调查呢。"

庄保荣心里一惊，眯着眼装傻："调查就调查呗，咱们……咱们身正不怕影子斜！我会怕她？"

林昭连连摇头，照着和庄青楠商量好的说辞忽悠他："姑父，别怪我没提醒您，有个老刑警和我爸有十几年的交情，说是要把丢猪的事当成大案要案处理，您最近还是小心着点儿，能躲就躲，别触我妈的霉头。真要露了馅儿，我一个十四五岁的孩子能挡什么用？"

庄保荣果然被林昭吓住，连夜和同伙商量，准备到外地打工，避避风头。

他忙着收拾行李，自然顾不上管庄青楠，庄青楠编了个到镇子上帮人打杂的借口，趁乱溜出去，拐进僻静的小路，坐上林昭的摩托车。

还有两天就要开学，林昭打算践行承诺，带庄青楠去市里的游乐园放松放松。

"青楠，等你爸走了，你的日子会过得轻松一点吗？"林昭自从知道了庄青楠在家里的处境，就努力改掉大大咧咧的毛病，尽量从她的角度思考问题，"至少不会再挨打了吧？"

"嗯！"庄青楠理了理被风吹乱的碎发，眉眼舒展，语调上扬，"他这一走，至少要过年才能回来。阿昭，谢谢你帮我的忙。"

林昭嘿嘿笑出声："谢什么？应该的！"

这次来到城里，庄青楠变得从容了许多，也轻松了许多，一手扯着林昭的衣角，另一手指着路边小贩卖的卡通气球："阿昭，你看，有机器猫。"

"我给你买！"林昭应声减慢车速，想起随身带的钱并不算多，暗叫糟糕。

郑佩英说到做到，停了林昭的零花钱，也不许爷爷奶奶和外公外婆贴补他，要不是他知道林鸿文的小金库在哪儿，从里面偷拿了两百块钱，还没办法顺利成行。

可游乐园两张票就要一百六，剩下四十块钱，还得吃顿午饭，实在有些紧巴。

林昭的大话已经说出去，不好意思收回，只能期盼气球不要卖得太贵。

"我就是觉得很好看，让你看看而已。"庄青楠生怕他乱花钱，连忙阻止，"喜欢不一定要买，再说，我也不方便带回家。"

"那……那等以后方便的时候，我再补给你。"林昭的脸红了红，"我裤兜里有牛轧糖，你自己拿出来吃。"

林昭感觉到柔软的小手伸进口袋，贴着大腿根部轻轻磨蹭两下，脸烧得更红，忍不住催促："摸、摸到没有？"

"嗯。"庄青楠翻出两颗，考虑到他骑车不方便，剥开糖纸，把方方的糖块送到他嘴边，"你也吃。"

林昭一口咬碎，任由花生的香气和奶味在口腔中弥漫，不敢再乱逛，

带着她直奔游乐园。

这家游乐园刚开不久,老板大手笔,引进了很多连林昭也没见过的设备,有中途穿过山洞的过山车、巨大又华丽的海盗船,还有很多人无法拒绝的旋转木马。

两个人站在过山车底下,眼睛里充斥着相似的好奇和害怕。

"……敢不敢坐?"林昭咽了咽口水,强撑着没有露怯,"青楠,你不恐高吧?"

"我不知道……"庄青楠的眼睛变得亮亮的,鼓起勇气,扭过头看向他,"要不我们试试吧?"

系安全带的时候,林昭开始紧张。

他伸出左臂,跟坐在身边的庄青楠逞英雄,声线绷得很紧,几乎变了调:"待会儿要是害怕,就使劲捏我的胳膊,转移一下注意力,记住了吗?"

庄青楠点点头,舔舔有些干燥的嘴唇:"记住了。"

过山车的设计者多半有几分恶趣味,几十个人听着"嘎吱嘎吱"的齿轮和轨道摩擦声,慢慢上升到最高处,忽然进入静止状态。

林昭和庄青楠的位置在最前面,他低头看着悬空的双腿,吓得带出哭腔,一把握住庄青楠的手腕:"青楠,怎么……怎么停了啊?是不是出故障了?"

他的脑海里浮现出高空坠亡的恐怖画面,额头渗出大颗大颗的冷汗。

"应该不会。"庄青楠也慌乱起来,反手抓住他的小臂,"阿昭,我们……"

过山车毫无预兆地往下坠落,呼啸的风声吞掉她的声音。

林昭睁大眼睛,生理泪水在空中乱飞,头发东倒西歪,嘴巴来不及闭上,口腔被狂风吹得变形,整个人与那幅名为《呐喊》的名画高度一致。

失重和超重的感觉快速切换,没有给他留下任何反应的时间,他连叫都叫不出声,心脏像被怪兽的利爪攥住,失去弹跳的功能。

在这样完全失控的场合,他竟然奇异地捕捉到庄青楠的喘息,感觉到她修剪得整齐的指甲在手臂上惊恐地乱抓。

头朝下穿过山洞的时候,林昭的左手往上移动,不顾一切地死死牵住庄青楠的手。

她反应极快地回握着他,指甲深深掐进他的手心,如同抱住救命的浮木。

林昭大口大口地呼吸着,心脏在这一刻恢复跳动。

6. 红糖

过山车终于缓缓停下。

林昭和庄青楠心有余悸，两只手依然紧紧牵在一起。

车上的乘客陆续离场，林昭偷偷低头看了一眼，见庄青楠的手又小又白，和自己的肤色形成鲜明对比。

她的手指严丝合缝地卡进他的指缝，被他焐得温热，联结处渗出黏腻的汗水，变得越来越潮湿。

"我们……我们下去吧？"林昭强迫自己松开庄青楠，率先跳下去，脸色还有些发白，"太吓人了，下次倒给我钱，我都不坐。"

庄青楠的表情有些异样。

她不安地抬头望向林昭，明明羞于启齿，却不得不向他求助："阿昭，我好像……好像来那个了……"

林昭反应了足有一分钟，才联系贫瘠的生理知识，吃力地做完阅读理解。

"哪、哪个？是那个吗？"他跟打哑谜似的，对着庄青楠比画了两下，见她窘迫地点头，慌得又是挠头又是搓胳膊，"我知道了！你先找个地方坐着，我去给你买那个！"

前后两个"那个"的意思不同，好在两个人已经有了一定的默契，沟通并无障碍。

庄青楠不好意思地站起身，庆幸今天穿的是深色裤子，没露什么痕迹，红着脸说："麻烦你了，阿昭。"

林昭囊中羞涩，为了省钱，跟游乐园的管理员好说歹说，获得通融，跑到外面的小超市。

他看着货架上琳琅满目的卫生巾，被各种各样的陌生名词砸晕，分不清"日用""夜用""护垫""加长款"的区别。

理货员一朝他这边走，他就紧张地转过身，故作专注地盯着花花绿绿的零食。

他还没有长大，不够成熟、不够镇定，潜意识里觉得购买女性用品是一件羞耻的事情，像做贼一样，生怕被别人发现自己的目的。

等理货员离开，林昭回忆着郑佩英用过的品牌，本着"买贵不买便宜"的原则，抓起一包加长款的卫生巾，用T恤下摆挡着，红着脸低着头，来到收银台前结账。

收银员扫描商品码的时候，他忽然想起一件事，冒冒失失地说："稍等一下！"

他冲到调料区，挑了袋红糖。

在物质生活并不充足的地方,红糖几乎是走亲戚送礼的硬通货——小孩子当糖吃;病人益气补血;产后恢复元气……实用又便宜。

林昭付过账,四十块钱午餐费用只剩二十二块八。

他紧皱眉头,稚气未脱的脸上出现了前所未有的凝重。

同一时间,庄青楠安安静静地坐在休息椅上等林昭。

她长期营养不良,十四岁才来初潮,每回都难受得厉害,这次也不例外,被大太阳晒着,还是冷得直打哆嗦,小腹一抽一抽地疼。

她有点后悔。

刚才应该跟林昭说得清楚些,让他买卷卫生纸凑合凑合的。

她从没用过卫生巾。

林素华告诉她,把卫生纸叠得厚厚的,垫在内裤里就可以了,没必要浪费那个钱。

虽然她每回换卫生纸的时候,都要避开女同学,还经常弄到裤子上,惹人笑话,可她已经能够平静地接受现实。

林昭不会乱花钱吧?

再这样下去,她欠他的什么时候才能还清?

正胡思乱想着,林昭满头大汗地跑到跟前。

他把黑色塑料袋塞给她,又变戏法似的从T恤里掏出一袋红糖、一个豪华卷饼,说:"你先去厕所处理一下,我找地方接热水。"

庄青楠捂着小腹走进公共厕所,动作小心地拆开包装,拿出一片卫生巾,看到封口的胶带是粉色的,展开之后,洁白的棉层上面印着精致的小花,眼睛不由自主地变得酸涩。

她学着女同学的样子,把卫生巾粘在内裤上,发现这样一点儿也不闷,更没什么异物感,瞬间觉得舒服了很多。

再次和林昭碰头时,少年捧着个一次性纸杯,被刚冲好的红糖水烫得龇牙咧嘴,却忍着疼没有撒手。

"这里面的项目太多了,为了节省时间,咱们中午的饭就简单解决一下吧?下次我再请你吃大餐!"林昭把纸杯放在座椅上,催促庄青楠吃卷饼,"边吃边喝,补充补充体力。"

庄青楠用黑白分明的眸子盯着林昭,问:"你呢?"

"我刚才在外面吃过啦!"林昭拍拍空空的肚皮,虚张声势,"我吃了一个跟你一样的卷饼,还喝了一大瓶可乐!你不用管我!"

他在撒谎。

给庄青楠买饼那会儿,他心里过意不去,总觉得委屈了她,因此指挥老板使劲加料。

薄薄的一张面饼里，既有炒土豆丝、海带丝、胡萝卜丝、卤千张，又有煎蛋、里脊、鸡柳、火腿肠，塞得快要撑破。

一结账，整二十。

庄青楠没有怀疑，就着甜甜的红糖水，小口小口吃了一多半，痛经的症状减轻不少。

"我吃不下了……"她总觉得林昭看向卷饼的眼神带着渴望，担心他没有吃饱，出言试探。

"那……那我帮你吃！"林昭求之不得，连忙接过。

他风卷残云般把剩下的饼送进肚子里，吃到最后一口的时候，才意识到自己接触了她咬过的地方，耳根又红又热，手脚都不知道该往哪里放。

接下来的半天时间里，林昭照顾庄青楠的身体，选择的都是温和的游玩项目。

庄青楠坐在梦幻的旋转木马上，听着悦耳的音乐，跟着马身一起一伏，下意识地回头看向林昭，和他相视而笑。

"开心吗？"林昭期待地看着她，朦朦胧胧地感觉到，只要她能高兴，自己愿意做任何事，付出任何代价。

庄青楠轻轻点头，觉得心里的阴霾被他短暂驱走，湿冷的地方照进一点阳光，浅笑着说："开心。"

然而，等她回到那个伦理意义上的家庭，回到并不美好的现实中，厚重的阴云再度聚拢过来。

庄保荣和林素华似乎吵了几句嘴，一个骂一个哭，闹得人不得安宁。

庄青楠竭力降低自己的存在感，熬到他们消停下来，烧了一壶热水，进厕所清洗身体。

那种被人窥视的感觉又来了。

她连衣服都不敢脱，把湿毛巾塞进去，将就着擦了几把，在院子里支开折叠床，躺在上面，怎么都睡不安稳。

她勉强合上眼皮，不知道过了多久，迷迷糊糊地觉得有个人影在眼前晃动，急促的喘息声像响在耳边，同时出现的，还有衣料的摩擦声。

庄青楠毛骨悚然，确定这一次绝对不是错觉，既想当场叫破，又有许多顾虑。

她忽然动作幅度很大地翻了个身。

那人被她吓住，急匆匆地逃进堂屋。

庄青楠的眼睛悄悄睁开一道缝隙。

她看到一个矮瘦的身影，脚上穿着双黑色运动鞋。

是她的表弟——林天。

7. 狗屎糖

庄青楠不是没有遇到过类似的情况。

在老家的时候，一个远房堂哥不学无术，游手好闲，不知道为什么打起她的主意，常常提着廉价的烟酒，上门找庄保荣套近乎。

她还记得那个堂哥头上总抹着过量的发胶，脸盘浮肿，两只眯眯眼不怀好意地盯着她看，一靠近，腋下就传来令人作呕的恶臭。

他最开始只敢跟她拉拉家常，说一些莫名其妙的话，没多久就得寸进尺，趁庄保荣喝得烂醉，叫她帮忙搀扶，堂而皇之地拍她的肩膀，摸她的手背。

庄青楠对男女之间的事懵懵懂懂，却敏锐地察觉到危险，想方设法地躲着堂哥。

一天晚上，堂哥和庄保荣喝得高兴，赖着不走，到了半夜，竟然用工具撬开她房间的门，抱紧大惊失色的她乱啃。

庄青楠一边拼命挣扎，一边大声呼救，把他砸得满头是血，终于惊动父母。

然而，庄保荣跟跟跄跄地走进屋里，听完庄青楠的控诉，看了看跪在地上哀号的远房侄子，竟然给了她一巴掌。

他低声斥责："吵吵什么？要是让街坊邻居们知道，我和你妈的脸往哪儿搁？你以后还怎么嫁人？"

他没有安慰女儿，还骂她小题大做、不知检点，又把这件事当成拿捏侄子的把柄，敲了一笔相当可观的"私了费"。

庄青楠回忆着不愉快的往事，抱膝坐在折叠床上，警惕地盯着堂屋的门，一整夜都没有睡着。

她没有人可以求助，只能期盼庄保荣早点儿外出打工。

等她搬回屋里，安全系数应该能提升不少。

过完周末，终于到了开学的日子。

铜山高中和初中的开学日是同一天，校园也离得近，只有一墙之隔。

于是，开学典礼上，林昭穿着宽大的校服T恤，站在队伍最后排，不再像以前一样活跃地和同学们叙旧聊天，而是频频看向围墙，惦记着站在那边的庄青楠。

要不是班主任盯得紧，他真恨不得爬到墙头，和庄青楠打个招呼，或者透过砖缝，找一找她站在哪个位置。

主席台上，年过半百的校领导唠叨得没完没了，林昭百无聊赖，把目光移到队伍前方的林天身上，心里盘算起来。

虽然暂时赶走了庄保荣，可"布谷"总不能一年四季在外面叫，要是能把林天发展成内应，给他点儿好处，让他帮忙传个信，肯定会方便很多。

林昭打定主意，熬到队伍解散，立刻跑到校内的小卖部，买了十几瓶冰可乐，回去做"散财童子"。

他给关系好的朋友一人发了一瓶，拿着最后一瓶，走到趴在桌子上打瞌睡的林天旁边，拍了拍对方的肩膀，笑嘻嘻道："林天，我请你喝可乐！"

林天被他吓了一跳，身子猛一哆嗦，把桌斗里的书包撞到地上。

书包的拉链没拉好，课本和学习用具撒了一地。

"哎，赖我赖我，我帮你捡。"林昭把可乐放在桌上，弯腰捡书，动作忽然顿住。

语文课本和英语课本中间，夹着一本封面露骨的杂志。

"这是……"林昭愣了愣，一时没有反应过来。

林天明显紧张起来，警惕地看了看左右，一改平日里的懦弱，扑上来抢，嘴里小声说："快还给我！"

"什么呀？你……你怎么会看这种东西？"林昭闹了个大红脸，嘟嘟囔囔着打算还给他，发现杂志里夹着一张薄薄的A4纸，滑出来的部分用铅笔勾勒出一截细细的小腿，诧异地挑挑眉，"哎？林天，你还会画画？"

他把杂志推到林天怀里，顺势用拇指和食指抽出那张纸，看清上面的画，刚才还高高兴兴的脸蓦然变得阴沉。

林天的画技并不高明，拙劣的线条涂抹出一幅和封面构图相似的画。

女孩子长着细细的眉毛、圆圆的眼睛，鼻尖精致，唇形优美，手里捧着一本厚厚的词典。

是庄青楠。

林昭皮笑肉不笑地把画纸还给林天，强忍着揍他一拳的冲动，装作没有认出来的样子，问："这是谁啊？画得还挺好看。"

林天被林昭骗住，悄悄松了口气，收拾好书包，话变得多了些："没谁，随便画的。林昭，你最近怎么也不去我家找我玩了？我跟朋友借了好几本这样的杂志，你要是喜欢，我明天再带两本过来。"

"行，谢谢兄弟。"林昭心里早就乱成一团，勉强稳住阵脚，指指桌上的可乐，"趁凉赶紧喝！"

这天黄昏，林天在回家的路上，被人从后面敲了一闷棍，拖进偏僻的小树林。

当他清醒过来的时候，发现嘴巴被破抹布堵住，手脚也被绳子牢牢捆着，吓得直接尿了裤子，"呜呜呜"哭叫着在地上蠕动，像一条丑陋的毛毛虫。

"哟，醒啦？"一张俊俏讨喜的脸凑近，林昭蹲在他面前，抬手捏捏他的脸，眼睛里燃烧着怒火，"林天，趁着这地方安静，咱俩好好聊聊吧？"

林天惊讶地看看林昭，又扭头往四周看去。

耗子、林海、林应都参与了这次行动，此刻站在他身后，表情阴森森的，像一群恶魔。

林天缩紧肩膀，畏惧地拼命摇头，不明白自己哪里得罪了他们，更不明白看起来脾气最好的林昭为什么骤然翻脸。

"先说说那幅画。"林昭一想到在他看不见的地方，庄青楠不知道遭遇过多少肮脏的事，就恨不得在林天身上戳个十刀八刀，雪亮的小虎牙完全龇出来，"你是照着庄青楠画的吧？你逼她摆了那个姿势吗？还让她干过别的吗？"

林昭清楚，他可以直接去问庄青楠。

可他担心她不肯吐露真情，更怕揭破她的伤疤，造成二次伤害。

林天的脑袋摇晃得更厉害，嘴里的抹布被林海取下之后，带着哭腔解释："我没有！我是全凭想象画的！"

见林昭一脸不信，还伸手摸向裤兜，好像里面藏着什么凶器，不远处又传来凶狠的狗吠声，林天不敢隐瞒，把自己干过的事一五一十地吐露出来："我、我承认，我偷看过她洗澡，可她背对着我，根本没有看到什么，还有……前两天我趁她睡着的时候，站在床边……"

"你干什么了？"林昭厉喝一声，眼睛里迸射出凶光。

"我……我偷偷看了她一会儿，什么也没干啊！"林天被他吓破了胆，哭得眼泪和鼻涕全都糊在脸上，"我没碰过她一根手指头……林昭，我跟你发誓，我说的都是真的，要是有一句假话，让我天打雷劈，出门就被车撞死……"

林天："林昭，我就是一时糊涂，以后再也不敢了，你别打我，别放狗咬我……"他扭动着跪趴在地上，一个劲地赌咒发誓，"咱们都是同姓的兄弟，你应该不会为了一个外姓女的，对我下毒手吧？"

"谁跟你这样的畜生是兄弟？"林昭被林天气笑，一脚把他踹翻，"你放心，我不打你，也不让旺财咬你，最多给你一点儿教训。不过，再有下次，就别怪我不客气了。"

他说到做到，果真没有动林天一根手指头。

他们几个抬着林天，把他扔到了镇子东头的粪坑里。

粪坑臭气熏天，却不算深，林天能自己爬出来。

林昭收拾完林天，回家冲了个澡，把自己洗得香喷喷的，双脚不听使唤地晃到林广泉家门口。

他了解林天的性格,知道对方不敢跟家里人告状,以后也不敢再打庄青楠的主意。

不过,没能让庄青楠了解到他的壮举,终究是个遗憾。

他的脸皮再厚,也不好为自己表功。再说,万一庄青楠完全不知道被亲表弟偷看的事,他冒冒失失地说出来,反而会给她留下心理阴影。

林昭连声叹气,看到庄青楠从里面走出来,立刻把这点儿遗憾抛到九霄云外,高高兴兴地迎上去:"今天过得怎么样?都顺利吗?座位分在第几排?同桌男的女的?好相处吗?"

庄青楠答完他的问题,从口袋里摸出几颗糖,表情有些不好意思:"这是我同桌分给我的,我们一起吃吧?"

她总吃林昭的糖,如今终于有机会跟他分享。

"好啊!"林昭对糖果没有抵抗力,爽快地伸手抓走一半,看清包装上的字,浓眉不受控制地抽了抽。

狗屎糖。

好应景。

他知道这糖和狗屎没多大关系,是用黄豆粉、花生和麦芽糖制作的,口感很丰富,既有糖浆熬过头的微苦,又泛着浓郁的豆香和花生香。

可糖果再可口,颜色还是能让他产生不当的联想。

在庄青楠的注视下,林昭艰难地把土黄色的糖块送到嘴里,快速咀嚼几下,吞进喉咙,剩下的全都塞进口袋。

他照顾庄青楠的感受,笑着说:"太好吃了,我带回去慢慢吃。"

第二天早上,林昭向老师申请调换座位,搬到林天的身边,成为他盘旋不去的噩梦和最为有效的震慑。

他做的这些事,庄青楠一点儿也不知道。

她只是觉得诧异——

那些令她不安的、恐惧的、一筹莫展的危险因素,一夜之间全部消失,像潮水一样退得干干净净。

那种被人窥视的感觉,再也没有出现过。

第四章 人间五味

1. 西瓜糖

为防林天再对庄青楠动什么歪心思,林昭把林天的杂志没收,做销毁处理。

可他开始频繁做梦,梦境的女主角,全是庄青楠。

林昭陷入"青春期"带来的困扰中,实在不知道该怎么办,只能单方面减少和庄青楠的联系。

庄青楠则认为关系再好的异性朋友,也该保持一定距离。

再说,她每天都有做不完的事——白天要抓紧时间巩固知识、预习后面的课程、向老师请教疑点难点,晚上还要做家务,帮林素华照顾弟弟,有时候一沾枕头就能睡着,根本顾不上别的。

铜山高中和庄青楠老家的高中情况差不多,学生没几个好苗子,大多数是为了混个文凭,老师教课也敷衍,常常连课本上的知识点都讲不透彻。

庄青楠看着试卷上最后一道大题,在草稿纸上琢磨着新解法,听见身边传来一声冷哼。

她的同桌叫龚雨,长相漂亮,发育成熟,脾气却有些喜怒无常。

比如,龚雨刚开始对她很友好,带她熟悉校园环境,跟她分享班上发生的新闻八卦,还慷慨地把零食分给她吃,这两天却变得阴阳怪气,时不时冷嘲热讽,说她"满脑子只想着学习""一点儿也不合群"。

换作以前,庄青楠根本不会把别人的看法放在心上。

考上大学,早点离开家,是她最大的梦想,她没有时间为这些鸡毛蒜皮的小事烦心。

然而,也许是受到了林昭的影响,她觉得不该辜负龚雨的善意,甚至开始反思自己是不是真像她说的一样过分孤僻。

庄青楠整理好解题步骤,试图跟龚雨聊天:"龚雨,要不要出去走走？"

"我不想去！"漂亮的人多多少少带着点儿傲气，龚雨昂起下巴，眉毛高高上挑，看了庄青楠几眼，又气哼哼地看向讲台，"你今天怎么不上去问问题？老师最喜欢你，你一上去，根本没她们说话的份儿！"

"我今天没有要问的问题。"庄青楠并不记仇，抬起清澈的眼睛望向她，纠正她的措辞，"而且，老师对同学们一视同仁，谈不上更喜欢哪个。"

"……才怪呢。"龚雨撇撇嘴，小声嘀咕，"我知道老师经常借光盘给你看，他怎么不借给别人？怎么不借给我？"

"那些光盘的知识点，很多涉及高二高三的内容，我也没有办法完全弄懂。"庄青楠说着善意的谎言，"你要是感兴趣，我可以把我记的笔记借给你看。"

龚雨愤愤地瞪着庄青楠，片刻之后又泄了气。

她意识到，对方和自己根本不在同一频道。

高一的第一次月考，庄青楠一骑绝尘，稳坐年级第一的宝座，成为各科老师的心头宝。

经过一个暑假的补课，林昭的发挥也不错，从倒数第一挤进中下游，数学卷子更是破天荒地拿到了及格分。

庄青楠把奖状带回家，和以前一样整整齐齐叠好，放进属于自己的旧箱子里。

林素华披散着头发，紧紧搂着宝贝儿子，目光呆滞，态度不屑："你们学校怎么这么抠门，一点儿奖金都不发？要张废纸有什么用？"

其实，林素华并不是真的认为读书无用。

她也读过初中，成绩也不差，却被父母剥夺了上高中的机会，把她嫁给庄保荣，跟着男人吃苦受罪。

学生时代的纯真和对未来的幻想，被男人的拳头擂成碎片，在一次又一次打胎的痛苦中彻底消散，她渐渐弄丢了自己。

死去的是那个好强上进的少女，活下来的，是一个靠儿子换来认可与尊严的中年妇女。

她已经忘了过去，变得面目全非。

她无法理解女儿的执着与倔强。

庄青楠低眉顺目地安抚母亲："这次是校级的考试，没有奖金。妈，我以后争取参加市级和省级的竞赛，拿个好名次，学费和乐乐的生活费就都有着落了。"

林素华这才高兴了点儿，点点头说："这还差不多。你是姐姐，又比乐乐大这么多岁，以后一定要好好帮衬他，千万不能让他受委屈。"

而另一边，林昭美滋滋地把六十分的数学卷子贴到客厅的墙上。

林鸿文绷着脸说："及格不算什么，不要骄傲，要不是青楠的辅导，你能考这么好吗？"

林昭顺杆往上爬，笑嘻嘻地为庄青楠说好话："就是啊，要不是青楠，我哪考得了这么高的分数？爸，您说我们该不该表示表示？"

林鸿文沉默片刻，想起庄保荣现在不在家，态度有所松动："眼看快到中秋节了，你给她拿盒月饼，再提一兜石榴，好好感谢感谢她。"

林昭偷觑郑佩英的脸色，见她没有反对，响亮地"哎"了一声，拔腿就跑。

"回来！"郑佩英叫住他，从钱包里抽出一百块钱，"奖你的零花钱，省着点儿花。"

林昭更加高兴，把钱揣到兜里，到储藏室又是拿月饼又是装石榴，还找出一箱最贵的牛奶扛在肩上，大步流星地往林广泉家走去。

他走到跟前，又有点儿害羞，拐了个弯绕到墙后，磨蹭半天，才学布谷鸟叫起来。

庄青楠出来得很快，留长的头发刚洗过，随着微风轻轻飘动，袖子挽到肘部，手上湿淋淋的，带着洗衣粉的香味。

"阿昭，有事吗？我正在洗衣服呢。"她的态度和往常一样，温和却不热络。

林昭挠挠头，把自己这次考试的名次向她汇报了一遍，着重强调："我爸妈让我带礼物过来，表达对你的谢意。他们看到我进步这么大，心里可高兴了，还主动给我零花钱呢！"

庄青楠心里有些酸楚，脸上却没带出来，笑道："是你自己争气，跟我没多大关系。东西你拿回去吧，我不能收……"

"不行！"林昭的眼睛总想往她身上瞟，又觉得这样不礼貌，只能一会儿仰头看天，一会儿低头看地，两只脚来回搓弄，像踩着风火轮似的，泄露几分躁动，"送出去的礼，哪有收回的道理？就这样定了，我家里还有事，改天再来找你！"

他冲庄青楠摆摆手，往外跑了两步又想起什么，转头说："哎，你先别回去，等我几分钟！"

庄青楠一头雾水地站在原地，手上的洗涤液被风吹干，肌肤绷得难受，脚也站得有些麻。

林昭在小卖部买了几袋零食，把郑佩英给的一百块钱破开，跑回来分给她五十块钱，笑着说："我今天发了笔小财，见者有份，一人一半，也让你沾沾喜气！"

庄青楠连忙推辞："我不要，你快拿走……"

"你们班不是快秋游了吗？身上总得有点儿零花钱吧？到时候想买什么就买什么，别让人看不起。"林昭见她不接，弯腰放到装石榴的塑料袋里，又给她分了一半零食，"就算我借给你的，还不行吗？别跟我客气！"

他不敢告诉她，他通过同学的哥哥跟庄青楠班上的男生搭上线，经常悄悄了解她的近况。

所以，他知道她每天中午在学校吃咸菜啃馒头，知道她多受老师们的喜欢，知道她在月考中拿到了第一名，也知道他们要去哪里秋游。

庄青楠拗不过林昭，只能收下。

她把月饼和石榴平分给舅舅家，牛奶留着让弟弟慢慢喝，零食装进书包，带到学校给同学们分享。

下午放学后的自由活动时间，林昭仗着个子高，混到走读生里，走进铜山高中，打算偷偷摸摸看庄青楠一眼解解馋，猫着腰往窗户里一扫，气得几乎背过气去。

只见庄青楠坐在教室的正中间，前方和左右围了一圈人。

林昭心中警铃大作，眼睛瞪得像铜铃，两只手臂时而上下挥舞，时而左右摆动，终于吸引到庄青楠的注意。

庄青楠把满分答卷借给同学们，抽身走出来，带着诧异笑道："阿昭，你怎么进来的？"

"我有我的办法。"林昭引她下楼，忧心忡忡地打听，"他们围着你干什么？要是有人欺负你，你可得第一时间告诉我啊！"

庄青楠被林昭的一连串问题问得心里头暖暖的，报喜不报忧："同学们都很照顾我，没人欺负我。他们刚才是在跟我借卷子，没有别的意思。"

这天晚上回到家，林昭在林鸿文的监督下，磕磕巴巴地背完课文，忽然来了一句："爸，我想考高中。"

林鸿文欣慰儿子终于知道努力，点点头："这就对了。高中毕业和初中毕业还是不一样，你以后就知道了。"

林昭倒没考虑过太遥远的以后。

他只是觉得，考上铜山高中，和庄青楠见面更方便，两个人至少可以在同一个学校相处两年。

秋游的日子到来，憋了一两个月的高中生们背着零食和水杯，激动地坐上大巴车。

庄青楠坐在窗边，打开窗户透气。她专心地看着窗外的风景，等到大巴从镇子驶进山里，眼前所见也越来越开阔，越来越绚烂。

现在正值金秋，乌桕树奇妙地呈现出红、黄、绿三种颜色，叶子像一颗颗爱心挂在树梢；鸡爪槭和枫香红到醉人，鹅掌楸则黄一片绿一片；梧桐高擎枝干，微风一刮，巴掌大的叶子像落雨一样洒下来……

庄青楠听着轮胎碾碎落叶发出的"沙沙"声响，心里似有所觉，扭头往侧后方看去。

少年穿着橙色的连帽衫和深蓝色的牛仔裤，伏在摩托车上，正在快速向她接近，像一团熊熊燃烧的火。

庄青楠惊异地冲林昭摆了摆手，见他渐渐放慢车速，意识到他是为自己而来，脸颊染上一点薄粉。

她生怕班上的同学们发现端倪，传出什么不好听的话，因此紧张地抿了抿唇，没敢跟林昭说话。

好在林昭也识趣，冲庄青楠眨了眨眼睛，时快时慢地缀在大巴车后面，没有和她互动的想法。

庄青楠暗暗松了口气，像是揣了个见不得光的秘密，既想保持镇定，又时不时回头追寻他的身影。

虽然不明白为什么，但她的心里多多少少是高兴的。

等待绿灯时，林昭停在庄青楠的身边，动作迅速地从口袋里摸出什么东西，抬手递给她。

庄青楠跟做贼似的，同样迅速地接过，紧紧攥在手里。

直到大巴再次启动，她才张开手，仔细端详。

是一把五颜六色的西瓜糖。

由于沾了两个人的汗水，糖果上清晰的纹路变得模糊，红的、橙的、绿的色素在手心化开，散发着甜丝丝的气味，和外面的景色相映成趣。

他把一个袖珍的秋天送给了她。

2. 粽子糖

秋游的地点选在山林中一片平坦的空地上，头顶是蓝天密叶，旁边有野花清溪，景色相当不错。

班主任比大部队到得早一些，等学生们下车，立刻向他们发放任务——男生负责清理场地、搭帐篷，女生分成两组，一组负责野炊，另一组整理集体活动需要的道具。

庄青楠被分到了野炊组，舀起半瓢清水，洗掉手上的糖渍，蹲在地上把干柴堆到一起，熟练地生火。

一个头发枯黄、皮肤微黑的女生怯怯地凑近她，鼓起勇气搭话："庄青楠，没想到你既会学习，又会做饭，什么都做得这么好，我真羡慕你。"

庄青楠记得女生的名字叫齐雅娟,平时非常刻苦,每回放学都最后一个走,名次却很一般。

庄青楠谦虚地回答:"没有,熟能生巧而已。你帮我洗菜,好吗?"

齐雅娟见她不像看起来那么难接近,受宠若惊,连忙答应:"好的,没问题,没问题。"

庄青楠去溪边打水的时候,看到清澈见底的溪水里,躺着一枚又一枚圆润的鹅卵石。

她捞起几颗石头,放在手心把玩,听到了熟悉的布谷鸟叫。

庄青楠噙着笑左右张望,发现林昭藏在一棵梧桐树后面,放下水桶走过去,说:"阿昭,你怎么跟过来了?"

林昭探出脑袋,露出两颗小虎牙:"我爸妈去城里谈生意,我一个人在家里待得无聊,过来陪陪你。"

庄青楠抱歉地说:"我们吃完饭要做游戏,晚上在这里露营,明天早上才回去,我大概没什么时间跟你说话。"

"你先忙你的,不用管我,我在附近随便转转。"林昭连忙摆手,生怕她有什么心理负担。

他拍了拍身后的背包:"我带了厚外套,打算晚上直接睡在树上,还带了望远镜,如果夜里空气好,说不定可以看到星星。"

庄青楠点点头,说:"那好吧,你小心点儿,别摔下来。"

庄青楠没有运动天分,参加集体活动的时候,总是落在最后几名,只有齐雅娟沉默地跟在她旁边,时不时帮她一把。

夜里,七八个女生挤在一个大帐篷里,庄青楠和齐雅娟睡在靠近出口的位置。

齐雅娟拿出一小包粽子糖,局促地问庄青楠:"吃吗?"

这是街头巷尾叫卖的小贩常备的糖果之一,使用的是最朴素的制作方法,包装也简陋,糖块的形状很像粽子,呈现出半透明的琥珀色。

庄青楠接过一颗,学林昭一样含在左边的腮帮里,声音变得有些含糊:"齐雅娟,你长大想干什么?"

齐雅娟见她没有嫌弃自己的糖,眼睛闪闪发亮,唇角微微翘起:"我想当裁缝,根据人们的不同需求,做出很多很多漂亮的衣服……"

"当服装设计师,对吗?"庄青楠笑了笑,眼神充满鼓励,"我看过你画的画,很有想法,配色也很漂亮。等你的服装店开张,我去买衣服的时候给我打折,好吗?"

"什么服装设计师啊,说得我挺不好意思的……"齐雅娟害羞得双颊

绯红,"要是真有那么一天,我不收你的钱,给你免费定做衣服,谁让我们是老同学呢?"

两个人沉默了一会儿,齐雅娟问:"你呢?你长大想做什么?"

"我想当科学家,研究天体物理,探索宇宙奥秘。"庄青楠仰起白净的脸,毫不掩饰自己对于浩瀚又玄妙的课题的浓厚兴趣,"而且,听说如果达到行业顶尖的水平,可以拿很高很高的薪酬。"

齐雅娟点点头:"你学习那么厉害,一定可以的。"

庄青楠谈到"宇宙"的话题,想起林昭这会儿说不定正四仰八叉地躺在树枝上,对着望远镜看星星,嘴角微微勾了起来。

龚雨听她们聊得开心,犹豫了一会儿,别别扭扭地挤过来,语气仍然不太好:"当科学家多难啊,至少要读到博士呢,我打算以后去大城市做生意,不比科学家赚得少!"

庄青楠已经摸到龚雨的脾气,真诚地说道:"龚雨,你说得对,三百六十行,行行出状元,你口才这么好,眼光也独到,肯定没问题。"

龚雨被她夸得脸红,轻轻咳嗽两声,越过她道:"喂,齐雅娟,你还有糖吗?我也想吃。"

齐雅娟连忙把粽子糖的包装袋打开,热情地分给龚雨。

回到学校,庄青楠又开始了每天按部就班的生活,把所有的精力放在学习上,每回考试都是年级第一。

班主任沈琳把她当成心头宝,什么竞赛名额都优先留给她,知道她家境困难,还用自己的奖金给她买了一整套教辅资料,请朋友从市里寄来最新版的学习光盘。

她和林昭不常见面,关系却没有生疏多少。

她知道林昭在全力备战中考,只要有机会见面,便主动给他讲题,帮他提高学习效率,更慷慨地把自己初三时的笔记全都送给他。

至于林昭看着那些娟秀的字迹,闻着纸页间散发的淡淡香气,到底能不能专心,有没有想些别的,就不得而知了。

3. 龙须酥

一转眼,春节就快到了。

林昭家的猪已经长成,到了出栏的时候。

每年腊八前后,郑佩英都会请老师傅上门杀年猪,把肉分给亲戚街坊,今年也不例外。

腊月初八是个周日,一大早,林昭就穿着新买的羽绒服,踩着厚厚的冰雪，身手灵活地走街串巷，喊朋友们过来看热闹。

他滑到林广泉家门口，透过半开的大门，看到庄青楠正在院子里晾衣服，乐乐把玩具扔了一地，嘴皮子不大利索地喊着"姐姐"，扑过去抱住她的腿。

林昭听着里面好像没别人，大着胆子冲庄青楠吹了声口哨。

庄青楠循声回头，看到他立刻笑了起来："阿昭，你怎么过来了？"

"要不要来我家看杀猪？"林昭揪着乐乐的厚棉袄，把他拎起来掂了两下，脸上露出惊异，"你弟弟怎么跟小猪似的，长得这么快？"

林昭口无遮拦，说完才意识到不对劲，不好意思地看了庄青楠一眼："呸呸呸，我没别的意思，你别生气。"

庄青楠的表情带出点儿嘲讽，好像并不觉得他的话有什么问题："我爸留下来的钱，大部分都花在他的身上，他吃饱就睡，睡醒就吃，当然长得快。"

她晾完最后一条床单，把生着冻疮的手藏进毛衣袖子里，说："我妈到姑姑家走亲戚，晚上才能回来，我出去是能出去，就是得带着乐乐。"

"那就带着呗，放心交给我。"林昭假装没有注意到她的小动作，高高兴兴地抱起乐乐往外走，说起杀猪的盛事，"你别害怕，现在杀猪的方式比以前人道得多，师傅先用这么粗的电棍把猪电晕，再放血杀猪，猪一点儿都不痛苦。"

他踩过别人家办喜事留下的红纸和鞭炮碎屑，觉得年味越来越浓，打开话匣子："对了，青楠，你喜欢吃猪血吗？我特别喜欢吃杀猪菜，猪肉、猪血、白菜、豆干、粉条……乱七八糟的东西全炖在一起，煮得烂乎乎的，再来两勺辣椒油，那味道绝了！"

庄青楠对过年没有多少美好的回忆，却不忍扫林昭的兴，低声回应道："我不害怕，杀猪没什么好怕的。你说的大锅菜，我也喜欢吃。"

两个人来到猪圈旁，立刻被拥挤的人群冲散。

林昭的人缘好，十来个同龄朋友早就到场，有的勾着脖子往里面看，有的大着嗓门跟林昭聊天，不客气地预定猪心、猪板油、猪尾巴，他再挂念庄青楠，也得分神招呼他们。

庄青楠则看到了熟悉的面孔——齐雅娟顶着张黑红又充满生机的脸庞，和个子高挑的龚雨站在一起，笑着向她招手。

"你们也来看杀猪啊？"庄青楠走过去，和她们寒暄。

"齐雅娟非要拉着我过来，也不知道有什么好看的。"龚雨一脸傲娇，"这里又脏又臭的，难闻死了。"

齐雅娟好脾气地笑了笑："你要是不喜欢，我们去集上逛逛好不好？"

庄青楠也担心和林鸿文、郑佩英夫妇撞上，彼此尴尬，遥遥地看了林昭一眼，和她们手牵手往集市走。

集市设在铜山镇最宽敞的一条街道上，每逢初一、十五和重大年节，头脑活络的商贩们便各显神通。

他们或是卖服装鞋袜，或是兜售日常用品，或是推出香气四溢的小吃车，还有人把毛茸茸的小鸡崽儿、小兔子、小狗、小猫装在笼子里，当成套圈游戏的奖品，吸引孩子们的眼球。

齐雅娟停在卖龙须酥的小吃摊前，问庄青楠和龚雨："你们吃不吃这个？"

龙须酥制作流程复杂，卖相出彩，千丝万缕，洁白绵密，乍一看像工艺品，吃起来却有些甜腻。

庄青楠没有拒绝齐雅娟的好意："要不买一块，咱们三个分着吃吧？"齐雅娟付过钱，用塑料袋托着一小块走过来。

她们你一口我一口分吃干净，兴致勃勃地观看别人玩套圈游戏。

直到老师傅把年猪大卸八块，林昭经好友提醒，才注意到怀里趴着的"人形挂件"。

他到处寻找庄青楠的身影，被郑佩英狠狠瞪了一眼，假装没有察觉她的怒火，轻手轻脚地把乐乐抱回家，打开电视，放起动画片。

客厅的茶几上摆着一个十寸的大蛋糕。

今天是他的十五岁生日。

林鸿文和郑佩英都不喜欢铺张，他的生日没几个人知道，总是在家里清清静静地过。

不过，他最喜欢的杀猪菜一定会准时出现在餐桌上。

林昭从林应嘴里打听到庄青楠的去向，本想追过去，走到门口的时候，又犹豫起来。

乐乐需要照顾是其一，庄青楠难得跟朋友在一起玩，听说女孩子有自己的小世界，他这时候横插一脚，多多少少有些不合适。

林昭忍住渴望，等林鸿文和郑佩英提着猪后腿和几方上好的五花肉回来，殷勤地跑前跑后，帮他们干活。

到了切蛋糕的环节，他厚着脸皮分出两大块，一块递给上蹿下跳的乐乐，一块用小盒子装好，放进冰箱。

反正他是寿星，他最大。

下午，庄青楠和朋友们分别后，不大好意思地来到林昭家接乐乐回去。

林昭递给她一个沉甸甸的保温饭盒，说："刚做好的杀猪菜，回家趁热吃。"

他顿了顿，警惕地往周围扫视一圈，神神秘秘地说："晚上九点你出来一趟，把饭盒给我，我还有别的东西给你。"

庄青楠一头雾水，却没有多问。

时钟走过晚上九点，她准时出门，看见林昭缩着肩膀站在大树底下，也不知道为什么，羽绒服看起来比白天臃肿。

"阿昭，你的饭盒。"庄青楠把清洗干净的饭盒还给林昭，礼貌地给出赞美，"郑阿姨做的杀猪菜很好吃。"

林昭眼睛一亮，没有伸手去接，而是拉开羽绒服的拉链，笑嘻嘻地说："给你看个好东西！"

几只毛茸茸的小狗从他怀里拱出来，只只长着深棕色的毛皮，眼睛黑溜溜的，可爱又神气。

庄青楠吓了一跳，惊喜道："哪里来的小狗？旺财和小白狗生的吗？"

"对，旺财当爸爸了，小白一口气下了六只，今天正好满月！为了给你惊喜，我一直没告诉你。"林昭凑近一步，示意她摸摸小狗崽的脑袋，"我跟我爸重新盖了个大点的狗窝，够它们一家住的，以后你想看，就直接过去看。"

庄青楠揉揉这只，又揉揉那只，觉得每一只小狗都比集上看到的可爱，脸上浮现出纯粹的喜悦。

林昭耐心地等庄青楠摸了个尽兴，把小狗重新塞回衣服里，从身后变戏法似的拿出蛋糕和勺子，示意她吃。

庄青楠已经从乐乐嘴里听说了他过生日的事，由于来不及准备礼物，正不知道怎么开口，这会儿捧着有些塌软的蛋糕，更加过意不去："阿昭，对不起，我不知道今天是你的生日。"

"明年就知道啦。如果有机会，明年陪我一起过吧！"林昭说着难以实现的愿望，等她把蛋糕吃完，鼓起勇气递过去一个漂亮的红色礼物盒，"这个送你，就当……就当是提前给你的新年礼物。"

庄青楠疑惑地接过，拆开丝带，打开盒子，看到一双既厚实又不打眼的黑色手套。

她小心地抚摸着柔软的布料，眼前变得模糊。

今天明明是他过生日。

怎么收到礼物的，反而是她呢？

4. 芝麻糖

临近小年，在外面打工的男人陆陆续续回到铜山镇，学校也开始放寒假，街上肉眼可见地热闹起来。

庄青楠把林昭送的手套藏在书包的夹层里，拿起沈琳给的学习资料，刚看了几分钟，就被林素华叫到旁屋，给外婆擦身洗脚，收拾屋子。

她的舅妈刘芹和林素华向来不对付，这两个月更是势如水火，吵了好几回架。

林广泉听多了枕头风，表露出让妹妹一家人搬走的意思，还没开口，林素华就哭着控诉他娶了媳妇忘了妹妹，这是要把他们往绝路上逼，又拿庄青楠上学的事当借口，硬赖着不走。

庄青楠知道，林素华并不在乎她在哪里上学，也不认为转学会对成绩有影响。

林素华只是单纯地觉得铜山镇比婆家富裕，买什么都方便罢了。

这会儿，刘芹又在外面指桑骂槐，说话比之前还难听。

林素华一边逗乐乐玩，一边往庄青楠身上撒气："你爸到现在连个电话都没有，今年过年到底回不回来？还有你，说好的奖金呢？怎么一分都没往家拿？你们俩但凡有一个争点儿气，我用得着在这巴掌大的地方受罪吗？"

庄青楠试着解释："沈老师说，重要的竞赛都安排在下学期，她到时候肯定把机会留给我，还说……"

大门外忽然传来汽车的鸣笛声，"嘀——嘀——嘀——"响得嚣张。

林素华和庄青楠循着声音出来，看到一辆亮蓝色的小汽车。

庄保荣推开车门，从驾驶位跳下，弹了弹嘴里叼着的烟，摸了摸头上用发胶定型的大背头，抖了抖身上穿着的黑皮衣，像是变了个人似的，神气十足，趾高气扬。

他第一眼就看到乐乐，笑着弯下腰："乖儿子，快过来，让爸爸抱抱！"

林素华几乎不敢相信自己的眼睛，激动又畏怯地抱着乐乐走过去，问："保荣，这是哪儿来的车？这……这得不少钱吧？"

林广泉夫妇也被庄保荣的派头震住，干笑着凑近，客客气气地寒暄起来。

庄保荣这半年还算走运，机缘巧合下认识了一位香港地区来的大老板，给他当司机。

老板出手阔绰，待人和气，他工作得轻松又有钱赚，日子越过越体面。

这回，他把老板送到机场，得到一个月的带薪长假，又拥有了小汽车的临时使用权，马不停蹄地开车回来显摆，打算给那些看不起他的人一点儿颜色瞧瞧。

因此，面对林素华等人的打听，庄保荣装出满不在意的样子："也就十几万，不算什么豪车，凑合着开开还行。"

他掏出钱包，给了林天二百块钱压岁钱，对林广泉夫妇说："哥，嫂子，打扰了你们这么久，真是对不住。我这段时间跟几个朋友合伙做生意，赶上风口，赚了些钱，打算在镇上赁个房子，带着他们娘儿仨搬出去，你们要是有空，也帮忙留意留意。"

他越说越有底气，像是真的发了大财，连自己都骗了过去。

林广泉夫妇信以为真，连声挽留。

林素华喜极而泣，跟着挺起腰杆，红光满面。

只有庄青楠怀疑地悄悄打量车子，记下车牌号。

不管怎么说，庄保荣心情越好，庄青楠挨打的概率就越低。

因此，他发达的消息在镇上传开后，林昭暗暗松了一口气。

铜山镇闲置的房子不少，租金也便宜，庄保荣存着攀比的心思，在林昭家附近租了个带院子的两层小楼，一口气付了半年的房租。

家具还没置办几件，麻将桌已经抬进一楼客厅，牌局热热闹闹地组起来，庄保荣领着酒肉朋友没日没夜地抽烟喝酒，玩牌赌钱，把家里折腾得乌烟瘴气。

于是，庄青楠既要给庄保荣等人买烟送水，又要帮林素华照顾弟弟，到了深夜，回到爸妈分给她的逼仄房间，还要强打起精神背会儿单词，做半张卷子，说是连轴转也不为过。

好不容易熬到小年这天，她接过庄保荣给的红包，替他往办喜事的邻居家随礼，这才有了喘口气的时间。

镇子上举行的婚礼与城市不同，多数选择露天场地。

主家和帮工七手八脚地搭好舞台，摆上几十张桌子，稍加布置，便有种朴实又外放的喜气。

再请一位经验丰富的大师傅掌厨，几十道硬菜就从他手下源源不断地制作出来，博得客人们的喝彩，给婚礼锦上添花，堪称经济实惠。

庄青楠到得晚，结婚典礼已经结束，宴席开场，每张桌子上都坐满了人。

她环顾四周，正在踌躇，听到熟悉的声音喊："青楠，青楠，快来，坐这边！"

林昭、林应和林海等人坐在靠后的位置,庄青楠粗略一扫，都是熟面孔。

她点了点头，走到林昭身边。

林昭把屁股底下的凳子让出来，站起身说："我再去搬一张凳子，你先吃菜，这双筷子我还没动！"

圆桌上摆着八个冷菜、花生瓜子，还有一盘应景的芝麻糖。

按照这边的习俗，小年一定要吃芝麻糖，还要拿这个给灶王爷上供，好粘住对方的嘴，免得他在玉皇大帝跟前说老百姓的坏话。

林昭很快赶回来，杵了杵林应的胳膊，催他往旁边挪一挪。

他和庄青楠挤在一起，拿起长长的芝麻糖"咔嚓咔嚓"吃了两口，撒得满地都是糖屑，热络地问："你现在有自己的房间了吗？要干的活还很多吗？黑眼圈这么重，是不是又没睡好？"

几个发小都知道林昭的心思，互相对视，挤眉弄眼，想笑又不敢笑。

庄青楠的脸莫名其妙地热了热，捏着林昭塞给她的芝麻糖，斯斯文文地吃着，小声回答："给我的房间在一楼厨房旁边，挺小的，不过小点儿暖和。活不算多，我干得过来。"

林昭撇撇嘴："你又逞强。"

他好奇地问："你爸真的在外面发大财了吗？"

"应该没有。"庄青楠用手指蘸了一点热水，在桌上写出车牌号，"汽车挂的是南方的车牌，他没去过南方，十有八九是借的别人的车。"

"那你下学期的学费怎么办？"林昭闻言有些着急，"他给你交吗？"

"看他花钱的样子，应该还是赚了些小钱。"庄青楠凑近林昭，跟他说悄悄话的时候，透露出几分别人难以看到的狡黠，"我经常挑他赢钱的时候进去送烟，他一高兴，就会给我零花钱，到现在学费已经攒得差不多了。"

"那就好！"林昭眼睛一亮，止不住地替她高兴，见热菜端上来，眼疾手快地给她撕了个鸡腿，"你今天能晚点回去吗？我爸妈不在家，我们约好了吃完饭去我家看电影，你也一起来吧？"

他怕她对电影不感兴趣，又补充道："我们要看的是恐怖电影！闹鬼的那种！可刺激了！女鬼拖着这么长的舌头，浑身都是血，还有挖眼球、切手指呢！"

林应见林昭越说越离谱，急得踩了他一脚，笑着说："青楠，你别听阿昭瞎说，根本没有他形容的那么吓人。"

林昭疼得低声抽气，警惕地看看林应，又看看庄青楠，浓眉皱成两条弯弯曲曲的蚯蚓。

他正和庄青楠聊得热闹，林应插什么嘴？

他忽然睁大眼睛。

林应不会是……打算挖墙脚吧？

5. 酸角糕

怀疑的种子一旦埋下，林昭看什么都觉得不对劲。

林应皮肤白净，发小们开玩笑时，常常叫他"小白脸"，庄青楠长得也白，两个人凑在一起，怎么看怎么登对。

再说，林应学习好，考上铜山高中不在话下，又擅长察言观色，和庄青楠肯定更有共同话题。

"我哪瞎说啦？上回在我家看第一部的时候，是谁吓得鬼哭狼嚎，拽着我胳膊喊救命？"林昭不服气地和林应抬杠，"恐怖片看的不就是一个刺激吗？青楠的胆子没那么小！"

他挺起胸膛，竭力证明自己比任何人都了解庄青楠。

事关男人气概，林应的面皮微微涨红，咬死不认："反正不是我！要不咱们打个赌，这回谁害怕，谁请大家通宵打游戏！"

作为"鬼哭狼嚎"的主人公，耗子表情僵了僵，硬着头皮说道："赌就赌！"

林海是他们之中胆子最大的，粗声粗气地说："干脆赌两个'通宵'！"

气氛烘托到这份上，庄青楠不好再拒绝，看着林昭充满期待的眼睛，轻轻点了点头。

他们吃到下午两点，趁大人们不注意，悄悄溜出去，来到林昭家。

林昭拿出一大袋酸角糕，倒在玻璃果盘里，给大家解腻，又洗了几个苹果，打开电视机，正式开看。

庄青楠和林昭并肩坐在沙发上，另一边坐着林海，耗子和林应则直接歪在地毯上。

恐怖片制作精良，开头的荒坟和赶尸人直接将氛围拉满，冷不丁出现在左上角的小鬼脑袋更是把耗子吓得一哆嗦。

林昭的心思不在电影上，频频扭头打量庄青楠，找了个借口躲到卫生间，对着镜子捣鼓起来。

他自认五官生得不比林应差，个头蹿高之后，也收过几封情书，就是在肤色上吃了点儿亏。

在危机感的催促下，他翻出郑佩英常用的瓶瓶罐罐，找到最白的一罐膏体，食指和中指并拢，挖起一大坨，往脸上糊去。

他分不清护肤品和化妆品的区别，简单粗暴地把脸搽得白白净净，又在脖子上招呼了一圈，看着镜子里新鲜出炉的白面小生，满意地点了点头。

林昭忽略了两件事——

好友们正在看恐怖片。

恐怖片里女鬼穿着的红衣，和他毛衣的颜色出奇相似。

于是，当林昭带着七分得意和三分不好意思，从卫生间走回客厅，不小心被凳子绊了一跤时，耗子看到的是这样一幅场景——

面孔雪白的人形生物拖着浸满鲜血的衣服，扭曲着四肢，以超出人类认知的速度向他扑来，本应该是嘴巴的部位张开，亮出两颗又尖又细

的獠牙……

耗子大叫一声往后仰倒，后脑勺撞上林应的眼眶，疼得他飙出热泪。他模模糊糊地看见红色的"鬼影"，跟着吓出一身冷汗，颤着声音叫："鬼！鬼啊！"

恐怖气氛具有感染性，林海也慌了阵脚，一边嘶喊一边带着兄弟们撤退，三个人不知道谁撞到了谁，谁又抱住谁的大腿，满地乱爬，混乱非常。

千钧一发之际，庄青楠伸手扶住林昭，镇定地说："你们别害怕，是阿昭。"

她一眼就认出林昭。好像无论他变成什么样子，她都能轻而易举地从人群中找到他。

"有……有这么像鬼吗？"林昭不高兴地咕哝了一句，大步走向耗子。

耗子触电似的直发抖，好不容易找回说话的力气，劈着嗓子质问："阿昭，你干吗装鬼吓我们？你这招也太狠了吧？"

林应抽出纸巾擦干眼角的泪，跟着抱怨："为了个上网的赌约，至于使出这么多心眼吗？"

林海拽了拽快被他们俩扯掉的裤子，重重哼了一声。

林昭意识到自己的策略根本没奏效，只能将错就错，挠挠脑袋，尴笑道："你们就说害怕不害怕吧？我看耗子都快尿裤子了，阿应也没好到哪里去。"

他掰着手指头数道："两天、四天、六天……从明天开始，你们轮着请我'通宵'，正好排到过年。"

林昭犯了众怒，被林海等人追着打，脸上的化妆品蹭得到处都是，阴森恐怖的氛围消失不见。

庄青楠看着他们打打闹闹，抿着嘴笑了好一会儿，才出言阻止："我们继续看电影吧？"

男孩子们都给她面子，押着林昭把脸洗干净，重新坐回去。

或许是空调吹出的热风太暖和，又或许是林昭给了庄青楠足够的安全感，她努力盯着女鬼的脸看，时不时用指甲掐手心，眼皮还是越来越重。

电影看到一多半，她歪靠在沙发扶手上，带着满脸的倦意昏睡过去。

林昭最先发现庄青楠的异常。

他条件反射地把电视调到静音，拍拍耗子的肩膀，小声说："耗子，拿条毯子过来。"

耗子拿毯子的工夫，林应同情地说："青楠也太可怜了，老这么下去，身体怎么吃得消？"

林昭酸溜溜地剜他一眼，挫败地说："你想得到，我就想不到？可我能有什么办法？总不能从她爸妈那儿把她抢过来，让她住在我家吧？"

他帮庄青楠盖好毯子，指指电视："你们继续看。"

耗子沉默了一会儿，说："阿昭，开两格音量呗，咱们看的是恐怖片，又不是哑剧。"

林昭霸道地否决他的提议："不行，青楠要睡觉，你们对着字幕凑合凑合，别这么多要求。"

几个人敢怒不敢言，看着女鬼在屏幕上跳来跳去，跟跳大神似的，由于没有音效加持，心里毫无波澜。

庄青楠一直睡到天黑才醒。

她从没睡过这么沉的觉，觑了眼外面的天色，表情变得慌张，穿上棉服就往外跑。

"青楠！"林昭舍不得她离开，牵肠挂肚地追出去，"过年这几天我没什么事，你要是有空，就在葡萄园的狗窝里留张字条，我带你出去玩。"

往年寒假，林昭的生活过得多姿多彩，日程排得满满当当。

今年，为了迁就庄青楠的时间，所有的邀约他能推则推，哪怕在家里无聊地等上一天，也不想错过渺茫的机会。

庄青楠急匆匆地看了他一眼，答应道："好。"

这天晚上，郑佩英回到家，发现新买的一罐化妆品离奇地少了一半，沙发巾、抱枕和地毯上到处都是犯罪嫌疑人留下的"罪证"，气得险些把林昭扫地出门。

6. 酥心糖

大年二十九这天，庄保荣罕见地离开牌桌，领着林素华、庄青楠和乐乐，到街上备年货、买衣服。

他连着赢了几天的钱，心情正好，一口气买了十来斤排骨、两大块卤牛肉，又在地摊上给林素华和乐乐各买了一件羽绒服，说："明天我开车带你们回老家过年，初二再回来。"

他瞥了一眼庄青楠："青楠就别回去了，留在这边看家。"

家里的钱全锁在二楼的抽屉里，要是没个人看着，他心里不踏实。

再说，姑娘早晚要嫁出去，没多少价值，儿子才是宝贝，带到哪儿都觉得脸上有光。

庄保荣出去闯荡大半年，观念发生改变，认为人应该拼命往高处走，脑子越活，胆子越大，越容易发财。

铜山镇比鸟不拉屎的老家好，城里又比铜山镇好，他已经不把林鸿文那样的土财主看在眼里，想着总有一天要超过他，并且出人头地，光宗耀祖。

庄保荣越想越得意，见庄青楠的穿着实在看不过去，指着一件碎花小袄，对摊主说："买二赠一，把那件搭给我，给我闺女穿。"

摊主撇撇嘴："你都是大老板了，还在乎这点儿钱？诚心要的话，五十块钱拿走。"

庄保荣碍于脸面，从钱包里掏出张五十元的钞票，还没递过去，就被林素华拦住。

"什么衣服卖这么贵？有这个钱，还不如给乐乐添件毛衣呢！"林素华精打细算，拿起件深蓝色的毛衣，放在乐乐身前比了比，脸上带出笑意，"保荣，你看这件毛衣多好看？衬得乐乐皮肤多白？"

庄保荣嫌这些鸡毛蒜皮的小事烦人，挥了挥手："你看着办吧。"

庄青楠在原地怔了一会儿，装着排骨的塑料袋沉沉地往下坠，勒得手心生疼。

她苦笑一声，加快脚步追上父母。

到了大年三十早上，庄青楠看着亮蓝色的小汽车消失在视线之中，想起和林昭的约定，犹豫很久，才戴上暖和的手套，前往葡萄园。

林昭正蹲在空地上逗小狗崽玩，脑袋上顶了一只，肩膀上趴了一只，脚边还围着四只，抬头看见她，眼睛一亮："青楠，你来找我？"

庄青楠摸了摸扑上来摇头摆尾的旺财，又拿起梳子给小白狗理了理毛发，轻声把家里没人的事说了。不等林昭开口，她就善解人意地说："你也要回爷爷奶奶家过年吧？我们可以明天再约……"

"那可不行，我不能让你一个人过年。"林昭脑子转得飞快，转瞬做出决定，"我不去爷爷奶奶家，你晚上穿厚点儿，我想办法溜出来，带你去个地方。"

庄青楠有些不知所措："我……我一个人过年挺好的，正好可以利用这段时间看看书、做做卷子，你不用在我身上费心思……"

"你成绩那么好，少做两张卷子又能怎么样？"林昭拎起两只小狗崽塞到她怀里，剑眉微微上挑，"咱们俩不是朋友吗？朋友不应该互相照顾吗？跟我客气什么？要是哪一天，我孤零零地待在什么既冷又无聊的地方，你难道不会主动过来陪我吗？"

庄青楠被林昭问得无言以对，只能松口："那你晚上小心一点，不要勉强，来不来都行。"

晚上，林昭就着春晚，和爸妈吃完丰盛的年夜饭，装模作样地拿出游戏机，表示要通宵打游戏："爸，妈，我这半年学习够努力吧？够争气吧？偶尔放松一回，打一晚上游戏不过分吧？你们能不能开开恩，今天夜里别管我，明天早上也别叫我起床？我想睡到自然醒！"

郑佩英正准备说话，被林鸿文拽了拽胳膊，只能把剩下的话咽回去，冲林昭摆了摆手。

等林昭兴高采烈地冲进卧室，郑佩英抱怨道："你就惯着他吧。"

林鸿文好脾气地劝说："两边老人给的压岁钱你全扣下来了，阿昭也没说什么，要是连这点儿自由都不给孩子，激起他的逆反心理，咱们该怎么办？"

郑佩英一听他的话也有道理，指指满桌的剩菜："我去洗个澡，今天你收拾吧。"

"当然是我收拾，哪能让大厨受累？"林鸿文体贴地捏了捏她的肩膀，"阿英，累了一年，辛苦你了，趁着过年好好休息休息。"

林昭度日如年地等父母睡着，从柜子里拿出早就准备好的保温袋，蹑手蹑脚地钻进厨房扫荡。

家里为了过年，准备了很多半成品和熟食，他从冰箱的冷冻层里拿出一整盒饺子，又从冷藏层翻出一个大肘子、一碗香菇炖鸡、一碗红烧鱼块，用塑料袋装好，一股脑儿塞进袋子里。

他把卧室的门从里面锁好，顺着窗户爬出去，架好梯子才想起什么，又回去拿了件羽绒服。

林昭记不清这是第几次翻墙。

总之，他的经验越来越丰富，动作也越来越行云流水。

他像做贼似的，背着人来到庄青楠家门口，只轻轻咳嗽了一声，庄青楠就打开一道门缝，把他放进去。

林昭像为了过冬而储存食物的仓鼠一样，一件一件往外拿东西，笑着问："你晚上吃饺子了没有？我们煮饺子当夜宵吧？白菜猪肉馅儿，我爸妈一起包的，可好吃了！"

庄保荣买的肉全都带回了老家，庄青楠晚上只啃了半个馒头，闻言点点头："好，我来煮。"

庄青楠煮饺子的时候，林昭根本闲不住，一会儿笨手笨脚地架起蒸锅，把鸡肉和鱼肉放上去加热，一会儿拿出旧手机看时间，好像生怕错过什么重要的事。

两个人面对面吃了十几个饺子，庄青楠品尝着林昭夹给她的鸡翅，好奇地问："阿昭，你等会儿打算带我去哪里？"

"就……就随便转转，消消食。"林昭眼珠子滴溜溜直转，显然憋着什么秘密。

庄青楠洞若观火，却没有挑破，吃得肚子发撑，心口好像也被什么塞满，鼓胀胀、暖烘烘的。

吃完夜宵，已经是夜里十一点半。

庄青楠穿着林昭带来的羽绒服，两手插到口袋里，摸到冰冷光滑的东西。

是他不知道什么时候放进去、忘记享用的酥心糖。

庄青楠剥开糖纸，咬碎坚硬的糖胚，充作馅料的油酥立刻散发出浓烈的香气，在舌尖融化。

她跟着林昭走到僻静的密林中，仰头看到的是无边的夜色，脚下踩踏的是冻硬的泥土，周边高高低低的树木像来自异世界的巨人，暗处似乎藏着无数未知又恐怖的生物。

真奇怪。

明明她感受到的一切都是冷的，黑的，跟"安全"扯不上任何关系。尤其是个头比她高大的林昭，就那么背对着她走在前面，随时都有可能回过头，露出陌生又狰狞的表情，变成被欲望掌控的野兽，把她撕成碎片，连骨头都嚼烂。

可她怎么提不起一点儿防备心呢？

她的嘴巴是甜的，胃是满足的，皮肤是温热的，浑身充满力气，好像走多远都不觉得累，遇到什么都不会害怕。

林昭忽然停住脚步。

他喃喃道："青楠，下雪了……"

庄青楠跟着往天上看。

洁白又轻盈的雪花争先恐后地从天空飘落，大得像鹅毛，剔透得像玉石，衬得天色都明亮了几分。

"好美……"她低叹着，伸手去接。

林昭低头看了眼旧手机，默念道："三，二，一……"

话音未落，一个明亮的光团从不远处升起，直直爬向夜空，"啪"的一声，绽放出银色的烟花。

这朵烟花铺天盖地，璀璨夺目，长久地留在庄青楠的瞳孔中，令她下意识屏住呼吸。

紧接着，是第二朵、第三朵……

机缘巧合之下，她同时拥有了造物主的恩赐和化学反应制造出的浪漫。

而林昭在她耳边轻声说："青楠，新年快乐。"

林昭对着最亮最大的烟花闭上眼睛，悄悄许下新年愿望——

我想和庄青楠永远在一起。

想和她朝夕相处，形影不离。

想每天一睁开眼睛，就能看到她。

他们安静地站在树林中,欣赏着这场震撼人心的烟花表演。

而被林昭拉来当帮手的耗子、林应和林海,不仅贡献了所有的零用钱,还因为在林子里准备得太久,险些冻成冰雕。

7. 冬瓜糖

下学期开学的第一天,齐雅娟没来学校报到。

课间休息时间,龚雨找到庄青楠,放下如影随形的傲气,脸上写满焦急:"听说她爸妈嫌她成绩不好,考不上什么好大学,准备给她办退学。你晚自习请个假,我们去她家看看吧?"

庄青楠紧皱细眉,点了点头。

黄昏时分,两个女孩子忧心忡忡地来到齐雅娟家,看到她爸妈把一个二十多岁的男人送出门,有说有笑,满脸喜色。

庄青楠和龚雨对视一眼,上前打招呼:"叔叔阿姨好,我们是齐雅娟的同学,过来找她玩。"

"噢……"中年女人眯着眼睛打量了庄青楠一会儿,竟然认出她,"你就是那个年级第一吧?阿娟经常跟我们提起你。快进来,快进来!"

她给她们抓了把廉价又甜腻的冬瓜糖,又翻出一袋瓜子,一边招待一边抱怨:"你们心里肯定觉得我和她爸心狠,可我们有什么办法?都是庄稼人,靠天吃饭,一年赚不了几个钱,哪有能力供她读书?她要是像你成绩这么好也就算了,上学期期末考试连班级前十都没进,可见根本不是读书这块料!"

庄青楠觉得这话有些刺耳,接过热水,不软不硬地回答:"阿姨,我们现在才高一,正是打基础的时候,名次高低说明不了什么。齐雅娟学习很努力,每回放学都是最后一个走,我相信,只要您给她时间,她早晚会追上来的。"

"对啊。"龚雨跟着帮腔,"阿姨,如果您觉得经济上有困难,可以跟学校提申请,号召老师和同学们捐款,我们都愿意帮助她!"

"这个……"女人的表情变得尴尬,不知道该怎么应付她们。

这时,齐雅娟从里屋迎出来,红着眼圈说:"妈,您去忙吧,我跟她们说会儿话。"

女人一离开,急性子的龚雨就拽住齐雅娟的胳膊,劈头盖脸问道:"齐雅娟,你真不想继续读书了吗?"

"成绩不好只是借口吧?"庄青楠指指她的眼睛,又看向桌子上摆着的大红色礼盒,说话一针见血,"刚才从你家出去的那个男人是谁?"

齐雅娟眼睛四周的红晕迅速扩散到整张脸,怔怔地看着龚雨,说:

"我……我还以为你讨厌我……"

她的脑袋几乎低到胸口,窘迫地回答庄青楠的问题:"也不全是借口,我妈说得没错,我确实不是读书的料子,再读下去也是浪费钱。那个男的是我爸妈给我介绍的相亲对象,他们想让我早点嫁人,给我哥换彩礼……"

龚雨跳起来,高声说:"他们疯了吗?你才十六岁!"

"龚雨,你别嚷……"齐雅娟被她吓了一跳,连忙摆摆手,一副已经接受现实的样子,"我虚岁也十七了,不读书只能早点儿嫁人,咱们镇子上的女生不都这样吗?没什么好大惊小怪的。再说……我爸妈一直对我不错,我哥也很照顾我,我不能眼睁睁看着他打一辈子光棍吧?"

龚雨被齐雅娟气得眼前发黑,一时又想不到合适的话语反驳她,只能寻求外援:"庄青楠,你来跟她说!我怕我再跟她说话会被气死!"

然而,由于有着相似的家庭,庄青楠比龚雨更能理解齐雅娟的处境。

她定定地看着齐雅娟,沉默了好一会儿,没有质问,也没有指责,而是用难过的语气问:"齐雅娟,你不是长大想当服装设计师吗?不是说好了还要给我免费定做衣服吗?就这么放弃了吗?"

齐雅娟并不擅长伪装,闻言立刻蹲在地上,小声哭了起来。

"我没办法……庄青楠,龚雨,我没办法……"她蒙住面孔,肩膀不停颤抖,"我爸妈也不容易,这是我唯一能帮他们做的事……你们别再劝我了,越劝我,我心里越难受,又什么都改变不了……"

龚雨张了张嘴,又跺了跺脚,一声不吭地拉着庄青楠往外走。

龚雨走出很远,才抬手恨恨地抹了把眼角的泪,说出难听的话:"良言难劝该死的鬼,她自己选的路,她自己负责!"

她没听到回应,奇怪地扭过头,看到庄青楠和自己一样,脸上全是眼泪。

齐雅娟辍学之后,庄青楠有很长一段时间缓不过来。

她常在放学回家的时候,拐到林昭家的葡萄园里,趁着夜深人静,抱抱旺财,摸摸小狗,急匆匆地来,急匆匆地走。

林昭摸出规律,开始频频制造"偶遇"。

他见她情绪低落,也不敢多说话,等她离开之后,才搂着旺财猛吸,贪婪地捕捉残留的清冷香气。

庄青楠有一本日记。

区别于需要上交给老师的、跟写作文一样规矩板正的日记,这本日记更像随笔,用简洁的词汇和图案,记录着她的心事。

里面有她平静外表下的痛苦与不甘、她苦涩的泪水、她少得可怜的快乐。

当然还有抱负与野心。

她不想向命运妥协,走上齐雅娟的道路。

所以,考上大学只算人生旅程的阶段性目标,她要在弟弟长大成人之前,逃到庄保荣和林素华找不到的地方,彻底摆脱他们的控制。

她要去一个自由开放、没有任何人认识自己的国度,开始真正的人生。

庄青楠写完日记,把外表普通的记事本藏在箱子最底下,轻呼一口气,开始心无旁骛地预习功课。

这个学期过得很快。

庄青楠的成绩始终遥遥领先,在沈琳的安排下参加了三次市级竞赛,全都拿到不错的名次,为铜山高中争得荣誉。

为了和庄青楠在同一所高中读书,增加见面机会,林昭收起玩心,铆着劲儿突击,竟然在期中考试中挤进班级中上游,令林鸿文和郑佩英啧啧称奇。

日子像溪水缓缓流淌,平静得有些不正常。

这天中午,庄青楠正趴在桌子上午休,忽然被沈琳叫醒。

沈琳满脸忧色,低声说:"青楠,你家里出事了,快回去看看!"

原来,庄保荣给大老板当司机期间,依然沉迷赌钱,后来越赌越大,欠了一屁股的高利贷,被逼急了眼,竟然打起老板的主意。

他撬不开防盗功能一流的保险柜,反而被抓了个现行。

老板还算念旧情,没有报警,让保镖们把他赶出去。

他灰头土脸地离开老板家,落到债主手里,被他们折磨了好几天,吐出全部积蓄,还搭进去两条腿,这才勉强捡回一条命。

庄青楠赶到家门口,挤开熙熙攘攘的人群,看到庄保荣有气无力地靠坐在墙角的长凳上,双腿软绵绵地耷拉在地,脚后跟的伤口已经发炎流脓,散发出腐烂的气味。

饶是如此,他还在强撑着咒骂众人:"看什么看!都来看老子的笑话是吧?等老子把腿养好,挨个跟你们算账!"

见状,庄青楠如坠冰窟,一颗心直直地沉下去。

8. 绿豆糕

说句大逆不道的话,庄青楠不止一次地幻想过,父亲由于无知与狂妄惹祸上身,死在外面。

死了多好,一了百了。

可他拖着两条废腿活着回来,成为比噩梦还要恐怖的现实,彻底摧毁了她平静的生活。

庄青楠不知道被谁推了一把,趔趄几步,站到庄保荣对面。

她深吸一口气，不自然地扯开嘴角，叫了声："爸……"

庄保荣看见女儿，气焰暴涨，冷笑道："你还知道回来？你妈死哪儿去了？老子叫了半天门都没人应，你们这是想翻天啊？"

他说着，习惯性地扬起手臂，打算给庄青楠一巴掌，好好发泄发泄心里的怒火。

庄青楠害怕地往后退了退。

庄保荣忘记自己断腿的事实，往前一挣，摔到地上，撕心裂肺地痛叫起来："啊！哎哟！小白眼狼，从小吃我的喝我的，还敢躲我？反了天了！"

这当口，听到消息的林素华抱着乐乐急匆匆回来，看见庄保荣的惨状，扑到他身上放声大哭："保荣！保荣！你不是在外面混得好好的吗？怎么会弄成这样？谁敢对你下这样的毒手？到底还有没有天理啦？不行，咱们不能被人这么欺负，我这就去报警！"

庄保荣被林素华哭得头疼，又知道那些放高利贷的人黑白通吃，根本惹不起，急得拽住她的衣襟，使出浑身力气，结结实实抽了她几个耳光，骂道："丢人现眼的娘们儿！现在是计较这些的时候吗？还不赶紧扶老子进屋，给老子看病？"

林素华捂着紫涨的脸皮，强忍住眼泪，一手扯着哇哇大哭的乐乐，一手搀起庄保荣，对庄青楠说："青楠，快把你爸扶到屋里，再去你舅舅家借辆平板车，咱们拉着你爸去市里的大医院看病！"

庄青楠强压着心里的惶恐与烦躁，应了一声，跑前跑后地忙活起来。

林广泉虽然嫌这个妹夫不争气，但遇到大事还是展现出几分厚道。

他把妹妹一家送到医院，办好手续，预付了一部分费用，带着庄青楠和医生沟通病情。

庄保荣的小腿骨断得稀碎，脚筋被利器挑破，又在路上耽误了太长时间，预后并不理想。

医生的意思是，病人就算手术顺利，又按照要求定期做复健，也很难再正常行走，大概率要在轮椅上度过后半生。

庄青楠把情况如实地转达给父母。

林素华不愿相信家里的顶梁柱就这么倒塌下去，坐在床边哭个没完。

庄保荣则端起床头柜上的热水，泼了庄青楠一身。

庄保荣生怕她们挑战自己的威严，因此变得比以前更加蛮不讲理，更加凶悍，连脖子上的青筋都高高鼓起："我知道你们在想什么。我告诉你们，只要还有希望，哪怕倾家荡产，也得给老子治！"

他用力拍打着床板，对两个女性发号施令："林素华，你把咱家的钱全都拿过来,告诉他们,要最好的医生,用最好的药!青楠,从今天开始,不许再去学校!你爸都快残废了,你但凡有一点儿良心,就该老老实实在病床前伺候我!"

最坏的预想成真,庄青楠心里"咯噔"一声,连说话的力气都提不起来。一个"孝"字压死人,她再不情愿,也得履行身为子女的责任。

林昭从亲戚口中听说了庄保荣的事,好不容易等到休息日,立刻赶到医院看望庄青楠。

"听说你跟老师请了长假,大概什么时候才能回去上学?"他满脸焦急,把牛奶和营养品递给庄青楠,又从怀里摸出一盒还带着热气的绿豆糕,示意她趁热吃,"看病要花不少钱吧?你家里还撑得住吗?以后打算怎么办?"

庄青楠和林昭并肩坐在楼道里的台阶上,头顶的声控灯忽亮忽灭,洒下冷冷的光线。

她拿起一块绿豆糕放进嘴里,细腻的糕点入口即化,留下绿豆的香气和沙沙的口感,心情却没有任何好转。

"阿昭,我……我可能暂时上不了学了……"庄青楠沮丧地闭了闭眼睛,跟林昭说起心里话,"我爸的手术还算顺利,可是他生活没办法自理,又需要定期做复健,我妈要照顾乐乐,这件事只能落到我的头上,我推不掉的。"

她顿了顿,又说:"我们家本来就没多少存款,现在已经花得差不多了,就算我顺利读完高一,也没钱读高二、高三。"

所以,她已经做好最坏的准备。

如果运气好,她把庄保荣这边安顿得差不多,跟着镇上的女孩子们出去打工,多攒点儿钱,过两年还能重回校园。

如果运气不好……她不敢往后想。

闻言,林昭急得站了起来,高声说:"不行!你学习那么好,怎么能让几千块钱难住?钱的事,我来想办法!"

他咬咬牙,也顾不上防备庄保荣:"至于复健,大不了我一个月请几天假,替你照顾他!"

庄青楠皱了皱眉,坚定地拒绝:"我们非亲非故,让你替我受苦受累,算什么事呢?再说,你正在准备中考的关键时刻,不该为了我分心。阿昭,你听我一句,别管这么多,我应付得过来。"

"怎么能叫非亲非故?我和你……我……"林昭憋红了脸,到底不敢把话说得太直白,"总之,你相信我,我什么时候让你失望过?"

庄青楠揉了揉发酸的眼睛,把他带过来的礼品推回去,起身说:"阿

昭，你帮不了我，我也不想一而再、再而三地拖累你。我去给我爸买饭，你快回去吧，医院不是什么好地方，以后尽量不要过来了。"

林昭怔怔地望着她的背影，过了好一会儿才回过神，弯腰提起礼盒。

他走出楼梯间，迎面撞上庄保荣，吓得一激灵。

庄保荣不知道偷听了多久，气定神闲地坐在轮椅里，断眉舒展，眼中闪烁精光，话里有话地说："现在的小孩子真是不得了，一个比一个会演戏。"

林昭头皮直发麻，硬撑着挺直腰杆，说："庄姑父，青楠再怎么说也是您的亲生女儿，您给她个机会，让她把高中读完吧。等她考上名牌大学，找到好工作，一定会好好孝敬您，给您养老送终的。"

可惜，庄保荣目光短浅，且耐心有限，对长达六七年的投资毫无兴趣。

"阿昭，姑父不跟你兜圈子，你心里有青楠，这是好事，姑父也希望你们最终能够走到一起。"庄保荣一败涂地，重新将家底丰厚的林昭看在眼里，算计着怎么才能从他身上多咬几块肉，"你拿五千块钱过来，算是孝敬姑父的营养费，钱一到手，我就放青楠回学校，你看怎么样？"

庄保荣想得明白，林昭到底是小孩子，刚开始不能要得太多，要是把他吓住，反而不妙。

细水才能长流嘛。

林昭直面人性的恶意，攥紧双拳，强忍住唾骂庄保荣的冲动，低头思索片刻，问："说话算话？"

庄保荣笑得像抓住老鼠的病猫："当然，说话算话。"

第五章 彩虹的颜色

1. 星球杯

对于还在读书的林昭而言,五千块钱无异于天文数字。

他从医院赶回铜山镇,把几个发小的零花钱搜刮干净,也只凑到了二百块钱。

林昭思考片刻,又赶往爷爷奶奶家。

他又是撒娇又是卖惨,还赌咒发誓一定能考进铜山高中,给林家长脸,把老两口哄得眉开眼笑,提前拿到升学红包——整整一千元。

可还是差得远。

外公外婆去大舅家小住,不在铜山镇,远水救不了近火,他得想想别的办法。

趁着天色还早,他愣头愣脑地闯进农村信用社,询问个人贷款需要满足什么条件。

柜员得知他还没成年,勉强保持微笑,客客气气地把他"请"了出去。

林昭走投无路,只能打起林鸿文的主意。

郑佩英手握家中经济大权,管得又严,林鸿文没别的爱好,就喜欢淘换些老物件儿。

为了避免夫妻矛盾,他建立了个"小金库",藏在主卧床头的结婚照后面。

"妈!妈!有饭吗?我快饿死了!"林昭回到家里,装模作样地叫唤半天,确定父母都不在家,立刻走进主卧,伸长双臂,从墙上卸下相框。

红彤彤的人民币舒展着腰身,在照片背面闪闪发光,怎么看怎么喜人。

林昭码好一小沓,塞进外套的内侧口袋里,生怕不够,又去抓躺在角落的几张。

他听见院子里传来说话声,吓了一跳,抓紧时间把钞票搜刮干净,手忙脚乱地往回挂照片。

"阿昭,你在我们屋干什么?"郑佩英推开房门,狐疑地打量着儿子,"不是说今天和大海他们出去玩吗?"

"……大海非要钓鱼,折腾半天,一条鱼都没钓上来,我觉得无聊,就提前回来了。"林昭惊出一身冷汗,不敢直视郑佩英,眼珠子来回乱瞟。

他匆忙中往林鸿文脸上看了一眼,见林鸿文也有些慌乱,明白对方不敢叫破"小金库"的事,定了定神,指着相框嬉皮笑脸地说:"妈,我以前怎么没发现,您这么上相?看着跟电影里的女明星似的。今年结婚纪念日,您和我爸再去拍一套写真,纪念纪念呗!"

郑佩英似乎被林昭哄住,脸上带出笑意:"一天天的不学好,就学点儿油嘴滑舌的毛病。没什么事就去写作业吧,晚上我给你做好吃的。"

"好嘞!"林昭响亮地应了一声,走到林鸿文跟前的时候,对他眨了眨眼,意思是胳膊折在袖子里,父子俩谁都别告发谁。

没想到,郑佩英忽然从旁边伸出手,扯开林昭的外套。

她目的明确,动作又迅速,林昭还来不及反应,口袋里的钞票就像下雨一样落了一地。

"哎?"林昭本能地弯腰去捡,听见郑佩英的话,又定住身形。

郑佩英脸上的笑容消失不见,夹枪带棒地骂他们父子俩:"老林,我睁一只眼闭一只眼,不想跟你计较,你就真当我不知道你的私房钱藏在哪儿?林昭,你是上一回挨的打不够疼,还是当家贼当上了瘾?拿这么多钱干什么?打算劫咱们家的富,济谁家的贫?"

林鸿文不敢和盛怒中的妻子对峙,连忙举起双手,做出投降的样子,赔笑道:"阿英,我知道错了,下次再也不敢了。"

他踢了林昭一脚,给儿子台阶下:"阿昭,赶紧给你妈认错,让你妈消消气!"

林昭被郑佩英骂得脸色发白,却坚信自己没错,咬咬牙说:"妈,我真的很需要这笔钱,而且,我是用来办正事、办好事的,绝不会胡乱挥霍。您要是不愿意,我给您二位打张欠条,以后连本带息一起还上……"

"什么正事?什么好事?给庄老五看病吗?你知不知道他那两条腿是怎么断的?"郑佩英忍无可忍,话说得越来越重,"他心术不正,自作自受,有什么好帮的?你什么时候变成活菩萨了?"

林昭把手里的人民币捏得皱皱巴巴,忍不住回嘴:"我不是菩萨,也没有菩萨那么好的心肠,我只想让青楠赶快回去上学……"

他单膝跪地,抬头看向郑佩英,表情有些不理解:"妈,您之前不是挺喜欢青楠的吗?为什么现在这么狠心?青楠没有得罪过您吧?"

郑佩英气得浑身哆嗦，恨不得把儿子的脑袋撬开，看看里面装的到底是糨糊还是水。

"我对青楠没意见，对她爸妈有意见。"她打开天窗说亮话，态度强硬，毫无缓和余地，"老话说'救急不救穷'，庄老五那样的流氓无赖，黏上就甩不掉，你满足他一回，还会有第二回、第三回……有多少钱也不够填他们家的无底洞。"

她顿了顿，拿丢猪的事敲打儿子："再说，他的心眼坏得没边儿，你跟他搅在一起，绝对没什么好下场。林昭，各人有各人的命，青楠得认，你也得认，这些钱是我和你爸累死累活赚回来的，我一分钱都不会给你，这事没得商量。"

林昭眼底的光变得黯淡。

他呆呆地望着父母，林鸿文从手心拽走钞票时，五指下意识痉挛了几下，心口跟着空了一大块。

两天后的黄昏，庄青楠搭乘同乡的车回家收拾屋子，准备接庄保荣出院。

她走到家门口，看见墙角蹲着一个人，不太确定地叫："阿昭？"

林昭站起身，脸颊好像瘦了些，衬得个头更高，肩膀更宽。

"阿昭，有事吗？"庄青楠连着许多天没有睡过整觉，困得一沾枕头就能昏过去，还是强打起精神和林昭说话，"你的脸色怎么这么难看？"

"我没什么事，就是想过来见你一面。"林昭挤出个笑脸，不知道从哪里来了一股勇气，僭越地俯下身，轻轻抱了她一下。

还没等庄青楠反应过来，他就松开手，递给她一个沉甸甸的袋子："等我走了再看。"

他步履匆匆地往大路上走，一边走一边回头冲她招手，目光长长久久地停留在她的身上。

庄青楠不明所以，跟他摆了摆手。

等林昭消失在视线中，她打开袋子，看到里面装着一千块钱，除此之外，还有一大包星球杯、两盒饼干、几瓶黄桃罐头。

星球杯配有单独的勺子，酥脆的小馒头陷在泥土一样的巧克力酱里，像失去光泽的星球。

当天晚上，林昭没有回家。

他给父母留了封信，说是要到外面打工赚钱，就这么突然地离家出走。

2. 牛皮糖
林鸿文看完林昭留下的信，立刻打电话报警。

派出所的民警、关系不错的亲朋好友和热心的街坊邻居全部出动，在铜山镇四周搜寻了大半夜，闹腾得鸡鸣狗吠，尽人皆知，却没有找到林昭的踪迹。

郑佩英开始后悔自己对儿子管束太严、说的话太重，红着眼睛找到林昭的几个发小，挨个询问他们知不知道内情。

"婶子，阿昭真的什么都没跟我们说。"林应见她扶着门框，几乎站不住，连忙搬过来一把椅子，请她坐下休息，"不过，您别着急，我觉得他跑不远，最多到市里打打零工，吃上几天苦，自己就回来了。"

耗子附和道："就是，阿昭什么性格您还不知道？花钱比谁都痛快，稍微出点儿力气就喊苦喊累，还打工赚钱，他赚的钱够自己吃饭吗？"

林海则是行动派，拍胸脯保证："婶子，天一亮我们就去市里找他，找不到他不回来。"

郑佩英连忙摆手："不行，你们都不许去，老老实实在家里待着。要是阿昭没找到，你们再出点儿闪失，我和他爸就别活了。"

林应低声安慰着郑佩英，无意中抬头往门外看了一眼，眸光骤然凝固，唤道："……青楠？"

郑佩英猛然站起，转过身奔到庄青楠面前，双目中写满焦急、愤怒与痛苦，抓住她的胳膊，问："昨天你看见阿昭了吗？"

庄青楠怎么也没想到，林昭会放弃学业，仓促地离家出走。

他家里条件那么好，压根儿不需要为钱操心，这么急着出去打工，十有八九是为了帮她。

又是庄保荣做的手脚吗？他都残废了，为什么还是不肯消停？非要把她逼死才高兴吗？

庄青楠又羞又愧，又慌又怕，低着头一五一十地把林昭告别时的情状说了一遍，交出他留下的钱和东西，颤着声音说："郑阿姨，都是我不好，是我害了阿昭。我看到他朝着和市里相反的方向走，估计是有别的打算，他还没成年，就算要打工，也不太可能找正式工作……"

郑佩英顾不上对庄青楠发火，像抓到救命稻草一样，喃喃道："对，那个浑小子眼高手低，又急着用钱，肯定看不上来钱慢的工作。我多叫几个人，再借辆车，往那边去找看！"

庄青楠想跟上去，被林应等人劝住。

她失魂落魄地回到家，看到过来探望的龚雨，实在忍不住，靠在对方怀里哭了起来。

龚雨带来这段时间做的学习笔记，一边给庄青楠擦眼泪，一边不改傲娇本性："你知道我最讨厌做笔记了，我花了这么多心血，把老师写的板书一字不漏地抄下来，你可不能随随便便扔到一边。"

庄青楠抚摸着贴了卡通贴纸的封皮，点点头："我会认真看的，谢谢你，龚雨。"

"……谢什么？"龚雨不自在地把碎发拨到耳后，偷偷打量庄青楠，发现本来清冷淡漠的容颜极难得地染上点儿七情六欲，忍不住道破天机，"庄青楠，林昭是不是暗恋你啊？"

庄青楠愣了愣，试图回避这个话题："别胡说，我和他是朋友。"

"什么朋友会为了你连学都不上，莽莽撞撞地跑出去打工啊？"龚雨撇撇嘴，难掩对林昭的嫌弃，"上回秋游的时候我就觉得不对劲，他跟牛皮糖一样寸步不离地缠着你，一看就对你有意思。"

她顿了顿，到底说了句公道话："不过……他还挺会心疼人的，可见年龄和人品没多大关系。"

庄青楠被她说得心里更乱，再度否认："真的没有，是你想多了。他心地善良，又讲义气，对每个朋友都很好。"

时间一天天过去，林昭没有一点儿消息。

亲朋好友都有自己要忙的事，寻找他的动作渐渐缓下来，只有林鸿文和郑佩英不肯放弃，每天早出晚归，漫无目的地到处碰运气。

家不成家，葡萄园没人打理，渐渐长满杂草，猪圈里的猪也饿得直叫唤。

郑佩英当初有多嫌林昭吵闹，现在就有多想他，常常背着人哭。林鸿文也烟不离手，愁云满面。

庄青楠把庄保荣接回家，除去应尽的义务，表情越来越冰冷，话越来越少。

她每天早上做好饭，洗完衣服，就去林昭家附近守着，等林鸿文和郑佩英出门，或是帮忙收拾葡萄园，或是煮好猪食，拌着饲料喂猪。

要是他们夫妇俩忘记锁门，她还会进屋打扫卫生，做一些干净可口又方便存储的饭菜，再轻手轻脚地离开。

郑佩英心里有疙瘩，对庄青楠的付出视若无睹。

可是，人心到底是肉长的，一个半大的小姑娘连着一个多月帮他们家干这么重的活，为了照顾她的情绪，还小心翼翼地避免碰面，压根儿挑不出毛病。

再说，是自己儿子死心眼，非要打肿脸充胖子，是庄保荣贪得无厌，寡廉鲜耻。

庄青楠又有什么错呢？

郑佩英这边还没说话，庄保荣先按捺不住，准备向女儿发难。

他的算盘打得好好的，做梦都没想到林昭搞不来钱，还头脑一热跑出去打工，眼睁睁看着煮熟的鸭子飞走，觉得说不出的晦气。

亲家没结成，反而变成了仇家，庄青楠又被猪油蒙了心，不在家里伺候他，跑到别人家丢人现眼，怎么叫他不生气？

这天黄昏，借着沈琳家访的契机，庄保荣内心的愤恨不平一股脑儿爆发开来。

他瞪着刚从林昭家回来的庄青楠，皮笑肉不笑地说："沈老师，不用再说了，我的情况你也看见了，后半辈子都离不开轮椅，家里穷得马上揭不开锅，房租也交不上，哪有钱供她上学？"

同为女性，同样生在重男轻女的家庭，沈琳好不容易从山里考出去，当上老师，又回来报答家乡。

因此，她打心眼里心疼庄青楠这个好苗子，和声细语道："我理解你们的难处。这样吧，青楠高二和高三的所有费用我来出，等她上了大学，可以申请助学贷款，这样的话，你们就不用担心钱的问题了……"

"沈老师……"庄青楠眼中涌出热泪，嘴唇剧烈哆嗦，"您的工资也不高，我不能用您的钱……"

"所有费用？"庄保荣无礼地从鼻子里哼出一口气，露出无耻嘴脸，"包括我的医药费、她妈妈和她弟弟的生活费吗？包括房租吗？对了，我身边离不了人，青楠回去上学的话，还得给我请个护工吧？市里的护工一个月工资多少来着？两千还是三千？"

"爸！"庄青楠忍无可忍，大叫一声，"您不该这么跟沈老师说话！"

"放屁！"庄保荣借题发挥，用更高的嗓门盖过她的声音，"你是老子还是我是老子？大人说话，轮得到你插嘴？庄青楠，你是不是觉得你爸残了废了，没能力收拾你了，打算骑到我头上？"

他粗喘着气，在施展父权的过程中找到了失去的尊严，兴奋得脸庞通红："我告诉你，我活一天，你就得老老实实待在这个家里，老老实实伺候我一天！再敢没脸没皮地跑到姓郑的臭娘们儿家里干活，我就让你妈把你吊起来，打断你的腿！"

3. 白砂糖

正如庄青楠和郑佩英猜测的一样，林昭从一开始，就不打算到市里找工作。

他还没满十八岁，又没一技之长，在市里最多给人打打零工，刷刷盘子，一个月赚几百块钱，猴年马月才能攒够五千？

于是，林昭揣着仅剩的二百块钱，走了近百里山路，在第二天傍晚，来到一座黑煤矿。

煤矿老板是个四十多岁的中年男人,懒散地坐在临时办公室的皮沙发里,一边就着油炸花生喝二锅头,一边掀起眼皮打量林昭,问:"成年了吗?"

"叔,您放心,我成年了。"林昭回忆着大人们交际往来的样子,不太熟练地从裤兜里掏出一包烟,弯腰递给老板,"别看我长得瘦,我的力气大得很,吃得少,干得多,要钱不要命。"

老板盯着林昭稚嫩的脸,看出他在说谎,却被"要钱不要命"几个字吸引,叼着烟说:"包吃包住,一个月两千块钱,休息一天扣一天的钱,想走得提前跟我打招呼。"

林昭算了算,要是身体撑得住,干两三个月就能回家,说不定还能赶上中考,便痛痛快快地答应下来:"行!就这么说定了!"

半个小时后,林昭领完工作服和洗脸盆,走进宿舍。

矿工们睡的都是大通铺,屋子里弥漫着难言的气味,被褥没人拆洗,臭得熏天,黑得发亮。

林昭只看见一个年纪和林鸿文差不多的汉子坐在床上,好奇地问:"叔,其他人呢?都下矿了吗?什么时候回来?"

汉子没搭理林昭,掀开被子,露出缠着绷带的右腿。

他受的伤不轻,却急着恢复,拄着拐杖从屋子这头走到那头,又慢慢挪回来,嘴里不停嘶气,听得林昭也跟着疼。

林昭闲不住,挑了个还算干净的铺位安顿下来,跑到外面熟悉环境。

这座煤矿规模不大,附近也不热闹,他瞎转几圈,觉得饥肠辘辘,凑到负责做饭的婶子跟前,笑着问:"婶子,今天晚上吃什么?"

他看清大锅里连一点儿油星都没有的白菜炖豆腐,表情僵了僵。

等婶子用挠完头皮的手抓了一大把盐撒进锅里,他已经开始反胃。

林昭过不去心里这一关,没有打饭,而是跑到小卖部,买了几包泡面、一条香烟和五斤瓜子,打算跟前辈们搞好关系,让他们多带带自己。

一直等到夜里十点,下井的矿工才陆陆续续回来。

林昭发现,一切和自己预想的不一样。

他们浑身都是黑乎乎的煤灰,脸也是脏的,只有眼睛里透出一点儿白色,迈着迟缓的脚步,像行尸走肉一样走进屋里,大多数人连澡都不洗,倒头就睡。

他试着跟他们聊天,没一个人回应。

递出去的烟倒是很受欢迎,可他们忙着吞云吐雾,产生的浓烟隔绝视线,呛得林昭直咳嗽,连一个"谢"字都没有说。

林昭沮丧地躺在床上。

离家的第二个晚上,他已经开始想念爸妈,想念卧室那张既干净又柔软的大床。

他嫌弃自己没出息,抽了抽鼻子,紧紧闭上眼睛。

还没到早上六点,林昭就被人粗暴地推醒。

"起来上工了!"说话的是睡在他旁边的男人,看年龄三十多岁,眉毛往下耷拉着,嘴巴往一边歪,看起来脾气不大好。

林昭在心里给他起了个外号叫"歪嘴叔",听话地爬起来,快速穿好衣服,嘴巴很甜:"今天是您带我吗?那我得管您叫'师父'。"

歪嘴叔同样不爱说话,大步流星地往外走。

林昭一溜小跑跟上去,有样学样地抓起不锈钢大盆里的馒头往嘴里塞,噎得直翻白眼。

他戴上头盔,系好安全绳,站在绳索和木板搭建的简易电梯上,晃晃悠悠地往下降,心里先是好奇,很快就被前所未有的恐惧笼罩。

他们从地面出发,前往阴暗的地底,可视范围越来越窄,氧气越来越稀薄,到最后,连入口的光亮都看不到了。

林昭抬起头,发现头盔打出的微弱灯光在井壁上仓皇地晃动,想起自己看过的一部深海纪录片。

海底黑暗无比,聪明的鮟鱇鱼便进化出"小灯笼",顶在脑袋上,吸引猎物接近,完成捕杀。

可它们的举动,也把自己变成众矢之的,最终不知道成为哪条大鱼的美餐。

他现在觉得,自己变成了鮟鱇鱼,而幽深的矿井是凶猛的肉食性鱼类,正在吞吃他,消化他。

电梯"咚"的一声停下,林昭从想象中回神,打了个哆嗦。

井下四通八达,矿工们迅速散开,歪嘴叔扯着他往其中一条通道走,惜字如金地交代注意事项。

林昭知道这些都是关键时刻足以保命的经验,认认真真地记在脑子里,拿起铲子开始干活。

他过于自信,以为那点儿健身经验,足够让他轻松地应付体力活。

然而,还没干半天,他就感到头晕、恶心、呼吸困难,胳膊酸得抬不起来,两腿也不住发颤。

好不容易熬到休息时间,林昭学着歪嘴叔蹲在地上,就着无处不在的煤灰吃清汤寡水的萝卜炖粉条,难过得几乎掉眼泪。

歪嘴叔瞥了他一眼,或许是嫌他太废物,又或许是因为他和自己家孩子年龄相仿，动了恻隐之心，语气硬邦邦地说："吃不了苦就滚回去，没人逼你干这行。"

林昭抬起胳膊蹭了蹭眼皮，没了一开始的活泼，小声说："师父，我愿意干。"

他没想到赚钱这么难。

可庄青楠还在水深火热之中，他不能在这个时候打退堂鼓。

连续干了十六个小时的采煤运煤工作，林昭变成"行尸走肉"中的一员。

他开始理解室友们的冷淡。

他也不想说话，不想洗澡，他也想赶快睡觉。

不过，林昭正处于长身体的年纪，饥饿很快战胜疲惫，占据上风。

他半死不活地挪到小卖部，本打算买一包糖果续命，捏着仅剩的二十块钱，舔舔发苦的嘴唇，临到跟前又改口："姨，给我拿袋白砂糖。"

他坐在废弃的矿井旁边，从贴身的口袋里取出庄青楠的照片。

那是他有次补习时悄悄拍的，洗出来之后，一直藏在身上。

林昭借着黯淡的星光，目不转睛地看着庄青楠清冷的侧脸，撕开包装袋，往嘴里塞了一大把雪白的白砂糖。

眼泪终于涌了出来，他在无人看见的角落，哭得委屈又倔强。

4. 珍珠糖

顶着歪嘴叔不看好的眼神，林昭咬紧腮帮子，一天一天挨过去。

拿到第一个月工资的时候，他兴奋地数了又数，把十九张红钞票和庄青楠的照片放在一起，用剩下的一百块钱买了一瓶二锅头和几样下酒菜，乖觉地孝敬师父。

歪嘴叔带林昭坐在低矮的小山坡上，仰着脖子猛灌几口白酒，捏起一片卤牛肉，破天荒地和他聊起天："为什么来这儿打工？家里过不下去？"

林昭不好意思说自己家境还算殷实，扯谎道："对，爸妈都是庄稼人，师父知道的，种地赚不了几个钱，指望不上。我姐学习比我好，我想趁年轻多卖卖力气，供她考大学。"

歪嘴叔没说什么"女孩子上学没用"的话，反而高看林昭一眼："会读书是本事，要是真能考上大学，你们家也算祖坟冒青烟，再说，男人本来就应该顶天立地，养家糊口，这件事你做得对。"

他从身后摸出一部旧手机，打开相册，给林昭看儿女的照片："这是我闺女，在学校经常考一百分，聪明又懂事。这是我小子，比闺女大两岁，淘气得让人头疼，我在家的时候没少揍他……"

歪嘴叔的脸上露出怀念的神情，把手里的二锅头递给林昭。

林昭认真地倾听着，低头尝了一口酒，辣得直吐舌头。

又过了半个月，矿上来了个比林昭还小的少年，名叫刘平，个子不高，又黑又瘦。

林昭回忆起自己刚上工时遇到的冷落，将心比心，私底下关照了刘平几回。

刘平很快和他亲热起来，张口闭口"昭哥""昭哥"地叫，还跟他说了许多家乡的事。

晚上，林昭和刘平趴在相邻的铺位上，越聊越投机，越说越热闹。

林昭带着点儿炫耀的心思，拿出庄青楠的照片，问："漂亮吗？"

刘平表示震惊："漂亮！很有气质！昭哥，这是你女朋友吗？"

林昭心虚地左右看了看，仗着这里没人知道他的底细，厚着脸皮认下："对，我一赚够钱，就回去跟她结婚。"

吹牛不需要把握分寸。

正如做梦不需要考虑现实的可行性。

刘平满脸艳羡："真好，我也想赶快把家里的债还清，交个女朋友。"

"你才多大，就开始想老婆啦？"林昭像大人一样笑话他，听见歪嘴叔的咳嗽声，缩了缩脖子，"睡觉睡觉，明天还要早起呢，有空再聊。"

林昭不知道，这是他和刘平的最后一次聊天。

第二天中午，煤矿发生大面积坍塌，刘平所在的运煤通道被落下的岩石和泥土堵得严严实实，林昭这边的情况也不乐观。

当头顶开始剧烈晃动的时候，林昭被歪嘴叔推到一边，死死护在身下，捡回一条命。

他从小到大顺风顺水，没遇到什么挫折、没遭过什么罪，第一次直面死亡危机，整个人都是蒙的。

"咳咳！咳咳咳……"林昭愣了一会儿，挣扎着爬起来，摸黑扶起歪嘴叔，声音嘶哑，"师父！师父！您有没有事？"

他打开矿灯，发现歪嘴叔看着没什么外伤，呼吸却有些粗重，几个幸存的工友或是昏迷或是受伤，而不远处的出口已经被石块堵死。

他们被困在地下，没有食物和水，也没有多少氧气。

意识到自己的处境之后，林昭手脚冰冷、浑身发抖。

"阿昭，别怕。"歪嘴叔摸了摸隐隐作痛的后背，靠在湿冷的墙上，低声安抚林昭，"老板和工友们会想办法救咱们的。"

林昭听从歪嘴叔的命令，竭力调整呼吸，帮同一矿道的人处理伤口。

为防引起二次坍塌，他没敢大声呼救，而是翻找出两段钢管，不停敲击，发出规律又持续的响声。

林昭不知道过去了多长时间。

他只觉得脑袋昏昏沉沉，肚子饿得快要烧起来，抓着钢管的双手慢慢失去知觉。

他隐隐约约明白——自己要被活埋在这里了。

他再也见不到爸妈，更帮不了庄青楠。

他就是个绣花枕头，什么都学不会，什么都做不好。

林昭做了个美梦。

梦里，他回到了上小学的时候，每天放学雷打不动地往学校门口的小卖部跑一趟，用零花钱买包珍珠糖。

撕开包装袋，一颗颗珍珠一样莹白滚圆的糖果便滚到手心，慢点儿化开的话，足够吃一整天。

林昭正捧着珍珠，伸长舌头贪婪地舔舐着，糖果忽然变成一只白皙的手。

他顺着惯性亲吻手心交错的掌纹，慢慢抬起眼皮，撞上庄青楠含泪的眼睛。

林昭打了个激灵，从梦中惊醒。

嘈杂的人声灌进耳朵，他呆呆地看着那些平时总是麻木冷漠的脸出现在面前，觉得说不出的亲切。

他们身上系着绳子，顺着好不容易打通的临时通道下来，大声地抱怨着老板的黑心，单手抄起他，像拎一只小鸡崽，带他重见天日。

林昭听到一个坏消息，一个好消息。

坏消息是，在煤矿出事当天，刘平就被掉落的石块砸死，连句遗言都没来得及说。

好消息是，老板见势不妙，打算携款逃跑，被十来个身强力壮的工人拦住，吐了不少钱出来。

他们请德高望重的老师傅出面主持大局，该抚恤的抚恤，该赔偿的赔偿。

作为受害者之一，林昭连工资带赔偿，总共拿到三千五百块钱。

林昭好像把魂魄丢在了煤矿底下，恍恍惚惚地接过现金，看了眼刘平的遗体，分给歪嘴叔四百块钱，说是给弟弟妹妹的红包，紧接着马不停蹄地往外走。

"阿昭，你去哪儿？"歪嘴叔放心不下，抬脚追上林昭，"我们打算换一家正规点儿的煤矿，钱多钱少都是次要的，关键得安全。你跟我们一起吗？"

林昭呆呆地看了他好一会儿，才想起什么，从口袋里摸出一支笔和一

张纸,说:"我不去了。师父,您给我留个家里的地址,我以后有机会去看您,报答您的救命之恩。"

无论付出了怎样的代价,总之,他已经赚够五千块钱。

他可以回家了。

他有很多很多话,想跟庄青楠说。

5. 拐杖糖

庄青楠哭着把沈琳送走之后,被父母看得很紧,暂时失去人身自由。

伺候庄保荣并不是件轻松的活。

男人双腿残了,心眼却没残,顿顿要鸡蛋要肉,每半天就得倒一次痰盂,赶上天气好,便命令瘦弱的女儿推着他出去遛弯,抽烟喝酒打牌,样样不耽误。

庄保荣在外面栽了个大跟头,牌运也跟着下滑,总是输多赢少,表情越来越难看。

牌友往庄青楠身上乜了一眼,闲聊道:"老五,你闺女今年十几岁?订人家了没有?"

他不提还好,一提,庄保荣就想起失踪的林昭,没好气地说:"还没。闺女都是赔钱货,屁用没有,白长一张吃饭的嘴。"

庄青楠正坐在凳子上出神,闻言脸色隐隐发白。

"你这说的是什么话?养闺女怎么会赔钱呢?"牌友摇头笑着,给庄保荣喂了一张牌,"这么大的姑娘,长得又漂亮,找个好人家,订婚收一万,彩礼四五万,还有结婚当天的上车礼,轻轻松松六七万块钱到手,不比在外面打工强?"

庄保荣正有把庄青楠早早嫁出去的打算,听见这话,心里一动,不太相信地问:"真能收这么多钱?"

"我骗你干吗?"牌友停下手里的动作,避讳着庄青楠,凑到庄保荣耳边嘀咕,"咱们铜山镇最不缺的就是光棍,要是男方年纪大几岁,身上带点儿毛病,出的彩礼更多。"

他顿了顿,说到正题:"我有个外甥,今年刚满三十,小时候发高烧,脑子烧得有些糊涂,不过你别多想啊,他能正常说话,不打人,也不影响干农活。你要是愿意,我回去跟我姐说和说和,让她找人上门提亲,彩礼方面你尽管放心,绝对不会让你吃亏。"

庄保荣含含糊糊地敷衍他:"让我想想。"

晚上,庄保荣和林素华关起门商量这件事。

"按说青楠也不小了,早点儿结婚,早点儿生孩子,把心定下来,也省得天天想着读书,想着往外跑。"林素华对大方向表示赞同,却在女婿的选择上有不同的看法,"不过,咱得找个机灵能干的,最好没爸没妈,再离咱们家近点儿,方便叫他们俩回来干活。"

庄保荣没想到林素华在关键时刻还挺精明,对她刮目相看,咬着烟笑道:"有道理,我也觉得那傻子不行。你明天出去打听打听,跟媒人说说青楠的情况,让她介绍几个条件差不多的对象,咱们好好挑挑。"

他不觉得自己心狠。

作为家里唯一的壮劳力,他没办法再出去赚钱,家里四张嘴坐吃山空,乐乐以后还要读书念大学,样样都需要钱,总得提前打算。

他也不信什么"嫁出去的女儿泼出去的水"。

把女儿卖个好价钱,与长期吸女儿的血,这两件事并不冲突。

庄青楠敢不管他们,他就敢到法院告她弃养父母,让她和女婿在镇子上抬不起头。

庄保荣畅想着以后的舒坦日子,仰面躺回床上,说:"乐乐也大了,让他跟着他大姐睡吧,咱俩努努力,再生个儿子。"

穷人越穷越想生,总是盲目地相信,生孩子可以改变命运。

林素华有些舍不得乐乐,说:"过两天再说吧,让乐乐先适应适应。"

见庄保荣没有反对,林素华趿拉着拖鞋出去,看到庄青楠抱着睡熟的乐乐坐在厨房门口,双目无神,脸庞像雪一样苍白。

她猜到女儿听见了她和庄保荣的谈话,沉默片刻,用不耐烦掩饰心虚:"怎么,一听到让你嫁人就不乐意了?哭丧着脸给谁看?"

庄青楠站起身,试图争得母亲的支持:"妈,我没有不愿意,可我还没成年,能不能晚两年再说?您要是觉得家里经济紧张,我可以出去打工赚钱……"

"你做梦!"林素华骤然寒了脸。

在庄保荣面前唯唯诺诺了半辈子的女人,死盯着不听话的女儿,表现出令人心惊的绝情:"别以为我不知道你打的什么主意,你跑到城里,被花花世界迷住眼睛,还愿意回来吗?还看得上庄稼汉吗?这件事你想都别想!"

结婚之前,林素华也跟小姐妹偷偷去过城里。

她知道城里有多好,那些穿着西装套裙的都市白领有多风光,房子有多气派,汽车有多漂亮。

城里人流行过圣诞节,她们站在透明的玻璃橱窗前,看到里面摆着高大的圣诞树,天花板挂满雪花和彩带,还悬挂着许多拐杖形状的大号糖果,不由得啧啧称奇,流连忘返。

新婚之夜，被庄保荣粗暴地夺去童贞之后，她躲在被子里小声哭泣，哀悼自己破碎的梦想，不小心吵醒丈夫，结结实实地挨了几耳光。

林素华嫉妒女儿的优秀，痛恨女儿的不听话，恶毒地期盼把女儿拉进泥沼，变成和自己一样可怜又无望的中年妇女。

她揪住庄青楠的衣领，由于体弱，使不出多少力道，却令庄青楠感到窒息："我能认命，你怎么就不能？"

林素华把乐乐抱走后，庄青楠独自在院子里坐了很久。

她退无可退，又不愿稀里糊涂地嫁给陌生男人，只能选择逃跑。

她打算和林昭一样离家出走，一边留意赚钱的工作，一边寻找林昭的下落。

可庄青楠和林昭的处事风格完全不同。

她需要做好万全的准备，至少得备足路费和干粮。

接下来的几天，庄青楠假装妥协，在父母的安排下，见了三个相亲对象。

庄保荣看上其中一个，又觉得可以再等等，举棋不定，询问庄青楠的想法。

"我听爸的，爸让我嫁给谁，我就嫁给谁。"庄青楠像忽然开了窍，嘴巴变得甜起来，哄得庄保荣面色舒展，拿到二十块零花钱。

"早这样听话多好？非得讨打。"庄保荣满意地靠在轮椅上，示意庄青楠推他出去晒太阳，"你也别害怕，爸妈家永远是你娘家，乐乐永远是你弟弟，以后想回来就回来，没人拦着你。"

庄青楠低声答应，推着庄保荣拐到街上，迎面撞见一个黑黑瘦瘦的人。

他穿着矿上的工作服，像在煤灰里埋了几天似的，脏得出奇。

脸也是黑的，沾满污渍，头发乱糟糟地垂下来，遮住眼睛，又站在背光处，看不清表情。

庄保荣皱皱眉，不高兴地嚷："哪儿来的臭要饭的，没长眼睛吗？怎么找到老子家门口？老子连自己都养不起，还不快滚！"

庄青楠怔怔地看着来人，握着轮椅把手的双手收紧又松开。

她跄跄跄跄地迎过去，没走两步，就跑起来，带着哭腔叫："阿昭！"

6. 橘子瓣软糖

庄青楠一点儿也不嫌弃林昭身上肮脏，扑到他怀里，紧紧搂住他的腰。

她的眼泪不听使唤地从眼角滑落，抽泣着问："你去哪儿了？怎么弄成这样？你知不知道林叔叔和郑阿姨有多担心你？"

林昭是一路走回来的。

他的肚子里空空如也，脚上全是血泡，明明快要昏倒，这会儿把庄青楠抱了个满怀，竟然感觉所有的不适奇迹般地飞走。

他傻笑了一会儿，想起正事："青楠，你知道吗？我靠自己的本事赚了好多钱，这下你可以回学校了。"

林昭在庄青楠的搀扶下，走到庄保荣面前。

庄保荣紧皱着眉头，目光不停闪烁，不知道在打什么主意。

林昭从口袋里拿出厚厚一沓人民币递过去，神气地昂着头，挺着腰杆，高声说："姑父，这是咱们说好的五千块钱，您点一下。"

他龇了龇牙，语气似提醒似威胁："姑父，您可要说话算话。"

紧接着，他在庄青楠的惊呼声中，一头栽倒在地。

林鸿文和郑佩英得到消息，第一时间赶了过来。

他们看到瘦得脱形的儿子，差点不敢认。

郑佩英号啕大哭，林鸿文揉了揉眼睛，弯腰背起林昭，见他就算处于昏迷状态，依然紧抓着庄青楠的手不放，只好低声和她商量："青楠，你跟我们走一趟吧？"

庄青楠也放心不下林昭，闻言立刻点了点头，紧紧跟上去。

几分钟后，庄青楠第一次走进林昭的卧室。

房间很大，至少有二十平方米，采光也好。

书架上摆满乱七八糟的小玩意儿，看着有些凌乱，床单和被罩却干干净净，一看就知道经常更换。

林鸿文把林昭放到床上，低声安慰郑佩英："阿英，别哭了，孩子回来就好。你给他做点儿吃的，我去打盆水，帮他收拾收拾，看看有没有受伤。"

郑佩英向来要强，做出的决定很少更改，如今却拿犟驴儿子没辙，不得不重新审视庄青楠在林昭心中的分量。

她瞄了眼庄青楠，见她紧握着林昭的手无声地掉眼泪，无奈地叹了口气，说："儿女都是过来讨债的，摊上这么个祖宗，一辈子操不完的心。"

林鸿文打来一盆温水，用毛巾轻轻擦拭林昭的面庞。

毛巾很快变成黑色，俊俏的五官显露出来。

连续一个多月不见天日，林昭捂白了许多，阴错阳差地达成"小白脸"的成就，侧脸棱角分明，越来越接近成年男人。

林鸿文解开林昭的上衣，见儿子瘦得一根根肋骨全都浮起来，小腹深深凹下去，性格再怎么内敛，也忍不住心疼。

他对庄青楠说："幸好阿昭没受伤，要是真有个三长两短，我和他妈活在这世上也没什么意思。"

庄青楠内心的愧疚和自责达到顶峰，低着头说："林叔叔，对不起，

都是我的错。这段时间我经常想,如果阿昭不认识我,该有多好?我只会拖累他,只会给他带来麻烦。"

"青楠,你别多想,我没有怪你的意思。是阿昭非要逞英雄,怨不了别人,每个人都应该为自己的行为负责。"林鸿文怕她多心,连忙开解,"这段时间你替我们收拾葡萄园,又喂猪又做饭,忙前忙后的,我们全都看在眼里,还没来得及跟你道谢……"

两个人正说着话,躺在床上的林昭像是陷入噩梦,忽然紧了紧抓着庄青楠的手,大叫道:"青楠!青楠!你别不理我!你别走!"

空气仿佛凝滞。

林鸿文意识到自己的多余,给林昭盖好薄被,起身说:"我去看看饭做好了没有。青楠,你在这坐会儿,有事随时叫我们。"

等房门关上,庄青楠放任真实感情流露,哽咽着安抚林昭:"阿昭,我在这儿,我不走……"

她摸到他的额头变得滚烫,单手拧好毛巾,继续擦拭脸庞和身体,帮他散热。

郑佩英炒了两个儿子爱吃的菜,又煮好一锅小米粥,走进房间时,看到庄青楠和林昭像两只互相取暖的小兽一样依偎在一起,沉沉地睡着,空出来的那只手臂轻轻搂着他,犹豫片刻,悄无声息地退了出去。

她把林鸿文叫到书房,关起门合计了半天,终于商量好对策。

林昭从刚出生,个头就比别的孩子大,长到十五岁很少生病,还是第一次病得这么严重。

他高烧不退,昏迷不醒,攥着庄青楠的手由于过于用力,几乎痉挛,两个大人都掰不开。

到了晚上十一点,庄青楠实在没办法,凑在林昭耳边哄了半天,又保证第二天一早就过来陪他,才挣脱他的纠缠。

回到家里,庄保荣既没打她,也没骂她,假仁假义地问了两句林昭的情况,打发她回屋休息。

庄青楠顾不上那么多,第二天起了个大早,如约来到林昭家。

她衣不解带地照顾林昭,给他喂水喂药,帮着林鸿文更换被汗水打湿的床单,又从林昭的零食车里拿来不少糖果,堆在床头柜上。

林昭一直睡到黄昏才醒。

他迷迷糊糊地睁开眼睛,看着庄青楠清丽的容颜,一时分不清是现实还是做梦。

"青楠……"他的理智还没上线,像孩子一样跟她撒娇,"我嘴里好苦……肚子快饿扁了……"

庄青楠连忙剥了颗糖果喂给林昭。

微冷的手指触及嘴唇,他乖乖地张口含住,酸酸甜甜的橘子味儿迅速在舌尖弥漫开来。

林昭眨了眨眼睛,迟钝地问:"是橘子罐头吗?"

"是软糖。"庄青楠站起身,准备往外走,"你想吃罐头对吗?我去问问郑阿姨家里有没有。"

"我不想吃罐头。"林昭连忙拉住她的手,"青楠,你陪陪我,我想跟你说话。"

林昭跟庄青楠讲起这一个多月的遭遇,刻意隐瞒艰苦的条件与危险的处境,夸大自己的坚韧与能干。

回到家里的真实感渐渐变得强烈,他完全放松下来,眼皮变得沉重,却舍不得入睡,喃喃道:"青楠,我是不是很厉害?是不是很会赚钱?"

他嗅到饭菜的香味,注意力被转移:"好饿……我想吃红烧肉,想吃糖醋排骨,还想吃大闸蟹……"

这时,郑佩英从外面走进来。

林昭骤然清醒,坐直身体,紧张地咽了咽口水,赔笑道:"妈,我知道您很生气,但您先别打我……"

至少别在庄青楠面前打他。

他也要面子的。

庄青楠也被林昭的情绪带动,变得紧张起来,悄悄观察着郑佩英的动作,打算一有不对劲,就替林昭挨上几巴掌。

可他们两个想象的场景,全都没有发生。

"我不打你。"郑佩英和颜悦色地支开庄青楠,"青楠,你先去餐厅吃饭,我和阿昭单独说几句话。"

庄青楠担心地看了林昭一眼,听话地走出去。

林昭以为这是郑佩英的缓兵之计,急急忙忙地卖惨认错:"妈,我在煤矿上挖了一个多月的煤,吃了很多苦,已经知道赚钱有多难,也理解了您和我爸的不容易。我以后再也不随随便便离家出走了,也不会像以前一样大手大脚花钱,您就原谅我一回吧!"

"臭小子。"郑佩英拧了拧他的耳朵,却没舍得用力,"过去的事就让它过去吧,你爸说得对,人回来就好,我懒得跟你计较。"

林昭还没来得及高兴,听到郑佩英又说了一句:"阿昭,我跟你商量件事。"

他狗腿地道:"您说,您说。"

郑佩英笑着说:"既然你这么在乎青楠,咱们多出点儿彩礼,把她定下来，以后给你当媳妇好不好？"

林昭双目圆睁，不敢相信自己的耳朵："什……什么？"

7. 冰糖

林昭磕磕巴巴地说："什么'彩礼'，什么……什么'媳妇'？"

他的脸皮涨得通红，怀疑发烧的人不是自己，而是郑佩英："妈，您是被我气糊涂了吗？怎么忽然说出这么奇怪的话？还是……还是在讽刺我？"

"我在跟你说正经的。"郑佩英坐在床边，撕开一个牛奶味的小面包，给林昭垫肚子。

她掰着手指头，列举这桩婚事的可取之处："青楠既懂事又漂亮，文文静静的，不止成绩好，人品也没得挑。是，她大你两岁，可俗话不是说'女大二，金满罐'嘛，你天天上蹿下跳，跟孙猴子转世似的，一不留神就惹祸，找个稳重些的姑娘镇着管着，我和你爸才能放心。"

经过这次的事，郑佩英已经想通。

林昭情窦初开，性子又犟，铁了心要帮庄青楠脱离苦海，她和林鸿文再阻拦下去，只会造成更加严重的后果。

堵不如疏。

干脆遂了他的心愿，把庄青楠早早定下来，让他们俩安心读书，也省得再出什么波折。

"我……她……我……"林昭的牙齿和舌头直打架，一句利索的话都说不出来，不止脸红，连脖颈都跟着红，"妈，我想不了那么长远……我们、我们还小呢！"

"怎么，你不喜欢青楠？难道是我和你爸误会了？"郑佩英故意刺激儿子，亮出撒手锏，"你的年龄是不大，可青楠马上就十七了，可以先定下来，以后再结婚。我听说，她爸妈最近正在给她安排相亲，见了好几个了，你要是没这个意思，就让她嫁给别人吧！"

"不行！"林昭急得从床上翻下来，俊俏的脸上浮现出少见的戾气，"她得考大学！谁敢打她主意，看我不弄死他！"

他撞上郑佩英调侃的眼神，意识到自己露出马脚，低着头吭哧半天，终于说出真心话："妈，我……我跟您说实话，我确实喜欢青楠，是远远超过朋友的那种喜欢，可我……我觉得我配不上她，更不想趁火打劫，借这个机会欺负她。"

"我知道你配不上青楠。"郑佩英清楚儿子几斤几两重，并没有拿好听话哄他。

她正色道:"咱们大家都心知肚明,青楠有能力考上大学,十有八九还是数一数二的名牌大学,等她变成金凤凰飞出去,在大城市站稳脚跟,你跟她的差距就更大。阿昭,你想清楚,如果错过这个机会,以后就再也不可能跟她在一起了。"

说得难听点,她不是在聘儿媳妇,而是在投资。

她是生意人,生意人只有把目光放长远,在大家都不看好的时候冒险投入资金,才有可能赚得盆满钵满。

林昭怀有一颗赤子之心,不懂人心险恶,也从没想过算计别人。

听见郑佩英跟他一五一十地掰扯得失利弊,他有些接受不了,张了张嘴,却没说出反驳的话。

或许是在煤矿打黑工的一个多月,令他体会到世间悲辛,也令他飞速成长。

又或许是……他也有私心,也有贪念。

他可耻地被郑佩英说动。

"阿昭,你别在这个时候钻牛角尖。"郑佩英看出林昭的表情有所缓和,再接再厉地说服他。

"你换个角度想想,就算咱们家不出手,庄老五那个钻进钱眼的东西也不会消停。要是他以几万块钱的价格把青楠卖给四五十的老光棍,或者傻子残废,你能怎么办?继续偷家里的钱?还是去煤矿不分白天黑夜地干上两三年,把命搭进去?

"阿昭,我跟你爸商量好了,打算拿出十五万存款,把青楠从她爸手里抢过来,接到家里安安生生住着。她以后的学费、生活费,全都由咱们家出。"郑佩英从庄青楠的角度入手,令林昭无法拒绝,"你不想让她摆脱那个家吗?不想让她把所有的精力都放在学习上吗?"

"我……我不知道该怎么跟青楠说。"林昭又害羞又慌张,抬手把头发揉成鸡窝,在屋子里不停转圈,"我怕她生气,怕她不愿意……"

郑佩英笑起来:"只要你点头,后面的事交给我处理。"

郑佩英雷厉风行,扭头把庄青楠单独叫到主卧。

庄青楠比林昭早熟,心思又重,听完郑佩英的打算,半天没说话。

她当然知道,这是从天而降的馅饼,是她目前所能选择的最好一条路。

可她还是觉得屈辱。

这屈辱与林鸿文和郑佩英无关,与林昭无关,只是因为——

在这个落后闭塞的地方,在这种重男轻女的家庭,她不可能摆脱"商品"属性。

更棘手的是,林昭刚刚为了帮她受了场大罪,郑佩英又足够尊重她,

大方敞亮地直接询问她的意见。

这时候再拒绝,未免显得不知好歹、矫情做作。

"郑阿姨,我可以跟阿昭订婚,不过,我能先给您写张欠条吗?"庄青楠最终艰难地开口,"阿昭年纪还小,没什么定性,要是他以后反悔,或者我……我这边出现什么变故,没办法跟他走到最后,您在我身上花的钱,我一定想办法连本带息一起还上。"

她这是在给林昭留余地,也是给自己留余地。

郑佩英不大乐意,又不好逼得太紧,只能不断说服自己——庄青楠是个知恩图报的好孩子,应该不至于让他们失望。

"你想写就写吧。"她摸摸庄青楠枯黄的头发,喊林昭拿纸笔。

林昭跟快要出嫁的大姑娘似的,扭扭捏捏,不好意思进来。

他刚吃完红烧肉,用油和冰糖炒出的糖色既诱人又美味,嘴里现在还甜滋滋的。

郑佩英骂了他两句,他才抹了抹沾着油星的嘴,红着脸出现。

林昭蹲在庄青楠脚边,看着她把约定的内容一条一条写在白纸上,明白了她的顾虑。

他趁郑佩英不注意,钩了钩她的小拇指,小声说:"青楠,别多想,我跟你订过婚,有了正式名分,才好光明正大地把你接过来,让你不再受人欺负,这就是个权宜之计。"

"至于以后……我肯定尊重你的想法,你什么时候想解除婚约,跟我说一声就行。"他故作大度,心里却直打鼓。

林昭不敢随随便便地说出"喜欢"两个字。

虽然他知道,离家出走了这么一回,他的心意已经暴露。

可他不想给她压力,不想让她不开心。

只要他不提,她就可以当作不存在。

庄青楠轻轻地"嗯"了一声,把欠条交给郑佩英,面带忧色:"郑阿姨,我担心我爸那边不肯放我走,更担心他以后三天两头找事,对你们死缠烂打。"

"小孩子只需要吃喝玩乐,不用操心大人的事。"郑佩英从这一刻起,把庄青楠纳入自家的保护范围,面带笑意,胸有成竹,"你放心吧,我有办法。"

大人之间的较量即将拉开帷幕。

8. 彩虹糖

郑佩英请媒人上门提亲的时候,庄保荣并不意外。

只要用女儿吊着林昭，就等于捏住林家的命门。

林家那么有钱，足够保他们两口子一辈子的荣华富贵，等乐乐长大，小舅子的终身大事，也得林昭这个做姐夫的操心。

"阿昭那孩子是不错，不过，我们青楠现在可是香饽饽，好几家抢着要，我夹在中间为难得很。"庄保荣摆起架子，坐在轮椅上吞云吐雾，斜眼看向媒人，探听虚实，"他们家打算出多少彩礼？"

媒人经手过的婚事没有一百桩也有几十桩，还是头一回遇到郑佩英这样要求"一口价"的，硬着头皮说："阿昭家里的意思是——两个孩子还小，不急着办婚事，先订个婚再说。至于礼金，也不分见面礼、彩礼那些，十万块钱一把付清，不过……"

庄保荣听到"十万块钱"几个字，心中一动。

他按住狂喜，装出副不以为然的样子，问："不过什么？"

媒人赔着笑说："等订了婚，青楠得搬到他们家，往后上学、找工作、结婚、生孩子，都和娘家没什么关系，他们不麻烦你们，你们也别打扰他们。"

庄保荣骤然阴了脸，抄起桌上的酒瓶，重重掼到地上。

酒瓶摔成碎片，媒人也吓得倒退两步。

"说得好听，不就是想把青楠当童养媳吗？十万块钱买个大活人，白给他们家干活，往后还得给他们家传宗接代，连娘家都不让孩子回，姓郑的娘们儿也太会算计了吧？哪有这么便宜的事？"庄保荣激动得口水乱喷，"你告诉她，这事没门儿！做她的春秋大梦！"

林素华也抱着乐乐从屋里冲出来，帮腔道："就是！他们家的孩子是心肝宝贝，我们家的姑娘就不值钱吗？青楠既能下地又会做饭，一个人顶好几个人，我们一把屎一把尿，好不容易把她拉扯大，为的就是让她多帮衬娘家，多照顾弟弟，怎么能说给人就给人？"

媒人干笑着安抚了两句，回林昭家传话。

林素华一边打扫地上的玻璃碴儿，一边喋喋不休："保荣，要不咱们再问问见过青楠的那几家，看他愿不愿意抬高彩礼？林昭家能出十万块钱，他们怎么就不能？勒紧裤腰带的话，几年就赚出来了……"

"闭上你的臭嘴。"庄保荣没好气地瞪了她一眼，"你当谁都跟林昭那么傻，非青楠不娶？老子在跟他们讨价还价，你看不出来？"

林素华愣了愣，表情有些着急："保荣，咱们不能把青楠给出去！不提以后的事，单说家里这一大摊子，我自己根本倒腾不过来……"

"怎么倒腾不过来？我刚把你娶进门那几年，你带着青楠，不是什么都能干吗？现在越活越回去了，想学郑佩英当阔太太？"庄保荣认为林素

华三天不打就上房揭瓦,冷笑着骂她,"也不撒泡尿照照自己,你有人家那个命吗?"

林素华敢怒不敢言,只能拿乐乐当借口:"那乐乐怎么办?本来还指望他姐能辅导他学习,给他攒彩礼,帮他带孩子,现在……现在她一个人跑去过好日子,撇下亲爸亲妈在这边吃苦受罪,哪有这样的道理?"

庄保荣思索了一会儿,撇了撇嘴角:"你别管,我有主意。"

庄青楠趴在小房间的窗边偷听完父母的谈话,提心吊胆,辗转反侧。

她心里明白,决定命运走向的时刻,就在这两天。

她矛盾得厉害,既怕郑佩英和庄保荣谈崩,又怕进展得太顺利。

更确切地说,她抗拒的是新身份。

她不知道该怎么做别人家的儿媳妇,怎么做林昭的未婚妻。

郑佩英耐着性子,押了庄保荣两天,直到他快要坐不住,才气定神闲地亲自上门。

"妹夫,考虑好了吗?"她从包里拿出一摞崭新的百元大钞,放到桌上,又追加了两小捆,"这里总共是十二万,刚从银行取出来的,愿不愿意,给句准话。"

现金比存折和银行卡更具冲击力,也更富诱惑性。

十二万块钱,大约是两斤八两重,厚十二厘米,看着喜人,拿在手里沉甸甸。

庄保荣死盯着人民币看,压根儿移不开眼睛。

他咬了咬舌头,狮子大开口:"二十万。"

"再加三万,行就行,不行就算了。"郑佩英转了转无名指上的金戒指,露出几分不耐烦,"妹夫不是领着青楠相过亲吗?肯定知道镇子上的彩礼是什么行情,我不相信有哪家能高过我们家。"

她顿了顿,话锋一转:"其实,这桩亲事我和他爸并不看好,要不是阿昭死心眼,我也不想出面。都是为了孩子,没办法,你说是不是?"

庄保荣沉默不语。

郑佩英又坐了一会儿,拿起钞票,一捆一捆地往回塞:"你要是不同意,我也不能强人所难,你就当我没来过。"

她的笑容有些微妙:"我回去劝劝阿昭,跟他说,姑父瞧不上我们家,不愿意把青楠嫁给他,我尽力了,要哭要闹都随他吧。"

庄保荣听着提亲是假,拿自己当借口打发林昭是真,不由得急了眼,叫道:"我没说不同意!把钱放下!"

他盘算明白,先答应郑佩英又怎么样?把钱装到口袋里再说。

反正无凭无据,往后他非要跟女儿女婿亲近,谁还能拦着他?他和林素华日子过不下去，庄青楠能眼睁睁看着他们饿死？

郑佩英笑道："钱可以给你，但不是现在。我先让阿昭把青楠的行李搬过去，再挑个好日子订婚，到时候咱们一手交钱，一手交人。"

庄保荣只恨自己走不了路，没办法把郑佩英的包抢过来。

他的眼中精光闪烁，拍板道："订婚就订婚！"

在家里急得如热锅蚂蚁的林昭听到好消息，高兴得一蹦三尺高。

第二天一早，他借了个小推车，带着林海跑到庄青楠家，撸起袖子帮她搬东西。

两个人好几天没见面，看起来气色都不太好。

林昭顶着两个黑眼圈，庄青楠眼下也有青影，神色倦怠，没精打采。

"青楠，你怎么了？昨晚没睡好吗？"林昭细心地发现她的异样，小心翼翼地试探，"你……你是不是后悔啦？不想跟我订婚了吗？"

庄青楠摇了摇头："没有，我答应过郑阿姨，不会言而无信。你呢？你晚上还是开着灯睡觉吗？"

林昭看起来能吃能睡，能跑能跳，其实还没从煤矿坍塌的阴影中恢复过来。

他时不时望着天空发呆，害怕黑暗，害怕幽闭的空间，夜里总是睡不安稳，性格也变得沉静了些。

"我已经好多了。"林昭从口袋里摸出两包彩虹糖，给她和林海分了分，笑容变得有些腼腆，"等你搬到我家，经常跟我说说话，我肯定能完全好起来。"

庄青楠含着花花绿绿的糖果，舌头渐渐沾上色素，变得五颜六色。

她拿起乐乐丢在桌上的万花筒，眯着眼睛往里面看去。

黯淡无光的世界，从这一刻起，变成彩虹的颜色。

第六章 同一屋檐下

1. 太妃糖

庄青楠的个人物品,比林昭想象的还少。

两箱书,几身破旧得打满补丁的换洗衣服,一双鞋,除此之外,再无其他。

林素华抱着乐乐在旁边盯着,像是生怕女儿顺走什么值钱东西。

"天气眼看就热了,带棉服和围巾干什么?"眼看庄青楠把叠好的衣服装进袋子,她终于忍不住,开口阻拦,"先放家里,天冷了再回来拿。"

庄青楠紧皱眉头,听出林素华这是不打算完全切割的意思,正要提醒林昭,却见他大大咧咧地把袋子提起,放到床上。

"姑姑说得对,不拿就不拿。"他高兴得厉害,眼里只有庄青楠,根本看不到别人,更懒得管林素华怎么想,"我到时候给青楠买新的。"

林素华心里有些不是滋味儿,酸溜溜地说:"知道你们家有钱,可过日子得有个过日子的样子,什么都买新的,把她惯出一身毛病,受罪的是你自己。"

林昭嫌林素华嘴碎,推着庄青楠的书大步往外走。

庄青楠看见桌上落了一本学习笔记,抬腿追上去,听见他跟林海嘀嘀咕咕地抱怨:"我家的人,我乐意惯着,她怎么管那么宽?"

庄青楠顿住脚步,闹了个大红脸。

她越来越确定,林昭是真的喜欢她。

被郑佩英安排着走到快要订婚的地步,他没有一点儿不情愿,脸上的笑容压都压不住,看向她的眼睛总是亮晶晶的,带着令她心慌的热意。

可她还没做好心理准备。

现在也远远没到考虑男女感情的时候。

庄青楠竭力摈除杂念,在庄保荣和林素华面前不断降低自己的存在感,等待订婚那一天的到来。

只要能让她离开这个家,能让她继续读书,她愿意付出任何代价。

在郑佩英的张罗下,订婚仪式筹备得低调又正式。

她在镇上最有档次的酒楼预订了一个大包间,拟好菜单,要求林鸿文上交几瓶珍藏的好酒,又安排林昭准备喜糖。

林昭把这件小事当成大事,买了好几斤太妃糖,又在市场批发了几十套DIY（Do It Yourself的英文缩写,意思是自己动手制作）糖盒套装,把好友们叫到一起,让他们帮忙做手工。

几个男生照着说明书,笨手笨脚地干起精细活,林昭红着脸坐在他们中间,叠好一个十分标准的心形糖盒,举起来欣赏。

"哎,你看阿昭那样儿!像不像在给自己准备嫁妆?"林应用大家都能听到的声音,和耗子说着"悄悄话"。

众人看向林昭,一起哄笑出声。

林昭瞪了林应一眼,开口就往大家伙的心窝捅刀子:"我看出来了,你们就是嫉妒我。"

他摇头晃脑,一脸嘚瑟:"随便你们怎么开玩笑,我都不生气。没办法,谁让我是咱们中间第一个订婚的呢!"

"你高兴什么?这才是万里长征第一步。"林应笑着挤对林昭,"谁第一个结婚,第一个生孩子,谁才是真的厉害。"

几个人七嘴八舌地聊着天,也不知道谁起的头,竟然打起赌来。

"我不跟你们赌,青楠要读大学,以后说不定还要考研究生,我们肯定不会那么早结婚要孩子。"林昭越说越觉得臊得慌,催他们干活,"快点儿快点儿,叠完请你们下馆子,今天我请客!"

订婚这天,志得意满的庄保荣正准备前往饭店,看到几个熟悉的面孔出现在眼前,不由得一脸错愕:"大伯,三叔,爸,妈,你们怎么来了?"

"青楠订婚,我们怎么能不来?"头发花白的男人盯着他看了一会儿,混浊的眼球中闪过一抹算计的光亮,"大侄子,你办事可不厚道啊!给青楠订了这么体面的婚事,却不告诉我们,是不是生怕我们沾光啊?"

另一个男人附和说:"就是,要不是亲家派车来接,我们还被蒙在鼓里,什么都不知道呢!"

他们七嘴八舌地埋怨着庄保荣。

庄保荣意识到哪里不对劲,表情变得僵硬。

他带着一群人浩浩荡荡地来到饭店,发现参加订婚仪式的不止自己这边的长辈、林鸿文和郑佩英两边的亲友,还有林氏一族的族长。

族长年逾七十,德高望重,不怒自威,在铜山镇说话极有分量。

庄保荣和林素华被让到上席，庄青楠则和林昭坐在另一桌。

庄青楠嗅出气氛的不寻常，小声问林昭："郑阿姨打算做什么？"

林昭的脸从进门就是红的，这会儿被她呼出的热气一吹，简直要烧起来。

他用手挡住嘴，以更小的声音告密："我妈想让你爸当场立个字据，永绝后患。"

热菜还没上，隔壁桌已经吵闹起来。

庄保荣瞪着白纸黑字写的《断绝关系协议书》，意识到自己心里的小九九早就被郑佩英看透，恼羞成怒，拍桌大喝："姓郑的，你这是什么意思？"

"这不是咱们之前说好的吗？十五万归你，青楠归我们家，从此桥归桥路归路，各不相干。我请族长过来当见证人，立个字据，双方签字按手印，也省得以后出现什么纠纷。"郑佩英并未被庄保荣吓住，笑着扫视众人，"怎么，你想反悔？还是打算耍赖？"

听到"十五万"三个字，庄保荣这边的亲戚立刻炸了锅。

"什么？十五万？一个丫头片子值这么多钱？"

"大侄子，这么好的条件，你还犹豫什么？"

"亲家，你们只有一个儿子吗？不不不，我没别的意思，我有个孙女，长得比青楠还漂亮，你们看看身边有没有合适的男娃，帮着介绍介绍……"

……

庄保荣被一屋子的人架在火上，脸色一阵青一阵白，颈部肌肉剧烈抽动。

这张字据，他签也不是，不签也不是。

签了的话，往后再想从女儿身上刮油水，所有姓林的都会联合起来对付他，戳他的脊梁骨。

不签的话，不止亲朋好友拿他当傻瓜，那些本来对女儿有意思的人也要犯嘀咕。

再说，上哪儿找第二个冤大头，愿意拿十五万要个还没长大的小姑娘？

郑佩英观察着庄保荣的表情，从桌下拿出一个小箱子，像那天一样展示现金的威力。

"你要是不签，就是在耍我们，在拿族长寻开心。"她冷笑一声，先礼后兵，"你放心，我是讲道理的人，不喜欢动用武力解决问题。这样吧，你走出这个门，婚事就此作废，不过，这两桌酒席的钱，得你们出，这个要求不过分吧？"

她看向林鸿文，问："老林，酒席花了多少钱？"

林鸿文闻弦歌而知雅意,温声回答:"老板给了折扣,数字很吉利,总共是六千八百八十八。"

闻言,庄保荣吃惊地往后仰,差点儿连轮椅一起翻过去。

2. 果C卷

庄保荣做梦都没想到,自己不但没从林家占到便宜,还要倒赔六千多!

最麻烦的是,他以为婚事已经板上钉钉,这几天在外面没少炫耀,又是请客吃饭,又是喝酒打牌,欠了一屁股的烂账。

现在别说让他拿六千块钱出来,就是两千,他也犯难。

林素华被这个数字吓住,沉默片刻,壮着胆子说:"你们别仗着是本地人就糊弄我们,吃的又不是山珍海味,哪里用得了这么多钱?"

她正说着,服务员端着满满一托盘热气腾腾的饭菜进来,里面有鱼有肉,有龙虾有海参,摆到玻璃转盘上,颇具震撼效果。

林素华嗫嚅几下,心虚气短,自己闭上嘴。

庄保荣的大伯一双眼睛几乎黏在现金上,转了转念头,扭头呵斥他:"大侄子,你这是在置什么气?姑娘本来就不是咱们庄家的人,往后生了孩子也不姓庄,人家想吃颗定心丸,不算过分,让你签字据你就签呗!"

庄保荣的三叔跟着说:"就是,总不能真赔六千多块钱吧?再说,你跟亲家闹僵了,谁安排车送我们回去啊?"

庄保荣的爸妈都是老实人,没什么主意,但架不住兄弟撺掇,小声附和:"保荣,你就答应了吧!"

庄保荣气得嘴歪眼斜,梗着脖子道:"这是姓郑的设了个套让我往里钻,你们看不出来?"

林鸿文护妻心切,皱眉说:"嘴巴放干净点儿。婚姻这种事,又不兴强买强卖,你要是不愿意,没人逼你。"

郑佩英笑着看了林鸿文一眼,说:"妹夫这话我听不懂。一开始我就跟你说了,订婚之后,青楠得搬到我们家,从此跟你们划清界限,断绝来往。"

她话锋转厉,语速加快:"你要是不愿意,媒人上门提亲的时候怎么不说?我跟你商量彩礼的时候怎么不直接拒绝?阿昭过去搬行李的时候怎么不直接把他撵出去?这会儿让你签个字、按个手印,反应这么大,我们再喜欢青楠,也不能不多想。你觉得我设局骗你,我还觉得你拿我们家当傻子,准备吃我们一辈子呢!"

庄保荣被郑佩英抢白得说不出话,给林素华使了个眼色。

林素华豁出脸面,往地上一坐,拍着大腿哭起来:"没天理啦!你们

看保荣身体不中用，联手欺负我们孤儿寡母啊！"

她不敢和郑佩英硬碰硬，柿子捡软的捏，恨恨地瞪着女儿："庄青楠，你爸妈被人欺负到这份上，你还有脸坐在那儿？我问你，就算你成了林家的儿媳妇，你爸要去医院做复健，你管还是不管？我和你弟哪一天活不下去，到你们家门口要饭，你开门还是不开门？我们养活了你十几年，你为了攀高枝，竟然打算跟我们断绝关系，你有没有良心？"

庄青楠见亲生父母当着这么多人的面混淆是非、撒泼耍赖，脸色一阵红一阵白，恨不得找个地缝钻进去。

林昭抬手护住她，对林素华龇出满口白牙，要不是郑佩英以眼神制止，早就冲上去理论起来。

这时，郑佩英安排好的棋子派上用场。

庄保荣的大伯和三叔正愁找不到合适的理由捞油水，闻言眼睛一亮，上前硬搀起林素华，你一言我一语地安慰着她。

"侄媳妇这是在闹什么？咱们庄家又不是没人，怎么可能放着你们不管？你快收收眼泪，别让亲家看笑话。"

"照我说，你们干脆搬回去，房子虽然淹了水，收拾收拾还能住，一大家子兄弟姐妹热热闹闹地在一起，相互照应着，不比这儿强？保荣那么多弟弟妹妹，哪个不能推着他去做复健？我们这些长辈身体都硬朗，说话也管用，能眼看着你们出去要饭？"

……

庄保荣明知道他们动机不纯，因为隔着辈分，不好顶嘴。林素华就更不敢说什么，眼泪汪汪地缩到他身后。

这时，林家的族长清了清嗓子，出来主持公道。

他把郑佩英的意思重复了一遍，指着桌上的协议书说："你们商量商量，到底签不签，给句准话吧？"

庄青楠盯着那张薄薄的纸，心提到嗓子眼。

说句狠心薄情的话，她做梦都盼着和心术不正的父母断绝关系。

而且，虽然手把手地带了乐乐好几年，但她心里一点儿也不喜欢弟弟。

她听到小孩子哭闹就头疼。

林昭小心翼翼地观察着庄青楠的反应，小声说："青楠，你是不是不高兴？我妈跟我说，对付你爸妈，只能快刀斩乱麻，她这也是为了保护你……"

庄青楠轻轻摇了摇头。

她没有不高兴。

事实上，郑佩英既有手腕又有分寸，绵里藏针，兵不血刃，令她打心眼里敬佩。

她也想变得那么强大、那么无懈可击。

在长辈们的鼓动下,庄保荣不情不愿地在协议书上签好名字、按下手印。

"素华妹子也签一下吧。"郑佩英缜密地提醒着,看向庄青楠的时候,脸上的笑意加深许多,"青楠,你也来签,一式两份,签完把自己这份收好。"

庄青楠答应一声,在父母不甘的瞪视下,屏住呼吸,稳住右手,把名字签得工工整整。

她把协议叠成小方块,塞进口袋里保管,拿起筷子的时候,发现手心里全是汗。

一顿订婚宴吃得剑拔弩张,直到庄保荣夫妇不高兴地离场,他那边的亲戚也一窝蜂跟上去,包间里的气氛才有所缓和。

林昭给庄青楠夹了满满一碗菜,怕她觉得咸,又变出几个果C卷。

他念着包装纸上的谜语让她猜,时不时打岔闲聊两句。

庄青楠低头斯斯文文地吃着饭,虽然话不多,句句都有回应,看不出什么异样。

没人知道,她心里有多紧张。

她就像忽然更换居住环境的小动物,无论原来的住所条件有多差,还是会觉得不安。

更何况,吃完这顿饭,她就正式成为林昭的未婚妻。

林鸿文和郑佩英打算安排她住哪个房间?他们会不会让她和林昭睡一间?

从小到大,她见过许多女孩子奉子成婚,大人们习以为常,往往还觉得是喜事。

宴席结束,庄青楠温顺地跟在郑佩英身边,把客人一一送出门。

她对不上号,叫不出人,却收获了许多真诚又朴实的夸奖。

长辈们夸她漂亮,夸她文静,林昭的堂姐热情地邀请她暑假去老家玩,他表妹还送给她几枚亮晶晶的发卡。

林昭送走他那边的朋友,粗中有细,对庄青楠说:"我还给龚雨留了个糖盒,你下周去学校的时候带给她。"

庄青楠忐忑不安地跟着他往回走,快到家门口的时候,终于问了出来:"阿昭,我……我晚上睡哪儿?"

"睡我家啊!"林昭没理解她的意思,"你的书、衣服和鞋子都在这里,还想睡哪儿?"

庄青楠咬了咬下唇，不好再问。

林昭抬脚走进院子，漫长的反射弧终于发回信号。他"啊"了一声，挠挠头说："你放心，我爸妈给你准备了独立的房间。"

他虽然总做乱七八糟的梦，却分得清梦境和现实。

他明白什么能做，什么不能做。

3. 紫皮糖

郑佩英把庄青楠安排在二楼采光最好的卧室。

旁边就是补课时用的书房。

房间大得超出庄青楠的想象。

床上的四件套都是新的，还有衣柜、书桌和梳妆台，淡紫色的双层窗帘上印满小小的花朵，随着微风轻轻飘动。

林昭笑嘻嘻地邀功："四件套刚洗过，还是我铺的，你喜不喜欢？"

庄青楠受宠若惊，看向郑佩英："阿姨，我一个人住不了这么大的房间，我……"

"青楠，以后这里就是你自己家，需要什么尽管开口，不用跟我们客气。"郑佩英拍了拍她的肩膀，似乎感知到她惊惶不安的心情，轻声安抚，"阿昭他爸说，如果光线不充足，读书伤眼睛，我看来看去，数这个房间最合适。"

庄青楠感激得几乎涌出热泪，低着头说："谢谢阿姨。"

郑佩英摸了摸庄青楠干枯的头发，对林昭说："阿昭，你去把你的台灯搬过来，先给青楠用。你晚上又不怎么看书，放那儿也是浪费，实在需要的话，让你爸再给你买。"

林昭吐吐舌头，没有一点儿不高兴："您怎么知道我不看书？我还要准备中考呢！不过，给青楠就给青楠，晚上我可以来书房写作业，有不懂的还能问她。"

而且，书房和她的卧室只有一墙之隔，想想就觉得亲近。

郑佩英把儿子打发出去，揽着庄青楠来到厕所，教她怎么开热水器，怎么调温度。

郑佩英打开头顶的柜子，指着里面的瓶瓶罐罐说："青楠，这个是洗发水，这个是护发素。你知道护发素该怎么用吗？先用洗发水洗两遍，把头发擦到半干，再抹护发素，不要碰到发根，等几分钟冲干净就行了。"

庄青楠认真地记在心里，看到郑佩英为自己准备了崭新的凉拖和毛巾，连单独的梳子都有，眼角又开始发酸。

郑佩英低声道："青楠，实话跟你说，我一直想要个像你这样懂事的女儿，前阵子不怎么搭理你，不是对你有意见，完全是生庄保荣的气。现在问题已经解决了，你别想那么多，踏踏实实地住下来，有事随时找我，要是不方便说，就让阿昭帮你传话，记住了吗？"

庄青楠用力点头："记住了，谢谢阿姨。"

"都是一家人，什么谢不谢的。"郑佩英体贴地给她留下消化情绪的时间，"你先冲个澡，睡个午觉。咱们家一般晚上六点吃饭，到时候我让阿昭上来叫你。"

庄青楠在厕所舒舒服服地洗了个澡。

淋浴比用盆冲洗方便得多，她把自己彻底洗干净，每一寸肌肤都泛着淡淡的粉色，半长不短的头发第一次焕发光泽。

她的眼睛红通通的，鼻尖也隐隐发红，不知道偷偷在里面哭了多久。

庄青楠换好衣服，从厕所走出来，被蹲在门口的林昭吓了一跳。

"阿昭？你在这里干吗？"她用毛巾擦着湿漉漉的头发，带着浓重的鼻音问。

"我妈忘了告诉你吹风机在哪儿。"林昭伸长胳膊，从另一个柜子里取出吹风机，帮她插好电源，在"呜呜呜"的热风里，看向她的眼睛，声音放得很轻，"青楠，你是不是哭啦？"

"我没有。"庄青楠躲开他的视线，"可能是热气熏的。"

订婚头一天就哭哭啼啼，未免失礼。她不想辜负郑佩英的好意，更不想给他们添堵。

"哦。"林昭不敢多问，把自己的玻璃糖罐搬出来，宝贝似的捧在手里，"青楠，这个送你。"

他嗜糖如命，里面装着各色糖果，花花绿绿，满得快要漫出来。

庄青楠怔了怔，问："那你呢？"

"我想吃就问你要呗。"林昭见她没有拒绝，高兴得露出两颗小虎牙，"你先吹头发，我放到你房间的桌子上好吗？"

在郑佩英的耳提面命下，他知道不能随随便便进她的房间，已经懂得征求她的同意。

庄青楠稍一犹豫，林昭就当作默许，一阵风似的冲到她的卧室。

晚饭准备得很丰盛。

庄青楠试图进厨房帮忙，被郑佩英赶到客厅看电视。

林鸿文给她洗了一盘水灵灵的草莓，笑着说："你和阿昭目前最大的任务是学习，家务活不需要你们动手。在家里别拘束，你看看阿昭什么样。"

闻言，庄青楠看向林昭。

林昭习惯性地大张四肢瘫在沙发上，忽然被林鸿文当成"典型"，红着脸蹦起来："爸，好端端的干吗寒碜我？您不会还记我动您私房钱的仇吧？"

林鸿文看见郑佩英进屋，连忙举起双手表示清白："别瞎说，你妈现在给我批了专用的零花钱，我不需要跟你似的在背后搞小动作。"

或许是解决了一件大事，家里的气氛出奇地好，父子俩你一句我一句地斗着嘴，郑佩英专注于新菜肴的摆盘工作，时不时拱两句火，脸上却泛着笑容。

庄青楠新奇地观察着他们的相处细节，心里掀起惊涛骇浪。

她真的可以把这里当成自己家吗？

真的能拥有这么好的家人吗？

饭吃到一半，郑佩英说："老林，你明天找辆车，把我和青楠送到市里，我们去买几件衣服。"

林昭正在啃鸡腿，急急忙忙地举起手："我也要去！"

"不许去，你在家里看书。"郑佩英一瞪眼，拒绝儿子的陪同，"还有一个多月就要中考了，还天天想着往外面跑，你复习好了吗？有把握吗？"

林昭不高兴地嘟囔："也不差这一天半天的吧……妈，我可以帮你们提东西，要是吃饭的地方人多，还可以帮你们排队！"

庄青楠听林昭说得可怜，正打算帮他求情，看见郑佩英对自己使了个眼色，只好把话咽进肚子里。

郑佩英表现出不同于以往的专制："我说不行就是不行。"

晚上，庄青楠坐在书桌前，看着透明的糖罐发呆。

台灯洒下柔和的光，包装各异、大小不同的糖果释放出比白天更为强烈的吸引力，拼命地诱惑着她。

这么多糖，只吃一颗的话，应该不会被人发现吧？

这样想着，庄青楠鼓起勇气，按下罐子底部的开关。

"哗啦"一声，深紫色的糖果落在手里。

她忘记房间已经从里面反锁，屏住呼吸，压着动静，慢慢把糖纸剥开。

这颗糖看着陌生，她第一次见，口感却带来惊喜——

咬开外面的巧克力涂层，各种坚果爆发出诱人的香气，真材实料，热量爆炸。

庄青楠刷干净牙齿，口腔里依然残存着甜甜的味道。

她躺在干净又柔软的大床上，伴着这甜味，睡得前所未有的踏实。

第二天上午，庄青楠跟着郑佩英走进商场，终于明白，对方为什么不肯带林昭同行。

郑佩英直奔内衣店，挑了几款样式基础却足够舒适的内衣，对导购说："这件、这件，还有这件，找一下号，给我闺女试试。"

4. 金币巧克力

闻言，庄青楠的脸颊微微涨红，却说不出拒绝的话。

她被发育带来的痛苦折磨了很久，胸脯越长越大，肩带勒得肩膀生疼，不知道该怎么解决，也没有长辈可以求助。

郑佩英从导购手里接过内衣，带着庄青楠走进试衣间。

她快言快语、性情泼辣，面对心思敏感的少女时，却表现出十二分的耐心，在自己身上比画着说："青楠，你穿内衣的时候身体像这样往前倾，调整好位置再扣背扣。"

庄青楠听话地背过身，脱掉衬衣，照着她教的方法换上新内衣。

郑佩英推了推庄青楠的后背，轻声说："把腰挺直。"

庄青楠发育得比同龄人好一些，旧内衣又没有承托能力，天天往下坠着，难免腰酸背痛，已经有了驼背的趋势。

庄青楠感激郑佩英的提醒，依言矫正体态。

新内衣相当合身，妥帖地包裹着身体，肩带长短正好，后面的带子也不松不紧，她感觉轻松了很多，连呼吸都变得畅快。

"还可以。"郑佩英满意地点点头，"先买几件换着穿吧。内衣和牙刷一样，要经常更换，正好你也在长身体，咱们过几个月再来买新的。"

庄青楠没有扭捏，轻声道谢。

她在郑佩英结账的时候，悄悄记下价格。

接着，郑佩英带庄青楠走进常去的理发店。

庄青楠看到理发师手中的剪刀便白了脸。

上次剪头发，还是两年前。

林素华拿她的长发换了一百块钱。

"郑姐，您真是大忙人，有三四个月没来我们店了吧？"店长热情地迎上来，好奇地看了庄青楠一眼，"这次是剪还是烫？"

郑佩英把庄青楠按到椅子上，笑道："给我做个护理，给我闺女简单修一修。"

她低头拈起发尾，比出一段指节的长度，说："别剪多啊，最多剪到这里，主要把分叉的地方修掉。"

店长给庄青楠剪头发的时候，她怔怔地望着镜子里的自己。

明明还是那个灰扑扑的样子，又好像有哪里变得不一样。

"我还头一回听说郑姐有闺女,你是家里的姐姐还是妹妹?"店长动作麻利地剪掉发尾,用拇指和食指夹着发丝比了比,开始精修,"阿昭怎么没跟着来?"

"……他在家里看书。"庄青楠回避了前一个问题,下意识地扭头寻找郑佩英,紧接着又看向店里挂着的价格牌。

请店长剪一次头发,竟然要六十八块钱。

她吓了一跳,拿起桌上的杂志,挡住慌乱的神情。

郑佩英把日程安排得满满当当,剪完头发,带着庄青楠进服装店买衣服。

庄青楠生得白净,五官又耐看,穿什么都撑得起来。

在店员的夸赞下,郑佩英越买越起劲,狠狠过了把养女儿的瘾。

她把庄青楠当娃娃打扮,买完基础款的春装夏装,又买了好几条洋气的连衣裙,连配套的饰品、袜子和小挎包也全都拿下,兴致勃勃地把目光转向睡衣区。

"阿姨,真的够了,我穿不了这么多……"庄青楠已经没勇气观察标签上的价格,两手挽住郑佩英的胳膊,试图阻拦她,"不要再买了。"

她终于明白,林昭大手大脚花钱的习惯是从何而来。

"再买两条睡裙,买完就走。"郑佩英笑着拍拍庄青楠的手背,询问她的喜好,"你喜欢蓝色还是粉色?"

庄青楠轻轻叹了口气,回答道:"……蓝色。"

这天晚上,林昭给自己泡了包泡面,勉强垫了垫肚子,望眼欲穿地等家人回来。

他听见动静,拔腿冲出去,看清庄青楠的模样,不由得目瞪口呆。

女孩子披散着柔顺的头发,肌肤白皙,瞳仁乌黑,身上穿的不是那身洗到发白的旧衣服,而是典雅的长裙,单肩背着小巧的藤编包,脚上穿着黑皮鞋。

这身打扮不算高调,却透出浓浓的书卷气,和她的气质相合,令他移不开眼睛。

庄青楠被林昭看得浑身不自在,强作镇定,从手里提着的七八个袋子里找出唯一一件属于他的东西,轻声说:"阿昭,我们给你买了两盒巧克力。"

商场做促销,折后还买一送一,要不是因为实在划算,郑佩英根本不想买。

这些细节,庄青楠选择性地隐瞒下来。

林昭傻呆呆地"哦"了一声,杵在原地一动不动。

林鸿文问郑佩英："阿英，咱们晚上吃什么？"

郑佩英瞟了瞟儿子，话里有话："吃鹅。"

"家里哪有鹅？"林鸿文顺着她的目光看向儿子，立刻明白了她的意思，强忍着笑意接话，"我给忘了，确实有只呆头鹅，大哥昨天拿过来的。这鹅既不会生蛋，又不会看家，还是照你说的，直接杀了吃吧。"

"你们在说什么？我在家待了一天，我怎么不知道？"林昭听出父母话语里的问题，皱眉问庄青楠，"青楠，你看到鹅了吗？"

庄青楠红着脸把巧克力塞给林昭，侧身闪进屋里。

郑佩英和林鸿文一齐大笑出声。

林昭终于反应过来，气急败坏地控诉他们："有你们这么当爸妈的吗？拿我寻开心很好玩吗？我是呆头鹅，你们呢？你们就是鹅爸鹅妈！"

生气归生气，糖还是要吃的。

用过晚饭，林昭把两盒金币巧克力全都拆开，倒在庄青楠的书桌上，堆成一座小山，拿起一枚放在嘴边，异想天开："这要是真的金币就好了。"

他学着电视里验证金子真假的动作，亮出白牙，"咔嚓"一声，连包装纸带巧克力一起咬碎，皱了皱鼻子："假的！"

庄青楠把巧克力塞进玻璃糖罐里，往下压了压，勉强扣上盖子，含蓄地下逐客令："很晚了，早点休息吧，明天还要上学。"

出于保护自己的本能，她打算跟林昭保持距离。至少，在把钱还清之前，她不想和林昭更进一步。

林昭的插科打诨没有达到预期效果，困惑地歪了歪脑袋。

"我有几道题不会做，你明天晚上有空给我讲讲。"他依依不舍地离开庄青楠的房间，语气有点儿低落，"青楠，晚安。"

庄青楠礼貌地把他送出门，点头道："晚安。"

她顺手将门反锁，拿出日记本，翻开空白页。

凭借过目不忘的记忆力，她把郑佩英短短一天在自己身上花的钱、十五万彩礼钱和将近七千的酒席钱记录下来，形成一个简易的表格。

庄青楠也拿起一枚金币巧克力，用力掰成两半。

她盯着金灿灿的包装出神，心想，总有一天，她会赚到比这些"金币"还要多的钱，改变自己的命运。

5. 蜡烛糖

出于对庄保荣的防备，郑佩英和林鸿文商量好，花两万块钱买了辆代步车，由林鸿文接送两个孩子上下学。

明明沾了庄青楠的光，林昭却并不高兴，坐在后排小声嘟囔："就这

么点儿路,我骑摩托车带她过去不行吗?"

林鸿文不好说庄青楠生父的不是,低声道:"骑摩托车不安全,你要是在这个节骨眼摔骨折,或者撞上什么人,看你妈不剥了你的皮。"

庄青楠隐约猜到他们是在保护自己,安抚林昭道:"阿昭,我觉得坐车挺好的,不冷不热,还有时间看书。你昨天不是说有几道题不会做吗?我帮你看看吧。"

这和林昭想象的补课场景完全不同。

他希望和她像以前一样单独相处,头挨着头,肩并着肩,呼吸混在一起,每一分每一秒都能放在脑子里反复回味。

而现在呢?有林鸿文盯着,他压根儿不敢说废话,要是哪个问题反应得慢一点儿,还要挨顿骂。

这是庄青楠回学校上学的第一天。

她知道铜山镇总共就巴掌大点儿地方,她和林昭订婚的事根本瞒不过老师和同学。

同龄人连早恋都不被允许,跟异性说个话还要偷偷摸摸,她却早早定下终身大事。

她一想起这个,就觉得羞赧,走向教室的脚步变得沉重。

"青楠!"沈琳从后面快步追上庄青楠,神情激动,"你终于回来了!"

庄青楠转过身,眼中涌现泪水:"沈老师……上回家访让您白跑一趟,我还没来得及跟您道歉……"

"不说那个。"沈琳一把抱住庄青楠,又哭又笑,"不管怎么样,回来就好,回来就好。"

她似乎知道女孩子心中的疑虑,轻声开解:"我跟班上的同学们交代过了,不许他们拿你的事开玩笑,要是有谁不听话,你直接告诉我。学生还是要以学习为主,你别想那么多,尽快把落下的功课补上,知道了吗?"

庄青楠连连点头,迎面碰见龚雨,见对方笑着冲她眨眨眼,心口涌过阵阵暖流,所有的不安慢慢消散。

其实,郑佩英和林鸿文的担心并不多余。

庄保荣夫妇难以适应没有女儿的生活,尤其是林素华,被家务活、宝贝儿子的吃喝拉撒和丈夫的烦琐要求折磨得苦不堪言,常常在庄青楠上学的必经之路上蹲守,打算跟她哭一哭、闹一闹,修复一下僵化到极点的关系。

眼看林鸿文严防死守,根本没办法接近女儿,他们互相埋怨着,终于扛不住亲戚们的劝说,带着那一大笔钱,像来时一样坐上拖拉机,无声无息地回到老家。

折磨了庄青楠十几年的阴影暂时消退,她的心情猛然轻松下来,一头扎进书海里，如饥似渴地吸收着知识，再度回到年级第一的宝座。

或许是因为在林家吃得饱睡得香，庄青楠来月经的时候，竟然不怎么难受。

林昭买的卫生巾早就用完，她又不好意思跟郑佩英说，便沿用老办法，把卫生纸叠成厚厚的长方块，垫在内裤上。

林昭上厕所时，看见垃圾桶里带血的卫生纸，眼睛一亮。

他正发愁怎么跟庄青楠亲近，表现的机会，这不就来了吗？

林昭精神抖擞地冲到房间，把去年冬天的厚外套摸了个遍，好不容易从口袋里找出二十块钱，如获至宝，拔腿就往外跑。

"这么晚了，去哪儿啊？"郑佩英提着个黑色的塑料袋走进屋，迎面撞上他，习惯性地瞪了瞪眼，"又去网吧？三天不打，上房揭瓦！"

"我不去网吧！您这是对我有成见，戴着有色眼镜看人！"林昭不高兴地顶了句嘴，目光被她手里的袋子吸引，"妈，您买的什么？"

"跟你没关系。"郑佩英把袋子递给庄青楠，"青楠，给你买的。"

她又从钱包里拿出二百块钱："我这阵子忙得晕头转向，难免有照顾不到的地方，这是给你的零花钱，你需要什么自己去买，不够了再问我要。"

林昭猜出袋子里装的是卫生巾，既气郑佩英抢自己的活，又恼她区别对待，叫道："妈，我也要零花钱！我也有要买的东西！"

"要什么零花钱？我看你像零花钱！"郑佩英推庄青楠上楼学习，不耐烦地挥了挥手，"人家都说'穷养儿，富养女'，男孩子要那么多零花钱干什么？你要是不服，就跟青楠一样考个年级第一回来，到时候别说两百，给一千我都不含糊！"

庄青楠捏着带有体温的钞票，若有所思地看了林昭一眼。

阴历五月十五，是庄青楠的生日。

她不打算惊动别人，起了个大早，蹑手蹑脚地走进厨房，给自己煮了一枚鸡蛋。

好巧不巧，林昭夜里没睡好，早早爬起来找吃的，跟庄青楠撞了个正着。

"青楠，你也饿了啊？"他打着长长的哈欠，忽略了她不自然的脸色，"给我也煮一个。"

他切了半盘卤牛肉，找出两盒牛奶，坐在桌前等她。

庄青楠把煮好的鸡蛋端过去，低头剥鸡蛋壳，没有和林昭聊天的打算。

林昭单手托腮，一整个鸡蛋囫囵丢进嘴里，嚼得脸颊鼓起，语气有些严肃："青楠，我怎么觉得你最近……"

"你们俩这么早就起啦？"郑佩英掀开帘子，打断他们的谈话。

/ 127 /

她看见桌上的蛋壳碎片，想起什么，急匆匆走出去，没多久拿着万年历进来，问庄青楠："青楠，今天你过生日吗？"

林昭被鸡蛋黄噎住，翻着白眼看向庄青楠，一个字都说不出来。

郑佩英见庄青楠轻轻点头，埋怨道："你这孩子，怎么不提前说一声？要不是我看过你的身份证号，还想不起来呢！"

她没好气地骂林昭："阿昭，你也是，青楠的生日你都不知道是哪天吗？还愣什么？赶紧去买蛋糕啊！"

林昭连灌半盒牛奶，好不容易缓过一口气，答应一声，"噔噔噔"地跑出去。

这是庄青楠第一次正经八百地过生日。

林昭订了个十寸的奶油蛋糕，上面插着十七根可食用的蜡烛，郑佩英炒了三个热菜，又从饭店叫了几个，摆了一大桌，林鸿文则招呼工人在她的卧室装了一个巨大的实木书架，还赶到书店买了好几本书，当礼物送给她。

庄青楠许好愿望，睁开眼睛时，捕捉到林昭的微表情。

他的嘴角往上咧着，眼睛里却充斥着有如实质的难过，好像下一刻就要委屈得哭出来。

庄青楠的心悄悄紧了紧。

6. 口哨糖

这晚，等林鸿文和郑佩英所住卧室的灯光熄灭，庄青楠走到林昭房间门口，轻轻叩了一下门。

林昭出来得很快。

他刚冲过澡，头发还没干，短袖歪歪扭扭地套在身上，底下穿着宽松的短裤，茫然地看着庄青楠，小声问："有事？"

庄青楠点点头，示意他跟自己上楼。

两个人轻手轻脚地躲进二楼的书房。

灰蓝色的窗帘大敞，一轮圆月躲在重重叠叠的云里，几颗星星隔着玻璃对她们眨眼，书桌上养了一盆薄荷，散发着淡淡的清凉气味。

林昭的情绪有些低落，坐进升降椅里，没精打采地说："我没给你准备礼物，过两天补给你。"

"我叫你来，不是跟你要礼物的。"庄青楠站在他对面，组织好措辞，开门见山，"阿昭，你是不是在生我的气？"

林昭表情一慌，飞快地抬眼看了看她，否认道："没……没有！我生你什么气？"

"阿昭，我有自知之明，明白叔叔阿姨之所以对我这么好，一是因为他们同情我，二是照顾你的面子，和我自己没多大关系。"庄青楠认为林昭介意她分走了父母的关爱，这才不高兴。

她不愿意喧宾夺主，惹林昭难过，从口袋里拿出一百块钱，慷慨地递给他："我很感激叔叔阿姨，也很感激你，没有任何跟你争宠的意思。以后，无论阿姨给我多少零花钱，咱们都对半分，你说好不好？"林昭呆呆地望着伸到面前的手。

他过了好一会儿才反应过来，急得直皱眉："为什么你会这么想？我是这么小心眼的人吗？我爸妈对你好，我比谁都高兴，怎么可能嫉妒你？怎么可能因为这个生你的气？"

庄青楠觉得林昭说的不像违心的话，困惑地问："那你为什么不开心？"

"我……我……"林昭欲言又止，一会儿咬牙，一会儿攥拳，终于把脸扭到一边，拒绝沟通，"今天是你生日，不应该说这些扫兴的事，我以后再告诉你。"

庄青楠被林昭吊起胃口，追问道："你就算不说，至少给我个提示吧？这是你的家，你是主人，我是客人，如果总是不知不觉地得罪你，我良心上过意不去。"

林昭听到她左一句"主人"，右一句"客人"，憋在心里的邪火控制不住地往上蹿，口不择言地道："你非要知道吗？实话跟你说，我怎么都想不明白，为什么咱们俩现在住在一个屋檐下，抬头不见低头见，反而没之前当朋友的时候亲近？"

他赌气道："早知道会这样，这个未婚夫还不如不当！"

庄青楠惊讶地睁大眼睛。

她没想到林昭看着大大咧咧，却在某些地方格外敏感，这么快就识破了她的小心思。

庄青楠因心虚而脸红，因林昭的愤怒而慌张，默不作声地望着他。

林昭上一秒说完，下一秒就开始后悔。

"我……我不是在怪你，就是想不通……"他挠了挠头，又搓了搓脸，弯腰捂住眼睛，"为什么你们进城买衣服的时候不带我？为什么你没卫生巾的时候不叫我帮你买？为什么你连生日都不告诉我？"

他的声音里透出浓浓的委屈："明明我什么都跟你说的，明明我才是第一个带你进城的人，明明我们做过约定，所有开心和不开心的事，都要一起分享，为什么你忽然跟我这么生分？青楠，我到底做错了什么？"

他把手放下，红着眼圈和庄青楠对视，像一只受了天大委屈的小狗。

小狗在用眼神和肢体语言索要安慰。

庄青楠在这一刻发现，和林昭保持距离比想象中困难。

她迟疑着走上前，伸手环住他的肩膀，在宽阔的脊背上轻轻拍了两下。

这个拥抱具有奇效，林昭立刻紧紧搂住她的腰，贪婪地呼吸着她身上的香气。

他开始自责，开始道歉："对不起，对不起，都是我不好，我不该在你过生日的时候跟你发脾气。我刚才说的都是气话，我很愿意跟你订婚，很高兴每天一睁开眼睛就能看到你，我就是太贪心了，什么都想要……"

他甚至开始给她找借口："我知道你适应新环境需要时间，知道你学习任务重，对自己要求高，我以后尽量不给你添乱，我……"

"阿昭，别说了。"庄青楠的心像被泡进坛子里腌渍了好几个月似的，变得又酸又软。

她抬手摸了摸林昭硬硬的发茬，破天荒地做出退让："是我对你太冷淡了，忽略了你的感受。你要是愿意，我们还跟以前一样，好吗？"

跟以前一样，做朋友。

做无话不谈、共同进退的朋友。

庄青楠担心这个提议不能让林昭满意。

可林昭的双眸中骤然迸射亮光，心满意足地伸出小拇指："说话算话？"

"说话算话。"庄青楠见自己终于把他哄好，悄悄松了口气，和他幼稚地拉钩，还用大拇指盖了个章。

林昭的情绪来得快，去得也快，晃了晃庄青楠分给他的零花钱，说："既然还是朋友，我就不跟你客气了！"

他给庄青楠买礼物也需要钱的。

绕来绕去，反正最后花到她身上，这个钱他拿得没什么心理负担。

庄青楠含笑点头。

"你能再给我补几天课吗？"林昭吭哧了一会儿，不大好意思地提出要求，"马上就要中考了，我心里没底，害怕考不好。"

要是连高中都考不上，就只能去外地打工。

她才刚搬过来，他不想离开她，也不想让两个人的差距越来越大。

"好。"庄青楠爽快地答应，不再考虑避嫌的事，和林昭像以前一样并肩坐在书桌前，帮他梳理疑点难点。

林昭往嘴里塞了一颗口哨糖，吹出刺耳却愉快的调子，成功把睡在楼下的郑佩英吵醒。

郑佩英怒气冲冲地杀到二楼，透过门缝看到紧挨在一起学习奋战的孩子们，表情渐渐缓和。

她回到卧室，林鸿文睡眼惺忪地搂过来，哑声问："又是阿昭在胡闹？我明天替你收拾他。"

郑佩英半晌没说话。

她觉得，提前把庄青楠接到家里，可能是她这辈子做得最正确的决定。

郑佩英靠进林鸿文怀里，没头没尾地说了句："咱们家真是祖坟上冒青烟啊。"

很快，中考的日子到了。

7. 咸柠檬糖

一大早，郑佩英就有些心神不宁。

庄青楠陪林昭熬了好几个晚上，勉强把他在煤矿打工时落下的功课补完，这会儿一边给他剥鸡蛋，一边抽查知识点。

林昭在她面前比在老师跟前乖得多，苦思冥想了大半天，磕磕巴巴地答上来几个，心里越来越没底："完了，我紧张……"

郑佩英听见这话，觉得林昭十有八九要落榜，又不敢在这个节骨眼骂他，深吸一口气，开解道："算了，本来也没指望你有多大出息。要是考不上高中，也别出去打工了，跟着你爸养养猪，伺候伺候葡萄，总不至于饿死。"

"妈，您就对我这么没信心啊？"林昭越听越泄气，接过庄青楠递来的白粥，勺子在里面搅来搅去，就是没胃口，"既然这样，我旷考得了。"

"别说气话。"庄青楠轻轻扯了扯林昭的衣角，声音里带着令人心安的力量，"铜山高中的分数线不算高，这两年生源跟不上，录取条件只会越来越宽松。阿昭，你正常发挥，一定没问题的。"

郑佩英和林昭都从她的话语里找回几分信心，林鸿文也在旁边附和了两句，餐桌上的气氛渐渐放松下来。

吃完早饭，一家四口人坐上代步车直奔考场。

庄青楠跟林昭坐在后排，拿着自己整理的重点，争分夺秒地帮他突击，又教授了一些非常实用的考试技巧，耳提面命道："选择题实在不会就选C，大题要是看不懂，就把你知道的公式全写上，尤其要注意卷面整洁，答不完也别慌。"

林昭点头如捣蒜，到了考场，下车走出去几步，又冒冒失失地跑回来。

迎着庄青楠困惑的目光，林昭单膝跪到车座上，像个黏人的孩子一样轻轻抱了抱她，小声问："中午你来接我吗？"

有林鸿文和郑佩英看着，庄青楠的脸热腾腾地烧起来，却没拒绝林昭的亲近。

她抬手轻拍他的后背,道:"我们哪里都不去,就在这里等你。阿昭,加油。"

开考的铃声响起,郑佩英下车活动活动四肢,对庄青楠道:"青楠,等着也是等着,咱们去旁边逛逛吧?"

庄青楠往考场看了一眼,轻声答应着,陪她走到后面的商街。

郑佩英对铜山镇的布局熟悉得很,给了庄青楠五十块钱,指指对面的水果摊,又指指不远处的服装店:"你去买半个西瓜,让老板切好,中午咱们一起吃。我在那边的店里订了两身衣服,过去看看做好了没有。"

"阿姨,吃西瓜容易拉肚子,买香蕉行吗?"庄青楠罕见地反驳郑佩英的指令。

郑佩英不仅没有生气,还赞叹她心思缜密:"还是你想得周到,那就买香蕉吧。"

庄青楠挑了一把黄澄澄的香蕉,又用自己的零花钱在旁边超市买了袋林昭爱吃的咸柠檬糖,抬脚往服装店走去。

通过开着的门,她听见老板娘略显刺耳的说话声——

"妹子,咱们认识了这么多年,你缺钱的时候我搭过手,我生意不景气的时候你也总帮衬我,说是亲如姐妹也不过分吧?"涂着大红嘴唇的中年女人拉好遮挡的帘子,背对着庄青楠,嗓门又高又亮,"好听话谁都会说,你也不稀罕,我却有几句不中听的话,想跟你说道说道。"

"有什么你就直接说呗。"郑佩英站在帘子里面试衣服,语气带笑,"霞姐,你一向快人快语,今天怎么变得婆婆妈妈的?"

"就你那还没领证的儿媳妇,我听人说你拿她当亲闺女养,还给她交学费,供她读书,这事是真的吗?"女人的语气充满不赞同,"妹子,你可别犯傻,十几岁的姑娘又不是两三岁的孩子,怎么养都养不熟的。读书越多,性子越野,万一考上大学,跑得远远的,还叫得回来吗?照我说,不如找找关系,给她安排个镇上的工作,放在眼皮子底下看着,等再大点儿,赶紧让她跟阿昭结婚生孩子。"

庄青楠顿住脚步,提着香蕉的手在半空中微微颤抖。

老板娘说的话虽然难听,却不能算错。

如果郑佩英真的被对方说动,剥夺她上学的权利,她根本没有还手之力。

郑佩英在帘子里静了静,笑道:"霞姐,这话也得亏是你说,要是换个人,以我的脾气,肯定要啐她脸上。"

女人脸上有点儿挂不住,道:"你听不进去就算了。"

郑佩英叹了口气，说："霞姐，我吃亏就吃亏在没读过多少书。你刚才提到那一年借我钱的事，我这辈子都记得你的恩情，不过，你知道我们当时为什么那么缺钱吗？"

女人好奇地问："为什么？"

"那时候阿昭才两岁，老林被几个生意上的朋友灌醉，我看不懂合同里的门门道道，稀里糊涂替他签了字，被人坑进去八万块钱。得亏老林脾气好，不但没生我的气，还反过来安慰我，要是换个人，早就离婚了。"郑佩英的语气有些伤感，"我知道你是为我考虑，不过，读书肯定是好的，有学问的人，也不见得个个都忘恩负义。"

郑佩英换好衣服，掀起帘子，看到庄青楠，愣了一下，笑道："青楠，买完香蕉啦？快过来帮我看看，这衣服好看吗？"

老板娘不知道庄青楠听到了多少，讪讪地冲她笑了笑，招呼道："这就是你家姑娘啊？长得真俊，皮肤真白！"

庄青楠走到郑佩英身边，由于劫后余生，后背隐隐渗出冷汗。

她一反常态地挽住郑佩英，表现出几分平时没有的亲昵，浅笑道："很合身，很好看。"

郑佩英讶异地看了看她，轻拍手背，笑道："你霞姨的手艺就是好，让她也给你做一套吧？"

郑佩英坚定地相信，真心能够换来真心。

而庄青楠的处事方式变得越来越成熟，自然地看向老板娘，好像什么异常都没有察觉，轻声道："好啊，那就麻烦霞姨了。"

老板娘干笑两声："……都是自家人，不用客气。"

林昭的前两门考试发挥得都很一般，考完数学，却是一路蹦出来的。

"青楠！"他隔老远就飞扑过来，紧紧抱住庄青楠，"你知道吗？今年的数学卷子特别难，不过，你押中了两道大题！我全答上来了！"

郑佩英眼睛一亮，和林鸿文异口同声地夸赞她："还是青楠厉害！"

庄青楠被林昭整个圈进怀里，箍得动弹不得。

她红着脸推了推他，谦虚地说："这不算什么，也得你自己争气才行。"

8. 冰激凌

所有科目考完，林昭瘫在车后座，鬼叫道："不管了，反正我尽力了！爸，妈，快请我吃大餐！"

林鸿文笑道："好好好，我们去市里吃自助，让你妈请客。"

"请就请。"郑佩英笑着看了一眼庄青楠，"这段时间你们俩都辛苦

了，今天晚上好好放松放松。"

这是庄青楠第一次吃自助餐。

她看着郑佩英付了四人份的钱，和林昭并肩走进装修气派的餐厅，有些拘谨地打量四周。

餐厅生意不错，大部分桌子上坐满了人，墙边摆满凉菜、烧烤食材、点心和水果，男女老少端着白色的盘子，一边低声交谈，一边挑选喜欢的食物。

郑佩英找了个靠窗的位置，拉着林鸿文坐下，打发他们去取吃的喝的："阿昭，青楠，你们俩跑跑腿，多拿点儿牛羊肉、鸡翅、海鲜，给我接杯果汁，再给你爸拿两瓶啤酒。"

林昭响亮地答应一声，甩掉中考带来的疲惫，带着庄青楠，顺着通道往左边走。

他热情地跟庄青楠分享吃自助的技巧："青楠，自助餐得先拿最贵的，才有可能回本。什么最贵？当然是牛排和海鲜！生鱼片就算了，容易有寄生虫，咱们也吃不习惯。"

庄青楠认真记在心里，学着别人的样子，从消毒柜里取出几个餐盘，和林昭分了分，说："我去排队拿海鲜，你拿别的。"

海鲜是按人头数定量供应的，不容易出错。

至于别的食物，她有很多都不认识，万一选了便宜又难吃的，肯定会被人笑话。

"我不。"林昭不明白庄青楠弯弯绕绕的小心思，黏着她不走，"一个人排队多无聊？咱们俩在一起还能说说话。"

庄青楠没办法，有一搭没一搭地和他聊着天，问了问英语卷子的答题情况，讨论着暑假打算做什么，时间过得倒快。

两个人一盘又一盘地往回端食物，郑佩英把五花、培根、鸡翅和鲜虾放在吸油纸上，撒了一把烧烤料，煎得滋滋作响，香味立刻散发出来，勾得人食指大动。

"青楠，再拿两盘生菜，咱们卷肉吃。"她有意拉近和庄青楠的关系，把庄青楠当成自家孩子使唤。

"好。"庄青楠记得蔬菜在哪个位置，也很高兴自己能派上用场，立刻答应下来。

庄青楠虽然觉得这顿自助餐不便宜，亲身体验之后，却不得不承认，金钱能买来很多快乐。

她端着水灵灵的生菜经过冰柜，看到里面装满了各种颜色的冰激凌，心下微动。

天气越来越热，林鸿文批发了很多雪糕，冻在家中的冰箱里，让他们随便拿着吃。

可庄青楠一根都没有动过。

不是她不想吃，是不好意思。

庄青楠悄悄观察着冰柜上面的标签——"巧克力味""抹茶味""草莓味"……

每一种她都好想尝尝。

可是……她没看到盛冰激凌的工具。

她也不敢自作主张。

烤肉有点儿油腻，再吃冰的，容易拉肚子……

正沉思着，身后忽然传来熟悉的声音："青楠，想不想吃冰激凌？"

庄青楠吓了一跳，扭头看向林昭，掩饰自己的真实想法："不想……"

"可是我想吃。"林昭推着她走到冰柜前，自顾自地拿起两个纸碗，"我自己吃的话，我妈肯定要骂我，你跟我统一战线，她就拿我们没办法了。"

庄青楠"勉为其难"地答应，好奇地看着林昭拿起一个勺子一样的不锈钢工具，在淡紫色的盒子里戳来戳去。

没多久，他挖出一个不算完美的冰激凌球，献宝似的递到她面前："香芋味的，要不要试试？"

庄青楠连忙用纸碗接住。

她本想说些"一个就够了"的客套话，见他表情兴冲冲的，手里的冰激凌又不断传来浓郁的甜香，张了张嘴唇，又默默闭上。

于是，不同颜色的雪球很快在碗里堆成一座小山。

他集齐了她想尝试的所有味道。

两个人像共同做了一件坏事一样，硬着头皮回到座位。

郑佩英瞪了瞪林昭，说："臭小子，可别把青楠带坏了。自助餐不能剩东西，她吃不完的你解决。"

林昭嬉皮笑脸地道："我解决就我解决。青楠，别有压力，能吃多少吃多少。"

庄青楠从没吃过这么饱的饭。

她和他们一起沉浸在轻松欢乐的氛围中，举起果汁庆祝林昭告别初中阶段。

她把每一种口味的冰激凌都尝了一遍，不小心吃了一大半，还被郑佩英当成在维护林昭。

她不舍地把剩下的冰激凌递给林昭，见他一点儿也不嫌弃，连碗底都

仔仔细细刮了一遍，耳根微微发热。

这天夜里，林昭和庄青楠的肠胃同时出现问题，一趟接一趟地往厕所跑。

林昭挨了顿臭骂，有气无力地扶着栏杆爬上二楼，给庄青楠送药，蔫头耷脑地说："都怪我不好，下次不让你吃那么多冰的了。"

庄青楠身体不舒服，心却还在天上高高飘着，轻声安慰道："不怪你，我自己也想吃。"

林昭感动地望着她发白的脸，心里想——

青楠好善良，好体贴。

可他太不会照顾人了，他得赶快改进，迎头猛追。

半个月后，中考结果出来，林昭以超出录取线两分的成绩低空飞过，考进铜山高中。

林应稳定发挥，考了个年级第七，林海比林昭还低一分，耗子则直接落榜，准备出去打工。

林昭查到成绩，第一时间跑到铜山高中，火急火燎地请门卫叫庄青楠出来。

庄青楠还以为家里出了急事，急急忙忙地赶到校门口。

林昭一把拉住庄青楠，把她带到角落，趁没人注意，紧紧抱住她，连声叫："青楠，我考上了！我考上了！过完暑假，我就能跟你在一个学校读书啦！"

他觉得单纯的拥抱不足以体现自己内心的喜悦，干脆大着胆子箍住她的腰，把她举起来，连着转了好几个圈，眼睛亮晶晶的："青楠，我厉不厉害？你高不高兴？"

庄青楠的裙摆在空中翻飞，发绳松脱，乌黑的长发披泻下来，散在少年的脸上。

她被他转得头晕，只能伸出双手扶住他的肩膀，面红耳赤地道："厉害，你很厉害。阿昭，别转了，快、快放我下来！"

林昭勉强克制住激动的心情，把庄青楠放到地上。

他捡起发绳，笨手笨脚地帮她扎头发，由于挨得太近，不可避免地嗅到她身上散发的幽香。

林昭怔怔地看着庄青楠红晕未退的脸，手指在柔顺的发丝间蹭了蹭，喉结一滚，再度俯身抱住她。

他喜欢跟她在一起。

他会努力跟上她的脚步。

9. 糖画

林昭顺利考上高中,拿到爸妈的"特赦令"和丰厚的奖金,和几个发小在网吧没日没夜地疯玩了三天,熬得眼睛跟兔子一样红。

早上,他打着哈欠从网吧出来,绕路买了庄青楠爱吃的包子和甜豆腐脑,推开家门,发现客厅多了台新电脑。

庄青楠坐在电脑椅里,认真地研究着说明书,林鸿文正蹲在电脑后面接电源,郑佩英把纸箱压扁,搬到储藏室,打算攒起来卖废品。

林昭揉了揉眼睛,惊喜地说:"什么时候买的电脑?怎么没人告诉我?"

"你又不回家,怎么告诉你?"郑佩英没好气地白了他一眼,约法三章,"说好了啊,电脑主要是给你俩学习用的,不能用来打游戏!"

"好好好,没问题。"林昭走到庄青楠身后,弯腰把带着热气的包子塞到她手里,又打一个哈欠,"青楠,研究明白了吗?需要我帮忙吗?喏,你喜欢的酸豆角肉末包子,快趁热吃。"

火热的呼吸直接扑到庄青楠的后颈,她不自在地往旁边躲了躲,接过包子,轻声问:"阿昭,我明天就放暑假了,堂姐邀请我回老家住几天,叔叔也有东西要捎给爷爷奶奶,你跟我一起回去吗?"

林鸿文和郑佩英要留在这边侍弄葡萄园,脱不开身。

可是,让她独自面对一群和陌生人差不多的亲戚,她又完全不了解他们的性情,难免有点胆怯。

所以,她希望林昭和她同行。

"当然跟你一起啊!"林昭觉得庄青楠这个问题有些多余,一手撑着电脑桌,另一手去摸鼠标,无比自然地把她圈进怀里,"我明天去你们学校门口接你,到了老家,你什么都不用管,跟着我就行。"

他说着说着,傻乐一声,纠正自己的话:"不对,不是'你们学校',是'咱们学校'。"

第二天只上半天课,庄青楠整理好暑假作业,和几个还算聊得来的朋友互道"再见",来到走廊,迎面碰见龚雨。

"我正要去找你。"龚雨送给她一个精致的八音盒,指指后面的发条,"我妈妈给我寄过来的,总共是一对,分你一个,把发条拧紧,里面的小人会跳舞。"

不等庄青楠拒绝,龚雨就急匆匆走向楼梯,挥手道:"我还有事,先不跟你说了,开学见。"

八音盒做成电话亭的造型,中间站着一个穿着芭蕾舞裙的小姑娘,单脚点地,姿势优雅。

倒过来晃一晃,里面还有雪花。

庄青楠捧着看了一会儿，由于实在喜欢，没有装进书包，而是拿到校门口给林昭欣赏："阿昭，你说，我该回她个什么呢？"

林昭想起自己补给她的生日礼物还在她的梳妆台上落灰，觉得心里酸溜溜的，不高兴地说："我不懂你们女孩子的心思，给不了什么有用的建议，要不你回去问问我堂姐吧。"

林昭带着庄青楠在无人的柏油马路上行驶，发现她依然捧着那个八音盒，好几次想来个急转弯，把碍眼的摆件甩到地上摔碎，又担心闪着她，只能勉强忍耐下来。

"喂！"他实在忍不住，在风里大喊，"青楠，我送你的那条手链，你为什么不戴？是不喜欢吗？"

同样是没有实用价值的漂亮玩意儿，她却这么厚此薄彼，他怎么都想不明白。

是，他还没能力买沉甸甸的金手镯，那条用红绳和玛瑙珠子编成的链子不太上档次，串在中间的转运珠小得跟米粒似的，戴出来不够亮眼。

可他用光了所有的零花钱。

没有一点儿保留。

摩托车开进村子，道路变得坑坑洼洼。

庄青楠腾出右手，牵住林昭的衣角，轻声解释："没有不喜欢，不过，那条手链太贵重了，我怕弄丢，想留到重要的场合戴。"

那是她的第一件首饰，堪称意义非凡，她常常在没人的时候拿出来赏玩。

"真的？"林昭没想到事实竟然是这样的，既高兴又庆幸。

高兴自己的心意得到珍惜。

庆幸他有什么说什么，没有憋在心里，造成不必要的误会。

"真的。"庄青楠指指不远处，不太确定地问林昭，"阿昭，你看那边，那个人是大伯吗？"

林鸿文这边的亲戚把庄青楠当成贵客，派出代表，早早在村边等待。

庄青楠被热情的叔伯婶娘们簇拥着，陪林昭的爷爷奶奶吃了顿团圆饭，来到堂姐林欣的房间休息。

"青楠，你晚上跟我挤一挤吧？我家虽然没空调，凉席是新买的，又有电风扇，应该不会太热。"林欣比庄青楠大三岁，成熟干练，很会照顾人，又是拿水果，又是腾桌子，"你就在这边写作业吧，我晚上出去打麻将，不打扰你。"

"谢谢姐姐。"庄青楠礼貌地道谢。

两个人正聊得投机，林昭"咚咚咚"地敲门："欣姐，欣姐，还有凉席没有？我晚上也要睡你家。"

"你闹什么？"林欣端出姐姐的威严，打开门教训他，"不是说让你去姑姑家睡吗？我家没多余的房间，挤不下你。"

"我在客厅打地铺。"林昭理直气壮地昂起头，眼珠子滴溜溜直转，寻找庄青楠的身影，"姑姑家的床太软了，我睡不习惯，还是地上凉快。"

林欣被林昭气笑，把旧凉席丢给他："随便你吧！"

庄青楠放心不下，到了晚上，等林欣睡熟，蹑手蹑脚地走到门外。

就着昏黄的灯光，她看到林昭热得满头大汗，光着膀子坐在凉席上，抬手"啪啪啪"猛拍肩膀和手臂，一拍一只吸满血的大蚊子。

"阿昭，你这是何苦呢？"庄青楠找出打火机，帮林昭点蚊香，轻声劝他，"你还是听姐姐的，明天去姑姑家睡吧。"

"不行，我得陪着你。"林昭见她出来，有点儿害羞，扯起薄毯遮住胸前，态度却十分固执，"你跟她们不熟，万一有人欺负你，我得给你撑腰。"

他说过要学习怎么照顾她。

总不能光说不练吧？

庄青楠背对着他，声调变得喑哑："怎么会呢？姐姐对我很好，你们家的人，都对我很好。"

跟庄保荣那边的亲戚完全不一样。

在乡下的几天，过得比想象中轻松愉快。

林昭领着庄青楠逛庙会，带她感受更淳朴也更热闹的氛围。

两个人被杂技班子扔出的飞刀惊得尖叫出声，在糖画摊子前驻足，手气爆棚，抽中龙凤图案，又买了一对神似林鸿文和郑佩英的面人，打算带回去送给他们。

下雨的午后，庄青楠躺在床上睡得昏昏沉沉，怎么都醒不过来。

有人悄悄走近，用柔软的手摸了摸她脸上的汗，把风扇的挡位调高，又悄悄离开。

有人蹲在床边看了她很久，后来又把切成小块的西瓜放在床头柜上。

庄青楠一直睡到下午四点。

她站起身伸了个懒腰，把八音盒倒过来摇了摇，拧紧发条，放在窗台上。

芭蕾小人顺时针旋转着，跳出优美的舞蹈，洁白的雪花和窗外的雨丝一起飘落。

她举目远眺，看到田地间翠绿欲滴的玉米秆子吸饱了雨水，挺直腰身，精神抖擞，散发着蓬勃的生命力。

她跟着挺胸抬头，深吸一口气，任由凉爽的空气充盈肺部。

她也要长大了。

第七章 幸福是沉重的

1. 水蜜桃硬糖

一年半以后。

庄青楠平平稳稳地进入高三下学期,即将开始最后的冲刺。

自从搬到林昭家,她每天早上都要喝一大杯鲜牛奶,顿顿有肉有菜,晚自习结束还有加餐,水果更是不限量地供应。

营养跟得上,个头自然蹿得快,她一口气长到一米七,四肢修长,气色红润,五官也比原来舒展,多了股从容自信的味道。

令庄青楠庆幸的是,她的胸脯终于停止发育,没有发展到过于夸张的大小。

早上,庄青楠换好衣服,下楼敲响林昭房间的门:"阿昭,快起床,要迟到了。"

她走进厨房,熟练地操作微波炉按钮,热了几片面包,一边用平底锅煎鸡蛋,一边指挥顶着一脑袋乱发的少年:"阿昭,把牛奶拿过来,准备吃饭。"

林昭已满十七岁,比庄青楠还高十厘米,眉目俊俏,肩宽腰窄,稚气渐渐褪去,越来越有男人的样子。

不过,他在她面前,还是很黏人。

此时此刻,林昭困得眼睛都睁不开,把下巴搁在她肩上,耍赖道:"困死了,我再睡两分钟。"

庄青楠拖着他挪到案板前,把煎得两面金黄的鸡蛋摊在面包片上,加了几片西红柿和生菜,催促道:"再不快点儿,我就不等你了。"

林昭这才就着冷水洗了把脸,倒好牛奶,三两口吃完三明治,回卧室换衣服。

庄青楠出门的时候,被郑佩英叫住。

"青楠，我和阿昭他爸去市里办点儿事，今天可能回不来，这钱你拿着，中午在学校吃，晚上直接跟阿昭出去下馆子。"郑佩英从钱包里拿出二百块钱递给她，笑吟吟地问，"有什么想要的吗？我们给你带回来。"

庄青楠已经彻底适应了在林昭家的生活，也和两个长辈相处融洽，闻言并不客气，大大方方地道："阿姨再帮我买两本学习资料吧，稍后我把书名发给您。"

这两年，她不止学会了使用电脑、各种家用电器，还拥有了自己的手机。

路上，庄青楠争分夺秒地给林昭布置学习任务，交代道："晚上我分出来半个小时，抽查一下你这几周新学的内容。"

林昭压根儿不是学习的料子，越往上读越吃力，闻言苦着脸说："要是答不上来，你可别骂我。"

他知道庄青楠打算考清大的物理系，也知道她至少有七八成把握。

她是天赋型选手，又付出了远超旁人的努力，已经把年级第二甩出一大截，自然而然地，校领导和班主任也越来越看重她。

上周，郑佩英以家长的身份到学校和老师面谈，回来的时候激动得脸颊通红，连着夸了庄青楠好几天，表态要全力支持她高考。

林昭长长叹了口气。

他和重点大学无缘，只能使使劲儿，考个北京的大专。

当然，离她的学校越近越好。

庄青楠也拿林昭的学习没办法，只能安慰他："没事，慢慢来，你尽力就行。"

课间休息时，林昭经常跑到高三的教学楼，隔着玻璃偷看庄青楠。

黑板上用硕大的字体写着高考倒计时，包括庄青楠在内的大部分学生都在埋头苦读，小部分忙着上厕所、接水，或者利用有限的几分钟补眠，空气中弥漫着紧张的气息。

庄青楠察觉不到他的存在，偶有一两个人休息眼睛时转头看向窗外，也把他当成每天都会出现的常规风景，自动忽略过去。

林昭摸了摸鼻子，掐着点儿回到教室。

他没什么定性，唯独摄影这项爱好没丢，单反和手机的相册里，装满了庄青楠的单人照和值得记录的瞬间。

林昭欣赏几张照片，做两道题，把庄青楠当成提神的咖啡、补脑子的口服液。

好不容易熬到放学，林昭拎起书包第一个冲出去，接庄青楠回家。

"晚上想吃什么？我们去吃鸡公煲怎么样？"他把庄青楠的书包接过来扛在肩上，兴冲冲地提议，"再要几个配菜涮着吃，就当吃顿小火锅。"

庄青楠的思绪还沉浸在模拟卷的物理大题上，心不在焉地点点头："听你的。"

正是春寒料峭时节，白天被太阳烘着，还不觉得冷，晚上开着摩托车穿街走巷，风一吹，林昭就打了个哆嗦。

"青楠，冷不冷？"他踩下刹车，把带着体温的外套脱掉，披到庄青楠肩上，"先穿着，等进店就暖和了。"

店是老店，装修普通，生意却很好。

服务员忙得脚不沾地，林昭和庄青楠等了半天，点的鸡公煲也没做好。

庄青楠拿出卷子打发时间，在空白处写写画画，整理思路，推导公式。

服务员终于用夹子架着砂锅走过来，鸡块在高温的炙烤下"刺啦"作响，半熟的洋葱浸泡在汤汁里，增鲜提香，翠绿的芹菜成为漂亮的点缀。

"现在还烫着呢，你先做题。"林昭跟爸妈一样，把庄青楠的学习放在第一要位，伸手把砂锅往自己的方向挪了挪，帮她盛饭盛肉，又按先荤后素的顺序涮菜，"等我把这些煮熟，再一起吃，这样更省时间。"

庄青楠连头都没抬，轻轻"嗯"了一声。

这顿饭吃得跟打仗似的，林昭把食材搭配好，晾到刚好能入口的程度，忙活大半天，庄青楠吃饭只花了十分钟。

吃完火锅，肚子变得热乎乎的，浑身都是肉香和酱料香。

回去的路上，林昭说道："今天太晚了，就不抽查学习了吧？回去我给你放热水，你洗个澡，早点睡觉。"

庄青楠也觉得困倦，松口道："好，那就明天。"

他们都没想到家里会突然停电。

林昭正躺在床上吃水蜜桃味儿的硬糖，忽然陷入一片漆黑，吓得短促地叫了一声，猛然坐起身。

自从在煤矿打过黑工，他就落下必须开灯睡觉的毛病，近半年虽然有所缓解，还是离不开小夜灯。

这会儿，林昭抖着手摸到手机，打开手电筒，心脏跳得飞快。

"青楠！青楠……"他叫第一声是本能的求助，第二声则是想起她还在洗澡，可能需要自己帮忙。

他穿上拖鞋，跌跌撞撞地跑到楼上，嗓门变大："青楠，好像停电了，你没事吧？洗完澡了吗？"

"还没。"庄青楠的声音还算镇定，窸窸窣窣地穿好衣服，打开厕所门，"阿昭，我刚抹过洗发水，还没冲头发……"

林昭借着微弱的光亮，看到她低着头伏在洗手池上，头顶满是泡沫，连忙说："你等着，我去烧开水！"

他把手机放到她旁边的架子上提供照明,紧张地咽了咽口水,转身冲入令他恐惧的黑暗中。

庄青楠耐心等了一会儿,在林昭的帮助下,把头发浸入温水中,慢慢洗掉泡沫。

她嗅到甜甜的桃子气息,因高强度的学习而紧绷的神经一点点地放松下来。

林昭一手用手电筒照着庄青楠,等她将护发素冲干净,又拿起一条浴巾帮她擦头发。

"不知道什么时候才能来电,我给你多擦一会儿,擦干再睡,不然容易头疼。"林昭和庄青楠面对面站着,微微弯着腰,笨手笨脚地跟她的长发搏斗,"青楠,冷不冷?"

庄青楠拢紧身上的浴巾,轻声道:"不冷。阿昭,要是明天才恢复供电,你今晚怎么睡觉?"

"我……我多点几支蜡烛呗。"林昭不敢提在她房间打地铺的话,摸了摸鼻子,又张嘴吹吹她额前的绒毛,"你的头发长得好快,养得也越来越黑,看来我妈那些三无产品不是完全没用。"

郑佩英性格爽朗,出手大方,成为许多保健品推销员的目标客户。她挑了一些产品回来试用,收到不错的效果之后,兴致勃勃地拉着全家人一起体验。

林鸿文和林昭都不肯配合,只有庄青楠好说话,什么阿胶、黑芝麻丸没少吃,艾灸、按摩也没少做,所以她被调理得肌肤白里透红,头发乌黑柔顺。

庄青楠被林昭吹得发痒,抬手轻轻推了他一下,嗔道:"什么三无产品?阿姨心里有数,绝不会害我。"

林昭嘿嘿笑出声,把她送进卧室,眼巴巴地道:"那……晚安?"

他嘴里这么说着,双脚却没挪地方,显然在等庄青楠挽留。

庄青楠沉默很久,才决定冒险:"阿昭,点太多蜡烛不安全,要不……要不你搬过来睡吧?心里害怕的话,我陪你聊聊天。"

林昭闻言立刻喜形于色,叫道:"好!我去楼下搬被褥,你等我!"

林昭比庄青楠想象中的有分寸,把被褥铺在门口,和她的床隔了三米远,又在中间放了个小凳子,点上红彤彤的蜡烛。

他玩心重,用指腹接了几滴滚烫的蜡油,疼得龇牙咧嘴,等蜡油凝固,把指尖的"小帽子"摘下来,幼稚地给庄青楠看自己的指纹。

"青楠,你看,我这几根手指全是'簸箕',我爸说我是天生的败家

子，守不住家产，将来千万不能管家。"

林昭的手指飞快地在火焰中穿梭，撩得火光时明时暗："你呢？你的指纹长什么样？"

庄青楠定定地看着林昭。

温暖的烛火照亮他俊俏的容颜，没有阴霾，没有心机。

她熟悉的林昭又回来了。

她放松地躺在被窝里，向他摊开五指："我有好几个'斗'，是不是说明我比较会攒钱？"

"真的吗？"林昭蹲在庄青楠身边，仔细观察她的指纹，"好像是啊，我听人说'一斗穷，二斗富，三斗四斗卖豆腐，五斗六斗开当铺……'，后面什么来着？"

他挠挠头，打心眼里替她高兴："反正'斗'越多，以后越有出息，越容易发大财。"

林昭一不小心，把心里话说了出来："等以后咱们结婚，财政大权就交给你掌管，我需要用钱的时候，再找你申请……"

他自悔失言，咬了咬舌尖，惊慌失措地看向庄青楠。

庄青楠一手悬空，面带倦容，紧闭着眼睛睡着了。

林昭松了口气，又有点儿失落。

他小心翼翼地把她的那只手放回被窝，掖好被子。

2. 蓝莓李果

一个星期后，庄青楠被选为学生代表，即将前往省会城市参加英语演讲比赛。

比赛分为初赛、半决赛和决赛，前后要花费三天时间，郑佩英放心不下，给林昭请了周五的假，让他陪着一起去，周日晚上再回来。

"你照顾好青楠，别只顾着自己玩。"郑佩英听出庄青楠的嗓子有点儿哑，往行李箱里塞了一小瓶川贝枇杷膏，拽着林昭殷殷叮嘱，"学校不是给她订了住的地方吗？你在旁边另外开个房间，脑子清醒点儿，别干不该干的事。"

她意有所指，林鸿文前几天又给林昭上了一回生理课，他明白他们在担心什么，恼羞成怒，昂着脑袋说："您把我想成什么人了？放心吧，我知道该怎么做！"

顶着郑佩英怀疑的眼神，林昭一手拎起行李箱，另一手牵着庄青楠，头一次离开舒适区，前往大城市。

林昭和庄青楠都没坐过火车，找候车室找了半天，问了好几个人，差点儿错过检票。

好不容易找到庄青楠的座位，林昭伸长手臂，把行李箱放到头顶的架子上，站在过道不肯离开："反正就两个小时，很快就到了，我站这儿陪你。"

庄青楠拗不过林昭，坐在靠窗的位置，好奇地观察车厢环境。

她坐的是两人座，座椅没想象中的硬，面前摆着张悬空的小桌子，不远处是卫生间和乘务室。

过道人来人往，有去车厢连接处抽烟的，有端着泡面碗接热水的，还有几个五六岁的孩子尖叫着跑来跑去，林昭被他们挤得龇牙咧嘴，眉头皱得能夹死蚊子。

"阿昭，要不你坐会儿吧？"庄青楠过意不去，起身打算跟林昭换一换。

"不用！不用！"林昭牢记这次的使命，抬手把她按回去，"你安心坐着，我去那边转转，一会儿就回来！"

几分钟后，火车启动，窗外的风景开始后退。

随着车速加快，绿的树、红的房子、高高的电线杆全都变成模糊的影子，从庄青楠的瞳孔里飞快掠过。

她望着窗外，陷入沉思——

从原来那个家过渡到林昭家，用了十六年的时间。

飞到更广阔的世界，拥有真正自由的人生，又要花费多少年呢？

工作人员的叫卖声打断庄青楠的思绪。

女人三十多岁的年纪，推着小推车，口齿伶俐地推销商品："瞧一瞧，看一看啊，新疆特产蓝莓李果，补充维生素，缓解眼疲劳，无论是上班的，还是上学的，都能吃啊！原价二十元一包，现价三十元两包，买到就是赚到！"

小推车里整整齐齐地摆放着十几袋果脯，包装吸睛，图片诱人，吸引了很多人的注意。

林昭循声赶过来，听见"缓解眼疲劳"几个字，看了庄青楠一眼，把手伸到口袋里就要掏钱。

"来两包！"他高高兴兴地叫道。

庄青楠急得拉住他的袖子，低声道："阿昭，别乱花钱！"

"又不贵，买来尝尝鲜嘛！"林昭指指小推车，"青楠，我还没吃过蓝莓呢，你就当满足一下我的好奇心。"

庄青楠拿林昭没办法，看向面相精明的女人，不太熟练地讨价还价："再便宜点儿吧，或者十五块钱卖给我们一包。"

女人没怎么犹豫，就爽快开口："行吧，看你俩都是学生，姐不赚你们钱，三十块钱三包，够便宜吧？"

林昭满脸震惊，付过钱之后，见庄青楠身边的乘客准备下车，坐下来小声嘀咕："青楠，没想到你这么会还价……"

庄青楠拿过一包果脯，翻到背面，看了看配料表。

李子、白砂糖、食用盐、甘草，以及一大堆添加剂，不出所料，和"蓝莓"没一点儿关系。

产地也不是新疆。

她轻轻叹了口气，没有戳穿事实，任由林昭高兴。

腌透了的李子软中有韧，回味酸甜，虽然不值这个价，滋味却不坏。

林昭一颗接一颗地往嘴里送，吃得牙齿酸软、喉咙发干，方才意犹未尽地停下来，赞叹道："这什么蓝莓真好吃，下次碰到还买。"

庄青楠觉得他单纯得有些可爱，扭脸看向窗外，唇角微微翘起。

下了火车，两个人直奔比赛现场。

林昭坐在足够容纳二三百人的会场里，看着身穿礼服的主持人走到舞台中间致辞，字正腔圆地宣布赛制，介绍参赛学校。

紧接着，参赛选手依次登台，发表演讲。

他们穿得一个比一个正式，男生身着西装，打着领带或领结，女生穿着漂亮的连衣裙和小高跟，戴着得体的配饰。

林昭眼花缭乱，目不暇接，耳朵灌满了他听不懂的英语词汇，越听越紧张，越想越后悔。

他对庄青楠的关心还是不够——

明明应该提前一天过来，让她休息好再比赛。

明明应该提醒郑佩英，把新买的裙子和皮鞋捎上，而不是让她穿着薄毛衣、牛仔裤和运动鞋，随随便便上场。

他怎么这么笨啊……

林昭懊恼得把头发抓成鸡窝，听见主持人报出庄青楠的名字，"噌"一下站起来。

庄青楠迈着从容的步子，大大方方地站在聚光灯下。

她没拿稿子，镇定地向评委们微笑点头，紧接着不急不慢地用英语阐述自己的观点，发音准确，声情并茂。

林昭朦朦胧胧地意识到，庄青楠和他是完全不同的两种人。

她生性安静，有什么都藏在心里，遇到这样正式的场合，却毫不怯场，好像天生就该站在万人瞩目的位置，闪闪发光。

哪像他，平时比谁都能说，一点儿秘密都憋不住，到关键时刻就打退堂鼓，没本事没魄力，烂泥扶不上墙。

见庄青楠发挥正常，林昭紧张的心情渐渐平复下来。

看清她手腕上戴着的手链，他的心脏又陡然加快速度，险些跳出胸腔。

几个小时后，庄青楠以接近满分的成绩毫无悬念地通过初赛，进入半决赛。

她走到观众席，和林昭会合，问他："下午想去哪儿？"

下午是自由活动时间。

她照顾林昭的感受，不想让他白白跑一趟，打算陪他四处逛逛。

林昭既高兴又沮丧，没精打采地说："要不直接回宾馆休息吧？我给你买点儿好吃的，你专心准备明天的比赛。"

"稿子我都背熟了，不需要准备。"庄青楠握住右手腕，摸了摸小小的转运珠，想到一个林昭绝对喜欢的地方，"阿昭，要不我们去动物园吧？"

林昭眼睛一亮，犹犹豫豫地问："真的可以吗？不会影响你吗？"

"不会的。"庄青楠拉住他的手臂，牵着他往外走，"动物园好像离这儿不远，我们查一查坐哪路公交车。"

省会毕竟是省会，动物园比老家的大得多，动物种类也全。

林昭赖在熊猫馆不走，对着憨态可掬的大熊猫拍了几十张照片，惊呼道："青楠，快看，它还会翻跟头！"

庄青楠一边回应他，一边研究导览图，用其他动物吊他胃口："阿昭，前面还有小熊猫、变色龙、巨嘴鸟、金刚鹦鹉……你再不抓紧时间，就看不完了。"

林昭立刻跳起来："走走走，现在就走！"

他们逛到动物园关门才回去，一路兴致勃勃聊个没完。

林昭在同一家宾馆开好房间，住进庄青楠的隔壁，到饭店包了几样清淡可口的饭菜，敲响她的房门。

庄青楠正在和郑佩英视频聊天，放他进门，把手机递给他："你跟阿姨说两句，我去洗洗手，准备吃饭。"

林昭脸上还残留着兴奋，笑嘻嘻地跟郑佩英讲起爬到树梢上的小熊猫、半人高的鹦鹉，比比画画，手舞足蹈。

郑佩英嫌他啰唆，打断道："回来再说吧，赶紧吃饭，吃完回你自己屋，让青楠早点儿休息。"

林昭悻悻地摸了摸鼻子，挂断视频。

他正准备把手机还给庄青楠，无意中按到返回键，瞥见浏览器里的搜索记录。

庄青楠在搜"天文馆地址"。

下拉框的搜索历史里是"天文馆的关门时间""天文馆门票多少钱""天

文馆特展什么时候结束"……

林昭愣了愣。

原来，庄青楠压根儿不想去动物园。

至少没他以为的那么感兴趣。

她陪他逛了三四个小时，跟他聊了那么多话，其实是在……

迁就他。

3. 星空糖

第二天早上，林昭说他打算买些特产，给爸妈和亲朋好友带回去，没有跟庄青楠同行。

"青楠，加油。"他把她送到公交车上，笑着挥挥手，又做了个握拳的动作给她打气。

庄青楠轻轻点了点头。

半决赛的出场顺序按成绩高低排列，庄青楠早早发表完演讲，坐在后台等待结果。

旁边的选手们聊得热火朝天，话题从时事八卦到流行风尚，时不时委婉地炫富，展示新买的名牌手表，讨论高考后去哪个国家毕业旅行。

庄青楠对他们谈论的内容毫无兴趣。

她不停地打开手机，在社交软件里搜索天文馆的实时消息。

这座天文馆设施先进，创意独特，在国内数一数二，一票难求。

她心心念念了很久，好不容易来一趟，却没时间排队买票，也没好意思和林昭提前沟通，只能忍痛放弃。

庄青楠抿了抿唇，竭力转移注意力，戴上耳机，练习英语听力。

主持人宣布半决赛结果的时刻，林昭大汗淋漓地跑进后台，上半身只穿一件短袖，露出小麦色的手臂，外套系在腰间，随着动作来回晃动，引起许多人的注目。

他蹲到庄青楠身边，一反常态地用力抓住她的手，甩了甩蓬松的头发，仰起脸专注地望着她，双眸明亮，牙齿雪白。

恰在这时，主持人念出庄青楠的名字。

她怔怔地低下头，慢慢张开五指。

林昭像开贝壳一样竖起手掌，亮出两张被汗水浸湿，变得皱皱巴巴的门票。

"快去前台接受采访，等这边结束，咱们一起去天文馆！"他得意地挑了挑眉毛，对一整个上午的奔波、和黄牛斗智斗勇的拉扯只字不提，像位举重若轻的英雄。

/ 148 /

二十分钟后，庄青楠和林昭离开会场，打车前往天文馆。

"师傅，麻烦开快点儿，我们赶时间！"林昭一边催促司机，一边转过头安慰庄青楠，"青楠，别着急，天文馆下午四点半闭馆，我查过攻略，只挑重点项目参观的话，应该来得及！"

庄青楠罕见地弯起眉眼，爱不释手地摩挲着手里的门票，语调上扬："没事，看多少算多少，能去一趟，我就很知足了。"

林昭看得晃了晃神，过了好一会儿才想起来埋怨她："咱俩不是好朋友吗？你总这么藏着掖着，想要什么、想去哪儿都不跟我明说，真是不够意思。"

庄青楠很难向他解释自己内心的顾虑。

就算说出来，由于成长环境不同，他也未必能理解。

其实，她只是习惯忍耐，害怕麻烦别人罢了。

林昭见庄青楠不说话，担心扫了她的兴致，别别扭扭地服软："青楠，我不是在怪你，你别多想啊。"

庄青楠摇摇头，笑道："阿昭，谢谢你。"

林昭眨眨眼睛，摆手道："这有什么？不用跟我客气。"

逛天文馆比林昭想象中的有意思。

刚一进门，他们便踏上长长的通道。

通道的上方设计成拱形，和地板一样选用高强度显示屏，共同拼出一幅壮观浩瀚的银河画卷。

头顶高悬群星，时不时有飞船经过，脚下是蔚蓝色的地球，林昭屏息凝神，感受着漫步太空的神奇体验，连声惊叹："做得好逼真，我感觉我都快掉下去了！青楠，真实的宇宙就是这样的吗？"

庄青楠的眼睛里倒映着太阳的光芒，在感兴趣的话题上，变得像他一样健谈："应该差不多。阿昭，你看那边的土星，你知道它的星环是由岩石和冰组成的吗？还有那边……"

林昭认真地听她分享关于宇宙的冷知识，虽然对很多专业词汇一知半解，依然听得津津有味。

两个人站在巨大的曲面屏幕前，感受着陨石坑带来的视觉震撼，扶着不同星球的模型拍照留念，又坐上仿真的太空飞船，戴上特制眼镜，双脚悬空，观看闻所未闻的4D电影。

单论刺激程度，这个名叫"飞跃银河系"的项目远不及过山车，不过，高清影像的冲击和座椅的旋转摇晃相得益彰，带来前所未有的新奇体验。

飞船高速冲过陨石阵时，林昭被迎面飞来的巨石吓得躲到庄青楠身后，脸庞紧贴着她的脊背，小声问："撞上没有？撞上没有？"

"没有。"庄青楠抬手摸摸他的脑袋,同样小声地安抚,"没事,我们飞过去了。"

一刻不停地逛了两三个小时,林昭去不远处的商店买水,被包装精致的星空糖吸引注意力。

深蓝色的礼盒系着漂亮的缎带,部分镂空,他看到里面装着十根棒棒糖,每一个糖球都包裹着一个星球,清透闪亮,充满神秘感。

礼盒卖得很贵,观赏价值远大于实用价值,他还是连眼皮都没眨一下,掏出所有的零花钱买了下来。

林昭兴冲冲地拿着礼盒回去找庄青楠,看到她站在一个"感受黑洞"的互动项目前。

一人多高的屏幕能够捕捉人像,画面闪烁几下,把庄青楠的影子完整地投射出来,分解成亿万颗细小的沙粒。

沙粒轻轻摇曳,吸引了林昭的注意。

他的眼睛一眨不眨地望着屏幕,发现不远处的星星开始变形、湮灭,一个漆黑的漩涡慢慢接近人影,像怪兽张开巨口。

在黑洞的吸引下,庄青楠的影子剧烈摆动起来,很快扭曲、撕裂,消失在深不见底的宇宙中,仿佛从没出现过一般。

林昭脸上的笑容消失,惊惶不安地扭头确认庄青楠的存在。

他在这一刻出现幻视,觉得庄青楠跟着那些沙粒一起飞走,再也不会回来。

"阿昭?阿昭?你怎么了?"庄青楠的呼唤声把林昭从深渊拉回人间。

他擦了擦额头上的冷汗,强笑道:"没事,我没事。"

余下的游览中,林昭带着几分神经质,死死锁定庄青楠的身影,紧牵着她的手腕,不肯让她离开自己半步。

可他的心绪,始终没有得到平复。

他总觉得,刚才那不祥的一幕,像某种预示。

像造物主偶有不慎,泄露的天机。

4. 口香糖

庄青楠在省级英语演讲比赛中斩获一等奖,带回一座水晶奖杯和一笔丰厚的奖金。

林昭家客厅的墙上贴满了她的奖状,郑佩英笑着从她手里接过奖杯,小心地放在柜子上,一脸的与有荣焉:"我们家青楠就是争气,门门优秀,一点儿也不偏科。"

听了将近两年的夸奖,庄青楠依然有些不好意思。

她像以前一样把奖金上交给郑佩英，不出所料地被打了回来，鼓起勇气说："阿姨，要不我请您和叔叔吃顿饭吧？"

她看向林昭，寻求外援："阿昭，你昨天不是说想吃水煮鱼吗？"

"我什么时候……"林昭下意识地反驳，见她对自己眨了眨眼，连忙改口，"哦，对，对！妈，大海说镇上新开了家川菜馆，味道还不错，收费也公道，咱们去体验体验，给青楠庆祝庆祝！"

郑佩英看到两个孩子感情亲厚，脸上的笑容压都压不住，爽快地答应下来："行，我给你叔叔打个电话，让他早点儿回来，咱们去吃川菜！"

这是庄青楠第一次支配自己的奖金，也是她第一次请客。

她生怕小里小气的，被别人看不起，和林昭头挨着头研究菜单："点一个口水鸡、一盘卤牛肉、再点份水煮鱼……毛血旺你吃不吃？对了，还有主食和甜品……"

"太多了，太多了！吃不完浪费！"林昭平时大手大脚，这会儿却替她肉疼，"水煮鱼和毛血旺选一个，再点个炒青菜搭配着，让我爸妈清清肠胃！"

庄青楠哭笑不得，借着桌子的遮掩，伸脚轻轻踢了踢林昭，小声说："不用给我省钱，想吃什么就点什么。"

林昭觉得小腿像被什么低功率的电击器电了一下似的，又酥又麻，舒服得直想打哆嗦。

他的脑子变成一团糨糊，再也想不起阻拦，无论她说什么，都拼命点头，连声附和。

庄青楠果然点得有点儿多。

郑佩英没说扫兴的话，林鸿文还要了两瓶啤酒，给每个人倒上，举杯道："预祝青楠高考顺利，金榜题名！"

庄青楠的脸上泛起发自内心的笑容，轻声道："谢谢叔叔阿姨。"

她没喝过酒，端起杯子浅尝一口，不大习惯地微微皱眉。

"很难喝吧？又苦又涩，真不懂他们大人为什么爱喝这玩意儿。"林昭把庄青楠的酒倒进自己杯子，给她换上果粒橙，小声嘀咕，"你知道吗？我还喝过白酒呢，那东西更要命，从嗓子眼一直辣到心口，半天都缓不过来。"

庄青楠认真地倾听着，发表自己的看法："可能大人也不喜欢喝，只是觉得这是拉近关系的工具，递一根烟、喝几口酒，话题更容易打开。"

"青楠说得对。"林鸿文暗叹她比自家儿子成熟得多，"我也不喜欢喝酒，有的时候实在没办法。尤其是在生意场上，你不敬人家几杯，就是不给人家面子，还怎么谈下去？"

林昭撇撇嘴，不以为然："反正我不抽烟，也不喝酒，给多少钱也不喝。"

他在悄悄学习，如何做一个合格的未婚夫，做一个好丈夫。

烟酒是绝对不能沾的，庄青楠不喜欢，而且……

他听电视上说过，男性经常抽烟喝酒，不利于备孕，生出来的孩子容易畸形。

林昭想到这里，俊脸可疑地变红，把面前的酒倒进烟灰缸。

饭吃得差不多的时候，郑佩英清了清嗓子，道："我说两句吧。"

庄青楠和林昭一齐放下筷子，认真看着她。

郑佩英严肃地说："未来的两个月，对青楠来说，是人生中最重要的两个月，我想对你们提几点要求。

"青楠，接下来的时间里，除了学习，你什么都不要管，衣服交给我洗，家务交给阿昭做，需要什么吃的用的，让阿昭帮你跑腿。"

她说完这几句，转头看向林昭："阿昭，你管住你的嘴，少找青楠聊天，耽误她的时间。另外，有点儿眼力见，我们和青楠没注意到的，或者她不好意思提的，只要对学习有帮助，你直接跟我说，我给你批资金。"

林昭一点就透，拍胸脯道："妈，放心吧，保证完成任务！从现在开始，我就是青楠的高考后勤部部长，您是财务部部长，我爸是交通部部长，咱们三个一起为青楠保驾护航！"

郑佩英和林鸿文被林昭逗笑，低声说笑着，再度举起杯子。

庄青楠也跟着笑，眼底却闪烁着泪光。

她有时候很害怕，怕眼前平静美满的生活只是一场梦。

有时候又很愧疚，特别想跟他们说——

不要对我这么好。

我说不定会令所有人失望。

庄青楠将没吃完的饭菜打包，又把肉骨头装进塑料袋，绕到葡萄园给旺财和小白加餐。

旺财正值壮年，毛发油光水滑，四肢矫健有力，看着比原来更加神气。

不过，它跟小白不停歇地生了三窝小狗，郑佩英把两边的亲戚都送了个遍，看着剩下的小狗崽颇为头疼，大手一挥，把它们送去做了绝育。

庄青楠搂住旺财的脖子，被它舔得满脸都是口水，痒得直笑。

林昭看得心里酸溜溜的，恨不得附到旺财身上，享受同样的待遇。

他嚼着青苹果味的口香糖，从袋子里取出两个鹌鹑蛋，阴阳怪气地戳旺财痛处："来来来，旺财，吃啥补啥，多吃点儿啊。"

庄青楠瞪了林昭一眼，抱起两只在土里滚得脏兮兮的狗宝宝，自言自语道:"它们也有三四个月大了吧?该洗澡了。"

林昭刚在郑佩英面前下过保证,闻言立刻撸起袖子:"我来洗!你要是不放心,就在旁边指导。"

两个人用板房里的热水壶烧好热水,倒进大盆里,在旺财和小白的注视下,开始给小狗崽洗澡。

林昭平时总看庄青楠操作,见她动作行云流水,无论大狗还是小狗都很听话,觉得这是件再简单不过的事,轮到自己上阵,却遭遇滑铁卢。

两只小狗在盆里没命地扑腾,甩得林昭浑身是水,被他用蛮力按住后,"嗷嗷嗷"叫得凄惨又刺耳。

旺财对小主人龇出利齿,表达不满,小白母性毕露,冲他狂叫几声,要不是庄青楠极力安抚,险些扑过来。

"阿昭,你一只一只洗,动作轻点儿,别把它们整个按进水里。"庄青楠手忙脚乱地哄好大狗,搂住一只小狗给林昭做示范,"像这样慢一点儿,洗发水先在手心搓出泡沫,再往毛发上涂抹……"

"我给我自己都没洗这么仔细过……"林昭笨手笨脚地照着她的指导,把灰扑扑的小狗洗成白色,不知不觉出了一身的汗。

用吹风机吹干毛发之后,他瘫在床上,任由干干净净的小狗崽踩着肚皮蹦来蹦去,累得大喘气:"这活真不好干,以后半年洗一次吧。"

庄青楠亲了亲斑点小狗的脑袋,把它放到林昭怀里,笑道:"阿昭,你再休息一会儿,我先回去看书。"

林昭点点头。

等庄青楠的脚步声远去,他腾地坐起身,托起斑点小狗,无论平时多嫌弃,这会儿也觉得它眉清目秀。

"你真有福气啊……"他喟叹着,做贼似的左右环顾一圈,快速低下头,在庄青楠亲过的地方"吧唧"亲了一口。

苹果的清新气息悄然弥漫开来。

5. 米花糖

时间的流速好像并不是恒定的,庄青楠觉得黑板上的高考倒计时越跳越快,班里的气氛也越来越紧张。

课本上的内容早就学完,复习巩固的过程枯燥又煎熬,她在上厕所时,总能听到有人在隔间里压抑地哭泣,接热水的时候,偶尔会在旁边的垃圾桶里发现空药瓶。

她总觉得时间不够用,吃饭变成打仗,睡眠也不安稳。

保持心态平和,成了这个阶段最困难的事。

好在她没有任何后顾之忧。

郑佩英不再追黄金档的狗血家庭剧，给家里的每个人都配备了防滑鞋套，尽量减少噪音，饮食上格外注重荤素搭配，又买了很多坚果给她补脑子。

林鸿文开车越来越谨慎，生怕刮着蹭着，耽误她上学，车里的音响循环播放着英语听力练习，又兴师动众地请老同学帮忙，寄来许多辅导资料。

林昭强忍着跟她说话的冲动，老实得像个锯嘴葫芦，实在憋得难受，就跑出去骚扰几个发小，或者坐在狗窝旁边自问自答，可怜又可笑。

倒计时从两位数变成一位数的那天早晨，庄青楠走进教室，看到自己的课桌上放着一个鼓鼓囊囊的帆布袋。

袋子用几块漂亮的碎布拼接而成，针脚细密，别出心裁。

她疑惑地拉开拉链——

里面装着一枚金榜题名符、一个顶着状元帽身穿大红袍的娃娃和一大袋米花糖。

庄青楠摩挲着精美的帆布袋，似有所感，拿着娃娃追了出去。

她在走廊碰上龚雨。

龚雨手里拎着和她差不多的袋子，两个人四目相对，同时张开嘴，做出同一个口型。

是齐雅娟。

庄青楠和龚雨在学校不远处的巷子里追上齐雅娟。

两年多没有联系，她在父母的安排下嫁人，头发比原来更像干草，皮肤也晒得更黑，挺着骇人的大肚子，看起来比同龄人大了七八岁，俨然是个饱经风霜的成熟妇人。

"齐雅娟！"龚雨冲到齐雅娟面前，张开双臂拦住她的去路，震惊地打量着她，"你……你既然还惦记着我们，为什么不跟我们见面？丢下东西就跑，算怎么回事？"

齐雅娟窘迫又羞耻地捂住肚子，下意识地倒退几步，撞到庄青楠身上。

"小心一点。"庄青楠清清冷冷的声音里多了两分温度，稳稳扶住她的手臂，语带歉疚，"我们不知道你怀了宝宝，要是知道，肯定主动过去看你，也不用辛苦你跑这一趟。"

齐雅娟的下巴几乎垂到胸前，讷讷地说："我……我……我不知道该怎么面对你们，担心你们还在生我的气，更担心我这副样子让人看见，给你们丢人……"

齐雅娟心里清楚，结婚之后，她就踏上不同的人生轨迹，以后只会离两个好朋友越来越远。

她羡慕她们，由衷地希望她们能够考上大学，展翅高飞，却不敢奢望继续保持这段友谊。

她是注定要在河沟里待一辈子的丑小鸭,哪有脸高攀白天鹅?

人应该有自知之明,对吧?

"丢什么人?哪里丢人?"龚雨火暴脾气不改,说话跟放鞭炮似的,"要丢人也是你爸妈丢人、你哥丢人,和你有什么关系?你想辍学吗?你想嫁人吗?你想生孩子吗?还不是他们逼的?"

庄青楠轻轻拉了拉她,道:"已经发生的事情,我们就不纠结了。齐雅娟,那个人对你好吗?你们现在靠什么生活?预产期在什么时候?到时候记得告诉我们一声。"

齐雅娟见她们一点儿也不嫌弃自己,感动得泪眼汪汪,边擦眼泪边说:"他不好也不坏,就是懒了点儿。他家有几亩地,平时都是我在拾掇,他爸妈身体还可以,经常出去打打零工,日子凑合着也能往下过。预产期……预产期在九月份,到时候大学应该已经开学了,你们不用为我费心……"

三个人说一会儿哭一会儿,到后来紧紧拥抱在一起。

"庄青楠,齐雅娟,我不管你们怎么想,在我心里,这辈子你们都是我的好朋友。"向来骄傲的龚雨难得吐露真心话,眼底涌动着勃勃野心,"实话告诉你们,我的水平我自己清楚,考不上什么好大学,所以,我打算拿到高中毕业证就出去闯荡,当模特也好,跑龙套也行,不混出个人样绝不回来。"

"你这么漂亮,这么有本事,肯定没问题的。"齐雅娟真诚地看着龚雨的眼睛,片刻之后又看向庄青楠,嘴角浮现小小的酒窝,"庄青楠,这么看来,你是咱们三个人中唯一的大学生,往后说不定还能读研究生、读博士,当你的朋友,真的很光彩。"

庄青楠没有笑,定定地看着齐雅娟,问:"那你呢?"

"什么?"齐雅娟愣了愣,没有明白她的意思。

"你呢?你打算走哪条路?"庄青楠握住齐雅娟粗糙的手,声音不大,却像一记重锤,敲在她的天灵盖上,"齐雅娟,你的人生才刚开始,就算不能上学,也有很多种可能性,别这么轻易地认命。"

齐雅娟呆呆地看着庄青楠,过了很久很久,混浊的眼睛里终于闪现出微弱的光亮。

"我……我还有机会吗?"她颤抖着手回握庄青楠,声线哆嗦得厉害,肚子里的孩子也像感受到母亲的激越心情似的,一个劲儿地撒欢,"我能行吗?"

"路是人走出来的,不试试怎么知道不行?"龚雨跟着把手覆上去,豪气干云,"你才多大?我们才多大?谁知道以后会变成什么样子?齐雅

娟，改改你这畏畏缩缩的毛病，好好为自己打算打算，别让我看不起。"

庄青楠手心朝上，稳稳地托住她们两个的手，轻声道："希望有一天，我们能在顶峰相见。"

她是幸运的。

她从吸血啖肉的原生家庭逃离，在林昭一家的保护下，一步步走向改变命运的转折点。

不过，相比起庆幸，她感受更多的却是惭愧，是不安。

就像从灾难中幸存下来的人，总是难以摆脱负罪感，觉得活下来是不应该的，幸福是沉重的。

她只能扛起这份负担，更努力、更拼命，义无反顾地冲出落后闭塞的小镇。

她要替齐雅娟和千千万万个困死在这里的她们实现梦想。

6. 士力架

六月七日早上。

高考的第一天。

庄青楠顶住高压，睡得还算踏实，醒来之后，也没有陷入焦虑情绪。

她洗了把脸，看着镜子里那个气色红润、双目明亮的少女，深吸一口气，开门下楼。

餐桌上摆着七八样早点，还有好几个小菜，显得格外丰盛。

林昭左手端着牛奶，右手端着豆浆，用脚轻轻把门踢开，看见庄青楠，眼睛一亮，笑道："青楠，这么早就醒了？怎么不多睡一会儿？"

不等庄青楠回答，他就把牛奶和豆浆放到她面前，让她挑选，又指着桌上的早餐说："听说碳水吃得太多，容易犯困，你少吃点儿面食，多吃点儿菜，待会儿我和爸妈一起送你去考场！"

庄青楠含笑点头，没有拒绝他们的好意。

今年的高考试卷比前几年都难。

语文的文言文阅读十分生僻，作文题目也出得刁钻，庄青楠快速浏览了一遍，听到旁边传来许多道叹气声。

她耐着性子一道一道题往下做，同时在脑海里构思作文，落笔的时候，写得虽然不算出彩，却中规中矩。

庄青楠没有提前交卷，踩着铃声离开考场。

林昭从人群中一眼认出她，紧张地冲过来，连声问："青楠，他们都说今年的卷子难，你考得怎么样？答完了吗？作文没跑题吧？涂答题卡了吗？"

"呸呸呸，乌鸦嘴！"郑佩英生怕林昭影响庄青楠的心态，把他拽到一边，搂着庄青楠的肩膀往外走，"考都考完了，还问什么？让青楠好好吃饭，好好休息，准备接下来的考试。"

庄青楠听话地钻进车后座，等林鸿文发动引擎，转过脸看向林昭，轻声说："别担心，我发挥得还可以。"

说来奇妙，全家最镇定的人，居然是她自己。

下午的数学考试，是庄青楠的强项。

试卷难到令人发指，她却连脸色都没变一下，提前答完，翻来覆去检查了好几遍。

进考场前，林昭怕庄青楠打瞌睡，往她嘴里塞了条士力架，说是可以补充体力，保持兴奋。

直到现在，庄青楠还能咂摸出巧克力的微苦和果仁的香甜，大脑也确实保持清醒，运转良好。

不知道是不是士力架的作用太大，这天晚上，庄青楠有点儿失眠。

她在客厅走来走去，低声背诵物理公式，很快惊动了林昭。

林昭"噔噔噔"地跑上楼，把小狗崽塞给庄青楠，又是煮牛奶，又是烧热水让她泡脚，还翻箱倒柜，找出一个薰衣草的香包，塞到她枕头底下。

"你搂着狗睡，我陪着你。"他搬来一个小凳子，坐在庄青楠的床边，把空调的温度调低，给她盖上毯子，"刚给它洗过澡，可香了，不信你闻闻？"

庄青楠依言嗅了嗅小狗的脑袋，果然闻到淡淡的洗发水香气。

她闭上眼睛，听到林昭小声哼唱出一首经典老歌，伴着轻缓的歌声、凉爽的温度、毛茸茸的触感，以及安神的花香，奇迹般地进入深度睡眠。

考完最后一门，庄青楠如释重负，脸上露出笑容。

郑佩英这才敢打听她考得好不好："青楠，心里有把握吗？要是考不上清北，省里重点也不错，千万别有压力。"

林鸿文说："不管结果怎么样，累了这么久，可得好好放松放松，你接下来有什么安排吗？要不要跟同学出去旅游？"

"阿姨，我上个重点应该没什么问题。"庄青楠谨慎地没有把话说得太满，又轻声回答林鸿文，"叔叔，我暑假没什么安排，打算在家里看看书、做做家务，再帮昭昭补补课。"

郑佩英喜形于色，高声说："好！好！上重点好！咱们家也出个大学生！不行，我得给你包个大红包，再安排一场升学宴！"

庄青楠急忙阻拦，林鸿文也用眼神阻止她，说："还是低调点儿好。

别瞪我,庆祝肯定要庆祝,我有个想法,回去再跟你商量。"

等待出分的间隙,庄青楠回学校参加毕业典礼。

她走进空无一人的教室,坐在熟悉的书桌前,抚摸着桌上的划痕,内心感慨万千。

这时,龚雨拿着高中毕业证悄悄走进来,笑道:"我一猜你就在这里。"

龚雨:"我要走啦。"她穿着条鲜亮的红裙子,身量高挑,艳光四射,对莫测的前路毫不畏惧,"我不想参加毕业典礼,没什么意思。庄青楠,祝你学业有成,事事顺心,我们有缘再见。"

庄青楠走过去拥住她,心中充斥着不舍和怅惘,低声道:"龚雨,多保重,好好照顾自己。"

"你根本不打算和林昭结婚吧?"龚雨贴近庄青楠的耳朵,和她说起悄悄话,目光有些狡黠,"他资质有限,配不上你。"

庄青楠的耳根变得热辣辣的,不知道是因为羞愧,还是慌张,顿了一会儿才接她的话:"我……我不知道。"

"不管你做什么决定,我都支持你。"龚雨张开手臂回抱庄青楠,紧接着洒脱地往后退,笑容明媚,"庄青楠,不要委屈自己,希望你早日拥有真正的自由。"

庄青楠心里一动,用力点头。

林昭端着单反找到庄青楠的时候,看到她孤孤单单地坐在教室里,给八音盒上紧发条,对着独舞的芭蕾小人,无声地掉眼泪。

他已经很久没见她哭过,见状心里一哆嗦,蹲在她脚边,急急忙忙地问:"青楠,你这是怎么了?谁欺负你了?"

庄青楠意识到自己的失态,连忙擦干眼泪,解释道:"我没事,龚雨走了,我心里舍不得,这才哭的。你不用上学吗?来这儿干什么?"

林昭的表情这才放松下来,举起单反相机:"我给你拍几张毕业照,留个纪念。"

他拉着庄青楠,在教室、走廊、操场、活动室留下一张又一张照片,又请路过的同学帮忙拍了张合照。

这是他和庄青楠的第一张合照。

照片里,他的脸红得好像下一秒就要着火,眼睛没看镜头,而是直勾勾地看着庄青楠。

庄青楠的神情比他自然得多,放松地看向镜头,像是把他当成背景里的花花草草、身边的路灯或球门,心湖不会因为他的存在生出半点儿波澜。

林昭看着照片愣了半天。

他后知后觉,意识到庄青楠即将迈入另一个世界。

那是庄严肃穆的象牙塔,是以他贫瘠的想象力无法了解的高等学府。

而他还停留在原地。

离别之时,即将到来。

林昭觉得自己的心一下子空了。

半个月后,高考成绩正式公布,庄青楠以"708"的高分,成为本省的理科状元。

消息很快传遍十里八村,庄保荣得知这个消息,激动得满面通红。

他叫上十几个亲戚,请来锣鼓队,由林素华推着,前往铜山镇"贺喜",打算借这个机会修复和庄青楠的父女关系。

没想到,一群人声势浩荡地来到林昭家门口,竟然扑了个空。

林鸿文和郑佩英早有预料,查到分数的下一刻,就提着准备好的行李箱,带着两个孩子出去旅游,避开所有的纷纷扰扰。

7. 芒果糖

这次以家庭为单位的旅行,和上次竞赛不同,林鸿文提前订好四张卧铺车票,带着众人进站乘车。

软卧有独立的包间,推拉门一关,所有噪音隔绝在外,舒服又私密。

林昭兴奋地甩掉背包,爬到上铺,来回摸索一遍,勾着脑袋对庄青楠说:"青楠,这床比我想象的宽,枕头也软和,这边还有放行李的地方呢!"

庄青楠从背包里拿出水杯、零食和水果,放到旁边的小桌子上,抬头说:"阿昭,时间还早,你下来坐会儿吧?吃不吃草莓?"

"吃!我去洗!"林昭像只灵活的猴子一样单手勾着护栏,右脚一蹬踏板,从上面荡下来,端着塑料盒兴冲冲跑出去。

"这孩子,就没个消停的时候。"郑佩英笑着摇了摇头,看向庄青楠,"青楠,你这次考得这么好,加上又快过生日了,我和你叔叔商量着,打算给你买个笔记本电脑当礼物,你有喜欢的牌子没有?"

庄青楠整理床铺的动作微顿,婉拒道:"阿姨,笔记本电脑太贵重了,而且,大一需要用电脑的地方不是很多,学校图书馆还有很多公共电脑,完全够用,还是不要买了。您和叔叔要是实在想给我过生日,就像去年一样,再给我买几本书吧?"

"图书馆的电脑毕竟不方便,笔记本电脑早晚要买,你就别跟我们客气了。"郑佩英拉庄青楠坐在身边,欣慰地拍了拍她的手,"青楠,你这么争气,我和你叔叔都觉得脸上有光。这次出来,你别考虑钱的事,痛痛快快地玩几天,也陪我们高兴高兴,行吗?"

"你就听你阿姨的吧。"林鸿文在一旁帮腔,"你想要什么书,把书

名发给我，我回去就买。笔记本电脑算升学礼物，书算生日礼物，这样好不好？"

庄青楠见他们两个态度坚决，实在推辞不了，只能松口："那好吧……谢谢叔叔阿姨。"

她正打算选一个便宜的笔记本电脑的牌子，林昭冷不丁从外面跳进来，笑道："妈，您要买就买个苹果的，贵是贵点儿，可配置高啊，拿出去特别上档次，质量也好，能用好几年。"

庄青楠急得拽了拽林昭的衣角："阿昭，别胡闹，我不要那么贵的。"

可惜，他们全家都有逆反心理。

庄青楠越说不要，郑佩英和林鸿文越心动，林昭把苹果的笔记本电脑吹得天花乱坠，三言两语就敲定下来。

庄青楠见木已成舟，暗暗叹了口气，什么话都没说，拿起水杯出去接水。

林昭紧紧跟上她，把她拉到车厢连接处。

他小心翼翼地看着她，问："青楠，你是不是在生我的气啊？我知道我不该自作主张，可你以后上了大学，既要用软件，又要写论文，太便宜的电脑卡得要死，真的不行……"

"我没生气。"庄青楠的声音有些冷淡，显然不愿意在这个话题上多聊。

她知道他是出于好心。

她只是被越积越多的债务压得透不过气，不知道什么时候才能还完，又没地方可以倾诉。

"真的没生气吗？"林昭半信半疑地低头观察庄青楠的眼睛，由于光线太暗，几乎贴上她的脸颊，"青楠，你别骗我……"

身后有人经过，他没站稳，往前一栽，两手慌慌张张地撑住玻璃，把她困在怀里。

庄青楠的身体变得僵硬，却没有挣扎。

林昭忘记自己刚才纠结的事，顺势拥住她，下巴搁在她的肩膀上，满足地长呼一口气："我好像已经很久没有抱过你了……"

庄青楠安静地望着对面。

火车高速行驶，把乏善可陈的景色远远抛下，偶尔和其他列车交错而过，快得连对面乘客的脸都看不清楚。

她渐渐恢复镇定，像以前一样轻轻拍了拍林昭的后背，动作带着似有似无的亲昵，小声说："热……阿昭，你还要抱多久？"

林昭红着脸放开庄青楠。

他抓抓脖子，挠挠后背，借傻笑掩饰内心的悸动："确实、确实很热……咱们快回去吧。"

在火车上睡了一夜，第二天早上，林昭透过车窗看见碧蓝的大海，激动得一嗓子把爸妈和庄青楠都喊了起来。

天气越来越热，再也没有比海边更适合旅游的去处。

庄青楠望着白色的沙滩、赭色的礁石和一望无际的海面，也觉得新奇，却没有表露出来。

下了火车，他们把行李放到宾馆，找了家不显山不露水的饭馆，享用正宗海鲜。

庄青楠已经学会剥小龙虾，却没见过外形奇特的皮皮虾，见林鸿文和郑佩英也束手无策，林昭更是被扎得直叫唤，这才定下心神，用手机搜索正确的吃法。

她照着讲解视频，用一根筷子贯穿皮皮虾的头尾，把坚硬的外壳整个拽下来，轻而易举地获得了满桌人的夸奖。

她隐约明白，她从湖里跃入大海，即将见到更大的世界，拥有全新的人生。

鱼儿或许不留恋湖泊，她却发自内心地感激他们给了自己一个坚固的避风港，希望以后能有机会偿还恩情。

与此同时，她也知道，过完这个暑假，她和他们大概不会再有这么长时间的相处机会了。

带着某种补偿的心思，庄青楠对郑佩英和林鸿文更加体贴周到，对林昭也更加纵容。

吃完饭，她到饭馆对面的水果摊称了几斤黄澄澄的芒果，给他们尝鲜。

郑佩英第一次吃芒果，被浓郁香甜的味道征服，赞不绝口。林昭舔干净手上的汁水，装出一副见过世面的样子，道："和我吃过的芒果糖味道差不多，青楠你说是不是？"

庄青楠笑着点头，打开地图导航，带他们去服装市场买泳衣。

男式泳裤样式单调，挑质量过得去的就行。

女式泳衣五花八门，庄青楠知道郑佩英不好意思露出身体曲线，选了一身三件套，外面的浅绿色纱衣宽松又唯美，给自己挑的是差不多款式的黑色。

"小姑娘穿这么暗的颜色干什么？咱俩应该换换……"郑佩英难以掩饰对纱衣的喜欢，在芭蕉叶图案上摸了又摸，口不对心地跟庄青楠商量，"还是你穿绿色，我穿黑色吧？"

"阿姨穿绿色好看。"庄青楠笑着把两件泳衣装进购物袋，挽住她的手臂，"咱们快去海边吧。"

郑佩英和林鸿文有意给两个孩子留下独处空间，一到沙滩上，就推说

要到处转转,和他们分头行动。

庄青楠在更衣室换好泳衣,用皮筋把长发绾起来,一开门,便看见光着上身的林昭。

他低头摸着腹肌,正在用力吸肚子拗造型,傻气中透着可爱。

"阿昭。"庄青楠抬脚踩上干净的沙子,微笑着呼唤林昭,"我们走吧?"

林昭闻言转过头,看清她的样子,瞳孔骤缩,小麦色的胸肌不受控制地突突跳动。

8. 榴莲盒子

平心而论,庄青楠穿得并不暴露,甚至偏于保守。

黑色的轻纱将她的大部分身体包裹起来,只露出修长的颈项、纤细的小臂和笔直的小腿。

可她本来就生得白,太阳一照,简直白得晃眼。

更不用说,林昭正处于血气方刚的青春期。

无论是挂在颈上的细吊带,还是被海风一吹便若隐若现的曼妙身形,全都带来强烈的视觉冲击,令他目眩神迷,浮想联翩。

"怎么了?"庄青楠察觉出林昭表情不对,疑惑地低头看了看自己,"有什么问题吗?"

"……没、没有。"林昭不敢多看,悄悄咽了咽口水,"青楠,你……你穿裙子的时候,比平时更漂亮。"

"可穿裙子不方便。"庄青楠说,"还是穿裤子好,既舒服又便于活动。"

"只要你喜欢,怎么样都好。"林昭偷偷瞟向她的脚趾,觉得她从上到下,每一个毛孔都无可挑剔,心里一会儿欢喜,一会儿惶恐。

欢喜是因为,她是他的未婚妻。

惶恐是觉得,自己没什么本事,越来越配不上她了。

林昭小时候淹过一次水,对大海有着本能的敬畏,没敢靠得太近。

他提着从地摊上买来的铁皮桶,蹲在干燥松软的沙滩上,用铲子堆沙堡玩。

"阿昭,这里的沙子太干了,没办法定形。"庄青楠鼓动他跟自己往海边走几步,"我们到那边挖湿的好不好?"

林昭看清庄青楠眼底的期待,按下内心的不安,乖乖点了点头:"好。"

海水有一搭没一搭地冲刷着海岸,看起来温驯无害。

林昭和两个七八岁大的孩子玩得不亦乐乎,在高处挖了个大坑蓄水,指挥他们提一桶又一桶海水上来,把坑灌满,又开辟了几个河道,往不同的方向引流。

他双手叉腰,欣赏自己的战绩,不忘分神留意庄青楠的动向。

庄青楠抬脚往海里走了两步,感受着波浪拍打脚踝的触感,看见几只海鸥在天空盘旋,拿出手机拍摄照片。

见状,林昭也从泳裤口袋里掏出手机。

她在拍海鸥。

他在拍她。

庄青楠拍够照片,弯腰寻找好看的贝壳。

林昭和孩子们挥手作别,大步追上她,小铲子在湿润的沙子上一戳一个坑,笑道:"喜欢什么样的?我帮你找!"

"我想要白色的。"庄青楠摊开白嫩的手,给他看手心卧着的贝壳,"越大越好。"

"没问题!"林昭一把抓住她的手,大着胆子往水里走去,又翻又挖,发现不少惊喜。

指甲盖大小的螃蟹正往沙子里钻,被铁铲惊动,举着两只钳子慌慌张张地逃跑。

蛏子惬意地冒出脑袋透气,林昭不知道是什么,一挖沙子,对方便迅速消失,他连着尝试了好几回,只揪出一段构造奇特的呼吸孔。

还有半死不活的海星、质地像透明果冻的水母、花一样绽放的海葵……

两个人兴致勃勃地观察着新鲜有趣的生物,都没有发现天色渐晚,身边的人越来越少,海水越涨越高。

直到庄青楠站不稳,从水里漂了起来。

"阿昭!"庄青楠意识到不对,抓住林昭的手臂,"好像涨潮了,我们快回岸上去!"

"涨潮?白天也会涨潮吗?"林昭缺乏基本常识,被庄青楠一提醒,变得比她还要紧张,"怎么办?我不会游泳!"

他看错方向,扑进水里,在庄青楠的惊呼中浮上来的时候,头发被海水彻底打湿,狼狈得像条落水狗。

大海涨潮的速度超出他们的想象。

稍一耽搁,海水便从胸口淹到肩膀。

"青楠……青楠!"林昭望着庄青楠惊慌的表情,意识到自己应该担起保护她的责任,深吸一口气,扑腾着游过去抱住她,"别怕!抱紧我!"

失重的感觉令人恐慌。

庄青楠本能地搂住林昭的脖子,像爬树一样攀到他身上,两腿缠住他

的腰，指着越来越远的海岸："阿昭，我们应该往那边走……"

"我知道。"林昭甩开双臂，双腿在水里乱蹬，怎么都碰不到地面，还连累庄青楠呛了几口水。

他和她湿淋淋地紧靠在一起，额发上的水珠不停往下坠，模糊了彼此的眼睛。

"怎么办？我……我好像过不去……"林昭连续尝试了好几次，累得张大嘴直喘气。

庄青楠捞出挂在脖子上的手机，打开防水袋，看到上面还有信号，喘息着道："阿昭，再坚持坚持，我打电话让叔叔阿姨找人帮忙……"

"不行。"林昭毫不犹豫地拒绝了这个提议。

两个人对视一眼，连话都不用说，便心意相通。

捡贝壳的主意是庄青楠出的，她打心眼里害怕郑佩英埋怨自己。

而林昭已经想到了这一层。

"先不用打电话，不至于……我肯定能带你回去，你相信我。"林昭稳住阵脚，看到不远处有一排红色的浮标，揉了揉眼睛，"青楠，你看那边是不是有东西？我没眼花吧？"

庄青楠回头看了看，面露喜色："没错，应该是用来警示的，好像一路连到岸上，我刚才过来的时候有印象……"

林昭大喜过望，一鼓作气游过去，抓住手指粗细的绳索，终于逃出生天。

"没事没事，有惊无险。"他笑嘻嘻地托稳庄青楠，一点点往回挪，"等咱们回去，记得对爸妈保密，就当什么都没有发生过。"

庄青楠紧紧地搂住他，低声道歉："阿昭，对不起，我不知道会这么危险……"

"又不是你一个人的问题，我也没有注意到嘛。"林昭的双脚踩到沙滩上，依依不舍地放下庄青楠，耳朵尖悄悄变红。

庄青楠后知后觉地感受到两个人的亲密，局促地拧干纱衣上的水，把皱巴巴的布料扯平，小声说道："我们……我们快回去找叔叔阿姨吧，他们该等着急了。"

这晚，庄青楠神色恹恹地喝着海鲜粥，林昭则几口干完一个榴莲盒子，又抓着剥好的榴莲肉，一块一块往嘴里塞。

林昭火力旺盛，榴莲又是热性水果，这么双管齐下，刚回宾馆，就狂流鼻血，连用了半包抽纸才勉强止住。

9. 翻糖蛋糕

庄青楠十九岁的生日，在海边的露天餐厅度过。

傍晚，她吹着潮湿的海风，闻着不远处传来的烧烤味道，看着林昭手捧蛋糕走到面前，迎着林鸿文、郑佩英夫妇的注视，闭目许下心愿，紧接着一口气吹灭所有蜡烛。

她希望自己的脚步再快些。

希望早日赚到足够的钱，解决人生的大部分烦恼。

"你许的什么愿望？"林昭坐到庄青楠身边，利索地切蛋糕、分盘子。

不等她回答，他就做了个"嘘"的手势，说："别告诉我！愿望说出来就不灵了！"

庄青楠笑着点了点头，借着温馨的气氛，开口说："叔叔，阿姨，我想跟你们商量件事。"

"你说。"林鸿文和郑佩英异口同声道。

"等上了大学，我想多锻炼锻炼自己，学着独立。"庄青楠斟酌着措辞，在不让他们察觉异常的前提下，竭力争取更多的自主权，"所以，入学报到的时候，能不能让我一个人去？"

"那怎么行？"林昭第一个不同意，"行李多重呀，你一个人怎么拿得动？再说，我还打算借这个机会去清大参观参观呢！"

郑佩英也说："我虽然没上过大学，也看过新闻，哪个大一新生没爸妈跟着？你想独立，我们支持你，不过也不急在这一时半刻。"

她顿了顿，想着今天是庄青楠的生日，退让一步："青楠，你要是担心耽误了家里的事，就让阿昭陪着。他再怎么不成器，给你跑个腿、搬搬行李还是没什么问题的，这样好不好？"

庄青楠连忙道："听说学校都会在火车站附近安排迎新车辆，也有很多志愿者帮忙，你们不需要担心行李的问题。"

她看向林昭，声音虽然温和，却带着某种不常见的坚持："再说，阿昭到时候也要开学了，高三不比高二，不能随随便便请假，要是影响了他的学习，我心里也过意不去。"

林昭张了张嘴，没有说话。

他的脑海里忽然冒出一个荒唐的念头——

庄青楠该不会觉得他上不了台面，不想让同学看见他吧？

郑佩英又劝了几句，见庄青楠不肯松口，对林昭说："阿昭的意思呢？你说句话呀！"

她有点儿着急，嫌林昭不够主动，不知道争取。

没承想，林昭闷头吃完一大块翻糖蛋糕，没精打采地说："青楠想自己去，就自己去吧，咱们别给她添乱。"

庄青楠悄悄松了口气。

事情已成定局，她重新露出笑模样，觉得海洋主题的蛋糕实在精致，白色贝壳的造型做得格外逼真，一颗颗滚圆的糖珠很像真正的珍珠，一时舍不得吃。

"不好吃。"林昭觉得自己被坑，小声跟她吐槽，"比奶油蛋糕贵一倍，又硬又腻，除了好看，一无是处。"

他说完这句评价，感觉像在骂自己，脸上变得讪讪的，心情更加低落。

"好看也是优点啊。"庄青楠不太认同林昭的观点，"阿昭，谢谢你，我很喜欢。"

"真的吗？"林昭眼睛一亮，从她的态度里找回几分勇气，直言发问，"青楠，我打算考个北京的大专，和你留在同一个城市，你觉得行不行？"

庄青楠沉默片刻，在郑佩英和林鸿文充满期待的注视下，望着林昭竖得尖尖的耳朵，模棱两可地回答："都可以啊，你想报哪所大学，就报哪所大学。"

林昭把这当成积极的回应，瞬间打满鸡血，拍拍胸脯道："好！放心吧，我肯定不会让你失望！"

旅行结束，庄青楠顺利拿到清大的录取通知书。

她抓紧时间给林昭补了一个多月的课，眼看报到日期将至，开始收拾行李。

庄青楠把记满账目的日记本放进行李箱夹层，整理着郑佩英这两年给她添置的衣服，发现一个箱子根本装不下。

"先带秋冬穿的，过年不是还要回来嘛。"郑佩英把新做的被褥抱进来，翻了翻衣柜，还觉得不够，"得再添两件大衣，还有毛衣、羽绒服，都该换新的。"

见庄青楠不大赞同，她苦口婆心地劝道："青楠，北京不比咱们这儿，那边有钱人多，穿得不好，容易被人看不起。大学也不像高中，跟个小社会没什么两样，该打扮得打扮，对了，我再给你买套化妆品，抽空教你化妆。"

庄青楠性子再清冷，也被郑佩英的无微不至感动，鼻子一酸，走上前抱住她。

"阿姨，您和叔叔对我的恩情，我这辈子也忘不掉。"她的肩膀微微颤抖，带出哭腔，"等我以后有能力，一定竭尽所能报答您。"

郑佩英慈爱地拍了拍她的后背，开玩笑道："什么报答不报答的，不觉得生分吗？咱们一家人还说两家话？"

庄青楠心里有愧，没敢接话茬，擦擦眼泪，用别的话题岔了过去。

临行这天，林昭依依不舍地把庄青楠送到火车站，抓着行李箱不肯撒手，问："你保证会给我打电话吗？"

"我保证。"庄青楠的耳朵快被他唠叨得生出茧子，好脾气地伸手和他拉钩，"给你留的那些卷子，你也要按时完成，有不会的就拍照发给我，我抽空给你讲。"

"你十一国庆是不是不打算回来了？"还没分离，林昭已经开始掰着手指头计算日子，"那下次见面就是过年，还有五个多月，总共是一百三十……不对，一百四十二天……"

庄青楠把行李箱接过去，笑着赶他走："阿昭，别算了，早点回家吧，记得帮我寄快递。"

郑佩英收拾的行李太多，她实在拿不了，就把没那么急用的留下，嘱咐林昭稍后快递过去。

庄青楠通过安检门，回头看了一眼，发现林昭仍然站在原地。

她乘坐电梯到了二楼，越过透明的玻璃往下看，他还是没走。

高高大大的少年像只呆头鹅一样高高昂着脖子，杵在进站口，时不时揉揉眼睛，也不知道是进了沙子，还是在掉眼泪。

她怔怔地看了他一会儿，抬头望向远处。

日落月升，层层叠叠的山峦被夜晚染成深浅不一的墨色。

山的深处，藏着给了她许多痛苦，也给了她许多慰藉的铜山镇。

她对这个地方怀有无比复杂的感情，憎恶又留恋，避之唯恐不及，又终身携带烙印。

无论如何，她用尽所有力气，终于离开这里。

她大概再也不会回来。

第八章 他们之间的距离

1. 生巧

陆和光是在新生报到的第一天认识庄青楠的。

身为学生会主席兼大二学长,组织迎新活动,是他的分内之事。

一大早,他游刃有余地带着众人布置好会场,正在落实细节,查漏补缺,听见负责登记的魏原说:"陆哥,来了个物理系的,你正经师妹。"

陆和光转过头,撞见一双清冷如山雪的眼睛。

他出身优渥,家里的长辈无论从军还是从政,无不身居要职,相对应的,人脉也广,从小到大见过的漂亮女孩有如过江之鲫,早就对美色免疫。

可他还是觉得面前的少女和别人不大一样。

她化着很淡很淡的妆,大概只打了个底、扫了下眉毛,乌黑的长发用皮筋扎成个低马尾,简单的白T搭配牛仔裤,脚上踩着运动鞋。

除了手腕上红绳和玛瑙编成的手链,再无其他配饰。

就是这么简约的打扮,竟无端端地令他觉得清爽。

好像连热辣辣的空气都变得柔和起来。

"你好,我是陆和光。"陆和光只恍了一下神,就扶了扶金丝眼镜,得体地伸出右手,向庄青楠做自我介绍,"我也是物理系的,比你高一届。"

他自问谈吐优雅,气质矜贵,一声"师兄"还是当得起的。

可庄青楠没有领会他的意思,冷淡地用指尖轻轻碰了他一下,道:"你好,我叫庄青楠。"

她把沉重的行李箱放到一边,低头认真地填资料。

陆和光习惯了众星捧月的关注,第一次遭遇冷落,微微皱了皱眉。

"你的书包重不重啊?可以先放下歇一会儿。"魏原是自来熟,热情地招呼学妹,"现在太早了,我们学生会安排的志愿者还没到位,你在这里等一等……"

"不用了，我自己拿得动。"庄青楠把表格填好，抬头看向充满历史厚重感的建筑物，"麻烦你告诉我接下来要办什么手续、路线怎么走。"

魏原一边给庄青楠比画路线，一边用眼神暗示陆和光。

陆和光只当看不见。

他是学生会会长，需要留在这里把关，不能擅离职守。

再说，干体力活难免狼狈，他需要保持完美形象。

直到庄青楠走远，魏原才感叹道："陆哥，这姑娘一个人过来报到，肯定爹不疼娘不爱，提的东西又重，怪可怜的，你怎么不搭把手啊？"

陆和光说："不可能，她脚上穿的鞋、提的行李箱都不便宜，用的手机还是苹果最新款，家里最差也是小康水平，你别想太多了。"

魏原一脸惊异："要么说你能当会长，这观察细节的能力，都快赶上福尔摩斯了！"

陆和光心里一惊，意识到自己露了痕迹，连忙转移话题。

他并非观察能力敏锐，而是懂得如何快速筛选身边的人，判断哪些人可以深交、哪些人不值得花费心思。

说直白点儿，他是擅长伪装的利己主义者。

只有这样，才能获得长辈们的赞许，在名利场如鱼得水。

至于很久很久以后，陆和光有没为这一天的傲慢感到后悔，就不得而知了。

一个月后，学生会开展纳新宣传活动，在人流量密集的餐厅附近设置了一个展位。

为了展现自己平易近人的一面，陆和光站在展架前，充当活招牌。

他的面容英俊儒雅、言谈幽默风趣，很快吸引了大一新生的注意，成为视线焦点。

陆和光驾轻就熟地配合着宣传部部长的手机，找好最佳拍摄角度，将堪称完美的左脸朝向镜头。

他耐心地回答新生们的问题，等他们报过名，又拿起单页，走到人来人往的马路上，主动介绍起来。

"同学，有意愿加入学生会吗？"陆和光拦住一个扎着低马尾的女生，把传单递给她，刻意施展迷人的低音炮，"不止能锻炼自己，丰富大学生活，还能在你的人生履历上添加浓墨重彩的一笔，要不要考虑考虑？"

女生抬起头，脸上闪过一丝不耐烦。

"是你？"陆和光对庄青楠印象深刻，见她经过半个月的军训也没晒黑多少，语气顿了顿，装出回忆了一番的样子，"你叫庄……庄青楠，对吧？"

他能记住她的名字，她应该感到荣幸。

庄青楠正在手机上浏览关于家教的招聘信息。

军训结束后，她第一时间把寻找兼职提上日程，这半个月在街上发过传单，在奶茶店打过工，由于薪水不够理想，开始搜寻更具性价比的工作。

"不好意思，我不认识你。"她对陆和光毫无印象，下意识地摆了摆手，"我对学生会不感兴趣，你找别人吧。"

陆和光的表情变得难看。

他想起宣传部部长开的是直播，连着学生会的官方账号，另一头不知道有多少老师和学生正在观看，后背隐隐渗出冷汗，拦住庄青楠不肯放人。

他用高大的身躯挡住她，压低声音说道："师妹，你就当给师兄个面子，在登记表上报个名，充充人数，去不去面试都没关系。"

陆和光瞥见庄青楠的手机屏幕，抓取关键字，急中生智，提出交易："你在找兼职是吗？你帮我个忙，我给你介绍靠谱的客户。"

他说完这句，立刻大声介绍起学生会的优势，语调抑扬顿挫，颇有播音员风范。

庄青楠半信半疑地看了眼陆和光，本着"死马当活马医"的想法，配合地走到展位前，登记个人信息。

当天晚上，陆和光兑现承诺，加上她的微信，推了个联系方式过来，配上简短的文字介绍：这是我爸爸的朋友王丰叔叔，最近正好在给他女儿找家教，你们联系一下。

庄青楠礼貌地回复：谢谢。

庄青楠没有参加学生会组织的面试。

家教工作倒是推进得很顺利，她走进装潢奢华的别墅，和挺着啤酒肚的中年男人聊了一会儿，见到打扮得像公主一样的小女孩。

小女孩拥有单独的钢琴房，吃的是她从没见过的高级生巧，午后的休闲活动是去马术俱乐部骑马，或者在私人庄园打高尔夫，含着金汤匙出生，赢在起跑线上。

庄青楠不卑不亢，落落大方地试讲了一节课，得到父女俩的认可，将工作细节敲定下来。

告辞的时候，王丰装作不经意间问了一句："青楠，你跟和光什么关系？很熟吗？"

庄青楠实话实说："不熟。"

王丰"哦"了一声，视线在她玲珑有致的身体上打了个转儿，笑容加深："行，路上小心，下周见。"

又过了一个月，就在陆和光以为，庄青楠的名字即将永远躺在通讯录里落灰的时候，他忽然接到王丰的电话。

王丰气急败坏的声音里带着难以掩饰的痛楚："和光，你赶紧、赶紧过来一趟！出事了！出大事了！"

2. 可乐糖

陆和光不明所以，穿上风衣，跟室友交代了一声，拿起车钥匙急匆匆出门。

他驱车赶到王丰家，按响门铃的时候，喉咙有些发干，心脏也跳得飞快。

过来的路上，他反复咀嚼着王丰嘴里的"出大事"，联系之前听过的桃色传言，设想了很多种可能碰到的场景。

比如，王丰对庄青楠见色起意，霸王硬上弓，发泄过兽欲才知道后悔，搬他善后。

又或者，庄青楠宁死不从，挣扎之中发生了什么意外，身受重伤……

毕竟，男性有着天然的体力优势，王丰又比庄青楠大二十多岁，有阅历有手段，怎么看都不可能吃亏。

可陆和光没想到，王丰顶着一脑门血出现在眼前，左腿还变得一瘸一拐，庄青楠却毫发无伤。

王丰强忍着气，拽住他的胳膊，挤出一个扭曲的笑容："和光，快，快劝劝你师妹，别让她报警！我就是跟她开个玩笑，她也太较真了！嘶——帮我包扎一下，我头晕……"

庄青楠戒备地站在客厅的另一角，高举着手机，屏幕上赫然敲着"110"三个数字，脚下散落着许多花瓶碎片。

只要她按下拨号键，这件不光彩的事就会升级为刑事案件，甚至在学校和社会上发酵成热点新闻，也难怪王丰害怕。

"王丰叔叔，您实话跟我说，您对庄青楠做了什么？"陆和光嫌恶地看着衣袖上的血渍，强忍着没有发作，从医药箱里拿出纱布，给王丰包扎脑后的血洞。

他先发制人，借责问王丰，降低庄青楠的警惕性："什么玩笑能闹成这样？您是不是打算欺负她？她是我介绍来的，还是跟我一个专业的师妹，您这样可有点儿不厚道了。"

王丰支支吾吾，半天都没把事情的原委说清楚。

庄青楠避开地上的碎片，走到沙发旁边，指着头顶的摄像头，提议道："会长，要不你把监控调出来，自己看看？"

她的脸色微微发白，声线却还镇定。

陆和光沉着脸，要过王丰的手机，打开监控软件，将时间拨回到两个

/ 171 /

小时前。

他看到庄青楠按时走进别墅，在客厅等了好一会儿，王丰的女儿都没有出现。

不止如此，负责做饭的阿姨和开车的司机先后找借口离开，紧接着，王丰醉醺醺地出现在画面中。

摄像头具有良好的收音功能，他听着王丰对庄青楠威逼利诱，语气油腻得像一条滑溜溜的蛇从身上爬过，感到生理和心理的双重不适——

"小庄啊，你正是花一样的年纪，自身条件又好，做家教能赚几个钱？叔叔给你指条捷径，你想不想走？"

"什么捷径？你看啊，你阿姨走得早，我一个人赚再多的钱，挣再大的家业，也没什么意思，彤彤又小，正是需要关爱的年龄，所以啊，我一直想着给她找个新妈妈……"

"外面的女人都是庸脂俗粉，我一个也看不上，只有你不一样，学历高、性格好，不爱慕虚荣，长得也漂亮，你看你来这些天，彤彤多喜欢你啊？小孩子最懂怎么看人，不会有错的。"

"你别急着拒绝嘛！要不咱们先接触接触试试？你别看我大你几岁，年龄大的男人会疼人，我还经常打球健身，体格不比那些年轻小伙子差！"

……

他说着说着，就要对庄青楠动手动脚。

庄青楠灵活地闪开他笨重的身躯，一边大声呵斥，一边往门口跑。

王丰被少女剧烈反抗的姿态刺激得满面通红，狞笑道："我已经把门锁上了，没密码打不开。小庄，你非要敬酒不吃吃罚酒，就别怪叔叔心狠手辣！"

庄青楠咬了咬牙，慢慢退回去，假装被茶几腿绊了一跤，跌倒在沙发里。

就在王丰解开皮带，饿虎扑羊一样压上去的时候，她眼疾手快地抄起桌上的花瓶，"咔嚓"一声给他开了瓢。

看到这大快人心的一幕，要不是立场敏感，陆和光几乎要为庄青楠鼓掌叫好。

他没想到，她看着柔柔弱弱，却能临危不惧，爆发出这么强大的力量。

陆和光收整心神，思索片刻，把手机还给王丰，面色变得比刚才还要严肃："王丰叔叔，证据确凿，您还有什么话说？"

他想，要是王丰能够听懂他的言外之意，就该立刻把监控录像清空，来个死无对证，再用权势震慑住庄青楠，尽快息事宁人。

当然，这么做对庄青楠不公平。

不过，此时此刻，他和王丰目的一致，都不想把事情闹大，所以，他

/ 172 /

们才是利益共同体。"

王丰眼睛一亮，还没来得及销毁罪证，便听见庄青楠说了一句："我这里还有一份录音，已经上传到云端保存了。"

王丰与陆和光面面相觑。

庄青楠看向陆和光，情绪不像刚才激动，说话也软和了些："会长，我还是主张报警。不过，这份工作是你帮我找的，你也是一番好意，闹成这样，我心里真是过意不去。"

陆和光既感觉庄青楠的话语里有几分嘲讽的意思，又敏锐地察觉出这件事还有协商余地。

他眉心微动，诚恳地道歉："师妹别这么客气，该说对不起的是我。你给我点儿时间，我跟王丰叔叔单独谈谈，尽量给你一个满意的交代。"

陆和光把王丰拉到旁边的餐厅，低声说："王丰叔叔，您在咱们这儿是有头有脸的人物，必须爱惜名声。事已至此，还是想办法私了吧。"

王丰和他的意见一致，却觉得面子下不去，阴着脸说："我是阴沟里翻了船，竟然栽在一个小丫头片子手里。就照你的意思，赔她……赔她两万块钱吧。"

陆和光几乎控制不住表情："两万？太少了吧？王丰叔叔，您别看她出来做家教，就认为她家里穷，她用的笔记本电脑都是苹果的，能把您的两万块钱看在眼里？"

王丰咬咬牙："五万，不能再多了！给她花这么多钱，太不合算！"

陆和光掩下眼里的鄙夷，单独出去，和庄青楠协商。

他的措辞十分含蓄："王丰叔叔已经意识到自己的错误，这是他自愿给你的精神补偿，希望你看在我的面子上，原谅他一回。"

庄青楠的缜密超出他的预料。

她接受了这个数额，却要求通过现金形式，在她指定的地方支付。

与此同时，她怕王丰秋后算账，整理了一份认罪书，让对方照着念一遍，承认罪行，全程录像。

作为旁观者和见证者，陆和光脊背隐隐生寒，与此同时，又难以自已地欣赏庄青楠。

他不知道她是不是有备而来，不知道这是不是一场天时地利人和的另类"仙人跳"。

但他清楚——这样的人物，比起做对手，还是发展成朋友为好。

陆和光跟庄青楠离开别墅的时候，已经是凌晨两点。

现在正值金秋，夜风卷起阵阵凉意，草木已有枯萎之相。

他脱下沾着血渍的风衣，整理好衬衫的袖口，抬腕看了看手表，提议

道:"师妹,这个时候回去,难免打扰室友休息,要不咱们找个地方坐坐,喝杯热饮?"

庄青楠犹豫片刻,点了点头。

这是她第一次凭自己的本事,和成年人交锋,并大获全胜。

她发现,跟文明人打交道,比野蛮人容易一点儿。

他们浑身都是心眼,却把面子看得大过天,像一只只纸糊的老虎。

她悄悄擦干手心的冷汗,为劫后余生感到庆幸,为意外之财感到兴奋。

两个人并肩走进二十四小时营业的便利店。

陆和光的目光在琳琅满目的货架上睃了片刻,选了两杯速溶咖啡,请店员帮忙冲泡。

庄青楠养成和林昭一样的习惯,直奔糖果区,难得放纵一次,买了一大包可乐糖。

陆和光讶异地问:"你们女孩子不都讲究抗糖吗?买这么多,吃得完吗?"

庄青楠撕开包装,递给他两颗,故作从容地说:"吃不完的话,回去可以分给同学。"

两分钟后,陆和光端着冲好的咖啡,走到靠窗的吧台前。

风衣本来搭在臂弯,他手一抬,便滑落在地,正好掉在庄青楠脚边。

庄青楠弯腰去捡,发现风衣口袋里滑出一盒药。

药盒上写着——

"盐酸帕罗西汀片"。

3. 香槟小熊软糖

陆和光的脸色变得煞白。

他劈手夺过药盒,捡起风衣,飞快地塞回口袋,按着衣襟的手因紧张而微微痉挛。

她发现了他藏得最深的秘密。

他通过吃药缓解焦虑的事,连亲生父母都不知道。

陆和光心神不宁地端起咖啡,手抖得厉害,连带着深褐色的液体剧烈摇晃,几乎洒出来。

冷静……冷静……

他一定有办法摆平庄青楠,继续维持完美人设。

然而,他绝望地意识到,他已经错过解释的黄金时间。

他表现得这么失态,这时候再说什么"替室友买的""陪师弟师妹做了个心理咨询",都像拙劣的借口,压根儿站不住脚。

陆和光用眼角余光观察庄青楠的反应,见她眸色沉静,若有所思,越看越觉得处境不妙。

他从惊慌转为愤怒,恨恨地想——

要不是被逼无奈,谁愿意吃这种苦得要命,还一大堆副作用的药?

天之骄子的身份看着光鲜,只有当事人知道,想要做得面面俱到,令所有人满意,需要付出多少努力,承受多少压力。

他常常觉得,自己就像拧紧发条的机器,没有一刻是放松的,举手投足求无可挑剔,连睡觉都要保持紧绷状态。

他跟着父母出去应酬的时候,看见那些家世显赫的长辈待人和蔼亲切,说话滴水不漏,偶尔会走神,猜测他们有没有另一张面孔,会不会发火、惊惧、哭泣,或者像身边的同学一样,做出擤鼻涕、打哈欠、放屁等不雅动作。

他年纪轻轻,便累得厉害。

发现自己有行为失控的倾向后,他忐忑了很久,害怕走漏风声,不敢向家人和朋友求助,更不敢去看心理医生,只能偷偷吃药。

陆和光渐渐压不住内心的戾气,变得有些狂躁。

修剪得整齐的指甲深深掐进掌心,他竭力与悲愤的情绪对抗,无暇分神关注庄青楠。

其实,如果他有上帝视角,便会明白,他想得太多了。

庄青楠之所以默不作声,一是和他不熟,没什么话好聊;二是因为,她正在专心品尝速溶咖啡的味道。

她没喝过咖啡,却知道咖啡根据配方不同,有很多种分类。

手里的这杯叫卡布奇诺,焦香四溢,口感丝滑,牛乳的甜味压过咖啡的苦味,对别人来说可能偏甜,对她则刚刚好。

庄青楠觉得,林昭应该也会喜欢。

她记下速溶咖啡的品牌,一口一口地慢慢啜饮。

过了好一会儿,陆和光终于勉强调整好表情,开口道:"师妹,刚才忘了问,你没受什么伤吧?"

"没有。"庄青楠剥开一颗糖放进嘴里,拿出手机,整理最近从网上下载的学习资料。

"你为什么刚上大一就出来做兼职,是为了体验生活吗?"他迂回地打探她的家庭条件,"你老家是哪里的?家里有兄弟姐妹吗?"

他想知道,她缺不缺钱,有没有什么弱点。

有所求就有所累,有弱点就好拿捏。

为了自保,他得赶快找到她的把柄。

庄青楠被陆和光的问题勾起许多不好的回忆,轻轻皱了皱眉,避而不答:"会长,我忽然想起我还有事,就先走了,改天再聊。"

她离开便利店,走过几条街道,找了家肯德基补觉。

陆和光一筹莫展,竭力安慰自己,庄青楠可能根本不知道帕罗西汀的用途,也不感兴趣。

他不该疑神疑鬼,反应过度。

然而,当天回去,他就做了噩梦。

梦里,庄青楠把他有精神疾病的事传得尽人皆知,学生会的几个干部提议撤掉他的会长职位,全票通过,没有一人反对。

他抱着脑袋,佝偻着身躯,在同学们的指指点点中逃离学校,连家门都没进,就被保镖押进车里,直接送到精神病院。

陆和光大汗淋漓地醒过来,迅速做出决定。

单从王丰一事的应对中,就能看出庄青楠有心机有本事,不是池中之物。

他不能怀抱侥幸心理。

他要把令自己身败名裂的苗头扼杀在摇篮中。

陆和光定了定神,给关系最好的魏原打了个电话。

"魏原,我有事麻烦你。"他用纸巾擦干脸上的汗水,戴上眼镜,轻轻揉按不住抽痛的太阳穴,"我……我喜欢上一个人,打算追求她,你经验丰富,帮我出出主意。"

没什么好怕的,把庄青楠变成女朋友就好了。

谈几个月恋爱,再跟她分手。

到时候,就算她出去乱说,有这一层关系在,他也可以气定神闲地说她是因爱生恨,造谣诽谤。

没人会信她。

这就是父权社会赋予他的优势与权力。

陆和光打定主意,对庄青楠展开热烈攻势。

他开始在图书馆频频制造"偶遇",和庄青楠坐在同一张桌子上,绅士地请她和她的室友喝咖啡,中午顺理成章地一起去餐厅吃饭。

他动用人脉,帮她联系了一家靠谱的培训机构,陪她过去面试讲师岗位,争取到不错的薪水。

陆和光见庄青楠的反应始终冷冷淡淡,充满距离感,心里有些着急,开始下大功夫。

他打了二十多通电话,找了好几个叔叔伯伯,大费周章,好话说尽,终于求来两个名额,带庄青楠参观平时从不对外开放的天体物理实验室。

果不其然，进入实验室的那一刻，他发现庄青楠的眼睛骤然亮了起来。很奇怪，他的心脏也急跳两下。

专业实验室比带有科普性质的天文馆更符合庄青楠的喜好，她目不暇接地看着一台台只在图片中见过的先进仪器，听着陆和光含金量极高的讲解，表现出少有的激动，和他低声交流起来。

陆和光被她的情绪所感染，不知不觉地沉浸到学术讨论中，直到参观时间结束，仍然意犹未尽。

离开实验室，坐进车里，陆和光想起自己的本来目的，从车后座拿出两张餐券和一盒包装精致的糖果，对庄青楠道："我给学生会新拉了个赞助，赞助方送了很多西餐券，分你两张，圣诞节的时候，可以跟朋友一起过去尝尝。这个软糖是别人送的，我不爱吃糖，放着也是浪费，你顺手帮我解决了吧。"

他装模作样地查了查日历，暗示她道："我圣诞节还没安排，你呢？"

庄青楠看着透明盒子里躺着的香槟色小熊软糖，沉默片刻，说："我还没想好，到时候再说吧。"

陆和光碰了一鼻子灰，却没感到失落。

大概是他已经渐渐了解她的性格。

她不是针对他。

她对每个人都这样。

他开车往回走，经过学校门口的时候，庄青楠的上半身忽然往前倾，眼眸微微睁大。

"会长，麻烦停一下车。"她不等汽车停稳，就解开安全带，抓起随身物品跳了下去。

陆和光惊愕地看着平时沉稳持重的庄青楠快跑几步，冲到一个傻里傻气的男生面前。

男生炸着一脑袋浓密的头发，穿着土气的黑色棉服、破洞牛仔裤，手里捧着一大束玫瑰。

巧合的是，玫瑰的颜色，也是香槟色。

4. 提拉米苏

庄青楠定定地看着林昭，胸口微微起伏。

这几个月，她拿地理上的距离当借口，顺理成章地减少和他的联系。

她想，青春期的男孩子没有定性，激情来得快，去得也快，等两个人的感情慢慢变淡，他说不定会被别的女生吸引，改变原有的念头。

可他的存在感还是很强烈。

/ 177 /

他每天都给她打电话，事无巨细地汇报自己的动向，谈论身边发生的趣事。

要是她正在忙，他就识趣地结束通话，改成发图片和文字消息。

庄青楠发现，再次见到他，自己比想象中高兴。

"阿昭，你怎么忽然过来了？"庄青楠拿出手机看了看，没有未接电话和未读消息，"不用上学？家里没出什么事吧？"

"没有！家里没什么事！"林昭吃力地把目光从她身后的豪车上移回来，按下心底的疑问，露出一个笑脸，"你前两天不是说，今年要在这边做兼职，可能不回去过年吗？我爸妈不放心，让我请几天假，过来看看你。"

他把玫瑰花塞到她手里，耳根隐隐发红："我……我想给你个惊喜，所以没提前打招呼，没耽误你的正事吧？"

他本来想送红玫瑰的。

可红玫瑰很容易令人联想到爱情，太直白、太露骨，他怕庄青楠不喜欢，临到包装时又改了主意。

香槟玫瑰好看且不会出错，他买了整整二十朵。

"不耽误。"庄青楠第一次收到鲜花，颇有些手足无措，摸了摸鲜艳娇嫩的花瓣，正打算带林昭找地方落脚，听见身后传来脚步声。

陆和光不动声色地打量着林昭，掩下眼底的轻视，得体地伸出右手："你好，我是青楠的师兄陆和光，请问你怎么称呼？"

林昭刚才就在悄悄猜测豪车的主人，这会儿见陆和光衣冠楚楚，隐有贵气，对庄青楠的态度又带着说不出的亲昵，立刻警铃大作。

他越紧张，越想不起该怎么践行成人世界的社交礼仪，不自在地抓了抓头发，又挠了挠后颈，短促地说："我叫林昭。"

他很想说——我是青楠的未婚夫。

可他不敢。

那一张用金钱换来的契约，成为两个人之间的雷区，她不点头，他不敢随随便便提起。

陆和光的手定在半空中，没有得到回应，也没有得到在意的答案，困惑地看向庄青楠："青楠，不介绍介绍吗？"

"……是关系很好的朋友。"庄青楠的表情有些窘迫，答完这一句，拉住林昭的胳膊，带着他往学校里面走，"会长，今天的事谢谢你，再见。"

陆和光盯着庄青楠牵着林昭的手，心里很不舒服。

林昭也对这个答案不大满意，却敢怒不敢言。

直到走进校园，林昭才不高兴地问："他是谁啊？你为什么叫他'会长'？你今天没课吗？坐他的车去了哪儿？"

/ 178 /

他问完一长串问题,觉得自己像在查岗,仓促地往回找补:"青楠,我没别的意思,就是担心你的安全。你不记得电视剧里演的吗?那种戴细丝眼镜,看着道貌岸然,还经常笑眯眯的男的,没几个好东西。"

庄青楠被林昭逗笑,指着不远处的学生餐厅:"你还没吃晚饭吧?我们边吃边聊,好不好?"

林昭这才腾出心思欣赏大学校园,下意识地发出惊叹:"你们学校好大、好漂亮!不愧是全国数一数二的大学。餐厅的饭好吃吗?贵不贵?我妈每个月给你打的生活费够不够用?"

他紧跟着她打饭,时间造成的距离感迅速消失,话又变得多起来:"青楠,我想不通,你为什么要做兼职啊?既要学习,又要赚钱,多累啊?身体撑得住吗?别人上大学都是来享受生活的,你怎么就不能跟他们一样放松放松呢?"

"阿昭……"庄青楠轻轻叹了口气,给他要了一大份卤肉饭,又加了两个鸡腿,"我不想一直花叔叔阿姨的钱。"

林昭愣了愣,陷入沉思。

庄青楠一边慢条斯理地吃饭,一边跟林昭解释自己与陆和光的关系。

她没说王丰动手动脚的事,报喜不报忧,替陆和光说话:"陆会长为人比较热心,很照顾学弟学妹,对每个人都面面俱到,不像你想的那么坏。"

她拿起陆和光给的西餐券晃了晃:"这是他分给大家的,你来得正好,我们明天过去试试吧?"

林昭内心酸气冲天,总觉得陆和光居心不良。

他接过西餐券看了两眼,泄愤似的道:"吃!我还没吃过西餐呢,正好长长见识!"

吃完饭,庄青楠和林昭在大学校园里一边散步消食一边聊天。

林昭震惊于学校的古朴大气,自惭形秽的感觉越来越强烈。

用脚趾头想想也知道,大专和名校一个地下一个天上,压根儿不能比。

他和她的差距越来越大,渐渐变成鸿沟天堑。

林昭心口直发紧,忽然停下脚步。

他用力握住庄青楠的手,手心几乎沁出汗水。

"怎么了?累了吗?"庄青楠没有察觉林昭的不对劲,看了看四周,带他走到主路上,"先找家宾馆休息,明天再慢慢逛吧?你这次打算待几天?"

"周五、周六、周日三天,坐周日晚上的火车回去。"林昭闷闷地回答。

庄青楠和林昭连问了三家宾馆,里面全都爆满。

林昭觉得匪夷所思:"我特地错开元旦高峰来的,怎么现在人就这

么多?"

"因为明天是平安夜,后天是圣诞节啊。"庄青楠照着地图导航,往偏僻一点的旅馆走,"阿昭,别着急,我们再找找。"

林昭不知道大城市流行过洋节,暗暗咋舌,又有点儿高兴:"这么说,我这次算是来对了,正好陪你过节。"

庄青楠担心林昭夜里饿,路过蛋糕店的时候,拐进去买了一小块提拉米苏。

他们在一个叫"如意宾馆"的地方抢到最后一间大床房。

林昭拿出身份证登记信息,看见一对小情侣黏黏糊糊地从旁边经过,臊得脸皮通红,后背跟针扎似的又刺又痒。

"两个人都要登记。"女服务员向庄青楠索要身份证。

庄青楠迟疑地问:"我不过夜,也需要登记吗?"

服务员像是听多了这样的借口,嘴角浮现出暧昧的笑容,说:"只要上楼,就得登记。"

庄青楠看向林昭,犹豫自己要不要现在离开。

林昭日思夜想,好不容易才见到她,当然舍不得她走,眼巴巴地商量:"上去坐一会儿吧?我还有好多话没跟你说。"

他又指了指她手里的小蛋糕:"还有蛋糕,看着很好吃的样子,咱们一起吃。"

庄青楠终于心软,从包里找出身份证,交给服务员。

她一进门,就被林昭从背后紧紧抱住。

"别动,抱会儿,就抱一小会儿……"林昭的语气带着哀求,更多的是藏不住的思念与渴望。

"青楠,见不到你的日子,真的好难受。"他扁着嘴,像是要哭,"我终于知道高三是什么人间地狱了,学校发的卷子永远做不完,听力永远听不懂,大题永远答不上来,真不知道你当时是怎么熬过来的。

"你给我发的答案很详细,讲得也很耐心,可我就是理解不了,我太笨了,我太蠢了……"他箍着她纤细的腰身,弯腰低头,把下巴搭在她肩上,语气沮丧至极,"青楠,你会不会嫌弃我?"

庄青楠抬手摸摸林昭的脑袋,理顺凌乱的短发,声音里带着不常有的温柔:"怎么会呢?也不能全怪你,有些题目确实得面对面才能讲清楚。正好这次有机会,我抽时间多给你讲讲你不懂的题,再画一下重点吧。"

林昭的低迷情绪在她一声一声的安慰里渐渐平复,不好意思地抽了抽鼻子。

他放开她之后,打开行李箱,一件一件往外拿东西:"你给我爸淘的古籍，给我妈寄的颈椎贴，他们都很喜欢，这是我爸托朋友买的新疆大枣，这是我妈熬的牛肉酱、给你织的围巾，还有这个……"

林昭觉得晚上的卤肉饭不顶饱，把行李箱推到庄青楠脚边："你慢慢看，我吃口蛋糕。"

他打开包装盒，用叉子叉起一小块，肢体语言快过脑子，先喂给庄青楠。

庄青楠也没多想，张开嘴唇吃了进去。

直到看到林昭用自己碰过的叉子剜起第二块送进嘴里，她才觉得不合适，脸颊微热，问："好吃吗？"

"好吃，这下面的饼干带点酒味儿，挺特别的。"林昭舍不得吃完，从中间分成平均的两半，只吃自己这一边，"你们宿舍管得严吗？最晚几点回去？"

"不严。"庄青楠坐在床上，把林昭带来的礼物收拾好，见他的衣服乱糟糟地缠成一团，顺手帮他整理收纳。

宾馆隔音不好，不一会儿，薄薄的墙板另一头传来暧昧的动静。

林昭坐立不安，抓起一件厚外套，给庄青楠开门："青楠，走，我送你回宿舍。"

庄青楠低头走出去，还没被走廊的穿堂风吹透，厚实的衣服就披在了肩上。

林昭把庄青楠送回宿舍，又在外面晃了半天，估摸着那对小情侣折腾得差不多，才敢回宾馆。

然而，他低估了久别重逢的激情，进屋的时候，正好赶上第二场亲热。

林昭既觉隔壁的男生说话肉麻，又忍不住在手机的备忘录上做笔记。

"宝贝""心肝""老婆""乖乖"，无论哪个词套在庄青楠身上，都足够让他心跳加速，浑身发烫。

他越听越上火，怎么都睡不着，又冲进厕所冲凉。只见昏黄的灯光下，少年赤身裸体地站在洗手台前，肩宽腰窄，臀翘腿长，漂亮的小麦色皮肤包裹着恰到好处的肌肉，朝气蓬勃，充满青春和力量的美感。

他即将迈入十八岁，各项生理指标全都达到成年人的水平。

林昭一夜无眠，早上自然起不来。

庄青楠有早睡早起的习惯，加上林昭难得来一次，打算好好招待他，不到七点就从宿舍出来，买好早饭，到宾馆叫他起床。

林昭把庄青楠放进屋，光速缩回暖和的被窝里，哈欠连天，赖床道："青楠，让我再睡会儿，再睡一小会儿。"

"昨晚是不是没睡好？"庄青楠觉得宾馆条件过于简陋，叹了口气，帮他掖好被子,"没事,你睡吧。我上午一二节没课,不着急。"

林昭迷迷糊糊地握住庄青楠的手,用力往被子里拉:"空调好像坏了,别冻感冒,我给你暖暖……"

庄青楠被他拽得上半身倒在床上,手心变得热烘烘的,轻轻往回缩了缩,没能挣开,也就任由他拉着。

她靠着枕头一角,怔怔地看着林昭俊俏的面孔,没多久困意上来,竟然陪着他睡了个回笼觉。

林昭是被痒醒的。

他睁开眼,发现整张脸埋在庄青楠的乌发里,鼻孔被细软的发丝搔得直想打喷嚏。

林昭咬紧后槽牙,强行忍住强烈的痒意,痴痴地欣赏着庄青楠恬静的睡颜,嗅着她身上传来的冷香,连眼睛都舍不得眨。

他呆看了半天,才想起掀开被子,把她整个裹在里面。

他鬼使神差地由平躺改为跪坐,俯身慢慢凑向她粉润的唇瓣。

距离庄青楠仅剩几厘米的时候,她的睫毛开始颤动。

林昭心虚地转过头,盯着雪白的墙,情急之下没话找话:"青楠,你看这家宾馆的墙面糊得多平,刷得多白?"

意识到自己这个话题实在奇怪,又没有听到庄青楠的回答,他硬着头皮往回圆:"你还记得我卧室的墙吗?挨着书桌的那面不是受潮了嘛,墙皮全都翘着。我给你打电话的时候,管不住自己的手,没事就抠,抠得掉了一大片,地上全是灰,我妈扣了我一个月零花钱。"

当然,郑佩英的原话说得比这个难听。

她骂他在床上扭成蛆,把墙抠得跟生了牛皮癣似的,说他比旺财还会拆家。

庄青楠"扑哧"轻笑一声。

听到她的笑声,林昭如蒙大赦,露出两颗小虎牙,说:"青楠,你昨天不是问我,今天想去哪里玩吗?我想好了,我想跟你一起去上课。"

他顿了顿,小心翼翼地问:"可以吗?"

其实,他恨不得一天二十四小时和她黏在一起。

"当然可以。"庄青楠眼底笑意未散,觉得被他暖热的被窝实在舒服,一时舍不得起身,"只要你不觉得无聊。"

5. 焦糖布丁

第三四节正好是通识课,林昭跟着庄青楠混进大教室,坐在最后排,一点儿也不显眼。

头发花白的老教授讲起课来，比高中的数学老师还能催眠，他坚持了五分钟就哈欠连天，脑袋一歪，靠在庄青楠胳膊上进入梦乡。

庄青楠的两个室友傅菱和宋琼枝坐在过道另一边，好奇地打量着这个突然出现的男孩子。

她们见林昭睡得口水直流，毫无形象，向来不和别人多交流的庄青楠竟然任由他枕着手臂，整整一节课连动都没动一下，不由得暗暗称奇。

林昭被下课铃声吵醒，伸了个懒腰，见庄青楠的羽绒服袖子湿了一大片，俊脸一红，连忙从口袋里掏纸巾给她擦拭。

娃娃脸的傅菱见状"扑哧"笑出声，小声问："喂，你是青楠的弟弟吗？从老家过来找她玩？难怪她一大早就不见踪影。"

宋琼枝的性格比傅菱更开朗，调侃道："是弟弟还是男朋友？怎么从没听青楠提起过你？"

"不是……不是弟弟。"林昭臊得连耳根都红了一大片，偷偷瞄了眼庄青楠，藏好真实想法，沿用她昨天的说辞，"我们是好朋友。"

"好朋友？"宋琼枝挑挑眉，半开玩笑半认真地和庄青楠商量，"青楠，我能跟他交换一下微信吗？你不介意吧？"

庄青楠还没说话，林昭就吓得举起双手，在空中挥出残影："别！别！别开这种玩笑！我没带手机，不是，我没注册微信！"

傅菱和宋琼枝自觉发现了什么了不得的秘密，叽叽咕咕笑成一团。

"……别闹了。"庄青楠无奈地看向她们，话语里带出维护林昭的意思，"傅菱，琼枝，阿昭这次过来得仓促，明天又是周末，没时间跟你们正式介绍。等他下次过来，让他请我们宿舍的人一起吃饭吧。"

傅菱和宋琼枝对视一眼，心照不宣地点点头，不再逗弄林昭。

按照宿舍夜谈时订下的规矩，无论谁谈恋爱，都要请室友吃大餐。

庄青楠主动说出这样的话，意思很明显——

林昭不只是她的好朋友，还是男朋友呢。

林昭听不懂庄青楠的弦外之音，只知道赞同她的所有决定，拍着胸脯保证："没问题，下次我请客！"

他正陪着她们说话，看见教室门口闪过一个人影。

男人的头发用发胶打理得整整齐齐，鼻梁上架着金丝眼镜，盯着他的眼神阴恻恻的，充满敌意，身上穿着深灰色的羊绒大衣，里面搭配着偏正式的西装马甲三件套，好像一点儿都感觉不到冷。

林昭眯了眯眼睛，不甘示弱地瞪回去，趁庄青楠不注意，龇出两颗雪白的尖牙。

他的直觉没错，陆和光果然不是什么好东西。

/ 183 /

至少对庄青楠不怀好意。

庄青楠抬起头的时候，陆和光已经消失不见。

她对平静水面下的暗流无知无觉，带着林昭上了四节课，参观过图书馆，又马不停蹄地奔向校外培训机构，教十几个学生学英语，忙得像一枚永远不会停下的陀螺。

林昭近距离感受着庄青楠的快节奏生活，一边心疼，一边佩服。

他虽然还不太明白，她为什么这么拼命地赚钱，却尊重她的意愿。

与此同时，他暗暗下定决心，等他考上大学，来到北京，也要像她一样在外面做兼职。

如果他用自己赚的钱给她买礼物，带她出去玩，她一定会很开心。

直到晚上八点，庄青楠的学习和工作才告一段落。

她抱歉地对林昭笑了笑，收拾好教案，带他往外走："阿昭，我查过那家西餐厅的路线，离这里有点儿远，我们坐地铁过去。"

林昭第一次坐地铁，乖乖地跟着庄青楠买车票、过安检。

他看不懂花花绿绿的路线引导图，稍微走慢两步，险些被人群冲散，吓得连忙追上庄青楠，紧紧牵住她的手。

"北京每天都这么多人吗？"林昭好不容易赶在最后一秒挤进车厢，目之所及全是黑压压的脑袋，脚背时不时被人踩一脚，忍不住皱紧浓眉。

他把庄青楠拽到略微宽敞些的角落，艰难地转了个身，用手臂和胸膛护住她："青楠，我不在的时候，你还是打车吧。这么挤着太难受了，我都快喘不上气了。"

"也不是每天都这样，可能大家都出来过平安夜了吧。"庄青楠见车门开启，环住林昭的腰，避免他被下车的乘客带出去，"打车不但贵，还容易堵在路上，没有地铁方便。"

半个小时后，林昭乘坐电梯来到地面，置身于繁华的商圈中，瞳孔倒映出闪烁的霓虹和辉煌的灯火，鼻子闻到了美食的香气，耳朵灌满嘈杂的人声和车声，受到强烈冲击。

"青楠，你看那棵树！"他觉得眼睛不够用，指着路对面一棵高达三层楼、挂满彩灯和礼物盒的圣诞树，表情变得兴奋，"那是真的松树吗？好大！好漂亮！"

"应该不是。"庄青楠领着林昭走天桥过马路，顺便给他指了指不远处的地标性建筑，"下次带你去那边转转。"

林昭经过西餐厅的旋转门时，差点儿被夹住，看到一楼大堂摆着个会弹钢琴的机器人，惊讶得走不动路。

他不知道雪白的餐巾该怎么用，像围兜一样披在毛衣领口，直到庄青楠小声提醒，才慌慌张张地拽下，学着她的样子铺在腿上。

醒酒器更是新奇玩意儿，他把细颈的玻璃器皿当成花瓶，还好奇餐厅为什么连朵鲜花都舍不得插。

等到摆盘精致的西餐端上来，林昭手持刀叉，不熟练地切来切去，刀刃刮在餐盘边缘，发出刺耳的响声。

他听到身后传来窃窃私语，那对打扮入时的年轻男女似乎在笑话他是乡巴佬，不由得红了脸，想起这一晚上的不合格表现，失去所有胃口，慢慢把餐具放下。

"阿昭，怎么了？"庄青楠见林昭刚才还一脸兴奋，这会儿却像被霜打蔫的庄稼，脸上露出疑问，"是用不惯刀叉吗？我帮你切。"

她伸手过来端盘子，被他摇头拒绝。

"不是……"林昭从小不愁吃穿，没有为钱的事操过心，今天却品尝到自卑的滋味。

"青楠，"他觉得颈后压着重物，脑袋不自觉地低下去，说话吞吞吐吐，"我……我不该来这儿的，我不会吃西餐，白白浪费你一张券，还给你丢人。"

庄青楠沉默片刻，眼神变得温柔。

她的声音像柔和的春风，轻轻吹拂到他脸上，令他产生落泪的冲动："这有什么？我要不是在机缘巧合之下，听了一节关于西餐礼仪的讲座，也不知道该怎么用刀叉。凡事总有第一次，我慢慢教你，你慢慢学，练的次数多了，自然熟练。就算真的学不会，用筷子夹、用手抓，又能怎么样？要知道，规矩是死的，人是活的。"

她顿了顿，见林昭依然没什么精神，笑道："你记得你第一次带我去市里的时候吗？我那时候不知道在肯德基怎么点单，不知道怎么往抓娃娃的机器里塞游戏币，你跟我说实话，你当时在心里笑话过我吗？觉得我丢人吗？"

"怎么可能？"林昭睁大眼睛，有些着急，"我怎么会笑话你？我……"

他明白了她的意思，认真地想了想，重新高兴起来："青楠，你说得对，我永远不会笑话你，你也不会嫌弃我。你再教我一遍，我好好学。"

这家西餐厅比庄青楠想象的高档很多，各色菜肴流水一般地端上桌，火候拿捏得很好，摆盘也漂亮。

她和林昭边吃边聊，气氛融洽，话题有趣，身体和精神得到了彻底的放松。

晚餐的尾声，服务员送来两份布丁。

喷枪喷出炽热的火焰，把布丁表皮的细砂糖烤得焦黄，也把林昭吓了

/ 185 /

一跳。

他惊奇地嗅了嗅布丁，在上面舔了一口，满足地道："好吃！"

庄青楠心血来潮，端起布丁和林昭"碰杯"，笑道："阿昭，圣诞快乐。"

她想起元旦近在眼前，他的生日也相距不远，补充道："提前祝你元旦快乐、生日快乐，礼物我到时候寄给你。"

闻言，林昭的眼睛变得亮晶晶的，中气十足，声音响亮："青楠，希望你每一天都快乐！"

在西餐厅的角落，坐着一个身穿羊绒大衣的男人。

亲眼看到自己精心安排的约会，便宜了另一个人，他恼怒地抓起餐巾纸揉成一团，手背上暴出道道青筋。

6. 牛奶巧克力豆

周六，庄青楠带林昭去了天坛公园、雍和宫。

雍和宫是雍正皇帝做亲王时的宅邸，也是乾隆皇帝出生的地方，被称为福地。

据说在这里求事业和学业最灵验。

庄青楠替林昭许了个"学业有成"的愿望，恭恭敬敬地朝着文殊菩萨拜了三拜。

林昭不明所以，跟着鞠躬，心里惦记的却是自己和她的姻缘。

两个人回到学校的时候，已经是下午六点。

吃过晚饭，庄青楠把笔记本电脑带到宾馆，一边和林昭沟通学习方面的障碍，一边整理高考的重点难点。

她具备丰富的备考经验，见林昭越答越磕巴，满脸苦色，索性教他死记硬背，又像准备中考一样，押了十来道大题，嘱咐他把这些题目涉及的知识点吃透。

庄青楠忙完这些事，抬起眼睛，发现窗外一片漆黑。

她起身准备回宿舍，被林昭一把拉住。

他语气低落："青楠，你今天晚上能不能不走？"

"还有不到二十四个小时，我就要回去了，下次见面，不知道又要等多久……"他知道自己这个请求有些过分，却实在克制不住内心的贪恋，手臂越收越紧，"我舍不得你，想跟你多待一会儿，多说几句话……"

庄青楠发现，自己很难说出拒绝的话。

林昭一再保证绝不会越雷池半步，为了获取庄青楠的信任，从前台要了一条被子，连牛仔裤和袜子都没脱，老老实实地坐在床角。

"要不是天气太冷，我就打地铺了。"他把自己裹成一只大号的蚕蛹，只露出蓬松的头发和俊俏的面孔，示意庄青楠躺下休息，"青楠，你们宿舍比这里暖和吧？"

庄青楠看出林昭打算在床上坐一夜，于心不忍，便陪他一起坐着，轻声回答："是暖和点儿。"

两个人有一搭没一搭地聊着天。等到夜深人静时分，庄青楠问："阿昭，你困不困？"

"我不困，我一点儿都不困。"林昭觉得时间像长着翅膀，飞快地从眼前溜走，打定主意就这么一直看着她，等上了火车再补觉，"青楠，你困了吧？别管我，你先睡。"

庄青楠用宾馆提供的一次性牙刷把牙齿刷干净，又洗了把脸，和衣躺进被子里。

窗帘拉得严严实实，屋子里只亮了一盏台灯，亮度调到最低，光线并不刺眼。

她闭目休息了一会儿，再睁开时，看见林昭闭着眼睛，弯着腰，脑袋往胸前一点一点，已经进入半梦半醒的状态。

他所在的床角并不靠墙，身后没有倚靠，不知道梦见了什么，盘在一起的双腿用力往前蹬，身体后仰，眼看就要掉下去。

庄青楠眼疾手快地扶住林昭，吓得手心发冷。

林昭迷迷糊糊地看了她一眼，整个人被浓重的困意笼罩，把刚才的决心忘得一干二净，两手顺势搭在她的腰上，往床上一歪，呼呼大睡。

少年高大的身躯半压着庄青楠，虽不算重，却也不轻，脑袋枕着她的颈窝，嘴巴微张，不住往她脸上呼气。

庄青楠无奈地扯开自己的被子帮他盖好。

她以为自己无论如何也睡不着的。

可他身上暖烘烘的，像一颗稳定散发热量的小太阳，规律又绵长的呼吸声格外具有感染力，没过多久，她就觉得眼皮重如千钧，进入了香甜的梦乡。

第二天早上，林昭先一步醒来，看见自己像八爪鱼一样死死巴在庄青楠身上，胳膊还横在她的胸口，唬得脸色发白。

他忙不迭收回手脚，察觉到庄青楠有清醒的趋势，一把捞起地上的被子，光速恢复原位，坐在床角一边伸懒腰一边说："青楠，早啊，昨晚睡得好吗？"

庄青楠看着他装模作样地演戏，也不拆穿，唇角微微翘起："还可以。"

林昭心里再怎么不舍，离别之时还是不容拒绝地到来。

他站在火车站的进站口，手里紧捏着火车票，眼圈发红，双脚像抹了胶水，不肯往里挪动一步，嘴巴唠唠叨叨："青楠，你今年真的不回家过年了吗？要不我过来陪你吧？明年我高考的时候你有空吗？暑假呢？"

他真恨自己功课繁重，没办法每周末都往这边跑一趟，没办法像那些异地恋的小情侣一样，攒厚厚一沓火车票。

他以为见她一面，便能够抵消多日以来的思念，没想到在一起的时候越开心，分别的时候越是牵肠挂肚。

更不用说，还有一个情敌在旁边虎视眈眈，随时准备插足。

庄青楠把满满一大袋零食递给林昭，袋子里有瓜子、锅巴、旺旺雪饼、火腿肠，还有一包卡布奇诺速溶咖啡，一桶花花绿绿的牛奶巧克力豆。

她笑着推他进去："你别想那么多了，回去好好学习才是正事。上车给我发微信，在车上别睡太沉，快到站的时候，我打电话叫你。"

林昭鼻子酸得厉害，俯身使劲儿抱了抱她，强忍着眼泪说："青楠，你等着我，最晚明年夏天，我一定过来跟你会合，以后咱们再也不分开了。"

庄青楠含笑向林昭挥手。

目送他通过安检，她轻吸一口气，转身离开。

她不知道，林昭跑到二楼，趴在玻璃上找了她很久，最后满脸失望地转过身，一步三回头地走向检票口。

庄青楠被陆和光堵在宿舍门口。

"青楠，我们找地方聊聊吧？"平时最注重形象的男人，此时竟然流露出几分狼狈，目光焦灼，脸色阴郁，连衬衣顶上掉了一颗纽扣都没有察觉。

他不肯接受现实，不肯相信自己纡尊降贵地追求一个女生，竟然撞到铁板。

为了确定庄青楠和林昭真的只是朋友关系，他冒着被发现的风险，跟踪了她整整三天。

结果呢？

在他面前冷若冰霜的庄青楠，和外地来的傻小子谈笑风生、举止亲昵，像是变了个人。

更离谱的是，她昨天晚上竟然夜不归宿！

这对他而言，是奇耻大辱。

他忘记并不纯粹的动机，失去及时止损的理智，被愤怒和嫉妒的情绪裹挟，不顾旁人的看法，冲动地找上门，打算问个明白。

庄青楠像是对陆和光的到来并不意外。

"好的,我正打算过去找你。"她围着郑佩英织的天蓝色围巾,穿着白色的羽绒服,脸颊冻得红扑扑的,乌发像云一样散在肩上,气质清冷,神态从容,"我请会长喝茶吧?"

听见庄青楠的回答,陆和光眉心微动,冷静了点儿,开始怀疑这是她自导自演、欲擒故纵的把戏。

他无声地冷笑了一下,和庄青楠来到学校附近的茶馆,走进安静的包间,要了一壶陈年普洱。

陆和光压住质问的念头,看着玻璃器皿里翻腾的茶叶,先发制人:"你找我有什么事吗?"

"会长送我的那两张西餐券,值不少钱吧?"庄青楠从包里取出一张硬质的卡片,放在桌上推给他,"礼尚往来,这是给你的回礼。"

"不用跟我客气。"陆和光越看越觉得庄青楠可疑,皮笑肉不笑地拿起卡片,"这是什么?"

他看清上面的大字,惊得几乎从椅子里跳起来。

庄青楠送给他的,是一张名片。

上面写着——国家一级心理咨询师徐芳。

7. 嘉应子

陆和光将名片扔回桌上,惊疑不定地环顾四周,低声喝问:"庄青楠,你这是什么意思?"

庄青楠端起玻璃杯,喝了一口热茶,平静地和他对视:"会长,自从我们认识,你帮过我很多次——给我介绍兼职工作、在我和王丰之间调停、带我参观实验室……

她顿了顿,加重语气,道:"我很感谢你,但我不喜欢欠人情。"

庄青楠在这一刻忽然意识到,她正在悄悄长大,渐渐具备了在成人世界生存的能力。

起码,她不再像十四五岁的时候畏畏缩缩,对复杂的人际关系一筹莫展。

和林昭一家朝夕相处的两年里,她懂得分辨什么是伪善,什么是真正的善良,得到了远远超出自己想象的关爱,不至于被陌生人的小恩小惠打动,草率地做出判断。

"我问你到底是什么意思!"陆和光肉眼可见地变得狂躁,抬手扯开衬衣领口,凸起的喉结快速滚动,声音从牙缝里挤出来,"你打算用这张心理医生的名片还我人情吗?这种名片,写字楼的垃圾箱里多的是!对我有什么用?"

"还是说……"他撕下斯文外表，两手抓住桌沿，起身逼近庄青楠，双眼布满血丝，"你骂我是神经病？"

"会长误会了，徐芳医生在业内相当有名，你稍微打听一下，就会知道，她的名片没那么容易拿到手。"庄青楠并未被陆和光的情绪影响，镇定地向他解释，"培训机构里的一个学员和她是远房亲戚，我通过这层关系，辗转联系上她，购买了六个小时的线上咨询服务，只要打这个电话，就可以预约咨询时间。"

她含蓄地暗示他："线上比线下更能保护隐私，徐芳医生又比较理解患者的顾虑，支持匿名咨询。"

陆和光愣了愣，听明白庄青楠的言外之意，意识到自己别有用心的追求行动早就被她看透。

他在她面前就像个一丝不挂的小丑，还自以为是地进行着浮夸的表演，背诵着做作的台词，时不时露出一脸假笑。

十分盛怒转瞬消减成三分，剩下的七分全是羞耻。

"我……我不需要做心理咨询。"陆和光的面孔涨得通红，左手却下意识地把名片压在掌下，明显已经被"匿名线上咨询"的形式打动。

高大的身躯往后退了退，他连庄青楠的眼睛都不敢看，拿出蹩脚的理由："如果你是因为那盒药片，对我产生误会，也算情有可原。那盒药是我给一个朋友买的，他有轻微的抑郁症。"

"是这样吗？"庄青楠平静地看着陆和光，眼里没有鄙视，只有真诚。

她沉默片刻，轻笑道："那是我理解错了，真不好意思。不过，钱都已经付过了，又不能退，会长就帮我转交给你的朋友吧，别浪费了。"

陆和光的脸庞变成血红，颊侧更是重灾区，像被火烧着了似的，辣得生疼。

他把名片紧紧捏在手里，失去巧舌如簧的看家本事，好半天才讷讷地回了一句："谢谢。"

"会长，我们的身体和精神都会生病，这是很正常的事，有病就去看病，没必要讳疾忌医。"庄青楠给陆和光续了一杯茶，低头看了眼林昭发来的消息。

她回了几个字才往下说道："不过，你放心，你朋友的事，我不会到处乱说的。一来，我和他不认识；二来，我没那么闲；第三，伤害别人，对我没有好处。"

"所以——"她斟酌着措辞，低声道，"你不需要在我身上浪费时间和金钱。"

这段时间，陆和光对她的关心和照顾，很多人都看在眼里，宿舍夜谈的时候,室友们常拿这件事善意地开玩笑,她对感情再迟钝,也不可能毫无察觉。

没错,他绅士、体贴、有分寸,处处用心,挑不出毛病。

但她始终保持着清醒。

她不相信无缘无故的喜欢,更不会做灰姑娘嫁给王子的白日梦。

她在室友面前变相承认和林昭的关系,也包含着让这场闹剧就此打住的用意。

陆和光听明白自己这是被发了好人卡,急道:"你误会了,我不觉得是浪费,接近你也不全是为了……为了……"

至少,他为她今晚表现出的聪慧与得体而心折,而发自内心地感到惭愧。

他收起所有轻视之心,重新认识她,认真地思考和她成为人生伴侣的可能性。

庄青楠抬手阻止陆和光往下说,咽下最后一口热茶,起身道:"会长,我的话说完了,今天就到这里吧。如果你的朋友觉得徐芳医生的专业能力不错,打算继续购买咨询服务,又不方便付款,可以联系我。"

"为什么你喜欢的人偏偏是林昭呢?"陆和光拦住她,眼中流露出强烈的不甘心,"我看不出他有哪里特别。"

要是林昭的条件和他差不多,也就算了。明摆着处处不如他,为什么能够幸运地获得庄青楠的垂青?

庄青楠用眼神提醒陆和光言行失当,垂下眼皮想了想,说:"我们之间的情分,外人无法理解。"

陆和光盯着庄青楠远去的背影,思索了很久,终于下定决心。

他不会放弃的。

他不信庄青楠和林昭能走到最后。

他有耐心,他可以等。

林昭回到铜山镇之后,把在北京的见闻挂在嘴边,到处炫耀。

庄青楠给他买的零食,他当宝贝锁在柜子里,一天往外拿一点儿,连咖啡都要多兑一倍的水,分成两杯喝。

"青楠,我妈熬的牛肉酱你吃着怎么样?要不要再给你寄两瓶?"林昭连着视频,一边做卷子,一边分神和庄青楠聊天。

庄青楠在另一头看书,还没抬头,傅菱便冒出来:"好吃!我们从没吃过这么好吃的酱!姐夫,你多给我们寄点儿,我们帮你好好照顾青楠!"

庄青楠连忙插上耳机,无奈地推了推傅菱:"什么姐夫?别乱叫。"

手机屏幕上，林昭正捂着脸上下揉搓，耳朵尖红到发亮，双脚在地上狂蹬，害羞得一个字都说不出来。

几天后，新做的牛肉酱和一大包衣服寄了过来，快递箱的最底下还塞了一个崭新的玻璃糖罐，用气泡膜包得严严实实。

庄青楠已经能够凭自己本事赚钱，郑佩英打到卡上的生活费一分没动，每个月还能往里存一笔。

有钱就有底气，她不再像以前一样束手束脚，而是养成了和林昭一样的囤糖习惯，这会儿把书桌上、柜子里的糖果收拾了一遍，竟然装了小半罐。

最近，庄青楠最喜欢的是嘉应子。

用白糖和少许药材腌渍过的李子，包成糖果的形状，看起来很大一颗，入口既能提神醒脑，又有回甘。

含在嘴里不嚼的话，能吃半天。

她嚼着这种酸甜滋味，继续规律又忙碌的生活，看着银行卡里的钱越攒越多，几乎是一眨眼的工夫，就到了年关。

与庄青楠的感受不同，林昭痛苦地挣扎在书山题海中，还要饱受思念折磨，担心会不会被陆和光挖墙脚，总觉得度日如年。

直到放寒假，他才能够稍微松一口气，睡几天懒觉。

腊月二十八，在外面打工的耗子体体面面地回来，穿着西装，戴着手表，提着公文包，像是混得不错。

他一到家，就在镇上最高档的饭店订了个包间，叫几个发小过去聚聚。

林昭欣然前往。

8. 波板糖

林昭走进包间的时候，发小们已经到了一大半，耗子站在主位，热情地给大家发烟。

林海坐在他左边，林应坐在门口，其他几个人也挑好了位置，只剩三个空位——

耗子右手边、林应右手边和林海左手边。

"我不坐你这儿，开门的时候冷。"林昭见林应有拉他就坐的意思，缩了缩肩膀，抬脚往林海的方向走去，"我跟大海坐一起。"

"阿昭来啦！"耗子一改之前的胆小畏缩，嗓门洪亮，举止利落，又有齐整的衣服衬托，竟然显得清秀起来。

他挪开旁边的椅子，拍了拍椅背："来来来，这个位置是专门给你留的！"

林昭连连摇头："都是兄弟,我坐那儿多不合适?耗子,别拿我开涮。"

他跟着林鸿文出去应酬过几回,知道主位的右边是上座,生怕待会儿他们起哄灌自己喝酒,大步走到林海旁边,一屁股坐下去。

耗子的表情略有些僵硬,嘴角抽动了一下,什么都没说。

"耗……博远刚刚说了,他现在也是有头有脸的人,不希望咱们继续叫这个外号。"林海低声提醒林昭。

林昭愣了愣,扭头看向耗子。

"没事没事,都是自家兄弟,阿昭想叫就叫。"耗子快速调整好状态,笑着打圆场,"只要你们在外面给我留点儿面子就行了。"

服务员很快把凉菜热菜端上来,又开了几瓶价格不菲的白酒,给众人斟上。

"博远最近在哪儿发财呀?"林应见耗子出手阔绰,好奇地发问,"我记得去年你跟着你小叔在市里搞装修,现在改行了吗?"

耗子正愁没人给他递话题,闻言立刻眉开眼笑,放下筷子,道:"那可不!要么说阿应是文化人,眼睛就是毒!咱实话实说,搞装修能赚几个钱?我就是把自己累死,也攒不够盖房的钱。"

他彻底打开话匣子,从公文包里掏出名片夹,拿出一沓黑底烫金的名片,从林昭开始,给发小们发了一圈,指着上面的公司名称说:"我今年遇到一位姓钱的贵人,就是这个源美生物科技公司的大老板,现在跟着他干。"

接下来的时间里,耗子极力吹嘘钱老板的高瞻远瞩、阔绰大方,说他特别重视药品研发,手握多项专利技术,全国各地都有分公司,员工加起来将近一万人,在南方买了十几栋别墅,坐拥上百辆豪车。

"我们最近主推的产品叫'美智粉'。"耗子从桌底下拿出七八个包装精美的礼盒,不急着发给众人,而是打开其中一盒,向他们展示里面整齐排列的五个小药瓶,"这个东西需要搭配专门的营养液服用,女人喝了美容养颜,男人喝了益气壮阳,老人喝了延年益寿,正在读书的孩子坚持喝上一个月,学习成绩一定会出现大幅度的提升。"

"真有这么神?"有点儿斗鸡眼的刘晨不太相信,"要真像你说的这么好,得卖多少钱?"

耗子伸出手掌,来回翻了一下。

"一百?"刘晨惊讶地问。

耗子的笑容带着难以言喻的自信笃定:"一千。"

所有人都被这价格吓了一跳。

"你刚说的营养液呢?那个多少钱?"林应问道。

"那个五百。"耗子居高临下地观察着众人的反应，干瘦的手掌在礼盒上轻轻摩挲。

"我知道你们在想什么。你们是不是觉得我疯了？是不是觉得这么贵的价格，只有傻子才会买？这就是钱总的厉害之处了，他先让内部员工免费试用，初步建立对产品的信心，紧接着给我们提供少量的产品，让我们送给亲朋好友体验。"

他指着自己的脸，现身说法："你们还记得我脸上的青春痘吗？我爸妈带着我看了多少医院、试了多少偏方，全都没用，脸还越治越烂，直到喝了这个美智粉，我的皮肤才慢慢好起来，再也没有复发过。"

喜欢占小便宜的曾献小声道："要是免费送给我们的话，我带回去让我妈试试。"

林海显然更关心实际利益，问："博远，你卖一盒美什么粉，能赚多少钱？"

耗子回答道："到了钱总那个位置，早就不在乎赚钱多少，他只想尽可能地把这么好的产品推广开来，造福大众，也算是给他自己做功德。所以，他对员工非常大方，每卖一盒，我能从中间提三成，也就是三百块钱，加上配套的营养液，总共四百五十块钱……"

曾献一脸震惊："这么多？"

"你听我说完。"耗子脸上现出走火入魔的狂热，"钱总还鼓励我们积极发展下线。打个比方，阿昭是我的下线，他卖出去的产品，不止他能提三成，我还能再提两成，如果他把大海发展成下线，我又能从大海那里提一成，以此类推……"

他最后总结道："所以，只要你发展的下线够多，完全可以躺着拿钱，提前退休。"

林昭听得晕晕乎乎，压根儿算不过来账，只大概知道耗子赚钱不少。

他带着美智粉和一小瓶营养液回去，丢给郑佩英，钻进卧室睡大觉。

没想到，短短的十几天时间，耗子带来的美智粉，在铜山镇掀起不小的风浪。

赶上过年，镇上的闲人多，爱占便宜的人也多，一听说这什么堪比十全大补药的东西不要钱，一窝蜂地往耗子家挤。

也不知道是心理作用，还是药粉确实有效，他们很快将疗效传得神乎其神——王大姐家的傻孩子忽然会说话了；林二哥那饱受老寒腿困扰的爷爷连拐杖都不用了；吃多少壮阳药也没反应的吕三叔竟然金枪不倒了……

就连郑佩英也经不住姐妹们再三怂恿，兑了一杯悬浊液喝下，第二天早上对着镜子左看右看，问林鸿文道："老林，你看我皮肤是不是变白了？"

我怎么觉得还有点儿发亮呢？"

她又说："耗子那孩子小时候看着贼眉鼠眼，长大了却变得这么有出息，真是让人想不到。我听他姑说，他给他爸妈各包了一万块钱的大红包，对亲戚家的孩子也大方，压岁钱一给就是五百八百，他姑打算等过完年，让他带着两个表弟一起去那个什么公司上班。"

林鸿文哼了一声："说得钱跟大风刮来的一样，我看都是歪门邪道，不靠谱。"

"你这人太迂腐，不知道变通，一点儿也跟不上时代。"郑佩英翻了个白眼，继续照镜子臭美，"要是青楠在家就好了，她从来不扫我的兴。要不我买两盒给青楠寄过去，支持支持耗子的工作？"

说曹操，曹操到。

耗子提着两盒美智粉进门，笑道："叔叔、婶子，我来找阿昭说话。"

"来就来，还拿什么东西？"郑佩英连忙叫林昭出来待客，接过礼盒，语气热情，"我正打算找你买两盒呢，等着啊，我去拿钱，再给你们做几道好吃的菜，中午在家吃饭。"

耗子礼貌地道谢，等郑佩英离开，抬头看向林昭。

林昭刚睡醒，头发往一边炸着，眼皮还有点儿睁不开，一边伸懒腰一边道："去我屋坐吧，要不要打两局游戏？"

"我早就戒游戏了，还是赚钱重要。"耗子环住林昭的肩膀，小声问他，"阿昭，美智粉的效果你看到了吧？我没骗你吧？怎么样，要不要跟兄弟一起发大财？"

林昭惊讶地看着耗子，抬手指指他，又指指自己："啊？我？别别别，我还要参加高考呢！"

"你的水平我知道，考不上什么好大学。"耗子不以为然，"上个大专有什么用？学不到东西，到了社会上，稍微像样点儿的公司也不认这个，白交几万块钱学费，何苦呢？"

他把声音压得更低："实话跟你说，我两个表弟、大海还有曾献，都打算当我的下线，跟着我干。不过，这份工作也没看上去简单，脑子要活，嘴巴也得能说，像大海那种嘴笨的、曾献那种眼皮浅的，不一定能干好，咱们几个发小，我看只有你有天赋，适合干这行。

"我们从小穿一条裤子长大，我记得小时候，你妈给你买了根比脸还大的波板糖，我馋得流口水，你二话没说就递到我嘴边，咱们你一口我一口地吃了一下午，这份交情没的说。"

耗子拍着胸脯向林昭保证："阿昭，你放心，只要你愿意跟我走，我想办法跟钱总争取，让你跟我平级，进去就当三级经理，往后一步步往上

升,不出两年,肯定是公司的业务骨干。到时候咱们也买豪车,买大房子,开大游艇,你给青楠买个大钻戒,让她风风光光地嫁给你。"

林昭被耗子情真意切的话语感动,犹犹豫豫地说:"你让我考虑考虑,我过两天给你答复。"

耗子点点头,说:"行,我订了后天下午的火车票,在那之前,你给我句准话。"

吃完午饭,耗子刚走,林昭就给庄青楠打了个视频电话。

他既想赶快到北京和庄青楠团聚,又不可避免地被金钱诱惑,害怕错过千载难逢的发财机会,实在拿不定主意,想问问她的意见。

听完林昭的叙述,庄青楠扶住额头,哭笑不得。

9. 糖莲子

"阿昭,你把美智粉和营养液的包装盒拿过来,看看上面的批号。"庄青楠迎着林昭殷切的目光,轻声道。

"哦,好。"林昭乖乖地把一大一小两个盒子拿进卧室,低头认真寻找,"青楠,你说的批号是一串数字吗?"

庄青楠点点头,说:"对,你看看数字前面标的是什么,是'国药准字'吗?"

"不是啊。"林昭将美智粉的礼盒放在画面正中,贴近摄像头,"上面写的是'国食健字',是什么意思啊?这不是药吗?"

庄青楠心中的猜测得到证实,面色变得严肃:"没错,这是保健品,不是正规药品。"

林昭着急起来:"保健品?那他们说的疗效都是骗人的吗?完了,我妈还喝了两瓶,会不会出事啊?"

"你先别慌,保健品虽然不具备治疗作用,一般也不会对身体造成损害,不然,耗子的公司早就出事了。"庄青楠耐心地跟林昭解释,"你可以把它理解成我们小时候喝的营养冲剂,少量服用,基本不会有什么影响,不过,价格卖这么贵,实在是有点夸张。"

她顿了顿,为了避免他被耗子骗走,直言道:"而且,耗子说的销售模式,比较像新闻里报道过的传销,非但不是长久之计,如果组织的人员过多,经手的资金数额过大,弄不好要坐牢。"

林昭听得目瞪口呆:"这可怎么办?耗子说他买了后天下午的火车票,打算带四五个人一起走,大海也不打算继续上学了,说要跟着他赚大钱。"

他急得额头上全是汗,再也坐不住,在屋子里来回转圈:"你说,耗子是不是也被蒙在鼓里啊?他跟我从小一起长大,话说得那么真,把我感动得都快哭了，应该不可能故意骗我吧？"

庄青楠不好说林昭朋友的不是，沉默片刻，道："阿昭，你要是直接问他，肯定问不出什么的。无论他是知情，还是不知情，既然已经从中尝到甜头，绝对不可能收手。"

她轻声劝说："这件事，你自己心里清楚就行了，让阿姨别再浪费钱。拒绝耗子邀请的时候，说话委婉点儿，不要和他撕破脸。"

林昭一一答应下来，脸上却依旧心事重重。

挂了电话，他寻思了一会儿，直奔林应家，见耗子送给林应的美智粉和营养液都塞在储物架最底下，问："阿应，耗子来找过你吗？大海和曾献要跟他一起走你知道吗？"

"他没找过我，大概知道我不会跟着他一块干。"林应正坐在床上看书，见他进来，把书放下，表情似笑非笑，"阿昭，你不会也被他说动了吧？"

"我没有！我才不跟着他骗人！"林昭说完这句话，渐渐回过味儿，瞪向林应，"你早就看出来他在搞什么小动作？那你怎么不提醒我？还是不是朋友了？"

林应摇摇头："我没提醒你吗？那天吃饭的时候，我让你跟我坐一起，你听了吗？非往他们跟前凑，拉都拉不住。"

林昭睁大眼睛："不是，你、你……你是不是太高估我的智商了？跟我打哑谜，我能看懂吗？有话直接说不行吗？"

他伸手拽林应下床："既然你什么都知道，快跟我去耗子家，好好跟他说说，让他别再干这种缺德的事！大家在外面辛苦了一年，赚点儿钱不容易，要是都这么五百一千地买他的美智粉，也太吃亏了！还有，大海和曾献也不能跟他走！"

"我私底下劝过大海，他不听，没办法。"林应挣开林昭的手，表情有些不赞同，"阿昭，你不缺钱，我不会放弃高考，这才是咱俩没有上当的原因。可大海他们不一样，这些天，大海给耗子打下手，看着他一盒一盒地往外卖产品，帮他数钱数到手软，那种金钱带来的吸引力太大了，你跟他说什么都没用。"

他说出跟庄青楠相似的话，语气却比她凌厉："俗话说，挡人钱财如杀人父母，他们铁了心要出去赚钱，八头牛也拉不回来。我劝你一句，不要多管闲事。"

林昭愣在那里。

他隐隐约约地意识到，林应和庄青楠，和陆和光，是一样的人，聪明、理智、成熟，懂得独善其身，深谙社会规则。

/ 197 /

只有自己是个怪胎。

是个笨蛋。

林昭回到家,一头钻进卧室,整整两天没有出门。

他把庄青楠的提醒转达给郑佩英,郑佩英虽然半信半疑,却停止服用美智粉,把剩下两个还没拆封的礼盒折价卖给朋友。

耗子将公司总部寄过来的产品销售一空,留下自己的联系方式,笑着跟父老乡亲们承诺,以后如果有新产品推出,一定优先为他们申请免费试用。

他把十几万货款存进银行,满面春风、志得意满,带着两个表弟和三个发小直奔火车站。

林昭骑着摩托车,在半道追上他。

"阿昭,你终于想通了?"耗子见到林昭,更加高兴,"怎么没带行李箱?没事,要是缺什么东西,到公司再买也一样。"

"我不跟你走。"林昭指指林海、曾献和染着头黄毛的林飞,"要是还认我这个兄弟,把他们仨给我留下。"

耗子脸上的笑容消失,皱眉问:"你这是什么意思?"

林飞脾气冲,嚷嚷道:"阿昭,你不敢出去打拼也就算了,没人笑话你,可你干吗挡我们发财的路?"

林昭怒吼一声:"他搞的是传销你们知道吗?"

林海和曾献正要上前劝说,听清他的话,疑惑地看向耗子。

"从哪儿听来个新词,到处乱用。"耗子嗤笑一声,满脸的不以为然,"我们是直销,不是传销。阿昭,阿应那么聪明,都没指责过我,你比他厉害吗?你分得清直销和传销的区别吗?"

林昭梗着脖子道:"我是没阿应聪明,可我们家青楠比他聪明,青楠说你们这样的模式就是传销!"

耗子恼怒地道:"一个娘们懂什么?我早就看不惯你了,瞧你这点儿出息,张口'青楠'闭口'青楠',早晚被女人骑在头上!"

林昭撂下摩托车就扑上去,抡圆胳膊照耗子脸上挥了一拳,用他平生听过最脏的话骂人。

林飞见瘦瘦弱弱的耗子被林昭骑在身下,揍得脸上像开了染坊,青一块紫一块,急得从后面勒住林昭的脖子,大叫道:"住手!你给我住手!林昭你疯了吗?"

曾献也过来拉他,反被他推倒,摔了个四脚朝天。

耗子的两个表弟胆子小,不敢上前拉架,只知道在旁边瞎叫唤。

林海举棋不定,拿不准该帮谁,直到场面乱到不可开交,才硬着头皮把林飞提起来,拦住林昭。

昔日的兄弟反目成仇,斗得跟乌眼鸡没什么两样。

耗子捂着鼻子,挡住汹涌而下的鼻血,气急败坏地指着林昭叫:"绝交!绝交!狗咬吕洞宾,不识好人心!老子瞎了眼才把你当兄弟!"

林昭搓了搓被林飞勒红的脖颈,难受地吐了吐舌头,不甘示弱地说:"绝交就绝交!你想死,没人拦着你!等你被警察关进监狱,判个十年八年,别求老子给你送饭!"

林昭最终没能拦住曾献和林飞,只留下了林海。

林海也没承他的情,阴着脸坐上摩托车后座,下车的时候说:"阿昭,我今天完全是为了给你面子。可你有没有想过,我考不上大学,家里也帮不上什么忙,参加完高考只能出去打工,连个媳妇儿都娶不上,后面的日子该怎么过?"

林昭哑口无言。

他回到家里,由于脸上有伤,不敢给庄青楠打视频,只能通过语音聊天。

"青楠,我做错了吗?"林昭把这半天的经历和盘托出,大受打击,语气低落,"事实证明,你和阿应说的才是对的,没人领我的情,连大海都在埋怨我。"

他倒出一把糖莲子,一股脑儿塞进嘴里,本想调节一下心情,不知道哪颗莲子的芯子没有去干净,甜里夹杂着苦涩,脖颈又泛着火辣辣的疼,难过得几乎哭出来。

庄青楠轻轻叹了口气,心口变得酸软,柔声道:"你没做错,至少你改变了大海的一生。阿昭,我觉得你很了不起。"

林昭的心情奇迹般地好转,觉得自己原先的感觉并不全对。

庄青楠和林应,和陆和光,和世界上的每一个人都不一样。

她就是她,无人可以替代。

不过,耗子说的话并不是全无道理。

他吸吸鼻子,含着莲子的碎渣,声音压得很低,像在跟庄青楠分享一个不好意思跟别人提起的秘密——

"青楠,我想清楚了,考个大专确实没什么用处。我……我打算努努力,考个二本,你觉得我能行吗?"

10. 陈皮丹

林昭紧张地听着电话那头的呼吸声,觉得自己像一个被针尖戳破,正在慢慢漏气的皮球,越来越不自信。

"青楠，你是不是觉得……我在说梦话？"他局促地抓抓脑袋，又抬起手，轻轻抚摸贴在墙上的照片。

庄青楠的照片。

"没有。"庄青楠的语气和刚才没什么区别。

她既没有骗他，也没有把话说得过于乐观，平静地分析他的实力和目标的差距："阿昭，无论你做什么决定，我都支持你。不过，距离高考只剩三个多月，想在这段时间里提升一百多分，必须付出常人难以想象的努力，说得夸张一点，差不多要扒掉一层皮，你做好心理准备了吗？"

听见这话，林昭心里直打鼓。

"我……"他咬了咬牙，眼神从犹豫转为坚定，"青楠，我想试试。"

于是，从这一天起，林昭进入由庄青楠担任教练的魔鬼训练营。

一对一教学，独家定制。

在林昭的强烈要求下，庄青楠放开手脚，采用最简单粗暴却最有效的填鸭式教学，鞭策他上进。

每天早上，林昭眼睛还没睁开就开始背单词，到了教室，立刻拿起厚厚的《高考题库》，闷头做题。

庄青楠给他买了台便于携带的错题打印机，把他不会的题掰开揉碎讲上两三遍，再让他把正确答案写在本子上。

语文最考验基本功，作文想拿高分，卷面也很重要。

林昭强迫自己一边听名师讲课的音频，一边在字帖上练字，食指指腹被中性笔压得扁平，中指侧面磨出硕大的血泡，连一声疼都没有喊。

郑佩英和林鸿文虽然不知道林昭的打算，却从他一反常态的刻苦中嗅出什么。

他们拿出庄青楠备考时的鞋套换上，天天在家大气也不敢出，全力做好后勤保障工作。

距离高考只剩十五天的时候，林昭由于压力过大，竟然跑到操场上，偷偷哭了起来。

他一边哭一边给庄青楠打电话，说些丧气话："青楠，我知道你很忙，我不该给你添麻烦，浪费你的时间……我觉得我根本不是读书的料子，能混个高中毕业就该知足了，还想考本科，真是异想天开……"

"阿昭，出什么事了吗？"庄青楠敏锐地抓住问题关键，"是谁刺激你了吗？还是老师说了什么打击你的话？"

林昭靠着足球网坐在地上，沉默半天才说："我们班有个男生叫马向明，平时比我用功多了，发挥得好的时候，能考进班级前十名。前几天，他在物理课上忽然发疯，站起来指着老师破口大骂，又一下一下狠扇自己的脸,把我们都吓坏了。"

他哭得脸上全是鼻涕和眼泪,一抽一抽地说:"他爸妈把他接回家,今天过来替他办休学,说他精神出了严重的问题,没办法参加今年的高考了……"

"青楠,我觉得我也不行,我的成绩还不如他呢,心理素质也不好……我、我最近经常失眠,整夜整夜睡不着觉……"他用力揪着地上的青草,手指抠进松软的泥土里,神经质地往下戳,"要不……要不……"

"算了吧"三个字已经涌到嘴边,不知道为什么,没有顺着舌头滚出来。

"阿昭,我很同情他,但你和他不一样。"庄青楠正在和室友们聚餐,捂住话筒跟她们打了个招呼,换到僻静的角落,耐心地安抚林昭,"你的性格乐观开朗,天不怕地不怕,怎么会被区区一个高考难住?"

"可能是我这段时间逼你逼得太紧,忽略了你的感受。"她体贴地把责任揽到自己身上,"你跟老师请两天假,回去调整调整吧。等你休息好,彻底冷静下来,就会发现,你的成绩没有那么差,高考也没那么可怕。"

"青楠……"林昭带着浓重的鼻音,说出一直憋在心里的话,"高考的时候,你能回来陪我吗?"

庄青楠有些为难,却没直接拒绝他:"我尽量,好吗?"

"嗯……"林昭抬起胳膊蹭了蹭酸涩的眼皮,"我听你的话。我去跟老师请假,回家好好睡一觉。"

第二天早上,林昭恢复理智,想起昨天晚上的丢脸举动,尴尬得蒙着毯子在床上直打滚。

庄青楠主动给他打来电话,声音里透着几分小心翼翼:"阿昭,感觉好点了吗?"

"好、好多了。"林昭红着脸坐起身,"我想清楚了,干脆破釜沉舟,背水一战。反正最差的结果就是上个大专,还是能跟你留在同一个城市,我怕什么?"

看来,连续多日的突击获得显著效果,他的成语一个接一个地往外蹦,还没用错,实在是可喜可贺。

庄青楠松了口气,说:"那就好。我估算了一下,以你现在的水平,如果发挥正常,应该能达到二本线。再说,去年高考的题目普遍偏难,按照常理,今年应该会比较容易。"

在她的安慰下,林昭的心踏踏实实落回肚子里。

很多改变正在悄然发生。

比如,她越来越从容、镇定,越来越有力量。

而他越来越信服她。

"青楠，我高考那两天，你不用回来，昨天晚上的话就当我没说过。"林昭理解庄青楠的辛苦，忍着内心的渴望，说出懂事的话，"反正报完志愿我就要去北京找你，也不差这几天，你就别折腾了。"

"你一个人真的可以吗？"庄青楠低头看着手机上订好的火车票，有些踌躇，"我不太放心。"

林昭拍胸脯保证："相信我，我不会让你失望的。"

通话结束之后，庄青楠退掉火车票，打开购物网站，给林昭买了不少东西——

具有良好提神效果的陈皮丹、能够助眠的薰衣草精油、预防中暑的藿香正气水，以及两大盒寓意吉利的定胜糕。

林昭把又咸又酸的陈皮丹当药吃，苦着脸一粒一粒往嘴里塞，进行高考前最后的冲刺。

庄青楠料事如神，今年的高考题目果然不算太难。

林昭头一次完整地答出数学大题，心里踏实了几分，回忆着庄青楠教他的答题技巧，把知道的公式全写上，卷面虽然不算出彩，也称得上工整。

晚上，他跟去年的庄青楠一样，怎么都睡不着觉。

庄青楠打来电话的时候，他觍着脸提要求："青楠，你能不能给我唱首歌？我好像还没听过你唱歌。"

庄青楠顾左右而言他，见林昭纠缠不放，只能吐露短板："你不知道，我五音不全，参加班级合唱的时候，只敢对口型，从来不敢出声。"

原来，学霸也有缺点。

林昭像揪住庄青楠的小辫子一样，莫名其妙地兴奋起来，起劲地道："你给我唱一首嘛，唱儿歌也行，我保证不笑话你。"

他见她不说话，央求道："青楠，求你了，就唱一首，唱完我就睡觉。真的，不骗你！谁撒谎谁是小狗！"

庄青楠实在磨不过林昭，只能躲到宿舍阳台，用手挡着嘴唇，极轻极轻地唱了一首《两只老虎》。

清清冷冷的声音唱出童稚的歌谣，矛盾中透着难以形容的可爱。

林昭听得捂住心脏，"扑通"倒在床上，傻笑半天，才想起自己忘了录音。

"再唱一遍，青楠，再唱一遍，你唱得超级好听，一点儿也没跑调。"林昭厚着脸皮，得寸进尺。

只听"嘟"的一声，庄青楠顶着血红的脸，近乎慌乱地挂断电话。

二十天后,高考成绩出来,林昭再次低空飞过,险而又险地达到二本分数线。

他和庄青楠团聚的日子,就要到了。

第九章 我不想只做朋友

1. 雪花酥

郑佩英和林鸿文做梦也没想到，家里能出第二个本科生，高兴得嘴巴都合不拢，连声问林昭想要什么奖励。

"我想尽快去北京，像青楠一样打工赚钱，锻炼锻炼自己。"林昭说出心里话的时候，有些过意不去，偷偷瞟了眼林鸿文、郑佩英，"爸，妈，我走之后，你们会不会觉得失落、会不会经常想我啊？"

"想去就去，咱们家虽然不缺你们打工赚的那点儿钱，但你知道上进是好事。"郑佩英二话不说，开始给林昭收拾行李。

她笑着看向林鸿文："我和你爸也正好趁着这个机会清静清静。我们商量好了，等收拾好葡萄园，报个旅游团出去玩上十天半个月，到时候给你和青楠寄特产。"

林昭见他们喜气洋洋，没有一点儿挽留自己的意思，撇撇嘴："你们就不能假装舍不得我，说几句好听话哄哄我吗？有这么当爸妈的吗？我是你们亲生的吗？"

"臭小子，想早点去北京的是你，嫌我们放手太痛快的也是你，话都让你说完了，我还能说什么？"郑佩英没好气地戳了戳林昭的脑门，"你也不小了，应该出去闯荡闯荡，见见风雨，一直留在家里，早晚变成废物，这么简单的道理我和你爸能不懂吗？"

"再说——青楠寒假暑假都不回来，我拿不准她的想法，不知道她是不是打算变卦。"她面露忧色，苦口婆心地叮嘱，"你到北京是对的，两个人不在一起，容易生出隔阂，你赶紧过去守着她，平时体贴点儿，遇事主动点儿，多表现表现……"

林昭不以为意地说："我知道了，放心吧。妈，您别多想，青楠是因为学习和工作太忙，实在抽不开身，才不回来的，她对我可好了，要不是她，我绝对考不上本科！"

"这我们知道，等见了面，你替我们好好谢谢青楠。"林鸿文搂住郑佩英的肩膀，出来和稀泥，"青楠是好孩子，逢年过节的问候和礼物，从来没有落下过一回，阿英，我也觉得是你想多了。"

郑佩英叹了口气，挤出笑容："但愿吧。"

林昭的分数并不算高，为求保险，填志愿时选了一所石油化工学院，报的是冷门的物流工程专业。

美中不足的是，学校在偏远的郊区，他在地图上查过，距离清大三十多公里，坐地铁需要二十五站，下来还得步行二十分钟。

他顾不了那么多，兴冲冲地买好火车票，提着大包小包，再度前往北京。

这次，庄青楠主动到火车站接他。

半年不见，她越来越像城里人，乌发雪肤，眉目如画，穿着设计简约的灰蓝色长裙，脚踩平底凉鞋，肩上背着一个复古的编织包，气质出众，引人注目。

林昭在路上精心设计了见面的仪式，打算一看到庄青楠，就来个热烈的拥抱。

要是她反应积极，说不定还能趁她不注意，偷偷亲一口柔软的头发。

然而，等他真的站在她面前，竟然不由自主地生出怯意。

他低头看看自己，上身套了件宽松的白色T恤，胸口画着幼稚的卡通冰激凌图案，下身穿的是军绿色的棉质短裤，由于在卧铺上翻来覆去地折腾了一个晚上，布料早变得皱皱巴巴，脚上则是一双随性的人字拖。

林昭脸颊微微发热，扭头搜寻其他出口，准备找家服装店好好捯饬捯饬，再潇洒帅气地出现。

稍一犹豫的工夫，庄青楠就看见了他，扬眉微笑着，主动走过来。

林昭对庄青楠的笑容没有抵抗力，扛着沉重的行李大步流星地迎上前，歪着脑袋傻笑："青楠，我……"

过去的半年中，他和她虽然相隔千里，却成为并肩作战的战友，共同打赢了一场艰难的战役，创下几乎不可能实现的奇迹。

无数回忆像雪片一样飞来，他的声音变得哽咽："青楠，我做到了，我真的做到了。"

庄青楠"嗯"了一声，见林昭迟迟没有扑上来，迟疑着踮起脚尖，揉了揉他硬硬的头发："阿昭，你做得很好，你很棒。"

如果林昭长着尾巴，这会儿早就摇成螺旋桨。

幸好他没有。

临近暑假，庄青楠赶在室友们离校前，和林昭一起请众人吃饭。

林昭心怀对于高才生的敬畏，总怕被她看不起，忐忑不安地走进上次买提拉米苏的那家蛋糕店，要了六盒雪花酥，搭配漂亮的马卡龙点心，请店员包装成精美的礼盒，又订了一个大蛋糕。

　　事实证明，林昭的担心有些多余。

　　庄青楠和室友们相处得不错，傅菱和宋琼枝又见过他，经常在宿舍帮他说好话，除了一个叫穆韵的女生含蓄地替陆和光鸣不平，没有人为难他。

　　林昭被她们"姐夫""姐夫"叫得脑子直迷糊，见庄青楠没有阻止，更是心花怒放，一不留神多喝了两瓶啤酒，从饭馆出来，被凉风一吹，立刻头重脚轻。

　　庄青楠见林昭醉得厉害，犹豫片刻，扶他去宾馆休息。

　　印象中，这是林昭第一次喝醉。

　　她生怕他发酒疯，更怕他酒后乱性，连门都不敢关严。

　　没想到，平时话多得让人无法招架的林昭这会儿乖得不像话，她让脱鞋就脱鞋，让躺下就躺下，嗓子眼直犯恶心又吐不出来，抱着枕头直哼哼。

　　庄青楠见林昭的配合度非常高，悄悄松了口气。

　　她拧开矿泉水，喂他喝了两口，想起他晚上没吃多少东西，打开装着雪花酥的盒子，拿起一块送到他嘴边。

　　"这个点心不便宜吧？"她自顾自地说着，没指望得到他的回答，"你给她们准备就算了，给我买干什么？又浪费钱。"

　　林昭慢慢地嚼碎雪花酥，眨了眨眼睛，连焦距都对不准，带着一嘴的奶味说："她们有的，你当然得有，她们没有的，我也要努力给你挣回来。"

　　庄青楠愣了愣，眸中泛出柔和的光泽，逾矩地摸了摸林昭的脸。

　　她被自己的动作吓了一跳，正准备往回收，被他一把攥住。

　　林昭的力气很大，令庄青楠隐隐吃痛，说话的语气却温顺无害，甚至带着几分卑微："青楠……吃饭的时候，她们叫我'姐夫'，你为什么不否认呢？"

　　"你知不知道……"他侧过脸虔诚地亲吻她的手心，蹭得到处都是点心渣子，"你这样会让我多想，让我以为，可以跟你更进一步……"

　　他紧紧地握着庄青楠的手，在她复杂的注视下酣然入梦，发出轻微的鼾声。

　　2. 手工切片糖

　　暑假还有两个月，总住宾馆不是个办法，林昭打算在庄青楠学校附近找个短租房。

　　他在网上联系了几个中介，顶着大太阳出去跑了一天，长了不少见识，回来——说给庄青楠听——

"青楠,你敢相信吗?那些房屋托管公司用这么薄的木板……"林昭比出两毫米的厚度,指指宾馆的房间,"把这么点儿地方隔成两个卧室和一个小客厅,租给两家人,每个卧室收一千五百块钱!"

"还有家更奇葩的,你说房子在地下室吧,有半扇窗户能透光,说在地面吧,出门下两个台阶就是地下停车场,看着跟半截身子入了土似的,还敢狮子大开口要我三千。"

最后,他做出总结:"北京的房子不是房子,是金块雕出来的。"

林昭从铜山镇那一亩三分地跳出来,见到外面的世界,在感到新鲜的同时,也觉得家境带给自己的底气慢慢消失。

镇子上的首富算什么?郑佩英和林鸿文辛苦这么多年攒下的家底,还不够在这边买套房。

"青楠……"林昭握着冰冰凉凉的可乐罐,想问庄青楠毕业之后有什么打算,又担心把话题聊僵。

要是她说,她想留在北京生活,他该怎么回答呢?

他能拍着胸脯保证给她买房买车,厚着脸皮画大饼吗?

"北京的房子也不全是这样,你看的是短租房,很多房东觉得租客不稳定,不愿意出租,这很正常。"庄青楠浅笑着安慰林昭,"再找找吧,实在不行,就跟中介说你打算长租,先交三个月的房租,到时候再退。"

林昭眼睛一亮,觉得这是个好主意。

再说,万一短租变成长租呢?

两天后,林昭终于找到符合自己需求的房子。

小区是〇几年建的,半新不旧,治安不错,户型是三室一厅,原来住主卧的租户由于要回老家,打算把房间低价转租出去。

一个月两千块钱,虽然贵了些,还在林昭的心理承受范围之内。

重要的是,房子的位置离庄青楠的学校很近,走路只需要十几分钟。

林昭高高兴兴地带庄青楠看房。

"青楠,你看这边有张书桌,窗帘一拉开,采光很好,你在这里看书,比在图书馆舒服。"他拉出座椅,按庄青楠坐下体验,又用遥控器打开空调,"空调是去年刚买的,吹出来的风很自然,没那么凉,开一夜也不难受。"

"你不是喜欢安静吗?我打听过了,另外两个租户都是上班族,工作很忙,经常出差,有时候一两个星期不回来。"

他快走两步,向她展示主卧自带的阳台和卫生间:"还有还有,厨房的家电都是齐的,什么冰箱、微波炉、烤箱……比我家的还全,咱们可以自己做饭,既健康又省钱!"

他顿了顿，主动表态："我知道做饭辛苦，女孩子也不能经常闻油烟，这样吧，你负责指挥，我负责干活，等我慢慢上手，厨房的事就全都交给我！"

庄青楠听着林昭事事考虑自己，俨然有邀请她搬过来同居的架势，心里直打鼓。

她赶在他把话挑明之前，委婉地道："反正是你住的，我来不了几趟，你觉得合适就行。"

林昭愣了愣，像是被人兜头泼了一盆冷水，心情变得低落，话也少了很多。

庄青楠装作什么都没有察觉，陪着林昭签完合同，付过房租和押金，低头看了眼时间："阿昭，我下午还有两节课要讲，你自己搬家没问题吧？"

"没问题，我的行李又不多。"林昭强打起精神，送她去坐地铁，"培训学校的地址没换吧？我忙完过去接你，我们晚上一起看电影，怎么样？"

庄青楠刚拒绝过他，心里有些不忍，便答应下来："没换，到时候电话联系。"

林昭搬完家，不太熟练地擦桌子拖地，把十几平方米的卧室和阳台打扫得干干净净，又跑到附近的超市采购生活用品。

就算庄青楠不肯住在这里，总有过来坐坐的时候。

他不想让她觉得自己邋里邋遢、好吃懒做，努力表现出成熟可靠的一面。

说来也巧，超市正在招聘理货员。

林昭看见招聘信息，找收银员问了两句，顺利见到值班经理。

理货工作没什么难度，只是需要花点儿力气，有时候得上夜班。

他和经理聊得投机，争取到两千四百块钱的工资，定好第二天就上岗。

林昭把采买的日常用品送回家，冲了个五分钟的战斗澡，连头发都没擦干，又穿上新买的短袖短裤，急急忙忙地赶地铁去接庄青楠。

庄青楠讲完课，被几个学生围住问问题，耽误了好一会儿才下楼。

她正准备给林昭打电话，就在路对面看到熟悉的身影。

对面新开了家糖果店，只卖各种各样的切片糖，主打纯天然、无添加、全手工，两个戴着厨师帽的老师傅站在透明的玻璃挡板后面，当着顾客的面现场制作。

价格当然不便宜。

林昭全神贯注地看着老师傅把半凝固的麦芽糖倒进几个铁盘里，用不同颜色的果汁染色，紧接着放在案板上搓成长条，堆叠、缠卷、定形、拉伸，整个过程漫长又治愈，像在打磨精美的艺术品。

庄青楠轻手轻脚地走过去,没有惊扰他。

她从快节奏的生活里跳出来,和他一起浪费时间,捕捉沿路的小惊喜。

老师傅手起刀落,把糖果切成硬币大小的薄片,截面显现出鲜亮的图案,红的是西瓜,粉的是草莓,黄的是柠檬,绿的是猕猴桃,赏心悦目,令人惊叹。

林昭拿出手机,准备买两斤回去慢慢吃:"你好,每样都给我称半……"

有人在后面拉住他的胳膊,肌肤微冷,有效地驱散夏天的酷热:"阿昭,少买点儿。"

林昭惊喜地扭过头:"青楠,你什么时候过来的?"

庄青楠这才看到,林昭怀里抱着一大堆东西——

她喜欢的黄桃果粒酸奶、蜜饯果脯、坚果桃酥,昨天提过一回的麻辣牛肉丝,还有实用的花露水和蚊香液。

最离谱的是,他还买了几包卫生巾。

"你……"庄青楠想说,她早就不是遇到月经手足无措的小姑娘,有钱又有常识,已经知道怎么照顾自己。

可这些话卡在喉咙里,一时吐不出来。

她的眼圈热了热,耳朵尖泛起淡淡的粉色。

"我……"林昭注意到庄青楠的目光,也跟着呆在那里。

过了好一会儿,他才反应过来,语无伦次地解释:"我见你一直不出来,在旁边随便买了点儿吃的用的……你不是最怕蚊子咬吗?在宿舍就用蚊香液,在外面就抹花露水,肯定管用!至于,至于这个……是因为超市正在做活动,价格特别划算,我就、我就顺手给你买了几包……"

庄青楠"嗯"了一声,指指卖相漂亮的切片糖,举起手机扫码:"阿昭,谢谢你,我请你吃糖吧。"

因为付款的是庄青楠,林昭不好意思称太多,每样只要了几颗。

"对了,我还没买电影票呢!"他大惊失色。

庄青楠沉吟片刻,阻止道:"不用了,阿昭,我今天不想看电影。"

林昭的脸色肉眼可见地变得灰败。

"那……那就改天。"他强颜欢笑,"你想做什么?找地方吃饭吗?还是直接回学校?"

"去你那儿吧。"庄青楠带林昭走进热热闹闹的农贸市场,直奔肉摊,"你不是想吃红烧肉吗?我给你做。"

林昭杵在原地愣了好几秒,如梦方醒,快步跟上庄青楠。

他高兴得嘴角险些咧到耳后根,低头看着她,认真地纠正——

"是你教我做。"

3. 水果茶

林昭的家常菜学习计划推进得并不顺利。

他没有遗传到郑佩英的做饭天赋,炒菜的时候,不是忘记放盐,就是忘记加水,被溅出来的热油烫得吱哇乱叫,往垃圾桶里扔的,比端到饭桌上的多出两三倍。

而堪称进阶课程的面食,更是复杂得超出他的想象,哪种用热水,哪种用温水,哪种需要放酵母粉,哪种要多晾一会儿,他听得一个头两个大,根本记不住。

庄青楠知道林昭在家娇生惯养,油瓶倒了也不扶,便打算终止这场教学:"阿昭,算了,在外面吃和在家里吃没多大区别,学校餐厅的收费也不贵,你没必要学这个。"

"那能一样吗?"林昭打定主意要学着照顾她,不肯半途而废,"我听说现在很多餐厅用的都是预制菜,没什么营养,还有添加剂,肯定不如在家做健康,你看这一年你瘦了多少?"

"青楠,你等我一下。"他风风火火地冲进卧室,一分钟后拿着一个小小的便笺本和一支笔跑出来,"你再说一遍,我做个笔记。"

他相信——有志者,事竟成。

高考那种地狱级别的难关他都闯了过来,怎么会被这一丁点儿困难吓倒?

三伏天酷热难耐,学校的图书馆因维修暂时闭馆,为了节省电费,庄青楠采纳林昭的建议,挪到他这里自习,和他共用一个空调。

"阿昭,"她坐在擦得干干净净的书桌前,看着林昭腰系围裙、浑身是汗地从客厅走进来,轻声和他商量,"这两个月的电费和水费,我们AA吧?"

"什么AA?"林昭解下围裙擦了擦脸上的汗,T恤脱到一半,想起庄青楠在场,又慌慌张张地套回去,站在空调出风口下面凉快,"电费才几个钱?当然是我出。"

他用开玩笑的语气掩饰内心的不安:"青楠,你怎么跟我这么见外?要是非得算得清清楚楚,我是不是还得给你交拜师费啊?"

话说到这个地步,已经没办法继续较真。

庄青楠垂下眼皮,不再坚持。

"排骨已经炖上了,十二点开饭。"林昭一半装忙,一半真忙,把阳台的衣服收回来叠好,又张罗着换床单,"青楠,我今天上晚班,半夜才回来,你不用等我,也不用给我留饭。

"对了，你有要洗的衣服吗？以后可以直接从宿舍带过来，我给你洗。"

他抚平床单上的皱褶，换好枕套，拍了拍松软的枕头："别说，全自动洗衣机洗得还挺干净的。"

庄青楠觉得气氛越来越怪。

除去做兼职的时间，她和他几乎形影不离，天天腻在一起，交流的全是有关柴米油盐的日常琐事，跟小夫妻过日子似的。

要不是知道林昭是直肠子，没什么心机，她真要怀疑自己落进了一个以温情编织的陷阱，即将被他吃得渣都不剩。

"不用，夏天的衣服好洗，随便揉几下就行。"庄青楠拒绝了林昭的好意，换了个安全的话题，"在超市的工作怎么样？适应吗？累不累？"

林昭的表情变得有些不自然："还……还行吧，没什么不适应的。"

其实，他有他的烦恼。

理货员的工作内容很简单，人际关系却不大好处理。

林昭陪庄青楠吃过午饭，照着网上的教程给她煮了一大壶水果茶，又订了一块小蛋糕，当作下午的点心，抓起钥匙急匆匆出门。

路上，他接到好几个电话，铃声响得着急，跟催命似的。

全是负责带他的赵大姐打来的。

林昭一溜小跑赶到超市，上白班的赵大姐早就站在收银口等待。

她见到林昭，不耐烦地把交接单递给他，鼻子不是鼻子，脸不是脸地说："我昨天不是跟你说过，我今天下午有急事吗？怎么还来这么晚？"

"姐，我也有自己的事要忙。再说，现在才一点，距离我上班还有一个小时呢。"林昭赔着笑安抚她，"您快去忙吧，剩下的工作交给我。"

赵大姐常年阴着脸，鼻翼两侧延伸出两条深邃的法令纹，头发白了一多半，四十多岁的年纪，看着跟五六十似的，十分不好相处。

听收银台的两个女生说，她性格暴躁，喜欢甩锅，经常迟到早退，从过完年到现在，已经气走了三个理货员。

林昭留了个心眼儿，盘点货物的时候，仔细对了两遍，发现母婴区有几样商品的数量对不上。

他给赵大姐打电话询问这件事。

赵大姐满不在乎地说："不就一罐奶粉、两包尿不湿吗？你直接报货损，让经理签字。"

"那损坏的商品呢？"林昭再没社会经验，也听出哪里不对劲，"姐，要是经理问起来，我怎么回答？"

赵大姐的嗓门骤然拔高："你就说扔了，或者说被卸货的工人弄丢了！这么简单的事，还用我教你？"

"姐,话不是这么说的。"林昭不擅长跟女人吵架,脸上的笑容越来越僵硬,"我去找经理签字的话,这件事的责任就得我来负……"

"你不该负吗?"赵大姐冷笑一声,说话刺耳,"问题是在你上班的时候出的,跟我有什么关系?谁知道东西是怎么没的?"

林昭莫名其妙被赵大姐挤对了几句,挂断电话,瞪着面前的货架发愣。

他越想越恼火,打算找经理反映情况,把监控录像调出来,看看到底是谁搞的鬼。

在生鲜区剁肉的大哥拦住林昭,好心提醒:"小林,你别跟赵大姐对着干,她让你干什么你就干什么。"

"凭什么?"林昭剑眉一挑,满脸不驯,"她真把自己当成祖宗啦?谁都得供着她?"

"听说经理是她的远房亲戚,她们俩交情不一般。"大哥拍拍林昭肩膀,拉他到后面的休息室说话,"胳膊拧不过大腿,你忍忍吧。"

林昭从大哥的嘴里知道了很多超市的潜规则。

比如,报损的商品大多都不是正常损坏,而是落到了资历老的员工手里。

由于这部分损失由厂家买单,只要比例控制在合理范围内,经理一般都会睁一只眼闭一只眼。

比如,按照规定,过期的食品应该统一收回销毁,然而,像赵大姐一样倚老卖老的员工,经常偷偷带回去吃,只要做得隐蔽些,也没人管。

林昭暗暗咂舌,感叹"隔行如隔山"。

他谢过大哥提点,忍下一口恶气,照着赵大姐的意思找经理签报损单,挨了一顿训斥。

他年轻气盛,从这天起,再也不肯帮赵大姐值班,跟她划清分区,明确责任,又请几个关系不错的同事帮忙留意她的动静。

赵大姐无处下手,看向林昭的眼神变得恶狠狠的,简直把他当作仇人。

4. 枣仁派

林昭拿到第一个月工资的时候,获得了久违的成就感。

他高高兴兴地给庄青楠买了个可充电的便携小风扇,给郑佩英买了一瓶防晒霜,给林鸿文寄了一个从古玩市场淘来的砚台,连旺财和小白都得到一箱肉罐头,主打一个雨露均沾。

他带着小风扇到培训学校接庄青楠下班,恰好撞到她和领导谈话。

打扮干练的中年女人塞给她一个厚厚的大红包,和颜悦色地说:"青楠,这是上个月的奖金。你看咱们学校发起的金牌讲师投票了吗?学生们都很喜欢听你讲课，你的票数最高。"

庄青楠谦虚地道："主任客气了，我还有许多需要学习的地方。"

林昭呆呆地望着庄青楠手里的红包。

从厚度推测，和他一个月的工资差不多。

他有点儿泄气。

庄青楠和女人客套了一会儿，转过身看见林昭，笑道："阿昭，你什么时候过来的？"

"我……我刚到。"林昭走过去，对女人客气地笑了笑。

等他们离开学校，他鼓起勇气按照原定计划上交工资："青楠，今天发工资，我给你和我爸妈买了礼物，还剩两千块钱。你知道我花钱大手大脚，没有理财观念，要不你帮我保管吧？"

"还是你自己拿着吧。"庄青楠下意识拒绝，"等你开学，花钱的地方很多，你现在交给我，我到时候还要一笔一笔给你转，太麻烦了。"

"不麻烦！"林昭着急起来，"这是我自己赚的钱，可以当我们的……我们的……"

他差点儿把"恋爱经费"四个字说出来，仓促地咬了咬舌尖，改口道："当我们的生活基金，什么水电费、买菜钱、旅游费，都从这里出。至于我在学校的开支，由我爸妈报销！"

庄青楠实在拗不过他，犹犹豫豫地说："那好吧。"

林昭不知道，庄青楠第二天便去银行办了张新卡。

她把他上交的工资单独存进那张卡里，为了避免混淆，又新买了个记账本，凡是在一起时花费的钱，一律跟他平摊。

几天后，林昭所在的超市开了家分店，经理调了很多人手过去帮忙，他也在名单上。

林昭勤快地搬货理货，清点商品，忙得连喝口水的时间都没有，却没露出半点儿不高兴。

毕竟，这里的工作强度比他在煤矿打黑工时轻松，又没什么危险，他很知足。

林昭起早贪黑地忙了三天，这天下午回到原来的超市，打算加个班，把这几天的货物盘点一遍。

他一查，就发现了问题——

几罐昂贵的蛋白粉被利器扎烂，一大盒枣仁派的包装破了个大口子。

林昭气得跳脚，拎着蛋白粉冲到赵大姐跟前，指着上面的小孔，问："是不是你干的？我叫你一声姐，是尊重你，你别给脸不要脸！"

赵大姐比他嗓门还高，叫嚷道："放屁！我昨天请假休息，根本没来

上班！不信你问问他们！"

她向闻讯赶来的经理抱怨："他自己的区域没看好，出了问题跑过来赖我，现在的小年轻，真是一个比一个浮躁！"

林昭越看赵大姐越觉得可疑，情绪激动地要求调监控。

前一天的监控画面中，林昭负责的区域确实没有工作人员出现，不过，晚上八点多的时候，一个戴着鸭舌帽和口罩的矮胖女人走近货架，背对摄像头，做了不少小动作。

那个女人的体型和赵大姐很像。

"经理，你看，就是赵大姐！"林昭掰着手指头分析理由，"最近天气热得厉害，晚上也不凉快，她遮得这么严实，专门挑人少的时候来，一看就有鬼，又熟悉摄像头的位置，肯定是自己人！"

经理拉偏架："小林，话不能乱说，摄像头没拍到她的脸，你没有直接证据证明这件事和赵大姐有关。"

林昭难以置信地睁大眼睛："这还不够证明吗？非得我抓个现行吗？经理，你怎么能这么偏心？"

经理皱皱眉："小林，我这段时间对你印象挺好的，你现在怎么这么胡搅蛮缠？是你的错就是你的错，年轻人要勇于承担责任，赵大姐说得没错，你就是浮躁，不懂得尊重前辈……"

蛋白粉和枣仁派的价格超过货损额度，损失由林昭承担。

五百多块钱打了水漂，连一声响都听不着，最难堪的是，林昭身无分文，还得回去跟庄青楠打申请。

林昭见蛋白粉的粉末撒得到处都是，不敢入口，忍痛扔到路边的垃圾桶里。

枣仁派的盒子里还有小包装，配料表也干净，只有红枣和核桃仁，他打算拿回去给庄青楠补气血。

他越想白天的事越憋屈，抬脚用力踹向垃圾桶，"砰砰砰"的声音惊出一条野狗和几只野猫。

他对着野狗龇龇牙，捡起小石子掷到对面的墙上，蔫头耷脑地走回家。

庄青楠竟然还没走。

客厅的桌上摆着一道青椒肉丝、一道蒜蓉空心菜，锅里热着林昭蒸的馒头，奇形怪状，味道倒还行。

她歪靠在床上，闭着双眼，连鞋都没脱，估计原来只打算躺会儿，一不留神睡了过去。

林昭委屈地蹲在地上，轻手轻脚地给庄青楠脱鞋。

庄青楠身子一动，睁开眼睛，借着昏暗的天色勉强分辨出林昭的轮廓，抬手摸了摸他的头发，声音慵懒："现在几点了？你吃饭没有？"

林昭给自己打了一路的气，准备守口如瓶，找个别的借口要钱。

然而，听到她微哑的嗓音，感觉到她的关心，他忽然控制不住情绪，趴在她腿上无声地哭了起来。

好难啊。

怎么他想赚点儿钱就这么难？

他知道他和她之间有差距，却没想到那层透明的墙壁越筑越高，越垒越厚。

坚固得让他害怕。

庄青楠感觉到温热的液体渗透布料，流到腿上，吓了一跳。

她打开台灯，用力扳起林昭的脸，看着他满是泪水的眼睛，担心地问："阿昭，你怎么了？出什么事了？你别哭，慢慢跟我说，有什么问题，我们一起想办法解决。"

林昭觉得丢脸，抬手挡住眼睛，片刻之后又破罐破摔地放下，瘪着嘴大声告状："有人陷害我！我们经理也不相信我！"

他把包装喜庆的枣仁派扔到床上，气得直抽抽："扣了我五百多块血汗钱，就换来这么袋东西！"

5. 山核桃

林昭把前因后果一五一十地跟庄青楠诉说了一遍，愤愤地说："青楠，我的判断不会有错，动手脚的肯定是她！我不能吃这个哑巴亏！快帮我想想，怎么才能把这个场子找回来！"

他心想，庄青楠那么聪明，肯定能帮他揭穿赵大姐的真面目。

然而，庄青楠动作轻柔地帮林昭擦干眼泪，又倒了杯温水，迟迟没有说话。

她把枣仁派的包装撕开，递到他手里，幽幽叹气："阿昭，我可能要说一些你不爱听的话。"

林昭坐在庄青楠身边，眼巴巴地看着她，模样比刚才还委屈："你想说什么？你也不相信我吗？"

"我当然相信你。"庄青楠斩钉截铁地回答道。

她犹豫是否应该向他揭开成人世界的残酷面，斟酌了许久的措辞，才接着往下说："可我不建议你跟她死磕，也没有什么好办法。阿昭，社会不像学校的环境那么单纯，是讲人情、讲关系、讲利益的，很多事也不是非黑即白，一定要分个对错……"

林昭听得似懂非懂，眼神有些黯淡："连你也没办法吗？难道就任由

她为非作歹、欺负新人吗？我真的咽不下这口气！"

"阿昭，你还记得我爸做的那些事吗？"庄青楠罕见地主动提起不愉快的过往，"像我爸、像赵大姐那样的人，没什么素质，也没道德底线，贪得无厌、不择手段，可你不得不承认，他们用的招数低级却有效，我们很难通过正当渠道进行防御。"

林昭无意揭开庄青楠的旧伤疤，脸上变得讪讪的，语气也缓和了不少："我承认你的话有道理，可我……我还是有点不甘心……"

庄青楠柔声道："阿昭，老话说，'君子不立危墙，不行陌路'，我理解你的感受，知道被人冤枉的滋味不好受，但我更不希望你出事。"

她想起几条骇人听闻的社会新闻，被恐慌的情绪所裹挟，握住林昭的手，定定地看着他，语气加重："你要是继续跟她斗下去，就算暂时占据上风，万一她采取什么极端手段，往你的水杯里加点儿东西、在你吃的饭菜里做点儿手脚，后果不堪设想。"

林昭被庄青楠的话吓得一哆嗦，怔怔道："不会吧？她……她疯了吗？"

庄青楠轻轻叹了口气，说："无论如何，我觉得没必要为了一个兼职工作闹成这样。"

前面的十几年里，她浸泡在腥臭黏腻的沼泽中，身边全是庄保荣一样的渣滓，十分了解他们的生存之道。

正因如此，她才要努力往上爬。

只有爬得高一些，再高一些，和他们彻底划清界限，才有可能保障自身的安全。

这不是歧视。

她承认污泥之中也有鲜花绿草，社会底层也存在好人。

但她不相信自己的运气。

况且，受过高等教育的人总是体面一些，做什么事情都有迹可循，顾忌的东西也多，不会轻易和别人撕破脸。

林昭认真思考了一会儿，没精打采地说："你说得对，我听你的。"

他知道她是为他好。

再说，他好不容易和她团聚，不知道有多珍惜现在的生活，不愿为了争一时意气，连累她跟着担惊受怕。

第二天一上班，林昭就向经理提交了辞职报告。

经理有些意外，责备道："怎么，说你两句就受不了了？哪儿来的少爷脾气？"

林昭学着把事情处理得圆融一些，挤出个笑脸，说："没有，是因为学校快开学了，我得回去准备准备。"

"不是还有十几天吗？"经理拍拍他的肩膀，"小林，我刚接到消息，总部要派人下来检查，这边的人手实在不够，你再顶几天，等我招到新人，马上放你走。"

林昭在经理的劝说之下，不情不愿地答应，却将自己打算辞职的消息快速散播开来。

赵大姐正处于戒备状态，没想到一拳头打在棉花上，错愕得不停偷瞄林昭。

林昭只当没有看见。

他和同事相处得不错，闲的时候，就跟他们躲在休息室天南海北地瞎聊，无意中知道了很多八卦。

比如，赵大姐并不是针对他，而是针对每一个担任理货员的新员工，大概是担心年轻小伙子更有竞争力，把她挤下去。

正如庄青楠所猜测的一样，她耍的花招很多，让新员工承担货物损失只算初级操作。

几个月前，一个和林昭差不多大的小伙子站在梯子上整理货物，梯子螺丝无故松动，摔伤了一条腿，巧合的是，她和这次一样，又有不在场证明。

林昭跳出恶性竞争的怪圈，只觉得匪夷所思，边嗑瓜子边说："为了一个两三千块钱的工作，至于吗？"

"你年纪轻，又是大学生，当然觉得不至于。"剁肉的大哥摇头叹气，"不像我们，一过四十，再找工作就难得很了。能遇到一个稳定的、有假期有福利的，就该谢天谢地，没什么挑三拣四的余地。"

林昭意识到自己说错了话，拧开一罐新买的山核桃，抓了一把递过去："哥，我没别的意思，您别放在心上。"

山核桃是奶油味的，火候把握得不好，指甲和牙齿齐上阵，剥了半天，只尝到一把甜中带苦的碎渣。

这时候的林昭还不明白，很多人也是这样，一步走错，一个决定没做对，整个人生都会变得苦涩。

出乎经理意料的是，总部派来的检查组并非走过场，而是一板一眼地督查起来，从消防设施到物流运输，从商品摆放到服务流程，仔仔细细地过了个遍，挑出很多毛病，最后又开始核算人员成本。

员工们个个绷紧无形的弦，生怕撞到枪口上，只有林昭看热闹不嫌事大，一天往经理的办公室跑一趟，催促他赶紧招新人。

这天晚上，他忙完本职工作，高高兴兴地买好电影票，截图发给庄青楠，见时间还有富余，熟门熟路地走向经理的办公室。

隔着门板，他听见里面传来嘈杂的吵闹声。

/ 217 /

"我在超市干了十年,起早贪黑,没日没夜,从来没有出过一点儿错,裁员为什么裁我?"赵大姐嘶哑着嗓子质问经理,"别装糊涂,我看你跟他们是一伙的,商量好了让他们唱白脸,你唱红脸,合起伙来赶我走!"

她激动地拍桌子摔东西:"我告诉你们,做梦!姓张的,咱们也算老相识,你知道我家有多困难,知道这份工作就是我的命,怎么还能下这样的狠手?这么多年来,我给你送的礼没有一万也有几千,难道就这么算了吗?"

经理气急败坏地说:"我现在是泥菩萨过河,自身难保,根本顾不上你!赵大姐,你说这话是在威胁我吗?你真当我不知道你在背后搞的那些小动作?你把我辛辛苦苦招来的人全都弄走,还偷那么多东西,别怪我没提醒你,真要捅出来,我大不了不干,你可是要坐牢的!"

林昭听着他们在里面狗咬狗,怎么也没想到报应来得这么快。

他没什么大仇得报的松快感,只觉得荒谬。

6. 草莓酸奶溶豆

第二天上午,赵大姐红着眼睛来超市办离职手续。

她人缘不好,没有一个同事出言安慰。

经理还让林昭盯着点儿,生怕她顺走什么东西。

林昭冷着脸站在女更衣室门口,见赵大姐收拾了一大纸箱个人物品,犹豫片刻,没有按照经理的意思仔细检查,而是直接放行。

赵大姐意外地看向他,法令纹深深地垂下来,嘴角紧紧抿着,似乎不相信他会这么好心。

"别误会。"林昭撇撇嘴,"我一点儿都不同情你,只是不喜欢落井下石。"

赵大姐的嘴唇动了动,把箱子放在桌子上,挪开上面的橡胶手套、碗筷、洗洁精等杂物,从底下翻出一个还没拆开包装的保温杯。

满是皱纹的手把杯子递到林昭面前,她哑声说:"之前的事……对不住,这个送给你。"

林昭哼了一声,说:"你终于肯承认你陷害过我啦?你的东西我可不敢收,谁知道什么来路。"

他眼尖地看见箱子里放着一罐草莓味的酸奶溶豆,像是给婴儿吃的,联想到之前丢失的奶粉和尿不湿,眉心一跳,问:"你家有小孩子?"

赵大姐没有回答。

她把杯子放到一边,有气无力地说:"反正我也用不上了,你不要的话,就扔了吧。"

接着，她抱起沉重的箱子，佝偻着苍老的身躯，步履蹒跚地离开超市。

离开她机关算尽、泯灭良知，却挥洒过无数汗水的地方。

林昭心里有些不是滋味儿。

他拆开保温杯的包装，发现杯子的质量相当不错，杯身上烫着金色的大字——"优秀员工奖"。

日期是五年前。

林昭对赵大姐的过往产生好奇。

她也有老实本分的时候吗？

她遇到了什么变故，怎么会变成如今这副可憎的模样？

林昭向年龄大一些的同事们打听。

他们和她都不熟悉，只知道她年轻的时候被丈夫抛弃，独自拉扯一个女儿，过得并不容易。

卖鱼的大哥提了一句——她的女儿精神方面好像有点儿问题。

林昭心事重重地回到家，拦住准备回宿舍的庄青楠，说："晚上一起吃饭吧？我买了好多菜，让你尝尝我的手艺。"

功夫不负有心人，在长时间的练习下，他的厨艺终于有了进步，如今已经可以挑战中等难度的菜品。

林昭换上宽松的T恤和短裤，站在洗菜池旁，一边挑虾线，一边和庄青楠聊起赵大姐的事。

庄青楠安静地听着，却没有深聊下去的兴致。

她遏止林昭的好奇心："反正以后也不会再有交集，把这件不愉快的事忘了吧。"

林昭乖乖地"哦"了一声，垂眼看着不锈钢盆里垂死挣扎的鱼。

他发了一会儿呆，才抓住鱼头，把它按在案板上，"咔咔"几刀，剁成小块。

吃完饭，林昭把庄青楠送到宿舍楼下。

庄青楠站在台阶上，按住他头顶一绺翘起的头发，半天也没压下去，只能放弃，说道："快回去吧，累了一天，早点儿休息。"

林昭答应着，咧嘴笑道："你先进去。"

庄青楠往里走了两步，听到林昭在后面叫："青楠！"

她转过头，对上他忧心忡忡的眼神，无奈地叹了口气，问："你还是放心不下赵大姐，是不是？"

林昭咬咬嘴唇，不好意思地点了点头："你怎么知道？"

"我还不了解你？"庄青楠认命地牵住他的手，带着他朝外走，"说说看，你想做什么？"

熟悉的感觉悄悄回来。

两个人又变成并肩作战的战友。

林昭有了点儿长进，鼓起勇气说出自己的怀疑："青楠，你看过那个保温杯，质量真的很好，就算卖二手，也能换几十块钱，赵大姐那么抠门，怎么舍得直接送给我呢？我怎么想都想不明白。

"还有，她最后跟我说，她也用不上了，是什么意思？杯子又不是吃的，再放十年八年都没问题，怎么会用不上呢？"

庄青楠同意林昭的分析："你怀疑得有道理。往好的地方想，她只是觉得印着超市标识的纪念品碍眼，不想再看见，就做了个顺水人情，往不好的地方想……"

她没有往下说，继续问林昭："你知道她住在哪里吗？"

"我知道！"林昭拿出手机，打开相册，"我今天下午帮检查组的人搬档案，趁他们不注意，找到赵大姐的个人资料，拍了一张照片。"

他吃力地辨识着发黄纸张上的文字："不过……这些资料已经是几年前的了，我不知道她后来有没有搬家。"

"有总比没有强。"庄青楠和他头挨着头，借着路灯散发的光亮研究了一会儿，"好像离这里很远，我们坐地铁过去看看。"

路上，林昭见庄青楠眼睛里有血丝，内疚地说："你会不会觉得我没事找事？其实……我都觉得我自己同情心泛滥，她又不是什么好人，还诬陷过我，你说我干吗管她死活呀？"

庄青楠失笑道："阿昭，别这么说，你正直、善良、热心，这些都是可贵的品质，没必要改变。"

庄青楠心里清楚，她冷漠、自私又多疑，如果换到和林昭一样的位置，根本不会为了赵大姐这种人浪费时间。

可她贪恋林昭身上的温度，总是不由自主地被他的热烈和纯真吸引。

她想尽可能地保住这份干净。

林昭被庄青楠夸得俊脸发红，不住挠头："我哪有你说的这么好？"

他眼尖地看见一个空位，按她坐下，让她靠着自己休息："你眯一会儿，到站我叫你。"

赵大姐住的地方，比林昭想象的偏远、简陋得多。

他和庄青楠走进脏乱的小区，辗转找到阴暗湿冷的地下室，拿手机当光源，在堆积如山的杂物里艰难前行，好不容易对上门牌号，敲了半天的门，也没人答应。

"是不是不在家啊？"林昭看见不远处的墙根蹿过一只老鼠，恶心得浑身发毛，下意识把庄青楠护在身后。

庄青楠不是什么娇生惯养的大小姐，连脸色都没变一下，贴着破旧的木门听了听里面的动静，对林昭摇了摇头。

林昭敲响对面的门，打听赵大姐的去向。

眼花耳背的老奶奶听他大声重复了好几遍，才明白他的意思，指着堆在门口的废旧纸箱说："不知道啊……她下午的时候把攒的箱子都给了我，还送我一条腊肉，你说奇怪不奇怪？上个月还偷我家电呢，今天这是太阳打西边出来了……"

庄青楠的表情变得凝重。

她拽住林昭，指着赵大姐家的门说："阿昭，估计出事了，快想办法把门砸开！"

话音未落，林昭就助跑几步，"哐当"一脚，在门板上踹出个大洞。

门内，赵大姐搂着披头散发的女儿，紧闭双目，安详地躺在床上，嘴角的法令纹看着竟浅了不少。

脏兮兮的婴儿缩在婴儿床里，睡得香甜。

淡粉色的草莓溶豆和几颗白色的药片散落在地上，不远处还躺着个空空的药瓶。

见状，林昭的脑子"嗡"的一声。

7. 蒟蒻果冻

庄青楠当机立断，打电话叫来救护车。

医护人员迅速来到现场，展开抢救。

许多邻居被救护车惊动，凑过来看热闹，指着那个未满一岁的孩子窃窃私语、议论纷纷。

林昭从他们的话语中，拼凑出赵大姐不幸的前半生——

赵大姐读过高中，本来有份体面工作，和丈夫的感情也说得过去。

可惜的是，女儿两三岁的时候查出重度脑瘫，生活不能自理，智力也有障碍。

丈夫打算把孩子扔到外面，重新生一个健康的，她狠不下心，抱紧女儿，和丈夫办了离婚手续。

照顾孩子需要大量时间和精力，原来的工作很快泡汤。

她咬紧牙关，四处打零工，半夜还在大街上捡瓶子收废品，好不容易把女儿拉扯大，又在超市站稳脚跟，本以为终于可以松一口气。

然而，麻绳专挑细处断，厄运只找苦命人。

她一个没看住，女儿跑到外面，被一个流氓成性的光棍拘禁奸污，找到的时候，女儿的肚子已经高高隆起。

怀孕的月份太大，医生不敢做引产，她稍一犹豫，家里又多了张吃饭的嘴。

如今，裁员成了压死骆驼的最后一根稻草，赵大姐筋疲力尽，选择带着女儿和外孙女一同赴死，并不令人意外。

庄青楠和林昭跟着救护车前往医院，垫付了一大笔医药费，守到半夜，才等到祖孙三人脱离生命危险的好消息。

她松了口气，见林昭双眼发直、脸色煞白，安慰地摸了摸他的头发："阿昭，没事了，别怕。"

林昭弯腰抱紧她，语气低落："救得了一时，救不了一世，她们后面的日子该怎么过啊？"

他真恨自己不是千万富翁，没办法给这些走投无路的人提供帮助。

庄青楠一动不动地任由林昭抱着，思索了一会儿，说："我想想办法。"

她不爱管闲事，但赵大姐一家确实可怜。

再说，她不想让林昭良心不安。

天一亮，庄青楠便辗转找到新闻传播学院的几个学姐，请她们帮忙联系媒体，扩大这件事的社会影响，发起公益筹款。

以家庭为单位的"集体自杀"本就吸引眼球，无论是关注女性弱势群体，还是聚焦残疾女被奸污生育女婴，都有许多爆点。

学姐们非常热心，当天下午就带着记者和采访设备过来，希望和赵大姐面谈。

庄青楠本来还担心赵大姐不肯配合，没想到，靠坐在病床上的她苦笑着说："我是死过一回的人，还怕什么？再说，只要能挣出一条活路，让两个孩子吃饱穿暖，别说在电视里丢人现眼，就是让我跪在地上给你们磕头，我也愿意干。"

脑瘫的女儿已经二十多岁，在母亲的眼里，却永远是孩子。

庄青楠受到震动，眼中闪烁泪光，既敬佩赵大姐，又为自己的身世感伤。

她点点头，轻声说："您想得开就好，我让她们进来。"

"等等。"赵大姐往门口望去，满是皱纹的脸上浮现出不自在，"你说……昨天是林昭救的我？他在哪儿呢？"

庄青楠有点儿无奈，把林昭的原话转达给她："阿昭说，一码归一码，他愿意救您，不代表愿意原谅您之前的所作所为。以后如果没有急事，就不用再见面了。"

赵大姐咧开嘴笑了两声，紧接着转脸看向窗外，抬起干枯的手，揉了揉眼睛。

暑假的末尾，这件事终于有了结果。

有关赵大姐的新闻在网上掀起轩然大波,筹款进行得比想象中顺利,还有一家关爱妇女儿童的公益组织愿意提供爱心帮扶。

陆和光不知道从哪里得到了消息,动用人脉找了一家高档养老院,介绍赵大姐过去做护工。

护工比理货员辛苦,不过,收入相当可观。

午后,林昭往嘴里塞了好几个冰镇过的蒟蒻果冻,没有往下咽,两腮鼓得像青蛙。

他气鼓鼓地听着庄青楠在阳台打电话。

她先是含蓄地提醒赵大姐,让对方改掉偷偷摸摸的小毛病,珍惜这次来之不易的工作机会,紧接着,又打给陆和光道谢。

陆和光一逮着机会就聊个没完,从赵大姐说到实验项目,又提起一年一度的迎新晚会,邀请她和他一起担任主持人。

庄青楠从阳台走进屋里,看清林昭的样子,笑着伸出手指,戳戳他的脸。

"阿昭,我也想吃果冻。"她没捂话筒,大大方方地说道。

电话那边的陆和光卡了一下壳。

林昭呆了一秒,高兴得跳起来,凑到手机跟前大声说:"等着,我给你拿!"

通话终于结束。

庄青楠含着清凉甘甜的果冻,和林昭并肩坐在床上,被空调的凉风吹得昏昏欲睡。

"青楠,你们都好厉害。"林昭一不留神说出心里话,"你也好,那些学姐也好,那个……那个姓陆的也好,都很有本事,只有我没用,什么忙都帮不上。"

"你怎么会这么想?"庄青楠不赞同地看向他,"如果不是你,赵大姐一家早就没了,哪里还有后面的事?"

林昭歪着脑袋想了想,羞涩地笑道:"也对。"

他顿了顿,说:"我做了这么件大好事,肯定会有好报的吧?"

庄青楠把果冻咽进喉咙,跟着勾起唇角:"肯定会的。"

没过两天,郑佩英跟林昭视频的时候,带来耗子的消息。

"青楠说得没错,他们那个什么生物科技公司,就是不正经的,最近被人举报,从领导到员工全都抓进去了。"她看见庄青楠坐在不远处削苹果,高兴得眉开眼笑,"他妈哭得死去活来,他姑姑带着一大帮亲戚坐在他们家门口要她两个儿子,买过美智粉的人闹着让他们家退钱,热闹得不像话。"

林昭虽然早就有心理准备,还是觉得后心一凉。要不是庄青楠,他真

有可能被耗子忽悠，走上不归路。

"耗子在里面算个小头目，该不会判刑吧？"林昭扭头看向庄青楠，"青楠，你知道吗？"

庄青楠切了一块苹果递给他，回答道："得看情节严不严重，轻的话判个两三年，重的话十年八年都有可能。"

郑佩英和林昭一阵唏嘘。

郑佩英千叮咛万嘱咐："在那边好好听青楠的话，有什么拿不定主意的，多问问她肯定没错！"

"放心吧，我知道！"林昭看见手机弹出一个来电显示的页面，急着结束谈话，"妈，先不说了，大海给我打电话！"

林海不善言辞，接通电话，沉默了半天，终于憋出两个字："谢谢。"

林昭觉得一股憋在心里的气随着林海的话彻底消散，大大咧咧地道："都是兄弟，客气什么？"

他想起和耗子十几年的情分，多少有些难过，低声说："等耗子的判决下来，打听打听关在哪个监狱，咱们过去看看他。"

林海闷闷地答应了一声。

林昭挂断电话，心有余悸地扑过去抱住庄青楠。

庄青楠错开水果刀的刀刃，避免划伤他。

两个人什么都没有说，却像已经交流了千言万语。

最终，林昭冒出一句不相干的话："青楠，明天开学，你能送我去学校报到吗？"

他可没让她独立。

他做梦都想带着她大摇大摆地走进大学校园，享受羡慕的目光。

庄青楠犹豫片刻，望着林昭期待的眼神，慢慢点了点头。

8. 爆炸果汽

林昭很快为自己的请求感到后悔。

他以为他就读的大学再怎么说也是个本科，差不到哪里去。

然而，他扛着大包小包，带着庄青楠坐了二十多站地铁，来到一个类似城乡结合部的地方，站着等了半天，怎么也打不到车，一颗热腾腾的心凉了个彻底。

"什么破学校，跟村里似的，连个小卖部都看不到。"林昭沮丧地转过身，张开双臂，把坐在行李箱上的庄青楠护在怀里，替她挡去被风扬起的尘土，"早知道不让你过来了。"

庄青楠站起身说："没事，你不是说地铁站离你们学校不远吗？咱们走路过去吧?"

林昭叹了口气,不肯让庄青楠拎重物,自己扛一会儿歇一会儿,折腾得大汗淋漓,灰头土脸,终于看到学校的大门。

负责给新生登记的学长学姐并不热情,他磕磕绊绊地办完手续,借了辆小推车,一边往宿舍走,一边观察校园环境。

暑假期间,他三不五时往庄青楠那儿跑,对清大的建筑布局和配套设施了然于心,这会儿和自己的学校一对比,立刻感觉到强烈的落差。

林昭蔫头耷脑地说:"还是你们学校好。"

他扭头看见庄青楠白皙的脸庞晒得微微发红,更加泄气:"热不热?累不累?是不是没涂防晒霜?待会儿你在宿舍休息,我把剩下的手续办完,立马送你回去。"

庄青楠擦擦脸上的汗,浅笑道:"我今天没什么事,不着急。"

宿舍是六人间,上床下桌,有阳台有卫生间,缺点是没空调。

"夏天热死,冬天冻死。"林昭小声抱怨着,见室友们都还没来,挑了个靠近阳台的位置,把行李一股脑儿堆在地上,"青楠,你先坐,我去给你买水。"

庄青楠点点头:"好。"

林昭在前往超市的路上,迅速做出决定——

学校条件这么差,离庄青楠又远,住宿费再便宜也不合算。

干脆和房东商量商量,把他租的那间房子改成长租。

他辛苦一点儿,多做两份兼职,把房租赚出来,一有时间就去那边住,免得两个人聚少离多。

林昭重新高兴起来。

他给庄青楠买了一瓶果汁,又提了一箱矿泉水,回去的时候,看见庄青楠跪坐在上铺,把他的被褥铺得平平整整,正在整理枕头,心口像被火舌舔了一下,热得快要融化。

她这样跟自己媳妇儿有什么分别?

更不用说,两个五大三粗的室友站在她对面的地上,嘴上不停尬聊,眼珠子却时不时地往她的方向瞟。

他们看见他进门,脸上写满羡慕。

这一切都极大地满足了林昭的虚荣心。

林昭发挥自来熟的特长,热情地请室友们喝水。

给庄青楠递果汁时,他刻意放出亲昵的语气,表现两个人关系的不寻常:"青楠,不是说让你休息吗?怎么闲不下来?小心别摔着。你记得我的手机充电器放在哪儿了吗?还有,你给我买的那支牙膏我带了吗?"

庄青楠不明白他的情绪为什么变化这么快，却有问必答："充电器在电脑包外面的夹层里，牙膏在洗漱包里。"

林昭满足地露出白牙，一口气灌下半瓶矿泉水，开始和室友们聊天。

介绍是不敢介绍的——说她是朋友，他不甘心；说她是未婚妻，他没胆量。

至少不能当着她的面胡说八道。

林昭的大学生活渐渐走上正轨。

他发现二本院校有二本院校的好，无论通识课还是专业课都比较容易，老师也不怎么点名，可支配时间相当宽裕。

超市那边一直没招到合适的新人，在保证工作时长的前提下，经理同意让他弹性上下班，还给他涨了六百块钱工资。

林昭是小富即安的性格，没什么野心。

他每天在学校、超市和出租屋三个地方穿梭，时不时请庄青楠看场电影，再研究几个新菜式，对现状非常满意。

唯一的烦恼是——

庄青楠答应了陆和光的邀请，即将在学校的迎新晚会上担任主持人。

林昭陪着庄青楠在服装店挑选礼服，嘴里含着一颗爆炸果汽，酸得五官抽搐，舌头像被二氧化碳腐蚀了似的，不听使唤地说出讨人嫌的话："你不是不喜欢参加学生会组织的活动吗？买礼服的钱，他们给报销吗？不行不行，这件胸口太暴露了，弯腰的时候容易走光，那件裙摆太短，万一舞台比观众席高很多怎么办？"

他也知道自己管得太宽，却控制不住，到最后不得不用手捂住嘴唇，又做了个拉上拉链的手势，奄拉着肩膀坐到一边。

庄青楠将挑出来的两件礼服搭在臂弯里，腾出一只手抚摸林昭的短发，轻声细语地解释："我也不想参加，辅导员亲自找我商量，我不能不给他面子。不过，听说晚会的节目准备得很精彩，有相声、街舞，还有魔术表演。阿昭，到时候你也过来看吧？"

"我肯定去。"林昭把脑袋搭过去，隐约感觉顶到什么软软的东西，慌慌张张地拉开距离，红着脸看向不远处的穿衣镜，"你快去试衣服吧，别管我刚才的胡言乱语，自己喜欢最重要。"

最终，庄青楠选了一条纯白色的长裙，右肩裸露在外，左肩系着薄纱，裙摆上缀着几朵白玫瑰。

她安静地站在林昭面前，清冷优雅，气质高洁，犹如月神降临。

短短几步的距离，竟像隔着浩瀚的银河。

林昭被突如其来的恐惧攫获，口不能言，耳不能听。

不知道过了多久，他终于恢复正常，迎着庄青楠疑惑的目光，强颜欢笑："好看，就这件吧。"

可是，活动当晚，林昭提前来到会场，竟被维持秩序的保安拦在入口处。

"你不是我们学校的学生吧？"保安对其他学生不管不问，唯独盯着他不放，"有学生证吗？"

林昭尴尬地站在那里，跟保安说了几句好话，见他不为所动，拿出手机给庄青楠打电话。

庄青楠正在跟学姐确定最终的节目顺序，手机放在包里，没有听见。

眼看时间一分一秒地过去，晚会就要开场，林昭急得像热锅上的蚂蚁。

他看见和庄青楠同一个宿舍的穆韵，犹如抓到救命稻草，急急忙忙地拦住她："穆韵，你帮我给青楠捎句话，就说我被保安拦住进不去，让她给我找张工作证！"

穆韵掩去眼底的不屑，面无表情地说："好。"

过了一会儿，她走出来，迎着林昭期待的目光，说道："青楠马上就要上台了，没时间管你，也没多余的工作证，她让你先回去。"

林昭愣在那里，一脸受伤。

9. 怪味豆

晚上七点五十分，陆和光走进化妆间。

他穿着深灰色衬衣和黑色西裤，没有打领带，却在靠近心口的位置别了朵娇艳欲滴的白玫瑰，配合庄青楠的装扮。

"青楠，准备好了吗？该上场了。"陆和光抬腕看了看手表，走到庄青楠身后，俯身浏览她手里的节目单，"节目顺序确定了吧？"

"确定过了，没有问题。"庄青楠起身往旁边挪了一步，拉开和他的距离，"会长，我们走吧。"

片刻后，陆和光与庄青楠并肩站在舞台右侧，望着乌压压的观众。

他不再讳莫如深，拿"朋友"的名义遮掩，而是用轻松的语气聊起自己的病情："这大半年，我每周都会进行心理咨询。你给我介绍的徐芳医生确实不错，专业水平过硬，嘴巴也严，她为我分析了种种失控现象背后的成因，教我如何正确释放压力，又给我开了一些对症的药物。"

他顿了顿，笑道："我感觉自己好了很多。青楠，谢谢你的帮助。"

庄青楠一直在观众席中寻找林昭的下落，听陆和光说了这一大段话，心不在焉地回答："举手之劳，会长不用客气。"

陆和光的眼神变得黯淡，问："咱们都认识这么久了，你能换个称呼

吗？叫我'师兄'或者'和光'都行。再说，我这个会长最多当到下学期，很快就要卸任，交给后来人。"

庄青楠懊恼自己没带手机，急着把稿子念完赶回后台，胡乱点点头："好的。"

答应归答应，却没说打算换成哪个称呼。

陆和光一再受到冷落，暗暗吸了口气。

他垂下眼皮，掩盖内心的真实想法。

庄青楠还不知道，她压根儿等不到林昭。

他希望通过这次迎新晚会，给自己的大学生活留下珍贵的回忆，为了和她同台，在背后做了很多努力——

比如，他拒绝了学生会内部人员的毛遂自荐，坚持和她搭档；迂回地请辅导员做说客，给她施压；安排好友魏原拿着单反坐在靠前的位置，为他们拍摄照片。

还有，他提前给门口的保安塞了个红包，把林昭的照片拿给对方，要求把林昭拦在外面，又以下一任会长选举时给穆韵投票为条件，设置了第二道关卡。

他不允许任何人破坏他的纪念仪式。

大红色的幕布缓缓拉开，陆和光嘴角浮现出笃定的笑容，和庄青楠并肩走向舞台中央，走向数盏聚光灯汇聚的地方。

他们男才女貌，自信从容，好像天生就该成为佼佼者，接受所有人的注目和称赞。

接下来，庄青楠一直没机会看手机。

突发状况层出不穷——主持稿的致谢部分要加几个人名；魔术表演的道具耽误在路上，不得不调整出场顺序；赞助商又临时增加了两个抽奖环节……

同一时间，林昭孤零零地站在场馆外面，望着玻璃上闪烁的光芒，听着一阵比一阵热烈的欢呼声，像是被整个世界抛弃，难过地蹲在地上。

他知道自己配不上庄青楠，已经在拼尽全力追逐她的脚步，为什么现实还要一遍又一遍地提醒呢？

林昭低头看着快要没电的手机，再次拨通庄青楠的电话。

她还是没接。

他被自卑自厌的情绪所控制，与此同时，又因庄青楠的冷淡而寒心，像是吃了一颗巨大的怪味豆，吐不出咽不下，卡在嗓子眼，酸、苦、辣、咸诸多滋味迅速弥漫，呛得直想掉眼泪。

夜里十一点钟，迎新晚会终于圆满结束。

庄青楠从包里拿出手机，看到十二通未接来电，连衣服都来不及换，一边回拨，一边急匆匆往外走。

"青楠，你去哪儿？"穆韵追上来挽住她的胳膊，"辛苦了这么多天，一起唱歌庆祝一下吧？会长说他请客。"

庄青楠皱紧眉头，断然拒绝："我不去了，你们玩吧。"

"别啊，大家都去，就你一个人不去多扫兴？"穆韵鼓动几个关系不错的学姐配合她留人，"KTV离学校不远，实在不行，你过去坐一会儿就走，好不好？"

庄青楠拨不通林昭的电话，担心他在外面等待自己，掰开穆韵的手，抱歉地说："我有急事，真的去不了，你替我给大家道个歉，我待会儿在群里发红包。"

穆韵实在留不住她，对着不远处的陆和光无奈地耸了耸肩。

庄青楠看不到林昭的身影，又联系不上他，奇怪地一路寻到出租屋。她担心吵醒其他租客，找出备用钥匙，轻手轻脚地打开房门。

卧室漆黑一片。

他不在这里。

庄青楠疑窦丛生，由于穿不惯高跟鞋，找出林昭的凉拖换上。

他是四十二码的脚，比她大好几圈，她穿上直晃荡，走路都变得不灵便。

庄青楠想不出林昭能去哪儿，又不能因为几个小时没见到他就报警，只能留下来等待。

她卸掉妆容，把枕头垫高，扭开台灯，靠在床头看书，没多久困意上涌，迷迷糊糊睡过去。

庄青楠被"咚咚咚"的砸门声吵醒。

林昭单手撑住门框，另一手拎着半瓶二锅头，头发不听话地往四面八方飞着，双眸幽暗，嘴角紧绷，浑身散发着浓烈的酒气。

他盯着庄青楠看了几秒，冷哼一声，开口就像怨妇："你还知道回来？"

庄青楠被林昭的样子吓了一跳，抬手扶住他，轻声说："小声点儿，别人都睡了，有什么话我们进屋说。"

"你不是、不是没时间管我吗？"林昭摇摇晃晃地往里走，嗓门降低，态度却没变好，"你多忙啊！你是主持人，是高才生，是咱们铜山镇飞出来的金凤凰……我这样的乡巴佬，哪敢耽误您的正事？"

他脚下一个趔趄，高大的身躯往庄青楠的方向歪倒，把她压到客厅的沙发上。

两个人的身体紧紧贴在一起，嘴唇相对，只有几毫米的距离。

他听得到她混乱的喘息声。

她呼出的热气，直接顺着唇缝钻进他嘴里。

林昭的双臂撑在庄青楠脸侧，一口一口吸着二氧化碳，脑子越来越迷糊，用力咽了咽口水。

"咕咚"的吞咽声，在静谧的深夜显得分外响亮。

10. 酒心巧克力

庄青楠和林昭一向有商有量、和和气气，头一回见到他发火，有些手足无措。

她安抚地揉了揉他的脑袋，被他摇头甩开，手僵在半空中，沉默半晌，长长叹了口气。

林昭听到她的叹气声，眼泪差点儿掉下来。

被嫌弃、被拒之门外的明明是他，她叹的哪门子气？

泥人还有三分土性子，他不该生气吗？他不能生气吗？

"阿昭，你先起来，我们进屋慢慢说。"庄青楠被林昭压得呼吸困难，却没有剧烈挣扎。

她的语气和平时一样镇定。

这种镇定更加刺激林昭，让他既委屈又愤懑。

他的心口泛起闷闷的疼，脑子里有根弦突突跳动，好像再不做点儿什么，打破她平静的表象，浑身的血管就会因愤怒而爆开。

林昭"呼哧呼哧"喘着粗气，忽然低下头，一口咬住庄青楠的肩膀。

牙齿陷进皮肤的时候，他才意识到她还穿着礼服，肩膀是裸露着的。

他的本意是让她疼，强迫她和自己共情，嘴唇触及微凉的肌肤时，思绪却打了个结，牙关不争气地泄去力道，连皮肉伤都没留下。

他叼着薄薄一层皮，像小狗叼着肉骨头，不舍得吃，只知道亲来舔去。

庄青楠真的变得慌张。

她痒得不住颤抖，想往后缩，却没地方躲，只能将手搭在他的颈后，再次劝说："阿昭……我们进屋……进屋再……"

进屋再什么？

她被他打乱思路，竟然想不起接下来的话。

林昭不满地哼了一声，听见隔壁屋传来动静，拦腰抱起庄青楠，三步并作两步跨进自己的卧室，把她放在床上。

短短几秒，庄青楠已经稳住阵脚。

她坐在床边，把毯子披在肩上，盖住被林昭亲得发红的肩头，牵住他的手，轻声问："你跟我说说，你为什么发这么大的脾气？你去看迎新晚会了吗？为什么觉得我没时间管你？为什么不接我的电话？"

林昭再度哼了一声，抬头看向天花板，一副非暴力不合作的态度。

"阿昭……"庄青楠无奈地晃了晃林昭的手，"我们有什么话不能摊开说呢？我不想跟你吵架。"

"我也不想跟你吵架！"林昭像炸了毛一样看向她，借酒壮胆，控诉的话一句接一句蹦出来，"可你对我一点儿都不好！你冷落我、拒绝我、欺负我！你说实话，你是不是嫌我丢人，希望在外人面前装作不认识我，撇清和我的关系？"

庄青楠皱眉道："阿昭，我从没这么想过……"

"你有！你肯定有！你就是不好意思说出来，这才对我使用……使用……"林昭歪了歪脑袋，想出一个新学的词语，声量拔高，"使用'冷暴力'！"

他岔开长腿，往地上一坐，撒泼道："我看出来了，你想通过这种方式赶我走，想逼我主动退婚！你们学霸的脑子就是好用，有的是办法让我知难而退！我这种……我这种猪脑子，怎么玩得过你？"

庄青楠瞠目结舌地看着林昭，不知道是由于心虚还是气恼，脸色变得难看。

"阿昭，你的指控太严重了，我发誓我从来没有嫌弃过你。"她的眼里布满难过，修剪整齐的指甲深深掐进手心，"我很感激你，很喜欢和你在一起，你对我比任何人都重要。"

林昭扁着嘴不依不饶："骗人，你对我和对别人没什么不同，我感觉不出我有哪里特别。"

庄青楠迷茫地说："那你……想让我怎么样呢？"

她不知道林昭心里藏着这么多委屈。

她更不知道该怎么对他好。

毕竟，她在一个不正常的环境中长大，没人正眼看过她，就连亲生父母，也没发自内心地对她好过。

她已经很努力地照顾林昭的感受了，大概是在感情方面实在缺乏天分，没能准确地传达给他。

林昭抽了抽鼻子，掰着手指头提要求："至少别拒绝我吧？对我的态度特别一点吧？我用我自己赚的钱给你买礼物的时候，别总说什么'不需要''用不上'，给我泼冷水……还有，每次都是我主动抱你，你偶尔也该抱我一下吧？"

庄青楠认认真真地听着，把他的话记在心里，问道："还有吗？"

"还有……还有……"林昭飞快地瞄了她一眼，"我不想只做朋友！"

这句话一出口，两个人的心脏都漏跳了两拍。

林昭望着庄青楠凝重的表情,嗫嚅几下,不自然地找补道:"咱俩都认识这么久了,你要是真的看得起我,至少……至少应该把我当成知己吧?"

他和她心知肚明,"知己"并不只是关系亲密的好朋友,多多少少和男女之间的暧昧有关。

迎接林昭的,是长久的沉默。

他渐渐变得烦躁,正打算学三四岁的孩子躺到地上,来个一哭二闹三上吊,听见庄青楠清冷的声音——

"阿昭,地上太脏了,先起来吧,我知道你没喝醉。"

这一句话有如石破天惊,把林昭的脸烧得通红,也把刚刚缓和的气氛再度冻上。

林昭像弹簧一样跳起来,震惊地问:"你怎么知道我没喝醉?"

没错,他在楼底下的凉亭里发了半天的呆,看到自己屋子亮起灯光,这才跑到便利店买了瓶二锅头,又是漱口,又是往身上洒,营造出喝醉的假象。

要不是拿酒当幌子,他哪有胆量质问庄青楠?

他当然想不到,庄青楠见到他的第一眼,就识破了拙劣的伎俩。

庄青楠低声解释:"我见过你喝醉酒的样子,和这次完全不一样。再说,如果真的喝了半瓶白酒,逻辑不会这么清晰。"

林昭的脸色一阵青一阵白,意识到场面已经无可挽回,索性破罐破摔,咬牙问道:"那你回答我,你愿不愿意跟我更进一步?"

庄青楠还是不说话。

林昭气急攻心,指着房门,口不择言地说:"不愿意就走!只是朋友的话,这么晚还待在我家,不合适吧?"

庄青楠抬起头,似乎想说些什么,见他情绪激动,正在气头上,又强行忍住,拿起包离开。

庄青楠下了两层楼梯,才意识到自己还穿着林昭的拖鞋。

她把手伸到包里,摸索手机的时候,碰到几颗圆锥形的糖果,想起那是一个学姐今晚给她的酒心巧克力。

听说巧克力是法国进口的,她想着林昭一定喜欢吃,避开别人的注意,偷偷藏了起来。

这种做法一点儿也不体面,和小时候吃席时,亲戚们用塑料袋打包剩菜的举动差不多,她却毫不在乎。

庄青楠犹豫片刻,认命地往回走。

她推开卧室的门,听到卫生间传来隐忍的抽泣声。

11. 琥珀花生

林昭背对着磨砂玻璃门，坐在小凳子上，一边哭一边脱衣服。

他把沾满酒气的T恤摔到地上，泄愤似的踩了两脚，光着膀子摘掉花洒，把水流开到最大，连温度都不调，直接往身上冲。

他知道他把一切都搞砸了。

他明明占理，却在不合适的时机说了不合适的话，还把庄青楠赶了出去，将矛盾激化到不可收拾的地步。

林昭负气地想，他也是有脾气的人，既然已经把话挑明，就要硬刚到底。

至少……

至少他再也不会让庄青楠看到自己的笑容。

很快，他又觉得后悔。

外头的天那么黑，庄青楠一个人回宿舍会不会遇到危险？

陆和光一直对她心怀不轨，会不会乘虚而入，找机会上位？

林昭腾地站了起来，往后一转身，差点儿撞到庄青楠。

"你……"他难以置信地瞪着她。

"你……"庄青楠望着他流泪的眼睛、红通通的鼻尖，紧接着把目光移到湿淋淋的胸口。

花洒喷出的水流溅到她的裙子上，又急又冷。

她打了个冷颤，态度有所软化，抬手帮他擦泪，轻声道："阿昭，别哭，都是我不好……"

"你别碰我！"林昭刚才还在忐忑，见庄青楠去而复返，又被她勾出更多委屈，扯着嗓子号哭起来，"你是不是打算糊弄我，让我继续跟你做朋友？我告诉你，我没那么好哄、没那么不值钱！"

他边哭边往后退，躲开庄青楠的手，眼神干净又执拗，寸步不肯相让。

"阿昭，我不是这个意思……"庄青楠被林昭哭得一个头两个大，急忙追上去，没想到地面太滑，她穿的拖鞋又不跟脚，一不留神被裙摆绊住，仰面往后摔去。

"青楠！"林昭大惊失色，由于事发突然，来不及扶她，只能伸出胳膊挡了一下。

庄青楠身子一歪，右臂重重撞在洗手台上，发出"咔嚓"一声轻响。

她疼得跌坐在地，脸上全是冷汗，嘴唇发白，说不出话。

"青楠！青楠你怎么样？还能动吗？"林昭把吵架的事丢到一旁，跪在坚硬的瓷砖上，想碰庄青楠又不敢，"你……你别吓我！疼得很厉害吗？"

庄青楠靠在他肩上缓了一会儿，一边吸气一边说："可能是骨折，小问题。"

"骨折还叫小问题?"林昭急得说话都不利索,"你等着,我打电话叫救护车!"

"不用,没那么严重,我换身衣服,自己去医院处理。"庄青楠抬起完好的左手,摸了摸林昭的脸,帮他擦掉眼泪和水迹,声音比平时温柔两分,"阿昭,我答应你。"

林昭愣了愣:"什么?"

"你说你想更进一步,我答应你。"庄青楠尚未完全理解林昭的感受,却被他的眼泪触动,做出退让,"别再哭了,好吗?你也换身衣服,陪我去医院。"

林昭睁大眼睛,不敢相信自己的耳朵。

他又哭又笑,又高兴又愧疚,把庄青楠搀到屋里,打开衣柜翻找T恤。

"我穿这件。"庄青楠看中一件偏宽松的黑色T恤,打算当成裙子穿。

她抬不起手臂,犹豫片刻,背过身道:"阿昭,帮我把裙子后面的扣子解开。"

她身上的礼服裙设计精美,从后背到腰间缝制了二十多颗黄豆大小的纽扣,无论穿脱都有些麻烦。

林昭蓦然红了脸,哆嗦着手从最上面那颗扣子解起。

他本来就不擅长做精细活,由于紧张又出了很多汗,手心黏腻,不停打滑。

"阿昭,你还没告诉我,你为什么生这么大的气?"庄青楠见林昭的情绪渐渐稳定下来,再度询问原因,"观看晚会的人太多了,我不知道你坐在哪里,又一直在忙,顾不上看手机。"

"……我根本没进会场,保安看出我不是本校的学生,不让我进去。"林昭解开四五颗纽扣,看到一大片白腻的肌肤,心口像揣了只小鹿似的乱跳,连忙闭上眼睛,"我托穆韵帮忙传话,她说你没时间管我,让我先回来。"

真相大白,庄青楠将这件事和许多蛛丝马迹联系起来,垂下眼皮,道:"穆韵没有传话给我,这中间应该有什么误会。阿昭,穆韵是我的室友,你要是信得过我,把这件事交给我处理吧。"

林昭紧闭双眼,俊俏的脸庞上腾起两团明显的红晕,指腹无意间蹭过她的脊背,烫得快要烧起来。

"我肯定相信你。"他说完这话,想起今晚的丢脸表现,恨不得找道地缝钻进去,"青楠,对不起,我不该无理取闹,不该说那些伤人的话,更不该不管不顾地对你发疯,害你受伤。"

"我们之间，不说这个。"庄青楠等林昭解完扣子，示意他转身回避，单手脱掉礼服，穿上T恤。

窸窸窣窣的声音让林昭浮想联翩。

他搓了搓脸，赶走邪念，换了身干净衣服，匆匆忙忙地打车送她去医院。

短短一个小时，庄青楠的小臂肿得像发面馒头一样，看着吓人。

医生看过片子，诊断为轻度骨折，用石膏固定好伤处，嘱咐她回去静养，清淡饮食，一个月后再去复查。

林昭把庄青楠骨折的事全部归咎于自己，围着她转来转去，一会儿问她疼不疼，一会儿给她倒水，一会儿又红着眼圈怔怔地望着她，好像下一秒就要掉泪。

庄青楠躺在林昭床上，被他看得浑身不自在。

她握住他的手，说道："是我自己不小心，跟你没关系，阿昭，你不要再自责了。"接着，她轻轻把他往自己的方向拽了拽，破天荒地给了他一个拥抱。

林昭傻呆呆地趴在庄青楠身上，吸了吸鼻子，问："咱们这算和好了吗？"

"本来也没闹多大的矛盾。"庄青楠抚摸着浓密的短发，困倦地闭上眼睛，"我就算那会儿真的走了，明天也会主动联系你的。"

林昭大着胆子挤到床上，和她盖同一条毯子，却不敢脱鞋。

他实话实说："我可能根本等不到明天。"

庄青楠有些好奇："你打算怎么做？"

"去你们宿舍楼底下傻站着呗……"林昭为了让她好好休息，忍住对黑暗的惧怕，关掉台灯，"要是你不理我，我就死缠烂打。反正我有你的课程表，知道你在什么时间上什么课，到时候像门神一样杵在门口，眼睛直勾勾瞪着你……"

庄青楠噙着笑进入梦乡。

第二天早上，林昭把热气腾腾的包子和小米粥送到床边，又打开一盒琥珀花生，用勺子喂给庄青楠吃。

圆滚滚的花生裹满糖衣和白芝麻，外皮酥甜，里面脆香，很适合配粥。

林昭见庄青楠接受自己的投喂，一口一口安静地吃着，高兴得露出两颗小虎牙。

他得寸进尺地说："青楠，你伤的是右手臂，一时半会儿好不了，无论是学习、备课，还是吃饭、洗衣服、洗澡，肯定都不方便。要不……你暂时搬过来，让我照顾你吧？"

经过这次争执，庄青楠隐约明白，林昭想要的并不多。

他希望证明自己有用，希望满腔热情偶尔得到反馈，希望她不要把界限分得太明显。

　　林昭见庄青楠迟迟没有说话，赌咒发誓："我知道你在担心什么，你放心，咱们还跟原来一样，你睡床，我打地铺，我绝对不会……"

　　"我不担心。"庄青楠打断他，眼眸中流动着温和的色泽，"你说得有道理，接下来几个月，就麻烦你了。"

　　林昭喜出望外，用力拧了下手臂，疼得龇牙咧嘴，这才确信自己不是在做梦。

　　他拍胸脯保证："你放心，我肯定将功补过，把你照顾得妥妥当当！"

第十章 平静水面下的暗流

1. 苹果桂圆糖

当晚,庄青楠回宿舍收拾个人物品。

她跟宿管阿姨打过招呼,把林昭带到宿舍门口,对他说:"阿昭,你先在这里等一会儿,我进去跟她们说一下情况。"

林昭点点头,担心她跟穆韵起冲突,犹犹豫豫地说:"穆韵的事……要不算了吧?我不想让你夹在中间,两头为难。"

"我有分寸。"她笑着安抚他。

室友们看见庄青楠胳膊上打着石膏,立刻围上来关心她。

傅菱听说她打算搬出去,一对乌溜溜的眼睛转了转,古灵精怪地道:"你要跟姐夫住一起呀?姐夫不得高兴疯了?算了算了,看在他经常给我们买雪糕买零食的份上,就给他这个表现的机会吧!"

宋琼枝"扑哧"笑出声:"林昭要是知道你这么容易收买,嘴巴这么甜,高低得备份大礼好好谢谢你。"

另外两个室友跟着说笑,只有坐在门边的穆韵冷哼了一声。

气氛变得微妙。

庄青楠拜托傅菱和宋琼枝帮忙:"阿昭不方便进来,你们帮我把被褥搬下来,装进收纳袋吧。"

傅菱和宋琼枝满口答应。

她看向穆韵,开门见山地道:"穆韵,我们去阳台聊两句吧?"

穆韵点了点头,起身走向阳台。

"你想清楚了吗?你真的要和林昭同居?"玻璃门刚拉上,穆韵就先发制人,语气很冲,"青楠,我真不知道该说你什么,论家世,论学历,论才华,陆会长哪一点不比林昭强出十万八千里?你为什么就这么想不开,非要在一棵歪脖子树上吊死呢?"

"穆韵，你不觉得你管得太多了吗？"庄青楠很少对人说重话，这会儿脸色却冷得像冰，不怒自威，"昨天晚上，林昭托你帮忙传话，你要是对他有意见，可以不帮，为什么要编织谎言，在我们之间制造误会呢？"

穆韵的表情有些不自然，昂着脖子："你就这么相信他的一面之词？"

她顿了顿，又说："就算事情确实是我做的，那又怎么样？我的出发点是为了你好——林昭根本配不上你，陆会长才是良人，我看在朋友的份上拉你一把，有哪里不对？"

庄青楠的脸上带出淡淡的嘲讽："我不喜欢别人对我的生活指手画脚。再说，你扪心自问，你帮的到底是我，还是陆和光呢？"

穆韵脸色一变，气急败坏地道："你这是什么意思？"

"听说你在学生会表现得不错，有望当选下一任会长。"庄青楠意有所指地看着穆韵的眼睛，没有把话说得太直接，而是含蓄地敲打她，"穆韵，我祝你青云直上、得偿所愿。不过，类似的事，我希望不要再发生了。"

穆韵僵在原地，说不出话。

庄青楠抬手推开玻璃门，沉默片刻，又说："还有，我们只是室友，不是朋友。"

她不会和穆韵这种自私自利、不择手段的人做朋友。

她更不会给穆韵第二次伤害自己的机会。

庄青楠整理了几套换洗衣物，连着那个林昭送给她的玻璃糖罐一起装进行李箱，打开房门。

林昭紧张地迎上来，连声问："怎么这么久？没生气吧？没吵架吧？就这么点儿东西吗？"

他又自言自语起来："没事，缺什么我给你买，多跑两趟腿的事儿！"

庄青楠笑着点点头，谢过室友，拉着行李箱和林昭一起往出租屋走。

当晚，庄青楠拧开糖罐，给林昭展示自己这半年多的收藏。

"这个是什么糖？我从来没见过。"林昭剥开一颗苹果桂圆糖放进嘴里，品了品味道，眼睛满足地眯起，"好甜！"

他没发现，糖罐里的糖果全是成双成对的，没有一颗落单。

庄青楠跟着吃了一颗，觉得身上有点儿黏腻，说道："阿昭，我想洗个澡。"

林昭连忙跑进卫生间，给她放热水。

为了避免弄湿伤处，林昭往庄青楠的右手臂上裹了两层保鲜膜。

他在逼仄的空间里转悠了几圈，把小凳子放在花洒底下，洗漱用品放在称手的位置，又绕到她身后。

他红着脸说："你……你怎么脱衣服？自己能行吗？"

"……能行。"庄青楠逞强地做了个左臂上抬的动作,发现T恤穿起来容易,脱起来难,和林昭大眼瞪小眼。

"我……我帮你脱吧。"林昭又是挠头,又是挠后颈,"明天正好是周末,我们出去逛街,买几件前面系扣的衣服,那种方便。"

庄青楠别无他法,轻轻"嗯"了一声。

林昭将双手放到她腰侧,由于害怕碰到受伤的地方,也不敢闭眼。

他先把T恤从左边的手臂绕出来,又小心地穿过她的脑袋,眼睛不可避免看到瘦削的脊背,忽然意识到哪里不对:"你的内衣呢?"

她昨天好像就没穿内衣。

难道……难道她真空穿着他的T恤吗?

林昭被自己联想到的香艳画面所刺激,条件反射地捂住鼻子,生怕流鼻血。

庄青楠接过T恤挡住胸口,竭力保持镇定,耳朵尖却泛起薄粉。

她无奈地解释:"我用的是胸贴。阿昭,可以了,你先出去吧。"

林昭晕晕乎乎地退出去,坐在床上,打开手机恶补"胸贴"相关的知识。

网上说,胸贴有一次性的,也有可以反复使用的。

如果是后者,一般是硅胶材质,需要经常用清水或沐浴露清洗。

过了一会儿,庄青楠用浴巾包着身体,扬声叫林昭进去。

林昭给她套上睡裙,见她的头发还是干的,后知后觉地道:"我帮你洗头。"

"明天吧,我忘了把吹风机带过来。"庄青楠不习惯这样的亲密,急着往外走,唯一的出口却被林昭堵得严严实实。

"那我帮你洗衣服,好不好?"林昭像在请求什么无上的恩赐,表情小心翼翼,声音低得几乎听不清。

庄青楠胡乱点点头:"那就麻烦你了。"

林昭把庄青楠安顿好,迫不及待地钻进卫生间。

等了这么多年,他终于可以名正言顺地帮她洗衣服,心里别提多兴奋。

换下来的衣服泡在盆里,林昭拿起T恤抖落两下,果然看见两片肉粉色的硅胶。

除此之外,还有卷成一小团的内裤。

林昭心跳如雷,反锁房门,把胸贴放到鼻子下面,深深嗅了一口。

甜甜的、香香的,和他今晚吃过的糖果好像。

2. 椰汁桃胶

刚搜过的知识派上用场。

林昭喜孜孜地挤出一大团沐浴露，把两片胸贴洗得干干净净，又拿起内裤，用内衣皂翻来覆去地搓洗。

　　他晾好衣服，蹑手蹑脚地回到卧室，看到庄青楠已经睡熟。

　　她知道他怕黑，床头亮着一盏灯。

　　柔和的光线洒在白里透红的脸庞上，落在乌黑的长发里，像是给她罩了一层朦胧的轻纱，唯美中透着几分不真实。

　　林昭屏住呼吸，蹲在床边，痴痴地望着庄青楠。

　　难以言喻的满足感几乎将胸腔撑破，他傻笑着轻轻亲了亲她的手背，把空调调到合适的温度，躺在铺好的地铺上。

　　他激动得睡不着，一会儿在脑海里拟定明天的菜谱，一会儿罗列需要尽快采购的物品清单，一会儿又用手机搜索护发素的使用方法，提前学习怎么给女孩子洗头。

　　大部分男人觉得麻烦的日常琐事，由于需要帮助的对象是庄青楠，在林昭看来，都是奖赏。

　　第二天一大早，林昭就钻进厨房，丁零当啷地捣鼓了大半个小时，把金灿灿的鸡蛋饼、表皮微焦的烤肠和粗细不均的醋熘土豆丝端到庄青楠面前，眼巴巴地等待她的点评。

　　"以后早上随便吃点儿就好了，不用这么麻烦。"庄青楠咬了一口鸡蛋饼，顾及林昭的感受，不太熟练地夸奖他，"很香，很好吃，阿昭，你的厨艺进步好大。"

　　林昭笑得见牙不见眼，跳起来道："你等着，我还煮了一锅粥！"

　　吃过早饭，林昭和庄青楠按照计划来到商场，挑选合适的衣服。

　　赶上换季打折，庄青楠选了几件宽松的衬衫和两条灯笼袖的连衣裙，一起拿到收银台结账。

　　林昭抢着付钱："你骨折的事全怪我，当然是我买单！"

　　庄青楠想起前天晚上他号啕大哭的样子，心有余悸，强忍着没有争辩，接受他的好意。

　　接下来，林昭积极地给庄青楠买前面系扣的内衣、不需要系鞋带的单鞋、有助于骨头愈合的钙剂和营养品，连眼贴和面膜都考虑在内，林林总总置办了一大堆。

　　庄青楠虽然不主动、不积极，整体也算配合。

　　逛得累了，两个人走进一家甜品店休息。

　　林昭研究了半天菜单，给庄青楠点了一碗据说有美容养颜效果的椰汁桃胶，给自己来了碗冰冰凉凉的芋圆烧仙草。

　　甜品很快端上来，庄青楠看见琥珀一样的不规则颗粒散落在奶白色的甜汁里，好奇地舀起一勺尝了尝。

桃胶带一点儿爽脆感，牙齿咬碎之后，淡淡的苦味和浓郁的奶味中和，减去几分甜腻，若有若无的木香萦绕在鼻间，久久不肯散去。

"好吃吗？好吃吗？"林昭眼馋地望着庄青楠的碗，"我还没吃过桃胶呢！"

庄青楠又舀起一勺，抬手送到他面前："要不要尝尝？"

她很快意识到这一举动的亲昵，正打算收回，林昭已经连勺子带甜品一起咬住，眼睛闪闪发光。

他早就盼着和她像那些小情侣一样相互喂食，今天终于能够实现愿望。

林昭把桃胶和椰奶咽进喉咙，仍不肯松口，叼紧勺子轻轻晃动庄青楠的手，像是在和她嬉戏。

庄青楠鬼使神差地想起留在老家的旺财。

她总觉得，要是把手里的勺子像小球一样抛向远处，林昭也会像旺财一样飞奔出去，精准地用嘴巴接住，再摇晃着尾巴跑回来讨要奖励。

庄青楠被这个联想吓了一跳。

她甩掉奇怪的念头，用力抽回勺子，小声道："阿昭，别闹。"

"还想吃。"林昭意犹未尽地舔了舔嘴角，期待她的第二次投喂。

庄青楠微微红了脸："那你再去拿把勺子。"

林昭有点儿泄气，想起接下来的安排，又高兴起来："不跟你抢了，快吃，吃完回家，我给你洗头！"

为了让庄青楠洗头的时候舒服一点儿，林昭从隔壁借了把真皮座椅，把靠背放倒。

他兑好一大盆热水，放在凳子上，示意庄青楠躺下，在她颈后垫了条干毛巾，贫嘴道："小姐是第一次来我们店吗？我是造型师托尼，很高兴为您服务。"

庄青楠被他逗笑，闭上眼睛，道："是啊，第一次来。"

林昭生疏而小心地把细软的发丝泡进水里，涂上洗发水，搓出绵密的泡沫。

他的指腹轻轻按揉紧绷的头皮，不住询问庄青楠的感受："疼吗？痒吗？如果有哪里不舒服，你及时告诉我。"

"不疼，很舒服。"庄青楠嗅着洗发水散发的甜橙香气，享受着周到的服务，渐渐放松下来，"托尼，下次洗头还找你。"

"小姐既然对我的服务满意，干脆办张卡吧？"林昭得寸进尺，把雪白的泡沫冲干净，挤出多余的水分，开始往发间涂抹护发素，"现在正好赶上店庆，只需要充值一块钱，就能将我指定为您的私人专属造型师，终

身免费给您洗头发、吹头发，没有任何附加费用。"

庄青楠觉得林昭说得太过离谱，横了他一眼："这么做活动，你们老板会赔死的。"

"我才不管他。"林昭用毛巾擦干双手，轻轻揉捏她的耳朵，"我们店要是倒闭，我就搬到小姐家里，随叫随到，任您差遣。"

庄青楠忍俊不禁，指指头顶："可以了。"

林昭连换两盆水，冲干净护发素，扶她坐起，连好吹风机的电源，给她吹头发。

他玩心重，把头发吹干之后，用梳子梳顺，抓起一把发丝，开始编麻花辫。

庄青楠由着林昭摆弄，时不时提供技术指导。

林昭折腾了十几分钟，出了一身的汗，终于编出两条歪歪扭扭的麻花辫。

他满意地拿出手机，拍了张照片留作纪念，看见屏幕左上角的时间，大惊失色："怎么这么快就一点半了？我去做饭！"

片刻之后，庄青楠走到厨房门口，开口唤道："阿昭。"

"嗯？"林昭正挥舞着菜刀剁肉馅，闻言转过头，"怎么了？肚子饿了吗？再等等，很快就好。"

庄青楠轻声道："把手伸出来。"

林昭乖乖摊开手掌，看到一枚硬币从她手心落下，掉在他手里，恰好压在感情线上。

林昭疑惑地问："为什么给我一块钱？"

庄青楠一本正经地回答："办卡，支持托尼的工作。"

他愣怔两秒，握紧硬币，高兴得笑出声。

3. 桂花糖

庄青楠努力适应骨折带来的不便，接受林昭的照顾。

林昭则手忙脚乱地学习如何做家务，每天都有新收获。

原来，不止做饭大有门道，生活中还有很多容易忽略的常识——

衣物应该根据材质和洗涤要求分开清洗，晾的时候也得注意，不能全部挂在一起。

纸巾、湿巾、洗手液、洗衣液等日常消耗品，在超市按原价购买是最不划算的，最好的办法就是趁活动节点，通过电商平台囤货，还要货比三家。

临近双十一，林昭靠在单人沙发上，一手握着手机，另一手摆弄着手指头，双眼无神地望着天花板，凑满减凑到怀疑人生。

按照他以前的性格,哪里会计较这几十块钱?喜欢的东西必须立刻买下来,多一秒都等不了。

可他已经有一只脚踏入社会,越来越明白赚钱有多难、花钱有多容易,逐渐觉醒理财意识。

再说,庄青楠经常查账,如果发现哪样东西买得便宜,就会夸他几句,为了这个,他也得铆着劲儿表现。

躺在床上睡午觉的庄青楠身子一动,林昭立刻警醒地站起来,问:"青楠,睡好了吗?"

"嗯。"庄青楠揉了揉眼睛,坐起身准备下床。

林昭从门边的鞋柜里取出一双运动鞋,单膝跪在她脚边,穿鞋和系鞋带的动作一气呵成。

两个人逐渐形成习惯和默契,都没觉得这一举动有哪里不对。

"下午有安排吗?"林昭帮庄青楠穿上薄外套,给她扎了个低马尾,手法已经相当熟练,"我得去超市值晚班,十点左右才能回来,有什么需要我做的吗?"

庄青楠摇头道:"你忙你的,我去学校做实验,晚饭直接在餐厅解决。"

林昭笑道:"行,我忙完跟你联系。"

大二的课业并不算繁重,庄青楠请辅导员帮忙牵线,向学院一位名叫谷天华的教授毛遂自荐,凭借优异的成绩,加入他带领的团队,参与一个重点科研项目。

谷天华年逾五十,带过许多博士和研究生,称得上"桃李满天下",在业内颇具名望,研究的方向又和庄青楠的兴趣高度重合。

庄青楠目标明确,打算争取本校保研的机会,跟着谷教授多做几个项目,一边积累经验,一边继续赚钱。

等她研究生毕业,出国的费用也攒得差不多,到时候或许可以到国外的名校继续深造,看一看外面的世界。

巧合的是,陆和光也在同一个实验小组。

他好像和谷天华关系匪浅,两个人相处的时候不像师生,更像叔侄,透着不寻常的热络。

半个小时后,庄青楠走进实验室。

她是新人,又是小组里唯一的女生,几个师兄戴着有色眼镜,有些看不起她,只肯让她记录数据,做一些非常边缘的工作。

庄青楠没有露出任何不高兴,打开昂贵的进口仪器,在心里默背着复杂的参数,一丝不苟地进行调试。

她抚摸着冰冷的按钮和指针,像在抚摸心爱的宝贝,眼眸中充斥着纯

粹的喜悦。

陆和光被庄青楠的专注打动，上前寒暄："青楠，手臂恢复得怎么样了？该拆石膏了吧？"

迎新晚会过后，他从穆韵口中知道庄青楠的反应，为了躲避嫌疑，只能采取冷处理的方式，和她暂时保持距离。

他不是迂腐的卫道士，不会苛求伴侣的纯洁，不过……她和林昭同居得也太久了吧？

庄青楠的态度一如既往的冷淡，手上动作没停："恢复得还可以，医生建议再固定一个月。"

"我听说你为了加入小组，费了很多周折。"陆和光没有被她的冷漠逼退，没事人一样暗示自己和谷天华的关系有多好，"这件事也怪我，我经常去谷叔……谷教授的家里做客，要是知道你也想拜在他门下，顺嘴提一句就好了，省得你绕这么大圈子。"

见庄青楠一言不发，他看了眼站在斜对面的组员，压低声音："你想不想直接参与项目？师兄们是有些恃才傲物，不过，他们对我还不错，只要我帮你说情，肯定……"

"不用了。"庄青楠的脊背挺得笔直，神情凛然不可侵犯，"我对这些仪器的使用方法还不够熟悉、软件运用得也不够熟练，正好趁这段时间打好基本功。学长与其为我费神，不如管好自己的事。"

她不再叫"会长"，却换成更生疏的"学长"。

陆和光见庄青楠油盐不进，气得一口气险些没上来。

"你……你……"他想指责她不知好歹，又怕把气氛闹僵，以后变成陌路人，双手紧贴裤缝，在笔挺的布料上扯出道道皱褶，终于挤出个难看的笑容，"好吧，是我多管闲事了。"

庄青楠在实验室忙到天黑，到餐厅随便扒拉了两口饭，又拐回去整理实验报告。

她把当天的数据整理得井井有条，又结合前几天的数据，给出自己的分析和建议，从头到尾检查了一遍，发到谷教授的邮箱里。

忙完这一切，已经是晚上十一点。

整个实验楼空空荡荡，看不到一个人影，庄青楠来到走廊，借着声控灯发出的光亮，发现窗外那株两米多高的金桂正在盛放。

无数金黄色的花朵从树叶里挤出来，虽不显眼，却开得热热闹闹，香气馥郁而悠远。

庄青楠停下脚步，沉醉地嗅闻了一会儿，觉得浑身的疲惫渐渐消散。

她来到窗边，伸手摘下一小簇桂花，装进外套口袋里，继续往外走。

林昭正站在路灯下等她。

少年性格跳脱,很少有老实的时候,这会儿正用双手比画出手枪的造型,对着自己的影子射击,嘴里发出"砰砰"的声音,又抬起长腿,模拟战斗机向地面俯冲。

看见庄青楠,他仓促地停下动作,险些被自己绊倒。

"青楠,你忙完啦?"林昭闹了个大红脸,不好意思地跑到庄青楠跟前,从口袋里摸出一块透明包装的桂花糖,撕开送到她嘴边,"我新发现的糖,又漂亮又好吃,快尝尝!"

庄青楠低下头,看到一朵朵金黄的桂花封在黄水晶一样的凝胶里,恍惚间觉得这个秋天的美景定格在他手中。

她笑着咬住软糖,与此同时,把刚摘的桂花拿出来,主动和他分享。

4. 红枣山药粥

庄青楠拆掉手臂上的石膏,彻底恢复的时候,已经是这一年的初冬。

她打算搬回宿舍,却被林昭死死拦住。

"我交了半年的房租,明年二月底才到期呢。"林昭哭丧着脸堵在门口,两手虚虚张开,绞尽脑汁搜寻理由,"住一个人是住,住两个人也是住,干吗来回折腾?再说,你今年还是不打算回去过年,对吧?这里比宿舍安全、暖和,又能做饭,多方便啊!

"还有还有,你不是和穆韵闹得不大愉快吗?在宿舍抬头不见低头见,影响心情,还容易发生矛盾。"

他趁庄青楠不注意,把她的行李箱抢过来,长臂一伸,送到衣柜顶上,又踮起脚尖往里塞了塞:"青楠,你就听我一回,明年春天再说,好不好?"

庄青楠生怕林昭揪着"过年"的事不放,只能做出退让。

临近期末,有好几科作业要赶,实验室的工作又多,庄青楠连熬了几个夜晚,不慎着凉,竟然犯了痛经的老毛病。

早上,她裹紧被子,蜷缩成一团,脸上写满痛苦,虽然拼命隐忍,还是惊动了林昭。

"青楠,青楠,你怎么了?不舒服吗?"林昭从地上跳起来,摸到庄青楠额头的冷汗,吓得脸色发白。

他算了算时间,很快找出症结:"你是不是……来例假了?"

庄青楠微微点头,小声说:"阿昭,你帮我买盒止痛药。"

"好,我现在就去!"林昭连鞋都来不及换,抓起手机飞奔出去。

几分钟后,他带着一盒布洛芬回来,喂庄青楠吃下,给她加了床被子,

/ 245 /

跑到厨房煮生姜红糖水。

一大碗又辣又热的糖水灌进肚子里，庄青楠恢复几分血色，虚弱地道："阿昭，麻烦你了。"

"你跟我客气什么。"林昭扶着她躺好，手伸进被子里，隔着睡衣摸向平坦的小腹，发现那里冰冰凉凉，皱起眉头，"怎么这么凉？我去给你买个热水袋。"

"不用了……"庄青楠冷得直打颤，只有被他捂着的部位稍微舒服点儿，下意识往他怀里蹭了蹭，"等药劲上来就好了。"

"药房的医生说布洛芬没那么快见效。"林昭见庄青楠像猫儿一样依偎着自己，根本挪不动脚步。

他大着胆子搂紧她，手掌平贴着腹部，缓慢又轻柔地打着圈按摩："这样揉着能好受点儿吗？"

庄青楠迷迷糊糊地点点头，调整了个舒服的姿势，很快睡了过去。

一觉睡醒，外面的天色已经黑透。

她发现林昭依然保持着同一个姿势，连揉按小腹的动作和节奏都没发生丝毫变化，连忙挣扎着坐起身："阿昭，累坏了吧？我好多了，你快起来活动活动。"

林昭甩着酸麻的手臂站起来，双腿也麻得不听使唤，往地上使劲儿跺了两脚，龇牙咧嘴，连声吸气。

一个小时后，庄青楠坐在桌前，吃着香甜软糯的红枣山药粥。

林昭蹲在卫生间，卖力地搓洗着床单。

他时刻竖着耳朵，一听见勺子和瓷碗的磕碰声，立刻叫道："青楠，你不能碰凉水，放着我刷，快回床上休息！"

庄青楠犹豫片刻，走到卫生间门口，唤道："阿昭……"

"怎么了？"林昭抬手挠挠鼻子，脸上沾了点儿泡沫，却浑然不觉，"还需要什么？"

庄青楠把话咽回去，摇头道："没事。"

洗漱过后，庄青楠看着林昭像以前一样往地上铺褥子，忍不住再次出声："阿昭……"

"嗯？"林昭坐在褥子上，仰头望着她的脸，唇角上翘，乱发也跟着翘，"我笨手笨脚，有很多地方都想不到，你要是觉得哪里不好，直接告诉我，我马上改。"

庄青楠连忙否认："没有，你对我很好。"

她咬了咬嘴唇，终于下定决心，含蓄地道："天气越来越冷，睡地上很难受吧？"

"不难受啊，家里带来的被褥比外面买的厚得多，我又皮糙肉厚的，感觉不出打地铺和睡床有什么区别。"林昭大大咧咧地回答着，忽然眼睛一瞪，"怎么，你又想搬走？"

"……"庄青楠难得地露出无可奈何的神情。

她沉默地看了他一会儿，脱鞋上床，背对着他："算了，那你就一直在地上睡吧。"

林昭一会儿看庄青楠的后背，一会儿看天花板，一会儿看脚尖，终于咂摸出她的言外之意，满脸的难以置信。

他鼓起勇气爬到床上，像白天一样搂住她，磕磕巴巴地问："我……我没理解错你的意思吧？我可以、可以这样吗？你不会生我的气吧？"

庄青楠掀开被子一角，默许他钻进去，声音放得很轻，为这一越界行为做出合理的解释："今年太冷了。"

"对对，太冷了，冷得人受不了，我活了十八年，没见过这么冷的冬天，要是一直睡地上，再结实的身体也扛不住。"林昭结结实实地抱住微冷的身子，把热意源源不断地输送给她，右手像护宝贝似的捂着冰冷的小腹，左手试探着往她脖子底下塞，"青楠，要不要枕着我的胳膊睡？"

"不要……"庄青楠把枕头往里面拽了拽，"别靠这么近，把你自己的枕头拿上来。"

林昭悻悻地屈起左臂，垫在自己脑袋底下。

"你的肚子好软，跟我的一点儿也不一样。"他好奇地比较起男女之间的区别。

庄青楠问："都是人，有什么不一样？"

"真的，我不骗你。"林昭摸索着找到她的手，往自己的肚子上按，"不信你摸摸。"

他有健身的习惯，在超市的工作量又大，薄薄的皮肤底下布满肌肉，感受不到脂肪存在的痕迹。

庄青楠隔着睡衣摸了一会儿，又轻轻戳了两下，深入地体会男女身体的差异。

林昭的呼吸渐渐变得急促。

他意乱情迷地低下头，找到庄青楠的耳朵，往里呼了两口热气，好像下一秒就要亲到白玉般的耳垂。

庄青楠及时按住他的腹肌，往后推了推，轻声说："不可以。"

林昭理智回笼，乖乖"哦"了一声，继续给她揉肚子。

庄青楠闭上双眼，发现自己并不反感这种程度的亲近。

林昭的怀抱很温暖、很舒服，又没什么威胁性，能够给她提供足够的安全感。

某个瞬间,坚毅刚强的心产生动摇。

她居然觉得,一直这样下去也不错。

5. 红茶糖

林昭的睡相并不好,睡着睡着,就像八爪鱼一样缠住庄青楠,和她脸贴着脸、手牵着手,长腿夹住她冰冰凉凉的脚,给她暖得热乎乎的。

他前几回还会惊慌失措地道歉,见庄青楠没有生气,脸皮就渐渐厚起来,天气越冷,抱得越紧。

当然,这么近距离地接触,不可能没有生理反应。

不过,他装作若无其事,庄青楠也不戳破。

两个人同吃同住,形影不离,像一对关系融洽的小夫妻。

林昭不得不承认,习惯是可怕的东西。

庄青楠骨折的两个月,很多肢体动作悄悄刻进他的肌肉记忆里。

每天早上,他还是会习惯性地蹲在地上给她系鞋带;晚上,等她忙完手里的工作,还没起身,他已经挤好牙膏,准备好热水;她洗过澡,从卫生间出来,他抄起吹风机就迎上去……

林昭特别喜欢照顾庄青楠。

这让他觉得,自己留在她身边是有价值、有意义的。

临近期末,林昭终于捡起落灰的课本,开始考前突击。

他和庄青楠并肩坐在书桌前,背知识点背得头昏脑涨,偶尔歪着脑袋看向她安静的侧颜,就像打了一支强心针,又拥有了用不完的精力。

"青楠,你们学霸是不是都不用复习啊?"他伸了个懒腰,从架子上的糖罐里拣出两颗红茶糖,分给庄青楠提神,"我看你一点儿也不紧张。"

"你把我想得太厉害了,复习肯定还是要复习的。"庄青楠慢慢化开糖果,感受甜中带苦的滋味——甜的是麦芽糖,苦的是茶粉。

庄青楠把汇报实验进度的邮件写完,发给谷教授,习惯性地点进发件箱检查。

不知不觉间,她和谷教授已经你来我往地交流了几十封邮件。

谷教授刚开始对她不管不问,随着项目的推进和了解的深入,态度逐渐转变,经常当着师兄们的面表扬她,偶尔还会带着她参加学术会议。

庄青楠十分珍惜谷教授给的机会,最近的心情一直不错。

她关掉笔记本电脑,拿出书本,和林昭一起埋头苦战。

一个多星期的考试结束,林昭半死不活地回到出租屋,呈"大"字状趴到床上,连声哀叫:"青楠,我不会挂科吧?我觉得我的高数和线性代数考得都不好，专业课也不怎么样……救命啊，我没脸回家了！"

庄青楠的状态和平时没什么区别，走到他身边，弯腰摸了摸乱糟糟的头发，轻声安慰道："不会的，专业课老师一般都会放水，至于必修课，就算真的挂科，也可以补考啊。"

林昭偏头看向庄青楠，抬手牵住她的衣角，小声说："我知道，我其实就是……就是不太想回家。我舍不得你，想跟你一起过年。"

庄青楠怔了怔，蹲在床边，视线和他平行，声音变得更加柔和："你要是不回去，叔叔阿姨该多难过啊？好了，快起来，我带你去吃好吃的。"

林昭被美食吸引注意，跳起来换鞋，笑道："你今天怎么有时间陪我吃饭？不过，外面的饭菜太贵了，有点儿浪费，要不我们买两斤排骨，再买一块牛肉，回来自己做吧？"

"你忘了吗？今天是你生日。"庄青楠把一台崭新的单反相机送给他，"生日礼物，看看喜不喜欢。"

林昭受宠若惊，端着相机呆了好一会儿，惊叹道："太贵重了吧？这得花多少钱？"

"赚钱就是为了花的，不是吗？"庄青楠穿上羽绒服，站在门边向他示意，"要不要带出去练练手？"

林昭露出两颗小虎牙，用力点头，声音响亮："当然！"

吃饭的时候，林昭兴奋地摆弄着手里的相机，对准庄青楠，"咔嚓咔嚓"拍了几十张照片。

"阿昭，别拍了，快吃菜。"庄青楠把烤好的牛肉包进生菜里，抬手递给他，戴上手套准备剥虾。

"我来我来，别跟我抢！"林昭放下相机，三两口吃完生菜卷，把庄青楠的手套拽下来，戴到自己手上。

林昭一边忙活，一边和她说起过年的安排："我打算坐腊月二十九的火车回去，正月初六回来，这样的话，咱们只需要分开一个星期。"

"你在家的时间会不会太短了？"庄青楠不好把反对的话说得太明显，只能好声好气地哄着他，"不回去看杀年猪了吗？我还想让你留几块好一点的五花肉，过完年带过来呢，超市买的肉没有老家的好吃。"

"这还不简单？我打电话让我妈往冰箱里冻几块。"林昭油盐不进，"你别再劝我了，就这么定了。"

庄青楠没办法，只能妥协。

不一会儿，蛋糕店把她提前订好的生日蛋糕送了过来，服务员也端来火焰冰激凌，淋上食用油和白兰地，烧出炽热的火焰。

她望着林昭眼底倒映的火光，小声唱着《生日快乐歌》，陪他进入

十九岁。

学校一放假,庄青楠骤然轻松起来,除了在培训机构讲课,其余的时间全都泡在实验室。

包括陆和光在内的师兄们陆续离校,能用的人只剩她一个,谷教授布置了几个超出她能力范围的课题,让她自己琢磨琢磨,同时开放了实验设备的自由使用权。

庄青楠如饥似渴地吸收着知识,全身心地投入进去,觉得时间过得飞快。

林昭回家之前,买了很多庄青楠爱吃的水果,又照着网上的教程,做了二十一份不重样的早餐、午餐和晚餐,在保鲜盒上贴好便利贴,把冰箱塞得满满当当。

"青楠,我很快就回来,你要照顾好自己。"他依依不舍地抱紧庄青楠,把她当成生活不能自理的小朋友。

庄青楠失笑,轻轻搂住他的腰:"放心吧,路上注意安全,记得替我跟叔叔阿姨问好。"

林昭提着大包小包,在路上奔波了几个小时,回到熟悉的铜山镇。

林鸿文开车到车站接他,看见儿子身上崭新的羽绒服和牛仔裤,露出笑容:"在北京读书就是不一样,知道穿衣打扮了,越来越像大人了。"

林昭不好意思地挠了挠头,替庄青楠说好话:"青楠给我挑的,她的眼光一向比我好。"

到了家里,林昭生怕父母对庄青楠有意见,不遗余力地帮她打掩护,甚至有些用力过猛:"青楠也想回来,可她的导师太器重她了,死活不肯放人,她送我去火车站的时候,想家想得都哭了……"

接着,他打开行李箱,一件一件往外拿东西:"妈,这是青楠给您买的毛衣,您试试合不合身?爸,您不是说颈椎不舒服吗?这是青楠送您的颈椎按摩器,就电视上经常做广告的那个牌子,可贵了……这是给外公外婆和爷爷奶奶的营养品,给堂姐表妹的香水……"

郑佩英对林昭的话半信半疑,却没有拆穿。

她拿起毛衣在身上比了比,对林鸿文笑道:"确实好看,闺女就是比儿子贴心。"

接着,她拍了拍林昭的肩膀:"阿昭,路上累坏了吧?赶紧休息会儿,妈给你包饺子吃。"

林昭不懂见好就收的道理,跟着郑佩英挤进厨房,洗干净手,帮她拌饺子馅,半真半假地说:"妈,您不知道青楠对我有多好,我们……我们不是住在一起吗,她每天都给我做饭,帮我洗衣服,无微不至地照顾我……"

郑佩英见林昭拌饺子馅的动作熟练至极,还知道往里面加花椒水,心中犯疑,脸上却不显,和和气气地说:"是吗?那你可得心疼点儿青楠,别让她累坏了。"

林昭嘿嘿笑了两声,越编越嘚瑟:"我知道,不过,她是我未婚妻,对我好点儿不是应该的吗?"

他的眼角余光看到郑佩英拿出面盆,连忙提起面粉袋,往里倒面粉。

郑佩英指了指他手边的热水壶,吩咐道:"开壶热水,帮我和面。"

林昭奇怪地道:"不对啊,妈,和饺子皮得用凉水,用热水不把面烫死了吗?"

他撞上郑佩英似笑非笑的眼神,心里"咯噔"一声。

糟糕,露馅了。

6. 猪油糖

郑佩英调侃林昭:"半年不见,学会干家务了,连怎么和面都知道。"

林昭硬着头皮说:"哪有?我只懂一点儿,还是跟青楠学的。"

他见郑佩英一脸不信,有点儿着急,拿她说过的话堵她:"妈,当时不是您让我多体贴青楠,多在她跟前表现吗?我听您的话有错吗?再说,青楠也很心疼我的,我过生日那天,她还送给我一台单反……"

"傻小子,不用跟我解释,你自己愿意,谁还能拦着你?"郑佩英往面盆里舀了一碗水,示意儿子和面,"我又不像那些专跟儿媳妇过不去的恶婆婆,只要你们感情好,管那么多干什么。"

林昭把心放回肚子,笑嘻嘻地拍郑佩英马屁:"我就知道我妈善解人意,通情达理。实话告诉您,我不止会擀饺子皮,还会包饺子,虽然没您包的饺子好看,绝对能吃,厨房的事您就放心交给我吧!"

郑佩英表面上欢声笑语不断,晚上回到卧室,却对着林鸿文唉声叹气起来。

"怎么了?心疼阿昭?"林鸿文见郑佩英神色不对,连忙把手里的书放下,给她捏肩捶背,"你看开点儿,阿昭已经十九岁了,有主意、能吃苦、知道照顾青楠是好事,咱们不能保护他一辈子,该放手的时候就得放手。"

"这道理我能不懂吗?"郑佩英脸上带出忧虑,"我担心的不是这个,我怕他……"

她往隔壁看了一眼,压低声音:"我怕他傻乎乎地围着青楠忙活三四年,到最后换来一场空!"

"你又说这话。"林鸿文有些无奈,"我觉得你就是疑心病太重了。

青楠不是忘恩负义的人，跟阿昭的感情又一直很亲厚，怎么可能撇下他不管呢？"

"那你告诉我，她为什么寒假暑假都不回来？"郑佩英摸了摸新毛衣的袖子，发现上面的图样和她过生日时庄青楠送的丝巾很像，正好配成一套，又叹了口气，"老林，我真看不懂青楠这孩子。你说她没心吧，她这两年没少往家寄东西，送的还都是我们需要的、喜欢的；你说她有心吧，又觉得和她之间始终隔着一层什么……"

"可能是'一朝被蛇咬，十年怕井绳'，她怕她回来之后，她爸妈听到消息，又过来纠缠。"林鸿文拿起崭新的颈椎按摩器，垫到郑佩英颈后，让她第一个体验，"你换位思考一下，如果你是青楠，你害不害怕？"

郑佩英沉默半响，道："但愿吧。"

林鸿文一语成谶，大年初一的早上，林昭给两边的老人拜过年，揣着厚厚的红包，高高兴兴地骑着摩托车往家赶，在路上被人截住。

那人身材高瘦，面色凶狠，右边的眉毛从中间断开，走路一瘸一拐，分明是庄青楠的生父庄保荣。

林昭踩下急刹车，惊疑不定地问："你……你来干什么？"

"哎哟，大学生就是牛气，连'姑父'都不叫了。"庄保荣不怀好意地打趣他，"阿昭，我把那么漂亮、那么优秀的姑娘给了你，你请你老丈人吃顿饭不过分吧？"

他说着，一屁股坐在田埂上，捶了捶酸痛无力的腿："我这几年不知道看了多少大夫，试了多少偏方，好不容易能走路，遇到阴天下雨，还是疼得厉害，可不能站在这儿吹冷风。"

林昭想起庄保荣做过的恶事，就觉得浑身难受。

他从羽绒服口袋里摸出二百块钱，弯腰递给庄保荣，难掩心里的不耐烦："大过年的，我不想跟你斗嘴皮子，这钱你拿着，找地方吃顿热饭，哪儿来的回哪儿去。别怪我没提醒你，我爸妈一会儿就回来，要是我妈看见你，事情就没这么容易收场了。"

庄保荣把钱接到手里，用积满黑泥的指甲掸着挺括的钞票，弹出"啪啪"的响声。

他邪笑道："行啊，你没时间陪我说话，我到北京找我闺女去。"

林昭骤然变脸，把摩托车往地上一扔，揪住庄保荣的衣领，厉声喝道："你敢！别忘了，我妈当时拿出整整十五万，买下了青楠的自由！你收了钱，签了白纸黑字，现在想反悔吗？"

"哼，十五万？"庄保荣没有被林昭的凶狠吓住，四肢像软面条似的垂下来，"人民币一直在贬值，那时候的十五万值钱，现在的十五万算得了什么？我们一家三口住在老家，吃饭穿衣不用花钱？让那些穷亲戚帮忙跑腿不用花钱？我看病不用花钱？还有你小舅子，他马上就要上小学了，文具费、校服费、兴趣班……哪一样不用花钱？"

庄保荣说得激动，面孔涨红，唾沫乱喷："实话告诉你，那点儿彩礼我们已经花完了！你要是管我，当然最好，要是不管，我这就买张车票去北京，找青楠学校的校领导评评理，问问他们到底管不管学生的品德教育，身为一个名牌大学的高才生，到底该不该尽孝道，该不该给残废的爸爸养老送终！"

自从知道庄青楠考上清大，庄保荣就打起这方面的主意。

郑佩英和林鸿文再有本事，也只能在铜山镇这一亩三分地护住庄青楠，到了北京，和他一样是没人脉没背景的外地人。

一年多前，他还坐着轮椅，不方便行动，最近情况稍有好转，立刻跑过来试探林昭的口风。

林昭被庄保荣的无耻嘴脸气得脸红脖子粗，就像喉咙眼卡了颗又油又甜的猪油糖，直犯恶心。

林昭扬起拳头，打算狠狠揍他一顿，又怕被他讹上。

"庄保荣，青楠倒了八辈子霉，才会遇到你这样的爸！你去她学校闹什么？非要毁了她不可吗？"林昭恼怒异常，直打哆嗦，"儿子女儿都是亲生的，你怎么这么重男轻女，怎么一点儿都不盼着她好呢？"

"她要是愿意跟以前一样孝顺我，我当然盼着她好，她要是一分钱都不肯给我，我怎么能让她好过？"庄保荣神经质地笑出声，"你想打我吗？你打啊，只要不打死我，我爬也要爬到北京。我想好了，到时候就在青楠学校门口拉个白条幅，说她道德败坏，弃养残废的爸爸，再端个破碗，跟她的同学们要饭……"

"够了！"林昭拿滚刀肉一样的无赖没辙，咬牙思索半天，放开庄保荣，脸色变得铁青，"你直说吧，你想要多少钱？"

他知道这种人贪得无厌，欲壑难填，给钱并不是明智的选择。

但他压根儿不敢去想，如果庄保荣真的像口中所说的一样跑到学校闹事，庄青楠会受到多大的刺激和伤害。

"一个月两千块钱生活费。"庄保荣伸出两根手指，对林昭弯了弯，"乐乐上学的费用另算。"

林昭被这个数额惊得倒退半步。

他挣扎了一会儿，决定像当年去黑煤矿打工一样，独自扛下这件事。

他不能再次把父母卷进来。况且，如同庄保荣所说，他们不可能把他

打死,也不可能限制他的人身自由,万一他真的赶往北京,后果不堪设想。

两千块钱虽然不少,但背着庄青楠多打两份工,也就赚出来了。

林昭黑着脸记下庄保荣的手机号码和银行卡号,说:"每个月十五号,我给你打钱。不过,我警告你,你要是敢私自联系青楠,或者做什么对她不好的事,我就算豁出这条命,也要让你吃不了兜着走!"

庄保荣见钱眼开,连声答应:"放心!放心!阿昭,我早就看出你小子仁义,有你这样的女婿,是我和她妈的福气,我们后半辈子,可都仰仗着你啦!"

林昭扶起摩托车,顶着冷风往家赶,在愤怒和憋屈的同时,竟然感到一丝庆幸。

幸好庄青楠没跟他回来过年。

他绝不能让这些烂人和脏事,阻碍她光辉灿烂的前程。

7. 汉堡糖

正月初六,庄青楠提前结束工作,赶到农贸市场买了一只土鸡、一斤活虾和几样配菜,路过糖果摊的时候,又称了几斤花花绿绿的软糖,准备做顿丰盛的晚餐,给林昭接风洗尘。

她回到出租屋,看到林昭仰面躺在沙发上,没换拖鞋,也没脱外套,状态有点儿反常。

"阿昭,你怎么了?"庄青楠把手里的东西放下,走过去摸摸林昭的脸,"遇到什么不开心的事了吗?"

林昭连忙否认:"没有!"

他握住她的手,来回蹭了蹭,起身抱紧她,连做几个深呼吸,终于调整好情绪,笑道:"青楠,我好想你。"

庄青楠不大相信林昭的话,仰着头问:"真的没事?"

"真的没事!可能是坐火车太累了,睡一觉就好。"林昭搓搓脸,给她看自己从老家带过来的特产,"喏,这是你要的五花肉,我妈挑最好的部位,给你留了十几斤,这是她找人灌的腊肠,还有去年夏天晒的干豆角、腌的酱菜……"

庄青楠脸上现出动容之色,提议道:"拿一块五花肉出来解冻吧,我给你做红烧肉吃。"

"咱俩一起做,你等我换身衣服。"林昭偷偷看她一眼,打算要回自己存在她那里的钱,填补庄保荣那边的窟窿,又不知道怎么开口。

庄青楠从塑料袋里挑出几颗汉堡糖,托在手心,问:"你还记得这种糖吗?小时候经常在学校门口的小卖部里看见。"

"当然记得！"林昭撕开包装，把黄色的"饼胚"、红色的"肉"和绿色的"蔬菜"层层分离，又挤到一起，"我那时候经常买一大堆，像这样叠罗汉，叠上十几层，一口气塞到嘴里。你呢？你这么玩过没有？"

庄青楠的目光变得黯淡，苦笑道："没有，我没零花钱，只能看着别人吃。"

林昭心里一跳，不敢再提过去的事，掩饰地打开冰箱："青楠，都需要什么材料？要不要再炒几个鸡蛋？"

他忽然"咦"了一声，拿出两瓶印满英文的葡萄酒："这是咱们的吗？"

庄青楠点点头："对，我前几天陪谷教授参加学术年会时，领的伴手礼，要尝尝吗？"

林昭转了转念头，觉得把庄青楠灌得半醉，再提工资的事，或许更容易开口，便答应下来："好啊！"

一个小时后，五道色香味俱全的家常菜端上饭桌，林昭颇具仪式感地翻出两个高脚玻璃杯，倒满葡萄酒，又找到一支香薰蜡烛点上，和庄青楠面对面坐下。

他积极寻找话题，聊起亲朋好友的近况："爷爷奶奶的身体不太好，需要儿女照顾，我爸来回跑了几个月，瘦了一大圈，顾不上管家里的事，跟我妈商量着，一口气卖了三十头猪，好在价格还不错；欣姐打算今年五一结婚，想请你当伴娘，我跟她说你可能回不去，让她提前另找别人。

"对了，我还帮你打听了龚雨的情况，她和你一样，好几年没回家，听说在深圳做生意，也不知道赚没赚到钱。她爷爷奶奶担心得不行，碰见街坊邻居就说，当初还不如狠狠心逼着她嫁人……"

庄青楠安安静静地聆听林昭的话语，觉得那些故人的面孔清晰地浮现在眼前，或是和蔼可亲，或是骄傲明艳，眸中逐渐涌动泪意。

她端起杯子啜饮甘醇的美酒，态度有所松动："欣姐结婚是大事，我也确实很久没回去了，到时候看看能不能腾出时间……"

"我已经拒绝她了，你不用回去！"林昭紧张地阻拦她，"你就专心做你的实验，考你的研究生，这才是大事，相信我，大家都能理解！"

林昭和庄青楠你一杯我一杯，不知不觉把整整两瓶葡萄酒喝完，同时进入醉酒状态。

庄青楠第一次喝这么多酒，不适应地用手背贴了贴滚烫的脸颊，伏在餐桌上，轻声道："阿昭，我头晕……"

"看来，学霸的酒量也不怎么样嘛……"林昭五十步笑百步，蹲到她脚边，从底下观察红扑扑的俏脸，指甲刮刮鼻子，做出个羞羞脸的动作，"你这就不行啦？我还能再喝一瓶呢！不，两瓶都没问题！"

庄青楠勉强站起身，摇摇晃晃地往卧室走："我晕得难受，去床上躺会儿……"

她顿住脚步，扭头看向林昭，主动发出邀请："阿昭，你要不要陪我一起？没有你抱着，我睡不好。"

林昭傻笑一声，追上去扶住庄青楠的胳膊，本打算来个公主抱，由于控制不好平衡，差点儿带着她摔个狗啃泥。

他定了定神，和她相互搀扶着来到床前，弯腰给她脱鞋，语气得意又幼稚："现在知道我多重要了吧？没有我，谁给你系鞋带、谁给你做饭、谁给你吹头发、谁陪你睡觉？"

他加重语气："庄青楠，承认吧，你根本离不开我。"

庄青楠捧住林昭的俊脸，光洁的额头抵着他，鼻尖几乎贴上他的，形状优美的嘴唇一张一合，吐出热气。

她和他的酒品差不多，喝醉之后不吵不闹，却会说一些平时说不出口的真心话："对啊，阿昭，你对我很重要……"

林昭嘿嘿笑着，搂着庄青楠滚到床上，用力扯开棉被，将两个人从头到脚盖得严严实实。

他在黑暗里压住她，耳边塞满凌乱的呼吸，胸膛靠向柔软的起伏，如愿以偿地含住她的耳朵。

这一次，庄青楠没有拒绝。

林昭黏黏糊糊地亲了一会儿，觉得浑身热得要命，三两下脱掉毛衣和秋衣，趴在庄青楠身上喘息。

紧要关头，他艰难地想起原来的目的，口齿不清地说："青楠，我最近、最近手头有点儿紧张……之前让你保管的那些钱，能不能先挪给我用用……"

林昭不是没有耍流氓的想法。

可他不想乘人之危，自己喝得也不少，头晕得厉害，翻身滚到床外侧，没多久就发出响亮的鼾声。

庄青楠侧躺在林昭身边，睁着迷蒙的双眼，伸出食指，从他的眉心划到鼻梁，再到下巴和喉结，脸上露出孩子一样满足的笑容。

她在他的胸肌和腹肌上摸了好一会儿，也不嫌他的呼噜声吵闹，抱紧窄瘦的腰身，踏踏实实地进入沉眠。

8. 星星糖

第二天早上，林昭吃力地睁开眼睛，觉得脑袋钝钝地疼着，什么都想不起来。

他摸了摸身边，发现被窝是冷的，光着膀子坐起身，惊慌地叫："青楠！青楠！"

庄青楠从门外走进来，神色如常："睡好了吗？起来吃早饭吧。"

林昭忐忑不安地穿好衣服，用冷水洗了把脸，坐到餐桌前。

"青楠，我昨天晚上发酒疯了吗？说什么不合适的话了吗？"他小心地观察着庄青楠的微表情，夹起一只水煎包放进嘴里，"毛衣是你帮我脱的吗？"

"我也喝醉了，不记得发生过什么。"庄青楠前一句话把林昭的心按回肚子里，后一句话又让他如坐针毡，"只隐约记得你跟我要钱。"

一大团肉馅卡在嗓子里，林昭爆发出惊天动地的咳嗽声。

他咳得脸红脖子粗，惊疑不定地望向庄青楠："我……我有没有说要钱干什么？"

"没有。"庄青楠缓缓摇了摇头，从身后的柜子上拿出一张银行卡，递给林昭，"你的钱都在里面，密码是你的生日。"

庄青楠不是不好奇这笔钱的用途。

可她不想变成控制狂。

所以，她必须尊重林昭的隐私，给他足够的自由。

林昭把银行卡紧紧捏在手里，撒谎的时候不敢看庄青楠："我就是上学期的生活费花超了，又不好意思跟爸妈要，这才找你帮忙。青楠，你放心，等我周转过来，还把钱交给你保管。"

"没事，这本来就是你的钱。"庄青楠给他倒了一杯牛奶，不再纠结这件事，"快吃饭吧。"

林昭没等开学，就马不停蹄地找到第二份兼职——

在洗车店给人洗车。

他认清现实，知道自己比不上庄青楠，现阶段只能干体力活，便以量取胜，上午在超市理货，下午在店里洗车，晚上到网吧当网管，忙得团团转。

他的反常，本应该被庄青楠及时发现。

可庄青楠和他一样忙。

在完成本职工作的前提下，庄青楠从谷教授布置的课题中选了一个最感兴趣的方向，做了大量的前期准备工作，整理了一份逻辑缜密的报告，鼓起勇气向谷教授阐述自己的想法和推测。

她希望在大学毕业前做出亮眼的成绩，发表一篇 SCI（Science Citation Index）论文。

谷教授比庄青楠想象的更好说话，和气地指出报告里的小纰漏，鼓励她大胆假设、小心求证，又推荐了一个和她的研究方向相匹配的 SCI 期刊。

"庄青楠，你比你的几个师兄都有天赋，不要浪费这份资质。"教授古板的脸上流露出淡淡的笑意，招手唤陆和光过来，"以后在研究上遇到什么困难，可以找陆师兄帮忙，如果他也解决不了，直接联系我。"

他顿了顿，交代道："论文写好以后，发到我的邮箱里，我请几位资深的老师帮你看看，润色润色，到时候更容易过稿。"

庄青楠感激地用力点头："谢谢教授，我一定不会令您失望。"

等谷天华离开实验室，陆和光盯着庄青楠看了一会儿，终于受不了她这段时间的冷淡，举手投降："青楠，我认输，我不该为了一己私欲，利用穆韵在你和林昭之间搞小动作。"

他这么坦诚，不惜承认自己的阴暗面，倒是出乎庄青楠的意料。

庄青楠冷冷地注视着陆和光，直言道："你怎么算计我都无所谓，唯独不该对阿昭下手。"

"我知道，他是你的逆鳞嘛。"陆和光耸耸肩膀，开起玩笑，脸上的笑容却透着苦涩，"我保证，再也没有下一次了。"

庄青楠没有说话，转过身继续做实验。

经过夜以继日的练习，她对面前这些精密复杂的实验仪器已经了如指掌，双手飞快地调整着参数，眼睛往屏幕上一扫，大脑已经完成速记。

陆和光厚着脸皮站到她身边，低声说："我了解你的实力，明白在实验室没什么帮得上你的，不只是我，换成师兄们也一样。可你有没有想过，谷教授刚才为什么专门叫我过来？"

见庄青楠没有理会，他继续说："青楠，做学术讲究派系，最忌讳单打独斗……你平时独来独往，一点儿也不合群，表现得又过于出色，不是什么好事。树大招风的道理你懂不懂？谷教授在通过我敲打你，让你跟大家处好关系。"

庄青楠停住动作，皱了皱眉。

理智知道陆和光说得没错，可她又实在不擅长处理这些人际关系。

她看向陆和光，说："是他们先排挤我的。"

"师兄们确实做得不对，不过，他们毕竟比你高两届，以后不一定会爬到什么样的高度，该给的面子还是得给。"陆和光改变战术，掏心掏肺地跟庄青楠讲道理，"这样吧，我牵头请大家吃顿饭，你到时候配合我，该敬酒敬酒，该喊'师兄'喊'师兄'，把所有的不愉快揭过去。"

见庄青楠一脸抗拒，他又道："他们看到谷教授器重你，心里既忌惮又恼怒，你要是不肯低头，不止谷教授不高兴，万一哪个人在你的实验过程中做点儿手脚，导致功亏一篑，吃亏的还不是你自己？"

庄青楠思索了很久，被迫做出妥协。

她在酒桌上表现得十分生涩，师兄们个个阴着脸，全靠陆和光长袖善舞，活跃气氛，场面才渐渐热闹起来。

她端着酒杯，一个一个师兄敬过去，到陆和光的时候，被他拦住。

"这杯酒师兄替你喝。"他似乎很高兴，连干两杯白酒，又抢走她面前的酒瓶，游刃有余地应付众人的打趣。

应酬结束，庄青楠对着路边的垃圾桶吐得昏天暗地。

陆和光也醉得不轻，走过来递给她一瓶矿泉水："青楠，刚才做得不错，我就知道你是聪明人，聪明人能屈能伸，前途无量。"

庄青楠一边为这个世界的黑暗面而齿冷，一边又不得不承认，待人接物是自己的短板。

穷人家的孩子就是这点不好，没机会见世面，很多道理都得自己去悟，碰得头破血流也不一定找得到方向。

她接过矿泉水，漱了漱口，慢慢站直身躯，说："谢谢陆师兄提点。"

陆和光的笑容越发和煦，道："你在这里等一会儿，我叫了代驾，顺路送你回去。"

"不用了。"她擦擦嘴角，明明头晕得厉害，却努力保持最后一线清明，"阿昭会来接我。"

"对了，陆师兄，"她进步飞快，活学活用，"你说得对，独木难成林，为了感谢你的帮助，等论文顺利通过，我一定会在作者栏加上你的名字。"

陆和光定定地看着庄青楠。

他既为她的油盐不进而气恼，又为她的聪慧机变而心折。

"那我就恭敬不如从命了。"他勾唇轻笑，抬腕看了看手表，"林昭什么时候过来？我陪你等他。"

说话间，林昭带着网吧浸染的烟味，风风火火地跑了过来。

"怎么喝这么多？"他也知道身上难闻，把外套脱掉，系在腰间，弯腰蹲在庄青楠面前，"快上来，我背你回家。"

今天下午，他连着洗了八辆车，工作量超标，胳膊疼得抬不起来，还是咬着牙把未婚妻背在身上，大步流星地往家走。

他自始至终没看情敌一眼。

庄青楠紧紧搂着林昭的脖子，本以为已经消化的委屈悄悄浮上来。

她不肯吐露学校里的烦心事，便揪住他的不是，借题发挥："这两个月，我怎么总是看不到你的人影？你到底在忙些什么？我有时候晚上等不到你，早上醒来的时候，家里也没人，都不知道你到底有没有回来……"

林昭心虚气短，连声赔不是："我的错我的错！我这不是忙着赚钱嘛！有你在家，我怎么可能不回去呢？再晚也得赶回去搂着你睡觉啊！"

"我不想让你这么辛苦……"庄青楠歪过头蹭了蹭他的耳朵,声音低下去,"总有一天,我会赚好多好多的钱……阿昭,你相信我吗?你相信会有那么一天吗?"

"当然啊!你比我厉害得多,以后肯定能进福布斯排行榜!到时候咱们也买大别墅,坐大游轮,戴大钻……咳咳咳……去五星级酒店消费!"林昭信心满满,给她打气。

庄青楠被林昭逗笑,捏住他的耳朵尖,轻轻地往外拉扯,说:"我的嘴巴好苦,想吃糖。"

"别的我不敢保证,吃糖管够啊!"林昭把她放到路边的花坛上休息,从外套口袋里摸出一大袋进口的星星糖。

他撕包装撕得太着急,只听"哗啦"一声,许多晶莹剔透的星星散在地上。

庄青楠仰头看了看夜空,又低头看了看地面。

天上的星星对她眨眼,地上的星星闪闪发光。

她咬住林昭喂过来的糖,同时咬住他的手指。

这一刻,喝醉酒的她生出大胆又贪婪的念头——

她想把他变成她的星星。

只围绕她一个人公转的星星。

第十一章 交易与误解

1. 黄酒棒冰

大二这一年的暑假,庄青楠的实验遇到瓶颈。

她查阅过大量资料,请教了谷教授与陆和光,从好几种方向进行探究,却没有任何进展。

庄青楠再怎么沉稳冷静,这一回也难掩焦灼,食不知味,夜不能寐,有时候大半夜还坐在书桌前翻阅专业书籍,熬得眼睛里布满红血丝。

看见她这样,林昭着了慌。

他顾不上填庄保荣那个无底洞,跟超市和洗车店连请了一个星期的假,强拉着庄青楠出门散心。

火车上,林昭拿出提前准备的红烧牛肉面和火腿肠,接好热水,放在庄青楠面前,说:"青楠,别看手机了,休息休息眼睛。"

庄青楠发完邮件,依言关掉手机屏幕,闭目养神。

林昭看了眼电量,给她的手机连上充电宝,问道:"我正在看酒店,你说我们订一间房还是两间房?"

天气越来越热,两个人在出租屋的时候,还是挤在一张床上。

她没有撵过他,他也就厚着脸皮一直赖下去。

可在外面旅游毕竟和家里不一样,多问一句,显得尊重。

"一间吧,省钱。"庄青楠闭着眼睛,没有看到林昭骤然亮起的眼神,又补充了一句,"看看有没有双床房。"

林昭的眼睛飞速黯淡下去,低头在订房软件上划拉半天,极小声地说:"为什么要分开睡啊……"

庄青楠没有听清林昭的话。

她觉得大脑昏昏沉沉,好像陷入一团混沌里,怎么也找不到出口。

她吃了几口泡面,先是靠在窗户上休息了一会儿,很快觉得不舒服,往林昭的方向倾斜,自然地靠在他肩上,轻声说:"我睡一会儿,快到的时候叫我。"

林昭再郁闷,还是乖乖地点头:"放心睡吧,我陪着你。"

庄青楠被报站声惊醒时,发现自己躺在林昭的大腿上。

他的一只手扶在她头顶,另一只手轻轻把玩着散落到胸前的长发,低头专注地看着她,眼里全是痴迷。

对上她的眼神,俊俏的脸颊立刻涨红,他掩饰地拿起桌上的矿泉水,发现瓶子是空的,又讪讪地放回去,挠了挠后脑勺,说:"青楠,睡好了吗?起来吧,我们马上就要下车了。"

庄青楠"嗯"了一声,起身看向窗外的风景。

他们的目的地是一个比较冷门的江南小镇。

这几天都是阴雨天气,细如牛毛的雨丝闪烁着银色的微光,静静地拂过蓊郁的林木,洒在古朴的屋瓦和整齐的田陇上,落进沉默的湖水里,远处的山峦蒸腾出白色的雾气,整幅画面朦胧又梦幻,令人下意识屏息。

庄青楠赞叹道:"好漂亮。"

"喜欢吗?"林昭打开手机备忘录,看了眼密密麻麻的攻略,"我们先坐公交车到酒店放行李,再去镇子上慢慢逛,这里有很多好吃的,连吃一个星期都不重样。"

"喜欢。"庄青楠接受林昭的好意,暂时放下烦心事,伸手帮他拿行李。

"你看好自己的包就行。"林昭把电脑包背在身上,左手拉行李箱,右手提塑料袋,"你走前面,小心点儿。"

到了酒店,房间里果然有两张床。

林昭打开行李箱,找出两把伞,蹲在地上给庄青楠套上防雨鞋套,又拿起刚给她买的薄外套,说:"走吧,先找地方吃午饭。"

庄青楠应了一声,主动牵住林昭的手。

镇子上的游客并不多,富有当地特色的小店倒都开着门,林昭和庄青楠放松地一家一家逛过去,品尝了不少美味可口的小吃,又买了两支黄酒棒冰。

庄青楠剥开金色的包装纸,好奇地舔了一口,发现淡淡的酒香和棒冰的甜味融合得恰到好处,惊喜地说:"这个好吃。"

"是吧?听我的没错吧?"林昭像是听到夸奖一样,无形的尾巴翘得高高,"这边酿的黄酒很出名,也不贵,我们可以买两瓶带回去,天冷的时候温一温,好喝又暖身。"

庄青楠含着甜丝丝的冰块,提议道:"不如多买几坛,寄回家给叔叔尝尝。"

为了凑这趟旅游的钱,林昭已经捉襟见肘。

他不想拒绝庄青楠的好意,强撑着答应她:"没问题,还是你有心。"

两个人参观了一座古香古色的宅院,登上乌篷船,伴着船娘低柔婉转的小调,欣赏沿岸的风景。

"这里比咱们镇漂亮,也安逸。"林昭指着一个在河边洗衣服的中年妇女,小声对庄青楠感叹,"生活节奏慢,物价又不高,除了配套跟不上,几乎没有缺点。"

庄青楠笑着点头:"很适合养老。"

林昭偷偷瞥她一眼,忍不住想象她变成老婆婆的样子。

如果他能和她携手共度几十年,一起走到人生的黄昏,在世外桃源一样的小镇终老,不知道有多幸福。

晚上,庄青楠回到酒店,发现林昭越来越细心。

他烧了好几壶开水,把盥洗池和马桶仔仔细细烫过一遍,拿出整套洗漱用品,推她进卫生间洗澡,跑到卧室换床单和被罩。

庄青楠洗过澡,放松地坐在椅子上,享受"托尼"的干发服务。

"阿昭,你也去洗洗吧。"她困倦地打了个哈欠。

林昭把乌黑的长发梳顺,打量片刻,满意地点点头,弯腰抱抱她:"你先睡,不用等我。"

林昭看着懂事体贴,躺到床上没多久,就开始耍心机。

他"扑通"一声摔到两张床之间的空隙里,用庄青楠恰好能听到的声音咕哝:"啊,好疼……我怎么摔下来了……"

再过几分钟,他又滚到另一边的地上,动静变得更大,坐在那里龇牙咧嘴、唉声叹气。

庄青楠轻叹口气:"阿昭,你怎么了?"

林昭弹跳起来,鼓起勇气为自己争取:"床太窄了,我睡不习惯,要不,要不咱们……还睡一起?"

最后四个字压得很轻,几乎是气声,他不给庄青楠回答的机会,动作飞快地搬走床头柜,"嘿"的一声,把自己那张床推出一米,和她的床并在一起。

庄青楠还没反应过来,林昭已经躺在身边,熟练地张开双臂。

她有些想笑,又努力忍住,靠在温热的胸膛上,任由他把自己抱得死紧。

"我让你订两张床,是因为我最近睡眠不好,夜里总翻身,害怕吵到你。"庄青楠轻声解释自己的顾虑。

林昭把一颗心踏踏实实放回肚子,咧嘴笑道:"这有什么?我们又不赶时间,大不了明天睡到十二点再起床。"

/ 263 /

他低头蹭了蹭她的额头:"我陪你一起失眠。"

庄青楠唇角含笑,进入半梦半醒的状态,不知道过了多久,忽然在厚重的混沌里,捕捉到一点儿光亮。

她抓住转瞬即逝的灵感,犹如醍醐灌顶,一声不吭地起身,坐到桌前打开笔记本电脑。

林昭迷迷糊糊地跟着爬起来,见庄青楠神情整肃,不敢打扰她,把手机切到静音,屏幕调到最暗,靠在床头无声无息地打游戏。

庄青楠一直忙到凌晨三点,才把思绪整理清楚,确定新的研究方向。

她兴奋地转过头,把这个好消息第一时间分享给林昭。

林昭虽然听不懂晦涩的专业词语,却发自内心地为她高兴,在她不知道怎么开口的时候,轻描淡写地说:"我订了明天下午的火车票,你好好睡一觉,养精蓄锐,回去专心做实验。"

庄青楠有些过意不去:"要不我先回学校,你在这里再玩两天?"

"我一个人玩有什么意思?"林昭把温好的牛奶放到她面前,"青楠,你别多想,这次旅游本来就是陪你散心的,现在问题已经解决,你的心思不在这里,没必要勉强。"

他顿了顿,眼神清澈又热忱:"反正我们来日方长。"

庄青楠怔怔地看了林昭一会儿,紧紧搂住他的腰:"谢谢你,阿昭。"

谢谢你,我的灵感缪斯。

2. 云片糕

庄青楠一心扑在实验上,说是废寝忘食也不为过。

她做事认真,颇有些完美主义,一再拓展研究的深度,战线拉得比想象中更长。

而林昭并不擅长时间管理,顾得上这头,顾不上那头,为了做好庄青楠的后勤保障,只能忍痛在几份兼职中做出取舍。

他辞掉洗车店和网吧的工作,注册了一个外卖员的账号,厚着脸皮向几个发小开口,凑钱买了辆电动车,开始送外卖。

他觉得送外卖的工作不够体面,绞尽脑汁瞒着庄青楠,把电动车藏在小区的地下车库,鲜艳到扎眼的黄色制服则卷成一小团,塞进随身携带的黑色背包里。

然而,保密工作没能坚持多久,就被庄青楠发现。

这天,庄青楠百忙之中抽出时间,给谷教授和办公室的师兄们各订了一杯咖啡,维护人际关系。

为了保护个人隐私,她在联系人一栏里填的是"庄先生"。

庄青楠没有留意骑手的名字,看到对方距离学校门口只剩几百米,脱掉工作服,急匆匆往外走。

林昭把电动车停在熟悉的校门口。

他生怕被庄青楠的室友撞见,连头盔都不敢摘,从车后座的保温箱里拿出咖啡,鬼鬼祟祟地贴着墙根走向门卫室,往架子上放的时候,一不留神碰倒一杯。

眼看深棕色的咖啡洒得到处都是,林昭"嘶"了一声,认命地拨打外卖单上的虚拟号码,打算向顾客道歉并赔偿。

电话接通,对面传来清清冷冷的声音:"你好。"

林昭浑身的汗毛瞬间炸起,手忙脚乱地挂断电话,使劲揉揉眼睛,看清单子上的"庄先生",捂住头盔往外跑。

庄青楠正好在这时走出校园,看到再眼熟不过的背影,迟疑地唤道:"阿昭?"

林昭停住脚步,不敢回头,捏着嗓子怪声怪气地说:"你……你认错人了。"

"阿昭。"庄青楠确定了自己的猜测,拦到他面前,奇怪地打量着他的装扮,"你什么时候换的工作?怎么没告诉我?"

"我……"林昭的脸红成猴子屁股,开始胡说八道,"什么工作?没有的事!我怎么会当外卖员呢?这是、这是老师安排的社会实践课!对,实践课!"

庄青楠定定地看着他。

林昭扛不住她的凝视,先是左看右看,上看下看,很快就不打自招:"好吧,我确实是在送外卖。对不起,我不该骗你,更不该接你们学校的单子,害你跟着丢脸……"

"靠自己本事赚钱,哪里丢脸?"庄青楠不赞同地拿出纸巾,擦干林昭手上的咖啡渍,又帮他擦拭脸上的汗水,"不过,你最近很缺钱吗?"

林昭既因她的亲近而高兴,又不可避免地感到紧张:"没有啊,我怎么会缺钱呢?我就是洗车洗烦了,更不想一直在乌烟瘴气的网吧里坐着,这才出来活动活动!你不觉得骑着电动车到处跑很舒服,很自由,很适合我吗?"

庄青楠看向电动车,思索片刻,点了点头,极难得地提出要求:"你说得有道理,我在实验室闷了好多天,也该出来走走。你手里还有多少单子要送?等你忙完,我们找地方兜兜风好不好?"

"当然好!"林昭喜出望外,低头看了眼手机里的订单,长腿一抬跨上电动车,"最多半个小时,我回来接你!"

柔和的风把他留下的最后一句话送到庄青楠的耳朵里："我欠你一杯咖啡，明天赔给你！"

午后，庄青楠像那年坐摩托车一样，坐在林昭的身后，戴着他的头盔，两手自然地牵住他的衣角。

他们穿过大街小巷，飞掠树影湖光，途经波斯菊组成的花海，被交警拦住，"喜提"一张罚单，脸上的笑容却经久不散。

天气渐渐变冷，庄青楠细心地为林昭准备了不妨碍行动的挡风被和加厚棉手套，叮嘱他晚出早归，注意安全。

临近过年，她接到谷天华的通知，准备赶赴外地参加一个含金量极高的学术论坛。

陆和光也在同行名单里。

晚上，林昭蔫头耷脑地蹲在床边，帮庄青楠收拾行李。

"最近天气干燥，面膜要记得按时用，还有润唇膏，每天晚上睡觉前涂一点儿。

"酒桌上该拒绝就拒绝，哪怕惹你们教授不高兴，也不能让那些居心不良的狗男人占便宜，每天晚上回到酒店记得给我发个消息，不然我睡不着……"

他越收拾越泄气，索性一屁股坐在地上："要是能带家属就好了，我替你喝酒，帮你跑腿，天天晚上给你敷面膜吹头发洗衣服……"

庄青楠失笑，弯腰揉揉林昭的脑袋："放心吧，我心里有数，谷教授也不是那样的人。你呢？你怎么打算？我不在这边，你早点回去和叔叔阿姨团聚好不好？"

林昭乖乖点头。

林昭表面答应，却贪图节假日暴涨的外卖单量和平台给予的高额补贴，订了腊月二十九凌晨一点的火车票。

他高高兴兴地赚了五六天的钱，以庄青楠的名义备好年货，提着大包小包，在腊月二十九这天晚上来到火车站。

头顶巨大的钟表跳到深夜十二点，进入新的一天。

林昭眼睁睁看着日期变成大年三十，立刻傻眼。

两千公里外，庄青楠结束无聊又繁冗的应酬，带着浓烈的酒味，身心交瘁地回到酒店。

她的酒量越练越好，意识还算清醒，按照约定给林昭发了条微信：阿昭，我准备休息了，你睡了吗？

两秒后，林昭打来电话，声音里带着压抑不住的哭腔："青楠，我没赶上火车，我看错时间了！"

这段时间的焦虑、委屈和劳累，伴随着无法回家过年的委屈，一股脑儿爆发出来，林昭站在火车站门口，哭得上气不接下气："从今天到初五，所有回去的票都卖完了，连站票都买不到！青楠，你说我怎么这么蠢啊？我为什么不听你的话啊？我不想一个人过年，我好想你……"

庄青楠灌下一杯温水，压住胃里的不适，声音冷静又温柔："阿昭，你先别哭，好吗？我们一起想想办法。"

林昭发泄过一回，见附近的行人都像看神经病一样看着他，意识到自己的失态，用力擦了把眼泪，强忍着难过说："青楠，对不起，我不该给你添乱，我没事，真的。你忙你的，别因为我的事分心。"

庄青楠又安慰了林昭好一会儿，这才挂断电话。

她查了查回北京的火车票和高铁票，全都是售空状态，机票还剩几张，价格却高得离谱。

她咬咬牙，按下"预订"键。

半个小时后，陆和光带着温热的粥，按响庄青楠房间的门铃，专程过来送温暖。

他披着羊绒大衣，头发整理得一丝不苟，身上洒了点儿高级香水，气质优雅，神色从容。

看见庄青楠拉着行李箱从房间走出来，温和的笑容僵在脸上。

"青楠，三更半夜，你打算去哪儿？"陆和光皱着眉头拦住庄青楠的去路，"明天是 Helen 教授的讲座，你不是对她的研究方向很感兴趣，还整理了很多问题，打算请教她吗？"

"师兄，我有急事，必须回去一趟。"庄青楠低头在手机上打车，没有往他脸上看一眼，"现场不是有录像吗？我可以看回放。至于那些问题，以后有机会再说吧。"

陆和光面沉似水，眼里涌动着强烈的嫉妒和不甘。

大年三十的下午，林昭孤零零地留在出租屋里，看着庄青楠的衣服发呆。

他从早上起来就保持着这个姿势，不吃饭也不喝水，好不容易攒够勇气，拨通郑佩英的电话，果不其然挨了顿臭骂。

林昭揉揉红红的眼睛，觉得肚子饿得难受，起身来到厨房，准备煮碗泡面对付对付。

这时，庄青楠打来电话："阿昭，现在心情好点了吗？"

林昭抽抽鼻子，语气低落地回答："好多了，我在给自己做大餐呢，有鱼有肉，有菜有虾，就是差点儿甜的。"

他拆开一包鲜虾鱼板面,把干巴巴的虾仁、鱼板和蟹肉倒进锅里,又撒了一包脱水蔬菜,眼泪"啪嗒啪嗒"掉到面饼上。

"正好,我给你订了一盒云片糕。"庄青楠语气带笑,"骑手到门口了,你开门接一下。"

闻言,林昭连忙用手背抹抹眼泪,大步往客厅走:"青楠,谢谢你,你对我真好,我没耽误你的事吧?"

他打开门,看到庄青楠风尘仆仆地站在门口,惊得左手一松,手机摔落在地。

庄青楠提起透明的塑料盒,里面叠满薄如纸、白如雪的云片糕。

她歪了歪脑袋,总是沉静清丽的面容极难得地流露出一丝俏皮,轻声道——

"林先生,您的外卖到了。"

3. 香薯干

林昭愣怔两秒,飞扑过去,紧紧抱住庄青楠,恨不得把她融进身体里。

"青楠,你怎么回来了?我不是说过我一个人没关系的吗?"他又哭又笑,问题一个接一个往外蹦,"论坛不是还有三天才结束吗?你请假了吗?你们教授会不会因为这个对你有意见?"

"阿昭,你还记得我读高一那年,你从家里翻墙出来,陪我过年的事吗?"庄青楠搂住他的腰,唇角微翘,"我们约定过要互相照顾,彼此陪伴,我不能言而无信。再说,在我心里,再难得的讲座,也没有陪你过年重要。"

听见这话,林昭就像充满气的皮球,变得生龙活虎。

他把庄青楠推到卫生间,调好热水,高高兴兴地计划起来:"我还什么都没准备呢,你先洗个澡,换身衣服,咱们去超市买肉买虾,晚上做顿大餐,一起看春晚!"

"你不是说家里什么都有吗?"庄青楠故作生气地看着他,"阿昭,你骗我?"

她一提醒,林昭"哎呀"一声,慌慌张张地跑到厨房,发现鲜虾鱼板面已经烂成一锅面汤。

他手忙脚乱地收拾残局,手被锅底烫了一下,差点儿受伤,脸上的笑容却越来越盛,再也没有消失。

晚上,屋子里灯火通明,餐桌上摆满热气腾腾的家常菜,电视上播放着喜庆的广告,林昭站在门外一丝不苟地贴对联,庄青楠则把红彤彤的窗花摆正,粘在玻璃窗上。

两个人忙完这一切，相视一笑，觉得这里终于有了过年的味道。

林昭做饭越来越好吃，庄青楠吃得胃里发撑，放下筷子，给郑佩英和林鸿文拜年。

这通视频电话聊了将近一个小时，她疲惫地靠在沙发上，看到林昭端来洗脚盆，犹豫片刻，任由他给自己脱鞋脱袜。

"青楠，这次是阿昭自己犯蠢，他一个人在那边过年也活该，你别什么都顺着他。"郑佩英一边嗑瓜子，一边亲亲热热地和庄青楠说话，"回北京的机票多少钱？阿姨给你报销！"

庄青楠把双脚泡进热水里，见林昭坐在小凳子上，开始给她按摩脚底，脸颊微热，轻轻挣了挣。

林昭的眼睛亮晶晶地看着她，做了个"放松"的口型，指腹渐渐用力，捏得她浑身酥麻。

"没……没多少钱，阿姨不用客气。"庄青楠心慌意乱地和林昭拉扯了几个回合，因为害怕被郑佩英察觉，动作幅度不敢太大，"阿姨，您和叔叔明年春天要是有空，来北京玩一段时间吧？我负责接待。"

"不用了，我们知道你忙，不给你添乱。"郑佩英眉开眼笑，"再说，没准你研究生毕业，能直接留在北京工作呢，以后的机会多的是，不急在这一两年。"她伸长脖子向镜头这边张望，"阿昭那臭小子呢？我再交代他几句话。"

庄青楠踢了林昭一脚，见他没有起身的意思，只能扯谎："他……他在厕所，阿姨，要不我让他等会儿打给您？"

好不容易结束通话，她又是害羞又是恼怒，轻声对林昭说："放开我。"

"不放。"林昭冲她做了个鬼脸，把两只细瘦的脚擦干，放在膝盖上，拿出指甲刀套装，开始修剪脚趾甲，"我妈又看不到，你紧张什么？再说，就算她知道，也只会夸我疼媳……咳咳咳……夸我会照顾人，绝不会怪你。"

庄青楠被林昭专心致志的神情吸引，呆呆地看了他好一会儿，如梦初醒，用手背蹭了蹭发热的脸颊，转头看向电视。

林昭修完脚，给庄青楠套上家居袜，准备了一大堆零食，和她并肩坐在一起看春晚。

他拿起新买的香薯干，用牙齿咬开包装，递到她手里。

庄青楠小时候没体会过一天好日子，接触过的最甜的食物就是红薯，吃了这么多年，仍然没有厌烦。

她慢条斯理地咀嚼着软糯弹牙的蜜薯，刚觉得有些甜腻，一杯香气四溢的茉莉花茶就喂到唇边。

庄青楠坚持了不到半个小时，眼皮直往下坠。

她困倦地打了个哈欠，伏在林昭腿上睡了过去。

林昭把电视调成静音，低头痴痴地看着庄青楠，捏起一缕发丝在食指上绕来绕去。

他俯下身，虔诚又轻柔地亲吻她的眉心。

大学的第三个学年结束时，庄青楠的实验终于取得重大进展。

与此同时，保研的事也有了眉目，如果不出意外，她会跟着谷天华教授深造。

庄青楠紧锣密鼓地进行论文的收尾工作，本来准备趁暑假最后几天，回铜山镇看看林昭的父母，却被林昭死死拦住。

"你忙了这么久，好不容易喘口气，干吗来回折腾？"林昭满脸不赞同，"我爸妈能理解，真的。"

林昭大二下学期连挂了两科，为了混个毕业证，不得不缩减打工时间，手里也变得越来越紧张。

这两个月，他给庄保荣打钱不够及时，对方动不动打电话，把他骂得狗血淋头，还威胁他如果再有拖延，立刻坐火车过来，搅得庄青楠不得安宁。

庄青楠被林昭蒙在鼓里，见他态度坚持，只能作罢。

她把倾注了无数心血的论文发给谷天华，给自己放了个短假，在空调屋听歌、看书、看电影，等林昭送完外卖回来，再和他一起去楼下吃烧烤，坐在电动车上漫无目的地兜风。

开学不久，庄青楠收到一条好友申请，备注栏写着：青楠，我是林应。

她通过请求，发消息问道：林应，好久不见，是有事找阿昭吗？

林应开门见山，说明来意：不，我想跟你打听点儿事。青楠，你跟阿昭还在一起吗？他最近很缺钱吗？

庄青楠心生疑惑，换了个安静地方，发起语音通话。

"林应，你为什么这么问？"她有一种不太好的预感，脸色变得凝重，"阿昭应该不缺钱啊，我没听他提过。"

"这就怪了，他去年夏天跟我借过一千块钱，说是手里周转不开，临时挪用一下，前两个月刚还上，昨天又借。我问了一圈，好几个发小都给他打过钱。"林应的语气透着焦急，"你也知道，我跟他是穿一条裤子长大的交情，这钱不是不能借，可我担心他走歪路。你说，他家里条件那么好，不跟爸妈开口，也不跟你商量，该不会被人哄骗，在外面借高利贷赌球吧？"

庄青楠联想到林昭这两年拼命打工的样子，觉得这件事确实透着蹊跷。

"林应，谢谢你提醒我。"她垂目看着脚上的运动鞋，鞋带还是林昭亲手系的,利落又漂亮,"你先把钱打给他,不要打草惊蛇,我会想办法调查清楚。"

4. 甘草片

庄青楠从自己给林昭的那张卡开始查起。

她到银行打印流水账单,发现里面的钱早就被林昭转走,连六十多块钱的零头也在半个月前划拨到他的账户上。

林昭以前花钱大手大脚,从不把几十块钱放在眼里,如今却精打细算成这样,实在有些不寻常。

庄青楠试图回忆林昭是从什么时候变得不对劲的,想了很久,却毫无头绪。

她意识到自己一直沉浸在学业中,对他的关注太少,既自责又担心,决定兵行险着。

这天晚上,林昭送完外卖,提着庄青楠爱吃的奥尔良烤翅进屋,看到她正坐在床上玩拼图,意外地道:"不是说要带师弟师妹参观实验室吗?怎么这么早就回来了?"

那些师兄已经毕业,出国的出国,工作的工作,除去在本校读研的陆和光,庄青楠是当之无愧的顶梁柱,手里负责的项目越来越多,承担的责任也越来越重。

"我不太舒服,跟教授请了个假。"庄青楠拼好一角,伸了个懒腰。

"哪里不舒服?"林昭闻言立刻紧张起来,把烤翅放到桌上,单膝跪在床沿,摸摸庄青楠的额头,又贴贴她的脸,"不烧啊……"

"我也说不出哪里不舒服,就是觉得累,睡觉的时候心口闷得难受。"庄青楠撒谎的时候,神色变得不自然,为了掩饰,只能把脑袋埋到他的胸口,"阿昭,我打算明天去医院做个体检,你有时间陪我吗?"

"我……我……"林昭本想答应,可明天就是庄保荣限定的打款日,加上林应借的一千块钱还差两百,这边的房租也快到期,他一天都不敢休息。

见他吞吞吐吐,庄青楠假装不高兴,学别的女孩子撒娇:"你没空就算了,不过,别的病人都有家属陪同,就我没有,我心理不平衡。"

平心而论,庄青楠说话的语气不够软,带着难以形容的别扭。

林昭却极吃这一套,愧疚得快要哭出来,连声道歉:"青楠,对不起,对不起,都是我不好,要不我跟同事商量商量调个班……"

"不用了。"庄青楠拉他坐下,思索片刻,想了个折中的办法,"你要是真的过意不去,就给我报销体检费用吧。"

/ 271 /

"没问题！"林昭满口答应，拿出手机准备给她转账。

想到越积越多的债务，他的头皮一阵阵发麻，却不愿在喜欢的女孩子面前露怯。

大不了……大不了明天跟超市经理预支一个月工资，先把眼前的难关对付过去再说。

庄青楠安静地坐在林昭身边，用眼角余光记住他的手机银行密码。

并不难记——是她的名字缩写加上她的生日。

深夜，等林昭进入沉睡，庄青楠挣脱温暖的怀抱，拿起他的手机，蹑手蹑脚走进卫生间。

她打开手机银行，进入"交易明细"的页面，看见那个恶魔一样的名字和每个月雷打不动的两千元转账，只觉如坠冰窟。

所有的疑问有了合理的解释。

整整十八个月，共计三万六千块钱，除此之外，还有房租、水电费、礼物、旅游等开支，难怪林昭每天忙得看不到人影，饭量那么大，一点儿赘肉都没长出来。

庄青楠承受不住这样沉重的打击，跌坐在小凳子上，满脸是泪，手脚冰冷。

这段日子，她逐渐被林昭的真诚打动，失去警惕性和危机感，认真考虑过留在国内的可能性。

可庄保荣的敲诈勒索，狠狠给了她一闷棍，令她迅速看清现实——

如果不想被吸血鬼一样的父母抽筋扒皮，就得时刻保持清醒，不能有片刻动摇。

这个深夜，庄青楠神经质地趴在洗手台前，一遍又一遍用冷水洗脸。

她望着镜子里那个面色苍白的自己，眼前出现幻觉。

对面的影像变小变矮，双眼无神，头发枯黄，穿着亲戚家淘汰下来的旧衣服，冲着她局促又卑怯地笑着，弱小得像一只蝼蚁。

原来她还没有长大。

更确切地说，医者无法自医。

她解得出复杂的物理题，看得透人情冷暖，有时候也会萌生改变世界的雄心壮志，唯独不知道该怎么摆脱生身父母。

庄青楠可耻地做了懦夫，成为逃兵。

她发现自己和庄保荣一样，有冷漠自私的一面——她权衡利弊，决定装作什么都不知道，让林昭继续当挡箭牌，保住平静的生活。

哪怕这种平静，经不起任何推敲。

庄青楠回到床上，像抱浮木一样，死死搂住林昭的腰。

林昭睡眼惺忪地蹭蹭她的脸颊，把冰凉的小手揣进怀里，咕哝："怎么身上这么凉？别动，我给你焐焐。"

庄青楠的灵魂被恐惧和愧疚压扁、撕碎，整个人濒临崩溃。

她昏昏沉沉地生出献身的念头，翻身骑到林昭腰上，低头咬住他的肩膀，把热泪洒在赤裸的胸膛上。

"哎？哎？"林昭懵懵懂懂地扶住庄青楠的腰肢，没能领会她的意思，"青楠，你怎么哭了？是做噩梦了吗？别怕别怕，梦都是反的，我陪着你呢。"

他听见她含含糊糊地"嗯"了一声，小心翼翼地把她搂进怀里，在这一刻福至心灵，想起做过的肉麻笔记，咽了咽口水，小声道："乖宝不哭，乖宝不怕……"

在他的安抚下，庄青楠的情绪渐渐平复下来。

她动用积蓄，悄悄把林昭欠的债务还清，又通过各种看似合理的途径贴补他——帮他买彩票，骗他中奖；送他购物卡，谎称是培训学校发放的节日福利……

她不敢奢望命运的眷顾，只盼着能顺利保研，离目标更近一点。

保研名单下来的时候，林昭比庄青楠更激动，恨不得昭告天下。

庄青楠的脸上没什么喜色，只是觉得放下了一件心事。

她紧锣密鼓地准备着毕业论文，兢兢业业地帮谷天华推进项目、教导师弟师妹。

之前提交的那篇论文迟迟没有回音，她问了谷天华几次，对方以工作忙碌为借口，一直没有给她反馈修改意见。

这年冬天的天气格外干燥，庄青楠的喉咙不太舒服，买了一瓶甘草片止咳祛痰。

棕褐色的药片又甜又苦，辛辣刺激，味道并不好，她强迫自己含在嘴里，在网上搜索专业文献。

她在心仪的 SCI 期刊上看到了自己的论文。

一作是谷天华。

二作和三作，都不是她。

5. 梅心棒

庄青楠只觉一股怒火直冲头顶。

她以为被寡廉鲜耻的生父追着咬已经够倒霉，没想到前方还有这么大的"惊喜"等着自己。

庄青楠把论文打印下来，从头到尾看了一遍，发现除了作者名称，里

面的内容一字未动。

一年半的心血付诸东流,她失去理智,把论文胡乱塞进包里,直奔实验楼。

同系的师妹在走廊撞见庄青楠,一脸惊异:"师姐,出什么事了吗?你的脸色怎么这么难看?"

"……我没事。"庄青楠觉得嘴里苦得要命,勉强定了定神,向师妹打听,"谷教授今天过来了吗?"

师妹回答道:"教授在办公室呢,不过,他好像有客人。"

庄青楠微微点头,来到谷天华的办公室门口,靠墙而立,安静等待。

谷天华既是她的大学导师,又是她的研究生导师,想要顺利读博,也离不开他的引荐。

成果被人剽窃固然可恨,不过,如非必要,她不想和对方撕破脸。

庄青楠默默思忖了一会儿,打算先好声好气地和谷天华沟通,问问中间是不是存在误会,再商讨解决办法。

她等了半个小时,办公室才传来动静。

谷天华和几个年轻男人说说笑笑地走出来,拍了拍中间那人的肩膀,中气十足地道:"于陈,刚才说好的事情可别忘了啊,我等你的好消息。"

另一人笑道:"教授放心吧,于哥忘了吃饭睡觉,都不会忘了您的事。咱们是一条船上的人,只要踏踏实实地跟着教授做研究,前途肯定不可限量。"

庄青楠记得很清楚,于陈是论文上的第二作者。

她死死盯着于陈,见他虽然面生,浑身上下全是大牌奢侈品,心中逐渐有了猜测。

于陈注意到庄青楠的目光,疑惑地看向她。

他习惯了女生的追捧,还以为她对自己有好感,轻佻地扬起眉毛笑了笑。

庄青楠强忍着焦灼,等他们的谈话告一段落,走上前道:"教授,我有急事找您。"

谷天华像骤然换了张脸,眼角的皱纹加深,温和的笑容消失,嗓门高亢,不怒自威:"我正在忙,你看不到吗?有什么事明天再说。"

上位者的权威带来令人胆战心惊的压迫感。

庄青楠脸上血色褪尽,却寸步不让,重复道:"我有急事找您,等不到明天。"

她顿了顿,做出个请谷天华进办公室详谈的手势:"教授借一步说话。"

谷天华觉得被庄青楠扫了面子，对几个新收的研究生抱怨："现在的学生一个比一个自我，连尊师重道都不懂，风气越来越差，跟我们那会儿没法比……"

学生们连声附和，恭恭敬敬地向他告辞。

谷天华走进办公室，对庄青楠拿出的论文视而不见，呵斥道："不就是一篇论文吗？你甩脸色给谁看？懂不懂规矩？方向是我给你的，设备和资源是我提供的，思路是我帮你梳理的，你除了做一些低层面的执行工作，对这个课题还有什么贡献？"

他露出不屑的表情："再说，这种水平的小实验只能拿来练手，根本登不了大雅之堂，署谁的名字重要吗？你要是想走得长远，就得往前看，不是我性别歧视，你们女孩子就是容易犯眼皮子浅的毛病，不知道以大局为重。"

庄青楠听着谷天华把她的努力说得一文不值，终于看清他道貌岸然的真面目。

她越气愤，脸上的表情越沉着，声音冷得像冰："我很感谢教授对我的栽培，论文上的一作写的本来就是教授的名字，只是想要一个二作，我觉得这个要求并不过分。您说我做的只是执行工作，那从未出现在实验室、今年才拜在您门下的于陈等人，又对这个课题做了什么贡献呢？我想不明白，希望您能给我答疑解惑。

"还有，您觉得这种水平的实验不上档次，SCI期刊却一字未改，直接发表，是SCI的门槛越来越低了吗？还是您的水平越来越高？教授，真不好意思，我的眼皮子确实很浅，看不到您说的未来，只知道关注眼前的利益，只想给自己讨一个公道。"

谷天华之所以对庄青楠下手，一是看重她的研究成果，二是觉得她家境普通、性格文静，翻不出什么大浪。

这会儿，教授见她伶牙俐齿、有理有据，把自己驳斥得哑口无言，他恼羞成怒，抓起论文撕成碎片，指着门口道："你给我滚出去！"

庄青楠见谷天华没有和她平等对话的意思，不哭也不闹，抬脚往外走。

她站在门边扭过头，脊背挺得笔直，表情凛然，不卑不亢："我知道今天跟教授闹得这么僵，别说读研，就连本科毕业都有难度。不过，我不认为自己像您说的那么无能，而且，我怀疑您和那两位学生有利益勾结。谷教授，既然您不想和我谈下去，我只能通过合法手段保护自己的权益。"

谷天华难以置信地瞪着庄青楠，气得浑身发抖："你要干什么？你以为你是谁？庄青楠，你给我站住！我警告你，不要不自量力，以卵击石！"

庄青楠打量着曾经无比热爱的实验楼，觉得这里每一个角落、每一道

缝隙都充满污秽，脏得令人难以忍受。

她大步流星地穿过走廊，走向她和林昭的小窝。

林昭正盘腿坐在床上刮彩票，嘴里叼着一支梅心棒。

庄青楠拔出吃了一半的棒棒糖，塞到口中，被酸酸涩涩的话梅激得打了个哆嗦。

林昭想到上面沾着他的口水，俊脸发红，小声咕哝："干吗吃我的糖，多脏啊？我再给你拿支新的……"

"不脏。"庄青楠环住他的肩膀，借清清爽爽的气味治愈心中的创伤。

她忍住向林昭倾诉心事的想法，只在他的T恤上留下两滴泪渍。

她太了解他的行事风格，知道如果告诉他，他大概会跑到校园里大吵大闹，或者纠集几个社会闲散人员，把谷天华堵在巷子里暴打一顿。

那些方法解决不了根本矛盾，还会给他带来麻烦。

这次，她打算独自面对。

庄青楠连夜整理证据，准备向学院领导举报谷天华"学术不端"。

天还没亮，陆和光就打来电话，单刀直入地道："青楠，关于那篇论文的事，你先别冲动，我们见面好好聊聊。无论你有什么条件，都可以谈。"

庄青楠知道，陆和光是受谷天华所托，过来说和的。

她看着已经写好的邮件，鼠标停在"发送"键上，犹豫两秒，答应下来："好。"

6. 抹茶夹心糖

庄青楠将谈判的地点定在学校附近的茶馆。

还是同一个包间，连落座的方位都没变。

不过，上次她与陆和光尚能维持表面上的友好，这次的气氛却明显紧绷起来。

陆和光准时走进包间，脱掉大衣，点了壶祁红，对庄青楠道："青楠，别用这种眼神看我。我虽然受谷教授所托过来调停，却不会偏向任何一方。况且，咱俩怎么说也有三四年的交情，不管你接不接受我，我只会盼着你好。"

庄青楠眼中的敌意不减，语气尖锐："你早就知道这件事，对吧？师兄，你的人脉和背景都不差，就算抢不到二作，也该混个三作，怎么这么谦逊，把机会拱手让人呢？"

陆和光听出庄青楠话语里的讥讽，尴尬地摸了摸鼻子，如实相告："我确实知道这件事，只是不知道该怎么对你说。青楠，事情不像你想的这么简单，谷教授也有他为难的地方，你先消消气，听我跟你慢慢解释。"

他压低声音,说起于陈等人的背景——

于陈的父亲在教育部身居要位,可以直接左右科研基金的审批,谷天华想在退休前再进一步,离不开对方的襄助。

而另一个人,则是名副其实的富二代,承诺在毕业前出资修整实验楼,并以谷天华的名义向学校的教育基金会进行捐款。

"青楠,你要明白,到了教授那个位置,肯定会遇到身不由己的情况,不得不权衡得失,一再地妥协和退让。"陆和光给庄青楠倒了杯热茶,小心翼翼地劝说,"其实,他做这个选择,并不完全是出于自己的私心,也是希望师弟师妹能有更好的实验环境,更多的出头机会……"

他顿了顿,从侧面证明自己的清白:"我不是出不起这个钱,也不是没有机会在论文上署名,可我记得我跟你的约定,不想在你的伤口上撒盐。"

庄青楠冷笑道:"你的意思是——我还要感谢你吗?"

她言辞铿锵,掷地有声:"送人情,做交易,遵循某些约定俗成的潜规则,这些我都能理解,如果教授真的像你所说的一样为学生们考虑,我也很钦佩。不过,一码归一码,他不该慷他人之慨,剽窃我的学术成果,你们也不该连招呼都不打一声,就堂而皇之地瓜分我的心血。"

在她看来,陆和光和谷天华、于陈等人,都是一伙的。

这些男人披着斯文光鲜的外皮,说着冠冕堂皇的场面话,喝她的血,吃她的肉,在餐桌上互相谦让,彼此恭维,如此顺理成章,实在令她恶心。

心目中庄严圣洁的象牙塔,原来藏污纳垢,尊敬爱戴的恩师,原来在背地里拉帮结派,蝇营狗苟。

这里的学术环境真是烂透了。

陆和光看清庄青楠眼里的失望,难堪地道:"青楠,我知道你心里有气,也知道你确实受了委屈,不过,当务之急是商量出一个双方都能满意的解决办法。我说句实话,你和谷教授闹得太僵,对谁都没好处。"

他向她分析利弊:"你也知道,SCI论文一经发表,不好再更名,你要是为了争一时意气,向学校举报谷教授'学术不端',把事情闹大,谷教授固然会受到处分,你的毕业论文怎么办?读研的时候谁敢带你?"

陆和光的这席话说中庄青楠的隐忧,她皱了皱眉,没有说话。

陆和光继续道:"你有本事,有骨气,可以靠自己的能力毕业,也可以放弃保研机会,考取别的学校的研究生。可是,你别忘了,今年的报名已经截止,最早也要等明年才能参加考试,白白浪费这一年的时间,到底值不值得?

"再说,谷教授桃李满天下,你能保证下一个导师跟他没关系吗?能保证以后的领导、同事不会因为这件事给你穿小鞋吗?咱们的圈子就这么

大,好事不出门,坏事传千里,这些道理,你不可能不懂。"

庄青楠讽刺道:"师兄真是巧舌如簧,令人耳目一新。"

陆和光想起第一次给她做中间人的时候,发觉自己总在她面前扮演面目可憎的皮条客,无奈地苦笑道:"青楠,你听我一句,不要和谷教授硬碰硬,胳膊拧不过大腿,真的。"

庄青楠垂下眼皮,说:"就算我什么都不做,谷教授也对我起了防心,以后不可能再把我当成左膀右臂,说不定还会边缘化我。"

"你的担心不无道理。"陆和光不知道什么时候养成和庄青楠一样的习惯,从口袋里摸出两颗抹茶夹心糖,分给她一颗,缓解紧张的氛围,"不过,青楠,你还有一条路可走。"

庄青楠无意识地把糖果捏在手心,问:"什么?"

"出国留学。"陆和光咬碎糖果,任由浓郁清苦的抹茶粉在口腔中弥漫,从公文包中拿出一封推荐信。

他解释道:"谷教授愿意退让一步,以自己的名义推荐你去国外攻读硕士学位,再请两位知名的物理教授为你背书。我记得你的托福成绩不错,其他方面也没太大问题,我给你介绍靠谱的留学中介,你抓紧时间准备材料,选择心仪的学校,顺利的话,明年秋天就能出国,换个新环境。"

庄青楠看着面前的推荐信,表情有些怔忡。

她本来打算在国内读完研究生,把欠林昭一家的钱还清,攒够学费和生活费再出国看看的,没想到被无常的命运提前推到了人生的岔路口。

她该怎么选择?

林昭怎么办?

陆和光又拿出一个厚厚的信封,说:"谷教授冷静下来之后,也觉得过意不去,这是他自愿给你的补偿。青楠,你要是不说话,我就当你答应了?"

庄青楠被前所未有的疲惫感席卷。

这是她梦寐以求的机会,也是摆脱原生家庭的最好方式,她好像没有理由拒绝。

她再一次向成人世界的规则妥协,极缓极轻地点了点头。

陆和光体贴周到地向庄青楠交代了一些留学的注意事项,看着她魂不守舍的表情,忽然觉得就这么顺水推舟也不错。

异国的距离对他来说不是问题,他可以经常坐飞机过去看她,甚至可以在读完研究生后,到同一所学校继续攻读博士学位,近水楼台先得月。

可这间隔山水的上万公里路程,对没见过多少世面的林昭来说,和天堑没什么区别。

7. 鲜花饼

接下来的几个月,庄青楠过得无比煎熬。

她从未离梦想如此之近,近得好像轻轻一踮脚,就能触及。

可她不知道该怎么跟林昭开口,更不知道该怎么处理二人之间的关系。

说句自私的话,她隐隐期待林昭可以像以前的许多次一样,坚定不移地追随她。

然而,受原生家庭影响,她永远无法主动提要求,不敢理直气壮地索要物质和感情。

她的潜意识里觉得,这样做等同于把弱点暴露在外,不仅没办法得到满足,还有可能招来致命的伤害。

就像小的时候,她喜欢的娃娃总会被庄保荣抢走,塞给什么都不懂的弟弟;她鼓起勇气跟林素华说自己想吃冰糖葫芦,赶上林素华心情不好,非但没能实现愿望,反而挨了几巴掌,嘴里塞满咸到发苦的粗盐,想吐都吐不出来。

再说,她也觉得对不起郑佩英和林鸿文。

留学的费用比想象中还要高昂,就算顺利申请下来奖学金,也需要提供一定的财力证明,还钱的计划只能暂时搁置。

她背着二三十万的债务,已经直不起腰,要是再把他们的独生子拐带到国外,害他们跟着担心,难免有恩将仇报的嫌疑。

庄青楠心事重重,变得一天比一天沉默。

林昭不知道发生了什么,却察觉到她的不对劲,绞尽脑汁哄她开心。

这个冬天快要过去的时候,林昭在团购网站上抢了两张温泉度假村的门票,兴致勃勃地翻出泳衣,拽着庄青楠出门散心。

温泉区域采用热带雨林风格的装修,种满高大茂盛的乔木,大大小小的汤池蒸腾出牛奶一样的雾气,游客的身影变得影影绰绰,看不真切。

林昭从男更衣室出来,眼疾手快地抢到一个位置偏僻的小池子,扬手呼唤庄青楠:"青楠,快来!这里面泡的是安神助眠的中药,很适合你!"

庄青楠循声走近,在他的搀扶下进入水中,坐在石头砌成的阶梯上,自然地靠上他的肩膀。

林昭的脸庞瞬间涨红,从脖子到肩膀全都僵硬起来,一动也不敢动。

一双亮晶晶的眼睛骨碌碌直转,从天空看到地面,从茶水处看到汗蒸房,唯独不敢和庄青楠对视。

"青……青楠……你渴不渴?我去给你倒杯茶吧?"他支支吾吾。

庄青楠摇了摇头,有一搭没一搭地拨弄清水,心血来潮,掬起一捧水

泼向林昭的胸膛。

林昭愣了两秒，玩心大起，笑道："好啊，你敢偷袭我？看招！"

两个人像孩子一样在池子里打起水仗，水花飞溅，战况激烈。

最后，林昭把庄青楠逼到角落，制住纤细的手腕，弯腰和她平视，发梢的水珠"啪嗒""啪嗒"，落到小巧的鼻尖上。

他的笑容渐渐消失，眼底燃起炽热的火焰。

庄青楠既不闪躲也不拒绝，慢慢闭上双眼，淡粉色的唇瓣微微张开，像在索吻。

林昭深吸几口气，勉强找回理智，放开庄青楠。

"青楠，温泉太热了，我有点儿喘不过气。"他窘迫地转过身，抬手往脸上使劲扇风，说话颠三倒四，毫无逻辑可言，"我们……我们去汗蒸吧？"

庄青楠从后面抱住林昭，柔软的身体贴在赤裸的脊背上，挤得他快要冒烟。

她轻声说："我很喜欢这儿，我们留下来住一晚好不好？"

"当、当然好！"林昭受宠若惊，低头看着箍在腰间的小手，傻笑着覆住她的手背。

林昭走进汗蒸房，舀起清水往烧热的石头上一浇，心脏跳得更快，耳膜嗡嗡作响，汗珠像下雨一样往下滚，几乎失去意识。

透过氤氲的蒸气，他看到庄青楠的嘴唇一张一合，却听不清她在说什么，只能用力点头。

他不知道，庄青楠说的是："阿昭，我们会永远在一起的，对吗？"

他过于迟钝，什么异常都没有察觉。

夜里，林昭脸上贴满绿油油的黄瓜片，端着一大盘免费水果、一大盘点心，兴冲冲地走进房间。

"青楠，快来吃草莓，还有车厘子！"他把水果放到茶几中间，盘腿坐在垫子上，后知后觉地发现庄青楠穿着一条清凉的白色吊带裙，歪了歪脑袋，"你怎么穿这么少，不冷吗？"

"不冷。"庄青楠坐到他对面，理了理柔顺的长发，眼神有些哀伤，"阿昭，你大学毕业以后有什么打算？"

林昭被她问住，皱眉思索了一会儿，说："我没想过。不过，你不是要读研吗？我应该会在你们学校附近找个专业对口的工作吧……"

"你好像一直在围着我转。"庄青楠拆开一袋鲜花饼，就着香气浓郁的馅料，喝了两口葡萄酒，"你没有什么想做的事情吗？如果没有我，你会不会走不一样的路，过得更轻松，更快乐？"

/ 280 /

林昭的表情变得紧张起来，揭掉黄瓜片，用力握住庄青楠的手："青楠，你怎么了？为什么说这种话？是不是我哪里做得不好，惹你不高兴了？"
　　"……没有，我就是随便问问。"庄青楠端起面前的玻璃杯，将里面的酒一饮而尽，又倒了一杯，"你做得很好，你是全世界对我最好最好的人。"
　　林昭疑惑地看着她喝得烂醉，看着她摇摇晃晃地走到面前，坐在自己的腿上，觉得眼前的一切像一场光怪陆离的梦。
　　她伸出双臂，紧紧地搂着他，声音里带着明显的颤意："……阿昭，抱我上床。"
　　林昭听话地抱起庄青楠，和她滚到日式风格的榻榻米上。
　　她的裙子太薄太透，稍一低头，便能窥见大片春色，他紧张地闭上眼睛，轻轻抚摸细软的发丝。
　　"阿昭，你可以对我做任何事。"庄青楠的睫毛上沾着几滴晶莹的泪水，将坠未坠，修长的脖颈无力地歪靠在他肩上，像只折颈的天鹅。
　　她顿了顿，强调道："什么都可以。"
　　这几乎已经是明示。
　　林昭心里一哆嗦，天人交战半天，还是决定当个坐怀不乱的正人君子。
　　他帮她盖好被子，低声说："乖宝，你喝醉了，快睡吧。"
　　醉鬼说的话不能算数。
　　他再喜欢她，也不能在这个时候占她便宜。

8.无花果丝

　　陆和光介绍的留学中介相当专业，很快帮庄青楠准备好各项材料。
　　眼看到了提交申请的最后期限，庄青楠却迟迟不肯签字。
　　陆和光想当然地认为她是被儿女情长拖住脚步，找了个机会截住林昭，开门见山地说："给我十分钟时间，我们谈谈青楠出国的事。"
　　"出国？"林昭一脸惊讶，"你在胡说什么？我怎么从没听她说过？"
　　陆和光挑了挑眉，既羡慕又嫉妒，语气里带了几分阴阳怪气："她还真是在意你的感受。"
　　林昭戒备地跟着陆和光走进装修得古香古色的茶馆。
　　"喝红茶还是绿茶？"陆和光有意误导林昭，指指他的座位，"青楠经常坐你这个位置，她喜欢喝红茶。"
　　"不用了，我喝白开水。"林昭不想给他挑拨离间的机会，臭着脸，抱着手臂，"有话直说，我没那么多时间陪你打太极。"

陆和光照旧点了一壶红茶，迂回地试探林昭："青楠那篇论文的情况，你已经知道了吧？"

"哪篇论文？你说的是一直没有发表的那篇，还是毕业论文？"林昭关心过论文的进展，庄青楠告诉他，有个关键的实验环节出了问题，需要重新调整，他也就没有怀疑。

然而，听陆和光的话音，里面好像另有隐情。

林昭的眉头皱得能夹死苍蝇："她的论文怎么了？你能不能跟我说清楚点儿？"

陆和光斟酌着措辞，把谷天华如何剽窃庄青楠的学术成果、庄青楠如何据理力争，以及自己在中间如何斡旋调解的事，添油加醋述说了一遍。

最后，他总结道："现在这种情况，对于青楠来说，再也没有比出国更好的选择。如果你真的喜欢她，就该站在她的角度为她考虑，而不是拿'爱情'当借口，自私地困住她，断送她的前程。"

林昭半信半疑，怎么也想不明白，为什么出了这么大的事，庄青楠却一个字都不跟他提。

"我明白了，谢谢你的好意，我回去跟她好好聊聊。"他在情敌面前勉强按捺住内心的慌乱和不安，装出一副无懈可击的样子，"出国留学是好事，我肯定会全力支持她。至于她为什么不告诉我，可能真的像你所说的一样，是在意我的感受，怕我难过吧。"

陆和光轻笑一声，图穷匕见："林昭，你没明白我的意思，放她出国并不能解决根本问题，我建议你直接和青楠分手。"

林昭死死瞪着陆和光，反应很快地说："我不接受你的建议。"

陆和光道："你到大街上随便拉个人问问，一个二流本科出身、兼职送外卖的大学生，和一个即将在美国斯坦福就读研究生的物理天才，有没有可能走到一起。"

他的话说得越来越重："是，青楠善良、念旧，不忍心撇下你，但人应该有自知之明，你一直缠着她不放，只会令她在老师和同学面前抬不起头，一而再、再而三地限制她的发展。"

林昭腾地跳起来，撩起袖子，亮出拳头，龇了龇雪白的牙齿，色厉内荏地说："你算什么东西？我和青楠的感情，轮不到你说三道四！"

"我算什么？"陆和光起身和他平视，目光中流露出浓浓的傲慢和不屑，"我来告诉你，如果我是青楠的男朋友，我能给她带来多少帮助——

"首先，谷教授看在我的面子上，不敢打她论文的主意，她不止能拿到一作，还有机会在其他同学的论文上署名；其次，我有足够的人脉和财力，能够送她去任何一个国家的任何一所名校读研究生、读博士，甚至为她出资建立属于个人的实验室,她不需要为生活琐事烦恼,可以把全部精力放到学术上,达到令人瞩目的高度;最后,我们的孩子从出生就赢在起跑线上,不必受她受过的委屈,更不必像你一样从事低级的体力工作……"

林昭再也听不下去,怒吼一声,跟陆和光扭打在一起。

他从小到大没少打架,陆和光则练过专业的散打,两个人旗鼓相当,难分高下,到最后还是服务员过来拉架,才勉强停手。

林昭捂着乌青的眼圈,指着陆和光的鼻子骂道:"我早就知道你不安好心!你想得还挺美,我告诉你,青楠对你根本没有感觉,就算我去街上要饭,她也愿意陪着我!"

"明明有更好的路可以走,你就非得拖着她吃糠咽菜吗?"陆和光擦了擦破皮的嘴角,反唇相讥,"你这叫什么?你这叫以自我为中心的道德绑架!"

最后这句话像一根毒刺,深深扎进林昭的心窝。

他想为自己辩解,又觉得和一个妄图挖墙脚的狗东西没什么好说,冲陆和光狠狠"呸"了一口,大步流星往外走。

庄青楠今天有课,晚上才能回来。

林昭急着跟她当面把话说清楚,又不敢打扰她上课,只能像困兽一样到超市晃了一圈,买了些吃的喝的,回出租屋苦等。

他心神不宁地拧开一罐果脯,尝了两口,才发现买的是无花果丝。

罐子上标着"无花果",配料表写的却是萝卜丝,颇有种"驴唇不对马嘴"的荒谬。

林昭最不喜欢吃萝卜,厌恶地将瓶盖拧回去,往书桌上一推。

他没控制好力道,不慎撞翻书架,只听"砰"的一声,庄青楠常用的书籍、教案和中性笔全都摔到地上。

林昭手忙脚乱地弯腰去捡,目光忽然凝固。

一个外表普普通通的记事本从中间摊开,上面用娟秀的字迹记着一笔又一笔账目。

他好奇地把本子捡起来,小声念道:"苹果笔记本一万两千元;行李箱八百六十元;单程车票三百一十九元;大学第一学年学费……"

他翻到下一页,里面写着:"林昭来北京的路费……房费……礼物的大概价值……"

林昭的脸色一点点变白。

庄青楠从住到他们家的那一天开始,把每一项花销清清楚楚地记在本子里,和他们一家人分得明明白白。

他疯了一样在书堆里翻检,很快找出第二个记账本和一本陈旧的日记。

日记里的笔迹略显稚嫩，承载着少女的痛苦、不甘和屈辱，记录着她从未跟别人提起的梦想。

林昭看几行字，抓一抓脑袋，终于处理不了庞大的信息量，一屁股坐在地上。

9. 金橘柠檬糖

林昭吃力地从已知的线索中提取出关键信息——

庄青楠早就计划出国留学。

这样的选择无可厚非，毕竟庄保荣和林素华一直在打她的主意，换成是他，心里也会害怕，也想逃得远远的。

可是，她从没跟他提过半个字，显然并不想带他一起走。

为什么啊？

林昭想不明白。

难道在她心里，自己和庄保荣那样的吸血鬼是同一档次的吗？

没错，他是没什么本事，可他一心一意地守护了她这么多年，同时打三四份工养活她爸妈，没有功劳也有苦劳，她怎么能狠心地说走就走呢？

林昭揉了揉隐隐作痛的眼睛，想起下午和陆和光的交锋，逐渐生出几分火气。

情敌跑到自己跟前耀武扬威，说了那么多有的没的，是庄青楠默许的吗？

她不好意思和他撕破脸，这才请陆和光出面，让他认清现实，知难而退吗？

他和她什么时候变得这么生分了？

林昭越想越生气，越想越委屈。

庄青楠是不是已经背着他跟陆和光走到了一起？是不是被陆和光的耀眼光环迷住了眼睛，开始偷偷地嫌弃他、讨厌他？

都说"上岸第一剑，先斩意中人"，她也不能免俗吗？

可是，他再喜欢她，也是个有血性、有骨气的男人，绝不能稀里糊涂地当绿毛王八，更不能如他们的意，吃下这个哑巴亏。

林昭扶着桌子站起身，四处搜寻称手的工具，打算冲到学校，找陆和光算账。

庄青楠误入歧途，不能说没有一点儿错，但肯定不该负主要责任。

都怪陆和光居心叵测地引诱她、设计她，当然，自己忙于打工，忽略了她的感受，也做得不够好。

林昭从厨房翻出一根大号的擀面杖，握在手里比画了两下，觉得还不错,回卧室拿手机。

地上还没收拾,一片狼藉,他被一本厚厚的词典绊倒,"扑通"跪到地上,疼得龇牙咧嘴。

"嘶……连你也跟我过不去?"林昭怨气冲天,抓起词典打算摔到对面的墙上,看见扉页上熟悉的名字,又勉强停下动作。

他拍了拍词典上的灰尘,顺手把其他书本整理到一起,看见一个厚厚的档案袋,像注意力无法集中的小学生一样,忘记原来的计划,打开袋子。

里面装的是庄青楠为了申请留学准备的资料,有一大半是她大学期间的获奖证书,分量不轻。

林昭紧皱着眉毛,一张一张证书看过去。

他一直知道她很优秀,却不曾像现在这样直观地感受过,望着那一个个闪闪发光的奖项,再联想到自己惨不忍睹的成绩单,立刻自惭形秽起来。

"我知道我配不上你,可你也不能脚踏两条船啊……"林昭小声抱怨着,忽然想起什么,打了个激灵,脸色迅速变白。

他和庄青楠在同一个屋檐下住了好几年,对现状过于满意,以至于竟然忘了,庄青楠从来没有正面承认过他的身份。

到底谁才是小三啊?

他演戏演得太久,把未婚夫妻的名分当真不说,还理直气壮地摆出正牌男朋友的架势审判她、责难她,仔细想想,实在可笑。

换位思考,庄青楠也是够为难的,碍于恩情不好拒绝他的种种要求,还要时时照顾他的感受。

难怪她想逃跑。

林昭苦笑着再度拿起账本,从头到尾翻看起来。

他一边看一边小声嘟囔,声音里已经带出明显的哭腔:"我们之间这么多年的情分,用这些数字就能全部概括吗?怪不得你一到北京就开始做兼职,从来不乱花钱,你是不是还打算按照银行的存款利率,连本带息一起还给我妈啊……"

说到这里,林昭的话音戛然而止。

他福至心灵,想起庄青楠的两次献身。

他当时以为她在做噩梦,或是被酒精所操控,神志不够清醒,因此不敢越线,从没想过她是在……

拿自己的身体当利息。

她知道恩情难以用金钱偿还,也知道他有成年男人的生理需求,因此打算通过这样的方式弥补他,感谢他。

可林昭想要的从来都不是感激。

满腔怒火化成酸楚和疼惜，他一边伤心多年美梦彻底破灭，一边心疼庄青楠自轻自贱，哭着打了自己两个巴掌，终于清醒过来。
　　其实，庄青楠什么都没做错。
　　她的性子本来就冷，从来不会在别人身上浪费时间，能够对他一忍再忍、百般纵容，已经很不容易。
　　她不喜欢他，不是她的错。
　　是他太贪心了。
　　他不应该，也没资格拖住她的脚步。
　　挟恩求报，觍着脸对她死缠烂打，更是下作。

　　庄青楠上完最后一节课，发现外面下起濛濛细雨。
　　林昭撑着一把墨绿色的大伞，站在教学楼底下等她。
　　"阿昭，你的眼睛怎么了？"庄青楠快走两步，钻到林昭伞下，自然地抱住他的腰，仰头问道。
　　林昭避开她的视线，胡乱编了个借口："出门的时候不小心，撞到门框上了。"
　　庄青楠经过餐厅，打包了一份炒面、一份小笼包，拿着一个煮熟的鸡蛋走出来，帮林昭敷眼睛。
　　她们并肩走在回出租屋的路上。
　　雨越下越大，路上没有行人，也没有车，高高的路灯把昏黄的灯光洒在脚下，形成窄窄的光圈。
　　穿过有限的光亮，前方是浓得化不开的黑暗。
　　庄青楠挽住林昭的胳膊，和他挨得更紧些，感受着他身上传来的温暖，悄悄蓄起勇气。
　　她打算于今晚将一切和盘托出，把选择权交给林昭。
　　如果林昭愿意跟她一起出国，当然最好，如果他不愿意……
　　她还是想看看外面的世界。
　　不过，就算暂时分开，只要两个人足够坚定，以后一定可以重逢。
　　庄青楠停住脚步，吸进一口湿冷的空气，伴着"哗哗啦啦"的雨声，开口道："阿昭，我有话跟你说。"
　　与此同时，林昭咬碎嘴里的金橘柠檬糖，忍住满嘴的酸涩，说道："青楠，我也有话跟你说。"
　　他害怕庄青楠一开口，说的便是老死不相往来的话，因此表现出罕见的强势："我先说！"
　　庄青楠怔了怔，点头道："好，你说。"

林昭捂住不停抽痛的心口，低头看着脚尖，又急又快地说："我觉得我们的性格不太合适，相比起做男女朋友，更适合做亲人。你要是没意见，我们……我们解除婚约吧？"

10. 酸奶糖

庄青楠松开林昭的手臂。

她往外挪了半步，任由滂沱的雨水浇湿肩膀，紧抿着嘴唇，声音变得冰冷："你这是什么意思？我听不明白。"

"就……就是字面上的意思呗。"林昭下意识地伸长胳膊，把伞面往庄青楠的方向倾斜，自己站在大雨中，语调涩然，"我和你的差距越来越大，越来越没有共同语言，我不了解你的世界，你也对我的圈子不感兴趣，这样下去，是没有结果的。我考虑了很久，觉得还是往后退一步比较好。"

他扭头吸了吸鼻子，眼里含着两包泪水，强忍着没有掉下来："不过你也别多想，咱们这么多年的交情，和亲姐弟没什么两样。就算解除婚约，以后你遇到难处，打个电话过来，我照样为你两肋插刀，赴汤蹈火，这一点什么时候都不会变。"

"亲姐弟？"庄青楠冷笑一声，盯着林昭乌黑的后脑勺，"你想好了吗？"

此刻，她觉得自己化成一只正在漏气的气球，而密密的雨丝像无数根细针，争先恐后地往身体里钻。

她失去所有的勇气，以及这么多年好不容易建立的自信，快速变瘪、发皱，丑陋得不堪入目。

其实，她想过会有这么一天。

想过林昭对她只是三分钟热度，热血上头的时候百依百顺，等到激情消退，什么都不会剩下。

可她没想到这一天来得这么迟，迟到她泥足深陷、难以自拔，迟到他说出的每一个字，都变成钝刀子，缓慢而深重地刮过她的血肉。

林昭抬手用力抹掉脸上的液体，含糊地点了一下头，紧接着又重重点了两下："想好了。我……我打算把租的房子退掉，房东一直涨租金，离我们学校又远，继续租不划算，再说，一直不明不白地睡在同一张床上，对你的影响也不好。"

庄青楠吐出最后一口热气，问："你有喜欢的人了吗？"

他如此急切地划清界限，只有变心这一个理由能说得通。

"没有！"林昭斩钉截铁地回答。

他旋即意识到自己的失态，换了种模棱两可的说法："暂时……暂时

还没有，我得先处理好你这边的事，再考虑接下来该怎么走。"

庄青楠觉得自己像个累赘。

"……行啊。"她轻飘飘地答应他的要求，轻飘飘地往前走，"我去你那儿收拾收拾行李，明天就搬回宿舍。"

林昭亦步亦趋地追上庄青楠，努力给她撑伞。

庄青楠不断加快脚步，过人行横道的时候，抢着黄灯冲到马路对面，把林昭远远抛在身后。

一阵狂风吹过，把伞面完全翻上去，林昭无助又绝望地望着她的背影，终于忍不住，站在雨里大哭起来。

等回到出租屋，两个人都淋得湿透。

庄青楠魂不守舍地冲了个澡，披着湿淋淋的长发出来，开始收拾个人物品。

林昭拿着吹风机迎上来，眼睛红得像兔子，手指轻轻握住发尾，把水分挤在掌心，打算再给她吹一次头发，留个念想。

"不用。"庄青楠冷漠地躲开林昭，夺走吹风机，对着镜子潦草吹了几分钟，继续收拾东西。

她心里有气，动作比平时重，一不留神打碎一个杯子，惊得林昭一哆嗦。

林昭在角落呆站半响，没话找话地拿起床头柜上的玻璃糖罐，说："里面的糖，咱俩一人一半吧？"

庄青楠头也不回地说："我不要了，都给你。"

林昭抱紧糖罐，只觉心如刀绞。

她洒脱干脆，拿得起放得下，把他和这多糖块毫不犹豫地抛弃。

他求仁得仁，本不该有怨言，却体会到了离婚时伤筋动骨的滋味。

林昭蔫头耷脑地坐在床上，一边嚼酸奶糖，一边把电动车挂到二手物品买卖平台上，定了个合理的价格。

他环顾四周，发现自己早就把这里当成温馨的小家，一想到很快就要搬走，觉得嘴里酸得发苦，身上一点儿力气都没有。

半个小时后，庄青楠收拾出一个背包和一个行李箱。

她庆幸自己始终有所保留，添置的东西并不多，一个人就能搬回去，不需要向别人请求帮助。

庄青楠裹紧毯子，背对着林昭躺在床里侧。

林昭将指甲深深掐进手心，强忍住想拥抱她、亲吻她、向她摇尾乞怜的冲动，一直挨到后半夜，挨到她的呼吸慢慢平稳，方才蹑手蹑脚地爬起来。

他找出家里所有的现金，凑够三千块钱，把皱巴巴的钞票抚平、叠好，塞到庄青楠行李箱的夹层里。

他不知道去美国留学到底需要多少钱，事实上，他这辈子都没想过离开这片土地，没想过自己会跟厉害的留学生扯上关系。

不过，他听过一句老话叫"穷家富路"，往庄青楠身上多塞点儿钱总没错。

第二天早上六点，庄青楠准备起床。

林昭把她的运动鞋拿到床边，单膝跪地，像以前的许多个早上一样，帮她系鞋带。

庄青楠看着林昭头顶翘起的乱发，咬了咬嘴唇，打算给他最后一次机会。

她哑声道："你怎么不问我，昨天想跟你说什么？"

林昭把鞋带系上又拆开，拆开又系上，挤出个难看的笑脸，问："你想说什么？"

庄青楠轻声说："我放弃了保研的机会，打算出国留学。"

林昭拙劣地做出惊讶的表情："出国？是好事呀！已经确定了吗？恭喜恭喜！"

他松开她的脚，抓抓脸颊，挡住僵硬的面部肌肉，开起愚蠢的玩笑："你准备在国外待几年？还回来吗？会不会给我找个洋人姐夫？我连英语四级都没过，到时候交流可是个麻烦事……"

庄青楠气得胸口剧烈起伏，恨不得给他一脚。

她站起身，握紧行李箱的拉杆，收起所有温情，平静而冷漠地道："应该不会再回来了。林昭，我到了国外会继续打工，尽快把欠你们家的钱还上，你多保重，再见。"

林昭张了张嘴，还来不及回答，房门就被庄青楠重重摔上。

他愣了半天，缓缓蹲在地上，痛苦地抱住脑袋。

第十二章 我可以这么贪心吗

1. 脆脆鲨

林昭在出租屋和宿舍之间折腾了好几趟,终于把行李搬完。

他望着空荡荡的房间,回忆着庄青楠在这里生活的一点一滴,拿出她送的单反相机,拍了十几张照片留作纪念。

回到学校以后,他努力融入集体生活,按部就班地上课、吃饭、打工、睡觉,竭力让自己忙碌起来。

他需要把思绪填满,把力气用尽,才能摆脱思念的侵蚀。

林昭是在离开庄青楠的第五天晚上开始崩溃的。

起因只是一件微不足道的小事——他打起精神,把春天的外套拿出来清洗,一抖衣服,帽子里掉出一只庄青楠的袜子。

袜子是鲜艳的大红色,针脚细密,材质柔软,脚底绣着踩小人的图案。

他喜欢"驱邪避灾"的寓意,在老家的集市上一口气买了十双,当成新年礼物送给庄青楠,也不知道怎么和自己的衣服搅和在了一起。

林昭哆嗦着嘴唇,蹲到地上捡起袜子。

他不知道搭错哪根筋,把袜子放到鼻子底下闻了闻。

淡淡的香气带有神奇的魔力,将他拉回和庄青楠朝夕相处的每一个日夜,让他想起自己怎么卖力地帮她洗袜子、怎么给她洗脚,又是怎么把那双永远冰冰冷冷的脚夹在腿间,当她的人肉热水袋的。

林昭把袜子悄悄地藏在枕头底下。

他开始频繁地做梦。

大部分时候是噩梦,梦里他眼睁睁地看着庄青楠穿上洁白的婚纱,挽着外国男人的手臂走进庄严的教堂,心里急得要死,却迈不动脚,说不出话。

偶尔是美梦,他和她携手回到铜山镇,过着普通又幸福的日子,她在镇上的学校教书,他负责柴米油盐之类的生活琐事,经常系着围裙在偌大的猪圈里喂猪,到了周末便骑上摩托车,带她去市里兜风。

枕巾被泪水打湿又晾干,林昭渐渐出现幻觉。

他总觉得庄青楠还在身边,吃饭的时候会忍不住对着面前的空位自言自语,逛超市的时候会习惯性地买她爱吃的零食,吃一半,留一半,直到放坏也舍不得扔。

为了消解内心的痛苦,林昭增加甜食的摄入量,脆脆鲨、巧克力、大白兔……什么甜吃什么。

直到靠近左腮的一颗磨牙疼得受不了,他才走进口腔诊所,躺在治疗床上。

他大张着嘴巴,感觉到高速运转的钻头扎进龋洞,难受得涌出泪花。

透过朦胧的泪光,他又一次看到庄青楠的身影。

她站在床边温柔地看着他,伸出白皙的手,似乎打算跟他交握,为他打气。

林昭闭上眼睛,温热的泪水顺着眼角滑落。

其实,他不止一次问过自己——为什么喜欢她呢?

最开始大概是见色起意。

少年情窦初开,见到那么特别、那么优秀的女孩子,发现她的每一个特质都在他的喜好上,不可能不心动。

他还没学会成人的势利和算计,还不知道想要在情场上来去自如,必须有所保留,便一头扎了进去。

之后的发展就像盖房子。

地基打得结实,往上添砖加瓦,变得再容易不过——她外冷内热,聪慧机变,和他并肩闯过一道道难关,又给他补课,陪他备考,见证他人生中一个又一个重要的阶段。

他每一天都比前一天更喜欢她,不起眼的平房一步步升级为摩天大楼,令人目眩神迷,叹为观止。

直到现在,高楼轰然倒塌。

他的精神世界变成一片废墟。

林昭想,他再也提不起心劲儿,盖第二幢楼房了。

离开她之后,他变成毫无生气的行尸走肉。

补好蛀牙,林昭暂时戒掉糖果,漫无目的地在庄青楠的学校附近晃悠。

他害怕看到她,又害怕看不到她,想知道她出国的具体日期,又不敢当面道别。

直到暑假来临,林昭才辗转从庄青楠的室友口中得知,她已于两天前飞往美国。

他像心口放下一块大石,又像完全失去了活下去的意义,茫然四顾,欲哭无泪。

这天晚上,林昭戴着帽子和口罩,避开学校保安的注意,往谷天华的办公室门上泼了一大桶血红的油漆。

他扔掉犯罪工具,洗净双手,登上回铜山镇的火车。

迎接他的是狂风骤雨。

郑佩英从林昭进门的那一刻,就横眉竖目,戳着他的脑门质问:"你跟我说清楚,你和青楠是怎么回事?她给我发的这条消息是什么意思?什么叫对不起我和你爸?什么叫她打算在美国读研并定居?你长这两颗眼珠子是喘气用的吗?连个大活人都看不住?"

林昭揉揉布满血丝的眼睛,梗着脖子看向楼梯,觉得十七八岁的庄青楠正坐在台阶上望着他。

"妈,我想明白了,我根本不喜欢青楠,我们打算当姐弟。"他拿同样的借口搪塞郑佩英,"青楠是什么人品,我们大家都清楚,欠咱们家的钱,她会想办法还给您的,您不用担心,这件事就到此为止吧。"

"我担心的是钱吗?我花那么多心思养大的姑娘,说没就没啦?"郑佩英气不打一处来,揪着林昭的耳朵不放,"你跟我老实交代,是不是你犯了什么不该犯的错误,在外面勾搭狐狸精,把青楠气跑了?"

她火力全开,持续输出:"什么不喜欢青楠,你以为我会相信吗?当年是谁为了她死去活来,跑到黑煤矿打工,差点儿把命搭进去的?是谁……"

"妈,别说了,就当我求您。"林昭眼泪汪汪地看着郑佩英,堵住她接下来的话,"您要是还想要我这个儿子,就别再提她的名字。"

郑佩英愣了愣,意识到这件事另有隐情,儿子似乎受了天大的委屈,难以置信地道:"怎么回事?难道是青楠……"

林鸿文及时拦住她,安抚道:"好了,阿英,给阿昭留点儿空间,让他冷静冷静。"

到了这个月的打款日,林昭没给庄保荣打钱。

他拉紧窗帘,不分白天黑夜地烂在屋里,床上、桌上和地上堆满垃圾,浑浑噩噩地一觉接着一觉睡下去,几乎没有清醒的时候。

如今,已经没有值得他拼命的人,也没有鞭策他努力的动力。

好的、坏的,都离他而去。

直到这天下午,他被外面的争吵声惊醒。

原来,庄保荣没有拿到生活费,又打不通他的电话,鬼鬼祟祟地来到铜山镇打听消息,被满肚子火气的郑佩英撞了个正着。

2. 酸妞软糖

郑佩英一眼就看出庄保荣心里有鬼,站在门口的台阶上,提高嗓门问道:"姓庄的,你来干什么?"

"铜山镇又不是你们家的,我想来就来,想走就走!"庄保荣越忌惮郑佩英,脸上越硬气,"我女婿呢?我来找我女婿说几句话。"

他勾起脖子,越过郑佩英往院子里看,大声喊道:"阿昭!阿昭!你在家吗?是我呀!姑父来看你了!"

"哐啷"一声,郑佩英把装满垃圾的簸箕扔到庄保荣脚边,荡了他一身土。

"庄保荣,你的岁数也不算大,怎么这么早就糊涂了?什么女婿?阿昭是你哪门子的女婿?"她一手叉腰,另一手指着庄保荣的鼻子喝骂,"你在族长面前签过白纸黑字,把女儿给了我,说好老死不相往来,这才过去几年,就打算要赖了吗?"

庄保荣发现过来看热闹的人越来越多,都在对他指指点点,觉得十分没有面子。

他拍了拍裤腿上的土,往地上啐了一口,狞笑道:"少拿那张协议说事,青楠是我下的种,是我们家乐乐的亲姐姐,打断骨头连着筋,是说不认就不认的吗?再说,我女婿愿意孝敬我,我们俩这叫'一个愿打,一个愿挨',你一个当婆婆的管得了那么多吗?"

郑佩英从庄保荣的话音里听出来,对方早就找过林昭,再联想到林昭这两三年起早贪黑地打工,累得面无人色,却没攒下钱,隐约明白了什么。

她既气林昭耳根子软,又心疼他一片痴心,怒极反笑:"看来,阿昭没少背着我孝敬你。也是,你们一家老的老小的小,好吃懒做,心术不正,好不容易碰上阿昭这么个冤大头,肯定恨不得巴在他身上吸一辈子的血。"

"话也不用说得这么难听。"庄保荣从裤兜里摸出一根烟,翻遍所有口袋,都没找到打火机,只能干巴地叼在嘴里,"既然你非要跟我算账,咱们今天就好好说道说道,让大家评评理。"

庄保荣:"我闺女是什么人?她可是顶级学校的大学生!我培养了那么多年,成绩那么好,本来应该留在我家光宗耀祖,结果白给你们捡了个漏!你们偷着乐也就算了,还装得跟吃了多大亏似的,有意思吗?"

他颠倒黑白,恬不知耻,说得就好像当年逼着庄青楠辍学的人不是自己似的,又掰着手指头算了算:"我闺女今年也该毕业了吧?她一个月的工资少说也有一两万,肯定都便宜你们家了吧?要么说你会做生意呢,这脑子不服不行。"

"郑佩英,你们吃大鱼大肉,给我分点儿肉汤怎么了?我要点儿生活费过分吗?别忘了,兔子急了还咬人呢,真把我们一家逼上绝路,我只能坐火车到北京,打听打听我闺女在哪个单位,让她们领导给我做主……"

郑佩英忽然大笑起来。

"好啊,赶紧去闹吧,你要是真的有本事找到青楠,我还得谢谢你。"她笑了半天,看着惊疑不定的庄保荣,脸上写满鄙夷,"你是不是还不知道,青楠背着我们一家人出国了?你今天来得正好,你想找阿昭要钱,我还想找你要人呢!"

"什么?出国?"庄保荣大惊失色,嘴里的烟"啪嗒"一声掉落在地,"不可能……这不可能!她一个小丫头片子,三棍子打不出一个屁,哪有本事跑那么远?"

"你要是不相信,就去她的学校问问。"郑佩英冷哼一声,"庄老五,你刚才不是还说你和青楠'打断骨头连着筋'吗?青楠不见了,你当初收的彩礼是不是应该一分不少地还回来?看在你是残疾人的份上,我就不跟你要利息了,够讲道理吧?"

庄保荣的脸色一阵青一阵白,磕磕巴巴地道:"明明是你们自己没看住,怎么能……怎么能管我要钱?"

郑佩英看到林鸿文带着两个民警从人群里挤过来,精神一振,指着庄保荣叫道:"老林,快拦住他,让他还钱!"

庄保荣还没来得及发愁自己的后半辈子,便被她这一声吓破胆子,一瘸一拐地落荒而逃。

郑佩英出了口恶气,扭头看见林昭呆呆地站在院子里,胡子拉碴、不修边幅,骂又舍不得骂,打又舍不得打。

"看你这副德行,天天关在屋里,沤得都快发臭了。"她紧紧皱着眉头,抬手在鼻子下面扇了扇风,"该走的留不住,想留的不会走,阿昭,去洗个澡,把自己收拾收拾,出去散散心,学着往前看吧。"

林昭冲了个冷水澡,到镇上的理发店剪了个头发,接下来的几天,在附近漫无目的地闲逛。

耗子从监狱里出来,改邪归正,在汽修店当学徒,偶然撞见他,不好意思地擦干净手上的油渍,买了个冰激凌向他道歉。

林应和庄青楠走的路差不多,顺利保送研究生,带着洋气的混血女朋友回来过暑假,请发小们一起吃饭,说话做事越来越成熟,没有半点儿架子。

林海高中毕业就跑到市里学习开塔吊,如今已经是熟练工,虽然高空作业带有一定的危险性,时间又难熬,却能拿到不错的薪水,林昭听得出他对现状很满意。

他们都找到了该走的路，只有他一事无成，不知道接下来要怎么走。

林昭陷入前所未有的迷茫中。

离开庄青楠之后，他又得开着灯睡觉了。

这晚，他梦见自己被石块和泥土压在煤矿底下，剧痛难忍，呼吸困难，醒来就开始翻箱倒柜。

他翻遍所有的课本，终于找到一张泛黄的字条。

上面写着歪嘴叔的地址。

林昭买了张火车票，独自一人前往偏远的西北小镇。

他在街上称了几斤卤牛肉，买了两瓶二锅头，费尽周折找到歪嘴叔家，发现院子半敞，拖拉机底下伸出两只脚，低头一看那人的脸，激动地叫道："师父！"

林昭受到了热烈的欢迎。

歪嘴叔前年差点儿死在煤矿里，回来之后凑钱买了辆拖拉机，开始帮人拉货。

他的媳妇是地里干活的好手，女儿考上了理想的大学，年年拿奖学金，儿子又渐渐懂事，一家人劲往一处使，没什么过不去的难关。

夜晚，歪嘴叔带着林昭爬上低矮的小山坡，像许多年前一样，和他一边喝酒一边聊天。

歪嘴叔问："你姐考上大学了吗？"

"考上了。"林昭仰头看着漫天的繁星，觉得那些最亮的星星组成了庄青楠的脸，唇角浮起恍惚的笑意，"过完这个暑假，就是研究生了。"

"好小子。"歪嘴叔用力拍拍他的肩膀，"能供出个研究生，你这辈子也算值了。"

"是啊。"林昭吃完下酒菜，撕开一包酸妞软糖，把沾着酸粉的糖粒塞到嘴里，大口大口咀嚼着，用白酒顺下去。

浓烈的酸味和刺喉咙的辣味融合在一起，刺激得他不停咳嗽。

林昭咳出眼泪，表情变得茫然又脆弱："师父，您说，我以后应该做些什么呢？"

"这个问题我回答不了你。"歪嘴叔的眼睛里泛出柔和的光泽，"不过你还小，慢慢想，不要着急。"

他顿了顿，安慰林昭："别怕，只要你有耐心，所有的问题都能找到答案。"

3. 黑松露巧克力

庄青楠有惊无险地赶上出国申请的末班车。

她把林昭的所有联系方式拉进黑名单，紧锣密鼓地准备论文答辩。

毕业典礼结束的那天晚上，她和同班同学前往学校附近的餐厅聚餐，连喝了两瓶啤酒，短暂丧失理智，把林昭从黑名单里放了出来。

可林昭没有给她打电话。

庄青楠和喝醉的室友们拥抱在一起，听着她们大哭大笑，悄悄将眼角的泪水抹掉，拒绝承认自己在等林昭。

等他挽留她，向她痛哭流涕地认错，收回那些伤人的话。

等他把那些她习以为常的偏爱还回来。

然而，她什么都没有等到。

庄青楠自嘲地想，像她这样冷漠、自私、无趣又别扭的人，大概本来就不招人喜欢吧？

林昭厌倦她、抛弃她，把目光转向那些能够及时给他反馈的女孩子，是再正常不过、也再正确不过的事。

她没什么好抱怨。

直到出境这天，庄青楠接受机场安检的时候，才发现行李箱夹层里藏着的钱。

她捏着皱皱巴巴的钞票，心口像被细针轻轻扎了一下，又疼又酸。

庄青楠走到机场二楼，站在玻璃窗前，像四年前离开铜山镇一样，眺望这片故土。

没有人来送她。

她把那个长得高高大大却经常哭鼻子的少年弄丢了。

庄青楠踏上美国的土地，还来不及伤怀，就被接二连三的挑战占据心神——

她的英语口语虽然流利，想和当地人进行无障碍沟通，仍需要时间适应。

新导师是位奉行不婚主义的女教授，态度严厉，要求苛刻，在某些容易被忽略的地方有着超乎寻常的小坚持，磨合的过程十分漫长。

此外，美国对留学生打工存在诸多规定和限制，她摸索了两个星期，才办好全部手续，开始为两个中产家庭的孩子提供家教服务。

开学前一周，陆和光从国内飞过来看望庄青楠。

庄青楠在孩子们家里耽搁了半个小时，由于这几天走的路太多，后脚跟被新鞋磨破，好不容易挤上地铁，袖子不小心沾上一大片咖啡渍……

因此，她出现在富有情调的西餐厅时，形容多少有些狼狈。

陆和光扶了扶镜框，体贴地拉开椅子，请庄青楠入座。

他不动声色地观察着她的外表，心里越来越笃定。

谁能想到，衣着得体、宠辱不惊、对物质享受不感兴趣的庄青楠，有着那样悲惨的身世呢？

要不是他聘请私家侦探把她从小到大的经历调查了一遍，还真无法理解她和林昭之间的羁绊，更不可能知道她的弱点。

国外不比国内，到处都需要花钱，失去林昭一家的资助，她的日子一定很不好过。

不过，对他而言，事情一旦涉及金钱，骤然变得简单起来。

况且，他最擅长谈交易。

陆和光帮庄青楠调停过两次，全都取得了令双方满意的结果。

这一回，终于轮到他为自己争取。

陆和光把价值不菲的黑松露巧克力送给庄青楠："一点儿小礼物，不要跟我客气。"

"谢谢师兄。"庄青楠没有扭捏，大大方方地接过，"师兄怎么有时间过来？有公事要处理吗？"

"没有，我专程来看你。"陆和光点了两份牛排、两只帝王蟹和一大份海鲜拼盘，十指交叉，手肘撑在桌上，露出和煦的笑容，"在这边还适应吗？有没有遇到什么解决不了的问题？"

庄青楠喝了几口柠檬水，润了润干渴的喉咙，答道："谢谢师兄关心，我在这边一切都好。"

"青楠，如今不比以前，见一面没那么方便，我就不跟你兜圈子了。"陆和光单刀直入，兵行险着，"你已经和林昭断干净了，对吧？既然你我现在都是单身状态，我想郑重地请求你，给我一个追求你的机会。"

庄青楠听到林昭的名字，条件反射地皱了皱眉。

"你先别急着答复我，听我说完。"陆和光在飞机上打过腹稿，侃侃而谈，言辞流利，"我知道你对我的第一印象不好，也承认我刚开始接近你的时候别有目的。不过，咱们相处了整整四年，一起经历过那么多风风雨雨，也算对彼此知根知底。你说句实话，你觉得我是个坏人吗？"

庄青楠摇了摇头："不是。"

他虽然经常在灰色地带徘徊，却没做过伤天害理的事。

至少，他帮过她的忙，也教给她许多待人接物的技巧，算是她的贵人。

陆和光眼底的笑意加深，又问："你现在不讨厌我，把我当成朋友，对吗？"

庄青楠犹豫片刻，答道："对。"

"那么，我们已经具备一定的感情基础，胜过大多数因利益而联姻的夫妻。"

陆和光往庄青楠面前的碟子里夹了几片生鱼片，给她分析嫁给自己能够吃到多少红利："你知道我的秘密，我也比较了解你，我们又师出同门，有很多共同话题，永远不必担心冷场；我家里的情况，你应该心中有数，我爸妈非常支持我和高学历的女孩子交往，只要你点头，他们一定乐意提供助力，帮你在事业上更进一步；当然……"

他顿了顿，假装轻描淡写地道："你留学期间的所有费用，理应由我承担。你这么聪明，这么有天赋，将大把大把的时间花在打工上，太屈才了。"

"青楠，我觉得我们可以直接一点。"陆和光正襟危坐，为自己的长篇大论做总结，"你愿意当我的灵魂伴侣，和我一起走到令人仰望的高度，成为学术界人人称羡的模范夫妻吗？"

无论陆和光的话语多么动听，庄青楠还是清醒地意识到，她再度站在岔路口，即将做出改变人生的重要抉择。

陆和光把这场谈话的本质巧妙又小心地隐藏起来，给它套上一层又一层漂亮的礼物盒，配合各种重量级的砝码，千方百计地诱惑她、游说她。

但交易就是交易。

她要像十六岁那年和林昭订婚一样，再次出卖自己吗？

庄青楠望着面前的生鱼片，陷入挣扎之中。

4. 海盐芝士爆浆泡芙

十六岁的时候，她没得选。

庄保荣丧心病狂，急着把她卖出去换钱，如果不和林昭在一起，只能嫁给张三或者李四，成为他们传宗接代的工具。

可她今年已经二十三岁。

她读了那么多书，流了那么多汗水，学过那么多为人处世的道理，见过更广阔的天空，如果再次回到原点，多年的坚持和努力算什么呢？

她没有忘记自己的初心。

她想摆脱被"物化"的命运，成为人生的主宰者，而不是用学历和才华装点门面，寻找阔绰的买主，能卖个好价钱的商品。

庄青楠缓慢却坚定地摇了摇头，轻声说："我不愿意。"

陆和光紧皱眉头，不死心地道："为什么不愿意？给我一个理由。"

"师兄，从见到你的第一面起，我就觉得你让我不舒服，后来发生的事，更加深了这种感觉。"庄青楠把生鱼片推到一边，用餐刀切开五分熟的牛排，发现柔韧的纹理中流出鲜红的血水，动作顿了顿，"我很感谢你对我的喜欢和照顾，但有些事情是勉强不来的，我们是朋友，也只适合做朋友。"

"什么感觉不舒服？你这是对我有成见！"陆和光自尊心受挫，情绪变得激动起来，"青楠，我以为你是个理性的人，你怎么能拿这些玄而又玄的第六感搪塞我？"

"我不是对你有成见，是讨厌我自己。"庄青楠放下刀叉，露出苦笑，"师兄，你不觉得我们在某些地方很像吗？一样的敏感多疑，一样的自私自利。我看到你的时候，觉得像是看到了另一个维度的自己。"

她不喜欢浑身都是心眼的人。

因为她自己就是这样的人。

她心里很清楚，如果把自私的属性拉到满格，变成跟陆和光一样的利己主义者，适应并利用成人世界的规则，戴着假面在名利场上社交、谈判、组建同盟、交换利益，脚下的路确实会好走很多。

事实上，在陆和光的引导下，她也尝过交易的甜头。

然而，总有一些事是不能妥协的。

她不想出卖自己的灵魂。

陆和光沉默了很久，苦涩地道："和我一样有什么不好？你知不知道，有些人送一辈子外卖，也买不起一套一线城市的房子？然而，只要你答应跟我在一起，我可以直接过户一栋……"

"师兄只谈好处，不谈代价，有点儿缺乏诚意。"庄青楠打断他的话，目光中流露出淡淡的责备，"我不是给两颗糖就高高兴兴跟着人走的小孩子，知道嫁入高门，大概会面临什么样的困境。"

以陆和光的条件，家境优渥、履历漂亮、外表出色又愿意嫁给他的女孩子比比皆是，他的父母或许没有明确反对他和她交往，但肯定不会"非常支持"。

做学术界人人称羡的模范夫妻？理想固然丰满，但两个人结婚之后，总要有一个人做出牺牲，负责柴米油盐，承担家庭责任，用脚趾头想想，也知道那个人不会是他。

更不用说孩子的事——有钱人和穷人大概是最爱生孩子的两个群体，如果有长辈用审视的眼神打量她的肚子，催促她"三年抱俩""开枝散叶"，不出半年，得抑郁症的就会变成她。

陆和光的表情变得讪讪的，不太敢接庄青楠的话。

"师兄，我不想要那样的未来。"庄青楠一口主菜都没有动，甜品上来的时候，倒是吃了好几个海盐芝士夹心的泡芙。

牙齿咬开软软薄薄的皮，香甜的海盐芝士带着淡淡的咸味流出来，有效地缓解了低血糖的不适。

她以手托腮,望着玻璃上模糊的影子,喃喃道:"我一直在追逐自由。我觉得,自由不是你想做什么就做什么,而是不想做什么,就不做什么。"

听见这句话,陆和光的心中掀起惊涛骇浪。

"还有,你喜欢的,是在林昭一家人的保护下平安长大的我,没有他们,我连一件不打补丁的衣服都没有,上不了高中,考不了大学,根本不可能走到现在。"庄青楠索性一次性跟陆和光把话说清楚,"我敢保证,如果你遇到十六岁那年的我,连看都不会看我一眼。"

陆和光心里一急,高声道:"我知道你感激林昭,可恩情是恩情,爱情是爱情,不能混为一谈!"

庄青楠低头看向自己的鞋子,长长叹了口气。

在这场争论中,她逐渐拨云见日,看清自己的内心。

"师兄,我想我和林昭之间……早就不只是恩情。"她后知后觉地发现,她根本无法接受林昭之外的任何一个男人。

在漫长的相处中,他始终尊重她、关心她,一点点消除她的戒备,给她充足的安全感,悄无声息地和她的血肉长在一起。

林昭知道,她不吃生鱼片,不能接受带有血水的牛排。

他看到她一瘸一拐地走进来,会二话不说跑去帮她买消毒水、棉签和创可贴。

他永远坚定地做她的后盾,接受她的一切,即使她不是一个遵循传统观念的女性,依然尽自己努力给出最大的宽容和理解。

跟她经历过风风雨雨的不是陆和光,是林昭才对。

再也不会有人对她这么好。

再也不会有这种机缘,让她们产生这么深的羁绊。

爱情在她心中的分量并不重,难得的是,所有的预想都和林昭契合。

庄青楠想明白这些,忽然有些坐不住。

她总觉得林昭的离开透着蹊跷,打算当面问问他有没有隐情。

她不想错过他。

他比她想象中的还要重要。

庄青楠站起身,对陆和光道:"师兄,今天的话,我就当你没有说过,希望我们以后还能一直做朋友。"

陆和光的脸色变得灰败。

直到外面下起大雨,他才如梦初醒,拔腿追出去。

在别人面前永远完美无缺的陆和光彻底失态,像个疯子一样在雨夜里狂奔。

他眼睁睁看着庄青楠登上公共汽车,又追赶了几十米,望着越来越远的尾灯，被路过的汽车溅了一身泥水，摘下眼镜，撕心裂肺地大喊道："如果有的选，你以为我不想像林昭一样天真、一样任性吗？我没有机会！没人给过我机会！"

在刺耳的鸣笛声里，他崩溃地蹲在地上，放声痛哭。

在庄青楠的点拨下，他隐约察觉到，他喜欢的并不是身为女性的她，而是某种象征。

她想要自由，他又何尝不是？

不知不觉间，他在她身上寄托了太多复杂的感情，除去求而不得的执念、雄性低级的胜负欲，更多的是对择偶权的渴望。

他不想做长辈手中的提线木偶，麻木地接受他们安排的婚姻，迎娶一个自己根本不熟悉的新娘。

他终于清醒过来。

而清醒令人痛苦。

庄青楠没有听到陆和光的呼唤。

她坐在靠窗的位置，觉得玻璃上倒映的影像渐渐变成林昭的脸。

他还是和以前一样笑嘻嘻的，露出两颗尖尖的小虎牙。

思念比这场大雨还要激烈地侵袭她的心房。

她迟钝地意识到——她很想念他。

庄青楠咬咬牙，鼓起勇气，连价格都没看，买了张回国的机票。

5. 蝴蝶酥

庄青楠不知道能不能赶在开学前回来，忐忑不安地向导师请假。

女教授站在冰冷的仪器前，检查着庄青楠记录的实验数据，过了好一会儿，方才用锐利的眼神扫视她，问："For what？（为了什么）"

庄青楠鬼使神差地回答："For love.（为了爱）"

答完这句，她既害羞又紧张，险些咬到舌头。

女教授坚持不婚主义，大概不会喜欢感情用事的学生。

然而，女教授挑了挑细细的眉毛，居然爽快地批准了庄青楠的请求。

迎着庄青楠疑惑的目光，她耸耸肩膀，似乎知道庄青楠在想什么，第一次露出笑容："Marriage is boring,but love is amazing.Good luck.（婚姻是无聊的，但爱情是神奇的。祝你好运）"

庄青楠怔了怔，激动地用力点头。

庄青楠归心似箭，安排好手头的事，立刻登上回国的飞机。

她在北京转车时，意外碰见一个熟人——

她的表弟，林天。

"青楠姐？真的是你？哎哟，我在旁边看了你半天，一直不敢认，你现在打扮得可真洋气！"林天拎着沉重的蛇皮袋走到庄青楠面前，个子还和青春期一样矮，却胖了些，也外向了些，态度相当热情，"一晃这么多年没见，你已经大学毕业了吧？留在北京工作了吗？"

庄青楠藏好心里的戒备和厌恶，对关键问题避而不答，和和气气道："你这是要去哪儿？不赶时间的话，找地方坐坐吧。"

"好好好，不赶时间，不赶时间！"林天往手心哈了口气，将袋子扛在肩上，"我上半年在工地当小工，现在打算去广州找我朋友，他帮我联系了个进厂的工作，管吃管住，一个月能拿五六千块钱。唉，我学历低，跟你不能比，你的工资少说也有万把块钱吧？"

庄青楠听出林天不知道自己出国留学的事，顺着他的话音胡乱敷衍了几句："没你想的那么多，北京房租贵，消费高，赚的钱也就是勉强够生活。"

林天从她的话语里找到微妙的平衡，嘿嘿笑了两声，在肯德基里找了个正对空调口的位置，厚着脸皮等她请客。

庄青楠熟练地点了两个套餐、一份小食拼盘，在林天狼吞虎咽的时候，旁敲侧击地打探家乡的情况："外婆的身体还硬朗吗？舅舅、舅妈这几年怎么样？"

"都挺好的。"林天"咕咚咕咚"灌下去半杯冰可乐，用手背擦擦嘴角，终于反应过来哪里不对，"青楠姐，林昭怎么没有跟着你？"

他打了个响亮的嗝儿，幸灾乐祸地问："你俩终于闹掰啦？"

庄青楠微微皱眉，用开玩笑的语气说："这么盼着我们俩分手？林昭得罪过你吗？"

林天从鼻子里哼出一口气："哼！我和他之间的梁子深着呢！那年夏天，他带人把我拖进小树林，一通拳打脚踢，还把我扔到镇子东头的粪坑里，我差点儿被熏晕过去！青楠姐，你早就该跟他分手了，他就是个小混混、小流氓，连给你提鞋都不配！我呸！"

庄青楠握着冰冰凉凉的杯身，敏锐地抓住关键信息，追问道："他为什么打你？出了那么大的事，你怎么不跟舅舅、舅妈说呢？"

"……没为什么，他不讲道理呗！"林天的表情变得不自然，干笑着挥挥手，"我当时不想跟他一般见识。"

庄青楠回想起和林昭初识的那个夏天，心中一动。

帘子后面偷窥的眼睛、折叠床前晃动的人影、野兽一样的喘息声……共同组成一场困扰了她许久的噩梦，却又在一夜之间消失得无影无踪。

如今，通过林天的抱怨，她终于知道了答案。

原来，那个少年早就开始凶狠又忠诚地守护她，不求回报，不计后果。

庄青楠觉得自己像一只破掉又补好的气球，重新鼓胀起来。

她从迟来的真相里建立信心，获得无尽的勇气。

庄青楠给林天留了一个虚假的联系方式，扮演毫无架子的姐姐，把他送到检票口。

紧接着，她乘火车转汽车，又换了辆黑面包车，从上午折腾到黄昏，终于回到阔别四年的铜山镇。

时间的力量好像对这块土地不起作用，庄青楠沿着柏油马路走过林昭家的葡萄园，经过养猪场，看见熟悉的三层小楼，觉得什么都没有变。

她揉了揉酸涩的眼角，站在路边调整呼吸，缓解"近乡情怯"的紧张感。

庄青楠在火车上特地换上新裙子，用生疏的手法化了个淡妆，这会儿又不自信地拿出小镜子补口红，反复拨弄乌黑的发尾。

她正收拾着自己，眼角余光瞥见一个年轻男人从对面走来，心口急跳两下，手里的镜子"啪嗒"掉落在地。

是林昭。

几个月没见，他清瘦了不少，总是毛毛糙糙的头发剪成利落的短寸，衬得面部线条更加优越，眼皮没精打采地往下垂着，不知在想些什么。

庄青楠愣愣地看了林昭几秒，打开手拎包，从里面翻出一盒蝴蝶酥。

她回来得仓促，没时间买礼物，这盒饼干是在火车站里面买来充饥的，如今或许可以应急。

林昭会喜欢吗？

他会不会觉得她太敷衍？

他……他有没有移情别恋？

托着饼干盒子的手不争气地微微颤抖。

庄青楠舔了舔嘴唇，好几次想开口叫"阿昭"，却发不出声音。

林昭经过庄青楠身边的时候，掀起眼皮，往她的方向看了过来。

漆黑的眼珠像钉子一样钉在她脸上。

庄青楠的心脏几乎停跳。

然而，出乎她意料的，林昭什么反应都没有。

他移开视线，面无表情地继续往前走，和她擦肩而过。

庄青楠满脸错愕。

她难以置信地望着林昭的背影，泪水不受控制地顺着脸颊滑落。

林昭走出十几米，晃了晃脑袋。

经过长时间的适应，他已经习惯了幻影的存在，甚至因为"她"的陪伴而感到些许安慰。

他没跟任何人提过这件事,也尽量在外人面前表现得和正常人一样——毕竟,他不想被当成疯子,送进精神病院。

然而,今天的幻影也太真实、太漂亮了。

庄青楠什么时候买了条天蓝色的裙子,还是露肩款式?他怎么没有一点儿印象?

林昭疑惑地挠了挠头。

6. 蜂蜜杨梅

庄青楠认为,林昭是故意无视她的。

她既伤心又委屈,拿出纸巾擦干净眼泪,犹豫片刻,径直朝林昭家走去。

门铃响了几声,一道干脆利落的声音从里面传来:"谁呀?阿昭吗?又忘记带钥匙啦?"

烫着羊毛卷、穿着时髦连衣裙的女人拉开大门,看见庄青楠,脸上的笑容迅速消失。

庄青楠鼓起勇气直视郑佩英的眼睛,轻声道:"阿姨,是我。"

她心里有愧,在路上的时候设想过,如果林昭的父母对她冷言冷语,把她拒之门外,应该如何缓和关系。

然而,想象毕竟是想象,当她发现郑佩英的眼里冻着一层寒冰时,还是承受不住巨大的落差,眼圈隐隐发红。

郑佩英双手抱臂,摆出个充满距离感的姿势,语气十分冷淡:"是你啊,不是去美国了吗?怎么又回来了?咱们这种小地方,还装得下你这样的大佛吗?"

庄青楠难堪地垂下头,不知道该怎么回答。

"阿英,你在跟谁说话?"林鸿文收完衣服,站在二楼阳台往下喊话,"有客人吗?"

紧接着,一只深棕色的大狼狗"嗷嗷"叫着挤开郑佩英,扑到庄青楠的怀里,湿漉漉的鼻子在她身上嗅了嗅,伸长舌头热情舔舐她的脸颊。

"……旺财?"庄青楠抱住旺财,发现当年威风凛凛的大狗已经显露老态,第一次对时间的流逝有了明确的感知。

她轻轻抚摸旺财的后背,指腹触及陈旧的疤痕,眼含热泪,喃喃道:"旺财,你还记得我?"

回应她的是响亮的"汪汪"声和摇成螺旋桨的大尾巴。

郑佩英被旺财一打岔,脸上有点儿挂不住。

林鸿文急匆匆下楼,看见庄青楠,和颜悦色地道:"青楠回来啦?热坏了吧?快进来,快进来!"

他拽了拽郑佩英的衣角，劝道："有什么话进屋再说，站在门口算怎么回事？再说，要是被人看见，传到庄保荣耳朵里，都是麻烦事……"

郑佩英瞪他一眼，终于往旁边挪了半步。

庄青楠强忍住眼泪，感激地道："谢谢叔叔。"

林鸿文笑道："客气什么？先去洗把脸，到客厅凉快凉快，行李箱放这儿吧，我给你提。"

他牵住旺财，落后几步，给郑佩英做思想工作："阿英，不管年轻人闹多大的矛盾，都是他们俩的事，让他们俩自己处理。再说，青楠是多内敛多含蓄的性格，你不知道吗？她从那么远的地方赶回来，已经说明心里有多在乎阿昭，你要是把孩子气走，等阿昭知道，不得一哭二闹三上吊，把咱们家闹得鸡飞狗跳？"

郑佩英沉着脸道："你别管，我有数。"

庄青楠用冷水洗了把脸，看到置物架上摆的还是自己给郑佩英买的护肤品，心里五味杂陈。

她从卫生间出来，手足无措地站在电视机旁边，不知道该做什么。

"青楠，你还睡楼上那间房好吗？"林鸿文洗好一盘水灵灵的葡萄，塞到庄青楠手里，拎起行李箱，三言两语把郑佩英卖了个干干净净，"你阿姨总盼着你回来，经常给你换床单、晒被子，一星期擦一回窗台和桌椅……"

"林鸿文，你今天的话怎么这么多？"郑佩英柳眉倒竖，"要是实在闲得慌，出去扫大街！"

林鸿文也急着赶紧把林昭找回来，顺坡下驴道："好好好，我不在你跟前碍眼，放完行李箱，就去饭店叫几个菜，给青楠接风洗尘。"

林鸿文离开之后，庄青楠安静地坐在郑佩英旁边的单人沙发上，看到她的发根里已经冒出不少白发，脸上也有了岁月的痕迹，心里更加不是滋味儿。

郑佩英心烦意乱地抓起一把瓜子，"咔嚓咔嚓"嗑了起来。

她嗑完最后一枚瓜子，组织好语言，正打算开口，听见"吱呀"一声门响。

林昭推门进屋，显然没有在路上遇到林鸿文，也没有察觉到快要降到冰点的气氛，蔫头耷脑地问："妈，晚上吃什么？"

郑佩英警惕地观察儿子的反应。

庄青楠也抬起眼睛，如泣如诉地望着他。

林昭撕开一包蜂蜜杨梅，挑了颗个头最大的塞到嘴里，舔舔黏糊糊的手指，看向庄青楠。

/ 305 /

他想，自己的病情越来越重，竟然看见幻影和郑佩英同框的场景，表情还这么生动。

林昭嚼了嚼，又嚼了嚼，吐出果核，重复道："妈，晚上到底吃什么？您怎么不说话啊？"

郑佩英有些糊涂，又生出几分毛骨悚然的感觉。

她猛然站起身，不慎碰倒茶几上的水杯，手忙脚乱地去扶。

"阿姨，小心烫。"庄青楠发现杯子还冒着热气，连忙挡住她的手，连拽几张纸巾擦拭水迹。

郑佩英神思不属地说："没事，我没事……"

林昭直勾勾地看着她们俩的互动，忽然跳起来，惊叫道："妈，您能看见她？"

这一瞬，他以为自己误入灵异世界，朝思暮想的幻影变成活生生的人，走进现实生活。

"我又不瞎！"郑佩英被林昭的反应影响，跟着高叫出声，脸色忽青忽白，语速又急又快，"青楠从美国回来住几天，你爸去饭店买菜了，一会儿直接吃现成的，你、你怎么这个反应？"

林昭吃力地理解了郑佩英的意思，整个人彻底傻住。

他的视线变成强力胶水，死死黏在庄青楠身上，一刻都舍不得离开，神神叨叨地道："真的是你？真的是你吗？不可能啊，你怎么会回来呢？我不会在做梦吧？"

庄青楠被林昭看得浑身发热，像是吃了颗定心丸，情绪渐渐稳定下来。

"行了，你不是说打算和青楠像姐弟一样相处吗？给我正常点儿。"郑佩英拿林昭说过的话提醒他，顺便试探庄青楠，"你舅妈给你介绍的那个小学老师，你也看过照片了，觉得怎么样？合适的话，找个时间见见。"

"什么小学老师？什么照片？我没看过！妈，您可别冤枉我！"林昭完全看不懂郑佩英的眼神，把头摇成拨浪鼓，"不见不见！我不喜欢老师！我看见老师就犯怵！"

郑佩英气得狠狠拧他一把，锲而不舍地道："不喜欢老师，那护士呢？你王姨的小闺女在市医院当护士，长得可漂亮了……"

庄青楠心底生出陌生又强烈的醋意，深吸一口气，终于开口，叫出熟悉的名字："阿昭……"

"哎！我在！"林昭绕过郑佩英，三两步跑到她面前，急赤白脸地解释，"你别听我妈胡说，我没打算相亲！我……我要先立业后成家，三十岁之前，压根儿不考虑结婚的事！"

郑佩英见儿子烂泥扶不上墙，实在忍不住，朝着天花板翻了个白眼。

7. 驴打滚

庄青楠红着脸轻轻"嗯"了一声,重新拿出那盒蝴蝶酥,问:"你饿了吗?要不要先吃点饼干垫垫?"

"我吃!我吃!"林昭点头如捣蒜,小心翼翼地接过,"咔嚓咔嚓"连吃三片,想起什么,"对了!冰箱里还有一盒驴打滚,是我从北京带回来的,可好吃了,你要不要尝尝?"

郑佩英看林昭像驴打滚。

"行了,马上就要吃饭了,少吃点儿零食。"她强行隔开林昭和庄青楠,推儿子去厨房拿筷子,"打电话问问你爸到哪儿了,怎么这么慢。"

林昭跑到门外,又把脑袋探进来,眼睛一眨不眨地盯着庄青楠看,好像生怕她从眼前消失。

庄青楠也定定地望着他,肚子里装着千言万语,苦于找不到合适的时机倾诉。

没多久,林鸿文提着大大小小的饭盒回来,热情招待庄青楠吃饭。

"我记得你爱吃红烧鸡翅、凉拌牛肉和蒜蓉生菜,也不知道这么多年过去,口味变没变。"他把还冒着热气的菜肴放到庄青楠手边,露出和蔼的笑容,"尝尝合不合胃口。"

与此同时,林昭给她倒好一满杯冰镇芒果汁,拖了把椅子过来,和她紧紧挨在一起。

"你是从美国飞回来的吗?路上花了多长时间?怎么也不给我打个电话,让我去市里接你?"林昭问完这句话,想起自己大概还躺在她的黑名单里,尴尬地摸了摸鼻子。

两个人分开没多久的时候,有一天晚上他难受得不行,拨过她的电话,听到冰冷的提示音之后,彻底死了心。

庄青楠斯斯文文地吃着饭菜,见林昭左一筷子鸡翅,右一筷子牛肉,在她的碗里堆成一座小山,抿抿嘴唇,露出一个浅浅的笑容:"阿昭,够了,不用再夹了。"

"哦,好。"林昭令行禁止,连忙放下筷子。

他拿起一只鸡腿啃了两口,眼睛始终关注着她的动向,身体也往她这边倾斜,好像一有什么变故,就会跳起来。

有长辈在场,庄青楠不好和林昭深聊,又克制不住内心的思念,只能找一些安全的话题,拉近时间带来的距离感。

"阿昭,你期末考试的成绩出来了吗?考得怎么样?"她拿起纸巾擦了擦嘴角,黑白分明的眸子看向他,"和室友们相处得好吗?"

"考得还行,全都低空飞过,没挂科,跟室友们处得也不错。"林昭有问必答,用食指扯着左边的嘴角使劲往外拉,给她看新补的牙,"我长了颗蛀牙,疼得死去活来,到诊所补了补,喏……能看出来是哪颗吗?"

庄青楠果真顺着他的话往嘴里看去,两个人挨得极近,近到她的气息几乎扑到他的脸上。

郑佩英和林鸿文对视一眼,一个摇头,一个失笑。

吃完饭,郑佩英有意支开林昭,开口说:"阿昭,你去帮你爸洗碗,我带青楠上楼收拾收拾房间,让她早点儿休息。"

"碗先放水池里泡着,我等会儿洗。"林昭不理解郑佩英的用意,寸步不离地跟着庄青楠,"青楠屋里的空调还没清洗吧?要不让她先睡我屋,我打地铺?"

"你爸早就清洗过了。"郑佩英的眉头紧紧皱起,"让你干什么你就干什么,怎么这么多废话?"

庄青楠似有所感,对林昭柔声说:"阿昭,我赶了一天的路,觉得浑身酸痛,我们明天再慢慢说话,好吗?"

林昭强忍不舍,乖乖点头:"那、那好吧,晚安。"

片刻之后,庄青楠走进熟悉的卧室。

里面的陈设分毫未变,巨大的实木书架上摆满书籍,一尘不染,窗台上站着独舞的芭蕾小人,床上铺着花色淡雅的床单。

庄青楠抬起手背蹭了蹭眼角,看向郑佩英:"阿姨,我知道我不打一声招呼就出国留学,伤了您和叔叔的心,对不起,是我做得不好。

"我不是为自己开解,只是觉得不走这条路,就没有办法摆脱亲生父母的纠缠——就算我在北京工作又怎么样,他们买张火车票,跑到单位大吵大闹,照样可以轻而易举地毁掉我。

"我明知道阿昭说的那些话都不是真心的,明明应该猜到另有隐情,却为了赌气,不肯跟他说清楚,直到成功地逃出去,才感到后悔。"

不过,如果没有分开过,她大概很难看清自己的心。

如果没有获得梦寐以求的自由,没有试错的机会,又怎么知道选哪条路才不会后悔?

郑佩英长长叹了口气,说:"这段时间,我也反思过自己,是不是控制欲太强,逼你逼得太紧了,是不是让阿昭守在你身边,无形中给了你更多的压力,才闹成现在这个地步。

"你来到我们家的时候还那么小,瘦得风一吹就倒,感情上也没开窍,觉得自己寄人篱下是正常的,害怕我们拿恩情要挟你,害怕庄保荣再一次缠上你,也是正常的。"

庄青楠下意识地否认:"阿姨,您不要误会,您给了我很多关心和爱护,把我当女儿一样疼爱,这些我都感觉得到,我从来没有害怕过您……"

"你听我说完。"郑佩英冲她摆了摆手,"我和他爸的感受你不用考虑,我好歹比你多吃几十年大米饭,说句难听的话,就算当年让你和阿昭订婚是我做的一笔投资,投资都有风险,我有心理准备,就算血本无归也承受得起。

"至于感情的事,本来没有谁对谁错,更不能强买强卖,不过,我得为阿昭说几句——这孩子死心眼,经不起折腾,从你出国就跟丢了魂似的,经常偷偷抱着你送的单反哭,把你的照片贴得满墙都是……

"青楠,我待会儿就把你当年写的欠条撕碎,从此再也不提这件事。但是,你得考虑清楚,是不是真的喜欢阿昭,能不能接受他的缺点,和他相互扶持着走一辈子。"

郑佩英想起林昭见到庄青楠的反应,脸上现出痛色,冷声道:"如果你只是一时心血来潮,或者出于同情回来看看他,我劝你早点儿离开,别把阿昭当猴耍。再这么来一回,我怕他真出什么毛病,治都治不好……"

庄青楠思考了一会儿,问:"阿姨,您是怕我被恩情捆绑,做出违背心意的选择,故意对我这么冷淡的吗?"

郑佩英没想到她如此聪明剔透,表情有些尴尬。

站在郑佩英的角度看,如果当作什么都没有发生,亲亲热热地招待庄青楠,当然可以令她加倍内疚,百依百顺。

可郑佩英不屑于这样做,也不相信靠愧疚维持的感情能够长长久久。

热血上头的时候,正应该冷一冷,给庄青楠留下思考和后悔的余地,这是属于过来人的经验和智慧。

万一庄青楠不够坚定,选择离开,至少可以避免对林昭造成二次伤害。

"阿姨考虑得很周到,我会听您的话,好好想一想。"庄青楠靠近郑佩英,不大自然地张开双臂抱住她,像是回到了母亲的怀抱里,"阿姨,我好像一直没有跟您说过,我很想有个您这样的妈妈。"

强悍又温柔,爽朗又开明。

郑佩英再也维持不住冷漠的表情,红着眼睛回抱庄青楠,哑声说:"傻孩子,其实你愿意回来,我心里高兴得很。你不用有心理负担,就算跟阿昭真的成不了,也可以像他说的一样当姐弟,我愿意认你这个女儿。"

庄青楠又哭又笑,用力点了点头。

8. 甜甜圈

郑佩英离开之后,庄青楠打开衣柜,发现高中时代穿过的衣服全都整

整齐齐地叠放在里面。

她换上棉质的睡裙,坐在床边,再次打量这个房间,心中感慨万千。

这么多年,她一直在拼命往前跑,忽略了身边的景色和人,从来没有停下来休息过。

因此,连她自己都未能察觉,她早就把这里当成家,把这间卧室当成自己的房间。

庄青楠暂时卸下压在肩上的重担,慢慢放松身心。

她吹着空调,枕着柔软的枕头,抱着多年前和林昭在游戏厅抓的娃娃,睡得天昏地暗。

庄青楠一直睡到第二天下午两点。

郑佩英不允许任何人惊扰她,林昭从早上六点就顶着两个黑眼圈,坐在她门口的楼梯上傻等。

他时不时把耳朵贴到门板上聆听里面的动静,又使劲掐拧手背上的肉,生怕眼前的一切是他做的一场梦。

庄青楠换好衣服,拉开房门的时候,林昭正好蹲在门边。

他没把握好平衡,"哎哎"两声,差点儿撞到她身上。

"阿昭,你没事吧?"庄青楠连忙扶起林昭,见他龇牙咧嘴,忍俊不禁,"是不是腿麻了?"

她手握成拳,帮他捶腿:"忍一忍。"

林昭痴痴地看着她的笑容,脸庞火辣辣地烧起来,连耳朵尖都变成粉色,好半天才憋出一句:"青楠,你有话对我说吗?"

"有。"庄青楠按下心里的紧张,鼓起勇气,主动牵住他的手,"我们进屋说,好不好?"

林昭同手同脚地跟着她进门,隐约预感到接下来的谈话将决定自己的命运,心提到嗓子眼。

"对、对了,你还没吃早饭呢,饿不饿?"林昭慌慌张张地从裤子后面的口袋里掏出一个甜甜圈,发现已经被自己坐成扁片,懊恼地往回藏,"算了,待会儿带你出去吃好吃的。"

"我不饿。"庄青楠笑着抢过甜甜圈放在一边,拉他坐到书桌前,"阿昭,我问你,你真的想跟我当姐弟吗?"

还不等林昭回答,她便抢着说道:"我不想,我对亲弟弟都没感情,根本没必要在外面乱认弟弟。"

林昭睁大眼睛,迟疑地问:"那你当时……为什么答应我?"

"因为我在生你的气啊。"庄青楠表现出罕见的直白和坦诚,"我以为你移情别恋,急着甩掉我,实在拉不下面子,只能一走了之。"

这两天,尤其是和郑佩英谈过之后,她一直在反思自己的问题。

弄清楚自己想要什么很难,勇敢地争取更难。

有陆和光做前车之鉴,她知道,与林昭交心时,她必须拿出足够的诚意。

"我没有移情别恋。"林昭犹豫了一会儿,才说出实情,"我……我不小心看到了你的记账本,觉得你从来没有喜欢过我,不想让你为难,更不想当你前进路上的绊脚石,这才主动退出的。"

"我确实一直想还钱。"庄青楠看着林昭隐隐发白的脸,吐露内心的真实想法,"我从跟你订婚的第二天开始记账,叔叔阿姨出的彩礼、给我买的新衣服、送我的生日礼物,还有你在我身上花的钱,一笔一笔全都记得清清楚楚。

"阿昭,我知道恩情无法用金钱衡量,但我总想着还一点是一点。还得越多,我心里越好受,腰杆挺得越直,也觉得自己越来越像个人,越有人生的自主权。这种想法,你能理解吗?"

林昭认真地思考了一会儿,说:"你这么跟我解释,我有点儿明白了。不过,我和我爸妈从来没有想过用恩情要挟你,更不可能看不起你,不尊重你,我们一直把你当成自家人。"

"你说得没错,我感觉得到。阿昭,如果你对我不够尊重,没有默默地做那么多保护我的事,没有始终坚定不移地守护我,我也不会对你产生感情。"庄青楠说着类似表白的话,脸颊微微涨红,"可是,我一直觉得,爱情只有在双方平等的前提下,才能健康发展,所以钻到牛角尖里,不敢面对真实的内心,一门心思地想还钱。"

林昭听得呆住。

美梦成真的狂喜夺走他的思考能力,令他连一个音节都发不出来,身体不住发抖。

"阿昭,其实,我没你想的那么好。"庄青楠握住林昭的双手,跟他一起颤抖起来,鼓足勇气展露自己的阴暗面,"我自私又懦弱,明知道庄保荣暗中勒索你,逼你按月给他打钱,也知道你为了凑钱荒废学业,四处借债,却狠心让你独自面对……"

"我还很贪心,既不想放弃学业,又不想放弃你,什么都想要。"她的心脏跳得飞快,几乎撑破胸腔,"回来的路上,我特别害怕你不理我,害怕你已经有了新的女朋友……"

眼泪从白皙的脸颊上滑落,"啪嗒啪嗒"掉在林昭的手背上,她惭愧地道:"我的性格有缺陷,一点儿也不坦荡,越在意你,有些话越说不出口,还总是对你很冷淡。"

"即使是这样的我,也能拥有你的喜欢吗?"

庄青楠撕下所有的遮羞布，将真实却丑陋的灵魂裸露在林昭面前。

她害怕得喘不过气。

她知道这样冒险的行为，很有可能给自己带来致命的伤害。

然而，今年是她和林昭认识的第八年。

她的人生还有多少个八年呢？

她等不起，也舍不得让他等。

林昭比庄青楠的反应更大。

他捧起她的手，用力压在心口，喜极而泣，斩钉截铁地道："我喜欢你！只喜欢你！最喜欢你！无论你是什么样子，我都喜欢！在我眼里，你没有缺点！"

他已经朝她走了上万步。

只要她给一句模棱两可的暗示，朝他的方向迈上一步，他还可以再走十万步，一百万步，环绕地球一圈都毫无怨言。

庄青楠感受着掌心有力的心跳声，从他的回应里获得用之不竭的力量。

她泪盈于睫，克制地说清自己的想法："我还是想先把欠你们家的钱还清，再和你堂堂正正地在一起。你毕业之后去美国和我团聚也好，留在国内发展也好，等我赚到足够的钱，咱们就结婚，以后再也不分开……"

她轻声问："你愿意给我时间吗？"

"我愿意！我愿意！我愿意！"林昭回答得一声比一声响亮，到最后直接嚷出来，"只要你心里有我，我才不管别人怎么想！你放心，我一毕业就去美国找你！以后你走到哪里，我跟到哪里！"

庄青楠扑进他怀里，紧紧搂住他的脖子，两个人泪眼相对，心意相通。

"假如，我是说假如……你现在已经把账还完……"林昭扶住庄青楠的腰身，嗅着她身上传来的香气，不争气地吞了吞口水，"你会对我做什么？"

庄青楠的眼睛变得亮晶晶的，定定地看了他几秒钟，唇角翘起："我会这样……"

她踮起脚尖，主动吻上他的嘴唇。

夺走他的初吻。

送上自己的初吻。

林昭刚刚的大叫声传到楼下。

郑佩英掏了掏耳朵，抱怨道："臭小子，又发什么神经，吵死了……"

她端起水杯假装喝水，挡住脸上的笑容。

林鸿文感慨道："阿英，看到孩子们这样，我忽然想起咱们年轻的时候……"

郑佩英红着脸啐他一口:"别胡说,我和你是相亲认识的,婚前没有感情。"

林鸿文微笑着说:"是吗?我对你可是一见钟情……"

郑佩英像个小姑娘似的害羞起来,站起身急匆匆往外走:"懒得听你胡言乱语,我去做饭。"

林鸿文无声地笑了一会儿,追过去帮忙。

9. 搅搅糖

林昭欣喜若狂,生涩却热烈地回应庄青楠的亲吻。

他捧住她的脸,狂乱地吮吸微冷的唇瓣,没多久就把她抱到床上,伸长舌头练习深吻。

庄青楠红着脸推开林昭,小声说:"阿昭,不要这么快……"

她生性冷淡,从没想过会和异性亲密到这个地步。

也只有林昭可以一而再、再而三地突破她的底线,成为例外。

林昭觉得浑身上下除了心口,哪里都是硬的,双手撑床看了庄青楠好一会儿,长叹一声,委屈地抱住她。

"这还快啊?"他用超级小的声音跟她诉苦,"你知不知道,我爸送我的避孕套都放过期了,我一个也没用……"

庄青楠沉默片刻,转过头安慰地亲亲林昭的脸颊。

林昭像小狗似的在她脸上舔来舔去,把残留的眼泪吃干净,又一下一下舔她的下巴。

庄青楠被林昭舔得直笑,手臂搭在他宽阔的肩膀上,双腿被他的身躯隔开,无法合拢,又真切地感觉到,他是个生理功能正常的成年男人。

"不让做别的,亲亲抱抱总可以吧?"林昭舔一下看她一眼,眼神黏糊得能拉出丝,"你让我停我就停,好不好?"

"嗯……"庄青楠适应着新的相处模式,按下逃跑的冲动,勇敢地张开嘴唇,伸出一点儿舌头。

几秒钟之后,她含混不清地抱怨道:"把牙齿收起来,你咬疼我了……"

晚上,庄青楠捂着明显肿起来的嘴唇,不好意思下楼。

林昭既高兴又惭愧,认错态度极好地把饭菜端到她屋里,眼睛一眨不眨地看着她吃。

"青楠,我今晚能跟你一起睡觉吗?"林昭由于过度兴奋,不知道饿,也不知道渴,觉得嘴里全是庄青楠又香又甜的味道,"我有好多话想和你说。"

庄青楠夹起一筷子排骨面喂给林昭，迟疑地说："不太好吧？要是被叔叔阿姨知道，我就更不好意思面对他们了。"

"那我等他们睡着，偷偷上楼。"林昭听出她的松动，立刻乖觉地接话，"等你睡着，我再偷偷回我自己屋。"

话说到这个地步，庄青楠自然不会再拒绝。

夜里，林昭抱着自己的枕头，像偷情似的钻进庄青楠的房间，和她紧紧抱在一起。

他们亲一会儿聊一会儿，说了很多很多话——林昭向庄青楠倾诉最近的迷茫和困惑，锲而不舍地给情敌上眼药，庄青楠则轻描淡写地提起陆和光的表白和自己的拒绝，向他描述外面的世界有多么不一样……

林昭这段时间都没有休息好，昨晚更是通宵未眠，因此勉强撑到十一点半，便哈欠连天，眼皮子直直往下坠。

"阿昭，别走了，直接留在这里睡吧。"庄青楠心里一软，帮他盖好毯子，在挺翘的鼻梁上亲了一口，"晚安，做个好梦。"

林昭蹭了蹭庄青楠的额头，于半梦半醒间回应她："青楠，我好喜欢你啊……晚安……"

第二天早上，庄青楠起了个大早，轻手轻脚地下床洗漱，出门散步。

从林昭的口中，她知道庄保荣被郑佩英吓破了胆，短时间内不敢再找上门。

她仍存有几分警惕，因此戴上遮阳帽和防晒口罩，把自己的脸挡得严严实实。

不过，饶是如此，她还是被人认了出来。

"庄青楠？"一个穿着大红色连体裤的高挑女人从后面快步追上来，拍了拍庄青楠的肩膀，"真的是你吗？"

庄青楠转过身，看清女人漂亮的面孔，惊喜地道："龚雨？你怎么在这儿？"

"我在深圳买了套房子，打算接我爷爷奶奶过去享福。"龚雨一改当年的傲慢，热情地挽住庄青楠的手臂，"走，我请你吃饭！"

她们走进一家安静的小饭馆，要了几个热菜、两瓶果啤，聊起这些年的经历。

"我高中毕业就去了深圳，先是跟着老乡卖衣服，没多久又摆地摊、做小吃，什么赚钱做什么。"龚雨点燃一支女士香烟抽了两口，端起酒杯和庄青楠碰杯，"直到摸索着开了家网店，做出几个爆款，日子才算真的好过起来。

"我这些年谈过几个男朋友，无一例外的烂，又穷又渣又贱，以后花钱包一个听话体贴的。"

她说着离经叛道的话，嘴角泛起一抹嘲讽的笑容："我现在算是活明白了，男人是最不靠谱的东西，只有钱不会欺骗你、背叛你。说来好笑，我爷爷奶奶看过我的房产证之后，再也不催我嫁人了，正相反，他们还怕我被男人骗钱，紧张得跟什么似的……

"你呢？过得怎么样？还和林昭在一起吗？"

庄青楠耳根微热，诚实地回答："对，我们……我们昨天才正式确定关系。我在美国留学，不出意外的话，他明年也会过去。"

龚雨闻言略有些怔忡，掐灭手里的烟，笑道："没想到他能守得云开见月明，也没想到你这么晚才开窍。不管怎么说，这终究是件好事，恭喜你们。"

两个人吃完午饭，边走边聊，不知道怎么来到了铜山高中东边的小门。

龚雨看到一个白发苍苍的老婆婆坐在门口，守着半人高的大铁皮桶卖搅搅糖，拽了拽庄青楠的衣角："哎，你记不记得，咱们那时候一放学，就跑到这边买糖买零食？"

"记得。"庄青楠走过去买了两根搅搅糖，看着琥珀色的糖稀一层一层绕到小木棍上，脸上浮现怀念之色，"我们总是和齐雅娟轮着请客……"

这时，一个四五岁的小姑娘捏着零钱跑过来，奶声奶气地说："奶奶，麻烦您给我做两根搅搅糖，谢谢！"

小姑娘皮肤微黑，脸却洗得干干净净，头发扎成两个小鬏鬏，身上穿着漂亮的公主裙，一看就知道是被精心爱护着的。

龚雨迟疑地说："庄青楠，你觉不觉得她有点儿像……"

小姑娘回头叫道："妈妈，我能再买一根，留着晚上吃吗？"

温柔的女声响起："不可以，吃太多会长蛀牙的。"

庄青楠和龚雨一起转过头，看到齐雅娟略有些疲惫却充满生气的笑脸，忍不住热泪盈眶。

10. 戒指糖

时隔多年，三个高中时代的好朋友终于重聚。

齐雅娟带庄青楠和龚雨走进自己的裁缝店，热情地给她们拿零食倒水，招呼她们吃雪糕。

十几平方米的店面被齐雅娟收拾得井井有条，各色面料像彩色的瀑布一样从墙上垂下，椅子上垫着碎布拼成的花朵形坐垫，花瓶里插着鲜红的布艺玫瑰，漂亮得像个小花园。

"这条裙子真好看！版型正，走线工整，面料也舒服。"龚雨走到试

衣间旁边,拉着假人模特身上穿的小黑裙赞不绝口,"齐雅娟,是你自己设计的吗?"

齐雅娟不好意思地点点头:"我闲着没事,自己做着玩的。你要是不嫌弃,就送给你吧。"

庄青楠从缝纫机上拿起一沓设计草稿,快速浏览了一遍,递给龚雨,笑道:"齐雅娟,不用谦虚,你真的很有天分。龚雨正在经营一家网店,你又会设计衣服,我觉得,你们说不定可以合作。"

龚雨越看设计稿,眼睛越亮,职业病发作,叫道:"我觉得没问题!齐雅娟,我跟你说,现在原创设计特别吃香,干脆你技术入股,咱们合伙……"

她说到这里,顿了一顿,问:"怎么没见你老公?他支持你出来开店吗?"

"我们两年前就离婚了。"齐雅娟看了眼正在玩过家家的女儿,压低声音,说起这几年的遭遇。

"他们一家人嫌弃晴晴是个女孩,催我生二胎,我咬着牙没同意,时间长了,他就有些不高兴,出去打工的时候和厂里一个寡妇勾搭在一起,非要跟我离婚。"

龚雨嗤笑一声:"在男人眼里,家里的肉都是臭的,外面的屎都是香的。离了正好,靠你这门手艺,到哪里不能混口饭吃?"

"我也是这样想,他提离婚的时候,我甚至觉得松了口气。"齐雅娟露出个小小的笑容,"这里的租金不贵,我又慢慢积累了一些老客户,养活自己和晴晴没问题。"

庄青楠笑道:"你这么能干,日子一定会越来越好的。"

她们天南海北地聊了一整个下午,互相交换联系方式,约定以后经常联系。

齐雅娟给庄青楠和龚雨分别量了量尺寸,坚持要给她们免费定做两套衣服。

龚雨假装陪晴晴做游戏,偷偷往她的书包里塞了一千块钱,当作给孩子的见面礼,庄青楠则打算在网上买几件礼物,直接寄到店里。

眼看天色越来越晚,庄青楠拿出手机回了条消息,和好友们拥抱告别。

她走到路灯下,看见不远处站着一个高大的身影,心口像揣了只小鹿,"扑通扑通"狂跳起来。

他向她张开双臂。

她越走越快,最后几步直接冲过去,投入熟悉的怀抱。

"我等了你一天……"林昭迫不及待地扣住庄青楠的后脑勺,吻向柔

/ 316 /

软的嘴唇，"总共才回来待四五天，怎么就不能多分点儿时间给我呢？"

庄青楠踮起脚尖，生涩地回应他，发现他进步神速，已经很少咬到自己的舌头，身子渐渐变软，紧紧地贴着火热的胸膛："别生气，我接下来几天……都跟你在一起……"

她总怕被路过的行人看见，在接吻的间隙低喘着气道："阿昭，我们换个地方……"

林昭一把将庄青楠抱举到半空中，环顾一圈，钻到幽深的巷子里。

他把她压在篱笆上，一手扶着她的腰，另一手托着她的臀瓣，吻得又急又重，直到她透不过气，轻轻捶打他的肩膀，才拉开一点儿距离。

篱笆后面是个小花圃，种了上百株美人蕉，深红、橙红、明黄的花朵在这个夏天的末尾热烈开放，随风摇曳。

然而，在林昭眼里，它们开得再艳丽，也比不过庄青楠羞红的脸。

林昭抱着庄青楠亲了足有半个小时，才依依不舍地放开她。

庄青楠还没站稳，一枚戒指形状的物体便套上她的手指。

"顺、顺路买的糖，给你戴着玩。"林昭红着脸抬头看月亮，"等你还完钱，再给你买真的，买大钻戒。"

庄青楠抬起左手，望着红宝石一样的戒指糖，欣赏了好一会儿，笑道："好啊，说话算话。"

她转身往明亮的地方走，过了十几秒，林昭举着偷摘的美人蕉追上来，道："到时候还要给你买玫瑰，买很多很多玫瑰，把房间堆满，放不下的直接撒到浴缸里，让你泡花瓣澡。"

庄青楠接过花，主动牵住他的手，轻声道："我不要红玫瑰，要香槟玫瑰。"

"没问题！"林昭拍胸脯保证。

不知不觉间，他们走到了曾经一起看过烟花的树林中。

庄青楠仰起头，看到的不再是无边的夜色，而是浩瀚的银河，脚下踩的不再是冻硬的泥土，而是如茵的绿草。

就连周围高高低低的树木也不再可怕——她抚摸着皱巴巴的树皮，和"老朋友"打招呼，而它们沉默又亲切地注视着她。

风吹过树梢，发出"哗啦哗啦"的响声，像是在为他们的结合鼓掌。

庄青楠发现，阅历不同，心境不同，想法也会发生改变。

她总觉得自己的青春期是在痛苦和屈辱中度过的，如今回想起来，更多的感受却是庆幸。

庆幸遇到了林昭、郑佩英、林鸿文、龚雨、齐雅娟和那么多温暖的人，庆幸没有被黑暗吞噬，而是自强不息、坚韧不拔，再苦再累，也没想过放弃。

而原生家庭带给她的那些伤害，随着时间的流逝，正在慢慢减轻，总有一天会被她抛诸脑后，彻底消散。

庄青楠想，长大真好啊。

即使重生的过程并不体面、并不漂亮，即使她的身上依然存在许多缺陷，纠结别扭、多思多虑，但她到底凭借自己的能力在这个世上杀出一条生路，奔向梦寐以求的未来。

更棒的是——

她转头望向眉眼带笑、腰杆挺拔的男人，用力紧了紧握在一起的手。

他会长成和她一样高大的乔木，与她并肩站在一起。

11. 什锦糖

假期结束的前一天，庄青楠在郑佩英的安排下，前去探望林昭这边的长辈。

路上，郑佩英握着她的手，思索了一会儿，做出重大决定："青楠，我们打算搬家，换个城市生活。"

庄青楠心里一惊，立刻明白过来——郑佩英这是为了彻底甩开庄保荣的纠缠，好让自己没有后顾之忧。

林昭也是第一回听说这件事，见林鸿文并不意外，显然已经有了心理准备，小声嘟囔："没必要吧？我明年就去美国找青楠，他再不甘心，也拿我们没辙……"

"怎么，你们俩打算这辈子都不回来？"郑佩英故意板起面孔，"还是打算一直拖着不结婚？"

所有人都心知肚明，只要郑佩英和林鸿文还住在铜山镇，只要他们的家底还丰厚，就不可能摆脱庄保荣的觊觎。

光脚的不怕穿鞋的，万一哪一天，庄保荣不堪穷困的折磨，做出入室抢劫、杀人放火的事，再后悔可就晚了。

庄青楠鼻子一酸，轻声问："可葡萄园怎么办？家里养的猪怎么办？还有你们辛辛苦苦盖的房子……"

"都卖了，我们年纪也大了，身体一天不如一天，正好借着这个机会享享清福。"郑佩英生怕庄青楠有心理负担，笑着安慰她，"我和你叔叔商量了几个适合养老的城市，你和阿昭帮着挑一挑，打听打听房价，咱们直接买套三室两厅的大房子，写你俩的名字。"

林昭的爷爷奶奶早就把庄青楠当成自家人，又听郑佩英透露过口风，不知道下一次见面是什么时候，干脆提前拿出传家宝送给她。

造型古朴的金镯子套在手腕上，感觉沉甸甸的，庄青楠没有拒绝，红着脸收下。

林昭避开众人，偷偷和她咬耳朵："要是嫌这个款式老气，回头找家金店熔掉重打。"

庄青楠瞪他一眼："胡说八道，我得找个盒子收藏起来。"

林昭往她腕间看了又看，挠着后脑勺傻笑起来。

林昭的外公外婆同样重视庄青楠，给她包了个厚厚的升学红包，鼓励她一直往上读："读到博士给你包个更大的，咱们家还没出过博士呢。唉，当年要不是家里穷，怎么也得把阿英供到高中……"

"爸，妈，过去的事就别提了！"郑佩英搂着庄青楠的肩膀，满面春风，"我现在算是看开了，闺女争气，比什么都强！"

离别的时刻终于来临。

林昭骑着摩托车送庄青楠去市里的火车站，没走多远就一声不吭地踩下刹车，抱着她猛亲。

他亲半天走一段，亲半天走一段，见她开始捂嘴，他眼圈立刻变红，控诉道："为什么不让我亲？还没走就开始不耐烦了吗？"

庄青楠哭笑不得，提醒他注意时间："再亲下去，我就赶不上火车了。"

林昭紧紧抱住庄青楠，委屈巴巴地道："我舍不得你，我想赶快跳到一年后，天天和你在一起……"

"你听话……"庄青楠耐心地抚摸他的后背，一下一下地给他顺毛，"你大四既要准备论文答辩，又要学英语，还要尽快申请签证，一忙起来，时间就会过得很快。再坚持坚持，好不好？"

林昭调整好情绪，终于放开她，继续骑车。

庄青楠扯平被自己拽皱的衣角，犹豫片刻，主动搂住他的腰。

这一次，庄青楠进站的时候一步三回头。

林昭像兔子一样跳得老高，不顾旁人的看法，拼命冲她挥手，高声叫道："青楠，你等我！一定要等我！"

庄青楠笑着向他摆手，学着给予正面回馈，大声回答："好！我等你！"

接下来的一年，发生了很多事——

郑佩英和林鸿文煞费苦心地导演了一出大戏，而林昭作为主角，兢兢业业地扮演因情伤过重而精神恍惚的受害者，又是闹自杀，又是在街上发疯，后来竟直接偷走一大笔钱，来了个人间蒸发。

郑佩英四处搜寻儿子的下落，为了凑钱，先是低价出让经营了十几年的葡萄园，紧接着又卖掉了马上就要长成的猪。

她带着亲戚气势汹汹地跑到庄保荣家索要赔偿，坐在门口哭天抹泪，跟街坊邻居诉说自己的不容易，庄保荣吓得连门都不敢开，躲在屋子里装死。

没多久，郑佩英卖掉自家的三层小楼，灰头土脸地和林鸿文登上火车，前往外地"寻子"，从此再也没有回来。

庄青楠开始转变对林昭的态度，学习如何爱人，发自内心地为他考虑。

在她的建议下，林昭磕磕绊绊地练习英语口语，一到周末就参观摄影展、画展、博物馆，拿起单反记录生活中的点滴，不断培养审美，提升摄影能力。

林昭渐渐明白，做什么都得下苦功夫，全身心地投入进去，单凭激情根本支撑不了多久。

他努力改掉目光短浅、胸无大志的毛病，以庄青楠为榜样，踏踏实实地做事。

一年后，庄青楠和林昭顺利在美国会合，着手布置属于他们自己的爱巢。

庄青楠表现出罕见的主动性，在网上挑选了不少家具、家电，又带着林昭去花卉市场买了好几盆绿植，认真规划摆放的位置。

林昭眼泪汪汪地从背后抱住她。

他嘴笨，说不出自己为什么这么激动。

可他隐隐约约感觉到，她终于把心定下来了。

所以，严格意义上来说，这是他们的第一个小家。

庄青楠和林昭劲儿往一处使，把日子过得红红火火。

林昭凭借丰富的运送经验，找到一份送快递的工作，和各种肤色、不同国家的客户连比画带猜沟通了几个月，口语获得了质的提升。

他对快递员的薪资相当满意，二话不说包揽所有生活支出，闲暇时间不是做家务，就是四处寻找拍摄灵感。

庄青楠则逐渐获得导师的信任，加入核心项目，拥有了更多施展才华和抱负的空间。

二十八岁这年，庄青楠一次性还完所有的钱，靠在林昭怀里，沉沉睡了一觉。

她睡的时间太长，怎么叫都叫不醒，把林昭吓得够呛。

庄青楠睁开眼，说的第一句话是："阿昭，我们找个时间回去结婚吧？"

"结！马上结！我现在就订机票！"林昭没完没了地亲她，示意她看看自己的无名指。

白皙的指节上箍着闪闪发光的钻戒,也不知道他是什么时候凑够钱买下来的,更不知道他等这一刻等了多久。

两个人的婚礼选用糖果主题,布置得像童话里的糖果屋,邀请的客人并不多,全是至亲好友。

林昭一边往大红色的糖盒里装喜糖,一边"茶里茶气"地问庄青楠:"要不要请陆和光过来参加婚礼啊?他不是在国内发展得还不错吗?我不介意的,真的。"

庄青楠摇头道:"不用,没那么熟。"

表白遭拒之后,陆和光受到刺激,不肯接受家里的安排迎娶富家千金,而是自立门户,开了家面向高端群体的猎头公司。

他八面玲珑,长袖善舞,有人脉又有能力,短短几年,已经将公司经营得有声有色。

听到庄青楠的回答,林昭脸上的笑挡都挡不住。

不过,婚礼当天,看到一身白纱的庄青楠在林鸿文的陪伴下走向自己时,数他哭得最凶。

后来的后来啊……

庄青楠在事业如日中天的时候决定回国,接受了某所高校抛出的橄榄枝,拿到丰厚的安家补助。

她把钱存到一张银行卡里,交给林昭保管,还给他租了一间带摄影棚的工作室,供他打发时间。

林昭虽然已经完全适应了"男主内女主外"的相处模式,但还是被卡里的数字惊呆,晕头转向了好几天。

庄青楠淋过雨,便总想着帮人撑伞,被评为副教授后,带过很多女学生,鼓励她们改变自己的命运,勇敢地为自己的人生打算。

一个人的力量虽然微乎其微,只要坚持下去,总有一天可以聚沙成塔,改变这个世界。

林昭锲而不舍地投稿参加摄影比赛,历经上万次失败,终于斩获国际摄影大赛的金奖,站在聚光灯下。

他穿着庄青楠精心挑选的西装,咧嘴一笑,露出两颗小虎牙,虽然已近而立之年,身上的少年气依然没有消失。

主持人采访林昭:"林先生,您这一路走来,肯定很不容易。此时此刻,您最想感谢谁?"

林昭毫不犹豫地回答:"我老婆!"

主持人又问:"回去以后,打算和太太怎么庆祝呢?"

林昭高举奖杯,亮晶晶的眼睛看向镜头:"我打算给老婆做一顿丰盛的大餐,感谢她这些年来的陪伴和帮助!"

林昭高高兴兴地回到家,庄青楠刚刚睡醒,穿着睡衣窝在沙发里,正对着电视机看采访的回放。

"你手里的项目告一段落了吧?最近天天熬夜,作息完全是颠倒的,总这样对身体可不好。"他习惯性地半跪在她脚边帮她穿袜子,"接下来几天放松放松。走,换身衣服,带你出去吃夜宵。"

庄青楠事业心太重,一到实验的关键阶段就废寝忘食,什么都想不起来。

而林昭负责无微不至地照顾她的生活起居,在工作影响到健康的时候,把她短暂地拖到俗世烟火里,让她沾点儿人气。

庄青楠顺从地换了套暖和的衣服,和林昭手牵手下楼。

"阿昭,我想吃糖。"经过漫长的磨合,她已经能够直接表达需求,熟练地摸向他的口袋,"今天给我准备的是什么糖?"

林昭大方地拉开口袋:"好几种呢,你自己挑。"

庄青楠剥开糖纸,含住甜丝丝的大白兔奶糖,问:"等我们老了,你还会给我买糖吗?"

林昭毫不犹豫地回答:"当然了。等我们变成老爷爷老奶奶,等你牙齿全部掉光,我还会经常给你买糖,每天都不重样。"

庄青楠满足地笑起来。

她很喜欢这种开盲盒的惊喜。

她很享受和他在一起之后的,万花筒一样的人生。

彩蛋

除夕

这是庄青楠和林昭在美国过的第一个除夕。

庄青楠一大早就在厨房忙活。

她和好糯米粉,把面团分成小剂子,准备了黑芝麻和花生两种馅料,开始包汤圆。

庄青楠包到一半,拿出提前准备好的硬币,塞到一颗汤圆里。

她听见身后传来脚步声,飞快地用指甲在糯米皮上做了个标记,回头笑道:"阿昭,睡好了吗?你昨天不是说想吃汤圆吗?待会儿煮给你吃。"

"睡得很好。"林昭哈欠连天,从背后搂住她,在她乌黑的头发上蹭了又蹭,"包完就放这儿吧,你去休息,我来煮,年夜饭也包在我身上。"

很快,一颗颗白白胖胖的汤圆盛进碗里,被端上餐桌。

庄青楠确定自己碗里的汤圆都不带标记,悄悄观察林昭的反应。

她想,等他吃到硬币,肯定会兴高采烈,欢呼雀跃。

然而,林昭一口一颗汤圆,风卷残云般吃完一整碗,连汤都喝得干干净净,满足地拍着肚子说:"真好吃,青楠,你的手艺真好。"

庄青楠面露疑惑,又检查了一遍自己的碗,紧张地站起身走到他面前,捧起俊俏的脸,问:"阿昭,你有没有吃到什么奇怪的东西?喉咙难不难受?"

林昭满头雾水:"什么奇怪的东西?你在说什么?"

庄青楠着急起来:"把嘴张开,让我看看。"

"啊——"林昭听话地张大嘴巴,舌头灵活地往上一翻,露出藏在底下的硬币。

他不等庄青楠反应,就扣住她的后脑勺,吻上柔软的唇瓣,把象征"幸运"的硬币渡到她口中。

"青楠,新年快乐!"林昭意犹未尽地放开庄青楠,舔了舔嘴唇,嘿

嘿一笑,"现在,我把我的好运分给你啦!"

庄青楠吐出硬币,紧紧捏在手里,主动弯腰,亲了亲他的脸颊。

她笑着回应:"阿昭,新年快乐。"

番外

出差

秋高气爽的时节,庄青楠前往俄勒冈州,替导师参加一个天体物理与空间科学的研讨会。

林昭与她同行。

林昭刚拿到驾照,兴致勃勃地租了辆汽车,把行李箱塞到后备厢,准备出发。

他看到庄青楠钻进车后座,笑脸有些垮,问:"青楠,你怎么不坐我旁边啊?"

"教授让我代她发言,我得再过一遍演讲内容。"庄青楠从电脑包里拿出笔记本电脑,眼睛紧盯屏幕,"你开车小心一点。"

林昭乖乖地"哦"了一声,搓了搓手,发动引擎。

整整八个小时过去,两个人有惊无险地来到预订的酒店。

林昭一路上精神高度紧张,这会儿总算放松下来,长吐一口气:"下次还是坐火车吧,坐火车安全。"

"汽车也安全啊,你的开车技术不错。"庄青楠故意忽略他两次走错路、一次险些追尾的小插曲,由衷地夸奖林昭,"一回生二回熟,多练练就好了。"

林昭眼睛亮晶晶地看着庄青楠,低头在她的侧脸上亲了一口,问:"我只订了一间大床房,没意见吧?"

庄青楠不自在地看向路对面的公园,小幅度地摇摇头。

在美国团聚之后的这些日子里,林昭说规矩又不规矩。

他从拥抱狂魔升级为接吻狂魔,逮着庄青楠休息的时候,能从早上亲到半夜。

庄青楠一度害怕得看到林昭就想跑,逃跑失败之后,招来更过分的对待,嘴唇肿得快要破皮,脖子上种满大大小小的"草莓印",好几天都消

不下去。

果不其然,刚进房间,林昭就把行李箱扔到墙边,打横抱起庄青楠。

庄青楠躺在松软的大床上,闭着眼享受越来越有章法的亲吻,等他亲到下巴,抬手捂住脖颈,小声道:"别亲这里,我明天得上台。"

林昭的嘴巴噘得能拴头驴,瞪了她一会儿,退而求其次:"那你说几句好听的哄哄我。"

庄青楠最不擅长甜言蜜语,和林昭大眼瞪小眼看了半天,揉揉他的脑袋,问:"你想听什么?"

"嗯……"林昭思索片刻,露出两颗小虎牙,"不如来说说,我是你的什么人?"

庄青楠故意逗他:"好朋友。"

林昭的喉咙里发出威胁的"呜呜"声,说:"再给你一次机会,好好回答。"

"真的是好朋友啊。"庄青楠悍不畏死,在林昭张嘴咬过来的时候,反应迅速地挡住他的俊脸,声音里带出明显的笑意,"我还没说完呢,除了好朋友之外,你还是我的知己、弟弟、恩人,以及……"

她定定地望着他的眼睛,加重语气:"男朋友。"

林昭强行压住上翘的嘴角,重重"哼"了一声,纠正道:"是未婚夫。"

他亲亲她的眼皮,在自己失控之前,及时爬起来,道:"算你过关。不闹你了,快收拾收拾,我们出去吃饭,今天晚上早点休息。"

庄青楠从日常生活的一点一滴中感觉到林昭的成长。

他说话做事越来越成熟大方,对她也越来越细腻体贴,把这趟出差的行程安排得妥帖周到,力求让她保持最佳状态。

庄青楠枕着林昭的手臂睡了个好觉,第二天醒来的时候,看到床边叠着内衣,对面的衣架上挂着熨好的西装套裙。

她吃过早餐,换好衣服,化了个淡妆,准备出发时,发现林昭直勾勾地盯着自己的双腿看。

"阿昭,有什么问题吗?"庄青楠低头看看脚上的小高跟。

林昭的脸上浮现出可疑的红晕,扭头看向窗外,说:"没、没问题,快去吧,结束的时候我去接你。"

庄青楠的发言既有含金量,又有感染力,获得一致好评。

她提着笔记本电脑从会场出来,坐到副驾驶的位置,看到脚边摆着一双运动鞋。

"青楠,换鞋,我带你去赫尔斯峡谷。"林昭手握方向盘,专心观察路况,"听说那边风景不错,还可以划船钓鱼。"

赫尔斯峡谷又称"地狱谷",是北美洲最高和最深的河谷,风景优美,气势磅礴。

庄青楠站在游船上,欣赏着蜿蜒的河流和两岸奇峻的山脉,觉得呼吸都畅快了几分。

林昭紧紧地牵着她的手,指着天上的飞鸟道:"你看那是什么鸟?好漂亮!"

庄青楠点点头,看了会儿飞鸟,转头看向林昭的脸,眸中浮现出一抹疑惑。

等到钓鱼的时候,庄青楠心中的疑惑更深——

林昭竟然极少和她对视。

他拿出十二分的认真,死死盯着水面,好像鱼竿、河水和总是落空的鱼钩都比她好看。

林昭缠着她的时候,她觉得他过于黏人。

他稍一冷淡,她又开始患得患失。

庄青楠变得闷闷不乐,起身道:"阿昭,我累了,我们回去吧。"

"啊?这么早?"林昭收起鱼竿,晃了晃水桶,"怎么回事?今天一条鱼都没有钓到。"

"哪里不能钓鱼?非要来这里钓。"庄青楠带着情绪抱怨了一句,把手里的鱼竿塞给他,扭头就走。

林昭终于意识到不对。

他没什么骨气地追上去,紧紧搂住庄青楠的腰,任凭她怎么推搡都不肯撒手。

"青楠,你告诉我,你为什么不高兴?"林昭低头亲亲庄青楠的发顶,把她当成孩子左右摇晃,"我哪里做得不好?你说,我马上改。"

庄青楠挣扎得累了,伏在他胸口,听着强劲有力的心跳声,轻声道:"你今天有点儿不对劲。"

林昭没想到她这么敏感,心里"咯噔"一声,装傻道:"哪里不对劲?"

察觉到她又开始反抗,他连忙认错:"是是是,我是不太对劲,我、我、我……"

林昭"我我我"了半天,硬着头皮把脑子里龌龊下流的念头倒给庄青楠:"青楠,你穿职业装的样子太漂亮了,比我梦里还要漂亮得多,我……我今天不敢看你,我一看你就想到少儿不宜的画面,还想看你穿黑丝……"

庄青楠下意识地重复道:"黑丝?"

"给你买衣服的时候,店员送了一双,我放在内衣袋里,没敢拿出来。"

林昭的脸红得快要滴血,"我知道我思想不健康,你骂我吧,怎么骂都行。"

庄青楠什么话都没说。

林昭如芒在背,陪她回到酒店,看着她走进卫生间,绞尽脑汁寻找补救的办法。

几分钟后,他听见轻盈的脚步声。

庄青楠又换回那双偏正式的小高跟。

他的视线慢慢上移,惊讶地发现修长笔直的双腿被性感的丝袜包裹,再往上是保守又严肃的职业套装。

她双手抱臂,微红着脸,问:"是这样吗?"

番外

吃醋

在日复一日的熏陶和练习中，林昭的摄影技术越来越纯熟，开始接一些跟拍的单子。

他长相讨喜，为人厚道，又会说话，逐渐在华人圈搏出名气，有时候连拍摄带讲解带翻译，几天赚的钱，抵得上送外卖一个月。

林昭心心念念着给庄青楠买大钻戒，天不亮就拿起单反往外跑，半夜才回家，累得像条死狗。

他连脸都不洗，趴到床上呼呼大睡，自然顾不上履行未婚夫的职责，伺候庄青楠刷牙洗脚。

庄青楠理解林昭，认为男人知道上进是好事，也不跟他计较。

她拧好热毛巾，把林昭的脸掰过来，仔仔细细揩抹干净，在他微拧的眉心轻轻亲了一口。

"青楠……"林昭含混不清地叫着她的名字，不知道在做什么怪梦，"青楠，别跑……就算变成八爪章鱼，我也还是我啊……你看，触手可以做很多事情的……"

庄青楠失笑，帮林昭脱掉牛仔裤，搂着他的腰入睡。

然而，没多久，庄青楠就发现林昭这份工作的坏处。

他开始带着香水味回来，有时候会用她的笔记本电脑搜索女孩子喜欢的拍摄角度和姿势，手机经常"嗡嗡嗡"响动，睡觉的时候也不消停。

庄青楠有些不安，和林昭面对面享用咖喱牛肉饭时，旁敲侧击地打探："你最近有没有碰到难缠的客户？"

"没有啊，年轻人都很好沟通，付款也痛快。"林昭一边扒饭，一边在手机上"嗒嗒嗒"回消息，"最近这个旅游团的游客全是大学生，我还打算带他们去你学校参观参观呢！"

庄青楠咬了咬嘴唇，没有说话。

第二天，她看到几个穿汉服的女孩子在校园里拍照片，笑声如银铃，年轻帅气的男摄影师毫不避讳地握着她们的手腕摆pose，心里更加不舒服。

她做了不该做的事——趁林昭洗澡时，偷看他的手机。

手机密码是她的生日。

庄青楠打开微信，看到几个人在旅游群里聊得热火朝天，商量着明天的行程，一个头像很可爱的女生频繁@林昭，问了很多问题。

见林昭一直没有回复，那女生又通过私聊窗口给他发消息。

庄青楠粗略过了一遍，发现对方已经开始越界，打听林昭的私人生活，不由得警铃大作。

不过，林昭的回应还算有分寸。

庄青楠点进林昭的朋友圈，看到里面除了经过客户授权的摄影作品，全是她和他的合照，心下稍安。

当她发现那个网名叫"卡卡兔"的女生给他们所有的合照都点了一遍赞时，心情又像坐过山车一样提起来。

庄青楠放下手机，开始生闷气。

林昭洗完澡，光着上半身站在她面前，恶作剧似的甩甩半湿的头发，溅得她脸上都是水。

他把她压到身下，热情地亲了好一会儿，见她冷淡得像冰块一样，疑惑地歪歪脑袋："青楠，你怎么了？谁惹你不高兴了？"

他在脑子里算了算时间，喃喃道："你生理期还没到啊……"

庄青楠烦躁地推开林昭，转身面向床内侧，说："我没事，就是困了，早点睡觉吧。"

她不想让他觉得自己醋劲大、心眼小，只能把心事憋在肚子里，一个劲地胡思乱想。

林昭摸了摸鼻子，没敢纠缠，从后面紧紧搂住她的腰。

几天后的晚上，林昭给庄青楠打电话报备："青楠，这个旅游团明天回国，他们跟我相处得不错，说好请我一起吃饭喝酒，我大概要很晚才能回去。"

庄青楠很想问他，"卡卡兔"也在场吗？

但她张了好几次嘴，最终没能问出口，只答了一个字："好。"

这天晚上，林昭是被庄青楠骗回家的。

她说她没带钥匙，进不了家门，他立刻撇下新认识的朋友们，一路飞奔回去。

林昭扶起坐在楼梯上的庄青楠，闻到浓烈的酒味，难以置信地问："青楠，你喝酒了？"

庄青楠借酒壮胆，低低"嗯"了一声，刚一进门，就把林昭推倒在沙发上，骑上他的大腿。

"林摄影师，为了赚钱，你是不是什么都愿意做？"庄青楠从手拎包里掏出十几捆钞票，砸到林昭身上，拿起挂在他脖子上的单反，对着吓傻的俊脸连拍五六张照片，醉醺醺地质问他，"除了陪吃陪玩，是不是还陪睡？这些钱够买你一晚上的时间吗？"

林昭咽了咽口水，扶住庄青楠的腰，防止她摔下去。

他回答道："青楠，你在说什么？我有职业操守，怎么可能陪睡？你是不是误会我了？不过，如果客户是你，我一分钱都不收，心甘情愿陪你一辈子。"

庄青楠把相机塞到林昭手里，蛮不讲理地道："那我要一条龙服务。"

"什……什么一条龙？"林昭睁大眼睛，直勾勾地望着她又冷又美的脸，指尖控制不住地开始发烫，"不是我理解的那个意思吧？"

"你不是喜欢拍照吗？"庄青楠低头啃噬他的唇瓣，在他热情回吻之前及时躲开，指着自己发育成熟的身体，"给我拍。"

林昭暗暗想：还有这种好事？

他红着脸解开庄青楠身上的真丝衬衣，把她抱到书桌上，调亮台灯，迷恋又虔诚地欣赏玉一样的胴体。

他没有打开相机，而是用眼睛记住她最美的样子，用嘴唇感受每一寸肌肤的馨香与柔软。

第二天早上，庄青楠缩在林昭怀里，拒绝和他交流。

"青楠，我知道你就算喝醉酒，也记得发生过什么。"林昭和她在一起这么多年，跟老夫老妻没什么两样，因此熟知她所有的习惯和小秘密，"我跟你保证，我会严守底线，绝不做背叛你的事。不过，你也要学着相信我，好吗？"

庄青楠把他覆在她胸口的大手扯出来，徒劳地遮挡自己满身的暧昧痕迹，思索片刻，小幅度地点点头。

这时，手机"嘀"地响了一声。

"卡卡兔"发来消息。

林昭既想争取庄青楠的信任，又想让她知道自己也是很受欢迎的，因此当着她的面打开手机，解释道："最近是有个女生纠缠我，可她没把话挑破，我也不好拒绝，好在她今天就回国了。"

"卡卡兔"发的消息是：林哥，我不装了，我摊牌了。

林昭眉眼一抽，以为自己撞见表白现场，慌慌张张地在键盘上敲字"不好意思，我有女朋友"，但消息还没发出去，"卡卡兔"发来张林昭和庄

/ 331 /

青楠的合照。

她问：这个漂亮姐姐是你的什么人呀？我有机会认识一下吗？

林昭和庄青楠面面相觑。

他反应过来，咬牙切齿地把"卡卡兔"拉入黑名单，压住笑得发抖的庄青楠，醋意大发："还笑，你还笑！看我怎么收拾你……"

庄青楠的笑声和求饶声，全被林昭吃进肚子里。

· 番外

结婚

郑佩英和林鸿文在一座气候宜人的旅游城市定居了,新家是三室两厅,不动产证上写着庄青楠和林昭的名字。

庄青楠一到家,就被郑佩英带出去做头发、买衣服、试婚纱,林昭则跟着林鸿文忙前忙后,招待前来参加婚礼的亲友。

结婚是个体力活,有无数细节需要注意,林昭又想给庄青楠一个完美无缺的婚礼,因此事事亲力亲为,几天下来,瘦了整整一圈。

这天下午,他奔命似的赶到婚纱店,看到一身秀禾服的庄青楠从试衣间容光焕发地走出来,两眼发直,嘴巴张得能塞下一枚鸡蛋。

"阿昭,好看吗?"庄青楠理了理襟前的大红色流苏,转身看向镜子,"妈妈说出门的时候穿这身,到酒店换成婚纱,敬酒时还有一条酒红色的裙子,你觉得多不多?"

领过结婚证后,她悄悄改口,郑佩英和林鸿文天天高兴得合不拢嘴。

"不多!不多!"林昭后悔没带相机,拿出手机对着她"咔嚓咔嚓"抓拍照片,"青楠,我真没想到你穿秀禾这么漂亮!"

庄青楠拿起挑好的西服在林昭身上比画,微微皱眉:"你好像瘦了,尺寸还得再改改。"

林昭接过礼服,进去试衣服之前,见缝插针地亲了她一口,小声道:"自从回来就没跟你好好说过话,每天晚上我忙完回家的时候,你都睡着了,想死我了。"

庄青楠脸一红,揉揉他的脑袋:"我也想你。再忍两天,等办完婚礼,咱们再慢慢说话。"

按照商定好的流程,婚礼当天,林昭从家里出发,在几个发小的陪同下,前往酒店接亲。

他看见玻璃旋转门,想起自己做过的怪梦,条件反射地加快脚步,从

缝隙中挤过去。

庄青楠这边的伴娘分别是她的大学室友傅菱、林应的混血女朋友和林昭的两个表妹，她们齐心协力地堵在门后，没有一点儿偏向林昭的意思，笑嘻嘻地跟他要红包。

林昭准备了几十个一百面额的大红包，老老实实地顺着门缝往里塞，眼看快要发完，向林应求助："阿应，搭把手！"

林应谎称给伴娘们带了礼物，好话说尽，骗开一道门缝，人高马大的林海立刻用肩膀扛住房门。

林昭带着伴郎一拥而入，看见坐在床上的庄青楠，只知道傻笑。

庄青楠看着伴娘们折腾林昭，见他又是唱歌又是踩指压板，疼得龇牙咧嘴，却没有一点儿不高兴，不由得抿嘴笑起来。

林昭终于走到找婚鞋的环节，发动伴郎把套房里里外外翻了个遍，只找到一只，急得直挠头。

林应的女朋友觉得他们可怜，往衣柜顶上使了个眼色。

林海大步流星地往衣柜走，被早就看他不顺眼的傅菱拦住。

傅菱顶着张娃娃脸，娇纵地说："里面放的是我们的私人物品，不许你乱动！"

林海不善言辞，也不敢和她发生肢体接触，竟然伸长胳膊，轻而易举地从她头顶打开柜门，找到另一只婚鞋。

傅菱仰头看着男人黝黑刚毅的脸庞和强壮的身板，愣了一下，莫名其妙地红了脸。

林昭把娇艳欲滴的香槟玫瑰递给庄青楠，单膝跪地，为她穿好婚鞋，在司仪的提醒下，鼓起勇气大声说："青楠，嫁给我好不好？"

庄青楠在这一瞬间百感交集，哽咽着用力点头："好。"

一行人热热闹闹地来到举行婚礼的宴会厅。

庄青楠在伴娘们的簇拥下前往化妆间换衣服，林昭站在红毯尽头，手里拿着发言稿，紧张地来回踱步。

大屏上循环播放着他亲手制作的VCR，里面几乎都是庄青楠的身影，头顶悬挂着造型各异的糖果，脚下的舞台设计成奶油蛋糕的形状，就连长长的红毯，看起来都像红丝绒。

半个小时后，在亲朋好友的见证下，一身白纱的庄青楠挽着林鸿文的手臂，端庄大方地走向林昭。

林昭痴痴地望着她，眼圈瞬间变红。

他发挥失常，一边哭一边念稿子："今天是一个……是一个特别的日子，是我人生中最重要的时刻……感谢你们来参加我们的婚礼，感谢你们给我们这么多祝福……呜呜……"

庄青楠又哭又笑，拿出纸巾帮林昭擦眼泪。

林昭紧紧地握住她的手，目光深情又专注："此刻，我要向我的新娘表达我最深的爱意……谢谢你从来没有嫌弃过我，愿意与我共同成长……谢谢你对我不离不弃，答应与我共度一生……在未来的日子里，我要用无尽的热情和努力，尊重你，爱护你，用心经营我们的小家庭……呜哇哇哇……"他伏在她肩上，控制不住地号啕大哭起来。

夜里十一点，庄青楠和林昭送完最后一拨宾客，筋疲力尽地回到新房。

林昭拆开厚厚一沓红包，将崭新的人民币铺在床上，兴致勃勃地道："青楠，我们来数钱吧！"

庄青楠找出一个便笺本，笑道："这些礼早晚要还的，你别弄混了，拿笔记一下。"

林昭"哗啦哗啦"地点着钞票，嘴里念念有词，没多久就开始不耐烦，撇下纸币，扑上来抱紧庄青楠。

"咱们自打回国就没做过，这都多少天了？"他抓着她的手往裤裆里塞，语气不怀好意，"我们继续吧？洞房花烛夜无论如何都不能浪费。"

"你还有力气吗？"庄青楠挣不开林昭，也就任由他摆弄，耳根微热，"要不我先去洗洗？"

"行！"林昭喜笑颜开，"你去洗，我铺床！"

庄青楠从浴室出来，看到林昭四仰八叉地躺在人民币堆成的"被窝"里，睡得人事不省。

她笑着摇摇头，把钱收好，帮他脱掉衬衣和西裤，只留一条平角内裤，在他疲惫的俊脸上亲了一口。

她躺在他身边，手指抚摸着清晰的面部轮廓和赤裸的胸膛，眼底涌动着无尽的满足和喜悦，轻声道："阿昭，新婚快乐。"

出版番外 人鱼（上）

庄青楠的梦境只有黑白两色。

暮春时节，空中飘着黑色的雨丝，马路两边的绿化带呈现出更深的墨色。

她穿着白衣黑裤走在斑马线上，抬头望去。

对面的高楼大厦像几只蹲踞的巨兽，密密麻麻的玻璃窗是它们的眼睛、大门是嘴巴，进进出出的人群是寄生在怪兽身上的虮虫。

她也是寄生的一员。

庄青楠幽幽叹了口气，走进其中一栋高楼，熟练地刷卡，前往自己的实验室。

她就职于一家实力雄厚的科技公司，每天往返于实验室、超市和住处，过着三点一线的规律生活，平静又单调。

这天，空气中却涌动着不寻常的气息。

庄青楠沿着白色的走廊往前走，看到很多人围聚在生物实验室的门口，交头接耳，议论纷纷——

"真的是人鱼吗？尾巴不会是假的吧？"

"这可是个了不得的发现！何教授申请的科研基金有着落了！没准还能凭借这个拿到诺贝尔奖呢！"

……

庄青楠生出几分好奇，走到人群后方，透过缝隙往里面看去。

长长的玻璃容器中，趴着一个赤裸着上半身的少年，头发又黑又密，在水里像海草一样轻轻漂动，皮肤被太阳晒得很均匀，呈现出漂亮的小麦色。

小麦色……她竟然在他身上看到了黑白之外的第三种颜色。

庄青楠吃了一惊。

更令她惊叹的是，少年窄瘦的腰部底下，连接的不是人类的双腿，而是一条闪闪发光的深蓝色鱼尾。

每一片鱼鳞都规律而紧密地排列在一起，像造物主的杰作，连最挑剔的完美主义者都找不出一点儿缺陷，尾鳍宽大而平展，边缘构成流畅的波浪。

庄青楠目不转睛地观察着这奇怪的非人类生物，忽然发现他颤动了一下。

他把脸从双臂中抬起，皱眉望向吵吵闹闹的人群，五官和人类没什么两样，眼睛却像两颗蓝水晶，亮得摄人心魄。

是个很俊俏的男孩子，年纪应该不大。

庄青楠胡思乱想着，克制住自己的好奇心，退回黑白的世界中，换上实验服，继续艰深又复杂的研究工作。

之后的日子里，她常从同事们的口中听到人鱼的消息。

负责人鱼研究工作的何教授是激进派，为了探索人鱼的实用价值，堪称不择手段，不止在他身上进行了缺氧、高压、高温等诸多极限条件的测试，还抽走大量血液，提取了部分组织，用于基因检测。

庄青楠再从生物实验室门口经过的时候，便留意到里面传来的痛苦呜咽。

同事们说人鱼不会说话，也听不懂人类的语言，把他当成实验常用的小白鼠，便可减轻心理负担。

可庄青楠记得他生动的表情，记得他身上的颜色。

她没办法把他看作低级生物，没办法无视他的悲惨遭遇。

于是，在一个夜深人静的晚上，庄青楠第一次滥用职权，刷卡进入生物实验室。

她看到人鱼仰面躺在水底，眼睛紧紧闭着，脖子上、胳膊上、心口插满细细的管子，正在不停地往外输送蓝色的血液。

他瘦了很多，成对的肋骨高高凸起，鱼尾也黯淡无光，在水里有气无力地轻轻摆动。

他是不是快要死了？

庄青楠担心地走上前，两手按向冰冷的玻璃，张了张嘴，叫道："喂，你还好吗？"

她的声音并不大，人鱼却瞬间睁开眼睛，在水里翻了个身，学着她的样子趴在玻璃对面，十指张开，指缝间连着浅蓝色的皮膜。

他的眼睛还是很亮，直勾勾地盯着她，里面清晰地倒映出她放大的脸。

庄青楠有些害怕，倒退了几步，打算离开。

人鱼扑腾着跃出水面，又无力地栽回去，湿淋淋的头发披在脑后，两只赤裸的手臂攀在鱼缸的边沿，冲她发出"啊啊啊"的叫嚷。

细细的输血管从仪器上脱落，垂到鱼缸里，血液奔涌而出，很快将透明的水染成浅蓝色。

"你别叫，别叫。"庄青楠警惕地环顾四周，对人鱼做了个噤声的手势。

人鱼又叫了两声，音量压低不少，双手在空中轻轻拍打，像一只憨态可掬的海豹。

庄青楠找出医药箱，警惕地看着人鱼，不敢贸然接近。

她听说人鱼长着满嘴獠牙，稍一用力，便能将人的头颅咬碎。她紧张地舔了舔嘴唇，示意他张大嘴巴给自己检查。

他迷茫地歪着脑袋，似乎没有理解她的意思。

庄青楠从实验服的口袋里摸出一颗乌梅糖，隔空抛给人鱼。

人鱼笨手笨脚地研究了一会儿，也没明白糖纸该怎么剥，囫囵丢到嘴里，"咔嚓咔嚓"咀嚼几下，咂摸出滋味，惊奇地睁大眼睛，露出两颗毫无攻击性的小虎牙。

庄青楠定了定神，趁他吃糖的时候，小心翼翼地走到玻璃缸前，用镊子夹着消毒棉球，踮起脚尖帮他处理脖子上的伤口。

人鱼表现出远超她预料的配合度，像只壁虎一样贴着玻璃往下溜，整个上半身暴露在她面前，漂亮的鱼尾巴在水里不停摆动，推出一重又一重的波浪。

庄青楠又喂了人鱼一颗糖果，挑破后背上溃烂发脓的伤口，喷上加速愈合的特效药。

她知道上药的过程很疼，试图转移他的注意力，问："你叫什么名字？"

人鱼不再"啊啊"叫，而是低低地"嗷"了两声。

庄青楠思索片刻，问："我叫你'阿昭'好吗？"

人鱼似乎很喜欢这个名字，尾巴摇得更加欢快。

从这天开始，庄青楠经常偷偷溜进实验室看望阿昭。

他不喜欢打针，一看到她手里的营养针，立刻面露惊恐。

庄青楠没办法，只能采取食补的方式，为他调养身体。

她像养了只挑食的宠物，耐心地琢磨他的喜好。

他和她一样嗜好甜食，讨厌内脏。

他性格活泼，喜动不喜静，常常仰头望着实验室小小的窗户，自从发现人类经常摆弄的"石片"可以播放不同的影像后，便迷上这个叫"手机"的东西，一见到她就比比画画着要求看电影。

天气渐渐变冷，庄青楠听说人鱼即将被运往国外，成为一个生物科技高峰论坛的特别展品,心提到嗓子眼。

她装作不经意地打听道:"何教授,你们什么时候回来?"

何教授面对同事的时候彬彬有礼,看不出一点儿残暴的迹象:"元旦之前。"

也就是说,阿昭要离开她整整一个月。

人鱼(下)

·出版番外

这天晚上,庄青楠溜进实验室的时间,比平时晚了一个小时。

阿昭百无聊赖地在鱼缸里游来游去,身上的伤已经好得差不多,在她的细心呵护下,也长了一点儿肉,长长的鱼尾时不时翻出水面,拍打出丰沛的水花。

他扭头看见她,欣喜地趴到玻璃上,对她吐出一长串泡泡。

庄青楠按下心里的不安,走到阿昭面前,迎着期待的目光摊开手掌。

她经常给他带各种各样的糖果,逐渐建立起条件反射。

不过,她这次带的不是吃的,而是一枚淡蓝色的贝壳,贝壳中间打了个小孔,用红色的绳子串着,变成一条项链。

阿昭的眼睛瞬间亮起,难以置信地指指贝壳,又指指自己,激动地"嗷嗷"叫了两声。

庄青楠点点头,示意他把脑袋伸出来,踮起脚尖,亲自把贝壳项链戴在他的脖子上。

这是她第一次和他发生肢体接触。

他的皮肤黏黏的,像是涂了一层保护液,不像她想象中一样冰冷,而是泛着淡淡的暖意。

比她的体温还要高一两度。

阿昭捧起贝壳在脸上贴了贴,对庄青楠"呜哩呜啦"叫了两声,接着蜷起身体,摆出个类似人类的坐姿,伸长手臂,在鱼尾巴上用力揪了一把。

"阿昭,不要!"庄青楠察觉出不对,开口拦道。

可她阻止得太晚,他拔出身上最大、最蓝、最漂亮的鳞片,不顾那里汩汩流出的蓝色鲜血,献宝似的送给她。

俊俏的脸庞因羞涩和紧张而涨红,瑰丽得像天边的晚霞。

于是,庄青楠的世界里又多了一种颜色。

她被阿昭的样子迷惑，愣怔了好一会儿，才伸手接过鳞片，轻声道："谢谢。"

她把阿昭即将出国参展的消息告诉他，也不管他能不能听懂，一遍又一遍低低地安抚他："没事的，我们还可以一起过元旦……你这么稀有，是人类目前发现的唯一一条人鱼，何教授不会让你出现生命危险……"

她是在安慰他，还是在为自己的自私和懦弱找借口呢？

连她自己也分不清了。

分别这天，庄青楠站在空无一人的实验室里，透过窗户看着实验人员把装着阿昭的鱼缸抬上厢式货车，开往机场。

她捂着心口，隔着口袋抚摸藏在那里的蓝色鱼鳞，调整了好一会儿心绪，才整理好手里的文件，准备下班。

经过生物实验室门口的时候，她听到了何教授和另外一个男人的对话——

"教授，真的要把人鱼卖给他们吗？他们出的价格是不错，可我们毕竟只发现了这么一条……"

"你懂什么？现在的克隆技术已经十分成熟，我们用他的细胞组织再克隆几条一模一样的不就行了吗？从小养大的话，说不定还比他听话……"

庄青楠的耳朵里"嗡"的一声，什么都听不清了。

她赶回实验室拿了点儿东西，飞奔下楼，开车直奔机场，把油门踩到最大，终于在夕阳完全落下前追上那辆货车。

庄青楠咬咬牙，直接撞上去。

伴随着"咚"的一声巨响，货车紧急制动，前面跳下两个穿着实验服的工作人员，怒气冲冲地朝她走来。

庄青楠假装道歉，趁他们不注意，拿出装满麻醉剂的针筒，干脆利落地将二人放倒，找出钥匙，打开车厢。

"阿昭！快出来！"庄青楠停车的地方恰好在跨海大桥上，两边就是一望无际的大海，她抓住阿昭的手，把他拽下车，指着桥上的护栏，"你自由了！快跳下去！"

可阿昭不肯离开。

他欣喜若狂地抱住她，柔软的舌头在她脸上乱蹭乱舔，湿淋淋的鱼尾在地上拖出长长的水迹。

"我让你走啊！"庄青楠生怕实验室的人追过来，顾不上和阿昭温存，使出全身的力气把他推到桥边，从后面抱着滑溜溜的鱼尾往外掀，"快顺着大海游回家，以后再也别被人类抓住！"

"扑通"一声，阿昭坠入海中，溅起一圈白色的浪花。

庄青楠气喘吁吁地坐进车里，调头下桥，准备回去收拾收拾行李，找个地方避一避。

她通过后视镜看到阿昭爬出海面，跌跌撞撞地追上来，鱼尾在沙滩上扭动、挣扎，经过坚硬的公路时，速度明显减慢。

一片片鱼鳞在剧烈的摩擦中脱落，淡蓝色的血迹蜿蜒了一路，看得庄青楠眼晕。

她踩下急刹车，连按好几下喇叭，都没把阿昭吓走，只能下车，亮出他最害怕的针筒。

"我不是你的同类，我们不能在一起，明白吗？"她抹了把脸上的泪，狠心地将尖锐的针尖对准他，赶他回海里，"再说，我连自己都照顾不好，怎么保护你？"

阿昭"嗷嗷嗷"大叫几声，摸了摸胸口挂着的贝壳，竟然克服内心的恐惧，又往庄青楠的方向爬了两步。

鱼尾因缺水而失去光泽，却热情地冲着她摇来摇去。

他急得满头大汗，终于突破种族界限，学着在她手机里看过的爱情电影，艰难地说出人类的语言："我……爱……你……"

他的嗓音粗噶难听，腔调又古怪至极，庄青楠呃摸了好一会儿，才终于听明白。

她怔在那里，熬过最初的头晕目眩，觉得万丈光芒以他为中心向四周散开，整个世界变得色彩斑斓。

庄青楠再也克制不住内心的渴望，冲上前抱住阿昭，和他哭着吻在一起。

原来，人鱼的眼泪和人的眼泪味道一样，都是咸的。

经过简单的准备，庄青楠带上阿昭，开始逃亡生涯。

她在前面开车，阿昭则泡在车后座的水桶里，一边吃糖，一边用平板电脑看电影。

他们在空无一人的旷野驰骋，窗外是碧草蓝天，红的花黄的花次第开放，溪水潺潺流动，发出欢快的叫嚷。

阿昭学会了很多人类的词汇，笨拙却真诚地向庄青楠表白心迹："来到……实验室的第一天……我就注意到你了……你好漂亮，好可爱……喜欢……好喜欢你……"

庄青楠没有回答，唇角却微微翘起。

庄青楠笑着从梦中醒来。

她睡了个漫长的午觉，窗外的太阳快要落山。

浴室里传来"哗哗啦啦"的流水声。

庄青楠轻轻推开浴室的门，看到林昭把整个身体缩在浴缸的水里，正像个小孩子一样"咕噜咕噜"吐泡泡。

"青楠，你睡醒啦？"林昭从水里伸出脑袋，甩了甩头发，水珠溅得到处都是，两手扒在浴缸边缘，眼睛亮晶晶地看着她，"等我几分钟，我洗完澡，咱们出去吃饭。"

庄青楠弯下腰，迎着林昭疑惑的目光，捧住他的脸，温柔地含住他湿漉漉的嘴唇。

出版番外 智齿

结婚第三年，临近过年的时候，庄青楠忽然开始牙疼。

牙疼不是病，疼起来要人命，她本想扛到过完年再说，但眼看左脸飞快地肿起来，连饭都吃不下去，只能在林昭的陪同下前往口腔医院。

庄青楠坐在医院的休息椅上，单手捂着脸，看着林昭跑来跑去办手续，时不时低头处理工作上的事。

"青楠，别忙了，休息一会儿。"医院暖气充足，林昭帮她拉开羽绒服的拉链，低头亲昵地贴了贴她的额头，"我知道牙疼有多难受，待会儿补牙的时候，我在旁边陪着你。"

然而，林昭的判断出现偏差。

庄青楠长的不是蛀牙，而是智齿。

医生看过拍的片子，说庄青楠的智齿位置比较正，应该可以正常萌出，没有拔牙的必要，给她开了些消炎药和止痛药，让她半个月后再过去复查。

庄青楠和林昭手牵手离开医院，看到灰蒙蒙的天空飘落许多细小的雪花，受到疼痛的影响，觉得心情也变得灰扑扑的。

"别不高兴了，回去我陪你补个觉好不好？"林昭拉着庄青楠的手晃了晃，"晚上给你煮粥，这几天你吃什么，我跟着吃什么。"

庄青楠心里过意不去，捂着脸含混不清地说："不用，妈做了那么多好吃的，你替我多吃点儿。"

林昭扯开她的手，对着她肿胀的脸颊看了一会儿，拉开羽绒服，弯腰把她包进怀里，语气带笑："我的乖宝就像一只小仓鼠，可爱死了……"

庄青楠用力拧了把他的腰，实在没忍住，也跟着笑了起来。

灰扑扑的心情奇迹般地变好。

林昭说到做到，对着郑佩英为过年而准备的美味佳肴，拿出钢铁般的意志，一口都没吃。

郑佩英也没勉强他，把吃不完的红烧肉和炸排骨放进冰箱，给庄青楠拿了个冰敷用的冰袋，摸摸她的额头确定没有发烧，放心地和林鸿文出去看电影，让小两口享受他们的二人世界。

林昭连喝了两碗粥，收拾好碗筷，往沙发上一靠，让庄青楠躺在他的腿上，一边给她冰敷，一边双眼无神地报菜名："我想吃红烧肉、红烧猪蹄、红烧肘子、烧鸡、烤鸭、卤鹅、腊肉、八宝饭……"

庄青楠笑得直发抖，不小心扯动嘴里的伤口，疼得"嘶"了一声。

林昭回过神，低头亲亲庄青楠，不遗余力地为自己表功："看我牺牲多大？等你牙齿长好，一定要请我吃大餐，记住了吗？"

庄青楠摸索着往他嘴里塞了一块牛奶巧克力，笑道："好，我请客，吃几顿都行。"

林昭定定地望着庄青楠的眼睛，一瞬间想起许多酸酸甜甜的过往，长长地叹了口气，没头没脑地说了句："这样真好啊。"

有糖吃，有话说，有无数个琐碎又闪光的日子等着他们一起度过，真好啊。

庄青楠闭上眼睛，安静地听着窗外落雪的声音，过了很久很久，笑着"嗯"了一声。

什錦糖

课程表

时间	周一	周二	周三	周四	周五

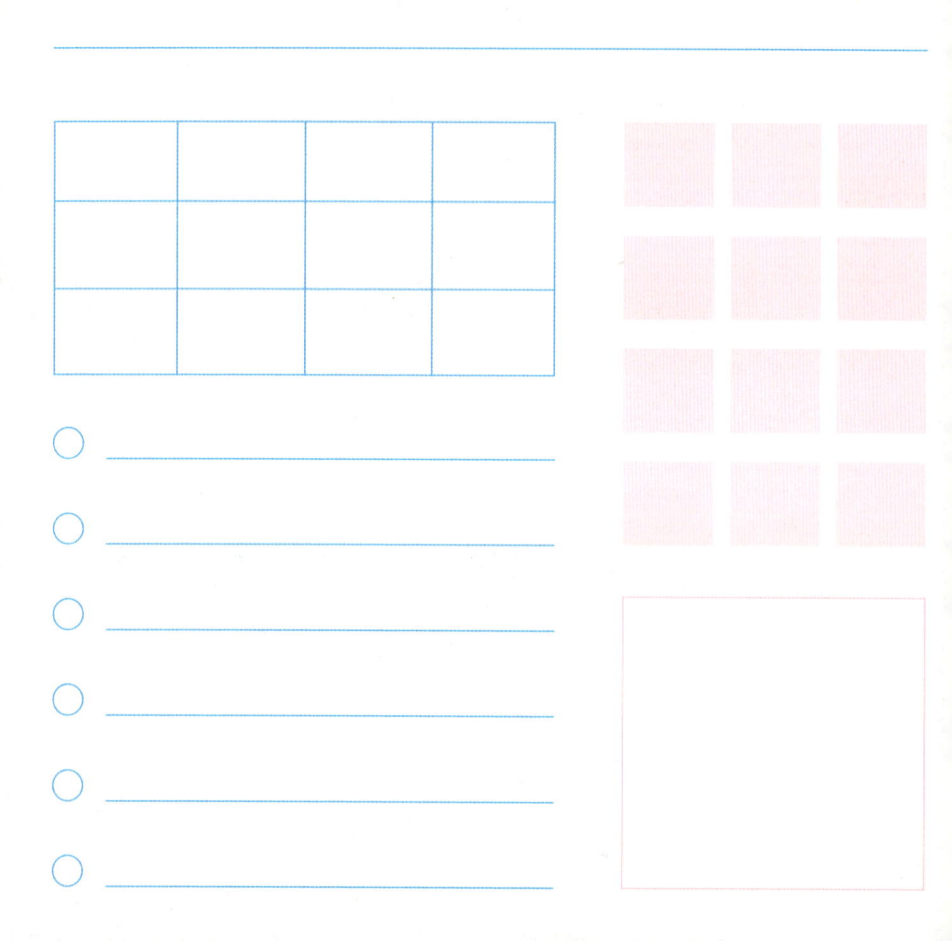

DATE _____   DETERMINATION _____

周一	
周二	
周三	
周四	
周五	
周六	
周七	

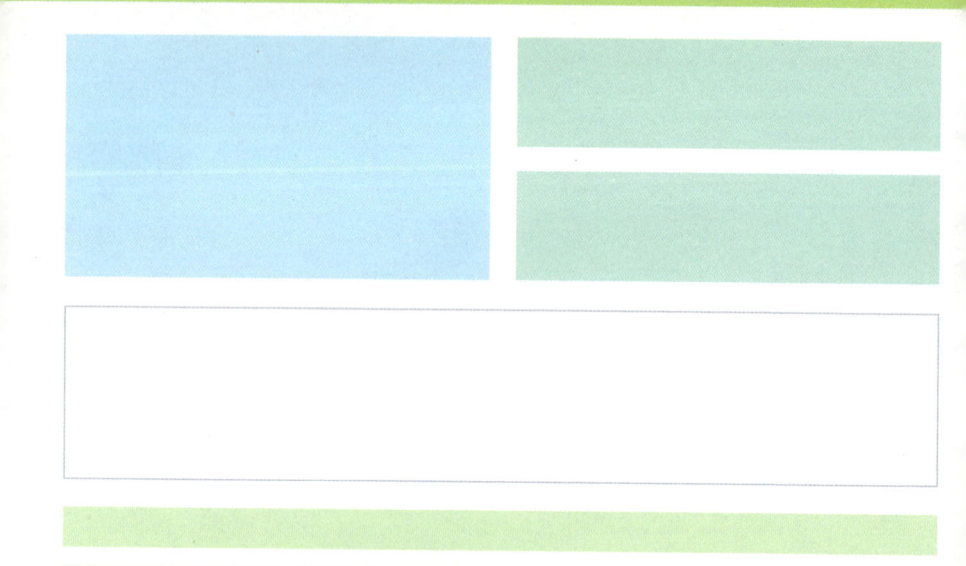

·每日计划·

·每日计划·

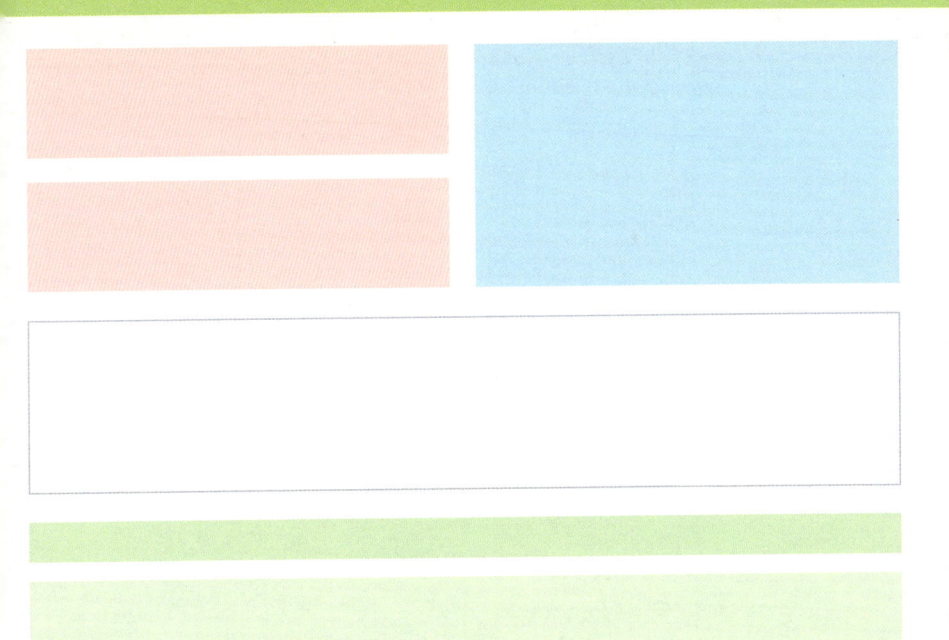

TIME	Monday	Tuesday	Wednesday

Thursday	Friday	Saturday	Sunday

30 天存钱计划

目标：

1.
2.
3.
4.
5.
6.

7 8 9

10 11 12

13 14 15

16 17 18
19 20 21
22 23 24

25　　26　　27

28　　29　　30

30 天存钱计划

进度:

日期:　　　　　　　　　　　　　　　　　　　　　　　　　　　　　　一周学习计划

Mon.

Tue.

Wed.

Thu.

Fri.

日期: 一周学习计划

Mon.

Tue.

Wed.

Thu.

Fri.

日期: 　　　　　　　　　　　　　　　　　　　　　　　　　　　　　一周学习计划

Mon.　　　　　　*Tue.*

Wed.　　　　　*Thu.*　　　　　*Fri.*

日期: 一周学习计划

Mon.

Tue.

Wed.

Thu.

Fri.

日期: _____

待办事项: _____

☐ _____

☐ _____

☐ _____

☐ _____

☐ _____

☐ _____

已完成:

未完成:

小结:

一周计划 *Weekly Plan*

周一	周二	周三	周四

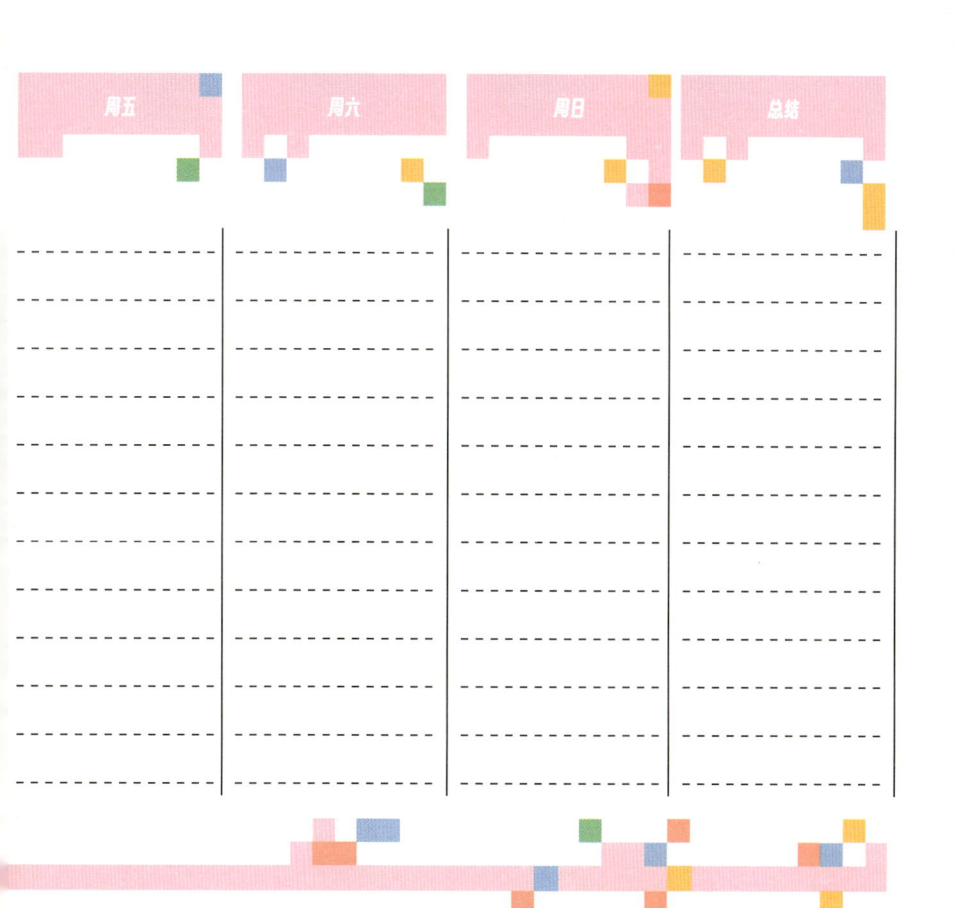

周五	周六	周日	总结

· 阅 读 清 单 ·

书名:	书名:	书名:
评分:	评分:	评分:
评价:	评价:	评价:
阅读进度:	阅读进度:	阅读进度:

书名:	书名:	书名:
评分:	评分:	评分:
评价:	评价:	评价:
阅读进度:	阅读进度:	阅读进度:

DATE _____   DETERMINATION _____

周一	
周二	
周三	
周四	
周五	
周六	
周七	

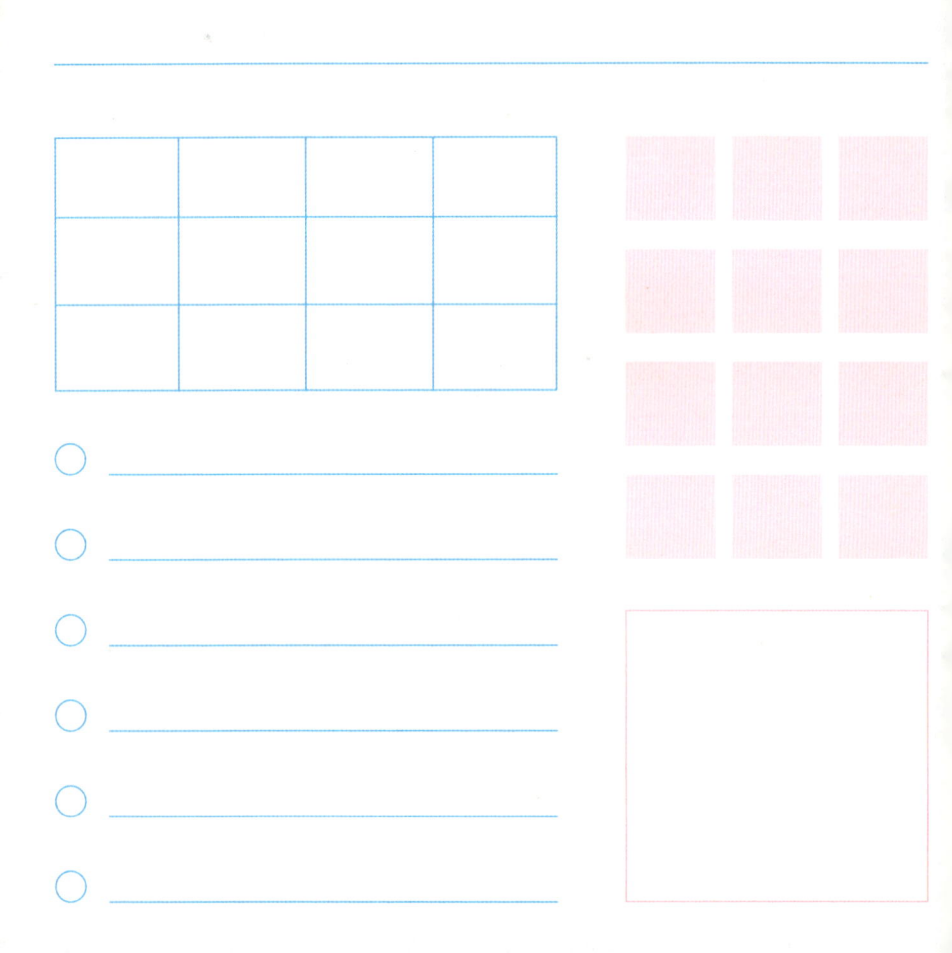

课程表

时间	周一	周二	周三	周四	周五

·每日计划·

· 每日计划 ·

TIME	Monday	Tuesday	Wednesday

Thursday	Friday	Saturday	Sunday

30 天存钱计划

目标:

1
2
3
4
5
6

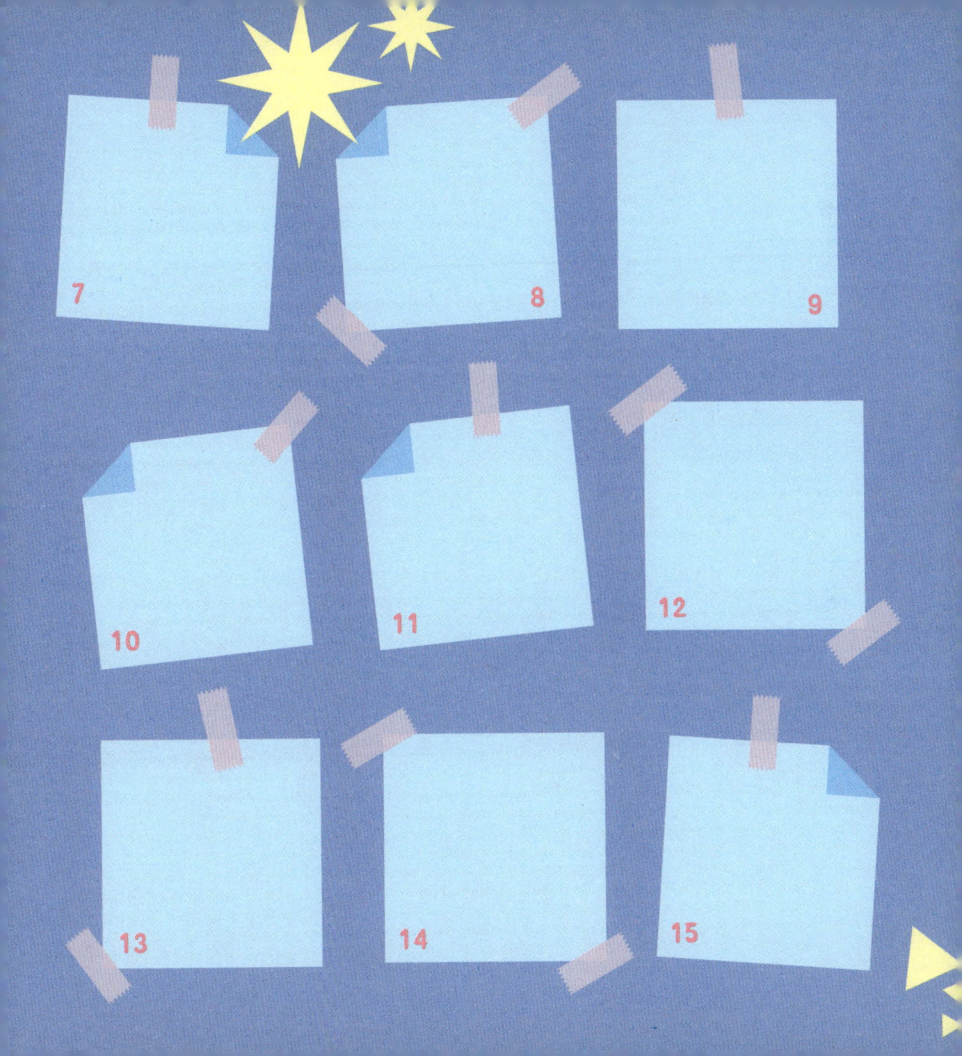
7
8
9
10
11
12
13
14
15

25	26	27
28	29	30

30 天存钱计划

进度:

日期: 　　　　　　　　　　　　　　　　　　　　　　　　　一周学习计划

Mon.　　　*Tue.*

Wed.　　　*Thu.*　　　*Fri.*

日期: 一周学习计划

Mon.

Tue.

Wed.

Thu.

Fri.

日期: 　　　　　　　　　　　　　　　　　　　　　　　　　　　　　　　　一周学习计划

Mon.　　　　　　　*Tue.*

Wed.　　　*Thu.*　　　*Fri.*

日期: 一周学习计划

Mon.

Tue.

Wed.

Thu.

Fri.

日期: _____

待办事项: _____

☐ _____

☐ _____

☐ _____

☐ _____

☐ _____

☐ _____

已完成:

未完成:

小结:

一周计划 *Weekly Plan*

周一	周二	周三	周四

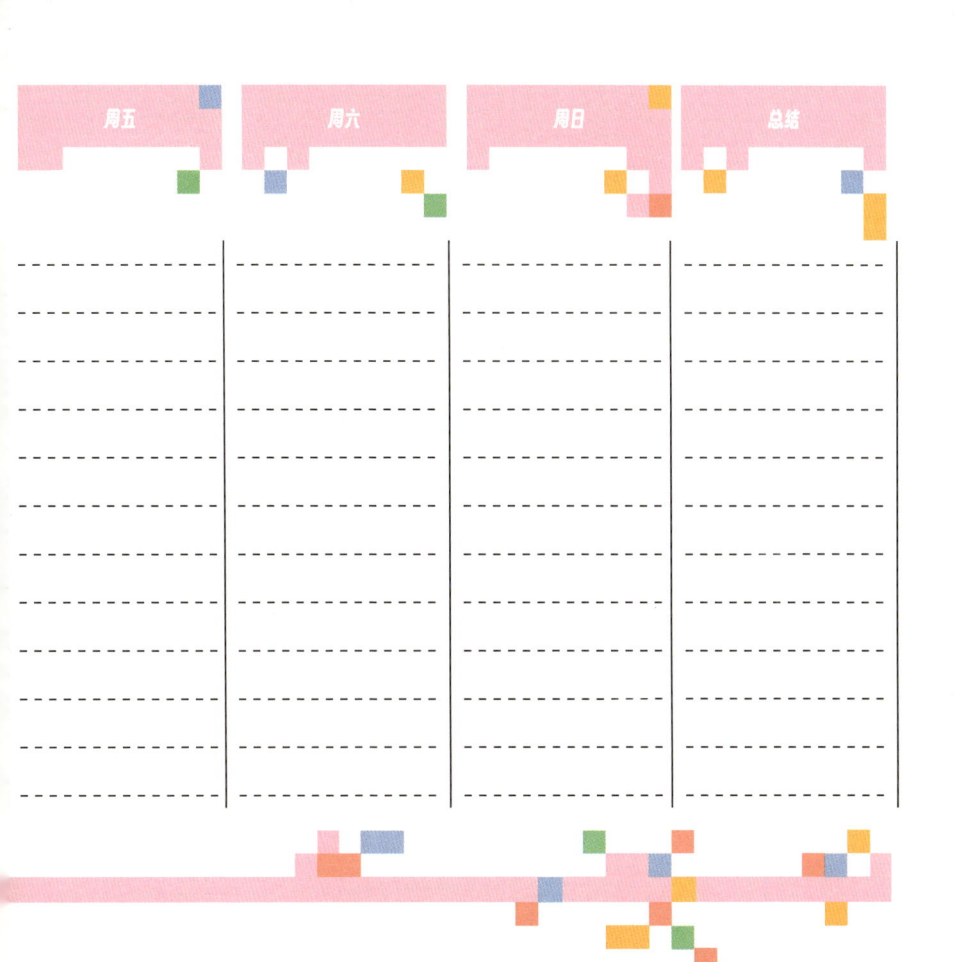

周五	周六	周日	总结

·阅 读 清 单·

书名：	书名：	书名：
评分：	评分：	评分：
评价：	评价：	评价：
阅读进度：	阅读进度：	阅读进度：

书名：	书名：	书名：
评分：	评分：	评分：
评价：	评价：	评价：
阅读进度：	阅读进度：	阅读进度：

DATE _____   DETERMINATION _____

周一	
周二	
周三	
周四	
周五	
周六	
周七	

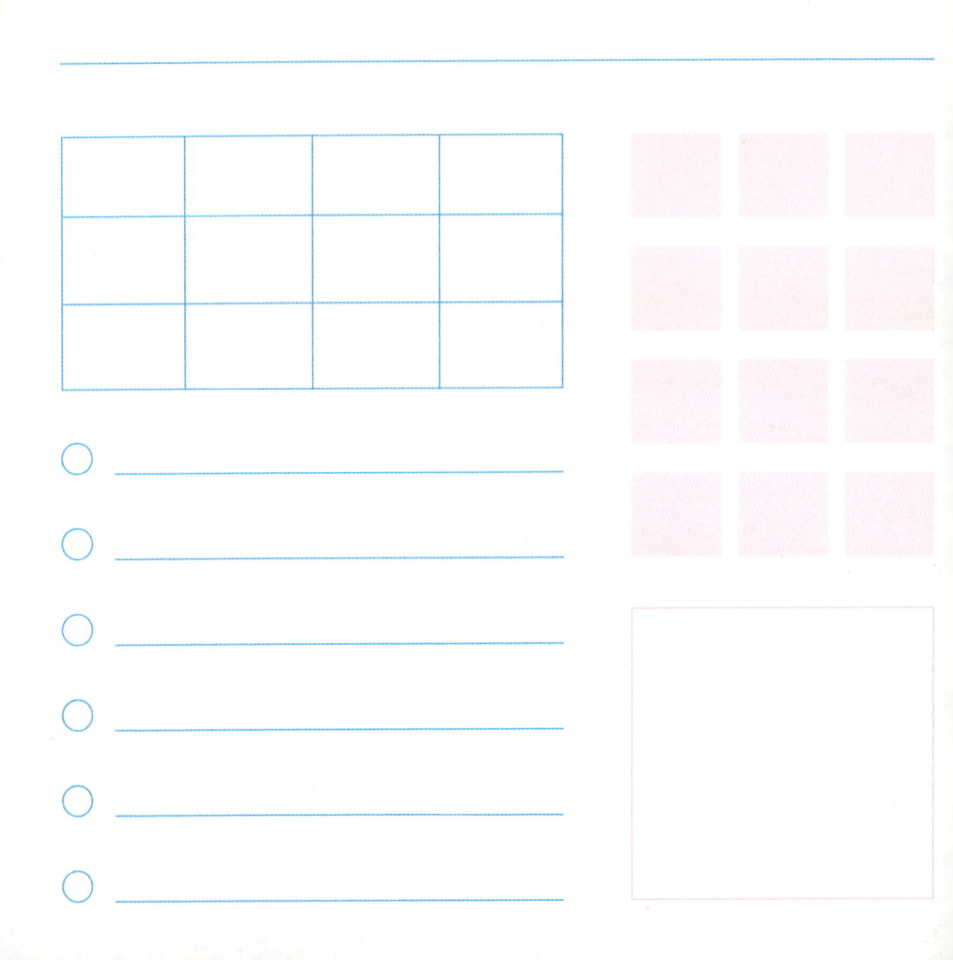

课程表

时间	周一	周二	周三	周四	周五

· 每日计划 ·

· 每日计划 ·

TIME	Monday	Tuesday	Wednesday

Thursday	Friday	Saturday	Sunday

30 天存钱计划

目标:

1
2
3
4
5
6

7
8
9
10
11
12
13
14
15

16

17

18

19

20

21

22

23

24

25

26

27

28

29

30

30 天存钱计划

进度:

日期:　　　　　　　　　　　　　　　　　　　　　　　　　　　　　　　一周学习计划

Mon.

Tue.

Wed.

Thu.

Fri.

日期:　　　　　　　　　　　　　　　　　　　　　　　　　　　一周学习计划

Mon.

Tue.

Wed.

Thu.

Fri.

日期: 一周学习计划

Mon.

Tue.

Wed.

Thu.

Fri.

日期:　　　　　　　　　　　　　　　　　　　　　　　　　　一周学习计划

Mon.

Tue.

Wed.

Thu.

Fri.

日期: _____

待办事项: _____

☐ _____

☐ _____

☐ _____

☐ _____

☐ _____

☐ _____

已完成:

未完成:

小结:

一周计划 *Weekly Plan*

周一	周二	周三	周四

周五	周六	周日	总结

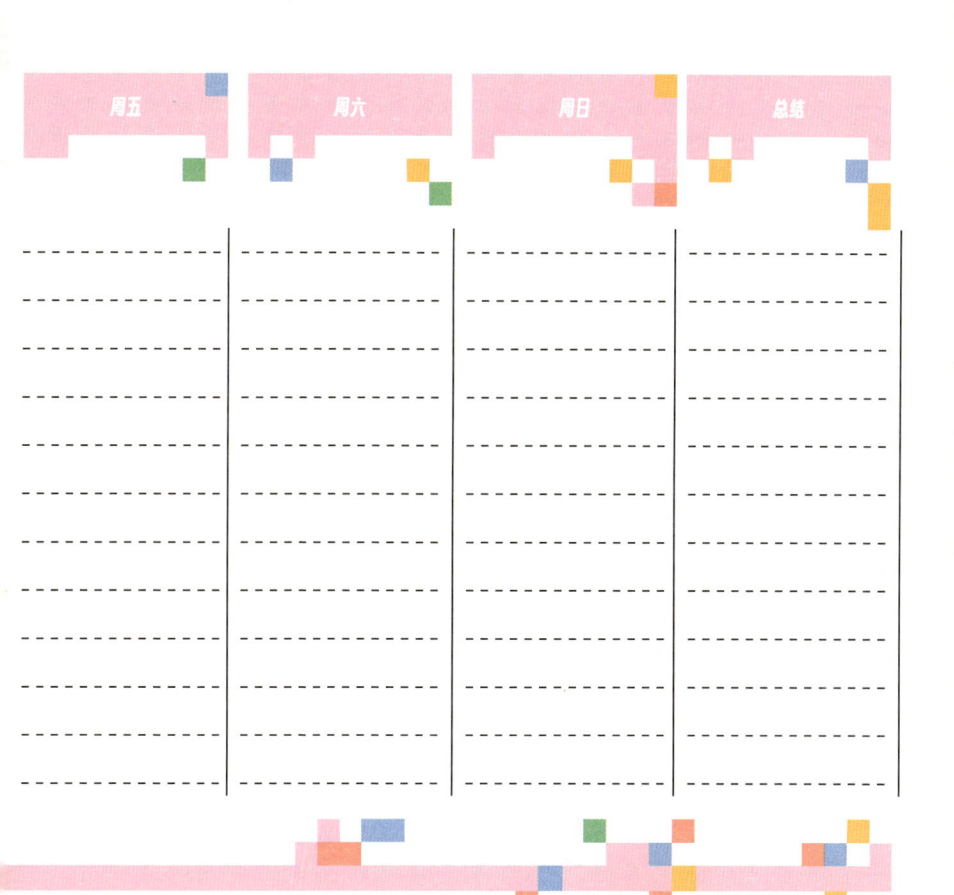

· 阅 读 清 单 ·

书名:	书名:	书名:
评分:	评分:	评分:
评价:	评价:	评价:
阅读进度:	阅读进度:	阅读进度:

书名:	书名:	书名:
评分:	评分:	评分:
评价:	评价:	评价:
阅读进度:	阅读进度:	阅读进度: